Das Buch

Eine Sonnenfinsternis mit einer ungewöhnlich hohen Zahl von Sonnenstürmen löst ein gewaltiges Beben im Pazifik aus – mit katastrophalen Folgen: An der gesamten amerikanischen Westküste liegen die Städte in Schutt und Asche, von Alaska über Japan bis Neuseeland versinken Küstenregionen und Inselgruppen unter gigantischen Flutwellen. Und mitten im tödlichen Chaos, auf dem Weg von China nach Washington, stürzt die Air Force One des amerikanischen Präsidenten vom Himmel.

Der Tiefseespezialist Jack Kirkland, unterwegs mit seinem Forschungsschiff *Deep Fathom*, erhält den Auftrag, die Black Box aus dem Flugzeugwrack zu bergen – in über 600 Metern Tiefe. Auf dem Meeresgrund entdeckt Kirkland eine Kristallsäule, die außer einer starken magnetischen Strahlung noch einige weit rätselhaftere Eigenschaften aufweist. Könnte hier die Ursache für den Flugzeugabsturz liegen? Eine genauere wissenschaftliche Untersuchung des Phänomens bleibt ihm allerdings verwehrt, denn die CIA hat ihre eigenen Pläne, was die Erforschung und Nutzung der geheimnisvollen Energie angeht. Doch niemand weiß, dass das Beben nur der Vorbote einer unvergleichlichen Katastrophe war, auf die die Erde zurast – und dass eine uralte Kraft entfesselt zu werden droht …

Der Autor

James Rollins wurde 1961 in Chicago geboren. Er ist promovierter Veterinärmediziner und hat eine Tierarztpraxis in Sacramento, Kalifornien. Dort geht er auch seinen beiden neben dem Schreiben wichtigsten Leidenschaften nach: Höhlenforschung und Tauchen.

Von James Rollins sind in unserem Hause bereits erschienen:

Das Blut des Teufels
Operation Amazonas
Sub Terra

James Rollins

Im Dreieck des Drachen

Roman

Aus dem Englischen von Alfons Winkelmann

Ullstein

Besuchen Sie uns im Internet:
www.ullstein-taschenbuch.de

Umwelthinweis:
Dieses Buch wurde auf chlor- und säurefreiem Papier gedruckt.

Deutsche Erstausgabe im Ullstein Taschenbuch
1. Auflage Oktober 2003
2. Auflage 2005

Published in Agreement with the Author, c/o Baror International, Inc. Armonk, New York, U.S.A.
Titel der amerikanischen Originalausgabe:
Deep Fathom (HarperCollins Publishers Ltd., New York)
Umschlaggestaltung: Büro Hamburg
(unter Verwendung einer Vorlage von Thomas Jarzina, Köln)
Titelabbildung: zefa visual media gmbh, Düsseldorf
Gesetzt aus der Minion Regular
Satz: hanseatenSatz-bremen, Bremen
Druck und Bindearbeiten: Ebner & Spiegel, Ulm
Printed in Germany
ISBN-13: 978-3-548-25713-6
ISBN-10: 3-548-25713-5

Widmung und Danksagung

Für Steve und Judy Prey ...
Lehrer, Freunde und Gründer der ›Spacers‹

Kein Mensch ist eine Insel, und ganz bestimmt kein Autor. So viele nette Leute und Freunde haben dabei geholfen, diesem Roman den letzten Schliff zu geben. Zuallererst möchte ich Lyssa Keusch, meiner Lektorin, und Russ Galen, meinem Agenten, meinen Dank aussprechen.

Mehrere Personen haben unschätzbare ›technische Hilfe‹ geleistet, wenn es um den wissenschaftlichen und historischen Hintergrund ging: Stephen R. Fischer, Ph. D. (polynesische Sprachen); Dr. Charles Plummer vom CSUS (Geologie); Vera Rubin (Artikel über Astronomie); Dr. Phil Nuytten von Nuytco Research Ltd. sowie die Leute bei Zegrahm Deep Sea Voyages (Einzelheiten der Dynamik des Tiefseetauchens); Laurel Moore, Bibliothekar des Woods Hole Oceanografic Institution (sein Buch *Ancient Micronesia*, eine unschätzbare Quelle). Schließlich muss ich zwei weiteren Autoren meinen besonderen Dank aussprechen, deren Bücher diese Geschichte inspiriert haben: Colonel James Churchward mit seinem *Books of the Golden Age*, sowie Charles Berlitz mit seinem *The Dragon's Triangle*.

Natürlich darf ich nicht diejenigen vergessen, die dabei geholfen haben, den ersten Entwurf auseinander zu nehmen und aufzupolieren: Chris Crowe, Michael Gallowglas, Lee Garrett, Dennis Grayson, Penny Hill, Debra Nelson, Chris Koehler, Dave Meek, Chris Smith, Jane O'Riva, Steve und Judy Prey, Caroline Williams – sowie für ihre kritische Analyse und jahrzehntelange Freundschaft Carolyn McCray.

Und last, but not least, besonderer Dank an Steve Winters vom Web Stew für sein Geschick bei der Internet-Recherche und Don Wagner für seine engagierte Unterstützung, die besser nicht hätte sein können.

Prolog

Der Tag der Sonnenfinsternis
Dienstag, 24. Juli

I

VORHER

8.14 Uhr, Pacific Standard Time
San Francisco, Kalifornien

Am Tag der Sonnenfinsternis verließ Doreen McCloud eilig das Starbucks. Sie hatte um zehn Uhr einen Termin auf der anderen Seite der Stadt, und für die U-Bahn-Fahrt zu ihrem Büro nahe am Embarcadero blieb ihr weniger als eine Stunde. Sie zitterte in der morgendlichen Kühle und umklammerte ihren Becher Mocha, als sie zügig zur U-Bahn-Station an der Kreuzung Market and Castro hinüberging.

Stirnrunzelnd schaute sie zum Himmel auf. Noch musste die Sonne, im Augenblick lediglich eine blasse Scheibe, die dichte Nebeldecke auflösen. Die Sonnenfinsternis war für kurz nach vier Uhr am heutigen Nachmittag angesagt – die erste des neuen Jahrtausends. Es wäre zu schade, würde der Nebel die Sicht verwehren. Die Medien hatten ein regelrechtes Trommelfeuer veranstaltet, und so wusste auch sie, dass die ganze Stadt sich bereithielt, das Ereignis zu feiern. Eine so günstige Gelegenheit konnte San Francisco unmöglich ohne das übliche Tamtam verstreichen lassen.

Doreen schüttelte den Kopf. Was für ein Unsinn! In San Francisco herrschte sowieso immer der verdammte

Nebel, da rechtfertigten ein paar düstere Augenblicke mehr kaum die ganze Hektik. Zudem war es nicht mal eine *totale* Sonnenfinsternis!

Seufzend schob sie diese flüchtigen Gedanken beiseite und zog sich ihr Tuch fester um den Hals. Sie hatte wahrhaftig andere Sorgen. Wenn sie diese Sache mit der Delta Bank unter Dach und Fach brachte, war ihr eine Partnerschaft in der Kanzlei sicher. Dieser Gedanke munterte sie auf, während sie die Market Street in Richtung U-Bahn-Station überquerte.

Als sie dort ankam, fuhr gerade der nächste Zug ein. Mit zittrigen Fingern steckte sie ihre Karte in den Entwerter, eilte die Treppe zum Bahnsteig hinab und wartete darauf, dass die Bahn stehen blieb. Erleichtert, dass sie den Termin locker schaffen würde, hob sie den Becher an den Mund.

Ein Stoß gegen den Ellbogen riss ihn ihr von den Lippen. Er flog ihr aus den Händen, und heißer brauner Kaffee spritzte heraus. Nach Luft schnappend fuhr sie herum.

Eine ältere Frau in schlecht zueinander passenden Lumpen und löcheriger Decke starrte sie von unter her an, ihre Augen wirkten irgendwie abwesend. Doreen musste plötzlich an ihre Mutter denken, wie sie im Bett gelegen hatte: der Gestank nach Urin und Medikamenten, die eingefallenen Züge, dazu der gleiche leere Blick. Alzheimer.

Sie wich zurück und klemmte ihre Handtasche unter den Arm. Aber die Obdachlose stellte anscheinend keine unmittelbare Bedrohung dar. Doreen erwartete die übliche Frage nach etwas Kleingeld.

Stattdessen starrte die Frau sie weiterhin mit diesen leeren Augen an.

Doreen wich noch einen Schritt zurück. In ihren Ärger

und ihre Furcht mischte sich ein Gefühl des Mitleids. Die anderen Pendler wandten sich langsam ab. Typisch Großstadt. *Nur nicht zu genau hinsehen.* Sie versuchte, es ihnen nachzutun, doch es gelang ihr nicht. Vielleicht war's die Erinnerung an ihre Mutter, die längst im Grab lag, oder eine Art Mitgefühl. »Kann ich Ihnen helfen?«, hörte sie sich fragen.

Als die alte Frau sich rührte, entdeckte Doreen inmitten der Lumpen einen halb verhungerten Terrierwelpen. Das spindeldürre Geschöpf drückte sich dicht an die Füße seines Frauchens.

Die Obdachlose bemerkte ihren Blick. »Brownie weiß Bescheid«, sagte sie mit heiserer, vom Alter und vom Leben auf der Straße rau gewordener Stimme. »Er weiß Bescheid, ja, ja.«

Doreen nickte scheinbar verständnisvoll. Man sollte Verrückte am besten nicht provozieren, das hatte sie bei ihrer Mutter gelernt. »Ganz bestimmt.«

»Er sagt mir Dinge, weißt du.«

Erneut nickte sie, kam sich allerdings dabei auf einmal albern vor. Hinter ihr öffneten sich zischend die Türen des Zugs. Wenn sie ihn nicht verpassen wollte, musste sie sich beeilen.

Sie wollte sich schon abwenden, als ein welker Arm unter der löcherigen Decke hervorgeschossen kam; knochige Finger umklammerten ihr Handgelenk. Instinktiv riss Doreen ihren Arm weg. Zu ihrer Überraschung hielt die alte Frau sie weiterhin fest und schlurfte noch näher heran. »Brownie ist ein guter Hund«, sagte sie sabbernd. »Er weiß Bescheid. Er ist ein guter Hund.«

Doreen riss sich von der Frau los. »Ich ... ich muss los.«

Die Alte wehrte sich nicht. Ihr Arm verschwand in ihrer Decke.

Doreen wich in die offene Tür des Zugs zurück, den Blick nach wie vor auf die alte Frau geheftet, die sich jetzt offenbar wieder in ihre Lumpen und ihre qualvollen Träume zurückzog. Sie entdeckte, dass der Welpe ihren Blick erwiderte. Als sich die Zugtüren schlossen, hörte sie die Obdachlose murmeln: »Brownie. Er weiß Bescheid. Er weiß, dass wir alle heute sterben müssen.«

13.55 Uhr, PST (11.55 Uhr Ortszeit)
Aleuten, Alaska

Am Morgen der Sonnenfinsternis arbeitete sich Jimmy Pomautuk geübt und vorsichtig den vereisten Hang hinauf. Sein Hund Nanook trabte ihm ein paar Schritt voraus. Der große Mamalute kannte den Weg gut, doch hielt er, stets der getreue Gefährte, nach wie vor ein wachsames Auge auf seinen Herrn gerichtet.

Hinter dem alten Hund führte Jimmy drei englische Touristen – zwei Männer und eine Frau – auf den Gipfel des Glacial Point oberhalb von Fox Island. Die Aussicht von dort oben war unglaublich. Seine Inuit-Vorfahren waren dorthin gekommen, um den großen Orca anzubeten, hölzerne Totems zu errichten und Opfersteine über die steilen Felsen ins Meer zu werfen. Sein Urgroßvater war der Erste gewesen, der ihn zu diesem heiligen Ort mitgenommen hatte. Fast dreißig Jahre war das jetzt her. Damals war er noch ein Knabe gewesen.

Heutzutage war der Ort auf den meisten Karten verzeichnet, und die Schlauchboote der verschiedenen Kreuzfahrtlinien luden ihre menschliche Fracht an den Kais des zauberhaften Port Royson ab.

Neben dem malerischen Hafen galten die Felsen von

Glacial Point als die andere Hauptattraktion der Insel. An einem klaren Tag wie heute konnte man die gesamte Inselkette der Aleuten überblicken, wie sie sich in einem unendlichen Bogen in die Ferne erstreckte. Dieser Anblick war Jimmys Vorfahren unbezahlbar gewesen; die moderne Welt hatte dafür jedoch vierzig Dollar pro Kopf in der Nebensaison und sechzig Dollar während der warmen Monate zu entrichten.

»Wie weit ist das denn noch, verdammte Scheiße?«, fragte eine Stimme hinter ihm. »Ich friere mir hier noch den Arsch ab!«

Jimmy wandte sich um. Er hatte die drei darauf aufmerksam gemacht, dass es immer kälter werden würde, je weiter sie sich dem Gipfel näherten. Die Gruppe war mit gleichartigen Overalls, Handschuhen und Stiefeln von Eddie Bauer ausgestattet. Kein einziger Faden ihrer teuren Kleidung zeigte auch nur eine Gebrauchsspur. Hinten am Parka der Frau baumelte sogar noch ein Preisschild.

Jimmy zeigte mit dem Arm in die Richtung, in die sein Hund gerade verschwunden war. »Gleich über die nächste Anhöhe. Fünf Minuten. Dort gibt's eine Hütte zum Aufwärmen.«

Der Mann, der sich beklagt hatte, schaute knurrend auf seine Uhr.

Jimmy verdrehte die Augen und setzte seinen Marsch den Hügel hinauf fort. Wenn er nicht auf sein Trinkgeld als Führer verzichten wollte, sollte er besser der Versuchung widerstehen, die ganze Bande über die Felsen zu werfen. Ein Opfer an die Meeresgötter seiner Vorfahren. Also trabte er wie stets einfach weiter und erreichte schließlich den Gipfel.

Hinter sich hörte er die drei nach Luft schnappen. Die

meisten Leute reagierten bei diesem Anblick so. Jimmy drehte sich um und wollte seine übliche Ansprache über die Bedeutung dieses Orts vom Stapel lassen, erkannte dann aber, dass seine Begleiter überhaupt nicht auf die grandiose Aussicht achteten, sondern damit beschäftigt waren, hastig jeden Quadratzentimeter bloßliegender Haut vor den milden Winden zu schützen.

»Ist das kalt!«, meinte der zweite Mann. »Hoffentlich zerspringt die Linse meiner Kamera nicht. Ich fände es absolut Scheiße, wenn ich den ganzen verdammten Weg hier raufgewandert wäre und könnte nicht mal was vorzeigen.«

Jimmy ballte die Hände zu Fäusten. Er zwang sich, gleichmütig zu sprechen. »Die Hütte liegt zwischen der Gruppe schwarzer Kiefern da drüben. Warum gehen Sie nicht hin? Wir müssen noch ein bisschen auf die Sonnenfinsternis warten.«

»Gott sei Dank«, sagte die Frau. Sie lehnte sich an den Mann, der sich als Erster beklagt hatte. »Beeilen wir uns, Reggie.«

Jetzt bildete Jimmy das Schlusslicht. Die drei Engländer rannten auf das dürre Gestrüpp aus Kiefern zu, das geschützt in einer Senke lag. Nanook gesellte sich zu ihm und stieß mit der Nase gegen seine Hand – eine Aufforderung, ihn hinter dem Ohr zu kraulen.

»Guter Junge, Nanook«, murmelte Jimmy. Sein Blick fiel auf die Rauchspur im blauen Himmel. Wenigstens hatte sein Sohn seine Pflichten erfüllt und heute Morgen die Kohlen aufgelegt, bevor er zum Festland abgefahren war, um dort die Sonnenfinsternis mit Freunden zu feiern.

Einen äußerst merkwürdigen Augenblick lang überrollte Jimmy eine Woge der Melancholie beim Gedanken an seinen einzigen Sohn. Diese plötzliche Stimmung war ihm unerklärlich, und er schüttelte den Kopf. Das lag an diesem Ort. Irgendwer schien hier stets gegenwärtig zu sein. Vielleicht die Götter meiner Vorväter, dachte er nur halb im Scherz.

Jimmy ging weiter auf die wärmende Schutzhütte zu. Auf einmal wollte er der Kälte ebenso sehr entkommen wie die Touristen. Sein Blick folgte der Rauchspur zur Sonne tief am östlichen Horizont. Eine Finsternis. Seine Vorfahren hatten dazu gesagt, dass ein Wal die Sonne fraß. Die Verfinsterung sollte in den kommenden paar Stunden eintreten.

Plötzlich knurrte Nanook an seiner Seite, ein tief aus der Kehle kommender Laut. Jimmy sah zu ihm hinunter. Der Malamute starrte nach Süden. Stirnrunzelnd folgte er seinem Blick.

Von dem hölzernen Totem abgesehen waren die Felsen leer. Das Ding war übrigens eine Attrappe für die Touristen, irgendwo in Indonesien maschinell gefertigt und per Schiff hierher verfrachtet. Nicht einmal das Holz stammte aus diesen Breitengraden.

Nanook knurrte nach wie vor.

Jimmy konnte sich nicht erklären, was seinem Hund einen solchen Schrecken einjagte. »Ruhig, mein Junge.«

Gehorsam wie immer setzte sich Nanook, zitterte jedoch noch immer am ganzen Leib.

Mit zusammengekniffenen Augen schaute Jimmy über das leere Meer hinaus. Dabei kam ihm ein altes Gebet über die Lippen, das ihn sein Großvater gelehrt hatte. Er war überrascht, dass er sich sogar an den Wortlaut erinnerte, und hätte nicht sagen können, warum er den Drang verspürte, die Worte jetzt auszusprechen. Wenn man allerdings in Alaska überleben wollte, lernte man, der Natur und den eigenen Instinkten Respekt entgegenzubringen – und genau das tat Jimmy jetzt.

Es war, als stünde sein Großvater neben ihm, zwei Generationen, die hinaus aufs Meer schauten. Sein Großvater hatte einen Ausdruck für Augenblicke wie diesen: »Der Wind riecht nach Sturm.«

16.05 PST (10.05 Ortszeit)
Hagatna, Guam

Jeffrey Hessmire verfluchte sein Pech, während er durch die Korridore des Regierungsgebäudes eilte. Es war der Tag der Sonnenfinsternis, und die erste Sitzung des Gipfeltreffens war für einen frühen Brunch unterbrochen worden. Die Staatschefs der Vereinigten Staaten und der Volksrepublik China würden laut Terminplan erst anschließend wieder zusammentreffen.

Als Praktikant war Jeffrey mit der Aufgabe betraut worden, während der Sitzungspause die Notizen zu tippen und zu fotokopieren, die der Außenminister sich am Morgen gemacht hatte, und sie dann unter der amerikanischen Delegation zu verteilen. Während sich also die anderen Mitarbeiter am Buffet im Innenhof gütlich taten und ihre Netze zu den Mitgliedern des Präsidentenstabs spannen, musste er den Stenografen spielen.

Was taten sie eigentlich hier draußen mitten im Pazifik? Eher würde ein Kamel durch ein Nadelöhr gehen, als dass die beiden Pazifik-Mächte jemals ein atomares Abrüstungsabkommen schließen würden. Keines der beiden Länder wollte nachgeben, insbesondere nicht bei zwei entscheidenden Punkten. Der Präsident hatte darauf bestanden, dass auch Taiwan unter den Schutz des allerneuesten Raketenabwehrsystems seines Landes stehen sollte, und der Ministerpräsident der Chinesen hatte jeglichen Vorstoß abgewehrt, die Anzahl der eigenen Interkontinentalraketen mit Nuklearsprengköpfen zu begrenzen. Der einzige Erfolg dieses einwöchigen Gipfeltreffens hatte lediglich darin bestanden, dass die Spannungen zwischen beiden Ländern noch größer geworden waren.

Es hatte nur einen einzigen Lichtblick gegeben, und das war gleich am ersten Tag die Annahme eines Geschenks des chinesischen Ministerpräsidenten durch Präsident Bishop gewesen: die lebensgroße Jadeskulptur eines alten chinesischen Kriegers auf einem Streitross, die Kopie einer ihrer berühmten Terrakotta-Statuen aus der Stadt Xi'an. Die Presse hatte ihren großen Tag gehabt, als sie die beiden Staatsoberhäupter neben der prächtigen Figur fotografiert hatte. Es war ein Tag voller Versprechen gewesen, die bislang unerfüllt geblieben waren.

Als Jeffrey die Bürosuite betrat, die ihrer Delegation zugewiesen worden war, ließ er kurz seinen Ausweis bei dem Wachmann aufblitzen, der kalt nickte. An seinem Schreibtisch angekommen, fiel er in den Ledersessel. Obwohl ihm eine solche Fronarbeit zuwider war, würde er sein Bestes geben.

Er stapelte sorgfältig die handgeschriebenen Notizen neben seinem Computer und machte sich an die Arbeit. Seine Finger flogen nur so über die Tasten, als er Außenminister Elliots Notizen in saubere, klare Maschinenschrift übertrug. Während er dort arbeitete, schwand nach und nach seine Enttäuschung. Dieser Blick hinter die Kulissen der Politik auf höchster Ebene faszinierte ihn. Anscheinend war der Präsident tatsächlich gewillt, bei Taiwan nachzugeben, feilschte jedoch mit der chinesischen Regierung um den Preis dafür. Er beharrte auf einem Moratorium im Hinblick auf einen zukünftigen Ausbau der atomaren Sprengkörper, darüber hinaus auf einer chinesischen Beteiligung am Missile Technology Control Regime, das den Export von Lenkwaffen-Knowhow begrenzte. Elliot war offenbar der Ansicht, dass ein solches Ergebnis durchaus im Bereich des Möglichen lag, wenn sie nur ihre Karten richtig ausspielten. Den Chinesen war nicht an einem Krieg wegen Taiwan gelegen, unter dem alle zu leiden haben würden.

Jeffrey war so in die Notizen des Außenministers vertieft, dass er nicht mitbekam, wie jemand an ihn herantrat. Erst ein Husten hinter ihm ließ ihn hochschrecken. Er drehte hastig seinen Sessel um und sah den groß gewachsenen, silberhaarigen Mann vor sich, der leger mit Hemd und Krawatte gekleidet war und ein Sakko über dem Arm hängen hatte. »Was halten Sie also von der Sache, Mr Hessmire?«

Jeffrey erhob sich so hastig, dass sein Sessel zurückrutschte und gegen einen benachbarten, verlassenen Schreibtisch stieß. »M ... Mister President!«

»So beruhigen Sie sich doch, Mr Hessmire.« Der Präsident der Vereinigten Staaten, Daniel R. Bishop, beugte sich über Jeffreys Schreibtisch und las die teilweise fertig gestellte Transkription der Notizen des Außenministers. »Was halten Sie von Toms Überlegungen?«

»Von denen des Außenministers? Mr Elliot?«

Der Präsident richtete sich auf und lächelte Jeffrey müde an. »Ja. Sie haben in Georgetown internationales Recht studiert, nicht wahr?«

Jeffrey war überrascht. Er hätte nie gedacht, dass ihn Präsident Bishop unter den hunderten anderer Praktikanten erkennen würde, die im Bauch des Weißen Hauses arbeiteten. »Ja, Mr President. Ich lege kommendes Jahr mein Examen ab.«

»Jahrgangsbester und spezialisiert auf Asien, wie ich gehört habe. Was halten Sie also vom Gipfeltreffen? Sind Sie der Meinung, wir können eine Übereinkunft mit den Chinesen herausschinden?«

Jeffrey leckte sich die Lippen. Er war außerstande, Daniel Bishop, dem Kriegshelden, dem Staatsmann und Führer der freien Welt, in die stahlblauen Augen zu sehen. Seine Worte waren lediglich ein Gemurmel.

»Lauter, mein Junge. Ich werde Ihnen schon nicht den Kopf abreißen. Ich möchte lediglich Ihre ehrliche Meinung hören. Warum habe ich wohl Tom gebeten, Ihnen diese Aufgabe zu übertragen?«

Verblüfft blieben Jeffrey die Worte im Hals stecken. Das hätte er nicht gedacht.

»Holen Sie tief Luft, Mr Hessmire.«

Er beherzigte die Empfehlung des Präsidenten, holte tief Luft, räusperte sich und versuchte, seine Gedanken zu sammeln. Langsam sagte er: »Ich ... ich bin der Ansicht, Außenminister Elliot hatte völlig Recht mit seiner Annahme, dass die Festlandchinesen Taiwan gern ökonomisch vereinnahmen würden.« Er sah auf und schöpfte erneut Atem. »Ich habe die Rückgabe von Hongkong und Macau an China studiert. Anscheinend benutzen die Chinesen diese Regionen als Testgebiete für die Integration demokratischer ökonomischer Strukturen innerhalb einer kommunistischen Struktur. Einige vermuten, dass diese Experimente als Vorbereitung für Chinas Versuche dienen, über Taiwans Integration zu verhandeln. Sie sollen zeigen, wie sehr alle von einer solchen Vereinigung profitieren können.«

»Und was ist mit Chinas wachsendem nuklearen Arsenal?«

Jeffrey sprach fließender, da er sich an der Debatte erwärmte. »Sie haben uns die Kenntnisse auf dem Gebiet der Kernwaffen- und Raketentechnologien gestohlen. Aber China ist von seiner gegenwärtigen Infrastruktur her gesehen nicht in der Lage, diese neuesten Technologien auch anwenden zu können. In vielerlei Hinsicht handelt es sich immer noch um einen Agrarstaat, der schlecht für eine rasend schnelle Ausweitung seines nuklearen Arsenals gerüstet ist.«

»Und Ihre Schlussfolgerung?«

»Die Chinesen haben genau beobachtet, wie eine solche Hochrüstung die Sowjetunion in den Ruin getrieben hat. Den gleichen Fehler werden sie nicht begehen wollen. Im kommenden Jahrzehnt muss China seine eigene technologische Infrastruktur stärken, wenn es seine globale Stellung beibehalten will. Es kann sich ein Wettpinkeln um Atomraketen mit den Vereinigten Staaten nicht leisten.«

»Ein Wettpinkeln?«

Jeffrey bekam große Augen, und sein Gesicht verfärbte sich tiefrot. »Tut mir Leid ...«

Der Präsident hob eine Hand. »Nein, nein, ich weiß den Vergleich durchaus zu schätzen.«

Plötzlich kam sich Jeffrey wie ein Trottel vor. Was hatte er da für einen Unsinn von sich gegeben? Wie konnte er wagen zu glauben, er dürfe mit seinen Ansichten Präsident Bishops Zeit beanspruchen?

Der Präsident ließ den Schreibtisch los, richtete sich auf und schlüpfte in sein Sakko. »Ich glaube, Sie haben Recht, Mr Hessmire. Keines von beiden Ländern möchte es auf einen neuen Kalten Krieg ankommen lassen.«

»Nein, Sir«, murmelte Jeffrey leise.

»Vielleicht können wir darauf hoffen, die Sache zu bereinigen, bevor unsere Beziehungen sich weiter verschlechtern, aber das wird einer geschickten Hand bedürfen.« Der Präsident ging zur Tür. »Bringen Sie Ihre Arbeit hier zum Abschluss, Mr Hessmire, und kommen Sie dann zum Fest im Innenhof herunter. Sie sollten sich die erste Sonnenfinsternis des neuen Jahrtausends nicht entgehen lassen.«

Jeffrey merkte, dass der Kloß in seinem Hals zu dick war, um Antwort geben zu können, als der Präsident den Raum verließ. Er tastete nach seinem Schreibtischstuhl und sank hinein. Präsident Bishop hatte ihm zugehört ... ihm zugestimmt!

Er dankte den Sternen für so viel Glück, setzte sich kerzengerade auf und machte sich mit frischen Kräften wieder an die Arbeit.

An diesen Tag würde er bestimmt noch lange zurückdenken.

II

WÄHRENDDESSEN

16.44 Uhr, Pacific Standard Time
San Francisco, Kalifornien

Vom Balkon ihres Büros hatte Doreen McCloud einen weiten Blick über die San Francisco Bay bis hinüber zu den Molen. Sie erkannte sogar die auf dem Ghirardelli Square versammelten Menschen. Dort war eine Party im Gange, aber sie verlor rasch das Interesse an der Menge unten, denn so etwas wie drüben jenseits der Bay bekäme sie wohl nie mehr im Leben zu Gesicht.

Über dem blauen Wasser hing eine schwarze Sonne, deren Korona hell um die Scheibe des Mondes aufflammte.

Doreen, die eine bei Sharper Image erworbene schmale Sonnenbrille trug, beobachtete, wie lange feurige Streifen vom Rand der Sonne hervorschossen. Sonnenstürme, Flares. Die Astronomieexperten beim CNN hatten eine Aufsehen erregende Finsternis vorausgesagt, denn das Ereignis wurde von einer Periode mit einer ungewöhnlich hohen Zahl Sonnenflecken begleitet. Ihre Vorhersagen hatten sich als zutreffend erwiesen.

Die anderen Anwälte und Sekretärinnen links und rechts von ihr stießen Seufzer des Entzückens und der Ehrfurcht aus.

Ein langes Flare schoss von der Sonnenoberfläche hoch. In einem Radio, das im Hintergrund lief, knisterte und knackte es entsetzlich; ein Beweis für die Wahrheit einer weiteren Ankündigung der Astronomen. CNN hatte vorhergesagt, dass die höhere Zahl der Sonnenflecken und die damit verbundene Strahlungsaktivität kurze Interferenzen hervorrufen würden, wenn der Sonnenwind die obere Atmosphäre bombardierte.

Doreen bestaunte die schwarze Sonne und deren Spiegelbild in der Bay. Wie wunderbar, das erleben zu dürfen!

»Hat das noch jemand gemerkt?«, fragte eine der Sekretärinnen mit einem Anflug von Besorgnis.

Da spürte es Doreen – ein Zittern unter den Füßen. Es wurde totenstill. Im Radio knisterte und knackte es fürchterlich. Blumentöpfe begannen zu klappern.

»Erdbeben!«, kreischte jemand überflüssigerweise.

Nachdem sie jetzt so viele Jahre in San Francisco gelebt hatte, waren leichte Beben kein Grund zur Panik mehr. Dennoch hatte natürlich jeder ständig Angst vor dem ›Großen Beben‹.

»Alle rein!«, ordnete der Chef der Kanzlei an.

Die Leute schubsten und drängelten, um die offenen Balkontüren zu erreichen. Doreen blieb zurück und suchte den Himmel über der Bucht ab. Die schwarze Sonne hing wie ein Loch im Firmament über dem Wasser.

Da kam ihr die andere Vorhersage für diesen Tag wieder in den Sinn. Sie sah die alte, obdachlose, in Lumpen gekleidete Frau vor sich – und ihren Hund.

Heute müssen wir alle sterben.

Doreen wich zur offenen Tür zurück. Der Balkon unter ihren Füßen begann heftig zu schaukeln. Das war kein kleineres Beben.

»Beeilung!«, befahl ihr Chef. »Alle in Sicherheit bringen!«

Doreen floh auf die inneren Büros zu, wusste jedoch, dass sie dort alles andere als in Sicherheit war. *Heute müssten sie alle sterben.*

16.44 Uhr PST (14.44 Uhr Ortszeit)
Aleuten, Alaska

Jimmy Pomautuk starrte von den Felsen des Glacial Point zur Sonne hinüber, vor die sich langsam eine schwarze Scheibe schob. Nanook trabte ruhelos an seiner Seite auf und ab. Links riefen die drei Engländer einander ehrfürchtige Bemerkungen zu. Die Kälte hatten sie in der Aufregung längst vergessen. Blitze und das Surren der Kameras würzten ihre überschwänglichen Ausrufe.

»Hast du das Flare da gesehen?«

»Mein Gott! Das werden Wahnsinns-Aufnahmen!«

Seufzend ließ sich Jimmy auf dem kalten Stein nieder und lehnte sich an das hölzerne Totem, während er zu der schwarzen Sonne über dem Pazifik hinüberschaute. Eine äußerst merkwürdige Düsternis hatte sich über die Inseln gelegt und tauchte alles in ein unwirkliches Licht. Sogar das Meer wirkte glasig und zeigte einen bläulichsilbernen Schimmer.

Neben ihm begann Nanook leise zu knurren. Der Hund war den ganzen Morgen über völlig schreckhaft gewesen. Offenbar verstand er nicht, was mit dem Sonnenlicht los war. »Ist bloß ein hungriger Wal-Geist, der die Sonne frisst«, beruhigte ihn Jimmy leise und streckte die Hand nach Nanook aus, aber der Hund war verschwunden.

Stirnrunzelnd warf er einen Blick über die Schulter. Der große Malamute stand zitternd wenige Schritte entfernt da. Der Hund sah nicht zur Sonne über dem Pazifik auf, sondern hinaus in die Ferne, nach Norden.

»Mein Gott!« Jimmy stand auf und folgte Nanooks Blick.

Der gesamte nördliche Himmel, abgedunkelt in der Sonnenfinsternis, wurde von glühenden azurblauen und lebhaft roten Wellen und Wirbeln erhellt, die sich vom Horizont bis hoch hinauf in den Himmel ausbreiteten. Jimmy wusste genau, was er da sah – die Aurora Borealis, das Nordlicht. Noch nie im Leben hatte er ein so großartiges Schauspiel erlebt. Am Himmel wirbelte und schäumte es wie ein schimmerndes Meer.

Einer der Engländer war durch Jimmys erstaunten Ausruf aufmerksam geworden und meinte: »Die Nordlichter sollten doch zu dieser Jahreszeit eigentlich nicht zu sehen sein?«

»Sollten sie auch nicht«, erwiderte Jimmy ruhig.

Die Engländerin, Eileen, trat näher heran, eine Kamera vor dem Gesicht. »Wunderschön. Fast besser als die Sonnenfinsternis.«

»Das muss seine Ursache in den Sonneneruptionen haben«, bemerkte ihr Gefährte. »Da prasseln energiegeladene Teilchen auf die obere Atmosphäre ein.«

Jimmy sagte kein Wort. Für die Inuit war das Nordlicht stets Bote bedeutender Ereignisse, im Sommer sogar bevorstehender Katastrophen.

Als hätte es seine innersten Gedanken gelesen, zitterte das Totem unter Jimmys Hand. Nanook begann zu heulen, was er ansonsten niemals tat.

»Bebt etwa die Erde?«, fragte Eileen, die schließlich besorgt ihre Kamera senkte.

Wie zur Antwort erschütterte ein gewaltiges Beben die Insel. Mit einem unterdrückten Aufschrei fiel Eileen auf Hände und Knie. Die beiden Engländer eilten ihr zu Hilfe.

Jimmy blieb stehen. Er umklammerte nach wie vor das hölzerne Totem.

»Was tun wir jetzt?«, kreischte die Frau.

»Wird schon gut gehen«, beschwichtigte sie ihr Freund. »Wir reiten einfach drauf, bis es vorbei ist.«

Jimmy schaute zu den Inseln hinaus, die in dieses außerweltliche Licht getaucht waren. *Oh, mein Gott.* Er flüsterte ein Gebet des Danks, dass sein Sohn aufs Festland hinübergefahren war.

Draußen im Pazifik versanken die entfernteren Inseln der Aleuten wie riesenhafte Ungeheuer, die unter die Oberfläche abtauchten. Schließlich und endlich waren die Götter des Meeres gekommen, um sie für sich zu beanspruchen.

16.44 Uhr PST (10.44 Uhr Ortszeit)
Hagatna, Guam

Jeffrey Hessmire stand im begrünten Innenhof der Residenz des Gouverneurs und sah ehrfürchtig zu der totalen Sonnenfinsternis auf. Als Sechsundzwanzigjähriger hatte er zwar schon die eine oder andere partielle Sonnenfinsternis gesehen, war aber noch nie Zeuge einer totalen geworden. Guam war als Tagungsort für den Gipfel ausgewählt worden, weil es der einzige Platz in ganz Amerika war, an dem man sie erleben konnte.

Jeffrey war hellauf begeistert gewesen von der Möglichkeit, an diesem seltenen Ereignis teilzunehmen. Er war mit dem Niedertippen und Fotokopieren der Notizen des Außenministers so rechtzeitig fertig geworden, dass er noch den Schluss des Spektakels mitbekam.

Mit einer billigen, geschwärzten Brille auf der Nase stand Jeffrey zusammen mit den anderen US-Delegierten am westlichen Eingang zu den Gärten, während sich die Chinesen am entgegengesetzten Ende drängten. Die beiden Gruppen mischten sich nur wenig. Es war, als läge sogar hier der Pazifik zwischen ihnen.

Ungeachtet der Spannungen im Innenhof schaute Jeffrey weiter zu, wie heftige Entladungen aus der Sonnenkorona hervorbrachen. Ein paar der Flares schossen weit in den dunklen Himmel hinaus.

Eine Stimme ertönte neben ihm. »Wunderbar, stimmt's?«

Jeffrey drehte sich um und fand erneut den Präsidenten unmittelbar hinter sich stehen. »Präsident Bishop!« Er wollte schon die Brille absetzen.

»Nicht! Genießen Sie den Anblick. Die nächste Finsternis soll erst wieder in zwanzig Jahren stattfinden.«

»J-ja, Sir.«

Langsam wandte er sich wieder dem Himmel zu.

Der Präsident schaute gleichfalls hinauf und sagte leise: »Für die Chinesen bedeutet eine Sonnenfinsternis die Warnung, dass sich die Tiden des Schicksals beträchtlich ändern – entweder zum Guten oder zum Schlechten.«

»Zum Besseren«, erwiderte Jeffrey. »Für unsere beiden Völker.«

Präsident Bishop schlug ihm auf die Schulter. »Der Optimismus der Jugend. Ich hätte Sie mit dem Vizepräsidenten reden lassen sollen.« Er schloss diese Bemerkung mit einem spöttischen Schnauben ab.

Jeffrey verstand. Lawrence Nafe, der Vizepräsident,

hatte so seine eigenen Ansichten, wie man mit einer der letzten kommunistischen Bastionen umspringen sollte. Während er nach außen hin Bishops diplomatische Bemühungen unterstützte, die chinesische Lage zu lösen, sprach sich Nafe hinter den Kulissen für eine aggressivere Haltung aus.

»Sie werden bestimmt Erfolg haben und eine Übereinkunft erzielen«, meinte Jeffrey. »Da bin ich mir sicher.«

»Wieder dieser verdammte Optimismus.« Der Präsident wandte sich ab und nickte auf ein Zeichen des Außenministers hin. Mit einem müden Seufzer schlug er Jeffrey nochmals auf die Schulter. »Offenbar ist es erneut Zeit für einen Versuch, die ramponierten Beziehungen zwischen unseren beiden Ländern wiederherzustellen.«

Als Präsident Bishop sich gerade anschickte zu gehen, bebte die Erde.

Jeffrey spürte, wie ihn der Präsident fester an der Schulter packte. Beide Männer gaben sich alle Mühe, auf den Beinen zu bleiben. »Erdbeben!«, schrie Jeffrey.

Ringsumher ertönte das Klirren von zerbrechendem Glas. Jeffrey schaute auf und schirmte sich das Gesicht mit einem Arm ab. Alle Fenster der Residenz waren zerbrochen. Mehrere Mitglieder der Delegation, jene, die den Wänden des Innenhofs am nächsten gestanden hatten, lagen inmitten des Scherbenregens, übersät mit Schnittwunden.

Jeffrey wollte hinüber, ihnen helfen, fürchtete sich jedoch zugleich davor, den Präsidenten im Stich zu lassen. Auf der anderen Seite des Innenhofs flohen die chinesischen Teilnehmer am Gipfeltreffen in das Gebäude und suchten dort Schutz.

»Mr President, wir müssen Sie in Sicherheit bringen«, sagte Jeffrey.

Das Poltern unter ihren Füßen wurde schlimmer. Die Kitschskulptur eines Schwans mit langem Hals stürzte um.

Flankiert von zwei stämmigen Agenten des Geheimdienstes kämpfte sich der Außenminister durch die erschrockene Menge zu ihnen herüber. Einmal angekommen, packte Tom Elliot den Präsidenten am Ellbogen. Er musste schreien, damit er über das Poltern und Krachen hinweg zu verstehen war. »Kommen Sie, Dan! Zurück zur Air Force One. Wenn diese Insel auseinander fällt, müssen Sie von hier verschwunden sein!«

Bishop schüttelte die Hand des Mannes ab. »Aber ich kann nicht gehen ...«

Irgendwo im Osten dröhnte eine laute Explosion, die jegliches Gespräch im Keim erstickte. Ein Feuerball flog in den Himmel.

Jeffrey ergriff als Erster das Wort. »Sir, Sie müssen gehen!«

Das Gesicht des Präsidenten zeigte weiterhin besorgte Anspannung. Jeffrey war bekannt, dass der Mann in Vietnam gedient hatte und niemand war, der einfach davonlief.

»Sie müssen«, fügte Tom hinzu. »Sie können nicht Ihr Leben aufs Spiel setzen, Dan. Dieser Luxus steht Ihnen nicht mehr zu ... Nicht, seit Sie den Amtseid geschworen haben.«

Der Präsident krümmte sich regelrecht unter der Last ihrer Argumente. Das Beben wurde schlimmer; die Ziegelwände der Residenz zeigten Risse und Spalten.

»Schön, gehen wir«, meinte er angespannt. »Aber ich komme mir wie ein Feigling vor.«

»Ich habe den Wagen zum Hinterausgang beordert«, sagte der Außenminister und wandte sich dann Jeffrey zu, als der Präsident davonging, die beiden Männer vom Geheimdienst im Schlepptau. »Bleiben Sie bei Bishop. Bringen Sie ihn an Bord dieses Flugzeugs.«

»Was ... was ist mit Ihnen?«

Tom wich einen Schritt zurück. »Ich werde so viele Delegierte wie möglich einsammeln und zum Flugplatz scheuchen.« Bevor er sich abwandte, fixierte er Jeffrey mit ernstem Blick. »Sorgen Sie dafür, dass dieses Flugzeug abhebt, wenn auch nur das geringste Risiko besteht, dass der Präsident ansonsten hier in der Falle säße. Warten Sie nicht auf uns!«

Jeffrey schluckte heftig und nickte. Dann eilte auch er davon.

Sobald er an der Seite des Präsidenten war, hörte Jeffrey den Mann murmeln, während er zu der abgedunkelten Sonne hinaufschaute: »Anscheinend hatten die Chinesen Recht.«

III

UND DIE NACHWIRKUNGEN

18.45 Uhr, Pacific Standard Time
San Francisco, Kalifornien

Es war Abend geworden, und Doreen McCloud stolperte über die aufgerissene Asphaltdecke zum Russian Hill. Gerüchten zufolge hatte die Heilsarmee dort oben ein Flüchtlingslager eingerichtet. Sie betete darum, dass es stimmte. Sie war durstig, hungrig und zitterte vor Kälte in dem ewigen Dunst, der von der Bay her über die zerstörte Stadt kroch. Von gelegentlichen Nachbeben abgesehen, hatten die Beben schließlich aufgehört, aber der Schaden war angerichtet.

Erschöpft und mit zitternden Beinen warf Doreen einen Blick über die Schulter auf das, was einmal eine schöne, prächtige Stadt oberhalb der Bay gewesen war. Allem haftete der Gestank nach Rauch und Ruß an. Brände tauchten den Dunst in einen rötlichen Schein. Von hier aus gesehen lief eine einzige Schneise der Verwüstung bis zum Wasser hinab. Gewaltige Krater durchfurchten die Stadt, als hätte ein riesiger Hammer zugeschlagen.

Noch immer heulten die Sirenen der Rettungsfahrzeuge, obwohl es nichts mehr zu retten gab. Nur wenige Gebäude hatten die Beben heil überstanden. Die übrigen waren völlig eingestürzt oder hatten keine Fassaden mehr, so dass man einen Blick auf die verwüsteten Räumlichkeiten im Innern erhielt.

Auf ihrem Weg in die höheren Bereiche der Stadt hatte Doreen so viele Tote zu Gesicht bekommen, dass sie schließlich nichts mehr empfand. Von einer blutenden Schramme auf dem Kopf abgesehen, war sie fast unversehrt entkommen, aber der Anblick der Familien, die sich um brennende Wohnungen und zerschmetterte Leichen geschart hatten, tat ihr in der Seele weh. Dennoch hatte sie mit allen, an denen sie vorüberkam, etwas gemeinsam – Augen, die aufgrund von Schmerz und Schock keinerlei Ausdruck mehr zeigten.

Auf dem nächstgelegenen Hügel wurde es plötzlich hell. Es war kein Feuerschein, sondern ein klares, weißes Licht. Eine Woge der Hoffnung überrollte sie. Das musste das Lager der Heilsarmee sein! Mit knurrendem Magen beschleunigte sie ihren Schritt.

Oh, bitte ...

Immer weiter kletterte und kroch sie voran. Nachdem sie an einem umgestürzten Bus vorübergekommen war, erreichte sie die Quelle des hellen Lichtscheins. Eine Vielzahl schmutziger, von Asche bedeckter Männer durchwühlte die Überreste eines Baumarkts. Sie hatten eine Kiste mit Taschenlampen aufgebrochen und reichten sie herum.

Da es bald völlig dunkel würde, wäre eine Lichtquelle lebensnotwendig.

Doreen stolperte auf sie zu. Vielleicht würden sie ihr eine überlassen.

Zwei der Männer sahen zu ihr hinüber. Sie erwiderte ihren Blick, öffnete den Mund und wollte schon um Hilfe bitten, da erkannte sie die Härte in ihren Augen.

Sie blieb stehen, weil ihr aufging, dass alle Männer die

gleiche Kleidung trugen. Unter den Worten: CALIFORNIA MUNICIPAL PENAL SYSTEM waren Zahlen aufgenäht. Sträflinge. Ein breites Grinsen erschien auf den Gesichtern der Männer.

Doreen drehte sich um und wollte fliehen, doch einer der entkommenen Sträflinge stand hinter ihr und versperrte ihr den Weg. Sie versuchte, den Mann zu schlagen, aber er boxte ihren Arm zur Seite und schlug ihr so heftig ins Gesicht, dass sie in die Knie ging.

Wie betäubt von Schmerz und Schrecken hörte Doreen die übrigen herankommen. »Nein«, wimmerte sie und rollte sich zu einem Ball zusammen.

»Lasst sie in Ruhe!«, brüllte einer von ihnen. »Dafür haben wir keine Zeit. Wir müssen aus der verdammten Stadt raus, bevor die Nationalgarde kommt.«

Auf diese Bemerkung folgte ein unwilliges Knurren, aber Doreen hörte das Scharren von Absätzen, als die Männer zurückwichen. Erleichtert und entsetzt ließ sie ihren Tränen freien Lauf.

Der Anführer blieb vor ihr stehen.

Mit verheulten Augen hob sie das Gesicht und wollte ihm schon dafür danken, dass er so gnädig gewesen war – und sah in die Mündung einer Pistole! Der Anführer schrie in Richtung des geplünderten Geschäfts: »Nehmt Ersatzmunition mit! Und vergesst nicht die Gasbrenner und das Butan!« Ohne auch nur einen Blick auf sie hinabzuwerfen, drückte er den Abzug.

Doreen vernahm den Knall der Waffe und spürte, wie ihr Körper zurückgeschleudert wurde. Dann war die Welt verschwunden.

20.15 Uhr PST (18.15 Uhr Ortszeit)
Aleuten, Alaska

Die Nacht brach an, und der Totempfahl mit den Bildern der Götter von Jimmys Vorfahren, der einmal stolz an ebendieser Stelle auf den Höhen des Glacial Point gestanden hatte, trieb jetzt auf- und niedertauchend im Meer. Jimmy klammerte sich verzweifelt daran und versuchte mit allen Mitteln, sich über Wasser zu halten, doch die Wellen wollten ihn immerzu herunterspülen.

Vor Stunden, als das Wasser an der Steilwand des Glacial Point immer höher gestiegen war, hatte er den Totempfahl aus seiner Zementverankerung gelöst. Die Insel war überraschend glatt versunken, so dass ihm genügend Zeit geblieben war, ihn mit einer Handaxt aus der Schutzhütte loszuhacken. Sobald das Wasser fast den Gipfel erreicht hatte, hatte er den Balken über den Rand geworfen. Zu diesem Zeitpunkt waren die drei Engländer längst den Pfad hinab nach Port Royson geflüchtet. Jimmy hatte versucht, sie zurückzuhalten, aber sie hatten nicht auf ihn hören wollen. Die Panik hatte sie taub gemacht.

Also war er allein ins Wasser gesprungen und zu dem treibenden Totempfahl hinausgeschwommen. Nur Nanook, der große Malamute, war am Rand des Felsens zurückgeblieben. Er hatte nicht so recht gewusst, was er tun sollte, und war hin und her stolziert. Jimmy hatte seinen alten Hund nicht retten können. Das eigene Überleben zu sichern wäre schon keine einfache Sache.

Schweren Herzens hatte er sich breitbeinig auf den Totempfahl gesetzt und sich darangemacht, auf das ferne Festland zuzupaddeln. Nanooks Gebell hatte über das Wasser geschallt, bis die Insel völlig hinter ihm verschwunden war.

Als wollte ihn sein Schuldgefühl erneut plagen, hörte er jetzt wiederum das Gebell. Aber es war kein Geist. Er drehte sich um und sah in mehreren Metern Entfernung etwas platschend auf sich zukommen. Schwarz-weißes Fell blitzte auf.

Freude und Besorgnis mischten sich in Jimmys Herzen. Der alte Hund hatte einfach nicht aufgeben wollen, und obwohl er einerseits realistisch bleiben wollte, wusste er andererseits auch, dass er alles zur Rettung des Tieres unternehmen würde. »Komm schon, Nanook!«, schrie er mit klappernden Zähnen. »Beweg deinen nassen Arsch hier rüber!«

Seine blau gewordenen Lippen teilten sich zu einem Lächeln, als ein Gebell ihm Antwort gab.

Dann sah er hinter seinem paddelnden Hund etwas aus den Wellen steigen. Eine lange schwarze Rückenflosse, zu groß für einen Hai. Ein *Orca*. Ein Killerwal.

Jimmy drückte es das Herz ab. Er streckte Nanook eine Hand entgegen, aber es war zwecklos. Die Rückenflosse sank ins Wasser. Er hielt den Atem an und betete zu den alten Göttern, sie sollten seinen Gefährten verschonen.

Plötzlich schäumte weiße Gischt auf. Nanook, der das drohende Verhängnis spürte, winselte. Dann verschwand der prächtige Hund in einer Woge blutigen Schaums. Kurz hob sich die schwarze Rückenflosse und sank dann wieder hinab.

Reglos trieb Jimmy auf seinem von Menschenhand gefertigten Holzscheit dahin. Seine Finger klammerten sich an Bilder der Götter seiner Vorfahren: Bär, Seeadler und Orca. Ein Schweigen hing bedrohlich über dem Meer. Der Ozean hatte sich rasch beruhigt, kein Anzeichen für den wilden Angriff war mehr zu erkennen.

Jimmy spürte heiße Tränen seine erstarrte Wange hinabfließen. Voller Trauer legte er die Stirn auf das Holz.

Da veränderte sich irgendwie das Licht. Er hob den Kopf. Der dunkler werdende Himmel glühte jetzt in einem unnatürlichen Rot. Jimmy reckte den Hals und entdeckte links von sich dessen Quelle. Eine Leuchtkugel. Und in der gleißenden Helligkeit sah er einen Kutter der Küstenwache durch das Wasser gleiten.

Er setzte sich auf, winkte mit einem Arm und schrie: »Hilfe!« Er kämpfte darum, auf dem schaukelnden Holz das Gleichgewicht zu wahren.

Das kurze Tuten einer Schiffssirene antwortete ihm. Dann erreichten ihn schwach einige durch ein Megafon gerufene Worte: »Wir sehen Sie! Bleiben Sie, wo Sie sind!«

Jimmy senkte den Arm und schmiegte sich enger an seinen Pfahl. Er stieß einen langen Seufzer der Erleichterung aus. Dann spürte er es. Etwas ganz in der Nähe. Er wandte den Kopf und starrte nach vorn.

Direkt vor seinen Augen tauchte eine weitere lange schwarze Rückenflosse auf. Ihre Vorderkante streifte das Ende des Pfahls, tippte ihn an, testete ihn.

Langsam zog Jimmy die Füße aus dem Wasser.

Dann erschien links noch eine Rückenflosse ... und noch eine. Der Schwarm Killerwale umkreiste ihn gemächlich, und da erkannte Jimmy, dass der Kutter nie rechtzeitig eintreffen würde. Er sollte Recht behalten. Etwas schlug von unten gegen den Totempfahl und schleuderte ihn einen vollen Meter in die Luft. Jimmy flog davon, wobei seine Finger nach dem Holz krallten.

Klatschend prallte er auf dem Ozean auf und ging unter. Ihm war bereits so kalt, dass er die Eiseskälte seiner Umgebung kaum noch spürte. Unter Wasser öffnete er die Augen. Das Salz brannte darin. In dem feurigen Licht der Leuchtkugel erkannte Jimmy die gewaltigen, immer noch kreisenden Schatten. Obwohl seine eiserstarrten Lungen förmlich nach Luft kreischten, hielt er sich völlig still und ließ sich von seinem natürlichen Auftrieb an die Oberfläche tragen.

Ehe er sie erreichte, näherte sich einer der Schatten. Einen Augenblick lang starrte Jimmy in ein faustgroßes schwarzes Auge. Dann durchbrach er die Oberfläche, legte den Kopf in den Nacken und schnappte keuchend nach Luft.

Der Kutter der Küstenwache raste mit Höchstgeschwindigkeit auf ihn zu. Die Besatzung musste den Angriff mitverfolgt haben.

Jimmy schloss die Augen. Zu weit weg.

Etwas schnappte nach seinem Bein. Kein Schmerz, nur eine feurige Festigkeit. Seine Gliedmaßen waren zu erstarrt, um die Zähne zu spüren. Als der Scheinwerfer der Küstenwache über ihn hinwegfuhr, wurde sein Körper hinabgerissen, von den Göttern seiner Vorfahren in die Tiefe gezerrt.

22.56 Uhr PST (18.56 Uhr Ortszeit)
Boeing 747-200B, Höhe: 30.000 Fuß, unterwegs von Guam

In dem getäfelten Konferenzraum an Bord von Air Force One beobachtete Jeffrey Hessmire die Reaktion des Präsidenten auf die weltweite Notsituation. Um den Tisch waren sein oberster Stab und die Berater versammelt.

»Geben Sie mir eine rasche Zusammenfassung, Tom! Wie umfangreich waren die Beben?«

Außenminister Elliot, dessen gebrochener linker Arm

in einer Schlinge steckte, saß rechts vom Präsidenten. Jeffrey bemerkte den von Morphium benebelten Ausdruck in Tom Elliots Augen, aber der Mann blieb bemerkenswert wach und scharfsinnig. Einhändig wühlte er durch die vielen Ausdrucke auf dem Tisch. »Es ist zu früh für eindeutige Antworten, aber anscheinend ist der gesamte Pacific Rim betroffen. Wir haben sowohl Berichte weit aus dem Süden, aus Neuseeland, als auch ganz aus dem Norden, aus Alaska. Zudem aus Japan und China im Osten sowie von der gesamten Westküste Zentral- und Südamerikas.«

»Und die Vereinigten Staaten? Irgendwas Neues?«

Toms Ausdruck wurde grimmig. »Die Berichte sind nach wie vor chaotisch. San Francisco erlebt immer noch stündlich Nachbeben. Los Angeles brennt.« Er warf einen Blick auf eines der Papiere und schien wenig Lust zu haben, das zu berichten, was dort stand. »Vor Alaska ist die gesamte Inselkette der Aleuten verschwunden.«

Schockiertes Gemurmel erhob sich um den Tisch.

»Ist das möglich?«, fragte der Präsident.

»Es ist via Satellit bestätigt«, erwiderte Tom leise. »Wir erhalten auch endlich Berichte aus Hawaii.« Er sah von seinem Papierstapel auf. »Vierzig Minuten nach den ersten Beben sind die Inseln von Flutwellen überspült worden. Honolulu steht immer noch unter Wasser. Die Hotels in Waikiki sind wie Dominosteine umgefallen.«

Während die Litanei von Tragödien weiterging, wich dem Präsidenten jegliche Farbe aus dem Gesicht; die Lippen hatte er zu einer harten Linie zusammengepresst. Jeffrey hatte noch nie erlebt, dass er so alt wirkte. »So viele Tote ...«, hörte er ihn unterdrückt murmeln.

Schließlich schloss Tom seinen Bericht mit der detaillierten Beschreibung eines Vulkanausbruchs in der Nähe von Seattle. Die Stadt lag meterhoch unter Asche.

»›Der Ring des Feuers‹«, flüsterte Jeffrey in sich hinein.

Präsident Bishop wandte sich an ihn. »Was haben Sie gesagt, Mr Hessmire?«

Jeffrey entdeckte, dass aller Augen auf ihn gerichtet waren. »D... die pazifische Umrandung trägt auch den Spitznamen der ›Ring des Feuers‹, wegen der außerordentlichen geologischen Aktivität – Erdbeben, Vulkanausbrüche.«

Nickend wandte sich der Präsident wieder an Tom. »Ja, doch warum jetzt? Warum so plötzlich? Was hat diese geologische Aktivität im gesamten Pazifik ausgelöst?«

Tom schüttelte den Kopf. »Wir sind nach wie vor weit davon entfernt, dieser Frage nachgehen zu können. Gegenwärtig müssen wir unser Land aus dem Schutt ausgraben. Die Joint Chiefs of Staff und das Kabinett treten auf Anordnung des Vizepräsidenten zusammen. Das Office of Emergency Services ist in volle Alarmbereitschaft versetzt worden. Es wartet nur noch auf unsere Anweisungen.«

»Dann gehen wir an die Arbeit, meine Herren«, begann der Präsident. »Wir ...«

Da bockte das Flugzeug unter ihnen. Mehrere Mitglieder des Stabs wurden aus ihren Sitzen geworfen. Nicht jedoch der Präsident.

»Was war das, zum Teufel?«, fluchte Tom.

Wie aufs Stichwort ertönte die Stimme des Flugkapitäns über Lautsprecher: »Tut mir Leid, dieser kleine Rüttler, aber wir sind unerwartet auf Turbulenzen gestoßen. Wir ... wir haben möglicherweise einen holprigen Flug vor uns. Bitte legen Sie Ihre Sicherheitsgurte an!«

Jeffrey hörte die falsche Munterkeit aus der Stimme des Piloten heraus. Und die dahinter versteckte Sorge. Der Präsident warf Tom mit zusammengekniffenen Augen einen Blick zu.

»Ich geh' nachsehen.« Tom machte sich daran, den Gurt zu lösen.

Der Präsident legte ihm eine Hand auf den verletzten Arm und hinderte ihn daran. Gleichzeitig wandte er sich an Jeffrey und winkte einem Mitglied seines Sicherheitsteams. »Ihr Jungs habt bessere Beine als wir alten Leute.«

Jeffrey ließ seinen Gurt aufschnappen. »Natürlich.« Er stand auf und ging zu dem Agenten des Geheimdienstes in der blauen Uniform hinüber, der an der Tür wartete.

Zusammen verließen sie den Konferenzraum und arbeiteten sich mühsam auf das Cockpit der Boeing 747 zu, vorüber an der Suite von Privaträumen des Präsidenten. Als sie sich der Cockpittür näherten, sah Jeffrey aus dem Augenwinkel einen grellen Blitz draußen vor einem der Seitenfenster.

»Was war ...«, setzte er an, aber da begann das Flugzeug wild zu trudeln.

Jeffrey schlug mit dem Kopf voran gegen das Fenster und stürzte zu Boden. Er spürte seine Trommelfelle platzen. Durch die Tür zum Cockpit vernahm er die verzweifelten Schreie der Besatzung, gekreischte Befehle, Panik.

Er zog sich hoch und drückte das Gesicht an das Bullauge. »Oh, mein Gott ...«

23.18 Uhr PST (2.18 Uhr Ortszeit)
Air Mobility Command, Andrews Air Force Base, Maryland

Tech Sergeant Mitch Clemens griff nach dem roten Telefon über der Reihe von Radarschirmen und drückte die Tasten für die abhörsichere Leitung zum Basiskommandanten. Da Andrews voll in Alarmbereitschaft war, wurde der Anruf augenblicklich beantwortet.

»Ja?«

»Sir, wir haben ein Problem.«

»Und welches?«

Schwitzend starrte Mitch Clemens seinen Monitor an, die Flugzeugkennung VC-25A. Normalerweise funkelte sie in einem hellen Gelb auf dem Schirm. Jetzt blinkte sie. Rot.

Die Stimme des Tech Sergeant zitterte. »Wir haben Air Force One verloren.«

1

NAUTILUS

24. Juli, 15.35 Uhr
90 Kilometer südwestlich von Wake Island, zentralpazifisches Becken

Jack Kirkland hatte von der Sonnenfinsternis nichts mitbekommen.

Wo er dahinglitt, gab es keine Sonne, lediglich die ewige Dunkelheit der unendlichen Tiefe des Ozeans. Die einzige Beleuchtung stellten zwei Xenonscheinwerfer in der Nase seines Einmann-Tauchboots zur Verfügung. Sein neues Spielzeug, die *Nautilus 2000*, befand sich auf ihrer ersten Testfahrt tief unter dem Meer. Das acht Fuß lange Mini-Tauchboot aus Titan hatte die Form eines dicken Torpedos, dem eine Plastikkuppel aufgesetzt war. An der Unterseite befand sich ein Stahlrahmen, der die Batterien, die Antriebseinheit, die Elektronik sowie die Scheinwerfer beherbergte.

Vor ihm bohrte die strahlende Helligkeit der Zwillingsscheinwerfer einen Sichtkegel von über dreißig Metern Länge in die Dunkelheit. Jack schwenkte ihn suchend hin und her. Gleichzeitig überwachte er aus dem Augenwinkel die Analoganzeige für die Tiefenmessung. Er näherte sich der Fünfhundert-Meter-Marke und musste sich dicht über dem Grund des Grabens befinden.

Die Sonaranzeige auf dem Computermonitor bestätigte seine Vermutung. Lediglich noch zwei Faden. Die ›Ping‹-Töne des Sonars folgten immer rascher aufeinander.

So wie Jack in dem Mini-Tauchboot saß, ragten Kopf und Schultern in die Kunststoffkuppel. Auf diese Weise hatte er einen Panoramablick auf seine Umgebung. Während die Kabine für die meisten Männer sehr geräumig gewesen wäre, passte Jack, mit seiner Größe von annähernd zwei Metern, so gerade eben hinein. Als würde man einen MG-Coupé fahren, dachte er, nur dass man das nicht mit den Zehen lenkt.

Die beiden Fußpedale im Rumpf dienten nicht bloß zur Geschwindigkeitskontrolle. Mittels der vier Schubantriebe von je einer Pferdestärke konnte man auch lenken. Mit geübter Geschicklichkeit ließ Jack das rechte Pedal los, während er gleichzeitig mit dem großen Zeh das linke niederdrückte. Das Fahrzeug vollführte eine glatte Linkskurve. Schweinwerferlicht durchdrang die Dunkelheit. Vor ihm tauchte der Meeresboden aus der ewigen Finsternis auf.

Jack bremste sein Fahrzeug ab, so dass es nur noch sanft dahinglitt. Er betrat jetzt ein natürliches Wunderland, eine Oase in der Tiefsee.

Unter ihm zogen sich Felder von Röhrenwürmern über den Talboden des Gebirges mitten im Pazifik. *Riftia pachyptila.* Die Bündel zwei Meter langer Röhren mit ihren blutroten Würmern ließen die Unterwasserlandschaft wie einen außerweltlichen Ziergarten erscheinen. Wenn er vorüberfuhr und sie dabei in der Strömung leicht ins Schwanken gerieten, schienen sie ihm zuzuwinken. Auf den niedrigeren Hängen zu beiden Seiten lagen Schale an Schale riesige Muscheln. Sie standen offen, und weiche Wedel filterten das Meerwasser. Leuchtend rote Krabben der Gattung *munida quadrispina* stolzierten auf langen, spindeldürren Beinen unter ihnen umher.

Eine Bewegung lenkte Jacks Aufmerksamkeit nach vorn. Ein dicker, augenloser Aal glitt vorüber, dessen Zähne hell im Licht der Xenonscheinwerfer strahlten. Gleich darauf folgte eine Schule neugieriger Fische, die von einem großen braunen Laternenfisch angeführt wurde. Der freche Bursche schwamm unmittelbar an die Glaskugel heran – ein Tiefsee-Ungeheuer, das den seltsamen Eindringling beäugte. Winzige biolumineszierende Lichter flackerten an der Seite des Fischs; Anzeichen dafür, dass er sein Territorium aggressiv verteidigen würde.

Auch andere Mitbewohner zeigten sich. Unten am Grund liefen rosafarbene Impulse durch das Gewirr aus Bambuskorallen, *lepidisis olapa*. Rings um die Kuppel blitzten winzige blaugrüne Lichter auf, deren Besitzer zu klein und durchscheinend waren, als dass man sie hätte deutlich erkennen können.

Der Anblick erinnerte Jack an die umherhuschenden Glühwürmchen seiner Kindheit. Nachdem er seine gesamte Jugend fern der Küste in Tennessee verbracht hatte, hatte er sich sogleich in den Ozean verliebt. Er war von dessen Weite bezaubert gewesen, vom endlosen Blau, von den ständig wechselnden Stimmungen.

Wirbelnde Funken umschwärmten die Kuppel.

»Unglaublich«, murmelte er in sich hinein und grinste breit. Selbst nach so langer Zeit fand das Meer immer wieder Wege, ihn zu überraschen.

Sogleich summte es in seinem Ohrhörer. »Was war das, Jack?«

Stirnrunzelnd verfluchte er schweigend das Kehlkopfmikrofon an seinem Hals. Selbst fünfhundert Meter unter dem Meer konnte er sich nicht völlig von der Welt oben abschotten. »Nichts weiter, Lisa«, antwortete er. »Ich bewundere bloß die Aussicht.«

»Wie verhält sich das neue Tauchboot?«

»Könnte nicht besser sein. Empfängst du die Anzeigen für den Bio-Sensor?«, fragte er und berührte den Clip an seinem Ohrläppchen. Das darin eingebaute Laser-Spektrometer überwachte ständig den Sauerstoffgehalt seines Bluts.

Dr. Lisa Cummings hatte ein Stipendium von der National Science Foundation bekommen, um die physiologischen Effekte der Tiefsee-Arbeit zu studieren. »Atmung, Körpertemperatur, Kabinendruck, Sauerstoffversorgung, Ballast, Kohlendioxid-Reiniger. Überall grünes Licht hier oben. Irgendwelche Anzeichen seismischer Aktivität?«

»Nein. Alles ruhig.«

Als Jack vor zwei Stunden seinen Abstieg in der *Nautilus* begonnen hatte, hatte Charlie Mollier, der Geologe, von merkwürdigen seismischen Anzeigen berichtet, von harmonischen Schwingungen, die durch das Tiefseegebirge gewandert waren. Aus Sicherheitsgründen hatte er vorgeschlagen, Jack solle an die Oberfläche zurückkehren. »Komm hoch und sieh dir mit uns zusammen die Sonnenfinsternis an«, hatte Charlie vor einiger Zeit in seinem jamaikanischen Akzent gesendet. »Das wird ein Spektakel, Mann! Wir können immer noch morgen tauchen.«

Jack hatte sich geweigert. Die Sonnenfinsternis interessierte ihn nicht im geringsten. Wenn die Beben schlimmer würden, könnte er stets wieder auftauchen. Aber während des langen Abstiegs waren die seltsamen seismischen Anzeigen abgeebbt. Charlies Stimme hatte schließlich ihren bemühten Unterton verloren.

Er berührte sein Kehlkopfmikrofon. »Also habt ihr euch da oben Sorgen gemacht?«

Nach einer Pause folgte ein widerstrebendes Ja.

Jack stellte sich vor, wie die blonde Ärztin die Augen verdrehte. »Danke, Lisa. Ich schalte jetzt ab. Zeit für ein bisschen Privatsphäre.« Er riss den Bio-Sensorclip vom Ohrläppchen.

Allerdings war es nur ein kleiner Sieg. Das übrige Bio-Sensor-System würde weiterhin Daten über den Zustand des Tauchboots senden, aber wenigstens nichts Persönliches. Das verschaffte ihm zumindest ein wenig Abgeschiedenheit von der Welt oben – und das war es, was Jack am meisten beim Tauchen zusagte. Die Isolation, der Frieden, die Ruhe. Hier zählte nur der Augenblick. So tief unten hatte seine Vergangenheit keine Macht über ihn und konnte ihn nicht heimsuchen.

Aus dem Lautsprechersystem des Boots schallten die seltsamen Geräusche der unendlichen Tiefen durch den beengten Raum: ein Chor unheimlicher Pulsschläge, Zwitschern, hochfrequentes Kreischen. Es war, als würde er einen anderen Planeten belauschen.

Ringsumher lag eine Welt, die für die Bewohner der Oberfläche tödlich war: endlose Dunkelheit, zermalmender Druck, giftiges Wasser. Aber das Leben hatte irgendwie einen Weg gefunden, hier zu gedeihen, genährt nicht vom Sonnenlicht, sondern von giftigen Wolken aus Schwefelwasserstoff, ausgestoßen von heißen Quellen, die ›schwarze Raucher‹ genannt wurden.

Jack glitt jetzt in die Nähe einer dieser Quellen, einen dreißig Meter hohen Vulkanschlot, aus dessen Öffnung dunkle Rauchschwaden aus mineralreichem kochendem

Wasser quollen. Im Vorüberfahren störte sein Antrieb weiße Wolken aus Bakterien auf und erzeugte hinter ihm einen winzigen Blizzard. Diese Mikroorganismen waren die Grundlage für das Leben hier, mikroskopisch kleine Maschinen, die Schwefelwasserstoff in Energie umwandelten.

Jack umrundete den Vulkanschlot in gebührendem Abstand. Dennoch stieg die Außentemperatur rasch an, als sein Tauchboot vorüberglitt. Die Schächte selbst konnten weit über 370 Grad Celsius erreichen. Das war heiß genug, ihn in seinem kleinen Tauchboot zu kochen.

»Jack?« Die besorgte Stimme der Teamärztin flüsterte ihm erneut ins Ohr. Ihr mussten die Temperaturänderungen aufgefallen sein.

»Bloß ein Raucher. Deswegen muss man sich keine Sorgen machen«, gab er zur Antwort.

Mithilfe der Fußpedale schob er das Mini-Tauchboot an dem Vulkanschlot vorüber und setzte seine gemächliche Fahrt fort, wobei er sich dicht am Grund der tiefen Rinne hielt. Obgleich ihn das Leben hier unten faszinierte, hatte Jack etwas Wichtigeres vor, als lediglich die Aussicht zu bewundern.

Während des vergangenen Jahres waren er und sein Team an Bord der *Deep Fathom* auf der Jagd nach dem Wrack der *Kochi Maru* gewesen, einem japanischen Frachter, der im Zweiten Weltkrieg verschollen war. Ihre Nachforschungen im Ladungsmanifest hatten ergeben, dass das Schiff eine große Menge an Goldbarren mit sich geführt hatte, Überreste des Kriegs. Nach gründlichem Studium von Navigations- und Wetterkarten hatte Jack die Suche auf zehn nautische Quadratmeilen im Meeresgebirge des zentralpazifischen Beckens eingegrenzt. Es war eine sehr vage Vermutung gewesen, ein Roulett-Spiel, das nach einem Jahr nicht den Eindruck erweckte, als hätte sich der Einsatz gelohnt – bis gestern. Da hatte ihr Sonar einen verdächtigen Schatten am Grund des Ozeans aufgefangen.

Den verfolgte Jack jetzt gerade. Er warf einen Blick auf den Computer des Tauchboots, der ihm die Sonardaten von seinem Schiff weit oben anzeigte. Was diesen Schatten geworfen hatte, war etwa hundert Meter von seiner gegenwärtigen Position entfernt. Er schaltete sein eigenes Sonar ein, das die Gegend links und rechts abtastete, während er sich der Stelle näherte.

Ein Gebirgsrücken tauchte in der Düsternis auf. Jack schwenkte in einem weiten Bogen um das Hindernis herum. Die Oase hinter ihm verschwand, ebenso die üppige Fauna und Flora. Der Meeresboden vor ihm zeigte nichts als leblosen Schlick. Im Vorüberfahren wirbelte der Antrieb des Tauchboots Schlammwolken auf. *Als würde man eine staubige Landstraße hinabfahren.*

Jack umrundete den Felsausläufer. Vor ihm tauchte erneut eine Erhebung auf – ein Vorgebirge zum zentralpazifischen Becken –, das ihm den weiteren Weg versperrte. Er blieb stehen und ließ etwas Ballast ab, da er über den Grat hinüberwollte. Als er langsam aufwärts trieb, geriet sein Tauchboot in eine leichte Strömung, die ihn mitzog. Jack kämpfte mit seinem Antrieb dagegen an, bis er sein Fahrzeug schließlich wieder stabilisiert hatte. *Was ist das, zum Teufel?* Er stupste es leicht an, so dass es langsam auf die Spitze zufuhr.

»Jack«, flüsterte ihm Lisa erneut ins Ohr, »kommst du wieder an einem Schlot vorüber? Meine Temperaturanzeigen klettern in die Höhe.«

»Nein, aber ich weiß nicht genau, was ... du meine

Fresse!« Sein Tauchboot hatte den Berg erklommen. Jetzt sah er, was auf der anderen Seite lag.

»Was ist, Jack?« Lisas Stimme zitterte ängstlich. »Bist du okay?«

Jenseits der Erhebung öffnete sich ein weiteres Tal, das jedoch keine Oase des Lebens war. Eher die Hölle. Glühende Spalten zogen sich im Zickzack über den Meeresboden. Geschmolzenes Gestein floss daraus hervor, das beim raschen Abkühlen eine schattige, purpurrote Färbung annahm. Jack kämpfte gegen die durch die Hitze hervorgerufene Strömung an, die ihn unermüdlich weiterschieben wollte. Aus den Lautsprechern der Kabine ertönte ein beständiges Brüllen.

»Mein Gott ...«

»Jack, worauf bist du da gestoßen? Die Temperatur schießt in die Höhe!«

Um das zu merken, benötigte er keine Instrumente. Bei jedem Atemzug wurde es im Innern des Tauchboots wärmer. »Eine neue Quelle.«

Eine zweite Stimme ertönte über den Funk. Es war Charlie, der Geologe. »Sei vorsichtig, Jack! Ich fange nach wie vor schwache Wellen von dort unten auf. Da ist es alles andere als stabil.«

»Ich verschwinde noch nicht.«

»Du solltest das Risiko ...«

»Ich habe die *Kochi Maru* gefunden«, unterbrach Jack.

»Was?«

»Das Schiff ist hier ... aber ich weiß nicht, für wie lange noch.« Während das Boot über die Erhebung schwebte, sah Jack zur anderen Seite des höllischen Tals hinüber. Dort lag das Wrack eines langen Schleppnetzfischers, dessen Rumpf in zwei Teile zerborsten war. In dem finsteren Glanz erwiderten die zerschmetterten Fenster der

Kommandobrücke seinen Blick. Der Bug zeigte japanische Schriftzeichen, doch war der Name Jack wohl vertraut: KOCHI MARU. Frühlingsbrise.

Aber zu dem Wrack passte der Name längst nicht mehr.

Rings um das Schiff quoll geschmolzenes Felsgestein hervor, floss dahin und bildete Bänder und Magmalachen, die dampften, während sie sich in den eiskalten Tiefen rasch abkühlten. Die vordere Hälfte des Schiffs lag unmittelbar über einer der Spalten. Jack sah das stählerne Schiff langsam versinken, mit dem Magma verschmelzen.

»Ein Fischerkahn mitten in der Hölle«, berichtete Jack. »Ich werd ihn mal genauer unter die Lupe nehmen.«

»Jack ...« Das war wieder Lisa, deren Stimme hart geworden war. Es hörte sich an, als wollte sie ihm einen Befehl erteilen. Aber sie zögerte. Sie kannte ihn zu gut. Ein langer Seufzer folgte. »Halte bloß die Anzeigen für die Außentemperatur im Auge. Titan ist gegenüber extremen Temperaturen nicht unempfindlich. Insbesondere die Schweißnähte ...«

»Versteh schon. Keine unnötigen Risiken.« Jack drückte beide Fußpedale nieder. Das Tauchboot schoss davon und stieg gleichzeitig höher. Während er auf das Wrack zuglitt, ging die Temperatur gleichmäßig in die Höhe.

Fünfundzwanzig ... vierzig ... fünfundvierzig ...

Schweiß perlte Jack von der Stirn, und seine Hände wurden glitschig. Wenn eine der Nähte des Tauchboots nachgeben und reißen würde, würde ihn der immense Druck in diesen Tiefen in weniger als einer Sekunde zermalmen.

Er stieg höher, bis die Temperatur unter vierzig Grad

fiel. Zufrieden, dass er wieder in Sicherheit war, überquerte er das Tal, wobei er unregelmäßig Gas gab. Bald schwebte er über dem Wrack. Er kippte das Tauchboot und umkreiste das zerbrochene Schiff.

Leicht vorgebeugt sah Jack auf das Wrack hinab. Volle fünfzig Meter vom Bug entfernt lag das zerborstene Heck mit dem höhlenartigen Frachtraum, der von den Spalten abgewandt war. Auf der anderen Seite waren, erhellt vom feurigen Schein aus den Rissen in der Nähe, etliche Kisten halb im Schlamm vergraben, deren Holz über die Jahrzehnte hinweg schwarz geworden war.

»Wie schaut's aus, Jack?«, fragte Lisa.

Mit zusammengekniffenen Augen musterte er die über den Grund verstreute Ladung des Wracks. »Nicht besonders gut, so viel steht fest.«

Nach einer bewusst eingelegten Pause fragte Lisa: »Und ...?«

»Ich weiß nicht so recht. Ich habe das Schiff und die alte Familienranch zur Finanzierung dieses Ausflugs verpfändet. Kämen wir jetzt mit leeren Händen rauf ...«

»Weiß ich, aber alles Gold der Welt ist nicht so viel wert wie dein Leben.«

Dagegen konnte er schlecht etwas einwenden. Er liebte die alte Heimat noch immer: die sanft gewellten grünen Hügel, die weiß gestrichenen Zäune. Er hatte die Vierzig-Hektar-Ranch geerbt, nachdem sein Vater an Bauchspeicheldrüsenkrebs gestorben war. Damals war Jack erst einundzwanzig gewesen. Die Schulden hatten ihn heraus aus der Universität in Tennessee und hinein in die Arme der Streitkräfte getrieben. Er hätte die Farm natürlich verkaufen und das Studium beenden können, doch das hatte er um keinen Preis tun wollen. Das Land befand sich seit fünf Generationen im Besitz der Familie – in

Wahrheit war es aber etwas weitaus Persönlicheres gewesen. Als sein Vater gestorben war, hatte seine Mutter schon längst im Grab gelegen. Nach einer einfachen Blinddarmoperation hatte es Komplikationen gegeben, denen sie erlegen war. Damals war er noch ein Knabe gewesen, und sie hatte keine weiteren Kinder hinterlassen. Jack konnte sich kaum an sie erinnern. Ihm waren lediglich die Bilder an der Wand geblieben sowie eine Hand voll Erinnerungen, die mit der Farm verbunden waren. Er hätte diese Erinnerungen, so schwach sie ja auch sein mochten, unter keinen Umständen an die Bank verlieren wollen.

Lisa unterbrach seine Träumereien. »Ich könnte immer noch versuchen, mein NSF-Stipendium aufzustocken und weitere Sponsoren aufzutun.« Ihre staatlichen Zuschüsse hatten es ermöglicht, die *Nautilus* zu leasen und ihr patentiertes Bio-Sensor-System zu testen.

»Das würde nicht reichen«, knurrte Jack. Insgeheim hatte er die Hoffnung gehegt, durch einen erfolgreichen Fischzug seine Schulden tilgen und sogar noch etwas übrig behalten zu können, um damit eine lebenslange Schatzjagd zu finanzieren.

Dazu mussten allerdings die Ladungsverzeichnisse der *Kochi Maru* korrekt sein ...

Jack ließ alle Vorsicht fahren und gehorchte seinem Herzen. Er drückte beide Fußpedale nach vorn. Das Boot tauchte in einer engen Spirale zu dem zerborstenen Heck der *Kochi Maru* hinab. Was würde es schaden, einen raschen Blick hineinzuwerfen?

Erneut kletterte die Temperaturanzeige in die Höhe: *45 ... 50 ... 55° C.*

Er sah einfach nicht mehr hin.

»Jack ... die Anzeigen ...«

»Ich weiß. Ich werde bloß das Schiff etwas näher in Augenschein nehmen und keine Risiken eingehen.«

»Dann leg zumindest deinen Bio-Sensor-Clip wieder an, damit ich dich überwachen kann.«

Er wischte sich Schweiß aus den Augen und seufzte. »Okay, Mami.« Er heftete den Sensor ans Ohrläppchen. »Bist du nun glücklich?«

»Rasend glücklich. Jetzt bring dich nicht um!«

Er hörte die Sorge aus ihren leichthin gesprochenen Worten heraus. »Stell bloß eins von diesen Heinekens für mich in den Eisschrank.«

»Werd ich.«

Als er sich dem Meeresgrund näherte, ließ er das Tauchboot hinter das Heck des Wracks gleiten und schob sich vorsichtig auf das klaffende Loch des Frachtraums zu. Neben der gewaltigen Schiffsschraube wirkte sein Fahrzeug geradezu winzig. Im Übrigen gedieh sogar hier Leben. Die alte, von Rostkanälen durchzogene Schiffshülle war zu einem künstlichen Riff für Muscheln und Korallen geworden.

Er umrundete den Kiel, drehte das Tauchboot herum und richtete die Scheinwerfer auf den Frachtraum. Dann warf er einen Blick auf die Temperaturanzeige. *60° C.* Zumindest war es hier im Schatten des Rumpfs nicht noch heißer geworden. Jenseits des dunklen Schiffs erstrahlte das Meer in einem feurigen Karminrot, als würde ganz in der Nähe eine unergründliche Sonne aufgehen. Jack ignorierte die Hitze, obgleich Rücken und Gesäß jetzt nass vor Schweiß in seinem Neopren-Anzug waren.

Er hob die Nase des Tauchboots an und richtete die Xenonscheinwerfer auf das Herz des dunklen Frachtraums. Aus dem höhlenartigen Innern funkelten ihn zwei riesige Augen an.

Sein Herz vollführte einen Sprung. »Was zum Teufel ...?«

Da sprang das Ungeheuer aus seiner von Menschenhand gemachten Höhle hervor und war über ihm. Lang, schlangenförmig, silbrig, schoss die Seeschlange auf ihn zu, das Maul zu einem lautlosen Schrei der Wut geöffnet.

Jack schnappte nach Luft und tastete nach den Bedienungshebeln für die Titangreifarme des Tauchboots. Er wollte sie gezielt zu seiner Verteidigung einsetzen, doch schlug er im Endeffekt nur wild damit umher.

Im allerletzten Augenblick scheute die Kreatur zurück, und Jack sah ihren langen, silbrigen, schuppigen Körper wie eine mächtige Lokomotive an sich vorüberjagen. Sie musste wenigstens dreißig Meter lang sein. Sein winziges Fahrzeug erhielt einen kräftigen Stoß, so dass es sich um die eigene Achse drehte.

Jack verrenkte sich den Hals, um der Kreatur auf ihrer Flucht nachzuschauen. Mit einem Zucken des spitz zulaufenden Schwanzes verschwand sie in dem mitternachtsdunklen Wasser. Jetzt erkannte er, um was es sich gehandelt hatte. Ein seltenes Monstrum, jedoch keine Schlange. Es war offenbar durch die unerwartete Begegnung ebenso in panischen Schrecken versetzt worden wie er selbst. Jack schluckte schwer. »Gott verdammt!«, fluchte er, als er das Tauchboot stabilisierte, das im Kielwasser der Kreatur umherwirbelte. »Wer hat denn da behauptet, es würde keine Meeresungeheuer geben?«

Ein Knistern ertönte an seinem Ohr. »Meeresungeheuer?« Wieder war es Lisa.

»Ein Riemenfisch«, erklärte er.

»Meine Güte, dein Pulsschlag hat sich fast verdoppelt! Du musst ...«

Eine neue Stimme unterbrach die Ärztin. Es war Robert Bonaczek, der Meeresbiologe der Gruppe. »Ein Riemenfisch? *Regalecus glesne?*«, fragte er und benutzte den lateinischen Namen des Fischs. »Ganz bestimmt?«

»Ja, ein riesiger. Bestimmt an die fünfunddreißig Meter.«

»Hast du eine Aufnahme gemacht?«

Beim Gedanken an seinen Panikanfall wurde Jack rot. Als ehemaliger Navy SEAL wusste er, dass seine Reaktion auf den Angriff durch ein Tiefseeungeheuer alles andere als heldenhaft gewesen war. Er wischte sich die feuchte Stirn. »Nein ... ähm, dazu war nicht genügend Zeit.«

»Eine Schande! Über die ist so wenig bekannt. Niemand hätte gedacht, dass sie in solcher Tiefe leben.«

»Also, der hier hat auf großem Fuß gelebt, das ist verdammt sicher. Hat sich im Frachtraum des Wracks häuslich niedergelassen.« Jack bewegte sein Schiff weiter voran, und die Lichtkegel der Scheinwerfer stachen erneut ins Innere. Überall waren zerbrochene Kisten gestapelt. Die *Kochi Maru* war schwer beladen gewesen. Jack entdeckte die Stelle, wo es sich der Riemenfisch gemütlich gemacht hatte. Ein ausgeräumtes Kabuff in der Nähe des Hecks. Sorgfältig lenkte er sein Boot in den offenen Frachtraum.

An seinem Ohr knisterte es. »Jack, ich ... weiß nicht, Mensch ...« Jack erkannte die Stimme des Geologen, aber die Übertragung wurde durch die Wände des Frachtraums gestört. Anscheinend konnte der patentierte Tiefsee-Sprechfunk des Schiffs keine acht Zentimeter Stahl durchdringen.

Jack berührte sein Kehlkopfmikrofon. »Sag's noch mal!«

Er empfing lediglich Rauschen und unartikulierte Geräusche.

Stirnrunzelnd nahm er die Zehen von den Pedalen und wollte den Rückzug antreten. Da fiel sein Blick auf ein helles Glitzern weiter innen im Frachtraum. Er senkte die Nase des Fahrzeugs und ließ es sachte weitergleiten. Seine Scheinwerfer erhellten jetzt den Boden.

Inmitten der Kisten, drüben an der Wand, sah er etwas, das ihm einen scharfen Pfiff entlockte. Als der Riemenfisch aus seinem Nest geschossen war, hatte er mit dem Schwanz ein paar Quader, schwarz vor Algen, von einem beeindruckenden Haufen herabgefegt, so dass die tiefer im Innern liegenden Barren zu erkennen waren: Gold, das im Schein der Xenonscheinwerfer heller als die Sonne in der Karibik glänzte.

Jack schob sich noch näher heran. Er vermochte sein Glück kaum zu fassen. Sobald er sich in Reichweite dafür befand, legte er die Hände auf die Bedienungselemente für die externen hydraulischen Manipulatoren. Da er bis zum Exzess damit geübt hatte, war ihm ihr Gebrauch in Fleisch und Blut übergegangen. Er streckte die Kneifzange des linken Arms auf ihre gesamte Länge von fünf Metern aus, packte einen der schwarzen Quader und holte ihn hoch ans Licht. Mit dem anderen Arm kratzte er sorgfältig die Oberfläche sauber.

»Gold.« Daran bestand kein Zweifel. Er grinste breit und ergriff einen weiteren Quader. Dann tippte er an sein Kehlkopfmikrofon. Er musste es den Leuten oben sagen. Ein scharfes Knistern und Rauschen. Er hatte die Interferenzen vergessen. Langsam holte er das Tauchboot zurück, wobei er sorgfältig darauf achtete, nicht an irgendwelchem Schutt hängen zu bleiben. Unterdessen ließ er im Kopf mehrere verschiedene Bergungsszenarien ablaufen. Hebesäcke würden's nicht bringen. Sie würden ein Schleppnetz am Tauchboot anbringen und ein paar Mal hochziehen müssen.

Schließlich verließ das Fahrzeug den Frachtraum und erreichte wieder offenes Wasser. Sofort brachte ein Gebrüll seine Trommelfelle fast zum Platzen: »Raus da, Mensch! Sofort! Jack, bring deinen Arsch da raus!« Es war Charlie. Völlig in Panik.

»Was ist los?«, kreischte Jack zurück. Er warf einen Blick auf die Außentemperaturanzeige. Sie war um fast zehn Grad Celsius gestiegen. In der fieberhaften Aufregung über die Entdeckung des Golds war ihm das völlig entgangen. »Oh, Scheiße!«

»Die seismischen Anzeigen spielen verrückt, Jack! Sie strahlen von da aus, wo du sitzt. Raus da! Du hockst auf dem gottverdammten Epizentrum!«

Jetzt kam Jacks Navy-Ausbildung zur Geltung. Er wusste, wann er Befehlen gehorchen musste. Er schwang das Tauchgerät herum, brachte die *Nautilus* auf ihre Höchstgeschwindigkeit von vier Knoten und schoss nach oben, suchte kühleres Wasser. Er verdrehte den Hals und schaute zurück. »Verdammt!«

Der vordere Abschnitt der *Kochi Maru* war halb in dem Magmateich versunken. Die zickzackförmigen Spalten waren breiter geworden. Der unheilvollste Anblick war jedoch der Meeresboden, der sich wie eine Blase, die gleich platzen wollte, nach oben wölbte.

Jack trat beide Pedale bis zum Boden durch, riss die Nase des Tauchboots in Richtung der fernen Oberfläche nach oben und stieß sämtlichen Ballast ab. Die Antriebsmotoren jaulten auf, als er sie bis zum Äußersten beanspruchte.

»Verdammt, verdammt, verdammt ...«, fluchte er unermüdlich.

»Jack, da passiert was. Die Anzeigen sind ...«

Er hörte es, bevor er es spürte. Ein ungeheuerliches Brüllen aus den Lautsprechern, wie Donnergrollen inmitten von Hügeln. Dann wurde das Boot von der Schockwelle getroffen und überschlug sich.

Eine flammende Wunde öffnete sich unter ihm. Magma schoss hervor und spritzte in die Höhe. Ein Vulkan hatte sich geöffnet. Er wurde in seinem Tauchboot nach oben geschleudert, wobei er sich hilflos überschlug, und dann fing das Meer ringsumher zu kochen an. Blasen, so groß wie sein Tauchboot, bombardierten sein Schiff, hämmerten wie mit Fäusten darauf ein.

Er kämpfte mit dem Antrieb, um zumindest so etwas wie eine Richtung beizubehalten, wurde jedoch zu heftig hin und her gerüttelt und geschüttelt. Er schmeckte Blut auf der Zunge. Kreischend versuchte er, die *Deep Fathom* über Funk zu erreichen. Als Antwort erhielt er allerdings bloß Knistern und Rauschen.

Eine schier endlose Zeit lang ritt er auf den Blasen nach oben. Verzweifelt bemühte er sich, die Herrschaft über sein Tauchboot wiederzuerlangen, aber es überschlug sich weiterhin. Er musste aus der vulkanischen Eruption heraus! Da kam ihm eine Idee. Um in einer reißenden Strömung zu überleben, durfte ein Schwimmer einfach nicht mehr dagegen ankämpfen.

Er nahm den Fuß vom rechten Pedal und tippte nur das linke an. Hatte er bisher alles Mögliche versucht, nicht mehr umhergewirbelt zu werden, so setzte er jetzt alles daran, dass sich das Fahrzeug immer rascher überschlug. Bald drückte ihn die Zentrifugalkraft fest an die Steuerbordseite des Tauchboots. Dennoch betätigte er weiterhin lediglich das linke Pedal. »Komm schon ... komm schon ...«

Dann traf eine der ungeheuerlichen Blasen den Unterbau des Tauchboots. Das umherwirbelnde Fahrzeug stellte sich senkrecht, die Nase nach oben. Die plötzliche Bewegung schleuderte das Heck hoch. Wie ein über die Wellen geschnippter Stein schoss die *Nautilus* aus dem Blasenstrom heraus.

Nun überschlug sich das Boot immer langsamer, und Jack rutschte auf seinen Sitz zurück. Mit den Füßen bearbeitete er die Pedale, und endlich, endlich hörte das Umherwirbeln auf. Erleichtert aufseufzend richtete er das Fahrzeug zur Oberfläche aus. Ihm fiel auf, dass das mitternachtsdunkle Wasser sich bereits zu einem schwachen Dämmer aufgehellt hatte. Er reckte den Hals und sah weit oben einen vagen Schimmer der fernen Sonne.

Das Knacken und Rauschen im Ohr hörte auf. »Jack ... antworte bitte ... kannst du uns hören?«

Jack legte sein Kehlkopfmikrofon wieder an. Während des Kampfs hatte sich das Klebeband gelöst. »Alles klar hier«, erwiderte er heiser.

»Jack!« Die Erleichterung in Lisas Stimme war wie eine kühle Gischt Wasser. »Wo bist du?«

Er sah auf den Tiefenmesser. *Siebzig Meter.* Er konnte kaum fassen, wie rasch er zur Oberfläche hinaufgeschossen war. Zum Glück war sein Fahrzeug von seiner Umgebung völlig isoliert und hatte einen beständigen Binnendruck von einer Atmosphäre. Ansonsten wäre er bereits der Caissonkrankheit erlegen. »Ich werde in etwa drei Minuten auftauchen.«

Jack warf einen Blick auf seinen Kompass und runzelte die Stirn. Die Nadel wirbelte herum, als wäre sie immer noch völlig benommen von der wilden Fahrt. Er klopfte auf das Glas, doch das wilde Kreisen wollte nicht aufhören. Da gab er es auf und berührte sein Mikrofon. »Der Kompass hat seinen Geist aufgegeben. Bin mir nicht sicher, wie weit ich weg bin, aber sobald ich oben bin, schalte ich das GPS ein, damit ihr mich orten könnt.«

»Und was ist mit dir selbst? Bist du okay?«

»Lediglich zerkratzt und zerschlagen.«

Charlie schaltete sich ein. »Für jemanden, der gerade noch einen Vulkanausbruch direkt unter seinem Hintern hatte, hast du verdammtes Glück gehabt, *Mann*. Ich wünschte, ich hätte das erleben dürfen.«

Jack grinste. Die Geburt eines unterseeischen Vulkans gehörte gewiss zu den feuchten Träumen jedes Geologen. Er betastete die harte Beule auf seinem Scheitel und zuckte zusammen. »Glaub mir, Charlie, ich wünsche mir auch, dass du an meiner Stelle gewesen wärst.«

Das Wasser ringsumher veränderte seine Färbung. Aus dem tiefen Purpurrot wurde ein helles Aquamarin. »Tauch auf«, sagte Jack.

»Was ist mit der *Kochi Maru*?«, fragte eine neue, hoffnungsvolle Stimme. Jack war überrascht, Professor George Klein zu hören, den Historiker und Kartografen des Schiffs. Der Professor verließ selten die üppig ausgestattete Bibliothek der *Deep Fathom*.

Jack unterdrückte ein Aufstöhnen. »Tut mir Leid, Doc. Die ist dahin ... ebenso das Gold.«

Enttäuscht gab George schließlich zur Antwort: »Na ja, wir können uns sowieso nicht sicher sein, ob das Manifest der *Kochi Maru* akkurat gewesen ist. Während des Kriegs haben die Japaner oft die Aufzeichnungen gefälscht, um ihre Goldtransporte zu decken.«

Jack sah im Geiste die großen Stapel Barren vor sich. »Sie waren akkurat«, sagte er finster.

Charlie meldete sich wieder. »He, Jack, anscheinend bist du nicht als Einziger kräftig durchgerüttelt worden. Von überall her treffen Berichte ein, dass Erdbeben und Eruptionen den gesamten Pazifik erschüttert haben, und zwar von Küste zu Küste.«

Jack runzelte die Stirn. Was ging ihn das an? Seit er die Welt vor zwölf Jahren hinter sich gelassen hatte, war sein Interesse am restlichen Planeten so ziemlich erloschen. Für ihn zählte lediglich diese eine Eruption. Sie hatte ihn nicht bloß ein gewaltiges Vermögen, sondern vielleicht sogar sein Schiff gekostet. »Ich schalt jetzt ab«, sagte er mit einem langen Seufzer. »Bin in einer Minute oben.«

Das Wasser wurde heller. Bald durchbrach die Kuppel die Oberfläche. Die helle nachmittägliche Sonne stach ihm in die Augen, und Jack beschattete sich das Gesicht. Drüben im Westen kochte die See, Dampfblasen stiegen auf. Dort war der unterseeische Vulkan ausgebrochen. Aber im Südosten machte er ein dunkles Pünktchen aus. Die *Deep Fathom*.

Er schaltete das Notsignal ein und aktivierte das GPS. Dann lehnte er sich zurück und wartete. Während er über das Wasser hinausstarrte, erhaschte er aus dem Augenwinkel ein Glitzern. Neugierig richtete er sich ein wenig auf und betätigte die RMS-Kontrollhebel, um die beiden externen Greifarme anzuheben. Salzwasser tropfte von den Titan-Gliedmaßen herab.

Jack setzte sich noch etwas gerader hin und stieß sich erneut den Kopf. »Das ist doch nicht möglich ...«

Das Sonnenlicht glitzerte hell auf den beiden großen Barren, die die Greifzangen umklammert hielten. Er hatte vergessen, dass er sie vor seinem plötzlichen Rückzug aus dem Frachtraum der *Kochi Maru* geborgen hatte. Die Goldbarren waren bei der wilden Flucht zur Oberfläche sauber gewaschen worden, zum Glück aber auch in ihrem hydraulischen Griff geblieben.

Er pfiff anerkennend. »Plötzlich erscheint alles in wesentlich hellerem Licht.«

Erneut ertönte Georges Stimme über Funk. »Jack, wir haben dein GPS-Signal.«

»Prächtig!«, erwiderte Jack jubilierend. Er hatte kaum auf die Worte geachtet. »Und stellt schon mal den Champagner kalt!«

Aus Georges Antwort war dessen Verwirrung deutlich herauszuhören. »Äh ... okay ... aber meiner Ansicht nach solltest du wissen, dass wir gerade einen Anruf über den Globalstar bekommen haben.«

Da er die untergründige Anspannung spürte, wurde Jacks Stimmung wieder düsterer. »Wer hat angerufen?«

Eine lange Pause. »Admiral Mark Houston.«

Jack hatte das Gefühl, als hätte ihm gerade jemand einen Hieb in die Magengrube versetzt. Sein ehemaliger Kommandant auf See. »W... Was? Warum?« Er hatte gehofft, diesen Namen nie mehr hören zu müssen. Dieses Leben hatte er hinter sich gelassen.

»Er hat uns zu bestimmten Koordinaten beordert. Etwa vierhundert Seemeilen von hier, und ...«

Jack ballte die Fäuste und warf dazwischen: »Uns beordert? Sag ihm, er soll sich seine Order in den ...«

Jetzt ging George dazwischen. »Es hat einen Flugzeugabsturz gegeben. Es wird gerade eine Bergungsoperation auf die Beine gestellt.«

Jack biss sich auf die Lippe. Die Navy hatte alles Recht, seine Hilfe anzufordern. Die *Deep Fathom* war als Bergungsschiff registriert. Dennoch zitterten seine Hände.

Alte Erinnerungen und Gefühle loderten hell in ihm auf. Ihm fiel wieder ein, mit welcher Ehrfurcht er das

Shuttle *Atlantis* in Floridas Sonnenschein hatte erstrahlen sehen, und er dachte an den Stolz, den er verspürt hatte, als er erfahren hatte, dass er der erste Navy-SEAL sein würde, der in diesem Vogel fliegen würde. Aber dunklere Erinnerungen überschatteten diese angenehmen: Flammen, sengender Schmerz ... eine Hand in einem Handschuh, die nach ihm griff, kreischende Stimmen ... rutschen, stürzen ... ein endloser Fall.

Auf seinem Sitz in der *Nautilus* hatte Jack immer noch das Gefühl, er würde fallen.

»Hast du mich verstanden, Jack?«

Er zitterte, unfähig zu atmen, geschweige denn zu antworten.

»Jack, das abgestürzte Flugzeug ... es ist die Air Force One.«

2

DIE DRACHEN VON OKINAWA

25. Juli, 6.30 Uhr
Naha, Okinawa, Japan

Karen Grace duckte sich hinter eine Mülltonne, um nur ja nicht von der Militärpatrouille entdeckt zu werden. Zwei bewaffnete Soldaten mit Taschenlampen in den Händen schlenderten heran. Einer blieb stehen, um sich eine Zigarette anzuzünden. Karen hielt den Atem an und betete, dass sie bald weitergingen. Im Schein der Streichholzflamme erkannte sie das Emblem auf dem Ärmel. U. S. NAVY.

Nach den gestrigen Erdbeben war über sämtliche japanische Präfekturen das Kriegsrecht verhängt worden, auch über die südliche Inselkette von Okinawa. Plünderer hatten die Stadt und die umliegenden Gebiete heimgesucht. Die Inselbehörden waren vom Ausmaß der Zerstörung und des Chaos völlig überfordert und hatten um Unterstützung der hier ansässigen amerikanischen Militärbasis beim Aufräumen, bei den Rettungsarbeiten und beim Schutz der zerstörten Stadt ersucht.

Die Behörden hatten für Naha eine nächtliche Ausgangssperre verhängt, und Karen verstieß gerade gegen diese neue Anordnung. Die Sonne würde erst in einer halben Stunde aufgehen.

Bleibt in Bewegung ... geht weiter!, drängte sie die beiden im Stillen.

Als hätte er sie gehört, leuchtete einer der Männer mit seiner Taschenlampe die Gasse hinab. Karen erstarrte und schloss die Augen. Sie hatte Angst, dass er sie bemerken würde, wenn sie sich rührte. Sie trug eine bestickte dunkle Jacke und schwarze Slacks, wünschte sich jedoch, sie hätte daran gedacht, ihr blondes Haar zu bedecken. Sie kam sich vor wie auf dem Präsentierteller und war sich sicher, dass die beiden Soldaten sie entdecken würden. Endlich verschwand das Licht.

Karen öffnete die Augen und hörte dann noch ein Gemurmel, gefolgt von einem kurzen Auflachen. Ein grober Scherz. Die beiden setzten ihren Patrouillengang fort. Erleichtert ließ sie sich gegen die Mülltonne sinken.

Tiefer aus den Schatten flüsterte ihr eine Stimme zu: »Sind sie weg?«

Karen schob sich hoch. »Ja, aber das war verdammt knapp.«

»Wir sollten das nicht tun«, zischte ihre Begleiterin und kroch mühsam aus den Schatten heraus.

Karen half Miyuki Nakano auf. Ihre Freundin fluchte unterdrückt, und zwar sehr überzeugend, wenn man berücksichtigte, dass Englisch nicht ihre Muttersprache war. Die japanische Universität, an der sie eine Professur innehatte, hatte sie für zwei Jahre zu einer Internetfirma in Palo Alto beurlaubt, und dort hatte sie fließend Englisch gelernt. Aber hier, als sie jetzt unter einem Stapel alter Zeitungen und einem Haufen verfaultem Gemüse hervorkroch, war die zierliche Dozentin eindeutig fehl am Platz. Miyuki verließ selten ihr steriles Computerlabor an der Ryukyu-Universität und wurde ebenso selten ohne ihren gestärkten und gebügelten Laborkittel gesichtet.

An diesem Morgen war jedoch alles anders.

Miyuki trug eine dunkelrote Bluse und schwarze Jeans, und beides zeigte jetzt ziemlich deutliche Schmutzspuren. Ihr ebenholzschwarzes Haar hatte sie zu einem einfachen Pferdeschwanz zurückgekämmt. Sie pflückte ein Spinatblatt aus ihrer Bluse und schnippte es angeekelt davon. »Wenn du nicht meine beste Freundin wärst ...«

»Ich weiß ... und ich entschuldige mich zum hundertsten Mal.« Karen wandte sich ab. »Aber Miyuki, du hättest nicht mitkommen müssen.«

»Und du hättest dich allein durch Naha schlagen sollen und wärst dabei auf Männer mit wer weiß was für finsteren Absichten gestoßen? Das ist doch viel zu unsicher!«

Karen nickte. Wenigstens an Letzterem war etwas dran. Sirenengeheul schallte durch die zerstörte Stadt. Die Suchscheinwerfer der Behelfs-Camps durchstachen den nächtlichen Himmel wie Leuchtfeuer. Trotz der Ausgangssperre ertönten von allen Seiten Rufe und Schüsse. Ein solches Chaos hatte Karen in der Stadt nicht erwartet.

Miyuki beklagte sich weiterhin über ihr bevorstehendes Schicksal. »Wer weiß, welche Männer auf uns warten? Weiße Sklavenhändler? Drogenschmuggler?«

»Es sind bloß die ortsansässigen Fischer. Samo hat für den Mann gebürgt.«

»Und du vertraust einem senilen Hausmeister?«

Karen verdrehte die Augen. Miyuki konnte mit ihrer ständigen Nörgelei ein Loch in gehärteten Stahl treiben. »Samo ist alles andere als senil. Wenn er sagt, dieser Fischer kann uns zu den Drachen bringen, dann glaube ich ihm das.« Sie öffnete leicht ihre Jacke und zeigte ein schwarzes Schulterholster aus Leder. »Und abgesehen davon habe ich das hier.« Die 10-mm-Automatik schmiegte sich exakt in ihre Achselhöhle.

Miyuki bekam große Augen, und ihre Haut verlor einen Hauch ihrer reichen Färbung. »Das Tragen einer Waffe verstößt gegen japanische Gesetze. Woher hast du ...«

»In Zeiten wie diesen benötigt ein Mädchen ein wenig zusätzlichen Schutz.« Karen kroch zur Mündung der Gasse vor und warf einen Blick die Straße hinab. »Alles klar.«

Miyuki glitt neben sie und verbarg sich in ihrem Schatten.

»Komm schon!« Karen ging voran. Sie war aufgeregt und ängstlich zugleich. Sie warf einen Blick zum Himmel. Bis zur richtigen Dämmerung wäre es noch immer eine Stunde. Die Zeit wurde knapp. Ausgangssperre oder nicht, sie war entschlossen, das Treffen nicht zu verpassen. Das war eine Gelegenheit, wie man sie nur einmal im Leben bekam.

Vor drei Jahren war sie von Britisch-Kolumbien an die Ryukyu-Universität gekommen, um dort zu studieren und ihre Doktorarbeit über die mikronesischen Kulturen abzuschließen. Sie hatte Hinweise auf Herkunft und Migrationsmuster der frühen Polynesier gesucht. Während ihres Studiums hier hatte Karen Erzählungen von den Drachen Okinawas gehört. Zwei versunkene Pyramiden sollten es sein, die 1991 von einem Geologieprofessor namens Kimura Masaaki draußen vor der Küste der Insel entdeckt worden waren. Er hatte die Pyramiden mit denjenigen verglichen, die man an uralten Mayastätten in Zentralamerika gefunden hatte.

Karen war skeptisch geblieben – bis sie die Fotografien gesehen hatte: zwei Stufenpyramiden mit terrassenförmigen Spitzen, die sich zwanzig Meter über den sandigen Meeresboden erhoben. Sie war augenblicklich gefangen gewesen. Bestand hier eine uralte Verbindung zwischen den Maya und den Polynesiern? Während des letzten Jahrzehnts waren immer wieder neue versunkene Gebäude in den Gewässern vor benachbarten Inseln entdeckt worden, bis weit in den Süden hinab nach Taiwan. Bald wurde es schwierig, Fakten von Fiktion zu trennen, natürliches Gelände von menschengemachten Bauwerken.

Und jetzt schwirrte unter den Fischern der Ryukyu-Inselkette das allerneueste Gerücht umher: *Die Drachen waren dem Meer entstiegen!*

Das mochte stimmen oder auch nicht. Aber Karen konnte sich nicht die Gelegenheit entgehen lassen, die Pyramiden aus erster Hand zu erforschen. Ein ortsansässiger Fischer, der Medikamente und andere Hilfsgüter zu den weiter draußen liegenden Inseln bringen sollte, hatte ihr angeboten, sie zu den Bauwerken zu fahren. Aber er wollte bei Sonnenaufgang los, ob sie dabei wäre oder nicht. Deswegen in aller Herrgottsfrühe die Radtour von der Universität zu den Außenbezirken von Naha und das anschließende Katz-und-Maus-Spiel mit der Polizei und den Patrouillen.

Karen ging weiter durch die Straßen. Es tat gut, wieder in Bewegung zu sein. Die morgendliche Brise zauste ihr loses blondes Haar, während sie rasch dahinschritt. Mit den Fingern kämmte sie sich verirrte Strähnen aus dem Gesicht. Wenn die beiden Frauen erwischt würden, mussten sie damit rechnen, dass die Universität sie hinauswarf. Na ja, Miyuki vielleicht nicht, überlegte Karen. Ihre Freundin war eine der Professorinnen mit den meisten Veröffentlichungen und Preisen auf dem Campus. Sie genoss auf der ganzen Welt allerhöchste Anerkennung und war als erste Frau in den Computerwissenschaften für den Nobelpreis nominiert worden. Also hatte Karen nicht lange mit Miyuki debattiert, als diese hatte mitkommen wollen. Wenn die beiden erwischt würden, könnte Miyukis Ansehen auf der Insel dazu beitragen, dass sie nicht die volle Härte des Gesetzes träfe.

Zumindest hoffte sie das.

Karen schaute auf ihre Uhr. Es würde knapp werden. Wenigstens waren die Straßen hier ziemlich verlassen. Dieser Teil der Stadt hatte die Beben größtenteils unversehrt überstanden: zerbrochene Fensterscheiben, Risse in Fundamenten und ein paar Gebäude mit Brandspuren. Geringer Schaden im Vergleich zu anderen Vierteln, die bis auf die Grundmauern eingeebnet worden waren.

»Wir werden's nie rechtzeitig schaffen«, meinte Miyuki und schob ihre Fototasche höher die Schulter hinauf. Obgleich sich Karen eine Einweg-Kamera von Kodak in die Jacke gesteckt hatte, hatte Miyuki darauf bestanden, ihre volle Ausrüstung mitzunehmen: Digital- und Polaroid-Kameras, Videokamera und sogar ein Palmpad. Sie hatte alles in eine Werbetasche mit dem Aufdruck des *Time-Magazins* gestopft.

Karen nahm ihrer Freundin die Tasche ab und hängte sie sich selbst über die Schulter. »Doch, werden wir.« Sie beschleunigte ihren Schritt.

Miyuki, die einen Kopf kleiner war, musste traben, um nicht zurückzubleiben.

Sie eilten zum Ende der Straße. Bis zur Bucht von Naha war es lediglich hundert Meter die nächste Gasse hinunter. Karen spähte um die Ecke. Die Straße lag verlassen da. Sie ging weiter, Miyuki im Schlepptau. Der Geruch des Meeres wurde stärker: Salz und Algen. Bald sah sie die Lichter, die sich in der Bucht spiegelten. Das ermutigte sie, in vorsichtigem Laufschritt den Weg fortzusetzen.

Als sie sich dem Ende der Straße näherte, schreckte sie ein harter Kommandoruf auf: »*Yobitomeru!* Stehen bleiben!« Sie erstarrte, als sie der helle Strahl einer Taschenlampe blendete.

Eine dunkle Gestalt trat aus den Schatten zwischen zwei Gebäuden heraus. Die Lampe senkte sich weit genug, dass Karen die Uniform eines amerikanischen Marinesoldaten erkennen konnte. Rasch richtete er den Strahl auf Miyuki, dann schwenkte er die Lampe suchend die Straße hinauf und hinab. Ein zweiter und dritter Marinesoldat verließen ihr Versteck im Eingang eines Gebäudes. Es handelte sich offenbar um eine der amerikanischen Streifen.

Der erste Soldat kam zu ihnen. »Sprechen Sie Englisch?«

»Ja«, gab Karen zur Antwort.

Er entspannte sich leicht und richtete jetzt die Taschenlampe auf die Straße. »Amerikanerin?«

Karen runzelte die Stirn. Immer die gleiche Reaktion. »Kanadierin«, verbesserte sie.

Der Soldat nickte. »Ist dasselbe«, brummte er und winkte seinen Begleitern, sie sollten weitergehen. »Ich kehre zur Basis zurück«, sagte er zu ihnen. »Mit dem hier komme ich allein zurecht.«

Die anderen beiden hängten sich die Gewehre wieder über die Schulter und gingen an ihnen vorbei, nicht ohne die zwei Frauen von oben bis unten zu mustern. Einer der Männer murmelte etwas, das ein Gelächter sowie einen letzten geilen Blick auf Miyuki zur Folge hatte.

Karen biss die Zähne zusammen. Obgleich sie nicht von hier stammte, kränkte sie das lässige Gehabe der Navy-Soldaten, mit dem sie demonstrierten, dass sie hier das Sagen hatten.

»Meine Damen, haben Sie nichts von der Ausgangssperre gehört?«, fragte sie der Marinesoldat.

Karen täuschte Verwirrung vor. »Was für eine Ausgangssperre?«

Der Soldat seufzte. »Zwei Frauen sollten nicht allein hier herumlaufen. Das ist gefährlich. Ich begleite Sie zurück. Wo wohnen Sie?«

Karen zog die Brauen zusammen und suchte nach einer passenden Antwort. *Improvisation ist angesagt.* Sie nahm Miyukis Kameratasche herunter und zeigte auf das große Logo des *Time Magazine* auf der Seite. »Wir sind freiberufliche Mitarbeiter dieser Zeitschrift«, sagte sie. Sie zog ihre ID-Karte der Universität Ryukyu hervor und ließ sie kurz aufblitzen. Sie wirkte offiziell, und die japanischen Schriftzeichen konnte der junge Mann bestimmt nicht lesen. »Unsere Presse-Akkreditierung ist uns von den hiesigen Behörden erteilt worden.«

Der Soldat beugte sich näher heran, verglich Karens Gesicht mit dem Foto auf der Karte und nickte, als wäre er zufrieden gestellt. Er war zu sehr Macho, um zuzugeben, dass er die japanischen Schriftzeichen nicht lesen konnte.

Karen steckte ihre Karte wieder ein und stellte in hoch offizieller Weise Miyuki vor: »Sie ist meine Verbindung zur örtlichen Presse sowie die Fotografin. Wir machen überall auf den japanischen Inseln Fotos. Unser Schiff lichtet zur Morgendämmerung den Anker, dann geht's zu den Inseln weiter draußen bis nach Taiwan. Wir müssen uns wirklich beeilen.«

Der Soldat wirkte nach wie vor misstrauisch. Er hatte ihre Geschichte schon fast geschluckt, aber nur fast. Völlig überzeugt war er noch nicht.

Bevor Karen allerdings weitermachen konnte, zog Miyuki den Reißverschluss an der Tasche auf und holte die Digitalkamera heraus. »Eigentlich haben wir sogar ein bisschen Glück gehabt, dass wir auf Sie gestoßen sind«, sagte sie in schneidigem Englisch. »Ms Grace wollte gerade sagen, dass sie gern ein paar der Dienst tuenden Soldaten auf den Film bannen wollte, um zu zeigen, wie die Vereinigten Staaten dabei helfen, in dieser Zeit des Chaos die Ordnung aufrechtzuerhalten.« An Karen gewandt nickte sie zu dem Soldaten hin. »Was meinst du?«

Karen war fassungslos angesichts der plötzlichen Unverfrorenheit der kleinen Computerdozentin. Sie räusperte sich und überlegte rasch. »Ähm ... ja, für einen Kasten in dem Artikel über amerikanische Friedensschützer.« Sie reckte den Hals und musterte mit nachdenklicher Miene den Mann. »Er sieht genauso aus wie der typische Amerikaner, den wir gesucht haben.«

Miyuki hob die Kamera und richtete sie auf den Soldaten. »Wie würde es Ihnen gefallen, wenn Ihr Bild in allen Zeitungen im ganzen Land zu sehen ist?«

Inzwischen hatte der Marinesoldat große Augen bekommen. »Wirklich?«

Karen verbarg ein Lächeln. Sie kannte keinen einzigen Amerikaner, den die Aussicht, eine Berühmtheit zu werden, nicht verlockt hätte. Und um in diese Reihen vorzustoßen, wurde oft der gesunde Menschenverstand über Bord geworfen.

Miyuki schritt um den Soldaten herum und musterte ihn aus mehreren Blickwinkeln. »Ich kann es nicht garantieren. Es hängt von den Chefredakteuren beim *Time Magazine* ab.«

»Wir machen mehrere Fotos«, entschied Karen. »Eines davon wird bestimmt angenommen.« Sie rahmte den

Mann zwischen ihren Fingern ein und legte damit den Ausschnitt fest. »Amerikanischer Friedensschützer ... ich glaube, das wird klappen.«

Miyuki machte mehrere Fotos, für die der Soldat mehrere Posen einnehmen sollte. Anschließend schob sie ihre Kamera wieder in die Tasche und ließ sich Name und Kennnummer geben. »Wir werden Ihnen ein Foto zur Freigabe zufaxen. Aber, Harry, es muss vor Ende der Woche wieder bei uns in New York sein.«

Der Mann nickte heftig. »Natürlich.«

Karen warf einen Blick zum heller werdenden Himmel hinauf. »Miyuki, wir müssen wirklich weiter. Das Presseschiff sollte jede Minute die Anker lichten.«

»Ich kann Sie zum Hafen bringen. Ich muss sowieso zur Bucht hinunter.«

»Vielen Dank, Harry«, sagte Miyuki. »Wenn Sie uns bis Kai vier bringen könnten, wäre das wunderbar.« Sie lächelte ihn strahlend an, wandte sich daraufhin an Karen und verdrehte die Augen. »Gehen wir! Wir wollen doch nicht zu spät kommen.«

Angeführt von dem Marinesoldaten eilten sie zur Bucht. Die graue Dämmerung warf einen matten Silberglanz über das Wasser. Kreischende Seemöwen tauchten zwischen den Gebäuden und Schiffen am Kai hinab. Überall lagen Wracks im Wasser, Schiffe und Boote, die während der Beben gegen die Docks und Riffe geschleudert worden waren. Kräne und schweres Gerät waren bereits in Stellung gebracht. Die Bucht war die Lebensader der Insel und musste so schnell wie möglich geräumt werden.

Als die Sonne über den östlichen Horizont stieg, erreichten sie den Eingang zum Bootshafen. Erneut dankten Miyuki und Karen Harry und verabschiedeten sich.

Sobald der Marinesoldat gegangen war, eilten die beiden über die lange Bohlenbrücke.

Karen warf einen Blick über die Schulter, um sich zu vergewissern, dass der Soldat auch wirklich verschwunden war. Keine Spur mehr von ihm. Sie entspannte sich und wandte sich Miyuki zu, die sich die Kameratasche höher die Schulter hinaufschob. »Du bist mir ein Rätsel.«

Miyuki lächelte, das Gesicht leicht gerötet. »Hat Spaß gemacht. Ein Glück, dass ich diese Tragetasche gratis bekommen habe, als ich das *Time Magazine* abonniert habe.«

Beide Frauen brachen in so heftiges Gelächter aus, dass ihnen Tränen in die Augen traten.

Karen ging zum Liegeplatz zwölf voraus, wo sie ein kleines Fischerboot entdeckte. Auf dem Zwanzig-Meter-Holzschiff türmten sich Kisten mit roten Kreuzen darauf. Zwei Männer lösten bereits die Leinen, weil es gleich losgehen sollte. Karen eilte hin und winkte mit dem Arm. »*Ueito!*« Wartet!

Einer der Arbeiter warf einen Blick zu ihr herüber und schrie einem anderen auf dem Schiff etwas zu. Ein ergrauter Japaner verließ das Steuerrad und ging zum Schiffsheck, wo er auf sie wartete. Er bot ihnen eine Hand und half ihnen an Bord.

»S-Samo uns hat geschickt«, sagte Karen gebrochen auf Japanisch.

»Weiß ich«, erwiderte der alte Mann auf Englisch. »Die Amerikanerin.«

»Eigentlich bin ich Kanadierin«, korrigierte sie ihn.

»Ist dasselbe. Ich muss das Schiff in Fahrt bringen. Ich habe schon zu lange gewartet.«

Karen nickte und nahm ihre Tasche ab. Sie und Miyuki wurden zu einer schmutzigen Holzbank neben einem zusammengelegten Netz geführt. Der Gestank nach Fisch-Innereien und Blut warf sie fast um.

Inzwischen hatten die beiden Männer der Besatzung die Leinen gelöst und sprangen an Bord. Der Kapitän schrie aus dem Ruderhaus Befehle. Der Motor brüllte auf. Wasser begann zu brodeln, und das Boot schob sich langsam voran. Die Besatzungsmitglieder nahmen ihre Posten in der Nähe des Bugs ein, der eine an Steuerbord, der andere an Backbord, und beobachteten das Wasser vor ihnen. Versunkene Trümmer machten die Bucht gefährlich.

Es war klar, weswegen der Kapitän darauf bestanden hatte, bei Morgengrauen in See zu stechen. Bei ablaufendem Wasser würde die Fahrrinne sogar noch trügerischer werden.

Nachdem sie den Pier hinter sich gelassen hatten, fuhren sie auf die mittlere Fahrrinne der Bucht zu und glitten langsam an einem krummen Pfahl vorüber, an dessen Spitze ein Wimpel schlug. Als Karen einen Blick über die Reling warf, erkannte sie, dass es sich um die Mastspitze eines untergegangenen Seglers handelte. Das Fischerboot mit seinem geringen Tiefgang fuhr um die Wrackteile herum oder darüber hinweg.

Auf der anderen Seite der Bucht loderten noch immer die Brände in der US-amerikanischen Militärbasis, die während der Beben ausgebrochen waren, nachdem unterirdische Tanks aufgerissen waren und die Raffinerie in die Luft geflogen war. Schmieriger, öliger Rauch stieg in den Morgenhimmel. Helikopter umkreisten das Gebiet, die Meerwasser und Sand hochholten und versuchten, damit die Feuer zu ersticken. Bislang hatten sie nur wenig Glück dabei gehabt.

Ein dickbäuchiges Transportflugzeug in militärischem

Grau flog mit dröhnendem Motor und in geringer Höhe über sie hinweg. Der Kapitän des Fischerboots schüttelte ihm eine Faust entgegen. Die Präsenz der Vereinigten Staaten hier, insbesondere dieser Basis, war den Einwohner nach wie vor ein Dorn im Auge. 1974 war ein Abkommen geschlossen worden, das Gelände den Insulanern zurückzugeben, aber bislang war in dieser Hinsicht herzlich wenig geschehen.

Schließlich ließ das Fischerboot die Bucht hinter sich und erreichte offene Gewässer. Ohne den Rauch wurde die Brise frischer. Da sie jetzt das Meer um sich hatten, nickte der Kapitän seinem ersten Maat zu, er solle das Ruder übernehmen, und schlenderte dann zu den beiden Frauen hinüber. »Mein Name ist Oshi«, sagte er. »Ich bringe Sie zu den Drachen. Dann kehren wir vor Sonnenuntergang zurück.«

Karen nickte. »Wunderbar.«

Er streckte die Hand aus, in Erwartung der Bezahlung.

Karen erhob sich und zog eine Brieftasche aus der Innentasche ihrer Jacke. Sie bemerkte, dass der Fischer ihre Waffe anstarrte. Gut. Damit war die Sachlage klar. Sie zählte ihm die Scheine in die Hand, die Hälfte des vereinbarten Honorars, und steckte den Rest in ihre Tasche zurück. »Die andere Hälfte, wenn wir nach Naha zurückkehren.«

Einen Herzschlag lang versteinerte sich das Gesicht des Mannes, wurde finster. Dann murmelte er etwas auf Japanisch, schob sich die Scheine in die Jeans und ging.

Karen setzte sich wieder. »Was hat er gesagt?«

Miyuki grinste. »Er sagt, ihr Amerikaner seid alle gleich. Haltet euch nie an eure Vereinbarungen, also traut ihr auch keinem anderen.«

»Ich bin keine Amerikanerin«, meinte sie erschöpft.

Miyuki tätschelte ihr das Knie. »Wenn du Englisch sprichst, blond bist und sorglos mit so viel Geld um dich wirfst, bist du für ihn Amerikanerin.«

Karin gab sich alle Mühe zu schmollen, war jedoch zu aufgeregt. »Na, dann komm! Wenn die Amerikanerin für diesen Ausflug bezahlt, möchte sie bessere Plätze.«

Sie erhob sich und führte Miyuki zum Bug. Sie erreichten die vordere Reling, als das Schiff die Südspitze Okinawas umrundete und an der winzigen Insel Tokashiki Shima vorüberkam. Die Inselkette von Ryukyu erstreckte sich südlich in einem Bogen bis fast nach Taiwan hinunter. Die Drachen befanden sich nahe der Insel Yonaguni, eine Fahrtstunde entfernt, jedoch nach wie vor unter der Hoheit Okinawas.

Einer der Seeleute machte dadurch auf sich aufmerksam, dass er sich vor ihnen verneigte. Er setzte zwei kleine Porzellantassen mit grünem Tee und einen kleinen Teller mit Gebäck auf eine Bank in der Nähe.

»Domo arigato«, sagte Karen. Sie nahm den Tee und wärmte sich an dem heißen Becher die Hände. Miyuki schloss sich ihr an und knabberte an einem der Gebäckstücke. Schweigend schauten sie hinaus auf grüne Inseln, die langsam vorüberzogen. Die Korallenriffe färbten die Untiefen in der Nähe aquamarinblau, rosafarben und smaragdgrün.

Nach einer Weile fragte Miyuki: »Was hoffst du wirklich da draußen zu finden?«

»Antworten.« Karen lehnte sich an die Reling. »Du hast Professor Masaakis Hypothesen gelesen.«

Miyuki nickte. »Dass diese Inseln einstmals Teil eines verschollenen Kontinents waren, der jetzt in den Wogen versunken ist. Ziemlich wilde Vermutungen.«

»Nicht unbedingt. Während des Holozäns, vor einigen

zehntausend Jahren, lag der Meeresspiegel einhundert Meter tiefer.« Karen winkte mit einem Arm. »Wenn das stimmt, hätten viele dieser vereinzelten Inseln ein zusammenhängendes Gebiet gebildet.«

»Dennoch weißt du aufgrund deiner eigenen Forschungen, dass die Inseln des Südpazifiks erst vor wenigen tausend Jahren besiedelt worden sind. Nicht vor zehntausend.«

»Stimmt schon. Ich sage ja nicht, dass du falsch liegst, Miyuki. Ich möchte mir bloß diese Pyramiden mit eigenen Augen ansehen.« Karen packte die Schiffsreling fester. »Was ist jedoch, wenn ich Beweise für Professor Masaakis Behauptung finden kann? Kannst du dir vorstellen, was diese Entdeckung bedeuten würde? Sie würde sämtliche historische Paradigmen für diese Region auf den Kopf stellen. Sie würde so viele unterschiedliche Theorien vereinen ...« Sie zögerte und fuhr dann fort: »... und sogar das Geheimnis des verschollenen Kontinents Mu erklären.«

Miyuki rümpfte die Nase. »Mu?«

Karen nickte. »Im frühen 20. Jahrhundert hat Colonel James Churchward behauptet, dass er über eine Reihe von Maya-Tafeln gestolpert ist, die von einem verschollenen Kontinent berichtet haben, ähnlich wie Atlantis, jedoch im zentralpazifischen Becken. Er hat diesen versunkenen Kontinent Mu genannt und eine ganze Reihe von Büchern und Aufsätzen darüber verfasst ... bis er in Misskredit gebracht wurde.«

»In Misskredit gebracht?«

Karen zuckte die Schultern. »Niemand hat meinem Urgroßvater Glauben geschenkt.«

Miyuki hob die Brauen, und aus ihrer Stimme klang Bestürzung. »Deinem Urgroßvater?«

Karen spürte, dass sie heftig errötete. Das hatte sie noch niemandem gesagt. Leise und verlegen meinte sie: »Colonel Churchward war mein Urgroßvater mütterlicherseits. Als ich klein war, hat mir meine Mutter immer Geschichten von unserem anrüchigen Vorfahren erzählt ... mir sogar abends am Bett Abschnitte aus seinen Tagebüchern vorgelesen. Seine Geschichten waren es, die mich ursprünglich zum Südpazifik gezogen haben.«

»Und du bist der Ansicht, die Drachen könnten vielleicht die wilde Behauptung deines Verwandten beweisen?«

Karen hob die Schultern. »Wer weiß?«

»In meinen Augen ist das eine Jagd nach Luftschlössern.«

Karen zuckte die Schultern. Eine Jagd nach Luftschlössern? So was war in ihrer Familie weit verbreitet, dachte sie säuerlich. Vor zwanzig Jahren hatte ihr Vater Frau und Kinder verlassen, um in Alaska dem Traum von Öl und Reichtum nachzujagen. Sie hatten nie wieder etwas von ihm gehört – von einer Scheidungsurkunde abgesehen, die ein Jahr später per Post eingetroffen war. Nach seinem Verschwinden hatte die Mühsal des Alltags die ehemals sprühende Lebendigkeit in ihrem Haus zum Erlöschen gebracht. Ihre Mutter, mit den beiden kleinen Töchtern im Stich gelassen, hatte keine Zeit mehr für Träumereien gehabt und einen langweiligen Job an einer Arbeitsvermittlung für Sekretärinnen angenommen und war eine noch langweiligere zweite Ehe eingegangen. Karens ältere Schwester Emily war nach der High School in die kleine Stadt Moose Jaw gezogen, mit Zwillingen im Bauch.

Karen jedoch hatte zu viel von der Wanderlust ihres Vaters geerbt, um sesshaft zu werden. Zwischen Jobs als Bedienung im Flying Trout Grill und ein paar kleinen

Stipendien hatte sie es fertig gebracht, ein Vorexamens-Studium an der Universität von Toronto zu absolvieren, dem ein Examensstudium in Britisch-Kolumbien gefolgt war. Also war es für keinen, der sie etwas näher kannte, eine Überraschung, dass es Karen Grace letztlich ans andere Ufer des Pazifiks verschlagen hatte. Dennoch hatte sie die Tatsache, dass ihr Vater sie einfach verlassen hatte, etwas gelehrt – jeden Monat schickte sie einen Stapel Schecks heim zu ihrer Mutter. Obgleich sie vielleicht das Blut ihres Vaters geerbt hatte, musste sie sich nicht ebenso herzlos benehmen.

Ein Ruf vom Ruderhaus lenkte ihre Aufmerksamkeit auf sich. »*Yonaguni!*«, schrie der Kapitän über das Brüllen des Motors hinweg. Er zeigte über die Backbordseite zu einer großen Insel hinüber, um deren Südküste das Fischerboot gerade einen weiten Bogen schlug.

»Da ist sie«, sagte Karen und beschattete sich mit der Hand die Augen. »Die Insel Yonaguni.«

»Ich sehe nichts. Bist du ...«

Dann war das Boot endgültig um die Felsen der Insel herum – und sie tauchten auf, kaum weiter als hundert Meter von der Küste entfernt und eingehüllt in den morgendlich Dunst: zwei Pyramiden, die hoch über den Wellen aufragten. Die terrassenförmigen Seiten waren nass von Algen. Als das Boot näher kam, ließen sich weitere Einzelheiten erkennen. Zwischen den Stufen der Pyramiden kletterten weiße Kraniche umher und pickten gestrandete Seeigel und Krabben aus den Trümmern.

»Sie sind *wirklich*«, sagte Karen.

»Das ist nicht alles«, meinte Miyuki voller Ehrfurcht.

Während das kleine Boot weiter die Insel umrundete, teilten sich die dichten Nebel, und die Aussicht wurde besser. Auf der anderen Seite der Pyramiden erhoben sich

Reihen korallenverkrusteter Säulen und Bauten ohne Dächer über die Wellen. In der Ferne stand die Basaltstatue einer in Gewänder gekleideten Frau hüfttief im Meer, eingehüllt in Seetang, einen steinernen Arm gehoben, als wollte sie die beiden Frauen um Hilfe anrufen. Noch weiter entfernt erstreckten sich Schuttberge und zerbrochene steinerne Obelisken weit in den Pazifik hinein.

»Mein Gott!«, rief Karen bestürzt aus.

Zusammen mit den Drachen war eine ganze uralte Stadt aus dem Meer gestiegen.

3

TRÜMMER

25. Juli, 12.15 Uhr
82 Seemeilen nordwestlich des Enewak-Atolls, Zentralpazifisches Becken

Jack hatte es sich auf der Brücke der *Deep Fathom* im Kapitänssitz gemütlich gemacht und die nackten Beine auf einen Sessel vor sich gelegt. Er trug einen weißen Bademantel aus Baumwolle über einer roten Nike-Badehose. Es war schon am Morgen nicht gerade kalt gewesen, und jetzt war es noch wärmer geworden. Das Ruderhaus war zwar mit einer Klimaanlage ausgestattet, aber er hatte sie gar nicht eingeschaltet, sondern genoss die feuchte Hitze.

Eine Hand hatte er auf das Steuerrad des Schiffs gelegt. Zwar fuhr die *Fathom* mit Autopilot, seit sie am gestrigen Tag die Stelle verlassen hatte, an der die *Kochi Maru* untergegangen war, aber er fand es in gewisser Hinsicht tröstlich, eine Hand auf dem Rad ruhen zu lassen – eine Folge seines Misstrauens gegenüber Automatik. Er hatte lieber alles unmittelbar unter Kontrolle.

Er kaute an einer Zigarre, die ihm aus dem Mundwinkel hing. Eine kubanische El Presidente. Rauch kringelte sich träge zu dem offenen Fenster hinüber. Hinter ihm ertönte aus einem CD-Player leise Mozarts Klarinettenkonzert in A-Dur. Mehr wollte er nicht: das offene Meer und ein gutes Schiff, mit dem er darauf fahren konnte.

Aber das sollte nicht sein. Nicht heute.

Er warf einen Blick auf die Anzeige des Northstar-800-GPS. Mit ihrer gegenwärtigen Geschwindigkeit sollten sie ihr Ziel in etwa drei Stunden erreicht haben.

Er stieß eine Rauchwolke aus und sah zum Oberdeck seines Rettungsschiffs hinaus. Ihm war klar, weswegen man es angefordert hatte, um bei der Suche nach dem Wrack von Air Force One zu helfen. Die *Fathom* war der nächstgelegene Rettungskreuzer mit einem Tiefsee-Tauchboot an Bord, und sie waren vertraglich verpflichtet, ihn bei einem Notfall zur Verfügung zu stellen.

Na gut, er kannte also seine Pflichten. Deswegen mussten sie ihm aber noch lange nicht gefallen. Er spuckte seine Zigarre in den Aschenbecher und drückte das brennende Ende aus. Das hier war *sein* Schiff.

Vor zwölf Jahren hatte Jack die *Deep Fathom* auf einer Auktion erstanden. Die Mittel hatten aus dem Vergleich mit General Dynamics nach dem Shuttle-Unfall gestammt. Die achtzig Fuß lange *Fathom* war 1973 als Forschungsschiff für das Woods-Hole-Institut gebaut worden. Er hatte sich allerdings gezwungen gesehen, zusätzlich einen hohen Kredit aufzunehmen, um das veraltete Forschungsfahrzeug in ein modernes Bergungsschiff zu verwandeln. Dazu gehörte unter anderem ein hydraulischer Lastkran mit verstärktem Rahmen, der fünf Tonnen anheben konnte. Darüber hinaus musste die Maschine generalüberholt werden. Außerdem hatte er das Navigationssystem auf den neuesten Stand der Technik gebracht und das Schiff so ausgestattet, dass die *Fathom* wochenlang auf sich selbst gestellt operieren konnte. Er hatte Naiad-Stabilisatoren, einen Bauer-Tauchkompressor und Village-Marine-Wasseraufbereiter einbauen lassen.

Das hatte ihn seine gesamten Ersparnisse gekostet, aber schließlich war die *Fathom* seine Heimat, seine Welt geworden. Über die Jahre hinweg hatte er ein Team aus Wissenschaftlern und Schatzjägern um sich versammelt, die nach und nach zu seiner neuen Familie geworden waren.

Jetzt, nach zwölf Jahren, wurde er in die Welt zurückgerufen, die er hinter sich gelassen hatte.

Die Tür zum Ruderhaus öffnete sich quietschend, und sofort herrschte Durchzug. »Jack, was tust du denn noch hier?« Das war Lisa, die Ärztin von der University of California, L. A. Sie sah ihn finster an, als sie eintrat. In Shorts und Bikini-Oberteil wirkte sie nicht gerade wie eine erfahrene medizinische Forscherin. Ihre Gliedmaßen waren tief gebräunt, und ihr langes blondes Haar war in den langen Monaten unter der Sonne ausgebleicht. Sie schien eher an einen Strand zu gehören, wo sie am Arm eines muskelbepackten Surfers hing. Aber Jack wusste es besser. Eine fähigere Ärztin gab es auf den Weltmeeren nicht.

Lisa hielt die Tür einem weiteren Mannschaftsmitglied auf. Ein schlaksiger deutscher Schäferhund sprang in den Raum und lief gleich an Jacks Seite, um sich am Ohr kraulen zu lassen. Der Hund war während eines Sturms im südchinesischen Meer an Bord der *Fathom* geboren worden. Untergewichtig und kränklich war der Welpe gewesen, und die Mutter hatte ihn nicht angenommen. Jack hatte ihn zu sich genommen und aufgepäppelt, bis er schließlich wieder gesund geworden war. Das war vor fast neun Jahren gewesen.

»Elvis hat sich Sorgen um dich gemacht«, meinte Lisa.

Sie schlenderte zum Sessel neben ihm und schob Jacks Füße herab.

Jack tätschelte dem großen Hund die Flanke und deutete in die Ecke. »Marsch ins Bett!«, befahl er. Der alte Hund trottete hinüber und ließ sich mit einem langen Seufzer in das dicke Kissen fallen.

»Apropos Bett«, sagte Lisa. »Du hättest doch bei Sonnenaufgang abgelöst werden sollen, oder etwa nicht? Solltest du dich nicht noch ein bisschen hinlegen?«

»Konnte nicht schlafen. Also dachte ich, ich könnte mich ebenso gut nützlich machen.«

Lisa schob den Ascher beiseite, um Platz für den Becher zu schaffen, den sie mitgebracht hatte. Sie warf einen Blick auf die Navigationsanlage. Nach fünf Jahren, in denen sie immer wieder an Bord der *Fathom* mitgefahren war, war sie selbst eine ziemlich routinierte Steuerfrau geworden. »Wie es aussieht, haben wir unseren Treffpunkt in weniger als drei Stunden erreicht.« Sie sah Jack ins Gesicht. »Vielleicht solltest du doch versuchen, noch was zu schlafen. Wir haben einen langen Tag vor uns.«

»Ich muss aber ...«

»... dringend schlafen«, beendete sie mit einem Stirnrunzeln und schob ihm den Becher zu. »Kräutertee. Versuch mal! Er wird dir dabei helfen, dich zu entspannen.«

Er beugte sich über den dampfenden Becher und schnüffelte. Der Arzneigeruch war nach der Zigarre ziemlich heftig. »Ich verzichte lieber.«

Lisa schob den Becher näher heran. »Trink! Anordnung der Ärztin!«

Jack verdrehte die Augen, setzte ihn an und nahm ein paar Schlucke, um sie zufrieden zu stellen. Es schmeckte so, wie es roch. »Könnte ein bisschen Zucker vertragen«, bemerkte er.

»Zucker? Um meine Heilkräuter zu vergiften?« Lisa tat entrüstet und tippte an den Aschenbecher. »Du hast sowieso genügend schlechte Angewohnheiten.«

Er nahm einen weiteren Schluck und stand auf. »Ich sollte mal bei Charlie vorbeischauen. Nachsehen, wie die Tests laufen.«

Lisa drehte sich um. Die Lippen hatte sie fest zusammengepresst, und ihr Blick war hart. »Jack, Charlie und das Gold werden sich schon nicht in Luft auflösen. Geh in deine Kabine, schließ die Rollos und versuch zu schlafen.«

»Es wird bloß ...«

Sie hielt eine Hand hoch. Ihr Ausdruck wurde etwas weicher, ebenso ihre Worte. »Hör mal, Jack. Wir wissen, weswegen du so kribbelig bist. Alle sind wie auf rohen Eiern um dich herumgeschlichen.«

Er öffnete den Mund und wollte Protest einlegen.

Lisa hinderte ihn mit einer Berührung daran. Sie erhob sich, öffnete ein wenig seinen Bademantel und legte ihm eine Hand auf die Brust. Jack zuckte trotz der Intimität der Berührung nicht zurück. Lisa hatte ihn viele Male nackt zu Gesicht bekommen. Auf einem so kleinen Schiff ließ sich das kaum vermeiden. Darüber hinaus hatten die beiden bei Lisas erster Mitfahrt eine Affäre miteinander gehabt. Am Ende war allerdings deutlich geworden, dass ihre Gefühle zueinander eher rein körperlicher Natur waren, als von Herzen zu kommen. Ohne ein weiteres Wort hatte ihre intime Beziehung ein Ende gefunden und war zu einem besonders freundlichen Miteinander geworden. Sie waren mehr als nur Freunde, aber weniger als Geliebte.

»Lisa ...«

Sie folgte mit dem Finger seinem Brustbein und fuhr

durch das raue schwarze Haar auf seiner Brust. Ihr Finger war warm auf seiner Haut. Aber als er das Gebiet unter der rechten Brustwarze erreichte, verlor sich das Gefühl. Jack wusste, weshalb. Quer über seine Brust zog sich eine Reihe von Narben. Alte Brandwunden. Sie waren bleich auf seiner bronzefarbenen Haut. Gefühllos und tot.

Jack erschauerte, als er Lisas Berührung wieder spürte, nachdem sie an den Narben vorüber war, knapp oberhalb des Nabels. Ihr Finger fuhr noch tiefer und hakte sich in das Taillengummi seiner Badehose. Sie zog ihn näher zu sich und flüsterte: »Lass sie los, Jack! Die Vergangenheit ist nicht zu ändern. Man kann nur vergeben und vergessen.«

Er schob sanft ihre Hand weg und trat zurück. Lisa hatte gut reden, ein Mädchen, das ein bezauberndes Leben im südlichen Kalifornien geführt hatte.

Mit leicht verletztem Blick sah sie zu ihm auf. »Man hat dir keine Schuld nachweisen können, Jack. Man hat dir sogar die Ehrenmedaille verliehen.«

»Ich hab sie abgelehnt«, erwiderte er, drehte sich weg und machte sich zur Tür auf. Der Shuttle-Unfall war eine rein private Angelegenheit, ein Thema, das er nicht teilen und diskutieren wollte. Mit niemandem. Er hatte die Nase voll von den Psychiatern der Navy. Draußen vor dem Ruderhaus stieg er eilig die Stufen zum Bootsdeck hinab.

Mit schwerem Herzen sah Lisa dem großen Mann nach.

Elvis in der Ecke hatte den Kopf von seinem Lager gehoben und beobachtete, wie sein Herrchen hinausstürmte. Der große Hund knurrte leise, eine heisere Klage.

Lisa ließ sich im Kapitänssitz nieder, der noch immer

warm von seinem Vorgänger war. »Das habe ich auch gerade sagen wollen, Elvis.« Sie sackte in sich zusammen. Obgleich ihre leidenschaftliche Affäre völlig abgekühlt war, spürte Lisa nach wie vor die Wärme ihrer alten Gefühle: Jacks harter Körper, der sie fest an sich gedrückt hielt, die heißen Lippen auf Busen und Hals. Er hatte sie grob und zart zugleich geliebt. Er war ein aufmerksamer Liebhaber gewesen, einer der besten, die sie je gehabt hatte. Starke Hände und Beine allein reichten jedoch für eine feste Beziehung nicht aus. Dazu musste das Herz stärker beteiligt sein. Jack liebte sie. Daran hatte sie nie Zweifel gehabt, aber ein Teil seines Herzens war ebenso tot und gefühllos wie die Narben auf seiner Brust. Sie hatte nie einen Weg gefunden, diese alte Wunde zu heilen – und sie zweifelte daran, dass ihr das jemals gelingen könnte. Jack wollte sich nicht heilen lassen.

Lisa streckte die Hand nach dem Becher mit dem Kräutertee aus und schüttete den Inhalt in einen Mülleimer. Bevor sie hier heraufgestiegen war, hatte sie den Tee mit einem Schlafmittel versetzt. Jack benötigte den Schlaf, und die Tablette in ihrem Gebräu sollte ihm helfen, sich zu entspannen.

In einer derart schlimmen Verfassung hatte sie ihn nie zuvor erlebt. Normalerweise ging er aus sich heraus, hatte immer ein Lächeln oder ein Scherz auf den Lippen, steckte voller Energie, unter der seine Haut förmlich erstrahlte. Aber in der Vergangenheit hatte es Zeiten gegeben, da war er völlig niedergeschlagen gewesen, hatte sich von den anderen zurückgezogen und sich in seiner Kabine oder im Ruderhaus eingeschlossen. Sie alle hatten gelernt, Jack den Raum zu geben, den er in diesen Zeiten brauchte. Aber so schlimm wie während der vergangenen vierundzwanzig Stunden war es noch nie gewesen.

Plötzlich knallte die Tür auf der anderen Seite des Ruderhauses lautstark auf. Lisa schreckte aus ihren Träumereien hoch, und Elvis in seiner Ecke stieß ein warnendes Gebell aus.

Lisa fuhr herum. Zwei Leute drängten sich herein, die immer noch in eine Debatte verstrickt waren.

Charlie Molliers Gesicht zeigte eine dunklere Färbung als sein übliches jamaikanisches Kaffeebraun. Aus den Augen des Geologen strahlte ein inneres Feuer. »Das meinen Sie doch nicht ernst, Kendall. Diese Goldbarren wiegen jeder über dreihundert Kilo. Sie sind leicht eine halbe Million Dollar wert.«

Unbeeindruckt von der Tirade des größeren Manns zuckte Kendall McMillan nur die Schultern. McMillan war Wirtschaftsprüfer bei der Chase Manhattan Bank. Seine Aufgabe war es, hier anwesend zu sein, wenn die Schätze der *Kochi Maru* gehoben wurden. Mit anderen Worten, er sollte sich um die Investitionen der Bank kümmern. »Vielleicht, Mr Mollier, aber wie Ihre Laboruntersuchungen gezeigt haben, sind die Barren stark verunreinigt. Nicht mal sechzehn Karat. Die Bank hat ein gutes Angebot unterbreitet.«

»Sie sind ein verdammter Dieb!«, fauchte Charlie wütend. Schließlich schien der Geologe Lisa zu bemerken. »Hältst du das für möglich, Mann?«

»Was ist los?«

»Wo ist Jack?«, fragte Charlie, statt zu antworten. »Ich dachte, er wäre hier oben.«

»Ist nach unten gegangen.«

»Wohin?« Charlie ging zur gegenüberliegenden Tür. »Ich muss ihm sagen, dass ...«

»Nein, musst du nicht, Charlie. Der Kapitän hat gerade genug am Hut. Lass ihn in Ruhe.« Lisa warf einen kurzen Blick auf McMillan.

Wo Charlie seine übliche Bordkleidung trug – sackartige kurze Hosen, die ihm bis zu den Kniekehlen herabhingen, dazu ein geblümtes Jamaica-Shirt –, trug McMillan Deckschuhe von Sperry, Khakihosen und ein bis obenhin zugeknöpftes Ausgehhemd. Der Wirtschaftsprüfer war mittleren Alters und inzwischen seit fast zwei Monaten an Bord der *Fathom*, hatte jedoch nach wie vor Probleme, sich der entspannten Routine des Schiffs anzupassen. Selbst das rote Haar war sorgfältig geschnitten und gekämmt.

»Worum geht es eigentlich?«, fragte Lisa.

McMillan richtete sich gerader auf. »Wie ich Mr Mollier nach einem Blick in seine Laboranalyse erklärt habe, kann die Bank unmöglich den gegenwärtigen marktüblichen Preis für das Gold bezahlen. Die alten Barren sind voller Verunreinigungen. Ich habe über das Satellitentelefon meine eigene Einschätzung mit den Experten der Bank abgestimmt.«

Charlie warf die Hände in die Höhe. »Das ist Piraterie auf hoher See.«

McMillans Gesicht spannte sich an. »Es ist eine Beleidigung, zu behaupten, dass ich ...«

»Ihr seid wohl beide nicht ganz dicht«, ging Lisa schließlich dazwischen. »Der gesamte Pacific Rim versucht gerade, sich von einem Tag voller entsetzlicher Katastrophen zu erholen, und ihr beiden schachert um Pennys und Prozente. Kann das nicht warten?«

Beide Männer ließen den Kopf hängen. McMillan zeigte auf Charlie. »Er hat angefangen. Ich habe ihm bloß meine Meinung gesagt.«

»Wenn er nicht ...«

»Es reicht! Ihr beide verschwindet jetzt lieber! Und wenn ich mitbekomme, dass ihr Jack mit irgendwas davon behelligt, wird es euch Leid tun, dass ihr je den Fuß an Bord der *Fathom* gesetzt habt!«

»Es tut mir bereits Leid«, murmelte McMillan unterdrückt.

»Wie bitte?«, fragte Lisa hitzig.

Der Wirtschaftsprüfer trat einen Schritt zurück. »Schon gut.«

»Verschwindet von meiner Brücke«, verlangte sie und zeigte zur Tür.

Beide Männer traten einen hastigen Rückzug an.

Augenblicklich kehrte im Ruderhaus wieder Ruhe ein. Der deutsche Schäferhund machte es sich erneut auf seinem Lager gemütlich und schloss die Augen. Klassische Musik tönte leise durch den Raum. Lisa kämmte sich das Haar mit den Fingern zurück. *Männer!* Sie hatte von allen die Nase gestrichen voll.

Sie schwenkte ihren Sitz herum und holte die Klassik-CD heraus. *Warum mag Jack bloß dieses Zeugs?* Sie durchwühlte den Stapel und fand eine CD, die ihr gehörte. Nachdem sie die Scheibe eingelegt hatte, drückte sie die Play-Taste, und die Frauenband Hole dröhnte aus den Lautsprechern. Unterstützt von einer durchdringenden Gitarre schallte Courtney Loves heisere Stimme durch das Ruderhaus. Sie sang von den Unzulänglichkeiten und Fehlern der Männer.

Lisa sank wieder auf ihren Sitz. »Schon besser.«

Noch immer im Bademantel, lag Jack in seiner Kabine auf dem Bett. Er schnarchte mit offenem Mund und war tief in einen vom Schlafmittel gefärbten Albtraum gesunken.

Umgeben von endloser Schwärze, trieb er in seinem Raumanzug durch das All. Er war mit dem Shuttle Atlantis verbunden, dessen Frachtluken unter ihm offen standen. In der Werkstatt saßen weitere Mannschaftsmitglieder, die den großen Satelliten mithilfe der Greifarme auf Position bringen sollten.

Das Logo der Navy glänzte unnatürlich hell auf dem Satelliten, ebenso der Name der Waffe: Spartacus. Wie in Zeitlupe wurde der Satellit – ein Testmodell, das eine halbe Milliarde Dollar gekostet hatte und mit einer im Experimentierstadium befindlichen Teilchenkanone ausgestattet war – auf einem System von Greifarmen aus der Ladeluke gehoben. Anschließend entfalteten sich die Sonnenkollektoren und Kommunikationssysteme.

Es war ein wunderbarer Anblick, wie sich das Sonnenlicht auf den Solarzellen spiegelte. Ein Schmetterling, der sich aus seinem Kokon befreite.

Hinter dem Shuttle strahlte hell die blaue Erdkugel.

Er dankte den Sternen für diese Gelegenheit. Etwas derart Schönes hatte er sich nie vorstellen können – insbesondere, weil er den Anblick mit der einen Frau teilte, deren Augen sogar noch heller glänzten als diese Sterne.

Jennifer Spangler war Mission Specialist bei diesem Ausflug, und seit der letzten Nacht war sie auch seine Verlobte. Zum ersten Mal war er ihr vor sechs Jahren begegnet, als einer seiner SEAL-Kameraden ihn seiner jüngeren Schwester vorgestellt hatte. Dann war er ihr bei der Astronautenausbildung wieder über den Weg gelaufen. Sie hatten sich rasch und leidenschaftlich ineinander verliebt: flüchtige Begegnungen in leeren Leseräumen und Offiziersmessen, heimliches Davonschleichen zum Tanz im Splashdown Pub, sogar mitternächtliche Picknicks auf den weiten Asphaltflächen rund um das Zentrum. Während dieser end-

losen Nächte und unter ebendiesen Sternen hatten sie ihr gemeinsames Leben geplant.

Dennoch: Als er sie vergangene Nacht allein auf dem Flugdeck abgepasst und einen kleinen Goldring zwischen sie und ihn gehalten hatte, da war er so nervös wie ein Schuljunge gewesen. Er hatte nicht gewusst, wie ihre Antwort lauten würde. Hatte er vorschnell gehandelt? Oder waren ihre Gefühle ebenso tief wie seine? Für einen endlos erscheinenden Augenblick hatte der Goldring zwischen ihnen geschwebt, gewichtslos, glänzend im Licht des Mondes – dann hatte sie die Hand ausgestreckt und sein Geschenk angenommen, und ihr Lächeln und ihre Tränen waren Antwort genug gewesen.

Er grinste bei dieser Erinnerung und wurde von Jennifers ganz geschäftsmäßiger Stimme über Funk unterbrochen, die seine Aufmerksamkeit wieder zurück auf den Satelliten lenkte. »Löse Arme. Eins, zwei, drei. Alles klar. Ich wiederhole, bereite Abtrennung vor. Jack?«

»Sichtüberprüfung o.k.«, gab er Antwort.

Colonel Durham, Kommandant auf diesem Flug, warf vom Flugdeck her ein: »Hier alles klar. Überall grünes Licht. Löse Nutzlast in zehn Sekunden ... neun ... acht ... sieben ...«

Die Zeit schien langsamer zu verstreichen, als sich die Arbeitsmannschaft unter dem Satelliten zurückzog. Mit dem Schraubenschlüssel in der Hand manövrierte er sich an seiner Leine entlang zur Backbordseite und machte seinerseits Platz. Sie hatten das Abwerfen hunderte Male geprobt.

Während er dahintrieb, stellte er sich im Geiste Jennifers Körper vor und überlegte, wie es wohl wäre, hier draußen das Bett miteinander zu teilen, während die blaue Erde zuschaute. Könnte es bessere Flitterwochen geben?

»... sechs ... fünf ... vier ...«

Da er so seinen Tagträumen nachhing, erkannte er den Fehler zu spät. Einer der drei Feststellarme, die General Dynamics konstruiert hatten, hatte sich nicht vollständig gelöst. Von seiner Position aus sah er, wie der Satellit einige wenige Grad zur Steuerbordseite hinübertrieb. O nein! Er nahm sich eine Sekunde Zeit, um sich des Fehlers zu vergewissern, und das war genau eine Sekunde zu viel.

»... drei ... zwei ...«

»Abbrechen!«, schrie Jack in seinen Funk.

»... eins ...«

Die Federn lösten sich und stießen den Satelliten aus dem Laderaum. Sie waren so konstruiert, dass sie ihn sanft in die richtige Position im Orbit hätten drücken sollen.

In Zeitlupe, wie im Traum, sah Jack voller Entsetzen, was dann geschah.

Der fünf Tonnen schwere Satellit prallte gegen die Türen auf der Steuerbordseite des Frachtraums, wobei sich einer der Sonnenkollektoren in den Shuttle drückte. Lautlos verzog sich die Tür. Hunderte von Keramikfliesen lösten sich und wirbelten wie Spielkarten im Wind davon.

Spartacus, dessen zerbrochener Flügel wild umherschlug, jagte taumelnd hinaus in den Raum und geriet in einen höheren Orbit.

Als der Satellit über ihm vorüberstrich, beobachtete Jack eine kurze Explosion an der Unterseite. Ein kleines Paneel flog davon, eine Folge der Überlastung des axialen Lenksystems.

Spartacus trieb davon, hinaus in den Raum, tot.

Stunden später war Jack an einen Sitz im Mitteldeck angeschnallt. Er trug seinen Advanced Crew Escape Suit, den Raumanzug für den Notfall. Über ihm, auf dem Flugdeck, hörte er den Piloten und den Shuttle-Kommandanten mit der NASA sprechen. Die Frachtraumtür hatten sie reparieren können, aber wegen des Verlusts der schützenden Keramikfliesen wurde der Wiedereintritt in die Erdatmosphäre zu einem gewaltigen Risiko.

Der Plan lautete: Fallt so weit wie möglich durch die obere Atmosphäre – dann steigt aus, als hätte es eine Panne gegeben.

Geflüsterte Gebete tönten über die offene Funkverbindung.

Jennifer saß neben ihm, im Sessel des Mission Specialists. Seine Stimme hörte sich wie von weit entfernt an, als er versuchte, ihr Zuversicht einzuflößen. »Wir werden's schaffen, Jen. Wir planen schließlich unsere Hochzeit.«

Sie nickte und schenkte ihm ein schwaches Lächeln, aber sie brachte kein Wort heraus. Dies war auch ihre erste Shuttle-Mission. Ihr Gesicht hinter dem Schutzglas blieb bleich.

Er sah sich nach beiden Seiten um. Zwei weitere Astronauten nahmen die Sitze im Mitteldeck ein. Ihre Haltung war angespannt, und ihre Finger umklammerten fest die Sitzlehnen. Nur der Kommandant und der Pilot waren oben auf dem Flugdeck. Der Kommandant hatte darauf bestanden, dass alle Mannschaftsmitglieder so nahe wie möglich bei der Notfallluke im Mitteldeck sein sollten.

Colonel Jeff Durham an den Bedienungsknöpfen tauschte sich ein letztes Mal mit Houston aus, und dann begannen sie ihren Abstieg. »Also los. Betet für uns.«

Knisternd und knackend kam die Antwort von der Kontrollstation. »Hals- und Beinbruch, Atlantis*!«*

Sie schlugen hart auf die Atmosphäre. Flammen jagten ihnen nach. Ihr Schiff wiegte sich und bockte. Niemand sprach ein Wort. Alle hielten den Atem an.

Schweiß perlte auf Jacks Stirn. Die Hitze stieg zu rasch an, als dass die Kühlung seines Raumanzugs damit zu-

rechtgekommen wäre. Er überprüfte die Kühlverbindung, doch die war in Ordnung. Er warf Jennifer einen Blick zu. Ihre Sichtscheibe war beschlagen. Er wünschte sich, er könnte die Hand nach ihr ausstrecken, sie festhalten.

Dann vernahm er die besten Worte, die er je im Leben gehört hatte. »Nähern uns sechzigtausend Fuß! Fast zu Hause, Leute!«, sagte der Pilot.

Ein Freudenschrei schallte über alle Funkverbindungen.

Aber noch bevor ihr Jubelgeschrei erstorben war, bockte das Shuttle heftig. Das Schiff legte sich auf die Seite, und Jack sah die Erde wirbelnd auf sich zukommen. Der Pilot kämpfte darum, die Atlantis aufzurichten, jedoch vergebens.

Erst später würde er erfahren, dass durch die Überhitzung der beschädigten Außenwand eine hydraulische Verbindung durchgeschmort war und den Zusatz-Sauerstofftank in Brand gesetzt hatte. In diesem Augenblick jedoch empfand er lediglich Entsetzen und Schmerz, während das Shuttle durch die oberen Schichten der Atmosphäre taumelte.

»Feuer im Frachtraum!«

Der Pilot kämpfte weiterhin mit seinen Kontrollen, aber Jack wusste, dass es zwecklos sein würde. Ein weiteres heftiges Beben rüttelte das Schiff bis auf die Knochen durch.

»Fünfzigtausend Fuß!«, schrie der Pilot.

Die Stimme des Kommandanten kam über den Sprechfunk: »Vorbereiten zum Ausstieg! Druck ablassen auf mein Kommando!«

»Fünfundvierzigtausend!«, schrie der Pilot. »Vierzigtausend.« Sie sanken in rasender Geschwindigkeit.

»Schließt eure Visiere und schaltet den Notfall-Sauerstoff ein. Jack, öffne das Auslassventil!«

Wie automatisch erhob er sich aus seinem Sitz. Seine

Fallschirme hatte er sich auf den Rücken geschnallt. Er bewegte sich stolpernd über das bockende Mitteldeck und griff nach dem Kasten mit den T-Griffen. Er zog den entsprechenden Handgriff zu sich herunter und drehte ihn. Das Ventil würde den Kabinendruck langsam dem Außendruck anpassen.

»Haltet euch bereit!«, befahl Colonel Durham. »Schalte auf Autopilot um!«

Das Schiff bockte noch heftiger. Jack flog in die Luft und stieß sich heftig den Kopf. Einer der anderen Astronauten, der sich von seinem Sitz losgeschnallt hatte, knallte gegen eine Stützstrebe an der Decke. Sein Helm zerbrach, und der Mann sackte schlaff in sich zusammen.

Jack wollte zu ihm hinüber, aber der zweite Astronaut winkte ihn zurück. »Stellung halten!«

»Autopilot ausgefallen!«, schrie der Kommandant. »Muss manuell weitersteuern!«

Jack warf einen Blick über die Schulter auf Jennifer. Sie kämpfte sich aus ihrem Sitz, wollte dem verletzten Mannschaftsglied beistehen. Aber sie hatte offensichtlich ziemliche Probleme damit, loszukommen. Sie zerrte an etwas an ihrem linken Arm.

»Fünfunddreißigtausend!«, verkündete der Pilot. Der Shuttle schüttelte sich weiterhin heftig. »Ich krieg's hin! Ich krieg's hin!« Er hörte sich an, als würde er sich selbst Mut zusprechen. Dann ... »Mein Gott!«

Colonel Durham stieß eine Litanei von Flüchen aus. »Aussteigen!«, schrie er über Funk. »Bringt eure Ärsche hier raus!«

Jack wusste, dass sie nach wie vor viel zu hoch waren, aber er gehorchte dem direkten Befehl. Er drehte den zweiten Handgriff. Die seitliche Luke flog davon. Stürmischer Wind schoss aus der Kabine. Die Depression war nicht voll-

ständig gewesen. Er merkte, dass er fast aus der Luke gesaugt wurde, und konnte sich nur dadurch retten, dass er sich eisern am Handgriff festhielt.

Schreie erfüllten den Funk. Der Shuttle wälzte sich auf den Rücken. Der Fußboden wölbte sich.

Aus dem Augenwinkel erhaschte er eine Bewegung, drehte sich um und sah Jennifer mit dem Bauch voran an sich vorüberrutschen. Ihre Finger suchten verzweifelt nach einem Halt. Ihre Fallschirme fehlten!

Oh, mein Gott ...

Er sprang hin und umklammerte ihre Hand. »Festhalten!«, schrie er.

Hinter ihm gab es eine heftige Explosion. Mit einem metallischen Kreischen flog die Luke des Mitteldecks davon. Ein Wirbelsturm aus Flammen schoss in die Kabine und verbrannte alles bis hinauf zum Flugdeck. Er verlor die anderen Astronauten aus den Augen. Die Feuerwand wälzte sich auf ihn und Jennifer zu.

»Hilfe!«, schrie er in sein Funkgerät. Aber es kam keine Antwort. Der Shuttle war zu einem herabstürzenden Felsbrocken geworden. Jack geriet ins Rutschen.

»Lass mich los!«, keuchte ihm Jennifer zu, verzweifelt bemüht, ihre Hand loszubekommen. »Sonst ziehe ich dich mit runter ...«

»Verdammt noch mal! Festhalten!«

»Das tu ich nicht!« Mit der anderen Hand löste Jennifer die Metallschließe, die den Handschuh ihres Anzugs am Ärmel festhielt.

»Nein!« Er packte fest zu, war jedoch zu langsam. Er umklammerte lediglich einen leeren Handschuh. Jennifer entglitt ihm und war rasch außer Reichweite.

Wie in allen Albträumen entdeckte er, dass er sich nicht rühren konnte. Er sah Jennifer zeitlupenhaft langsam von sich weggleiten ... so unendlich langsam. Verzweifelt bemühte er sich, sie zu erreichen, aber seine Gliedmaßen wollten ihm nicht gehorchen. Er konnte lediglich zuschauen.

Als Letztes sah er nicht Jennifers panikerfülltes Gesicht ... sondern den kleinen goldenen Ring, der hell in ihrer Hand blitzte und im Versprechen einer Liebe erstrahlte, die niemals sterben würde, während Jennifer ins Nichts fiel.

Taub den eigenen Schreien gegenüber, gejagt von einer Flammenwand, stürzte er hinterher. Er taumelte genau in dem Augenblick durch die Luke, als der Shuttle einen Salto schlug. Der riesige Flügel des Raumgleiters durchschnitt die Luft über ihm. Dunkelheit schwoll am Rand seines Sichtfelds an, während er unkontrolliert umherwirbelte. Er konnte nicht atmen.

Dennoch suchte er, so gut es ging, nach einem Anzeichen von Jennifer, doch der blaue Himmel war leer. Lediglich eine Flammenspur kennzeichnete den Weg des brennenden Shuttles.

Mit Tränen in den Augen tastete er nach dem Öffner für seinen Fallschirm. Der kleinere Lenkschirm entfaltete sich und zog augenblicklich den größeren Bremsfallschirm heraus, der seinen wirbelnden Flug stabilisierte. Aber die kleinen Fallschirme trugen nur wenig dazu bei, seine rasende Fallgeschwindigkeit zu mindern. Dazu waren sie auch nicht gedacht. Nicht in dieser dünnen Luft. Später würde sich automatisch ein dritter Schirm entfalten, während er abstieg, doch das bekam er nicht mehr mit.

Die Dunkelheit verschlang ihn schließlich völlig.

Jack fiel den weiten Weg zurück zur Erde, bis auf sein Bett an Bord der *Deep Fathom*. Ruckartig schlug er die Augen auf. Zu hell. Es dauerte eine Sekunde, bis er wusste, wo er war. Mühsam kämpfte er sich in die Sitzposition. Sein

Bademantel war schweißnass. Zitternd entledigte sich Jack des Kleidungsstücks. Halb nackt stellte er sich auf die wackeligen Beine.

Mit neuerlichem Zittern ging er zum Wandsafe hinüber, drückte die Tastenkombination und zog die Tür auf. Inmitten der Schiffspapiere sowie einiger tausend Dollar lag ein zerknüllter Handschuh. Jack zog ihn hervor. Die Finger und die Säume waren angesengt, aber er hatte sich nicht davon trennen können. Und mochte er auch noch so sehr versuchen, die Vergangenheit zu vergessen, es gelang ihm nicht.

»Tut mir Leid, Jennifer«, flüsterte er und drückte ihn sich an die Lippen. Als die Rettungsmannschaft den bewusstlosen Jack inmitten der aufgeblähten Fallschirme gefunden hatte, hatte er diesen Handschuh noch immer umklammert gehalten. Er war der einzige Überlebende gewesen. Selbst jetzt spürte er noch Jennifers Griff voller Angst und Panik.

Ein rasches Klopfen ließ die Tür hinter ihm beben.

Langsam legte Jack den Handschuh in den Safe zurück. Er kniff die Augen fest zusammen, um den aufsteigenden Tränen den Weg zu versperren. »Was ist?«, knurrte er gereizt.

»Du solltest es vielleicht wissen, Jack. Wir haben den Treffpunkt gleich erreicht.«

Er erkannte die Stimme des Meeresbiologen wieder und warf einen Blick auf seine Uhr. Drei Stunden waren vergangen. »Schon gut, Robert, ich bin gleich oben.«

Er ging zum oberen Ende seiner Kabine hinüber und spritzte sich kaltes Wasser ins Gesicht. Als er sich aufrichtete, starrte er sein Spiegelbild an. Wasser tropfte von seinen harten Zügen und dem energischen Kinn herab. Die schwarzen Haare, obgleich immer noch dunkel, waren inzwischen an den Schläfen grau bestäubt und reichten ihm bis auf die Schultern. Kein militärischer Bürstenschnitt mehr. Er schob sich die feuchten Haare hinter die Ohren und trocknete sich die sonnengebräunte Haut. Dann wandte er sich ab, außerstande, seinem Spiegelbild ins Gesicht zu blicken.

Da Jack mit seinem Schiff nahezu eins war, erkannte er die leichte Veränderung im stetigen Dröhnen der Maschine. Sie wurden langsamer. Eilig schlüpfte er in ein lockeres Hemd, ließ es aufgeknöpft und ging barfuß zur Tür. Draußen wartete nach wie vor Robert Bonaczek auf ihn.

Der Meeresbiologe trat nervös von einem Fuß auf den anderen und konnte Jack nicht in die Augen sehen. Robert Bonaczek war erst zwanzig Jahre alt, das jüngste Mitglied der Mannschaft, aber auch das ernsthafteste und strengste. Er lächelte selten. Er hatte im zarten Alter von achtzehn seinen Abschluss in Meereswissenschaften gemacht, war während der vergangenen beiden Jahre mit an Bord gewesen und hatte dort an seinem Doktor gearbeitet. Lisa nannte ihn ›eine alte Seele in einem jungen Körper‹. Diese Einschätzung wurde durch die Tatsache unterstrichen, dass dem jungen Mann bereits die dünnen blonden Haare ausfielen.

»Was ist, Robert?«

Der Biologe schüttelte den Kopf. »Das musst du dir selbst ansehen.« Der junge Mann wandte sich ab und ging zur Tür, die zu dem offenen Deck führte.

Jack folgte ihm.

Die Sonne stand jetzt tiefer am Himmel. Sie blendete Jack mit ihrem Glanz, und er blinzelte und hob eine Hand, um sich die Augen abzuschirmen. Die anderen Mannschaftsmitglieder waren allesamt an Deck, abgesehen vom Geologen, Charlie Mollier. Jack entdeckte ihn hinter den Fenstern des Ruderhauses. Charlie winkte ihm kurz zu.

Jack stellte sich ebenfalls an die Reling, Robert auf der einen, Lisa auf der anderen Seite. »Wie hast du geschlafen?«, fragte die Ärztin.

»Du hast mir was untergemogelt, stimmt's?«

Sie zuckte die Schultern. »Du hast den Schlaf nötig gehabt.«

Er überlegte, ob er sie deswegen anschnauzen sollte. Mit welchem Recht behandelte sie ihn wie ein Kind? Er war der gottverdammte Kapitän dieses Schiffs! Stattdessen wurde sein Blick nach vorn gezogen.

Auf dem normalerweise leeren Ozean herrschte Massenandrang: Fischtrawler, Frachtschiffe, Militärfahrzeuge, an denen Flaggen aus verschiedenen Ländern flatterten. Am Himmel kreisten summend zwei Jayhawk-Helikopter. Jack folgte ihnen mit dem Blick. Er vermutete, dass sie von der Air-Force-Basis auf Wake Island herübergeschickt worden waren. Nahe am Horizont pendelte eine breite C-130 in einem Suchmuster über der Szene hin und her. Das Flugzeug hatte das Gebiet vielleicht die ganze Nacht über mit seinem Sonar abgetastet. Das U. S. National Transportation Safety Board hatte offenbar sein ›Go-Team‹ auf diesen Absturz angesetzt.

George Klein trat hinter Jack und sagte, als hätte er seine Gedanken gelesen: »Das NTSB ist ganz schön auf Trab gewesen. Beeindruckend, was sie da auf die Beine gestellt haben, wenn man berücksichtigt, wie weit draußen wir sind.«

Der Professor zog an seiner Pfeife, während er zu dem emsigen Treiben hinüberschaute. Von der dicken Pfeife einmal abgesehen, wirkte nichts an George wie der Harvardprofessor von über sechzig. Der muskulöse ältere Mann trug Bermudas und sonst nichts. Sein dünnes weißes Haar flatterte in einer schwachen Brise. Jack war immer der Ansicht gewesen, dass George eine verblüffende Ähnlichkeit mit Jacques Cousteau hatte.

»Wonach riecht das hier?«, fragte Kendall McMillan naserümpfend.

Jetzt, da er darauf aufmerksam gemacht worden war, nahm Jack die säuerliche Färbung in der Meeresbrise wahr. »Treibstoff.« Schließlich bemerkte er Backbord die leichte Verschmutzung auf der Meeresoberfläche. Das Öl breitete sich wie eine schwarze Blüte aus. Zweifelsohne war hier ein Flugzeug abgestürzt.

Innerhalb des Öls entdeckte Jack ein paar auf und nieder wippende Bojen. Datenbojen, abgeworfen, damit die Suchmannschaften einen gewissen Hinweis darauf erhielten, wohin Wrack und Leichen möglicherweise getrieben waren. »Jemand von euch hätte mich etwas eher hier raufholen sollen«, bemerkte er.

George warf der Ärztin einen Blick zu, die plötzlich ein wesentlich größeres Interesse am Ozean zeigte. »Und sich Lisas Zorn zuziehen? Da lasse ich mir lieber einen Fischköder um den Hals hängen und sehe einem weißen Hai ins Auge. Abgesehen davon hat Charlie vor einer Stunde Kontakt mit dem Einsatzleiter aufgenommen.« George sah Jack mit gehobenen Brauen an. »Der Vizeadmiral der Küstenwache persönlich ... vergangene Nacht von San Diego eingeflogen. Nicht unbedingt ein netter Mensch, Charlies Beschreibung nach zu schließen.«

»Welche Hilfe erwarten sie von uns?«

»Wir stehen lediglich Gewehr bei Fuß, bis sie das Signal des Flugschreibers von Air Force One aufgefangen und einen Aktionsplan ausgeheckt haben. Anscheinend ist das NTSB in Wirklichkeit lediglich an unserer *Nautilus* interessiert. Wir sollen hier herumsitzen und Däumchen drehen, bis unser Tauchboot ins Spiel kommt.«

»Und was ist mit Admiral Houston?«, fragte Jack. Sein einstiger Navy-Kommandeur hatte sie herbefohlen. »Ist er nicht hier?«

»Soll morgen eintreffen.«

»Was hält ihn so lange auf?«

»Vermutlich dauert es etwas länger, die riesigen Räder der amerikanischen Militärmaschinerie in Gang zu bringen. Er soll bei Tagesanbruch mit der USS *Gibraltar* eintreffen.« George winkte mit seiner Pfeife nach vorn. »Dieser ganze Käse dient lediglich der Vorbereitung. Alles klarmachen, bevor die richtige Suche in der Tiefsee beginnt.«

»Die *Gibraltar*«, murmelte Jack.

»Du bist mit diesem Schiff gefahren, stimmt's?«

Jack nickte. Er hatte sieben Jahre auf der *Gibraltar* gedient. Sie war ein Helikopterträger der Wasp Class, eines der größten Schiffe der Navy, nur übertroffen von den Superträgern. Das LHD war Teil der berüchtigten ›Gator Navy‹, einer amphibischen Eingreiftruppe, die die Kampfkraft der Marines mit der Schnelligkeit und Mobilität der Navy in sich vereinigte.

»Seht mal!«, rief Robert neben ihm und zeigte mit dem Finger auf die gemeinte Stelle.

An Backbord tauchte etwas zwischen den Bojen auf und nieder, das vor einem Augenblick noch nicht da gewesen war. Es musste gerade erst hochgekommen sein. Jack kniff die Augen zusammen. »Holt mir ein Fernglas!«

Robert eilte davon und kehrte mit einem Minolta-Fernglas zurück. Jack schaute hindurch. Er benötigte einen Augenblick, bis er den Gegenstand gefunden und fokussiert hatte. Es handelte sich um die Rückenlehne eines Flugzeugsessels, und das Siegel des Präsidenten hob sich leuchtend blau gegen die rote Lehne ab.

Eine plötzliche Dünung wälzte den Sessel herum. Bleiche Haut blitzte auf. Ein schlaff herabhängender Arm. Dann war alles wieder verschwunden.

»Ist das aus dem Wrack?«, fragte Robert.

Jack konnte nicht antworten. Blitzartig hatte er den eigenen Absturz von vor zwölf Jahren wieder vor Augen. Der Absturz des Shuttles *Atlantis*. Der Anblick da draußen ging ihm allzu nahe.

»Jack, bist du in Ordnung?« Lisa berührte ihn an der Schulter.

Bleich und zitternd senkte er das Fernglas. »Wir hätten nie herkommen sollen. Da kann nichts Gutes bei rauskommen.«

4

SCHULDZUWEISUNGEN

25. Juli, 21.34 Uhr
Oval Office, Weißes Haus, Washington, D.C.

David Spangler wartete vor dem Oval Office. Selbst zu dieser späten Stunde wimmelte es im Westflügel des Weißen Hauses von Praktikanten, Hilfskräften und Büroboten. Die gegenwärtige Hektik beschränkte sich nicht bloß auf die Pennsylvania Avenue. Der gesamte Beltway war voll auf Trab: Zahllose Pressekonferenzen wurden abgehalten, auf dem Capitol Hill fanden wiederholt Krisentreffen statt, und das Gegeifere und Gezänk in den Gängen war schier endlos.

Und alles nur, weil ein einziger Mann verschollen war – Präsident Bishop.

David selbst war an diesem Morgen aus der Türkei eingeflogen worden. Zuvor hatte man ihn und seinen Kommandotrupp von einer Mission an der Grenze zum Irak abberufen, aber man musste ihm noch den Grund dafür mitteilen.

»Kaffee, Sir?« Eine flachbrüstige Praktikantin trat mit einem Tablett voller Becher an David heran.

Er lehnte mit einem knappen Kopfschütteln ab.

Er saß reglos und steif in einem Polstersessel, musterte weiterhin den Raum und nahm einfach nur alles in sich auf: das Geplänkel, die halben Scherze, den schwachen Duft nach Parfüm. Er atmete tief ein. Es lag etwas in der Luft.

Sein eigener Chef, CIA-Direktor Nicolas Ruzickov, war in einer Konferenz mit dem neuen Oberhaupt der Vereinigten Staaten, Vizepräsident Lawrence Nafe.

Alle Mitglieder aus Bishops ehemaligem Kabinett trafen sich privat mit Nafe. Wer würde gefeuert? Wer würde seinen Job behalten? Gerüchte breiteten sich in den Regierungsfluren wie ein Lauffeuer aus. Allen war wohl bekannt, dass den ehemaligen Präsidenten und seinen Vizepräsidenten eine tiefe politische Kluft getrennt hatte. Nafe war lediglich nominiert worden, um den Süden zu gewinnen; seither hatte es häufig Auseinandersetzungen zwischen den beiden Büros gegeben. David hatte den Verdacht, dass Nafe heute so viele Leute wie nie zuvor in den Arsch gekrochen waren – nicht jedoch der Direktor der CIA. Nafe und Ruzickov waren schon immer enge Freunde gewesen, Kommilitonen in Yale und ideologisch auf einer Wellenlänge, wenn es um den Umgang mit ausländischer Aggression ging.

David hatte Nafe anlässlich einer Feier im Weißen Haus einmal die Hand geschüttelt und dabei entdeckt, dass der Mann ebenso schwach und verlogen war wie alle Politiker, die nichts zu bieten hatten als falsches Lächeln, gepaart mit Gönnerhaftigkeit. Dennoch hielt er Nafe für einen besseren Amtsinhaber als den ehemaligen Bewohner des Weißen Hauses. Präsident Bishop war allzu sehr eine Taube gewesen und hatte die Chinesen verhätschelt, während Nafe mit Freuden eine härtere Gangart einlegen würde.

Nafes Sekretärin tippte etwas in ihren Computer, die Hörer eines Diktiergeräts im Ohr. Während David auf das Ende der Konferenz wartete, schielte sie in seine Richtung und lächelte scheu, als sie sich ertappt sah. An eine solche Reaktion von Frauen war er gewöhnt. Er war groß, hatte breite Schultern und war muskulös. Das blonde Haar über seinen harten Zügen war kurz geschnitten, die Haut gebräunt von Jahren unter der Sonne vieler fremder Länder. Vor der Mission in der Türkei, die er jetzt im Stich gelassen hatte, hatte ihn sein letzter Auftrag in den Libanon geführt, wo er und sein Kommandotrupp einen libanesischen Terroristen auf die übliche ökonomische Weise aus dem Weg geräumt hatten: Sie hatten die Familie des Mannes umgebracht, das Hotel mit Brandbomben angesteckt und dadurch sämtliche Hinweise auf ein Attentat ausradiert. Es war eine saubere Operation gewesen.

Er verspürte Stolz auf sein Team, und das wärmte ihn innerlich. Es waren Männer, die er von Anfang an ausgebildet hatte. Handverlesen. Jeder würde für ihn sein Leben hingeben. Sie kamen aus den erfolgreichsten verdeckten Kommandotrupps und hatten bereits über tausend Leichen auf dem Konto.

Das Telefon auf dem Schreibtisch der Sekretärin summte, und Davids Blick zuckte in ihre Richtung. Sie hob ab. »Ja, Sir. Sofort, Sir.« Sie legte auf und wandte sich an David. »Der Präsident ...« Sie errötete wegen ihres Versprechers. Solange es noch keinen konkreten Hinweis auf Bishops Dahinscheiden gab, würde Nafe nicht formell vereidigt werden. »Der *Vizepräsident* wünscht, dass Sie zu ihm und Mr Ruzickov ins Oval Office kommen.«

David erhob sich ohne Hast. Nur eine einzelne Furche auf seiner Stirn verriet seine Überraschung über diese Einladung.

Die Sekretärin winkte ihn zur Tür und tippte dann weiter. Unsicher, weshalb er zu dieser Konferenz gerufen wurde, durchquerte er den Raum. Ein Geheimdienstagent, den David nicht einmal zur Kenntnis nahm, hielt ihm die Tür auf.

Er ging drei Schritte und nahm dann an der Kante des kreisförmigen Teppichs mit dem Siegel des Präsidenten Hab-Acht-Stellung ein. Das Abbild des Adlers schien ihn ebenso wie die beiden Anwesenden im Raum anzustarren. Sein Chef saß in einem Sessel. Der ehemalige Marine, obgleich grauhaarig und auf die sechzig zugehend, war so geschmeidig und drahtig wie zu seiner aktiven Zeit. Wie üblich war von seinen harten blauen Augen nichts abzulesen. David empfand tiefen Respekt vor Ruzickov.

»Commander Spangler, so kommen Sie doch zu uns«, sagte der Vizepräsident und winkte ihn heran, als sich die Tür mit einem Klicken hinter David schloss. Lawrence Nafe erhob sich und stützte sich auf der Kante des breiten Schreibtischs ab. Seine Züge waren weich: dicke Lippen, die Spur eines Doppelkinns, Kuhaugen. Sein Bauch wölbte sich leicht über seinem Gürtel, und die schmutzig braune Färbung seines Haars, oder vielmehr dessen, was davon noch übrig war, stammte eindeutig aus der Tube. »Nehmen Sie bitte Platz.«

David nickte höflich und schritt in den Raum, wobei er seine steife Haltung beibehielt.

Der Vizepräsident trat um den Schreibtisch und ließ sich so selbstverständlich in dem Sessel nieder, als hätte er das schon tausende Male zuvor getan. Der Mann tippte gegen einen Ordner auf seinem Tisch. »Mr Ruzickov hat mir viel von den Heldentaten Ihres Teams erzählt.« Er hob den Blick, um David zu mustern, der nach wie vor stand. »Bitte, so setzen Sie sich doch«, wiederholte Nafe eine Spur gereizt.

David warf einen Blick zum CIA-Direktor hinüber, der ihn zu einem benachbarten Sessel winkte. Er ließ sich mit steifem Rückgrat darauf nieder, ohne sich anzulehnen. Argwöhnisch, wachsam.

»Das Omega-Team hat unserem Land gut gedient«, fuhr Nafe fort, »ob der Öffentlichkeit diese Tatsache nun bekannt ist oder nicht.«

»Vielen Dank, Sir.«

Nafe lehnte sich in seinem Sessel zurück und verschränkte die Hände über dem Bauch. »Ich habe den Bericht über Somalia gelesen. Gute Arbeit. Wir durften nicht zulassen, dass sich in dieser explosiven Region eine kommunistische Zeitung etabliert.«

David nickte. Vierzehn Tote. Arrangiert wie ein Massenselbstmord. Ausgeführt nach allen Regeln der Kunst. Die kommunistischen Aufrührer waren diskreditiert, während die Bedrohung durch sie ihr Ende gefunden hatte. Abgesehen vom Omega-Team kannten nur zwei weitere Menschen die Wahrheit, und die saßen jetzt in diesem Raum.

»Wir haben über eine weitere Mission für Ihr Team gesprochen. Wir glauben, dass Sie und Ihre Männer ideal dafür geeignet sind.« Die unausgesprochene Frage hing in der Luft.

David beantwortete sie. »Ganz bestimmt, Sir.«

Seine Antwort entlockte Nafe ein kleines Lächeln, wiederum mit einer Spur eisiger Herablassung. »Ausgezeichnet.« Er richtete sich wieder etwas gerader auf, griff nach einem Ordner und reichte ihn dem CIA-Direktor. »Ihre Befehle und die Einzelheiten stehen hier drin.«

Nicolas Ruzickov gab den Ordner seinerseits an David

weiter, wodurch die Befehlshierarchie in dieser Sache gewahrt blieb. Wenn irgendetwas schief ginge, könnte David ehrlich und aufrichtig sagen, dass der Befehl vom CIA-Direktor gekommen sei, nicht vom Vizepräsidenten.

David legte sich den Ordner in den Schoß.

Zum ersten Mal ergriff sein Chef das Wort und umriss die Mission, während Nafe schweigend, zurückgelehnt, die Hände wieder über dem Bauch, dasaß. »Wie Sie wissen, sind uns die Chinesen seit Jahrzehnten ein Dorn im Auge. Während wir sie mithilfe günstiger Handelsbedingungen ins einundzwanzigste Jahrhundert katapultiert haben, sind sie ihrerseits immer aggressiver und unflexibler geworden.«

»Haben die Hand gebissen, die sie gefüttert hat«, warf Nafe ein.

»Genau. Während unsere Regierung einen Kotau vor diesen kommunistischen Führern vollführt hat, sind die Chinesen stärker geworden – haben ihr Nukleararsenal ausgebaut, die Geheimnisse der Interkontinentalraketen gestohlen, ihre Präsenz auf den Weltmeeren immer weiter ausgedehnt. In nur zehn Jahren sind sie von einem kommunistischen Ärgernis zu einer globalen Bedrohung geworden. Dem muss ein Riegel vorgeschoben werden.«

David merkte, dass er die Finger fester um die Lehnen seines Sessels schloss. Was der Mann sagte, hätte nicht wahrer sein können. Er nickte heftig. »Jawohl, Sir.«

Ruzickovs Blick flackerte zu Nafe hinüber, dann wieder zu David. »Aber ein drastisches Vorgehen würde in der Öffentlichkeit keine Billigung finden. Der durchschnittliche Amerikaner interessiert sich mehr für den Wert seines Aktienpakets und das abendliche Fernsehprogramm. Eine Konfrontation mit China hat keine

Priorität. Wenn überhaupt, dann trifft das Gegenteil zu. Wir sind selbstzufrieden geworden. Wenn wir dem Anwachsen des Kommunismus wirklich einen Riegel vorschieben wollen, dann muss diese Einstellung ebenfalls geändert werden.«

David nickte zum Zeichen, dass er verstanden hatte.

Ruzickov musterte ihn und sprach dann weiter. »Sie wissen, dass zur Bergung von Air Force One alle Kräfte mobilisiert worden sind.«

David gab keine Antwort; die Worte des CIA-Direktors waren auch keine Frage gewesen. Natürlich wusste er von der Mobilisierung. Täglich kamen Berichte darüber in den Nachrichten. Die ganze Welt hielt die Augen auf eine leere Stelle im Ozean gerichtet. Dennoch blähte er die Nasenflügel. Er konnte das Unbehagen seines Chefs fast riechen.

»Wir halten diese Sache für eine Gelegenheit, die wir uns nicht entgehen lassen dürfen, eine Chance, den Verlust Präsident Bishops doch noch positiv auszunutzen.«

»Wie das?«, fragte David entzückt.

»Sie werden sich dem Team des NTSB an der Absturzstelle anschließen.«

Davids linkes Auge zuckte überrascht. »Um bei der Bergung zu helfen?«

»Das auch ... in erster Linie sollen Sie jedoch dafür sorgen, dass die Informationen, die von der Absturzstelle kommen, unserer Sache dienlich sein werden.«

»Das verstehe ich nicht.«

Nafe erklärte es ihm. »Wir möchten die Schuld an dem Absturz den Chinesen in die Schuhe schieben.«

»Ob die Fakten diese Behauptung stützen oder nicht«, schloss der Direktor.

David hob beide Brauen.

Nicolas Ruzickov stand auf. »Wenn wir die Chinesen des Mords am Präsidenten beschuldigen können, wird es einen öffentlichen Aufschrei nach Vergeltung geben.«

»Und wir werden darauf reagieren«, fügte Nafe hinzu.

David musste dem Plan seine Anerkennung aussprechen. Da sich die Welt nach den pazifikweiten Katastrophen sowieso bereits in Aufruhr befand, wäre der Augenblick reif für eine solche Sache.

»Nimmt Omega diesen Auftrag an?«, fragte Ruzickov formell.

David erhob sich. »Jawohl, Sir, selbstverständlich.«

Nafe räusperte sich und lenkte dadurch beider Aufmerksamkeit auf sich. »Noch eines, Commander Spangler. Anscheinend ist einer Ihrer Kollegen bereits vor Ort. Ein Ex-SEAL ... jemand, mit dem Sie einmal zusammengearbeitet haben.«

Erneut hatte David das Gefühl, dass gleich eine Bombe platzen würde. »Wer?«

»Jack Kirkland.«

David musste unwillkürlich nach Luft schnappen. Er hörte kaum noch, was der Vizepräsident sagte. Sein Blickfeld verengte sich.

»Wir wissen, dass Sie dem Mann immer noch die Schuld am Unfall der *Atlantis* geben. Das ganze Land hat den Tod Ihrer jüngeren Schwester betrauert.«

»Jennifer«, murmelte David. Er hatte das Gesicht der jungen Frau vor Augen: Wie stolz sie am Tag des Starts gewesen war, ihrer ersten Mission bei der NASA – und an ihrer Seite Jack Kirkland, ihr Teamgefährte, der selbstzufrieden gegrinst hatte. Jack hatte David den Sitz an Bord des Shuttles weggeschnappt, der für das Militär vorgesehen gewesen war: Beide Männer waren für die Mission nominiert gewesen. Aber die NASA hatte nicht gewollt, dass Geschwister auf dieselbe Mission gingen – falls etwas passieren würde. David schloss die Augen. Jennifers Leichnam war nie gefunden worden.

»Ihr Verlust tut mir Leid«, sagte Nafe und zog Davids Aufmerksamkeit wieder auf sich.

David richtete sich auf und sagte eisig: »Vielen Dank, Sir.«

»Wir wollten bloß sichergehen«, sagte Ruzickov neben ihm, »dass Kirklands Anwesenheit sich nicht zwischen Sie und Ihre Mission schiebt.«

»Nein, Sir. Vergangenheit ist Vergangenheit. Ich verstehe die Wichtigkeit dieser Mission und werde mich durch nichts daran hindern lassen, sie erfolgreich abzuschließen – nicht einmal durch Jack Kirkland.«

»Sehr gut.« Ruzickov wandte sich zum Ausgang. »Dann trommeln Sie Ihr Team zusammen. Sie werden in zwei Stunden abreisen.«

Davids Beine waren wie taub, als er dem neuen Führer des Landes zunickte und herumfuhr. Er würde alle Befehle befolgen, ja. Sein Omega-Team hatte noch auf keiner Mission versagt. Aber unterwegs wollte David noch eine Kleinigkeit erledigen:

Den Tod seiner Schwester rächen.

5

DAS HERZ DER SCHLANGE

26. Juli, 7.20 Uhr
Vor der Küste von Yonaguni, Präfektur Okinawa

Noch vor Sonnenaufgang war Karen bereits am Pier und verhandelte um den Mietpries für einen Außenborder. Sie sah über das Wasser hinaus. Die Zwillingspyramiden lagen nur ein paar hundert Meter draußen vor der Bucht. Nach der Entdeckung gestern hatte sie nicht nach Naha und zur Universität zurückkehren wollen. Stattdessen hatte sie trotz Miyukis Protesten ein Fischerboot gechartert, das sie in der kleinen Stadt Chatan an der Küste von Yonaguni abgesetzt hatte.

»Wir hätten gestern nach Naha zurücksollen«, sagte Miyuki und sah das Boot, das sich nicht gerade im Bestzustand befand, finster an. Das alte Fiberglasfahrzeug zeigte deutliche Abnutzungserscheinungen – die Metallreling war verbeult und verbogen, die Kunststoffsitze knackten und waren an den Rändern ausgefranst –, aber die Hülle selbst schien stabil genug zu sein für die etwa hundert Meter Fahrt zu den Pyramiden hinüber. »In Naha hätten wir was Besseres auftreiben können.«

»Und einen halben Tag mit der Rückkehr verloren«, gab Karen zur Antwort. »Ich konnte nicht das Risiko eingehen, dass Plünderer die Drachen beschädigen – oder was ist, wenn die Pyramiden wieder versinken?«

Miyuki seufzte, und ihr Blick war müde. »Na gut, aber du steuerst.«

Karen, die trotz einer schlaflosen Nacht vor Aufregung schier überschäumte, nickte und stieg über das Heck an Bord.

In der vergangenen Nacht hatten sie und Miyuki bis weit in den frühen Morgen miteinander geredet und dabei eine Flasche Sake geleert. Von dem winzigen Balkon ihres Hotelzimmers aus hatten sie einen weiten Blick aufs Meer und die Zwillingsdrachen gehabt. Unter dem Mondlicht hatten die dunstverhangenen Pyramiden feucht geglänzt, als hätten sie in einem inneren Feuer geglüht. Dann war Karen während der langen Nacht immer wieder aus dem schmalen Bett gestiegen und hatte aus dem Fenster geschaut, aus Angst, das da draußen könnte wieder verschwunden sein. Aber die Zwillingspyramiden in den seichten Gewässern vor der Küste waren noch immer da.

Beim ersten Anzeichen der Morgenröte im Osten hatte Karen eine knurrige Miyuki aus dem Bett geholt. Die beiden Frauen hatten in der kühlen Luft die kurze Entfernung zu den Molen zurückgelegt und zu einem exorbitanten Preis das alte Motorboot eines Fischers zur Benutzung für einen Tag erstanden. Ein ganzer Monatslohn. Aber Karen hatte keine andere Wahl gehabt. Ein anderes Schiff war nicht zu bekommen gewesen.

Sie übernahm das Ruder, während Miyuki die Leinen auffing, die ihr der Fischer grinsend zuwarf, erfreut über seinen Gewinn.

»Du weißt natürlich, dass man dich ausgeraubt hat«, meinte Miyuki.

»Vielleicht«, erwiderte Karen. »Aber ich hätte gern zehn Mal so viel für die Gelegenheit gezahlt, die Erste zu sein, die die Ruinen erforscht.«

Kopfschüttelnd ließ sich Miyuki im Passagiersitz nieder, und Karen gab Gas. Die Maschine tuckerte krächzend; der Geruch von verbranntem Öl trieb zu ihnen herüber. Miyuki rümpfte die Nase. »Das ist offene Piraterie.«

»Mach dir keine Sorgen! Wenn es noch mehr Piraten gibt ...« Karen klopfte sich auf die Jacke, wo ihre 10-mm-Automatik in ihrem Schulterholster ruhte.

Miyuki stöhnte übertrieben und sank tiefer in ihren Sitz.

Karen lächelte. Trotz des Protests ihrer Gefährtin war ihr das Funkeln in Miyukis Augen nicht entgangen. Die stoische japanische Professorin genoss insgeheim diesen Ausflug. Gestern hätte sie reichlich Gelegenheit gehabt, zur Universität zurückzukehren, war aber trotzdem bei ihr geblieben. Das schweißte ihre Freundschaft so zusammen. Miyuki zügelte Karens wildere Seiten, während diese der professionellen Routine ihrer japanischen Freundin ein wenig Würze verlieh.

Sobald sie den Hafen verlassen hatten, beschleunigte Karen. Das Jaulen der Maschine tönte durch den Morgen. Nachdem sie die Wellenbrecher umfahren hatten, tauchten die Reste der uralten Stadt im Meer vor ihnen auf. Während sie schweigend durch das Wasser fuhren, sahen beide Frauen mit großen Augen hinüber. Die Küstenstadt Chatan wurde hinter ihnen immer kleiner und verschwand, als sich ein Morgennebel über die Insel und das Meer legte.

Schließlich tauchte im Osten die Sonne über dem Horizont auf und übergoss die Ruinen mit einem rosigen

Schimmer. »Wer hat diese versunkene Stadt errichtet?«, überlegte Karen laut.

»Im Augenblick mache ich mir eigentlich nur um meine eigene Stadt und mein eigenes Labor Sorgen«, erwiderte Miyuki und deutete nach vorn. »Vergangenheit ist Vergangenheit.«

»Aber wessen Vergangenheit?«, setzte Karen voller Ehrfurcht ihre Überlegungen fort.

Achselzuckend durchwühlte Miyuki ihre Tasche und zog ihren kleinen Computer heraus. Sie lehnte sich in ihrem Sitz zurück und tippte mit ihrem Stift auf den kleinen Bildschirm.

»Was tust du da?«

»Ich stelle eine Verbindung zu Gabriel her. Um sicherzugehen, dass im Labor alles in Ordnung ist.«

Aus dem Computer ertönte eine leise synthetische Stimme: *»Guten Morgen, Professor Nakano.«*

Karen grinste. »Ihr beide solltet vielleicht den Bund des Lebens schließen.«

Miyuki warf ihr einen kurzen Seitenblick zu und arbeitete weiter.

»Ihr seid bereits an der Hüfte miteinander verbunden«, neckte Karen.

»Und du bist bloß eifersüchtig.«

Karen schnaubte. »Auf einen Computer?«

»Gabriel ist mehr als bloß ein Computer«, gab Miyuki angespannt zurück.

Karen hielt die Hand hoch, um einem gehässigen Angriff zuvorzukommen. »Ich weiß, ich weiß.« Gabriel war ein äußerst kompliziertes Künstliche-Intelligenz-Programm, das Miyuki entwickelt und patentiert hatte. Die Entwicklung seines theoretischen Basis-Algorithmus hatte ihr den Nobelpreis eingebracht. Während der letzten vier Jahre hatte sie die Theorie in die Praxis umgesetzt. Gabriel, benannt nach dem feurigen Erzengel, war das Ergebnis. »Wie geht's ihm?«

»Er hat meine gesamte E-Mail kategorisiert und überwacht nach wie vor die Notfall-Sendungen auf verschiedenen internationalen Websites.«

»Irgendwas Neues?«

»Die Beben haben im gesamten Pazifik aufgehört, aber die Amerikaner ziehen anscheinend massiv Streitkräfte im mittleren Pazifik zusammen, obgleich die Details lückenhaft sind. Er hat versucht, sich einen Weg in das D.O.D-Netzwerk zu bahnen.«

»D.O.D.?«

Statt ihrer gab der kleine Computer Antwort: *»D.O.D. ist das Akronym für das Verteidigungsministerium der Vereinigten Staaten. Department of Defense.«*

Karen warf ihrer Freundin einen entsetzten Blick zu. Nicht nur, weil Gabriel auf eine ihrer Fragen antwortete, sondern auch, weil er in einem Computernetzwerk des Militärs herumschnüffeln wollte ... das könnte sie ernsthaft in Schwierigkeiten bringen. Sollte Gabriel das tun?

Miyuki tat ihre Besorgnis mit einem Wink ab. »Man wird ihn nie erwischen.«

»Warum nicht?«

»Du kannst nicht etwas erwischen, das nicht existiert. Obgleich ihn meine Zentraleinheit erschaffen hat, lebt Gabriel jetzt überall im Internet. Er besitzt keine spezielle Adresse, anhand deren man ihn zurückverfolgen könnte.«

»Ein Geist in der Maschine«, murmelte Karen.

»Genauer gesagt, Dr. Grace, bin ich DER Geist in der Maschine. Ich bin der Einzige meiner Art.«

Karen lief ein Schauer über den Rücken. Miyuki hatte

einmal versucht, Gabriels Schleifen-Algorithmen und Lern-Unterprogramme zu erklären – eine Art synthetischer Intelligenz –, aber das war rasch über ihren Horizont gegangen. In Miyukis Labor hatte sie stets ein gewisses Unbehagen verspürt. Es war, als würden die ganze Zeit über unsichtbare Augen auf ihr liegen. Dieses Gefühl hatte sie jetzt auch wieder.

»Verdammt!«, fluchte Miyuki unterdrückt.

»Was ist los?«

»Die Universität schließt für diesen Monat. Der Kanzler hat gerade allen Fakultätsleitern eine E-Mail geschickt. Die Studenten dürfen heimfahren, um ihre Familien zu unterstützen.«

Karen hob eine Braue. »Und weswegen sind das schlechte Nachrichten?«

»Wenn meine Assistenten verschwunden sind, wird das meine Forschungsarbeit ziemlich zurückwerfen. Ich soll für mein Stipendium in drei Wochen einen Zwischenbericht über meine Fortschritte abliefern.«

»Unter den gegebenen Umständen kannst du bestimmt eine Verlängerung beantragen.«

»Vielleicht.« Miyuki steckte ihren Stift zurück. »Vielen Dank, Gabriel. Ich werde dir im Laufe des Tages digitale Bilder einspielen. Bitte speichere die Daten auf der Festplatte der Zentraleinheit und ziehe eine Sicherheitskopie auf DVD.«

»*Dateiname?*«

Miyuki warf Karen einen Blick zu. »Drachen.«

»*Öffne jetzt Ordner Drachen. Erwarte Ihre nächste Übertragung.*«

»Vielen Dank, Gabriel«, sagte Miyuki.

»*Ihnen einen guten Tag, Professor Nadano. Guten Tag, Dr. Grace.*«

Karen räusperte sich verlegen. »Auf Wiedersehen, Gabriel.«

Miyuki clippte die Einheit wieder an ihren Gürtel.

Inzwischen hatten sie sich dem Rand der halb versunkenen Ruinen genähert. Karen verlangsamte das Schiff. »Miyuki, kannst du für mich eine Panoramaansicht aufnehmen?«

Ihre Gefährtin wühlte in ihrer Tasche, holte eine Kompakt-Videokamera heraus und hakte sie an ihrer Computereinheit am Gürtel fest. Sie stand auf, ließ das Objektiv über die Ruinen gleiten und schickte die Digitalaufnahme über ihre tragbare Einheit an ihre Computer im Büro. »Fertig.«

Karen ließ das Motorboot langsam und mit hustender Maschine herantreiben. Sie musste vorsichtig sein. In der Nähe der aufgestiegenen Ruinen war das Wasser seicht, weniger als anderthalb Meter tief. Ringsumher erhoben sich von grünen Algen bedeckte Säulen. Bleiche Krabben huschten davon, als sie näher kamen. Hineingezogen in diese uralte Welt, vergaß sie rasch Gabriel und die fortschrittlichen Computer-Algorithmen. »Erstaunlich.«

In der Ferne bewegten sich ein paar weitere Schiffe zwischen den Ruinen. Aufgeregte Stimmen schallten über das Wasser, zu weit entfernt, als dass man von dem, was da gesprochen wurde, etwas verstanden hätte. Aus einem vorbeifahrenden Punt starrten drei dunkelhäutige Männer von mikronesischer Herkunft mit großen Augen auf die uralten Säulen und untergegangenen Häuser.

Konnten Vorfahren dieser Männer diese Stadt errichtet haben?, überlegte Karen. Und wenn ja, was ist dann geschehen?

Der Punt verschwand, und Karen ließ das Schiff langsam an ein paar dachlosen Gebäuden mit klaffenden

Fensterhöhlen entlanggleiten. Alle Bauten waren anscheinend auf die gleiche Weise errichtet worden und bestanden aus aufeinander gestapelten und ineinander greifenden Blöcken und Platten. Immer der gleiche dunkle Stein. Vulkanischer Basalt. Einige der dicken Blöcke mussten mehrere Tonnen wiegen. Eine solche architektonische Meisterschaft war im Südpazifik selten zu finden und dem Geschick der Inka und Maya durchaus ebenbürtig.

Die beiden Frauen umrundeten eines der Gebäude und sahen dann einen offenen Weg zum ersten der Drachen vor sich.

»Mach eine Aufnahme!«, sagte Karen leise und ehrfurchtsvoll.

»Tu' ich bereits.« Miyuki hielt die Kamera vor sich.

Die Pyramide ragte zwanzig Meter über die Wogen empor. Achtzehn terrassenförmige, je einen Meter hohe Stufen führten vom Meer zu dem flachen Plateau hinauf. Das morgendliche Sonnenlicht blitzte auf der teilweise eingestürzten Tempelspitze, einem kleinen Gebilde aus Steinplatten.

Ein Schwarm weißer Kraniche ergriff bei ihrer lärmenden Annäherung die Flucht. Schildkröten, die sich auf den Stufen aalten, plumpsten in die Brandung. Karen umkreiste die Pyramide. Auf der anderen Seite tauchte der zweite Drache auf, ein Zwilling des ersten, nur dass auf seiner flachen Spitze keine Spur von einem Tempel zu erkennen war.

»Sehen wir uns die Sache näher an!« Karen richtete ihr Schiff auf die erste Pyramide aus und fuhr an die unterste Stufe heran. An einer kurzen Basaltsäule an der nordöstlichen Kante würde sich gut eine Bootsleine befestigen lassen.

»Halt das Ruder!«, sagte Karen, als sie das Gas wegnahm. Das Schiff schaukelte auf den Wellen. Sie ergriff die Befestigungsleine am Heck, ging zur Reling, stieß sich ab und übersprang das offene Wasser. Sie landete auf den Stufen der Pyramide und kam auf den Algen und dem feuchten Gras ins Rutschen.

»Vorsicht!«, schrie Miyuki, während Karen mit den Armen ruderte.

Sie fand ihr Gleichgewicht wieder, wischte sich ein paar verirrte Haarsträhnen aus den Augen und lächelte Miyuki verlegen zu. »Nichts passiert.«

Etwas vorsichtiger schritt Karen, das Tau in den Händen, zu der metergroßen Säule hinüber. Beim Hinknien erkannte sie, dass es sich eigentlich um eine Skulptur handelte: ein Mann in einer Robe. Die Details waren von Sand und Meerwasser erodiert, die Nase war verschwunden, die Augen waren lediglich noch schattige Vertiefungen.

Karen holte die Leine ein, bis das Boot gegen die unterste Stufe stieß, und sicherte sie dann an der Basis der Statue, indem sie den Knoten fest zuzog.

»Könntest du mir bitte mit der Tasche helfen?«, fragte Miyuki und hielt ihr die Umhängetasche hin, in der sich die Fotoausrüstung befand. Karen nahm sie ihr ab, so dass die zierliche Professorin über die Reling klettern konnte.

Miyuki verzog das Gesicht, als sie unter dem Absatz etwas Qualliges und Schleimiges zerquetschte. »Du besorgst mir neue Schuhe, wenn wir hier fertig sind.«

»Neue Ferragamos, versprochen«, spöttelte Karen. »Direkt aus Italien.«

Miyuki verbiss sich ein Lächeln. Noch immer wollte sie sich nicht eingestehen, dass sie das Abenteuer genoss. »Na gut, ich denke, darauf können wir uns einigen.«

»Komm schon! Ich möchte mir die Tempelruine oben auf der Spitze ansehen!«

Miyuki legte den Kopf in den Nacken. »Das wird 'n langer Aufstieg.«

»Wir gehen's langsam an.« Karen zog sich auf die erste Stufe und streckte dann Miyuki die Hand entgegen. Die Professorin winkte diese allerdings beiseite und kletterte allein hoch. Sobald sie angekommen war, zupfte sie sich einen langen Strang Seetang vom Knie und warf ihn angewidert weg, wobei sie Karen mit einem funkelnden Blick bedachte.

»Na gut, dann statten wir nach unserer Rückkehr auch Nordstrom einen Besuch ab und besorgen dir einen neuen Hosenanzug.«

Das entlockte Miyuki ein echtes Lächeln. »Neue Schuhe, neuer Anzug. Gehen wir weiter. Bevor wir hier fertig sind, hast du mir eine komplette neue Frühlingsgarderobe spendiert.«

Karen tätschelte ihrer Freundin den Arm und stieg weiter die Stufen hinauf. Sie hatte ihre Gefährtin aber bald weit hinter sich gelassen. Auf halber Strecke blieb sie stehen, damit Miyuki aufholen konnte, und ließ inzwischen den Blick über die versunkene Stadt schweifen. Mittlerweile war die Sonne völlig aufgegangen und zeigte sich als leuchtende Scheibe im Osten. Säulen und Gebäude warfen lange Schatten über das blaue Wasser. Aus dieser Höhe erkannte sie, dass sich die Ruinen mindestens zwei Kilometer weit erstreckten. Die überraschende Größe der Stadt deutete darauf hin, dass hier einmal mehr als zehntausend Menschen gelebt hatten. *Wohin sind die alle verschwunden?*

Karen trat zur Seite, als Miyuki bei ihr eintraf. »Ist nicht mehr weit«, versicherte sie ihr.

Die heftig keuchende Japanerin winkte einfach nur mit einer Hand. »Mir geht's gut. Bleiben wir in Bewegung.«

»Wir ruhen uns besser aus«, meinte Karen, obwohl sie in Wahrheit unbedingt weiterwollte. »Wir sollten uns nicht verausgaben.«

Ungeachtet der Algen sank Miyuki zu Boden. »Wenn du darauf bestehst.«

Karen grub eine Flasche Wasser aus dem Rucksack und reichte sie Miyuki, die die Verschlusskappe entfernte und dankbar einen Schluck nahm. Sie konnte jedoch den Blick nicht von der Aussicht abwenden. »Sie ist so groß. Das hätte ich mir nie so vorgestellt.«

Karen ließ sich neben ihr nieder und setzte gleichfalls die Flasche an. »Wie konnte das alles nur für so lange Zeit verborgen bleiben?«

»Das Wasser ist ... oder vielmehr *war* sehr tief, die Strömung tückisch. Nur erfahrene Taucher hätten hier forschen können. Aber jetzt! Sobald die Öffentlichkeit davon erfährt, wird hier der Teufel los sein.«

»Und die Leute werden alles zertrampeln«, fügte Karen hinzu. »Jetzt ist die beste Zeit, die Stadt zu erforschen.«

Miyuki sprang auf. »Wenn du so weit bist, bin ich's auch.«

»Nur keine Eile. Diese Ruinen haben Jahrhunderte auf ihre Erforschung gewartet. Auf ein paar Minuten mehr oder weniger kommt's da nicht an.«

Miyuki setzte sich wieder.

Karen tat es ihr nach. Es war schon ein erstaunlicher Anblick. »Ich weiß deine Hilfe zu schätzen, Miyuki. Ich könnte gar keine bessere Freundin haben.«

»Ich auch«, erwiderte Miyuki leise.

Die beiden Frauen hatten sich bei einem Gesellschaftsabend an der Ryukyu-Universität kennen gelernt. Beide waren Singles, etwa gleichaltrig und arbeiteten in einer von Männern dominierten Umgebung. Sie hatten häufiger gemeinsam etwas unternommen – Abstecher in eine örtliche Karaoke-Bar, späte Abendessen während der Zwischenprüfungen, samstägliche Filmmatineen – und waren enge Freundinnen geworden.

»Habe ich dir schon gesagt, dass ich gestern etwas von Hiroshi gehört habe?«, fragte Miyuki.

»Nein! Hast du nicht!« Karen richtete sich auf. Hiroshi Takata, ebenfalls Professor an der Universität, war mit Miyuki zusammen gewesen, aber ihr Erfolg auf ihrem Gebiet hatte so etwas wie berufsmäßige Eifersucht entfacht und einen Keil zwischen sie getrieben. Vor zwei Jahren hatte er ganz plötzlich Schluss gemacht und war nach Kobe gewechselt. »Der Mistkerl! Was hat er denn gewollt?«

Miyuki verdrehte die Augen. »Er wollte *mich* wissen lassen, dass ihm bei dem Beben nichts passiert ist. Er hat sich nicht mal die Mühe gemacht nachzufragen, wie es um mich steht.«

»Meinst du, er will sich wieder mit dir versöhnen?«

»Davon träumt er vielleicht«, schnaubte sie.

Karen lachte. »Anscheinend ziehen wir die abscheulichsten Männer an.«

»Eher völlig rückgratlose.«

Karen nickte wissend. In Kanada hatte sie selbst eine lange Reihe schlimmer Beziehungen gehabt, von kühl bis missbräuchlich war alles dabei gewesen. Und sie hatte es nicht eilig damit, ihre Bemühungen auf diesem Gebiet fortzusetzen. Das war einer der Gründe gewesen, weshalb sie die auf vier Jahre befristete Stelle auf Okinawa angenommen hatte. Neue Stadt, neue Zukunft.

»Was hältst du also von der ganzen Sache?«, fragte Miyuki, geschickt das Thema wechselnd. »Könnte das da unten ein Teil des verschollenen Atlantis deines Urgroßvaters sein?«

»Du meinst den verschollenen Kontinent Mu?«, fragte Karen langsam. »Das möchte ich bezweifeln. Hunderte anderer megalithischer Ruinen sind über den Pazifik verstreut: die Statuen auf den Osterinseln, die Kanalstadt Nan Madol, die Latte-Steine von Guam, ›The Burden‹ von Tonga. Alles datiert vor der Zeit der überlieferten Geschichte dieser Inseln. Niemand konnte bisher eine Verbindung zwischen ihnen herstellen.« Allmählich erwärmte sie sich an dem rätselhaften Thema.

»Und du hoffst, dass dir das gelingt?«

»Wer weiß, welche Antworten hier liegen?«

Miyuki grinste viel sagend und stand mühsam auf. »Es gibt nur eine Möglichkeit, das rauszufinden.«

Mit einem ähnlichen Grinsen erhob sich auch Karen. »Allerdings.«

Die beiden setzten ihren Aufstieg fort. Sie blieben eng zusammen und halfen einander die hohen Stufen hinauf. Während die Sonne immer höher stieg, erreichten sie innerhalb von zwanzig Minuten die Spitze; Karen, schwer atmend, als Erste.

Das Plateau bestand aus einer einzigen, ungeheuerlich großen Steinplatte, über die sich ein langer Riss zog, der jedoch eindeutig erst vor kurzem entstanden war, sehr wahrscheinlich aufgrund der seismischen Aktivität. Karen vermutete, dass die Platte bei der Errichtung der Pyramide unversehrt auf dieses Bauwerk gehoben worden war. Karen drehte sich langsam um die eigene Achse, um Maß zu nehmen. Auf jeder Seite zehn Meter, schätzte sie. Der meterdicke Stein musste mehrere hundert Tonnen wiegen. Wie hatten ihn die alten Baumeister hier heraufgebracht?

Auch Miyuki drehte sich langsam im Kreis und nahm die Aussicht mit leuchtenden Augen in sich auf. »Einfach erstaunlich.«

Karen nickte. Sie verspürte zu viel Ehrfurcht, um sich jetzt schon zu äußern, und ging zu dem eingestürzten Tempel in der Mitte des Dachs hinüber. Er war vor Zeiten aus Platten und Basaltklötzen errichtet worden, und sie konnte sich gut vorstellen, wie er ausgesehen haben musste: ein rechteckiges, niedriges Gebäude, mit einer Steinplatte als Dach. Sie umkreiste ihn und betrachtete ihn aus allen Winkeln.

Miyuki folgte ihr auf den Fersen, die Videokamera in der Hand.

Karen untersuchte den Tempel. Er war schmucklos. Oder jegliche Verzierung war schon längst abgetragen worden. Sie richtete sich auf. »Ich gehe rein.«

»Was?« Miyuki senkte ihre Kamera. »Was sagst du da?«

Karen zeigte auf zwei herabgestürzte Wandplatten, die gegeneinander gelehnt dastanden und einen kleinen, leicht abwärts führenden Tunnel bildeten, durch den man kriechen konnte.

»Hast du sie nicht mehr alle? Du weißt nicht, wie wackelig diese Steine sind!«

Karen brach ein Stück Koralle ab, die zwischen den beiden Steinplatten Wurzeln geschlagen hatte. Wie lebendiger Zement. »Der Korallenbewuchs hier bedeutet, dass sie sich seit Äonen nicht mehr gerührt haben. Abgesehen davon werfe ich nur einen raschen Blick ins Innere. Wenn es irgendwelche Schnitzereien oder Felszeichnungen gibt, sind sie da drin. Geschützt vor Erosion.« Sie schlüpfte aus ihrer bestickten Jacke und ließ sich auf die Knie fallen. »Das wird ganz schön eng werden.«

Sie riss sich ihren Gürtel herunter, damit sich die Schnalle nicht verklemmen konnte, und ließ den Rucksack auf die Steine gleiten.

»Ist diese Mini-Taschenlampe noch in deiner Tasche?«, fragte sie.

Miyuki durchwühlte ihren Rucksack und zog eine winzige Taschenlampe hervor, die ein fluoreszierendes, purpurrotes Licht warf. Karen nahm sie, schaltete sie ein, steckte sie sich dann mit den Griff in den Mund und legte sich flach auf den Bauch.

»Willst du das wirklich tun?«

Zur Antwort schlängelte sich Karen, Kopf voran, in das Loch. Die Taschenlampe warf ihren Schein auf den Boden vor ihr. Sie suchte mit den Fingern nach Unebenheiten im Fels, mithilfe deren sich voranziehen konnte. Zumeist jedoch schob sie sich mit den Zehen Zentimeter um Zentimeter in den Kriechgang hinein, wobei sie bewusst die dicken Steinplatten ignorierte, die über ihr hingen. Sie war schon früher in enge Höhlen gekrochen, jedoch niemals in derart enge. Sie atmete weiterhin ruhig und regelmäßig und sagte sich immer wieder, sie müsse bloß in Bewegung bleiben, niemals innehalten.

»Deine Füße sind jetzt drin!«, rief ihr Miyuki zu.

Die Stimme ihrer Freundin klang gedämpft. Karen rutschte geschmeidig durch den Tunnel. Da ihr die Mauern gegen die Brust drückten, fiel ihr das Atmen schwer. Sie verspürte einen Anflug von Panik, konnte ihn jedoch unterdrücken. Sie atmete schneller, flacher. Nein, sie würde nicht ersticken.

Und weiter ging es. Falls sie stecken bleiben sollte, könnte sie sich immer noch mit den Händen zurückschieben. Und Miyuki an ihren Knöcheln ziehen. Es war nicht wirklich gefährlich. Dennoch wurde ihr Mund trocken und klebrig, als ihre Zehen auf dem feuchten Stein ins Rutschen kamen.

»Wie geht's voran?«

Karen öffnete den Mund zu einer Antwort, aber da ging ihr auf, dass sie nicht genug Luft hatte, um ihrer Freundin etwas zuzurufen. »Mir geht's gut.« Die Worte bahnten sich keuchend und flüsternd ihren Weg um die Taschenlampe herum, die sie zwischen die Zähne geklemmt hatte.

»Was hast du gesagt?«

Karen streckte den Arm aus. Mit den Fingern der rechten Hand erreichte sie gerade eben den Rand der Steinplatte. So nahe war das Ende des Gangs! Sie schloss die Hand und zog, schob gleichzeitig mit den Zehen nach und warf sich nach vorn. Mittlerweile hämmerte ihr Pulsschlag laut in den Ohren. Die Kieferknochen taten ihr weh, weil sie so fest auf die metallische Taschenlampe biss. »Komm schon, verdammt!«, fluchte sie atemlos.

Sie tastete mit der linken Hand, bis sie auch damit einen Halt fand. Grinsend schob sie sich mühsam vor und tauchte schließlich mit dem Kopf aus dem Tunnel auf. Sie hielt inne, reckte den Hals und ließ den Strahl der Lampe hin und her gleiten.

Vor sich hatte sie einen engen Raum, der kaum größer als ein halbes Bad war. Was jedoch ihren Blick auf sich zog, war etwas auf der anderen Seite, das wie ein Altar aussah. Muschelbedeckte Urnen und Tonscherben, überzogen mit einer Schicht Algen, waren über den Fußboden verstreut. Um den Rand des Altars wand sich eine geschnitzte Schlange. Karen folgte dem Körper mit der Taschenlampe, bis sie die Nase erreichte. Eine Haube aus steinernen Federn rahmte den fängenbewehrten Kopf ein. Die Augen, rote Steine, reflektierten das Licht. Sehr wahrscheinlich Rubine.

Sie ließ die Steine Steine sein und bewegte die Lampe weiter. Die Federn waren wesentlich aufregender. Sie erinnerten an Quetzalcoatl, den gefiederten Schlangengott der Maya. Könnte dies ein Hinweis darauf sein, dass die Maya diese Stadt erbaut hatten?

Sie spuckte die Lampe aus und benutzte die Arme als Hebel, um sich aus dem feuchten Loch herauszuwinden. Dann hob sie die Taschenlampe wieder auf und drehte sich zum Eingang um. Miyuki sollte sich das ansehen.

Karen beugte sich zu der Öffnung herab. Da ertönte ein Schuss.

Ein peitschender Knall tönte durch den kleinen Raum, gefolgt vom einem entsetzten Aufschrei.

Karen ließ sich auf die Knie fallen und versuchte, durch den Tunnel zu spähen. »Miyuki!«

6

ERFORSCHUNG DER TIEFEN

26. Juli, 11.20 Uhr
Absturzstelle, nordwestlich des Enewak-Atolls,
Zentralpazifisches Becken

Zum ersten Mal seit über zwölf Jahren setzte Jack wieder einen Fuß an Bord eines Kriegsschiffs der Vereinigten Staaten – und es war kein kleiner Schlepper. Er stieg aus dem Sea-Knight-Helikopter und betrat ein fast 4000 Quadratmeter großes offenes Flugdeck. Die USS *Gibraltar* war so lang wie zwei Fußballfelder und ein halbes Feld breit, ein monströses Untier, das von zwei Maschinen angetrieben wurde. Links und rechts neben ihm waren riesige Zahlen aufgemalt – Landeplätze für bis zu neun Luftfahrzeuge.

Mit eingezogenem Kopf entfernte er sich rasch vom Hubschrauber. Das Getöse der Rotoren war ohrenbetäubend, und der Wind zerrte an seiner offenen Jacke. Als er den Helikopter hinter sich gelassen hatte, wäre er fast über eines der Befestigungstaue für die Luftfahrzeuge gestolpert. Er fing sich gerade noch und kam sich ziemlich blöd vor. Solche Fehler machten nur Anfänger. Es war *wirklich* lange her, seit er über dieses Deck gegangen war.

In einiger Entfernung von den tödlichen Rotorblättern richtete sich Jack auf und schaute übers Meer hinaus. Fern am Horizont erkannte er so gerade eben einen winzigen Flecken: die *Deep Fathom.* Er war für eine Besprechung hier herübergeflogen worden, die um Mittag beginnen sollte. Näher an dem riesigen Schiff lagen zu beiden Seiten drei kleinere Zerstörer, die Begleitschiffe für den mächtigen Behemoth.

Bei ihrem Anblick machte Jack ein finsteres Gesicht. Das war des Guten bei weitem zu viel. Aber wenigstens hatte der Vizepräsident nicht einen ganzen gottverdammten Gefechtsverband in Marsch gesetzt.

Er drehte sich um und musterte die blitzenden Waffensysteme neben den Deckaufbauten der *Gibraltar.* Wenn man so viel Feuerkraft hatte, überlegte er, brauchte man wohl kaum einen ganzen Gefechtsverband, oder? Die *Gibraltar* mochte ganz auf sich allein gestellt ein kleines Land erobern. Ihr Luftkontigent bestand aus zweiundvierzig Sea-Knight-Helikoptern, fünf Harrier-Angriffsflugzeugen und sechs ASW-Helikoptern. Hinzu kam das eigene Verteidigungssystem des Schiffs: Sea-Sparrow-Luftabwehrflugkörper, Phalanx-Schnellfeuerkanonen, Bushmaster-Maschinenkanonen, sogar ein Nixie-Torpedoabwehrsystem. Insgesamt gesehen konnte man da einen verdammt großen Knüppel aus dem Sack lassen, um die Feinde der Vereinigten Staaten zu verprügeln.

An Backbord heulten einige Motoren auf. Ein Aufzug hob einen weiteren Sea-Knight-Helikopter aus dem Hangar unten herauf. Männer und Frauen in roten und gelben Jacken waren eifrig auf dem Deck zugange. Nachdem das große Schiff jetzt die Absturzstelle erreicht hatte, erwachte das gewaltige Untier zum Leben.

In der Nähe des Hecks bemerkte Jack einige neu hinzugekommenen Dinge: drei große Kräne und Winschen.

Jetzt verstand er den Grund für das verspätete Eintreffen des Schiffs. Man hatte es noch für die Bergungsoperation vorbereitet.

»Mr Kirkland!«, brüllte jemand mit harter Stimme hinter ihm.

Jack drehte sich um. Drei Uniformierte schritten auf ihn zu. Zwar war unter ihnen kein bekanntes Gesicht, aber er erkannte ihre Rangabzeichen wieder und ertappte sich dabei, dass er sich instinktiv aufrichtete und die Schultern straffte.

»Captain John Brenning«, stellte sich der Kommandant der Gibraltar vor, als er vor Jack stehen blieb. Er streckte nicht die Hand aus, sondern zeigte nach rechts und links und sagte dabei: »Meine ersten Offiziere, Commander Julie Knudson und Master Chief Hayward Lincoln.«

Beide nickten. Die Frau beäugte Jack von oben bis unten wie ein Insekt. Der schwarze Master Chief blieb gleichmütig und nahm ihn kaum zur Kenntnis.

»Konteradmiral Houston hat um ein privates Treffen vor der Besprechung um zwölf gebeten. Commander Knudson wird Sie nach unten in die Offiziersmesse bringen.«

Der Captain und der Master Chief wandten sich ab. Ihr Ziel war das Hauptdeck und der Sammelplatz. Der weibliche Officer fuhr auf dem Absatz herum und wollte Jack davongeleiten.

Doch Jack rührte sich nicht. »Warum das private Treffen?«

Drei Augenpaare fuhren zu ihm herum. Offenbar wurden hier Befehle selten in Frage gestellt. Jack hielt ihren Blicken stand und wartete auf eine Antwort. Die Sonne brannte gnadenlos auf das metallene Flugdeck.

Ihm war bewusst, dass er nicht mehr innerhalb ihrer Befehlshierarchie stand. Er war Zivilist und gehörte sich selbst.

Captain Brenning seufzte. »Der Admiral hat seine Gründe nicht näher erläutert. Er hat uns lediglich darum ersucht, Sie so bald wie möglich zu ihm zu bringen.«

»Wenn Sie mir bitte folgen würden«, sagte der weibliche Officer mit einem kaum wahrnehmbaren Anflug von Gereiztheit.

Jack verschränkte die Arme vor der Brust. Er würde sich nicht in eine untergeordnete Position drängen lassen. Wenn man sich auf Militärs einzulassen hatte, war es das Beste, ihnen klipp und klar zu sagen, wo man selbst stand, damit man innerhalb der Hackordnung nicht zu tief nach unten rutschte.

»Ich bin einverstanden gewesen, mein Tauchboot für diese Suche zur Verfügung zu stellen«, sagte er. »Mehr nicht. Ich habe die heutige Besprechung nur akzeptiert, damit ich diese Pflicht so rasch wie möglich erfüllen und dann wieder verschwinden kann. Ich bin ganz und gar nicht dazu verpflichtet, einem Konteradmiral in den Arsch zu kriechen.«

Eine barsche Stimme rief aus einer Luke hinter ihnen: »Und wer, zum Teufel, verlangt das von dir, Jack?«

Die drei Uniformierten nahmen sofort Habacht-Stellung ein und hoben die Hände zu einem schneidigen Gruß. »Admiral an Deck!«, brüllte der Master Chief.

Aus den Schatten der offenen Luke trat ein großer Mann ins Sonnenlicht, der lässig eine offene grüne Fliegerjacke trug. Seine Abzeichen waren deutlich zu erkennen. Als Jack das letzte Mal mit Mark Houston gesprochen hatte, war der Admiral noch Captain gewesen. Ansonsten hatte er sich nicht verändert. Der alte Mann hatte das gleiche kurz geschorene dicke graue Haar, die gleichen wettergegerbten Züge. Seine eiskalten blauen Augen waren so scharf wie eh und je, und als er Jack ins Gesicht sah, musste dieser den Blick senken.

Seine Leute nahm Houston mit einem Nicken zur Kenntnis.

Captain Brenning trat vor. »Sie hätten nicht heraufkommen müssen, Sir. Mr Kirkland war gerade auf dem Weg nach unten.«

Der Admiral kicherte. »Oh, ganz bestimmt. Aber Sie sollten etwas über Jack Kirkland wissen, Captain: Er nimmt nicht gern Befehle entgegen.«

»Das ist mir bereits aufgefallen, Sir«, erwiderte der C.O. steif.

Trotz Jacks Größe von nahezu zwei Metern sah es so aus, als würde ihn der Admiral, der die Fäuste auf die Hüften gestützt hatte, noch weit überragen. »Jack Kirkland, ›Der Blitz‹«, brummte er finster. »Wer hätte gedacht, dass man dich je an Deck der *Gibraltar* wiedersehen würde?«

»Ich nicht. So viel steht fest, verdammt.« Obwohl Jack alles andere als gern wieder an Bord eines Schiffs der Navy war, konnte er beim Anblick des alten Mannes ein gewisses Gefühl der Wärme nicht abschütteln. Mark Houston war mehr als nur sein kommandierender Offizier gewesen. Er hatte sich als Freund und Mentor erwiesen und damals erfolgreich für ihn eine Bresche geschlagen, damit er den Platz bei der Shuttle-Mission erhielt, der dem Militär vorbehalten war. Jack räusperte sich. »Schön, Sie wieder zu sehen, Sir.«

»Freut mich zu hören. Also bist du jetzt vielleicht damit einverstanden, mich zum Konferenzraum zu begleiten?«

»Jawohl, Sir.«

Mit einem Nicken entließ der Admiral seine Offiziere. »Komm schon! Unten stehen Kaffee und Sandwiches bereit«, sagte er zu Jack und führte ihn zu der offenen Tür in den hoch aufragenden Decksaufbauten hinüber. »Die Leute vom NTSB hatten eine lange Nacht, also sorgen wir für die Verpflegung bei dieser Besprechung.«

»Vielen Dank, Sir.« Mit angehaltenem Atem duckte sich Jack durch die Luke und betrat das Innere des Schiffs. Nach der warmen Sonne draußen traf ihn die Kühle dort wie ein Schlag. Er hatte vergessen, wie eisig es im Innern der ›Schiffsinsel‹ sein konnte, doch der Geruch nach geöltem Metall weckte alte Erinnerungen. Aus der Tiefe tönten Stimmen herauf. Es war wie das Eintreten in ein lebendiges Wesen. Jonas im Bauch des Wals, dachte er düster.

Der Admiral führte ihn zur zweiten Ebene hinab, wobei er regelmäßig stehen blieb, um den Kopf mit anderen Offizieren zusammenzustecken, einen Scherz zu machen oder einen Befehl zu erteilen. Mark Houston war stets ein Mann gewesen, der überall seine Hand im Spiel hatte. Vor seiner Beförderung zum Admiral, als er hier Kommandant gewesen war, hatte er sich nie in seinen Räumlichkeiten eingeschlossen, sondern war ebenso oft unten in den Mannschaftsquartieren zu finden gewesen wie oben in der Offiziersmesse. Das hatte Jack an dem alten Mann am besten gefallen. Er kannte seine ganze Mannschaft, und die dankte es ihm mit unerschütterlicher Loyalität.

»Da wären wir«, meinte Houston. Er ließ die Hand auf der Türklinke ruhen und warf einen Blick den Flur hinab, ein müdes Lächeln auf dem Gesicht. »Die *Gibraltar*. Ich kann's kaum fassen, wieder hier zu sein.«

»Ich weiß, was Sie meinen.«

Houston schnaubte. »Sie haben mich beim Kommandanten einquartiert. Merkwürdiges Gefühl. Letzte Nacht bin ich aus alter Gewohnheit fast in meine alte Kabine zurück. Komisch, wie das Gehirn funktioniert.« Der alte Mann schüttelte den Kopf, zog die Tür auf und bedeutete Jack, voranzugehen.

Den Konferenzraum beherrschte ein langer Mahagonitisch, der bereits für die Besprechung vorbereitet war. Vor jedem der zehn Sessel lagen Notizbücher und Stifte, präzise ausgerichtet, daneben standen Wassergläser. Es gab auch Thermoskannen mit Kaffee und Platten mit kleinen Schnittchen.

Während er zum Tisch hinüberging, schaute sich Jack um. An den Wänden hingen Karten aller Art, die mit winzigen Fähnchen gespickt waren. Gleich neben sich erkannte er eine Karte der hiesigen Gegend. In einem Karomuster waren geschwärzte Rechtecke darüber verstreut. Die Such-Parameter. Anscheinend war der Admiral auf der Fahrt hierher nicht untätig gewesen.

Jack erfasste das alles sehr rasch. Als er sich umwandte, entdeckte er, dass Houston unmittelbar hinter ihm stand. Erneut schien ihn der Admiral zu mustern. »Wie ist es dir also ergangen, Jack?«

Er zuckte die Schultern. »Ich hab überlebt.«

»Hmm ... das ist aber gar nicht gut.«

Jack hob überrascht die Brauen. Er hätte nicht gedacht, dass ihm der Admiral etwas nachtragen würde.

Aber nachdem Houston in einen der Stühle gesunken war und Jack einen anderen zugeschoben hatte, erklärte er seine Bemerkung. »Das Leben ist nicht nur zum *Überleben* da. Man sollte es auch *leben*.«

Jack setzte sich. »Wenn Sie meinen.«

»Gibt's eine Frau in deinem Leben?«

Jack runzelte die Stirn. Er verstand nicht, worauf diese Befragung hinauslaufen sollte.

»Ich weiß, dass du nicht verheiratet bist, aber gibt es jemand Besonderen in deinem Leben?«

»Nein. Nicht so richtig. Freunde, mehr nicht. Warum?«

Der Admiral zuckte die Schultern. »Hab mich bloß gefragt. Wir haben seit über zehn Jahren keine Verbindung mehr gehabt. Nicht mal einen Weihnachtsgruß.«

Jack zog die Stirn in Falten. »Aber Sie sind Jude.«

»Na gut, einen Gruß zur Chanukka, du Blödmann. Worauf ich hinauswollte, ist, dass ich gedacht hätte, du würdest zumindest mit mir in Verbindung bleiben.«

Jack musterte seine Hände und rieb unbehaglich damit über die Sessellehnen. »Ich wollte alles hinter mir lassen. Ganz von vorn anfangen.«

»Und wie läuft das?«, fragte Houston säuerlich.

Aus Jacks Unbehagen wurde allmählich Ärger. Er schluckte ihn jedoch hinunter und schwieg.

»Gottverdammt, Jack! Siehst du denn nicht, wenn dir jemand versucht zu helfen?«

Er warf seinem ehemaligen Kommandanten einen Blick zu. »Und wobei?«

»Ob du davon etwas gemerkt hast oder nicht, ich bin dir auf der Spur geblieben. Ich weiß von deiner angespannten Finanzlage. Du wirst deinen rostigen Eimer verlieren.«

»Ich werd's schon schaffen.«

»Ja, und du wirst es wesentlich besser mit mehreren tausend Dollar von der Navy schaffen, die du dafür einstreichst, dass du uns bei der Suche nach Air Force One hilfst!«

Jack schüttelte den Kopf. »Ich brauche Ihre Almosen nicht.«

»In jedem Falle brauchst du was, du gottverdammter sturer Esel!«

Mehrere Atemzüge lang starrten die beiden Männer einander an. Schließlich ballte Houston auf seinem Knie eine Hand zur Faust, aber seine Stimme klang weicher, weil ein alter Schmerz in ihm aufwallte. »Erinnerst du dich an Ethels Tod?«

Jack nickte. Ethel war die Frau des Admirals gewesen. Sie hatten über dreißig Jahre zusammengelebt. Ein Jahr vor dem Shuttle-Unfall war sie an Eierstockkrebs erkrankt und den damit verbundenen Komplikationen erlegen. In vielerlei Hinsicht war Ethel die einzige Mutter gewesen, die Jack je gekannt hatte. Beim Tod seiner eigenen Mutter war er erst drei Jahre alt gewesen.

»Am Tag, bevor sie ins Koma gefallen ist, hat sie mir gesagt, ich soll mich um dich kümmern.«

Jack sah überrascht auf. Der Admiral wollte seinem Blick nicht begegnen, aber Jack bemerkte das Glitzern von Tränen in seinen Augen.

»Ich weiß nicht, was Ethel je in dir gesehen hat, Jack. Aber ich werde das alte Frauenzimmer nicht enttäuschen. Ich habe dir genügend Zeit für dich selbst gelassen ... damit du verarbeiten kannst, was auf der *Atlantis* passiert ist. Aber was genug ist, ist genug.«

»Was wollen Sie von mir?«

Houston begegnete seinem Blick. »Du hast dich lange genug hier draußen versteckt. Ich möchte, dass du endlich aus dem Meer auftauchst.«

Jack war so verblüfft, dass er sein Gegenüber bloß anstarrte.

»Deswegen habe ich dich rekrutiert, Jack. Nicht nur

wegen deines Tauchboots. Es ist an der Zeit, dass du in die wirkliche Welt zurückkehrst.«

»Und die Navy ist die wirkliche Welt?«, schnaubte er.

»Zumindest nahe genug dran. Immerhin laufen wir dann und wann einen Hafen an.«

Jack schüttelte den Kopf. »Hören Sie, ich weiß Ihre Besorgnis zu schätzen. Ganz ehrlich. Aber ich bin fast vierzig und kein Kind mehr, das man hätscheln muss. Ob Sie's glauben oder nicht, ich bin mit meinem gegenwärtigen Leben zufrieden.«

Seine ehemaliger Kommandant seufzte und hob ergeben die Hände. »Du bist ein verdammt harter Brocken, Jack.« Er stand auf. »Die Besprechung sollte gleich beginnen. Vermutlich verstehst du, wie wichtig unsere Arbeit hier draußen ist.«

Jack nickte und erhob sich ebenfalls. »Natürlich. Es geht um Air Force One. Um den Präsidenten.«

»Um mehr als das, Jack. Wir haben schon zuvor Präsidenten verloren. Aber niemals unter solchen Umständen, inmitten einer weltweiten Katastrophe. Der Rest der Welt mag die Vereinigten Staaten und deren internationale Politik verachten – das hindert sie nicht daran, uns zu Zeiten einer Krise als Führungsnation zu betrachten. Und jetzt sind wir führungslos, steuerlos.«

»Was ist mit dem Vizepräsidenten? Lawrence Nafe?«

»Wie ich sehe, hältst du dich zumindest beim Weltgeschehen auf dem Laufenden«, neckte ihn Houston ein wenig, aber seine Stimme wurde rasch wieder traurig. Besorgt zog er die Brauen zusammen. »Washington schreit nach Antworten. Bevor Nafe seinen Eid leisten kann, müssen wir alles über Präsident Bishops Schicksal herausbekommen. Es sind bereits Gerüchte in Umlauf. Einige behaupten, Terroristen seien am Werk gewesen –

Araber, Russen, Chinesen, Serben oder sogar die IRA. Such dir was aus! Einige sagen, es sei bloß ein Schwindel. Einige sagen, es handele sich um eine Verschwörung, die mit Kennedy zusammenhängt.« Der Admiral schüttelte den Kopf. »Es ist alles ein einziges Chaos. Damit die Ordnung wiederhergestellt werden kann, benötigen wir konkrete Antworten. Wir brauchen eine Leiche, die wir mit dem üblichen Pomp bestatten können. Deswegen sind wir hier.«

Jack hatte Mark Houston nie so voller Sorge erlebt. »Ich werde mein Bestes tun«, sagte er ernst. »Bitten Sie einfach um etwas, und ich werd's tun.«

»Weniger habe ich von dir nie erwartet.« Bevor ihn Jack daran hätte hindern können, streckte der Admiral die Arme aus und drückte ihn kurz an sich. »Und ob *du* es glaubst oder nicht, Jack, es freut mich, dich wieder zu sehen. Willkommen auf der *Gibraltar*!«

Außerstande zu sprechen erstarrte Jack in der Umarmung des Mannes.

Houston ließ ihn los und ging zur Tür. »Ich muss mich noch um ein paar Dinge in letzter Minute kümmern, aber bediene dich ruhig mit den Schnittchen, Jack. Der Eiersalat ist besonders gut. Echte Eier, nicht dieser Pulver-Scheiß.« Der Admiral lächelte ihn müde an und ging, wobei er die Tür hinter sich schloss.

Wieder allein, sank Jack in einen der Sessel. Er wischte sich die feuchten Handflächen an seiner Hose ab. Die Last der Situation drückte ihn allmählich nieder. Zum ersten Mal seit einem Jahrzehnt spürte er erneut die Augen der Welt auf sich gerichtet.

Drei Stunden später war Jack wieder an Bord der *Deep Fathom*, jedoch nicht für lange. In seinem blauen Norseman-Taucheranzug bestieg er das Cockpit der *Nautilus 2000* und quetschte sich auf den engen Sitz. Gleich darauf schloss er sich an die Biosensor-Monitore an und hängte sich das Mikrofon um. Zusammen mit Lisa, die im Ruderhaus der *Fathom* saß, ging er die Sicherheitschecklist vor einem Tauchgang durch.

Charlie stapfte auf dem Tauchboot herum, das hinter der *Fathom* dümpelte, und kontrollierte die Schweißnähte, während Robert in Maske und Schnorchel das Schiff von unten begutachtete. Jack hatte selbst alles überprüft, aber seine Mannschaft ging keinerlei Risiken ein. »Überprüft alles doppelt!«, hatte er ihnen eingehämmert.

Charlie kletterte zu Jack hinüber und sah seinen Freund besorgt an. »Willst du das wirklich tun, *Mann*? Ist 'n langer Weg nach unten. So tief bist du mit diesem Mädel noch nie runter.«

»Sie ist für diese Tiefe ausgelegt.«

»Vielleicht auf dem Reißbrett. Das hier ist jedoch das wirkliche Leben. Der Ozean hält so seine Überraschungen bereit. Er kann ein richtiger Schweinehund sein.«

Jack sah zum dem jamaikanischen Geologen auf. »Ich fahre, Charlie.«

»Na gut, *Mann*. Ist dein Begräbnis.«

Jack umklammerte die Hand des großen Mannes. Dann ließ Charlie die Plastikkuppel über seinen Kopf herab und schraubte sie fest. Anschließend gab er Zeichen, dass alles in Ordnung war, und sprang vom Tauchboot zu dem Meeresbiologen ins Wasser, während Jack die letzten Punkte auf seiner Checkliste abarbeitete.

Die anderen Suchschiffe lagen in einem weiten Kreis um die *Fathom* herum. Im Süden erfüllte die *Gibraltar* den Horizont. Über ihnen zog ein Sea-Knight-Helikopter summend seine Bahn. Aller Augen blieben auf Jack und sein winziges Tauchboot gerichtet.

Lisas Stimme ertönte über Funk. »Du kannst loslegen, Jack.« Sie vermochte ihre Nervosität nicht zu verbergen.

»Alles abgehakt. Tauche jetzt«, erwiderte er trocken. Er warf den Antrieb an, und von unter ihm setzte ein Summen ein. Er nahm Ballast auf, dann verschwand die *Nautilus* allmählich in der Dünung. Der Meeresspiegel kletterte über die Kuppel hinaus, und das Wasser schlug über Jacks Kopf zusammen.

Ein kurzes Gefühl von Platzangst überfiel ihn. Er ignorierte es, denn er wusste genau, dass es sich lediglich um eine instinktive Reaktion handelte, ein ausgelöster Überlebensinstinkt gegen das Ertrinken. Taucher hatten so etwas seit Äonen erlebt. Er atmete stetig, bis der Augenblick der Angst vorüber war und das Tauchboot tiefer sank. Er hatte einen langen Weg vor sich.

Sechshundert Meter. Mehr als einen halben Kilometer.

Die Besprechung zuvor auf der *Gibraltar* war kurz und knapp gewesen. Während der nächtlichen Suche war das akustische Signal des Flugschreibers aufgefangen worden, und das Team des NSTB hatte die wahrscheinlichste Lage festgestellt – in über sechshundert Metern Tiefe. Der Vizeadmiral der Küstenwache hatte dafür gestimmt, die *Deep Drone* der Navy, einen funkgesteuerten Tiefseeroboter, einzusetzen, um den Meeresboden zu erkunden. Aber die *Deep Drone* war zurzeit im Atlantik stationiert, und es würde zwei Tage dauern, bis man sie hergeflogen hätte.

Während der Debatte hatte Jack die Gruppe wissen lassen, dass der Prototyp des Tauchboots auf seinem Schiff für Tiefen von achthundert Metern ausgelegt war und dass er bereit wäre, die Absturzstelle zumindest zu erkunden und einen Versuch zu unternehmen, den Flugschreiber heraufzuholen. Dem NSTB hatte es offenbar widerstrebt, seine Hilfe anzunehmen. »Zu gefährlich«, hatte der Teamleiter behauptet. »Wir können nicht noch weitere Leben aufs Spiel setzen.«

Aber Jacks ehemaliger Kommandant hatte gesagt, dass eine solche Vorsicht unnötig sei. »Wenn Mr Kirkland sagt, er könne gefahrlos die Region erkunden, dann sage ich: Lassen wir ihn doch.«

Selbst jetzt flammte in Jack wieder der Stolz auf, dass ihn Mark Houston unterstützt hatte. Ansonsten wäre er kaum in diese neue Tiefe vorgedrungen.

Da seine übrigen Teamgefährten auf Abstand gegangen waren, drückte Jack die Pedale der *Nautilus* durch. Er hielt den Blick auf sämtliche Monitore gerichtet und stieg in einer langsamen Spirale ab, wobei ihm das *Ping* des eigenen Sonars in den Ohren klang. Die Zeitspanne zwischen den beiden Signalen – dem ausgehenden und dem zurückkehrenden – war nach wie vor ziemlich groß.

... ping ... ping ...

Während er tiefer sank, wurde das Wasser immer dunkler. Er legte den Schalter für die Batterie um und schaltete die Frontscheinwerfer an. Hell leuchtende Kegel flammten vor ihm auf und verschwanden in dem unendlichen Blau. Nachdem er die Zweihundert-Meter-Marke unterschritten hatte, wurde das Wasser tintenschwarz, als würde er durch Öl hinabsinken. Er vernahm bereits das viel sagende Ächzen und Klicken von Schweißnähten, die unter einem zunehmendem Druck standen, der sich draußen über dem Tauchboot aufbaute. Aber das war erst der Anfang. In einer Tiefe von sechshundert Metern würde der Druck auf zwei Zentner pro Quadratzentimeter ansteigen, und das würde ausreichen, ihn innerhalb eines Herzschlags zu Mus zu verarbeiten.

Er holte das akustische Modell für diesen Bereich des Meeresbodens auf seinen Bildschirm. Es waren nur wenig Einzelheiten zu erkennen. Die Abtastung mit dem Sonar hatte lediglich merkwürdig verschwommene Details erbracht. Selbst mit einem Sidescan Sonar war man nicht allzu viel weitergekommen. Der Meeresboden an dieser Stelle war zu faltig und aufgerissen und bestand aus Hügeln, Böschungen, Meereserhebungen und anderen Abweichungen. Man hatte längst jegliche Hoffnung aufgegeben, einen verräterischen sonaren Schatten des Flugzeugs zu entdecken. Von jetzt an wäre er bei seiner Suche völlig auf sich allein gestellt.

... ping ... ping ...

Jack machte sich daran, die eigenen durch das Sonar erhaltenden Informationen in das Computermodell einzubauen. Langsam traten die Details deutlicher hervor. Er berührte sein Mikrofon. »Bekommt ihr das rein?«, fragte er.

Lisa gab Antwort. »Ist ein ganz schönes Durcheinander da unten. Sei vorsichtig!«

Nun konnte er allmählich ein Labyrinth aus riesigen Erhebungen und flachen Tafelbergen auf dem Meeresboden erkennen. Tiefe Schluchten und Gräben zogen sich um diese hoch aufragenden Berge. Das Ganze erinnerte Jack an die Badlands im Westen der USA, ein Labyrinth aus kreuz und quer verlaufenden Schluchten und Flusskanälen in einer Landschaft aus winddurchtosten Tafelländern und rotem Fels. Er hatte einmal einen Ritt durch diese wilde Gegend unternommen. Selbst mit Karte konnte man sich da leicht verirren. Er hatte den Verdacht, dass das hier auch so wäre.

Im Funk zischte es einen Augenblick lang, dann tönte Charlies Stimme aus den winzigen Lautsprechern. »Mir gefällt gar nicht, was ich da sehe, Jack.«

»Was meinst du damit?«

»Meeresgebirge entstehen durch vulkanische Aktivität. Diese dichte Ansammlung wirkt auf mich höchst verdächtig.«

»Irgendwelche seismischen Anzeigen?«

Eine lange Pause. »Ähm, nein ... alles ruhig, aber mir gefällt's trotzdem nicht.«

»Behalt's für mich im Auge, Charlie.« Jack fiel ein, was das letzte Mal passiert war, als er den Ratschlag des Geologen in den Wind geschlagen hatte. Ein Vulkan hatte sich unter ihm geöffnet. Dieses Erlebnis wollte er nicht unbedingt wiederholen.

In einer immer weiteren Spirale sank er tiefer und wurde dabei langsamer. Die Anzeige seines Tiefenmessers kletterte von der Vierhundert- auf die Fünfhundert-Meter-Marke hinauf. Auf der anderen Seite der Kunststoffkuppel zogen winzige flackernde Lichter seinen Blick auf sich und lenkten ihn von den Monitoren ab. Zunächst hielt er sie lediglich für Einbildung, aber dann umflatterte sein Tauchboot ein Schwarm blauer Lichter. Es war, als befände er sich plötzlich in einem Schneesturm. Diese Lebewesen waren zu winzig und durchsichtig, als dass er sie richtig hätte erkennen können.

»Stoße auf Leben hier unten«, berichtete Jack. Er drückte den Videoknopf und fuhr herum, als der Sturm in der Dunkelheit hinter ihm verschwand. »Wie ist die neue Videoübertragung?«

»Zittrig, verschwommen ... aber wir können ziemlich gut Einzelheiten erkennen.«

Ebenso rasch, wie er aufgetaucht war, war der Schwarm

Organismen auch wieder verschwunden. Erneut hüllte ihn Dunkelheit ein. Jack rückte in seinem Sitz zurecht. Das experimentelle, von der Navy ausgeliehene Videosystem war rasch installiert worden, damit die anderen seine Fortschritte überwachen konnten. Er warf einen Blick auf den Tiefenmesser, der sich bereits der Sechshundert-Meter-Marke näherte.

... ping ... ping ...

Die Abstände zwischen Signal und Echo wurden geringer. Er musste sich dem Meeresboden nähern. Er stieg noch langsamer ab, fuhr keine Spirale mehr, sondern ging leicht geneigt abwärts. Das Licht seiner Scheinwerfer durchstach die Dunkelheit vor ihm.

»Jack!«

»Oh, Scheißdreck!« Er sah sie zur gleichen Zeit, drückte das linke Pedal durch, kippte das Tauchboot und trieb es in einer scharfen Kurve nach links. Er hatte so gerade eben eine große knorrige Säule verfehlt, die plötzlich aus der Dunkelheit aufgetaucht war. Jack stabilisierte sein Boot, schlug einen Bogen und fand sich in einem Wald verdrehter Säulen und Türmchen wieder. Einige waren spindeldürr, nur eine Hand breit, jedoch mehrere zehn Meter hoch. Andere waren so dick wie Eichen und ragten ebenso weit in die Höhe. Beinahe hätte er eine Bruchlandung in einem steinernen Wald vollführt.

Aus Charlies Stimme klang das reinste Entzücken. »Nimm so viel auf Video, wie du kannst!«

So etwas hatte Jack nie zuvor gesehen. Er stieg ein wenig, um die Stellen zu umfahren, an denen die Säulen dicht an dicht standen, und musste sich dennoch um die größeren Türme herumwinden. »Was ist das?«

»Lavasäulen! Fragile Basaltsäulen, die sich dort geformt haben, wo Lava aus winzigen Spalten in der Erdkruste gedrungen und dann im eiskalten Wasser blitzschnell erstarrt ist.«

Jack kippte das Boot, damit er den Wirrwarr unter sich betrachten konnte, und beobachtete einen riesigen Tintenfisch, der durch das Gewirr aufstieg. Fische schossen durch die Lichtkegel und verschwanden im Dunkel.

»Wir wissen immer noch nicht viel über sie«, fuhr Charlie fort. »Sie sind erst kürzlich entdeckt worden.«

Jack schob sich an einer ungeheuerlichen Säule von drei Metern Dicke vorüber, die sich weit über ihm in der Dunkelheit verlor.

»Aber sei vorsichtig, Jack. Wie ich dir eben schon gesagt habe, eine solche Anhäufung von Lavasäulen weist auf eine Instabilität dieses Gebiets hin. Ein tektonischer heißer Fleck. Kein Ort, um ein Ruhepäuschen einzulegen. Aber ich habe dich auf dem Schirm. Ein Blip auf der seismischen Anzeige, und ich schicke dir ein SOS.«

»Bitte, ja.« Jack räusperte sich. »Lisa, hörst du mich?«

»Ja, Jack.«

»Welche Position habe ich in Bezug auf die von der NTSB vermutete Stelle, wo die Blackbox von Air Force One piept?«

Eine kurze Pause. »Ich füttere deinem Computer die neuesten Daten ein. Du solltest fast darüber sein. Etwa einhundertzwanzig Meter weiter nördlich.«

Jack warf einen Blick auf seinen Kompass. Die Nadel fuhr zitternd in einem Halbkreis hin und her. Vergeblich klopfte er ans Glas. Vor zehn Minuten hatte das Gerät noch einwandfrei funktioniert. »Lisa, vielleicht musst du mich per Funk lotsen. Der Kompass tut's nicht. Kriege keine deutliche Anzeige.«

»Schön. Drehe die Nase des Tauchboots um etwa dreißig Grad, dann geht's geradeaus weiter.«

Langsam drehte Jack das Schiff. Er benutzte eine der Säulen als Bezugspunkt. »Wie sieht's jetzt aus?«

»Perfekt. Langsam geradeaus.«

Er drückte die Fußpedale, und das Tauchboot glitt geschmeidig voran, wobei die Lampen einen Pfad in die Dunkelheit bohrten.

»Gut, du fährst direkt aufs Ziel zu.«

Stirnrunzelnd sah er seinen Kompass wild umherschwingen. Es erinnerte ihn an das Problem, das er gehabt hatte, als ihn der Vulkanausbruch erwischt hatte. »Ihr da oben ... da stimmt was nicht mit ...«

Plötzlich wurde das Licht der Scheinwerfer zurückgeworfen und blendete ihn einige Wimpernschläge lang. »Heilige ...«

»Scheiße«, beendete Lisa für ihn.

Direkt vor ihm tauchte ein gewaltiges schmales Dreieck aus poliertem Metall in dem Dschungel aus Lavasäulen auf und versperrte ihm den Weg. Im hellen Licht der Scheinwerfer zeigte sich in der Mitte eine riesige amerikanische Flagge, darunter die Kennung BOEING 28000. Es war die Schwanzspitze der Air Force One.

»Der Adler ist gefunden«, flüsterte er.

Er bremste sein Tauchboot ab und stellte den Antrieb so ein, dass er ihn über die gigantische Schwanzflosse hob. Zudem schaltete er die Beleuchtung auf größtmögliche Streuung, was einen Nebel aus Helligkeit über die Landschaft vor ihm warf.

Hinter der Heckflosse tauchte der Rest des Wracks auf. Die Wrackteile der Boeing 747 waren in einem großen Kreis der Zerstörung über das ganze Tal verstreut. Mitten darin lagen umgestürzt hunderte der fragilen Lavasäulen. Auf der anderen Seite erhoben sich Berge.

Langsam umkreiste Jack die Absturzstelle. Auf dem

Meeresboden sah er Teile der Tragflächen und des Rumpfs. Er fuhr zur zusammengequetschten Nase des großen Flugzeugs hinüber. Die Cockpitscheibe war herausgedrückt worden und zersplittert, aber er konnte das Instrumentenpaneel erkennen.

Hastig wandte er den Blick ab, denn er fürchtete sich vor dem, was er sonst noch zu sehen bekäme. Das hier unten war ein Friedhof. Erinnerungen an den Shuttleunfall blitzten in seinen Gedanken auf. Ein weiterer Absturz vom Himmel. War das alles, was von der *Atlantis* übrig geblieben war – über den Meeresboden verstreute Stücke und Teilchen? Jack schauderte es.

Der drängende Wunsch des Admirals, das Schicksal von Präsident Bishop zu erfahren, war damit erfüllt. Jetzt mussten bloß noch die Einzelheiten ergründet werden.

Wer trug die Schuld?

Einen Moment lang schloss Jack die Augen und holte tief Luft. Nach der *Atlantis*-Katastrophe hatte er aus erster Hand erfahren, wie es ist, von allen Seiten die Schuld in die Schuhe geschoben zu bekommen, und er hatte schon jetzt Mitleid mit der Person, die die Hauptlast der kommenden Anschuldigungen zu tragen hätte. Er öffnete die Augen und packte die Kontrollhebel für seine externen Greifarme. Eine letzte Pflicht hatte er zu erfüllen. Die beiden Blackboxes – den Flugdatenschreiber sowie den Cockpit-Stimmrekorder – musste er bergen und an die Oberfläche bringen.

»Lisa, von jetzt an musst du mich lotsen, damit ich diese Blackboxes auch finde.« Jack warf in der Erwartung einen Blick auf seinen Kompass, dass dieser nach wie vor wild umherwirbeln würde. Stattdessen war die Nadel starr und still auf das Trümmerfeld gerichtet. »Sieht aus, als hätte ich den Kompass wieder.«

»Gut. Was willst du also tun ...«

Die Kompassnadel bewegte sich langsam, während er in der *Nautilus* das Trümmerfeld umkreiste. »Eine Sekunde, bitte, Lisa.« Er zog die Brauen zusammen und beschleunigte seine Fahrt um die Absturzstelle herum. Jetzt war der Kreis fast vollständig geschlossen, und dennoch zeigte die Nadel nach wie vor auf die Mitte des Zerstörungswerks.

»Da kann was nicht stimmen.«

»Was ist los?«, fragte Lisa. »Hast du ein Problem?«

Er bremste das Boot ab, schwang die Nase nach vorn und fokussierte die Scheinwerfer wieder zu schmalen Kegeln. Das konzentrierte Licht durchdrang das Trümmerfeld bis zum Kern. Nahe am Zentrum stand eine riesige, mindestens vierzig Meter hohe Säule – aber irgendetwas war nicht normal.

Die Säule schien zu glühen.

Jack blinzelte im Glauben, dass ihm das Meerwasser einen Streich spielte.

Er schob die *Nautilus* vorsichtig voran und betrat erstmals den Friedhof selbst. Die kleinen Härchen in seinem Nacken richteten sich auf. Nicht etwa aus Angst vor Geistern, sondern wegen etwas Dinglicherem. Selbst die Haare auf den Armen begannen zu vibrieren.

Lisas Stimme kam über den Sprechfunk, doch Interferenzen machten ihre Worte unverständlich. Kein Knistern und Rauschen. Es war, als hätte sie jemand auf ein Tonband aufgenommen, das nun mit höherer Geschwindigkeit abgespielt wurde.

»Noch einmal, ihr da oben!«

Er konzentrierte sich und verstand sie jetzt so gerade eben noch. »Deine Herzfrequenz ... fällt signifikant. Bist du okay?«

Jack warf einen Blick auf seinen eigenen Pulsmesser. Alles im grünen Bereich. »Ich verstehe nicht ganz.«

Jegliche Antwort ging in einem schrillen Jaulen unter. Er drehte die Lautstärke herunter, denn allmählich taten ihm die Ohren weh. Seiner Ansicht nach musste der Sprechfunk defekt sein. Er warf einen Blick auf den Kompass. Die Nadel zeigte nach wie vor auf die seltsame Säule.

Das verdammte Ding war wohl magnetisch.

Als er sich ihr näherte, wurde ihm das Kribbeln vom Körper gespült, als hätte ihn gerade jemand mit kaltem Wasser übergossen. Zitternd hielt er das Tauchboot an. Jetzt schwebte er vor der Säule.

Er reckte den Hals und musterte sie von oben bis unten. Sie glänzte weiterhin, jedoch nicht aus sich selbst heraus. Es war einfach ein optischer Effekt, eine Spiegelung und Brechung, wie Sonnenlicht auf einem Diamanten. Obgleich die Säule eindeutig aus Stein bestand, handelte es sich nicht um vulkanisches Gestein, sondern um eine Art Kristall, einen Quarzpfeiler, der aus dem Meeresboden geschossen war.

Im Licht seiner Scheinwerfer zeigte der Kristall eine leichte Aquamarinfärbung, spiralförmig durchsetzt von strahlendem Rubinrot. Obwohl das Ding kerzengerade in die Höhe ragte, spürte Jack, dass es natürlichen Ursprungs war. Nicht von Menschenhand gemacht. Ein bislang unbekanntes Naturphänomen. Allerdings waren bisher lediglich fünf Prozent des Meeresbodens erforscht, also gab es immer wieder Entdeckungen wie die Lavasäulen.

Er umkreiste den Kristallobelisken. Da die Funkverbindung nach oben immer noch gestört war, fürchtete er, dass dies bei der Videoverbindung ebenso wäre, also schaltete er auf Aufzeichnung um und speicherte alles auf einer DVD ab. Anschließend wendete er das Tauchboot und kehrte zum Rand des Trümmerfelds zurück.

Das Geheimnis würde erst einmal warten müssen. Er hatte eine Mission zu beenden und würde die eigenen Unterwassermikrofone sowie das Sonar für die Suche nach den Flugschreibern von Air Force One benutzen. Das würde die Arbeit zwar erschweren, jedoch nicht unmöglich machen. Welcher Defekt am Funk auch eingetreten war, er würde oben repariert werden müssen.

Als er aus dem Trümmerfeld herausschwang, drang Lisas Stimme glasklar zu ihm durch. »Jack ... Was geht da unten vor, zum Teufel?«

»Lisa?«

»Jack!« Die Erleichterung war ihrer Stimme deutlich anzuhören. »Du gottverdammtes Arschloch! Warum hast du mir keine Antwort gegeben? Die Anzeigen, die wir erhalten haben, waren allesamt verschwommen, und auf dem Video war einfach nur noch Unsinn zu erkennen. Wir hatten keine Ahnung, was los war.«

»Wie sehen meine Anzeigen jetzt aus?«

»Öh ... gut. Überall an Bord grünes Licht. Was ist da unten passiert?«

»Ich bin mir nicht ganz sicher. Hier unten ist etwas, das ich nicht erklären kann. Es setzt meinen Kompass außer Gefecht und beeinflusst anscheinend auch die anderen Systeme.«

»Was ist es denn?«, warf Charlie ein. »Ich habe Anzeichen für seismische Aktivität erhalten, gerade als die Funkverbindung abbrach. Du hast mir ganz schön Angst einjagt, *Mann.*«

»Weiß ich nicht genau, Charlie. Aber ich habe alles auf DVD. Ich zeig's euch, wenn ich oben bin, aber im Augenblick muss ich noch meine Mission zu Ende bringen.« Er ließ das Tauchboot wieder in die Nähe der Heckflosse gleiten. Nun hatte er einen vollen Kreis umschlossen. »Lisa, kannst du mich zu den Boxen lotsen?«

»D ... du befindest dich genau drüber.« Lisas Stimme zitterte. Sie war immer noch erschüttert. »Schnapp sie dir, und verschwinde dann wie der Teufel!«

Er ließ das Boot hinab. »Werd ich!« Er warf einen Blick auf seinen Kompass. Die Nadel zeigte nach wie vor auf die merkwürdige Säule, die aus dem Herzen des Trümmerfelds ragte – ein gigantischer Grabstein, der den Ruheplatz der Toten markierte.

Er begann seine Suche in den Trümmern mit einem stillen Gebet für die Männer und Frauen an Bord von Air Force One, insbesondere für einen Mann: *Ruhen Sie in Frieden, Mr President!*

7

URALTE FUSSABDRÜCKE

26. Juli, 13.20 Uhr
Vor der Küste von Yonaguni, Präfektur Okinawa

»Miyuki!«, schrie Karen. Ein zweiter Schuss ertönte auf der anderen Seite des kurzen Tunnels, diesmal gedämpft. Aber wer schoss da? Sie kniete sich hin. Der Weg nach draußen war versperrt. Jemand kroch auf sie zu.

Sie hob die winzige Taschenlampe.

Aus dem Tunnel sah ihr Miyukis panikerfülltes Gesicht entgegen. »Zieh mich zu dir rein!«, zischte sie. »Jemand schießt auf uns.« Sie streckte die Arme aus.

Karen ließ die Taschenlampe fallen, packte ihre Freundin an den Handgelenken, grub die Füße in den Boden und zerrte Miyuki ins Herz des Pyramidentempels.

Heftig nach Luft schnappend und mit wildem Blick wälzte sich Miyuki von Karen herunter und setzte sich auf. Dann griff sie nach unten und befreite ihre Knöchel von der Einkaufstasche mit der Ausrüstung und Karens 10-mm-Automatik, die noch in ihrem Holster steckte. »Ich wollte nichts zurücklassen«, meinte sie und reichte Karen die Pistole.

Karen öffnete die Schnallen und schüttelte das Holster von ihrer Waffe herab. Als sie den kalten Stahl in der

Handfläche fühlte, verspürte sie frische Zuversicht. »Was war denn los?«

»Männer ... drei. Sie müssen unser Boot entdeckt haben und hergekommen sein, um nachzusehen, was wir hier gefunden haben.«

»Plünderer?«

Miyuki nickte.

»Also bist du hier reingekrochen?«

»Was hätte ich denn sonst tun sollen?«

»Haben sie dich dabei beobachtet?«

»Weiß ich nicht.«

Da drangen auch schon raue Stimmen zu ihnen herein. Ihre Angreifer erstiegen die Pyramide. Karen blieb nicht genügend Zeit, um zurückzukriechen und einen Hinterhalt zu legen. Sie sah sich in der engen Kammer nach einem zweiten Ausgang um. Offenbar saßen sie in der Falle. Zur Verteidigung hatten sie lediglich die acht verbliebenen Patronen in ihrer Pistole.

Miyuki wich von der Tunnelöffnung zurück. »Was tun wir jetzt?« Sie ging zu dem schlangengeschmückten Altar hinüber und hockte sich daneben.

Das Kratzen von Stiefeln auf Stein kam näher, und die Stimmen wurden lauter. Die Plünderer sprachen kein Japanisch. Es klang eher wie der Dialekt eines Insulaners aus dem südlichen Pazifik. Karen bemühte sich, etwas mitzubekommen, aber sie verstand die Sprache nicht.

Zwei Beine tauchten am Tunneleingang auf.

Angespannt schaltete Karen ihre Taschenlampe aus und tauchte die Kammer in Dunkelheit. Sie hob die Pistole mit beiden Händen. Sonnenlicht strömte durch den Tunnel herein. Das Ziel war deutlich erkennbar. Drei Männer, acht Kugeln. Wenn sie gut zielte, hätten sie beide vielleicht eine Chance. Aber ihre Hände zitterten. Sie war eine ausgezeichnete Schützin, hatte jedoch nie zuvor auf einen Menschen gefeuert.

Auf eine Hand gestützt kniete der Mann am Ausgang nieder. Karen fiel eine blasse Tätowierung auf, die dem Mann den dunklen Arm hinaufkroch: eine gewundene Schlange. Er drehte sich um und brüllte einem seiner Gefährten einen Befehl zu. Als er den Unterarm verdrehte, erkannte Karen die Federn auf dem Kopf der Schlange. Die roten Augen erwiderten ihren Blick.

Sie unterdrückte ein Keuchen. Die Tätowierung sah genauso aus wie die Schnitzerei auf dem Altar! Das Gesicht des Mannes tauchte auf. In der einen Hand hielt er eine Taschenlampe, in der anderen Karens bestickte Jacke. Er schrie ihnen etwas zu. Obgleich sie die Sprache nicht verstand, wusste sie, dass er ihnen befahl, sich zu zeigen.

Karen wich beiseite, als ein Lichtstrahl in ihr Versteck fiel, und drückte sich die Waffe an die Brust. Sie würde nur schießen, wenn sie dazu gezwungen wäre. Vielleicht würden die Männer da draußen glauben, dass sie und Miyuki geflohen seien.

Der Lichtstrahl verschwand, und die Finsternis nahm wieder Besitz von der Kammer. Karen lehnte sich an die feuchte Felswand. Solange sie still dasaßen, wären sie in Sicherheit, überlegte sie. Wenn einer der Männer versuchte, hier hereinzukriechen, könnte sie ihn leicht mit einem einzigen Schuss erledigen.

Die beste Verteidigung war gegenwärtig Warten.

Die Männer draußen waren still geworden. Karen vernahm ein Scharren und Kratzen, fand jedoch nicht heraus, was genau sie taten. Ganz leise kroch sie zum Tunnel hinüber und spähte hinaus.

Im hellen Sonnenschein sah sie, wie der Inhalt eines

verrosteten Metallkanisters in den Tunneleingang gegossen wurde. Der Gestank drang ihr in die Nase, und im gleichen Moment drückte ihr die Erkenntnis das Herz ab.

Kerosin!

Die leicht entzündliche Flüssigkeit floss den schrägen Tunnel entlang auf sie zu. Karen legte die Hand über den Mund, um sich gegen die aufsteigenden Dämpfe zu schützen. Die Plünderer wollten sie ausräuchern oder umbringen! Sie wich zurück. Sie durfte nicht wagen zu schießen, denn ein einziger Funke könnte das Kerosin entzünden.

Sie stieß gegen Miyuki, die hinter ihr stand. Ihre Freundin hielt den kleinen Computer in der Hand und tippte wild auf den winzigen schimmernden Bildschirm ein.

»Ich versuche, Gabriel zu erreichen«, sagte sie finster und ganz sachlich. »Einen Hilferuf abzusetzen, aber die Interferenzen sind zu stark.«

Karen war überrascht von dem schlauem Einfall. »Wie wär's, wenn du näher am Eingang stehen würdest?«

Miyuki warf einen Blick zur Öffnung hinüber. »Könnte was bringen«, meinte sie.

Als der Computerbildschirm ganz kurz die Schlange mit den Rubinaugen auf dem Altar erhellte, wurde Karens Blick erneut zu ihr hingezogen. Sie glich aufs Haar der Tätowierung auf dem Arm ihres Angreifers. Bestand da eine Verbindung? Aber welche? Die Pyramide war seit Jahrhunderten von diesen Gewässern überschwemmt gewesen!

Miyuki war, mit Karen an ihrer Seite, näher an den Eingang herangerückt. Das Kerosin strömte jetzt in die Kammer. Karen spähte zu dem umgekippten Kanister hinaus. Die Männer waren nicht zu sehen, doch nach wie vor zu hören. Sie neigte den Kopf und horchte. Sie sangen – oder intonierten – etwas.

Zitternd gab sie Miyuki ein Zeichen. »Beeilung!«

Ihre Freundin kniete in dem Strom der leicht entzündlichen Flüssigkeit nieder. Ihre Hände zitterten. Sie ließ sich auf den Bauch fallen, hielt den Computer auf Armeslänge in den Tunnel und suchte das drahtlose Signal. »Ich erkenne kaum den Monitor.«

»Versuch's einfach. Wir müssen ...«

»*Guten Tag, Professor Nakano.*« Gabriels Stimme war laut wie eine Explosion.

Miyuki erstarrte. »Gabriel?«

»*Ich sammle kontinuierlich Ihre Daten und korreliere sie. Kann ich Ihnen sonst noch irgendwie behilflich sein?*«

Der Singsang draußen vor dem Tunnel ging ununterbrochen weiter. Die Männer hatten von ihrem Gespräch nichts mitbekommen.

»Kannst du feststellen, wo wir uns befinden?«

»*Natürlich. Mein GPS funktioniert tadellos, Professor Nakano.*«

»Dann nimm bitte Kontakt zu den Behörden von Chatan auf. Sag denen, dass wir hier von Plünderern angegriffen werden.«

Bevor Gabriel diesen Befehl bestätigen konnte, brach der Singsang draußen schlagartig ab. Karen umklammerte Miyukis Arm – eine Warnung, sie solle schweigen. Miyuki riss ihren Computer zurück, und die beiden Frauen wälzten sich zur Seite. Karen sah erneut das Gesicht des ersten Mannes im Tunneleingang auftauchen. Diesmal hielt er keine Taschenlampe in der freien Hand, sondern ein Zündholz.

Jetzt wurde die Zeit knapp.

Er strich das Hölzchen am Stein an. Karen sah die

winzige Flamme. Der Mann hielt das Hölzchen in die Höhe und rief ihnen erneut etwas zu. Seine Worte hörten sich fast bedauernd an. Dann warf er es in den Tunnel hinein.

Nordwestlich des Enewak-Atolls, Zentralpazifisches Becken

»Dir geht allmählich die Luft aus, Jack«, warnte Lisa über den Sprechfunk. Seit der Störung hatte ihre Stimme gereizt geklungen, und sie hatte ihn jede Minute gerufen.

»Weiß ich«, fauchte er zurück. »Ich habe meine Sauerstoffanzeige im Blick.« Jack betätigte die Pedale seines Tauchboots, während er gleichzeitig die Kontrollhebel für die Greifarme handhabte. Er zog ein großes Rumpfteil aus dem Weg. Schlamm wirbelte auf und versperrte ihm die Sicht. Er war jetzt seit fast einer Stunde an der Arbeit, hatte die Trümmer durchwühlt und war dabei dem Signal der Blackboxes gefolgt. Jack ließ das verdrehte Metallstück los, drehte das Boot um und fegte mit den Düsen den Schlamm beiseite. Er hatte nicht die Zeit, darauf zu warten, dass er sich von allein setzte.

Die *Nautilus* glitt zurück, aber er behielt das Wasser unmittelbar vor sich im Auge. Sobald er zufrieden war, bremste er das Tauchboot ab und drückte es langsam wieder zu der Stelle hinüber, an der er arbeitete. Dort kippte er es zur Seite und untersuchte den sandigen Meeresboden. Eine im Vorüberfahren aufgestörte dicke Seegurke wälzte sich über den frei geräumten Grund.

Komm schon, du Miststück, wo steckst du?

Dann entdeckte er es. Ein rechteckiges Ding, das halb in dem schlammigen Boden vergraben war. Er schwang seine Scheinwerfer herum und seufzte erleichtert auf.

Gott sei Dank! Er wischte sich den Schweiß aus den Augen. In dem engen Raum war es durch die anstrengende Tätigkeit feucht geworden. »Hab sie gefunden!«, rief er heiser in sein Mikrofon.

»Bitte?«

»Ich habe die zweite Blackbox gefunden.«

Er schob das Boot zentimeterweise voran und setzte auf dem Meeresboden auf. Die charakteristische orangefarbene und rote Box lag unmittelbar neben der Nase des Fahrzeugs. Der Ausdruck ›Black Box‹ war irreführend. Die Datenschreiber waren niemals schwarz gewesen. Jack streckte einen der Titanarme aus. Die rechte Zange griff nach der rechteckigen Box und zog sie vorsichtig aus dem Schlamm. Jack ließ die Zange samt Box hochfahren und grinste erleichtert. Plötzlich stand er wie unter Strom. Er hatte es geschafft! Es war der Stimmenrekorder aus dem Cockpit der Air Force One.

»Hab sie!«

»Dann sieh zu, dass du hier raufkommst, Jack. Du bist dem Punkt ohne Wiederkehr verdammt nahe. Deine CO_2-Werte steigen bereits an.«

»Zu Befehl, Mama!«, sagte er und überprüfte seine Werte. Ihm blieb gerade genügend Sauerstoff für die Rückkehr zur Oberfläche – zumindest hoffte er das. Er schwang in einem engen Bogen herum, kehrte dorthin zurück, wo er die erste Box gelassen hatte – den Flugschreiber –, und nahm sie mit der linken Zange auf.

»Habe die Beute und komme rauf!«

Jack hatte nach dem Knopf gegriffen, um seinen Ballast abzuwerfen, da lenkte ein Glitzern am Meeresboden seinen Blick auf sich. Stirnrunzelnd schwenkte er die Scheinwerfer herum und schnappte nach Luft. »Ach, du meine Güte!«

»Jack, was ist los?«

Im Schein der Lampen sah ihn ein glitzerndes Gesicht vom Meeresboden an. Es dauerte mehrere Herzschläge lang, bis ihm klar wurde, dass es nicht zu einem Leichnam gehörte – das Gesicht strahlte nämlich hellgrün und war hart, kristallin. Jade. Als er die Lampen justiert hatte, erkannte er die charakteristischen asiatischen Züge sowie eine uralte Kriegskrone wieder. Man hatte ihm von dem Geschenk berichtet, das Präsident Bishop vom chinesischen Ministerpräsidenten erhalten hatte – die lebensgroße Kopie eines Terrakottakriegers in Jade. Er schob die *Nautilus* näher heran und stieß mit einem der Greifarme gegen die Büste. Der Kopf rollte über den schlammigen Meeresgrund. Mehr war von der über drei Meter großen Statue nicht übrig geblieben.

»Jack, was ist?«, wiederholte Lisa.

Er schluckte heftig. »Nichts. Bin okay. Komme rauf.«

Zuvor jedoch kehrte sein Blick zu den grünen Augen der Jadebüste zurück. Die Züge waren so lebensecht – die einzige Überlebende der Tragödie. Er verfrachtete beide Blackboxes in dieselbe Zange und grub mithilfe des nun wieder freien Arms das Stück Jadeskulptur aus. Es war das letzte Geschenk an einen toten Präsidenten gewesen. Er würde es nicht zurücklassen.

Mit seinen Schätzen in den Greifarmen tippte Jack auf einen Knopf und ließ den Ballast ab. Das Tauchboot schoss mit einem kräftigen Schub aus dem Antrieb vom Meeresgrund hoch.

Unter ihm verschwand das Trümmerfeld. Der seltsame kristalline Felsspeer kam wieder in Sicht, der fast in der Mitte aus dem Meeresboden hervorragte. Jack musste immer wieder hinschauen. Er wusste, dass Charlie alles darum gäbe, einen Blick auf dieses erstaunliche Ding werfen zu können, und hoffte, dass die Videoaufnahmen auf seiner DVD gelungen wären.

Der Aufstieg verlief so schnell, dass die Säule rasch außer Reichweite der Suchscheinwerfer geriet. Jack ließ sich wieder auf seinem Sitz nieder. Jeder Muskel schmerzte. Bis eben hatte er kaum gemerkt, wie erschöpft er war: die Anspannung, der beengte Raum, die methodische Sucherei. Während er die Trümmer durchwühlt hatte, war er angespannt wie eine Faust gewesen, und das seltsame Kribbeln hatte ihn immer wieder überkommen, hatte die winzigen Härchen am ganzen Körper zittern lassen. Es war, als hätten ihn die Augen der Toten gemustert. Gelegentlich hätte er geschworen, dass er aus dem Augenwinkel eine Bewegung erhascht hätte. Aber sobald er genauer hingesehen hatte, hatte er lediglich das Wrack und die Trümmer entdeckt.

»Jack, da möchte jemand mit dir sprechen.«

»Wer?«

Eine neue Stimme kam über den Sprechfunk. »Wie geht's dir, Jack?«

»Admiral?« Was tat Mark Houston an Bord der *Fathom?*

Als hätte dieser seine Gedanken gelesen, gab er zur Antwort: »Ich habe mich vor etwa zehn Minuten auf dein Schiff fliegen lassen. Unterwegs habe ich die gute Nachricht gehört. Also hast du *beide* Flugschreiber geborgen?«

»Jawohl, Sir. Ich sollte in etwa fünfzehn Minuten damit oben ankommen.«

»Ich hab gewusst, dass du es schaffen kannst, Jack.«

Darauf erwiderte Jack nichts. Obwohl er sich doch von seiner Vergangenheit bei der Navy lösen wollte, berührte ihn ein Lob seines alten Kommandanten nach wie vor.

»Wie hat sich dein Tauchboot benommen?«, fuhr Admiral Houston fort.

»Abgesehen von dieser Störung im Funk geradezu traumhaft.«

»Schön, denn das NTSB-Team hat deine Videoübertragung vom Wrack überwacht. Es hat bereits einige wichtige Teile des Flugzeugs ins Auge gefasst, die es gern an die Oberfläche holen würde.«

»Sir?«

»Würdest du ein Kabel an den Winschen bedienen?«

Jack biss sich auf die Unterlippe und unterdrückte einen Fluch. Er hatte darauf gehofft, dass mit der Bergung der Flugdatenschreiber seine Pflichten erfüllt wären. »Ich muss mit meinem übrigen Team darüber sprechen.«

»Natürlich musst du das eine Nacht lang überschlafen. Das NTSB wird genug damit zu tun haben, allein die Blackboxes zu analysieren.«

Jack schnitt eine Grimasse. Er wollte nicht zu diesem Tiefsee-Friedhof zurückkehren. Obwohl er während des vergangenen Jahrzehnts Wracks durchsucht hatte, war das hier etwas anderes. Es erinnerte ihn nur allzu sehr an seinen eigenen Unfall.

»Ich werd's mir durch den Kopf gehen lassen, Admiral. Mehr habe ich jetzt dazu nicht zu sagen.«

»Und mehr verlange ich jetzt auch nicht.«

Seufzend lehnte sich Jack zurück und sah zu, wie der Tiefenmesser sich allmählich der Zweihundert-Meter-Marke näherte. Das Wasser ringsumher wurde heller. Es war, als würde nach einer langen, mondlosen Nacht die Dämmerung anbrechen. So verzweifelt hatte er sich noch nie gewünscht, den Himmel wieder zu sehen.

Eine vertrautere Stimme drang per Sprechfunk zu

ihm. »Wir haben dein GPS empfangen«, sagte Lisa. »Charlie hat bereits das Beiboot zu Wasser gelassen.«

»Danke, Lisa. Je eher ich aus diesem Titansarg unter eine kalte Dusche komme, desto besser.«

»Was hältst du von der Bitte des Admirals?«

Jack verzog das Gesicht. Darüber wollte er jetzt nicht sprechen. »Was meinst du? Sollen wir?«

Er konnte Lisa fast die Schultern zucken hören. »Liegt an dir, Jack, aber mir gefällt diese Funkstörung nicht. Das Tauchboot befindet sich immer noch im experimentellen Stadium. Es sollte eigentlich nicht unter so extremen Bedingungen getestet werden. Es wäre mir wirklich am liebsten, wenn es auf ein Trockendock käme und inspiziert würde, damit wir wissen, ob die Schweißnähte auch wirklich gehalten haben. In diesen Tiefen geht man lieber kein Risiko ein.«

»Vielleicht hast du Recht, Lisa. Das Wrack wird nirgendwohin verschwinden.« Jack fand allmählich Gefallen an dieser Idee. Das würde ihm ein wenig Zeit verschaffen, um herauszubekommen, wonach ihm wirklich zumute war. »Könntest du bitte dafür sorgen, dass Robert den A-Rahmen aufbaut? Wir holen die *Nautilus* raus und führen eine gründliche Untersuchung durch, bevor wir über die Anfrage der Navy reden.«

»Gut.« Lisa hörte sich erleichtert an.

Der Tiefenmesser unterschritt die Hundert-Meter-Marke. Jack legte den Kopf in den Nacken. Er sah die ferne Sonne als wässrigen Schein in dem Halbdunkel des Wassers. »Ich sollte in weniger als einer Minute oben sein.«

»Wir stehen Gewehr bei Fuß. Charlie ist bereits unterwegs.«

Jack schloss die Augen und gestattete sich ein paar Augenblicke ganz für sich privat. Wenn der Admiral an Bord der *Fathom* war, wären dies wahrscheinlich für den Rest des Tages seine letzten friedlichen Momente. Er wusste genau, dass ihm eine ausführliche Befragung bevorstand.

Plötzlich erstrahlte um ihn her heller Sonnenschein. Er öffnete vorsichtig die Augen und holte seine Sonnenbrille aus einem kleinen Fach. Nachdem er so lange unter Wasser gewesen war, schmerzte ihn das Licht in den Augen. Als er das Fach wieder schloss, fiel ihm der DVD-Rekorder in die Hände.

Ohne bestimmten Grund, jedoch außerstande, dem Drang zu widerstehen, holte er die winzige DVD heraus, ließ sie in eine Tasche seines Taucheranzugs gleiten und zog den Reißverschluss zu. Das Video der Kristallsäule hatte mit dem Absturz nichts zu tun, und Charlie würde sich die Finger danach lecken. Wenn das Untersuchungsteam davon wüsste, würde es die DVD einfach konfiszieren, und sie würde unter tausenden weiterer Details verloren gehen – zumindest rechtfertigte er so seine Handlung.

In Wahrheit war diese kleine List seine Art und Weise, ein wenig die Kontrolle über die Situation zu behalten. Er wollte von diesem Abenteuer etwas für sich haben.

Da ertönte das Geräusch eines Außenborders, der durch die sanft gegen seine Acrylblase schwappenden Wellen auf ihn zukam. Jack drehte sich um und entdeckte das Schlauchboot der *Fathom*, dessen grüne Schwimmer über die kleinen Wogen hüpften.

Grinsend setzte er die Sonnenbrille auf. Charlie saß am Steuer. Der große Jamaikaner winkte ihm mit einem Arm zu. *Hier kommt die Kavallerie!* Dann sah Jack neben dem Geologen jemanden stehen. Jemanden in einem schwarzen Taucheranzug. Er runzelte die Stirn. *Wer ist das denn?*

Charlie zog neben das auf und nieder wippende Tauchboot und kam herüber. Als er die Leinen befestigte, sprang sein Mitfahrer über den Rand, bevor ihn Jack besser in den Blick bekommen konnte.

Charlie schraubte die Acrylkuppel auf. Jack drückte von innen nach und schob die Kuppel zurück. Frische Luft strömte in die Kabine, und er atmete tief ein. Bis zu diesem Moment war ihm nicht klar gewesen, wie schal die Luft im Boot geworden war. Er *war* bei diesem Tauchgang ein wenig zu sehr an die Grenze gegangen.

Er zog sich aus der Kabine. »Wer ist dein Begleiter?«

»Einer dieser Knaben vom NTSB. Er soll ein Auge darauf halten, dass den Blackboxes nichts zustößt.«

Jack streckte sich, dass die Gelenke knackten, und kletterte dann zur Nase des Tauchboots hinüber. »Ich hätte sie selbst rüberbringen können.«

»Sie gehen kein Risiko ein. Nationale Sicherheit und der ganze Scheiß. Jemand muss dabei sein.«

Jack kniete sich hin und sah den Mann, in Schnorchel und mit Maske, unter Wasser an den Greifarmen arbeiten. Er ging rasch und effizient vor. Wenigstens hatten sie jemanden geschickt, der etwas von Tauchbooten verstand. Der Mann öffnete den ersten Griff und verfrachtete beide Datenschreiber in einem bauchigen Sack, der, festgehalten von einem Seil am Gürtel, zur Oberfläche trieb. Der Mann kam nicht mal zum Luftholen herauf, als er sich dem zweiten Greifarm zuwandte. Er löste die Jadebüste und verstaute sie in einen zweiten Sack.

Jack verspürte Respekt. Der Mann verstand seine Sache.

Als der zweite Sack die Oberfläche durchbrach, rief

Charlie Jack zu: »Hilf mir, das Schlauchboot umzudrehen!«

Jack verließ seinen Beobachtungsposten und half Charlie bei den letzten Vorbereitungen, um das Tauchboot zurück zur *Fathom* zu schleppen. Nicht, dass sie weit hätten fahren müssen; die *Fathom* kam bereits auf sie zu. Mit zusammengekniffenen Augen sah Jack zu seinem Schiff hinüber: ein willkommener Anblick.

Plötzlich schaukelte das Schlauchboot unter ihm. Er hielt sich an der Lehne des Steuermannssitzes fest, damit er nicht das Gleichgewicht verlor. Dann warf er einen Blick über die Schulter und sah den Mann vom NTSB, der sich gerade über den seewärts gerichteten Schwimmer hinaufzog. Stolpernd ging Jack hinüber, um ihm ins Boot zu helfen, doch der andere hatte sich bereits an Bord gewälzt und zog einen der Säcke herein.

»Lassen Sie mich Ihnen helfen«, meinte Jack, beugte sich vor und ergriff den Rand des anderen Sacks.

Da spürte er plötzlich, dass ihn wer an der Hüfte packte und auf seine vier Buchstaben warf. »Finger weg!«, befahl der Mann. Sein Tonfall war hart und gebieterisch.

Jack kam mühsam hoch. Seine Wangen waren gerötet. Er kochte. Niemand schubste ihn in seinem eigenen Boot herum. Er trat näher. »Was denken Sie sich eigentlich dabei, zum Teufel ...«

Der große Mann drehte sich um, riss sich die Maske vom Gesicht und zog die Kapuze seines Taucheranzugs zurück.

Jack schnappte nach Luft, als er den Taucher erkannte. Das konnte nicht wahr sein! Er hatte seinen ehemaligen Teamgefährten seit über einem Jahrzehnt nicht mehr gesehen. »David?«

Das Gesicht des großen Mannes war hassverzerrt. Bevor Jack auch nur den kleinen Finger hätte rühren können, flog ihm eine Faust ins Gesicht. Harte Knöchel schlugen ihm über den Unterkiefer und schleuderten ihn zurück. Als er zu Boden ging, sah er Sterne.

Sogleich war Charlie da und trat zwischen den Angreifer und seinen Kapitän. »Was tun Sie da, Mann?«

Jack richtete sich auf. »Halt dich da raus, Charlie.« Er kam mühsam hoch, schmeckte Blut auf der Zunge. Der große Jamaikaner trat einen halben Schritt zurück. Er war bereit, seinen Freund, falls nötig, zu verteidigen.

David Spanglers schmale Lippen verzogen sich zu einem höhnischen Grinsen. »Das war für Jen!«, fauchte er.

Jack rieb sich die Kinnlade. Darauf konnte er nichts erwidern. Eigentlich konnte er David diese Reaktion nicht einmal übel nehmen. »Was tust du hier?«, fragte er einfach und lehnte sich an einen Sitz.

»Ich bin vom neuen Präsidenten mit der Untersuchung beauftragt worden.«

»Was hat die CIA damit zu tun?«

Davids rechtes Auge zuckte.

»Ja, ich habe von deiner Versetzung gehört«, sagte Jack erschöpft. »Sieht aus, als bist du richtig was geworden in der Welt.«

»Und du hättest ihr auf immer fernbleiben sollen«, erwiderte David. Er drehte sich um und zog den zweiten Sack ins Schlauchboot.

»War nicht meine Idee, herzukommen.«

»Lass mich raten«, sagte David schroff. »Admiral Houston hat dich gerufen.«

Jack zuckte die Schultern.

David ließ die zweite Blackbox ins Boot fallen, und zwar nicht allzu sanft. »Houston hat immer was für dich übrig gehabt, Kirkland.«

Jacks Stimme wurde rau. »Er war auch Jennifers Freund.«

»Ja, und sieh mal, was es ihr eingebracht hat.«

Jack stieß Charlie zum Ruder hinüber. »Bring uns hier raus.« Er starrte David an, bis dieser den Blick senkte. In diesen blauen Augen erkannte er all die Vorwürfe, die er im eigenen Herzen verspürte. »Tut mir Leid um Jennifer ...«, setzte er an.

»Scheiß doch der Hund auf deine Entschuldigung!«, fauchte David zurück. »Ich muss meinen Job erledigen und du deinen. Bleib mir nur von der Pelle!«

Jack wusste, dass diese alte Rechnung durch Worte nicht beglichen werden konnte. David würde ihm den Tod seiner Schwester nie verzeihen. Der Abgrund zwischen ihnen war unüberbrückbar. Er gab es also auf und ging zum Heck, um dafür zu sorgen, dass die Leinen nicht in die Schraube geraten würden. Als er an dem ehemaligen SEAL-Mann vorüberging, beugte sich der Mann nahe an ihn heran und atmete ihm seinen heißen Atem ins Gesicht.

Aus Davids Augen leuchteten Hass und Bosheit. Es war wie der Blick in die Augen eines rasenden Tiers. Er flüsterte Jack so leise zu, dass nur dieser ihn verstehen konnte: »Wir sind noch nicht miteinander fertig, Kirkland!«

Vor der Küste von Yonaguni, Präfektur Okinawa

»Zurück!« Karen zog Miyuki auf die Knie. Das Feuer in dem schmalen Kriechgang breitete sich blitzartig über die Kerosinspur aus. Auf Händen und Knien flohen die beiden Frauen hinter den Altar.

Flammen schlugen gegen ihr Versteck, begleitet von

sengender Hitze und beißendem Rauch. Miyuki legte den Mund in die Armbeuge. Ihr tränten die Augen.

Karen tat es ihr nach. Sie unterdrückte einen würgenden Hustenreiz, weil sie Angst hatte, den Plünderer draußen auf sich aufmerksam zu machen. Was sollten sie tun? Auch ihr tränten heftig die Augen. Da wurde ihr Blick zu der Schlangenskulptur hinübergezogen, die sich um den Altar wand. Etwas funkelte heftig im Schein der Flammen. Das waren die beiden Augen, in denen sich das Feuer widerspiegelte. Rubine.

»Karen ...?« Miyuki streckte eine Hand nach ihrer Freundin aus.

Karen ergriff sie, und die Frauen klammerten sich aneinander. Die Feuerwand versperrte ihnen den Fluchtweg, und bei jedem Atemzug lag mehr Rauch in der Luft.

»Tut mir Leid«, murmelte Karen.

»Könnte es einen weiteren Ausgang geben?«, fragte Miyuki. »Einen Geheimgang?«

Karen biss sich auf die Unterlippe und setzte alles daran, trotz ihrer Panik einen klaren Gedanken zu fassen. »Weiß ich nicht. Wenn ja, würde er sich wahrscheinlich in der Nähe des Altars befinden.« Erneut zog die Schlange ihren Blick an. Etwas daran störte sie, erregte ihre Aufmerksamkeit. Wieder blieben ihre Augen an den Rubinaugen der Schlange hängen. Mit der freien Hand berührte Karen die Steinschnitzerei. Dann sah sie etwas widergespiegelt im Feuerschein – eine Unvollkommenheit. Eines der Rubinaugen leuchtete viel heller als das andere. Es sah fast so aus, als läge dahinter ein Hohlraum. Sie drückte mit einem Finger dagegen.

»Was tust du da?«, fragte Miyuki.

Der Edelstein glitt in den Schädel der Schlange hinein. Karen vernahm ein scharfes Klicken, und dann spürte sie, wie sich der Schlangenkopf in ihrem Griff löste. »Es ist ein Schloss!« Jetzt konnte sie den Kopf hin- und herdrehen. Aber nichts geschah. Worin bestand sein Zweck?

Mittlerweile lag der Rauch noch dichter über der Kammer. In der Nähe des Tunnels erloschen die Flammen allmählich, da dort das Kerosin fast verbraucht war. Karen rieb sich die schmerzenden Augen. Sie hörte die Angreifer draußen. Was würden sie jetzt unternehmen, da ihr erster Vorstoß, sie auszuräuchern, erfolglos geblieben war?

Die Antwort auf diese Frage erfolgte sogleich. Eine brennende Glasflasche flog in den Raum und explodierte vor dem Altar. Ein Feuerwall schoss in die Höhe.

Karen fiel zurück, und Miyuki duckte sich mit einem überraschten Aufschrei tiefer hinter den Altar.

»Gottverdammte Scheißkerle!«, fluchte Karen. Ungeachtet der Flammen wich sie zum Altar zurück. Der geheime Türöffner war Hinweis darauf, dass die Schnitzerei mehr als bloß eine Dekoration darstellte. *Konnte es einen Geheimgang geben?* Die Hitze brannte Karen auf den Wangen, während sie die steinerne Schlange musterte. Diese wand sich um den ganzen Altar herum, so dass ihre Schwanzspitze nicht weit vom erhobenen Kopf entfernt war. Ein Gedanke kam ihr. Ouroboros. Die Schlange, die sich in den Schwanz biss. Ein Symbol der Unendlichkeit. Viele Kulturen hatten ähnliche mystische Bildnisse. Eines kam sogar in der Astrologie der Maya vor.

Unterdessen klangen die Stimmen der Männer auf der anderen Seite des Gangs hitziger, streitlustiger, ungeduldiger. Dann sauste eine Kugel in die Kammer und erzeugte einen Scherbenregen. Karen duckte sich und drehte den Kopf der Skulptur ganz herum, bis die Schlange mit der Spitze ihres Mauls den eigenen Schwanz berührte.

Ein lautes Knirschen ertönte von unten. Karen spannte sich an.

»Was geht da vor?«, flüsterte Miyuki und wedelte den Rauch beiseite.

Karen wich zurück, als sich der Altarstein in den Plattenboden senkte. »Komm!« Sie holte die Taschenlampe aus einer Tasche und leuchtete hinunter in die tintenschwarze Finsternis. Der Altar war etwa zwei Meter hinabgefallen.

Sie spürte, dass unten eine größere Kammer lag, beugte sich vor und versuchte, einen besseren Blick darauf zu erhalten. Eine Kugel zischte an ihrem linken Ohr vorbei. Sie fühlte die Hitze und ließ sich auf den Bauch fallen. »Einen anderen Weg hier raus gibt's nicht«, sagte sie und warf ihrer Freundin einen Blick zu.

Miyukis Augen waren riesig, doch sie nickte rasch.

Karen stopfte sich die Lampe in den Mund. »Ich gehe voran«, murmelte sie, schwang die Beine in die Grube und tastete mit den Zehen umher. Keine Fußstützen. Mit einem Blick nach unten zielte sie auf die Oberfläche des Altars und stieß sich ab. Sie schlug hart auf und fiel auf eine Hand.

Mithilfe der Taschenlampe schaute sie sich rasch in der Kammer um. Faulige Wasserlachen sprenkelten den Boden. Blasse Stränge aus Algen hingen von der Decke herab. Von der anderen Seite ging ein dunkler Tunnel ab. Um einen besseren Blick darauf zu bekommen, leuchtete sie hinüber. Nein, es war kein Tunnel, sondern ein Treppenhaus, das in einem steilen Winkel abwärts führte. Gleich, wohin es gehen mochte, dort war es auf jeden Fall besser als hier.

Oben dröhnte ein zweiter Schuss, rasch gefolgt von einem dritten.

Miyuki quietschte und legte sich flach auf den Bauch.

Karen richtete sich auf und rief nach oben: »Wirf meine Waffe und das Holster runter!«

Einen Moment lang verschwand Miyukis Gesicht. »Hier!« Sie ließ das Lederholster fallen. Eine Sekunde später folgte die Waffe. Karen fing sie mit einer Hand auf.

»Jetzt du!«, drängte Karen.

»Noch nicht.« Erneut verschwand Miyuki.

Was tat sie da?

Da tauchten Miyukis Beine wieder auf. Karen streckte die Hand aus und lenkte ihre Freundin an den Fußknöcheln. »Okay. Alles klar.«

Miyuki ließ los und landete fast auf Karen, die ihre Freundin festhielt. »Gut gemacht.«

»Ja, danke«, murmelte Miyuki und presste ihren Packen mit der Ausrüstung fest an die Brust. Sie bemerkte Karens Blick. »Ich wollte Gabriel nicht zurücklassen.«

Trotz ihrer Situation musste Karen grinsen. Sie hob ihre Pistole auf. Anscheinend hatten sie beide ihre jeweiligen Rettungsanker. Sie schob die Waffe ins Holster und warf sich den Lederriemen über die Schulter. »Los!«

Sie sprang vom Altar herab, und Miyuki folgte ihr. Gleich nachdem die zierliche Frau den steinernen Tisch verlassen hatte, hörten sie über sich das Knirschen eines Getriebes. Der Altarstein und seine Plattform stiegen auf einer Basaltsäule hoch und rasteten wieder an ihrem ursprünglichen Platz ein.

»Druckempfindlich«, meinte Karen. Sie verspürte Ehrfurcht beim Gedanken an den ausgeklügelten Mechanismus und zugleich Erstaunen, dass er nach den Jahrhunderten unter Wasser immer noch funktionierte.

Ein düsterer Glanz legte sich über sie. Aus der Ferne war das Tröpfeln von Wasser zu hören. Miyuki leuchtete mit der Taschenlampe nach vorn. Auf ihrem Gesicht lag ein Ausdruck der Entschlossenheit. »Du zuerst.«

Karen nickte und ging voran. Die Treppe war schmal, aber die Decke hoch genug, dass sie aufrecht gehen konnten. Beim Abstieg wurde das Tröpfeln immer lauter. Karen verbreiterte den Lichtkegel ihrer Lampe und ließ einen Finger über die feuchte Mauer laufen. »Die Steinblöcke passen perfekt aufeinander. Ich spüre kaum die Fugen.«

Miyuki gab einen unverbindlichen Laut von sich. Sie sah sich immer wieder über die Schulter um, während sie die Stufen hinabstiegen. »Meinst du, sie verfolgen uns?«

Karen richtete ihre Lampe wieder nach vorn. »Ich ... ich weiß es nicht. Aber falls ja, sollten wir lieber so weit wie möglich von hier weg sein.«

Mehrere Stufen lang schwieg Miyuki und atmete nur angestrengt. Schließlich stellte sie die Frage, die auch Karen auf der Seele brannte: »Wohin führt die uns hier, was meinst du?«

»Vermutlich zu einer königlichen Begräbniskammer. Aber sicher bin ich mir nicht. Dieser Gang ist verdammt steil. Wir müssen uns inzwischen der Basis der Pyramiden genähert haben.«

Wie um ihre Theorie zu beweisen, endete die Treppe an einem Tunnel, der schnurgerade zu sein schien. Ein langer Weg. Karens Lampe fand kein Ende. Vermutlich ging er sogar über die Pyramide hinaus.

Stirnrunzelnd stieg sie die letzte Stufe hinab. Der Gang vor ihnen war teilweise überflutet, stellenweise einen halben Meter. Im Strahl ihrer Taschenlampe sah Karen Wasser aus Spalten in der Decke herabtröpfeln. »Wir müssen unterhalb der Pyramide sein ... unterhalb des Meeresspiegels«, brummte sie. »Sieh dir mal die Mauern hier an!

Das sind keine geschnittenen Steinblöcke, das ist solider Fels. Es muss Jahrhunderte gedauert haben, diesen Gang herauszuschneiden.«

Miyuki beugte sich zu ihr herüber. »Vielleicht auch nicht. Es könnte ebenso gut eine Lavaröhre sein. Japan ist davon durchlöchert.«

»Hmm ... vielleicht.«

Miyuki starrte das herabtröpfelnde Wasser an. »Ich weiß nicht so recht. Können wir nicht einfach abwarten ...«

Ein Klirren, das die Stufen herabtönte, schnitt ihr das Wort ab. Metall auf Fels. Die beiden Frauen sahen einander an.

»Sie wollen sich einen Weg hereingraben«, meinte Karen.

Miyuki stieß sie auf den überfluteten Gang zu. »Weiter!«

Karen ging los, wobei das Wasser spritzte, und keuchte auf, als die Kälte ihre Fußknöchel umklammerte. Der scharfe Geruch nach Salz lag in der abgestandenen Luft. Miyuki folgte, die Tasche mit der Ausrüstung fest an den Körper gepresst. Weiter ging es laut platschend den langen Tunnel entlang. Das Geräusch schallte den Gang hinauf und hinunter, was die beiden ziemlich nervös machte.

Auch hier ließ Karen die Finger über die Mauern laufen. Immer noch waren sie glatt, fast glasartig. Zu glatt, um von primitivem Werkzeug ausgehauen worden zu sein. Anscheinend doch ein natürlicher Gang, wie Miyuki gemeint hatte. Sie klopfte mit dem Fingerknöchel dagegen.

»Nicht!«, schrie Miyuki sie an.

Überrascht ließ Karen die Hand sinken.

»Willst du uns ertränken?«

»Dieser Gang liegt seit Äonen hier unten.«

»Klopf trotzdem lieber nicht an die Wände. Du weißt nicht, wie brüchig sie nach dem Beben geworden sind.«

»Na gut«, meinte Karen. »Ich rühre sie nicht an.« Sie konzentrierte sich wieder auf den Gang vor ihr, der anscheinend breiter wurde, und beschleunigte ihren Schritt. Ob er bald endete? Sie betete um einen weiteren Ausgang. Das regelmäßige Klirren von Metall auf Stein tönte weiterhin durch den Gang. Ihre Verfolger gaben nicht auf.

Das Wasser reichte Karen inzwischen bis an die Knie. Dann blieb sie auf einmal stehen und schaute sich mit offenem Mund um. Der Gang führte zwar weiter, doch der Tunnel blähte sich hier auf. Die Decke wurde zu einer Kuppel, die ebenso glasartig und glatt wie der Gang selbst war. Wenn dies eine Lavaröhre war, dann hatte sich an dieser Stelle einst eine Blase gebildet.

Karen leuchtete mit ihrer Taschenlampe herum. In die Felsdecke waren glitzernde Quarzteilchen eingebettet. Zunächst hielt sie es für ein zufälliges Muster, dann legte sie den Kopf in den Nacken und drehte sich einmal im Kreis. »Das ist eine Sternenkarte. Sieh mal, da drüben ist der Orion.«

Miyuki schien weniger beeindruckt zu sein. Sie warf einen Blick über die Schulter zurück, als hinter ihnen erneut ein Schlaggeräusch durch den Gang schallte. »Wir sollten weiter.«

Karen senkte die Lampe. Ihre Freundin hatte Recht, aber ihre Beine waren wie angewurzelt. Auf den Inseln des Südpazifiks war noch nie so etwas entdeckt worden. Wer hatte das hier erbaut? Der Schein ihrer Lampe, die sie jetzt nach vorn gerichtet hielt, blieb auf einem hüfthohen Wandabschnitt hängen. Ein heftiges Funkeln zog ihre Aufmerksamkeit auf sich. Sie kniff die Augen zusammen. In die glatte Mauer war eine kleine Nische gegraben worden. Ein winziger Raum. Etwas darin reflektierte das Licht ihrer Lampe. Sie ging darauf zu.

Miyuki wollte etwas sagen, doch Karen hinderte sie mit einer erhobenen Hand daran. Sie beugte sich vor und spähte in die winzige Nische. Ein handtellergroßer Kristallstern ruhte darin. Fünf Spitzen glitzerten hell. Es sah aus, als wäre in seinem Innern ein Regenbogen explodiert. Als sie die Lampe weiterbewegte, fielen ihr tiefe Kratzer auf der Mauer in der Nähe auf, die ihr zunächst entgangen waren. Sie trat einen Schritt zurück und ließ den Lichtstrahl über die geschwungene Mauer laufen.

»Meine Güte!«

Reihen kleiner Symbole waren systematisch in den Stein geschnitten worden. Drei Reihen. Eine archaische Schrift, daran bestand kein Zweifel.

Sie beugte sich näher heran und berührte das erste Symbol mit einem Finger. Die Skizzen waren tief und präzise eingraviert worden, wie mit einem Werkzeug mit Diamantspitze. Die Symbole als solche waren jedoch trotz aller Präzision ziemlich primitiv. Grobe Hieroglyphen. Seltsam verzerrte Bilder von Tieren und Menschen in verschiedenen Formen und Posen:

Karen legte den Kopf zur Seite und bewegte die Lampe. Die Reihen setzten sich auf Hüfthohe über die ganze Tunnelblase hinweg fort.

Während ihr Atem sich beschleunigte, wandte sie sich an ihre Freundin. »Ich brauche eine Aufnahme hiervon!«

»Was?« Ihre Freundin sah sie an, als wäre sie nicht ganz bei Trost.

Karen richtete sich auf und streckte die Hand nach Miyukis Tasche aus. »Mach ein Video davon. Speichere es. Das hier darf einfach nicht verloren gehen.«

Miyuki sah finster drein. »Was denkst du dir eigentlich? Wir müssen hier raus!«

»Die Plünderer könnten das hier womöglich zerstören. Oder alles versinkt wieder.«

»Ich mach mir mehr Sorgen, dass alles zusammen mit uns absäuft.«

Karen sah sie flehend an.

Schließlich seufzte Miyuki, reichte ihrer Freundin die Tasche zum Festhalten und wühlte darin nach ihrer winzigen Digitalkamera. Daraufhin gab sie Karen ihre eigene, größere Taschenlampe. »Ich brauche jede Menge Licht. Folg mir, während ich die Aufnahmen mache.« Langsam schritt sie durch die Kammer, immer auf der Spur der uralten Inschrift, bis sie einmal vollständig im Kreis herumgekommen war.

Unterwegs wurde Karen etwas klar. »Es sind nicht drei Reihen«, murmelte sie. »Es ist eine fortlaufende Reihe – sie beginnt am Kristallstern und windet sich um den Raum, wie die Rille auf einer Schallplatte.«

»Oder eine zusammengerollte Schlange«, meinte Miyuki und senkte die Kamera, nachdem sie die Aufnahme beendet hatte. Sie wollte sie wegstecken. »Zufrieden?«

Karen reichte Miyuki die große Taschenlampe. »Könntest du noch ein paar Aufnahmen von der Sternenkarte an der Decke machen?«

Stirnrunzelnd nahm Miyuki die Lampe entgegen.

Karen legte sich die Tasche mit der Ausrüstung über die Schulter und wandte sich ab. »Ich werde den Kristall mitnehmen. Die Plünderer dürfen ihn einfach nicht bekommen.« Sie ging zu der Nische, packte den Stern und versuchte, ihn anzuheben, jedoch vergebens. Vorsichtig zupfte sie daran, aber er rührte sich nicht. »Verdammt noch mal! Der ist da einzementiert.«

Nachdem Miyuki die Aufnahmen gemacht hatte, ging sie zu Karen hinüber. »Dann lass ihn liegen.« Sie spähte den Tunnel hinab. Das Grabgeräusch hatte vor ein paar Minuten aufgehört. »Mir gefällt diese Stille nicht. Vielleicht sind sie durch.«

Karen zog die Brauen zusammen. Sie wollte den Kristallstern nicht zurücklassen. »Leuchte mal hier rein, damit ich sehe, was ich tue.«

Miyuki trat näher und leuchtete in die Nische. Erneut blitzte der Stern in allen Regenbogenfarben. »Wunderschön«, räumte sie mit unterdrückter Begeisterung ein.

Erneut schloss Karen die Hand um den Stern und zog. Diesmal löste er sich sofort. Da sie nicht damit gerechnet hatte, stolperte sie und fiel in Miyuki hinein. Die Taschenlampe ihrer Freundin flog davon und fiel laut klatschend ins Wasser.

Miyuki beugte sich herab, um sie wieder herauszuholen. »Hoffentlich bist du fertig«, sagte sie, während sie im Meerwasser herumfischte. »Zum Glück ist die Lampe wasserdicht.«

Karen drückte sich den Stern an den Bauch. Er war schwer wie eine Bowlingkugel. Sie musste ihn mit beiden Händen festhalten. Er war nicht in der Nische einzementiert gewesen, sie hatte einfach nur nicht erwartet, dass er so schwer sein würde. »Das Ding wiegt eine Tonne«, meinte sie, hob ihn hoch und ließ ihn in eine Seitentasche fallen. Die Tasche zerrte jetzt heftig an ihrer Schulter. »Okay. Setzen wir uns in Bewegung.«

»Wir sollten uns beeilen. Mir gefällt nicht, wie ruhig ...«

Die Explosion traf sie völlig unvorbereitet. Die beiden Frauen wurden auf die Knie geschleudert, als der Tunnel erbebte. Das Getöse war ohrenbetäubend.

Darauf bedacht, die Tasche über Wasser zu halten, fuhr Karen herum und tastete nach ihrer Pistole. Miyuki richtete ihre Lampe in den Tunnel hinein. Von der anderen Seite wälzte sich ihnen eine Rauchwolke entgegen.

»Dynamit«, sagte Karen. »Sie haben wohl die Geduld verloren, als es mit der Spitzhacke nicht funktioniert hat.«

Nachdem das Dröhnen abgeebbt war, drang ein leises Ächzen durch den Tunnel. Das Tröpfeln wurde zu einem tiefen Gurgeln. Wenige Meter entfernt spritzte heftig ein dicker Strahl Meerwasser hervor. Etwas näher öffnete sich ein Spalt in der Decke und durchnässte sie bis auf die Haut.

»Er bricht auseinander!«, schrie Miyuki entsetzt.

Überall im Gang sprudelte weiteres Wasser heraus. Felsbrocken fielen klatschend herab.

»Lauf!«, rief Karen. Das Wasser reichte ihr bereits bis zur Hüfte.

Sie rannte voraus bis zum nächsten Tunnel. Miyuki kämpfte sich hinter ihr durch die anschwellende Flut. »Wohin?«

Darauf wusste Karen keine Antwort. Zuerst Feuer – nun Wasser. Wenn sie nicht vor Entsetzen fast wie gelähmt gewesen wäre, hätte sie die Ironie der Sache wohl zu würdigen gewusst. Der dunkle Gang vor ihnen erstreckte sich viel weiter in die Ferne, als das Licht ihrer Taschenlampen reichte ... und füllte sich rasch mit eiskaltem Meerwasser.

8

ENDSPIEL

26., Juli, 15.45 Uhr
Nordwestlich des Enewak-Atolls, Zentralpazifisches Becken

In seinen üblichen roten Bermudas und dem weißen Bademantel lag Jack in einem Liegestuhl auf dem vorderen Deck seines Schiffs und entspannte sich. Sein Haar war nach der langen Dusche immer noch feucht, aber der Spätnachmittag war nach wie vor warm. Es tat gut, sich in den letzten Strahlen der untergehenden Sonne zu aalen. Sein Hund Elvis lag neben ihm.

Auf der anderen Seite des Decks spiegelte sich das Sonnenlicht auf der Titanhülle der schlanken *Nautilus 2000.* Robert arbeitete unter dem Tauchboot und inspizierte jeden Quadratzentimeter, während Lisa im Innern das Gleiche tat. Bislang hatte es dem gewaltigen Druck offenbar problemlos standgehalten. Die einzige Sorge bereitete ihnen die Funkstörung. Lisa hatte den Computer und das Funksystem überprüft und versucht, den bösen Geist zu finden, der den Schaden verursacht hatte, allerdings bislang erfolglos.

»Was macht dein Kinn?«

Jack wandte seine Aufmerksamkeit wieder seinem Gefährten zu. Admiral Mark Houston lag neben ihm in einem Liegestuhl und rauchte eine dicke Zigarre aus Jacks kostbaren Vorräten. Mit der anderen Hand kraulte er Elvis hinter dem Ohr, wofür sich dieser mit einem gemächlichen Schwanzwedeln bedankte.

»Hab's schon schlimmer erlebt.« Jack rieb sich das Kinn, in dem er noch immer einen dumpfen Schmerz verspürte.

Houston hielt sich die Zigarre vor die Augen und musterte sie entzückt. »Kubanischer Tabak ... ich breche so viele Gesetze ...«

»Aber es ist die Sache wert, oder?«

Houston setzte die Zigarre wieder an die Lippen und machte einen tiefen Zug. »O ja.« Während er den Rauch ausstieß, kniff er anerkennend die Augen zusammen.

Abgesehen vom Admiral und dessen beiden persönlichen Adjutanten hatte Jack die *Deep Fathom* wieder ganz für sich, zumindest im Augenblick. David Spangler und die anderen Mitglieder des Untersuchungsteams der Regierung waren sogleich zur USS *Gibraltar* abgefahren, nachdem sie die beiden Blackboxes verpackt und unter bewaffneten Geleitschutz gestellt hatten. Der Admiral war geblieben. Man würde ihm Bescheid geben, sobald Flugschreiber oder Cockpitrekorder irgendeinen Hinweis lieferten. Bis dahin hielt jeder den Atem an.

»Wenn ich es also recht verstanden habe«, sagte Houston, »hat dein Wiedersehen mit Commander Spangler keinerlei Probleme gelöst?«

»Was haben Sie denn erwartet?« Jack sackte in seinem Liegestuhl zusammen. Erst die *Gibraltar*, dann Admiral Houston, jetzt David Spangler. Alles war wieder beisammen. Über zehn Jahre lang war er vor seiner Vergangenheit davongelaufen, nur um jetzt wieder bei »Los!« anzukommen.

Er seufzte. »Nichts ändert sich. David hat mich schon vor dem Shuttle-Unfall gehasst. Weil ich seinen Platz im Shuttle bekommen habe.«

»Das lag damals nicht in deiner Hand. Es war die Entscheidung der NASA.«

»Ja, erzählen Sie das mal Spangler! Am Abend vor dem Start hatten wir eine größere Auseinandersetzung. Ich bin beinahe rausgeschmissen worden.«

»Ich erinnere mich. Er hatte herausgefunden, dass du dich während des Jahrs bei der NASA mit seiner Schwester getroffen hast.« Houston zeigte mit seiner Zigarre auf Jacks geschwollene Lippe. »Und dieser alte Groll sitzt anscheinend nach wie vor sehr tief.«

Jack schüttelte den Kopf. »Wer könnte ihm das verübeln? Er hat seine Schwester verloren!«

»Das ist kein Grund! Wir haben auch vorher schon Shuttles verloren. Allen sind die Risiken bekannt.« Der Admiral zog an seiner Zigarre. »Abgesehen davon hat Mr Spangler was an sich, das mir überhaupt nicht gefällt. Nie gefallen hat. Unter dieser unterkühlten Oberfläche war schon immer ein gewaltiger Hass vergraben. Es überrascht mich nicht im Geringsten, dass er Nicolas Ruzickov von der CIA in die Hände gefallen ist. Die beiden Haifische verdienen einander.«

Jack war überrascht von den Worten des Admirals, was sich auch auf seinem Gesicht zeigte.

Houston wurde ernst. »Pass bloß auf dich auf, wenn du in seiner Nähe bist, Jack. Lass nicht zu, dass deine Schuldgefühle deiner Wachsamkeit in die Quere kommen. Nicht in seiner Anwesenheit.«

Jack erinnerte sich an den blanken Hass in Davids Augen. *Wir sind noch nicht miteinander fertig, Kirkland.* Vielleicht sollte er sich den Ratschlag seines ehemaligen

Kommandanten zu Herzen nehmen und zu dem Mann größtmöglichen Abstand halten, dachte er, schloss die Augen und lehnte sich zurück. »Wenn ich bloß den Fehler ein paar Sekunden früher entdeckt hätte ... oder ihre Hand fester gehalten hätte.«

»Hinterher ist man immer schlauer, Jack. Aber weißt du was? So ein Scheißdreck kommt vor. Du kannst einfach nicht jede Kugel sehen, die auf deinen Kopf zugeflogen kommt. So fair ist das Leben nun mal nicht.«

»Wann sind Sie so ein Philosoph geworden?«

Houston klopfte auf seine Zigarre. »Das Alter stellt dir eine gewisse Weisheit zur Verfügung.«

Von der anderen Seite des Decks rief Lisa, die an der Luke des Tauchboots kauerte, zu ihm herüber: »Jack, das musst du dir ansehen!«

Stöhnend richtete er sich auf. »Was ist?«

Lisa winkte ihn einfach zu sich.

»Na gut. Augenblick.« Er erhob sich aus seinem Liegestuhl. Der Admiral wollte ihm schon folgen. »Nein, nein, machen Sie es sich nur gemütlich«, meinte Jack. »Bin gleich zurück.«

Elvis wälzte sich herum und war im Begriff, sich ebenfalls auf die Beine zu stellen.

Mit ausgestreckter Hand hinderte ihn Jack daran. »Du auch. Bleib!« Erkennbar missmutig sank der deutsche Schäferhund wieder aufs Deck zurück.

Houston tätschelte Elvis' Flanke. »Wir beiden alten Herren leisten uns einfach weiter gegenseitig Gesellschaft.«

Jack verdrehte die Augen, überquerte dann das Deck und stieg die Trittleiter zu Lisa hinab. Sie ließ sich in den Sitz des Tauchboots fallen, und er beugte sich über sie. »Was ist?«

»Sieh dir mal die Borduhr der *Nautilus* an!« Sie zeigte auf die rote Digitalanzeige. Die Sekunden schienen ganz normal dahinzuticken. »Und jetzt meine Armbanduhr.«

Jack musterte die Swatch an ihrem Handgelenk und schaute dann wieder auf die Borduhr. Sie ging gut fünf Minuten nach. »Also hinkt sie ein paar Minuten hinterher.«

»Vor dem Tauchgang habe ich die Uhr eigenhändig abgestimmt, als ich das Bio-Sensor-Programm kalibriert habe. Sie ging auf die Hundertstelsekunde genau.«

»Mir ist immer noch schleierhaft, worauf du hinauswillst.«

»Ich habe den Zeitunterschied mit dem Logbuch des Bio-Sensors verglichen. Er passt genau in die Zeitspanne, als bei dir Funkstille geherrscht hat.«

Jack runzelte die Stirn. »Also muss die Störung auch die Uhr betroffen haben. Vielleicht ein Kurzschluss in den Batterien.«

»Nein, die Batterien sind völlig in Ordnung«, murmelte sie und sah zu ihm auf. »Ist dir aufgefallen, ob die Uhr stand, während du von der Bildfläche verschwunden warst?«

Er schüttelte den Kopf, und tiefe Furchen zeigten sich in seinen Mundwinkeln. »Nein. Ich erinnere mich sogar daran, einen Blick darauf geworfen zu haben. Die Uhr ist die ganze Zeit über völlig normal gelaufen.«

Lisa wand sich aus dem Sitz. »Das ist doch völlig absurd! Das Diagnosegerät fürs System funktioniert störungsfrei. Jack, du hast mir was verschwiegen!«

Er warf einen Blick über die Schulter. Der Admiral war völlig in seine Zigarre vertieft. Er senkte die Stimme. Während der Anhörung nach dem Tauchgang hatte er sich über die merkwürdige Kristallsäule bedeckt gehalten. Es war sowieso niemand daran interessiert gewesen. »Diese Säule, die ich da unten entdeckt habe ...«

»Ja. Die auf der DVD, die du Charlie gegeben hast.«

Er biss sich auf die Lippe. Es sollte sich nicht verrückt anhören, was er zu sagen hatte. Er fuhr sich mit der Hand durch die Haare. »Ich weiß nicht so recht. Von der Säule sind merkwürdige Schwingungen oder Obertöne ausgegangen. Die haben meinen Kompass durcheinander gebracht. Ich habe sie sogar auf der Haut gespürt. Wie ein Kribbeln, als würden Ameisen darüber laufen.«

Lisa zog die Brauen zusammen. »Warum hast du mir das nicht schon vorher erzählt?«

»Ich wollte, dass du völlig unbeeinflusst an die Untersuchung der *Nautilus* gehst. Wenn es eine andere Erklärung gäbe, solltest du sie herausfinden.«

Sie errötete. »Meine Güte, da kennst du mich doch besser! Ich wäre so oder so gründlich vorgegangen.«

»Du hast Recht. Tut mir Leid.«

Sie rutschte aus dem Tauchboot. Jack half ihr auf die Leiter. Ihr Blick zuckte zum Admiral hinüber und ruhte dann wieder auf Jack. »Charlie steckt immer noch mit George zusammen. Die beiden studieren deine geheime DVD. Ich werde mal nachsehen, ob sie was herausgefunden haben.« Sie schob sich an ihm vorbei. »Das hättest du mir wirklich sagen sollen, Jack.«

»Was hat das alles deiner Ansicht nach zu bedeuten?«

Sie zuckte die Achseln. »Ist mir noch zu hoch, aber es ist die Sache wert, das rauszukriegen.«

»Ich komme mit.«

Robert, der Meeresbiologe, kam unter dem Schwanz des Tauchboots hervorgekrochen. »Alle Nähte sind okay,

Jack. Falls du noch mal runterwillst, solltest du keine Probleme haben.«

Jack nickte zerstreut. »Robert, könntest du dem Admiral ein paar Minuten lang Gesellschaft leisten? In dem Schränkchen unter der Mikrowelle steht noch ein Rest Brandy.«

»Ja, ich weiß, wo. Aber was liegt an?«

»Sobald wir Einzelheiten wissen, teilen wir sie dir mit«, gab Lisa zur Antwort, warf Jack einen wütenden Blick zu und machte sich davon.

Jack rief Admiral Houston übers Deck zu: »Ich bin gleich wieder da!«

Die Antwort bestand ans einem Nicken und einem Wink mit der Hand.

Er folgte Lisa zur Luke zum unteren Deck. Mit steifem Rücken stieg sie vor ihm die steile Treppe hinab. Auf der ersten der unteren Ebenen befanden sich Roberts Meereslabor, die Schiffsbibliothek und Charlies winziger Arbeitsbereich. Darunter waren die Mannschaftskabinen.

Lisa ging durch das Meereslabor zu Charlies kleinerem Raum voraus und klopfte an der Stahltür.

»Wer ist da?«, rief Charlie.

»Lisa und Jack! Nun mach schon auf!«

Nach einer kurzen Pause hörte Jack, wie der Riegel zurückgeschoben wurde. Dann öffnete sich die Tür quietschend einen Spaltbreit. Charlie spähte heraus. »Wollte bloß sichergehen, dass ihr allein seid.« Er hörte sich aufgeregt an und zog die Tür jetzt vollständig auf. »Kommt rein ... das müsst ihr euch ansehen.«

»Du hast was gefunden?«, fragte Jack, als er und Lisa eintraten.

»O ja, *Mann,* das könnt ihr ruhig laut sagen.«

Das Geologielabor war kaum größer als eine Garage, jedoch wurde jeder Quadratzentimeter genutzt. Ausrüstung und Werkzeuge waren sauber auf Regalen und Tischen gestapelt: Steinsägen, Bohrer, Siebe, Waagen, Magnetometer, sogar ein komplettes Kernsondierungsgerät. Vom größten Teil der Ausrüstung hatte Jack keine Ahnung, wozu es diente. Das hier war Charlies Reich.

Mit einem zweifachen Doktor in Geologie und Geophysik hätte der jamaikanische Geologe an jeder Universität lehren können. Stattdessen jedoch hatte es ihn hier auf Jacks Schiff verschlagen, wo er auf eigene Faust forschte. »Ich habe nicht promoviert, um mich in einem Hörsaal einzuigeln«, hatte er vor sieben Jahren erklärt, und dabei hatten seine Augen vor Aufregung geleuchtet. »Nicht, wenn hier draußen so viel zu erforschen ist. Der Boden der Tiefsee, Jack! Darauf sind Geschichte und Zukunft der Erde geschrieben. Da unten! Beides wartet nur darauf, dass sie jemand liest! Und dieser Jemand bin ich!«

Als Jack jetzt das Labor betrat, erblickte er ebenjene Aufregung in Charlies Augen. Der Geologe winkte sie zu seinem Arbeitstisch herüber. Ein Fernsehgerät und ein Videorekorder standen darauf.

Davor hockte der Historiker des Schiffs. Das Gesicht des Professors war nur wenige Zentimeter vom Bildschirm entfernt. George schaute mit zusammengekniffenen Augen hin und kritzelte etwas auf einen Notizblock. »Erstaunlich ... schlicht und einfach erstaunlich«, murmelte er dabei.

Jack und Lisa stellten sich neben ihn, um einen besseren Blick auf den Monitor zu erhalten. »Was hast du rausgefunden?«, fragte Jack.

Schließlich bemerkte George, dass sie vorhanden waren. Mit großen Augen drehte er sich zu ihnen um. »Wir müssen noch mal da runter!«, sagte er eilig und umklammerte Jacks Arm.

»Was? Warum?«

»Fangen wir doch von vorn an«, unterbrach Charlie. Er drückte einen Knopf auf der Fernbedienung, und die Bilder liefen rückwärts. Jack beobachtete, wie auf dem Bildschirm die Kristallsäule im Dämmer des Ozeans verschwand. An der entsprechenden Stelle hielt Charlie die DVD an und ließ sie wieder vorwärts ablaufen. Langsam tauchte der Obelisk auf, während Charlie seinen Kommentar dazu abgab. »Du hast Recht gehabt, Jack. Sieht danach aus, dass die kristalline Substanz natürlichen Ursprungs ist. Ich habe die Aufnahme genau analysiert, und der Oberflächenbrechung und der Einheitlichkeit der Lichtbrechung zufolge muss es die Spitze eines reinen Kristalls sein.«

»Aber was für ein Typ? Quarz?«

Charlie neigte den Kopf und schaute auf den Monitor. »Nein. Ich weiß es einfach nicht. Zumindest noch nicht. Aber ich würde die *Fathom* für einen Span davon hingeben.«

»Also meinst du, es ist was Neues?«

Der große Jamaikaner nickte. »Nirgendwo auf diesem Planeten gibt es eine Umgebung wie die da unten.« Charlie tippte auf den Bildschirm, wo das Tauchboot langsam die Säule umkreiste und den leuchtenden Speer aus allen Winkeln zeigte. Das Digitalbild war gestochen scharf und detailreich. Makellos. Von der Interferenz, von der oben die Rede gewesen war, keine Spur. »Wer weiß denn genau, wie Kristalle bei diesen extremen Druckzuständen und dem hohen Salzgehalt des Wassers wachsen?«

Jack setzte sich auf einen der Hocker und beugte sich näher an den Monitor heran. »Also willst du sagen, dass wir die ersten Menschen sind, die jemals einen solchen Kristall zu Gesicht bekommen haben?«

Charlies Gelächter lenkte Jacks Blick von den Filmaufnahmen ab. »Nein. Das sage ich nicht, *Mann* ... Das sage ich ganz und gar nicht.« Mithilfe der Fernbedienung ließ er die Aufzeichnung langsamer ablaufen.

Jetzt drehte sich die Säule nicht mehr so schnell, während das Tauchboot seine Umkreisung abschloss. Charlie hielt die DVD genau in dem Moment an, als sich die Scheinwerfer des Boots abwenden wollten. Jack erinnerte sich, dass er sich in diesem Augenblick wieder auf die Suche nach den Blackboxes gemacht hatte. Er hatte anderswo hingeschaut, deshalb war ihm entgangen, was die Kamera als Nächstes aufgenommen hatte.

Da das Licht jetzt schräg über die nächstgelegene ebene Seite des Obelisken fiel, erkannte man leichte Unebenheiten auf der kristallinen Oberfläche.

»Was ist das denn?«

»Der Beweis, dass wir nicht die Ersten sind, die diesen Kristall entdeckt haben.« Charlie spielte mit der Fernbedienung und holte die Unebenheiten näher heran. Das Bild auf dem Monitor schwoll an. Die Unebenheiten wuchsen zu Reihen winziger Markierungen heran, die zu regelmäßig und präzise waren, um natürlichen Ursprungs zu sein. Jack beugte sich noch näher heran. Obgleich das vergrößerte Abbild verschwommen war, konnte er sich unmöglich irren in dem, was er da sah.

Leise, ehrfürchtig, sprach es George laut aus. »Es ist eine Inschrift. Eine uralte Inschrift.«

»Aber in diesen Tiefen?« Völlig ungläubig sah Jack hin. In den Kristall waren Blöcke und Reihen winziger, hieroglyphenähnlicher Bilder eingeritzt: Tiere, Bäume, verzerrte Figuren, geometrische Formen:

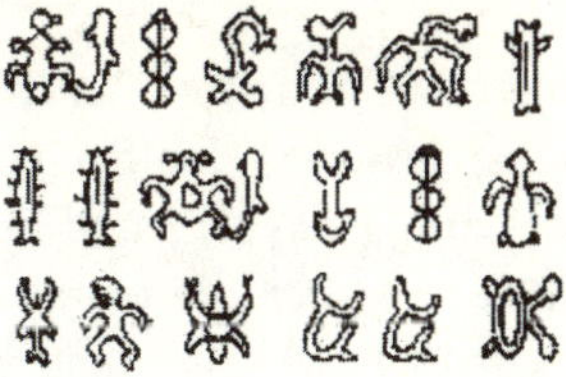

Jack konnte schlecht leugnen, was er sah. Jedes in die glatte Oberfläche eingeschnittene Symbol war mit einer schimmernden metallischen Masse ausgefüllt worden. Es war keine optische Täuschung.

Es war eine uralte Inschrift ... auf einem spitzen Pfeiler in über sechshundert Metern Tiefe.

Vor der Küste von Yonaguni, Präfektur Okinawa

Karen hielt ihre kleine Taschenlampe über dem Kopf, während sie gegen die weiterhin ansteigenden Fluten ankämpfte. Mühsam watete sie durch das inzwischen mehr als hüfthohe Wasser. Mit den Schultern schob sie ihre Tasche höher, damit die Ausrüstung nicht nass wurde, aber der schwere Beutel rutschte immer wieder herunter. Wann würde dieser Gang enden? Wie lang war er? Von vorn und hinten schallte das Geräusch von einfließendem Wasser durch den Tunnel.

Hinter ihr kämpfte Miyuki gegen die Strömung an. Die japanische Professorin war kleiner als sie, und das Wasser reichte ihr inzwischen bis zur Brust. Sie musste halb schwimmen, damit sie nicht unterging.

Endlich traf der Strahl von Karens Taschenlampe auf eine weitere Mauer, auf etwas anderes als diesen endlosen Gang. »Ich glaube, wir haben das Ende erreicht.«

Sie beschleunigte ihre Schritte. Der Tunnel endete an einem Treppenhaus, dessen Stufen nach oben führten. Es erinnerte sie an dasjenige, das sie zuvor hier herabgeführt hatte. Beinahe wäre sie über die erste Stufe gestolpert, weil sie in dem schwarzen Wasser kaum zu sehen war. Karen fing sich an der glatten Mauer. Dann stieg sie mühsam hinauf. Schließlich lag der Gang, der sich immer mehr mit Wasser füllte, hinter ihr.

Sie wandte sich um und half Miyuki, und nachdem beide Frauen mehrere Stufen hinaufgegangen waren, sanken sie erschöpft zu Boden. Keuchend und zitternd saßen sie da, endlich im Trockenen.

Karen zeigte auf die Mauern zu beiden Seiten. »Steinblöcke«, sagte sie. Hier gab es keinen nackten Fels mehr, sondern wieder aufeinander gelegte und sorgfältig eingepasste Basaltplatten und -blöcke. »Wir befinden uns oberhalb der Lavaröhre.«

»Also werden wir nicht ertrinken?« Miyuki war bleich, und ihr ebenholzschwarzes, nasses Haar klebte ihr am Gesicht.

»Nicht, wenn wir hoch genug steigen. Über den Meeresspiegel.«

Miyuki sah das Treppenhaus hinauf. »Aber wo sind wir?«

»Wenn ich raten müsste, würde ich sagen, diese Stufen führen ins Herz des zweiten Drachens, der Zwillingspyramide derjenigen, durch die wir hereingekommen sind.« Zumindest hoffte sie das. Und wenn sie sich nicht völlig getäuscht hatte, war der Gang auf die andere Pyramide zugelaufen. Die Lavaröhre musste die beiden Bauten miteinander verbinden.

»Gibt's dort einen Ausgang?«

Karen nickte. »Ganz bestimmt.« Ihre eigene Furcht ließ sie unausgesprochen. Was, wenn sie ihn nicht fanden?

»Dann los!«, meinte Miyuki, erhob sich mühsam und streckte Karen die Hand entgegen. »Von jetzt an trage ich die Tasche.«

Nur allzu froh darüber, die Bürde loszuwerden, schob Karen den Riemen über die Schulter und reichte die Tasche Miyuki, die sie um ein Haar fallen ließ.

»Du hast keinen Witz gemacht – die ist wirklich schwer«, sagte sie. Es kostete sie einiges an Mühe, die Tasche über die Schulter zu hängen.

»Das ist dieser Kristall. Er muss fast zehn Kilo wiegen.«

»Aber er war so klein.«

Karen zuckte die Achseln und stand auf. »Nur ein weiteres Geheimnis.« Seufzend ging sie voran und betete darum, dass das letzte Rätsel nicht ungelöst bliebe: *Wie kämen sie aus dieser tödlichen Falle heraus?*

Der Aufstieg über die steilen Stufen war eine grausame Tortur für ihre schmerzenden Gliedmaßen. Es war, als würden sie eine Leiter hochkraxeln. Aber sie schleppten sich weiter, schweigend, zu müde zum Sprechen. Die Anstrengung hatte allerdings etwas Gutes: Ihre ausgekühlten Körper wurden wieder warm. Doch bald wurde selbst die Wärme zur Last. Bei jedem Schritt schien es in dem schmalen Treppenhaus heißer zu werden. Als sie sich dem oberen Absatz näherten, meinten sie vor Hitze zu ersticken. Karen kam es vor, als würde ihre feuchte Kleidung dampfen.

Sie wischte sich den Schweiß von der Stirn und betrat

die nächste Kammer. »Endlich«, stöhnte sie. Miyuki folgte ihr ächzend. Karen hob ihre kleine Taschenlampe.

Von einem Ausgang war auf den nackten Mauern der inneren Kammer keine Spur zu erkennen. Der Raum bestand aus aufeinander geschichteten Steinblöcken mit einer Felsplatte als Decke. Beide Frauen schauten sich um. Keine Ornamente, keine Inschriften.

Karen ging an den Wänden entlang. »Schalt deine Lampe aus!«, befahl sie Miyuki. Auch sie selbst schaltete ihre Taschenlampe ab.

Dunkelheit umgab sie. Das Geräusch des schwappenden Wassers aus dem Gang unten schien lauter zu werden. Mit weit geöffneten Augen suchte Karen nach einem Riss in den festen Mauern oder der Decke. Nach irgendeinem Hinweis auf einen Ausgang. Sie vermutete, dass sich die Sonne mittlerweile dem westlichen Horizont nähern musste.

Sie wischte sich die Stirn. Es war so warm hier drin. Kein Lüftchen regte sich. Immer eine Hand an der Mauer, schob sie sich weiter und suchte nach einem verräterischen Schimmer. Doch die Finsternis schien absolut zu sein.

»Hast du was gefunden?«, fragte Miyuki hoffnungsvoll.

Karen hatte schon den Mund zu einer Antwort geöffnet, da berührte sie mit der Hand einen Stein, der wärmer war als die übrigen. Sie hielt inne und drückte die eine Handfläche auf den einen und die andere auf den Stein daneben. Zwischen beiden bestand ein deutlicher Temperaturunterschied.

»Das hier könnte zumindest ein Hinweis sein.« Sie betastete den Rand des wärmeren Steins, bei dieser Dunkelheit keine leichte Übung. Die Blöcke passten nahtlos ineinander. Sie entdeckte die Ränder, jedoch keinerlei Anzeichen für hervordringendes Sonnenlicht, auch nicht bei genauestem Hinsehen. Sie runzelte die Stirn. Es musste einen Grund dafür geben, dass der Stein wärmer war.

Sie schaltete ihre winzige Taschenlampe ein, und nachdem Miyuki ihre Tasche auf dem Steinboden abgestellt hatte, trat die Professorin zu ihr. Sie rieb sich die Schulter. »Was hast du da gefunden?«

Karen drückte fest auf den Stein. Er rührte sich nicht. Sie wich einen Schritt zurück, neigte den Kopf und musterte den konturlosen Block. Er hatte einen Querschnitt von etwa einem halbem Meter. »Der hier ist wärmer als die übrigen, was darauf hindeutet, dass er der Sonne etwas stärker ausgesetzt ist.«

»Ein Weg nach draußen?« Miyuki schaltete die eigene Lampe ein.

»Hoffentlich. Ich weiß bloß nicht, wie man ihn aufkriegt.« Karen schloss die Augen. *Denk nach, verdammt noch mal!* Sie stellte sich im Geiste den zweiten Drachen vor. Er war identisch mit dem ersten, von dem zusammengestürzten Tempel einmal abgesehen. Die Spitze dieser zweiten Pyramide war nackt gewesen. Keinerlei Anhaltspunkte.

»Was überlegst du?«, fragte Miyuki.

Karen öffnete die Augen. »Weiß nicht genau. In der anderen Pyramide war der Altar des Tempels der Zugang. Der Schlangenkopf war der Schlüssel.«

»Ja, und?«

»Denk symmetrisch! Denk weiträumiger! In den Ruinen von Chichén Itzá auf der Halbinsel von Yucatán wirft die Hauptpyramide während der Tag-und-Nacht-Gleiche einen schlangenförmigen Schatten, der sich mit einem steinernen Schlangenkopf an ihrer Basis trifft.«

»Versteh ich nicht.«

Karen sprach in der intuitiven Hoffnung weiter, dass sie einer Antwort sehr nahe war. »Der Schlangenkopf war der Eingang. Er war mit einer langen Lavaröhre verbunden ... die vielleicht einen Schlangenkörper darstellt.«

Miyuki nickte. »Wenn du Recht hast, dann befinden wir uns im Schwanz der Schlange.«

»Wir sind von einer Schlange verschluckt worden, durch ihren Bauch gegangen und müssen jetzt den Verdauungsprozess vollenden.«

»Mit anderen Worten, wir müssen das Arschloch der Schlange finden.«

Karen lachte über den tödlichen Ernst, mit dem Miyuki die letzten Worte ausgesprochen hatte. »Jau.« Sie wandte sich um. Die Öffnung zum Treppenhaus lag ihr unmittelbar gegenüber. Wieder drehte sie sich um. Der warme Stein lag in einer direkten Linie zur Öffnung. Einer geraden Linie. Sie legte eine Hand darauf. »Das ist die Schwanzspitze. Das Ende der Schlange.«

»Genau. Das hast du gesagt. Das ist der Weg nach draußen.«

»Nein! Wir missachten die Anatomie. Der Hintern einer Schlange ist nicht in ihrem Schwanzende. Er liegt unterhalb von ihr.« Karen zeigte auf den Fußboden. »In ihrem Bauch!«

Miyuki starrte ihre Zehenspitzen an. »Um nach oben zu kommen, müssen wir nach unten gehen.«

Karen fiel auf die Knie. Der Fußboden bestand nicht aus einer Platte, sondern aus zusammengesetzten Blöcken wie die Mauern. Sie kroch los, begann an dem warmen Stein und zielte auf das Treppenhaus, wobei sie das Wasser und den Schutt beiseite wischte. Er musste hier irgendwo sein!

Ihre Finger streiften über etwas Raues auf dem glatten Stein. Einen Herzschlag lang erstarrte sie, dann rieb sie über die Stelle und stieß dabei ein Gebet aus.

Miyuki kniete neben ihr nieder. »Was ist?«

Karen wich zur Seite. »Das Arschloch der Schlange.«

In den glatten Block war etwas eingeritzt: eine sternförmige Vertiefung.

»Hol mir den Kristall!«

Rasch holte Miyuki ihren Beutel, öffnete den Reißverschluss der Seitentasche und zog den sternförmigen Kristall hervor. Dazu musste sie beide Hände benutzen. Stöhnend schleppte sie ihn zu Karen. »Hier.«

Karen wälzte sich auf den Bauch und schob den Stern in die Vertiefung. Er passte perfekt. Sie hielt den Atem an und wartete gespannt. Miyuki stand neben ihr, eine Faust an die Kehle gelegt.

Nichts geschah.

Karen richtete sich auf ihren Knien auf. »Was stimmt da nicht? Was machen wir nicht richtig?«

»Vielleicht ist der Mechanismus hinüber.«

Diese Möglichkeit wollte sie nicht einmal in Betracht ziehen. Sie wusste, dass der untere Gang mittlerweile völlig überflutet war. Es gab kein Zurück mehr. Sie saßen hier in der Falle. Sie spürte Tränen in ihre Augen treten, und die Kehle schnürte sich ihr zusammen.

»Wie sollte der Kristall den Geheimgang auslösen?«, fragte Miyuki, die immer noch über das Rätsel nachgrübelte.

»Ich ... ich weiß nicht so recht.«

»Hast du nicht irgendwas davon gesagt, dass der andere Mechanismus druckempfindlich war?«

Miyukis Worte durchdrangen Karens Mauer der Hoffnungslosigkeit. Ihr fiel wieder ein, wie der Altarstein an seinen Platz in der Decke zurückgekehrt war, nachdem Miyuki herabgesprungen war. Der Mechanismus musste druckempfindlich gewesen sein und auf die Gewichtsänderung reagiert haben.

Karen starrte auf den Kristall hinab. Er war schwer, ungewöhnlich schwer. Aber wenn die Geheimtür durch Gewicht ausgelöst wurde, warum war sie dann beim Darübergehen nicht ausgelöst worden?

Dann dämmerte es ihr.

»Runter! Runter!«, schrie sie Miyuki an und winkte sie vom Steinblock und dem Kristall herab. »Wir wiegen zu viel!«

»Was?«, fragte Miyuki, wich jedoch zurück.

Karen trat über die Kante des Blocks. »Er muss gegen das Gewicht des Kristall ausbalanciert werden. Nicht mehr, nicht weniger.«

Beide Frauen traten beiseite. Karen starrte den Kristall an. Nach wie vor nichts. Sie spürte, wie sich ein Schrei der Enttäuschung in ihrer Brust sammelte. Was übersahen sie?

Langsam drehte sie sich um die eigene Achse. Die Mauern waren schwarz und konturlos. Keine Antwort – *oder etwa doch?*

Erneut wandte sie sich um. Keine Wandhalter. Nirgendwo hätte man eine Fackel einstecken können. »Dunkelheit«, murmelte sie. »Der Bauch einer Schlange ist vor der Sonne verborgen.«

»Hä?«

»Schalte deine Taschenlampe ab!«

»Warum?«

»Vertrau mir!« Karen löschte ihr Licht.

Sogleich tat es ihr Miyuki nach und tauchte sie beide in völlige Finsternis. »Was tun wir ...«

Ein lautes Knirschen schnitt ihr das Wort ab. Fels auf Fels. Karen erstarrte und betete, dass sie Recht gehabt hatte. In der absoluten Stille streckte sie die Hand nach Miyukis Hand aus.

Dann stach aus dem Fußboden ein Speer aus Sonnenlicht hervor und traf die Decke. Karen blinzelte in dem hellen Schein und fiel auf die Knie. Der Steinblock mit dem Kristall darauf sank in den Fußboden.

Karen kroch zum Rand und blickte in die entstehende Grube. Der Sonnenstrahl kam aus einem schmalen Riss in ihrer linken Mauer. Während Karen noch hinschaute, sank der Block weiter nach unten, der Spalt wurde breiter, und es öffnete sich ein Tunnel.

Licht strömte herein.

Karen weinte Tränen der Erleichterung. Alles verschwamm ihr vor den Augen. Es war der Weg nach draußen!

Mit einem Knirschen beendete der Steinblock seinen Fall, und der Gang stand weit offen.

Karen wälzte sich auf die Seite und winkte Miyuki, sie solle als Erste gehen. »Dann mal raus hier.« Es war nur ein kleiner Sprung von zwei, drei Metern.

Erleichtert lächelnd ergriff die japanische Professorin ihre Tasche und ließ sich in die Grube fallen. Sie landete, ging in die Hocke und spähte durch den Seitentunnel. »Ist überhaupt nicht weit. Ich sehe die Sonne!« Miyuki kroch in den Gang und machte Karen Platz.

Die sprang, ohne zu zögern. Einen Moment lang blendete sie die Sonne, dann erblickte sie das blaue, hell strahlende Meer hinter dem kurzen Tunnel. Sie drehte sich um und ergriff den Kristallstern. Ihre Beute wollte sie nicht zurücklassen.

Der Stern wirkte jetzt wesentlich leichter. Sie konnte

ihn mit einer Hand anheben und festhalten. Da fuhr der Steinblock hinter ihr und Miyuki wieder hoch und verschloss die Öffnung, die zur inneren Kammer zurückführte. Karen wandte sich dem Ausgang zu und schob das Kunstwerk in ihre Hüfttasche. Nachdem sie es losgelassen hatte, sank es wie ein Bleigewicht herab und zerrte heftig an den Säumen ihrer Hose. *Verdammt, ist das Ding schwer!* Aber als sie aus dem Tunnel herauskam und ins Sonnenlicht trat, drückte sich ihr kaltes Metall in den Nacken, und sie vergaß ihre Last völlig.

»Keine Bewegung!«, befahl jemand auf Japanisch.

Sie erstarrte.

Ein zweiter Mann sprang von der Pyramidenstufe hinter ihr. Erleichtert erkannte sie die Polizeiuniform mit dem Emblem von Chatan auf dem Ärmel. Das waren nicht die Plünderer. Man befahl ihr, sich auf den Bauch zu drehen und die Handflächen auf den Stein zu legen.

Neben ihr sprach Miyuki rasch mit einem weiteren Officer, der ihre Kennkarte in der Hand hielt. Schließlich nickte er, wandte sich an den Mann, der Karen festhielt, und winkte ihn beiseite.

Karen trat von der Mauer weg. »Sie haben Gabriels Warnung vor den Plünderern über Fernschreiber bekommen und waren gerade unterwegs, als sie die Explosion gehört haben«, sagte Miyuki zu ihr. »Bei ihrem Eintreffen gab es von den Plünderern weit und breit keine Spur, also sind sie zu dieser zweiten Pyramide gestakt, um sie zu beschützen.«

»Und haben uns gefunden, wie wir gerade rausgekrochen kamen, und *uns* für die Plünderer gehalten.«

Miyuki nickte. »Zum Glück hatte Gabriel unsere Namen weitergegeben und gesagt, dass wir in Gefahr seien.« Sie steckte ihren Ausweis weg. »Wir werden ihnen ein paar Antworten liefern müssen, aber eine Anzeige wird es nicht geben.«

Karen holte tief Luft. »Antworten? Ich habe mehr Fragen als Antworten.« Im Geiste sah sie die Tätowierung des Plünderers vor sich, eine blasse, gewundene Schlange auf der dunklen Haut. Noch eine Schlange. Im Licht des Tages erschien ihr das wie ein Zufall zu viel.

Sie schlenderte zum Rand der Pyramide, so dass sie den anderen Drachen sehen konnte. Miyuki folgte ihr. Die Spitze des Drachens wirkte über die Entfernung von hundert Metern hinweg wie eine zerklüftete Ruine. Rauch kräuselte sich in den Himmel, ein von Menschenhand gemachter Vulkan.

Weshalb hatten ihre Angreifer das getan? Das war doch völlig sinnlos!

Und wohin waren sie verschwunden?

»Was ist mit dir?«, fragte Miyuki. »Wir sind doch jetzt in Sicherheit!«

»Ich weiß nicht.« Karen wurde das Gefühl nicht los, dass die echte Gefahr erst noch drohte. »Aber kehren wir doch zur Universität zurück. Wird wohl Zeit, dass wir versuchen, ein paar Teile des Puzzles zusammenzusetzen.«

»Da will ich dir nicht widersprechen.«

Sie wandten sich von der rauchenden Pyramide ab und kehrten zu den Polizeibeamten zurück. Deren weißblaues Boot wartete mit eingeschaltetem Blaulicht unten im Wasser.

Zitternd stieß Karen einen Seufzer der Erleichterung aus. »Erinnere mich daran, dass ich Gabriel eine Umarmung schuldig bin.«

»Und mir schuldest du neue Ferragamos.« Mit einem müden Lächeln wischte sich Miyuki das Haar aus der feuchten Stirn. »Nachdem wir das alles durchgemacht haben, sehe ich mich gezwungen, dich mit deinem Versprechen beim Wort zu nehmen!«

Nordwestlich des Enewak-Atolls, Zentralpazifisches Becken

Jack und die anderen hatten es sich im Geologielabor des Schiffs bequem gemacht und betrachteten das erstarrte Bild des Obelisken mit seinen Inschriften: grob in die Oberfläche eingekratzte metallische Symbole. »Wer könnte das getan haben?«, fragte er.

George nahm seine Brille ab. »So was habe ich noch nie gesehen. Aber ich geh mal ins Internet und poste einige Fragen an verschiedene archäologische Websites. Seh nach, ob ich was an die Angel kriege.« Er hob das Blatt mit der handgeschriebenen Kopie der Inschrift auf. »Aber es wäre hilfreich, wenn wir mehr Daten hätten.« Der Historiker warf Jack einen bedeutungsvollen Blick zu.

Charlie schaltete den Monitor ab. »Du musst wieder da runter.«

»Da ... da habe ich mich noch nicht entschieden.« Er hatte es nicht sonderlich eilig mit einer Rückkehr zu dem Tiefsee-Friedhof.

Lisa stärkte ihm den Rücken. »Wir sollten einfach das Geld einsacken und verduften. Wir haben unsere Verpflichtung der Navy gegenüber erfüllt, und sie hat nicht von uns verlangt, dass wir Teile des Flugzeugs an die Oberfläche holen ... und mir gefällt überhaupt nicht, was passiert ist, als Jack sich dieser Säule genähert hat.«

George zog die Brauen zusammen. »Was meinst du damit? Was ist denn da passiert?«

Lisa sah Jack auffordernd an, aber er schwieg. Er kam sich albern vor, über seine vagen Ängste dort unten ein Wort zu verlieren.

»Die *Nautilus* ist völlig in Ordnung«, erklärte Lisa an seiner Stelle. »Instrumente, Computer, Funk, Energieversorgung ... alles auf Herz und Nieren geprüft und für gesund befunden. Aber während der Funkstille, als sich Jack in der Nähe der Säule aufgehalten hat, da hat er Vibrationen gespürt, die offenbar von ihr ausgegangen sind.«

Charlie bot eine plausible Erklärung. »Wenn die Batterien des Boots ausgefallen sind, könnte der Antrieb falsch ausgerichtet gewesen sein und das Fahrzeug in Schwingungen versetzt haben.« Er sah Jack an. »Oder du hast vielleicht die Vibrationen des leichten Bebens aufgefangen, das zur gleichen Zeit wie diese Funkstille aufgetreten ist.«

Verlegen spürte Jack, wie ihm die Hitze in die Wangen stieg. »Nein, das war keine Vibration vom Schiff. Es fühlte sich ... ich weiß nicht recht, eher elektrisch an ...«

»Dann ein Kurzschluss irgendwo?«, beharrte Charlie.

Lisa schüttelte den Kopf. »Ich habe keinerlei Anzeichen für Probleme mit der Elektronik entdeckt.«

George steckte sein Papier ein. »Was willst du also sagen?«

Inzwischen war Jack knallrot geworden. Er war außerstande, den anderen in die Augen zu sehen. »Es war die Säule. Ich kann's nicht erklären, woher ich das weiß, aber sie war es. Der Kristall hat eine Art von ... ich weiß nicht recht ... harmonischen Schwingungen abgestrahlt, Vibrationen.«

George und Charlie starrten Jack an. Er sah den Zweifel in ihrem Blick. Der Geologe ergriff als Erster das Wort. »Wenn du Recht hast, besteht umso mehr Grund dafür, runterzugehen und ein bisschen auf eigene Faust zu schnüffeln.«

George nickte. »Und wenn es weitere Inschriften gibt, möchte ich gern eine vollständige Kopie davon haben.«

Ein heftiges Pochen an der Tür bewahrte Jack davor, eine Antwort geben zu müssen. »Robert hier«, rief der Meeresbiologe von der anderen Seite.

»Was ist?«, fragte Jack erleichtert darüber, dass er weitere Fragen der anderen erst mal auf die lange Bank schieben konnte.

»Eine Nachricht von der *Gibraltar*. Sie haben Neuigkeiten vom Absturz.«

Jack öffnete die Tür. Er hoffte, dass man eine konkrete Antwort gefunden hatte, damit er nicht noch einmal da runtermüsste.

Robert winkte sie alle heraus. »Sie faxen eine Kopie des Cockpit-Stimmrekorders herüber.«

»Also los«, sagte Jack.

Aufgeregt setzte der Meeresbiologe seine Erklärung fort: »Was sie da gefunden haben, hat alle in helle Aufregung versetzt. Ich habe das Gesicht des Admirals beobachtet, als er über eine sichere Leitung informiert worden ist. Er wirkte nicht sonderlich glücklich. Er hat darauf bestanden, dass ihm eine vollständige Kopie des letzten Gesprächs im Cockpit herübergefaxt wird.«

Eilig stieg Jack die Treppe zum Hauptdeck hinauf, dann zum Ruderhaus. Als er die Tür öffnete, hatte er Houstons persönliche Adjutanten vor sich. Die beiden, in Uniform und bewaffnet, standen stocksteif da. Zwillings-Bulldoggen, alte Navy-Hasen.

Daneben stützte sich der Wirtschaftsprüfer der *Fathom* auf den Kapitänssitz.

»Wo ist der Admiral?«, fragte Jack.

Kendall McMillan zeigte auf die geschlossene Tür zum Funkraum und Satellitensystem. »Da drin. Er hat uns angewiesen, auf ihn zu warten.«

Stirnrunzelnd sah Jack hin. Das war sein Schiff. Es gefiel ihm nicht, wenn ihn jemand aus dem Innersten seines eigenen Schiffs ausschloss – selbst wenn der Betreffende Admiral war. Er ging hinüber, doch die beiden stämmigen Adjutanten versperrten ihm den Weg, die Hände auf den Pistolen in ihren Holstern.

Bevor jedoch ein Streit hätte entflammen können, schwang die Tür auf. Der Erste, der herauskam, war Jacks Hund. Mit wedelndem Schwanz tappte Elvis aus dem Funkraum, gefolgt vom Admiral. Jack öffnete den Mund und wollte den alten Mann schon zurechtweisen. Aber dann sah er die Blässe auf Mark Houstons Gesicht und schluckte seine Worte hinunter. Die Stirn des Admirals war tief gefurcht.

»Was ist los?«, fragte Jack.

Houston sah sich um. Inzwischen hatte sich die gesamte Besatzung in das kleine Ruderhaus gedrängt. »Kann man hier irgendwoher einen Drink kriegen?«

Jack winkte die anderen davon und wandte sich seinem alten Freund zu. »Kommen Sie mit! Ich habe eine Flasche vierundzwanzig Jahre alten Scotch in meiner Kabine.«

»Genau, was der Arzt empfohlen hat.« Das Lächeln des Admirals wirkte allerdings unecht.

Jack ging zu seiner Kabine auf dem Hauptdeck voraus und hielt dem alten Mann die Tür auf.

Sobald sie drin waren, nickte Houston ihm zu. »Schließ ab!«

Jack tat, wie ihn geheißen, und zeigte auf zwei Ledersessel vor den Regalen mit nautischen Erinnerungsstücken. Houston ging hinüber und berührte einen uralten Sextanten. »Ist das der, den ich dir geschenkt habe?«

»Nachdem man mich für die Shuttlemission angenommen hatte, ja.«

Houston drehte sich um und sank mit einem langen Seufzer in einen der Sessel. Zum ersten Mal sah Jack dem Mann sein Alter an. Sein Gesicht wirkte eingefallen, geschlagen. Der Admiral zeigte auf den Sextanten. »Also hast du deine Vergangenheit nicht komplett über Bord geworfen.«

Jack ging zum einem Schränkchen und holte eine Flasche Scotch mit zwei Gläsern heraus. »Die wichtigen Sachen nicht.«

Houston nickte. Mehrere Augenblicke lang schwieg er. »Jack, hast du dich schon entschieden, ob du uns bei der Bergung der Wrackteile von Air Force One helfen wirst?«

Jack seufzte. Er schenkte in jedes Glas einen Finger hoch aus seinem privaten Vorrat ein. Wie er wusste, trank Houston seinen Scotch pur. »Nein, Sir ... wir führen immer noch einige Untersuchungen am Tauchboot durch.«

»Hmmm ...«, murmelte der Admiral und nahm das Glas entgegen. Er nippte versonnen daran. Offenbar wälzte er in Gedanken etwas hin und her. Schließlich setzte er das Glas auf einen Kapitänstisch aus Teakholz. Dann griff er in seine Fliegerjacke und zog einige zusammengefaltete Papiere hervor. »Vielleicht wird dir das bei deinem Entschluss helfen.« Er hielt sie Jack hin.

Jack griff nach den Blättern, doch der Admiral hielt sie

fest. »Diese Information ist vertraulich. Aber wenn du uns unterstützen wirst, solltest du auf dem Laufenden bleiben.« Houston ließ den Bericht los.

Jack trat zu seinem Sessel. »Das ist vom Cockpit-Stimmrekorder?«

»Ja, die letzten Minuten des Gesprächs zwischen der Besatzung.«

Jack setzte sich und entfaltete zögernd die Blätter. Zwar wollte er eigentlich nicht weiter in diese Operation hineingezogen werden – aber seine Neugier konnte er auch nicht unterdrücken. Er las den Bericht.

BOEING 27-200B
KENNUNG: VC-25A
Zeit: 18.56 Uhr

Kapitän: Honolulu, hier ist Victor Charlie Alpha. Können Sie uns beim Wetterbericht auf den neuesten Stand bringen? Wir stoßen hier draußen auf einige heftige Turbulenzen.

Erster Offizier: Warum antworten die nicht?

Kapitän: Honolulu, hier ist Victor Charlie Alpha. Antworten Sie bitte! Wir haben Probleme mit unserem Radar und dem Kompass. Können Sie ... Bleiben Sie dran!

(lautes Poltern und Rattern)

Navigator: Was war das, zum Teufel?

Kapitän: Eine weitere Turbulenz. Versuche, höher zu steigen.

Erster Offizier: Steige auf fünfunddreißigtausend.

Navigator: Ich erhalte nach wie vor widersprüchliche Anzeigen von der INS-Einheit. Der Omega, das Radar, der Sextant ... völliges Durcheinander. Extrapoliere Kurs.

Kapitän: Jetzt konzentriert euch voll auf die Sache!

Erster Offizier: Sie ist schwer, Sir. Kann nicht steigen.

Kapitän: Was?

Navigator: Das ist völliger Blödsinn. Ich empfange eine Anzeige für Land voraus.

Kapitän: Muss Wake Island sein. Ich versuch mal, etwas über Funk reinzukriegen.

(Pause)

Wake Island, hier ist Victor Charlie Alpha, wir brauchen Unterstützung.

(Dreißig Sekunden Schweigen)

Navigator: Es ist zu groß, Sir. Das kann nicht stimmen. Ich werde manuell mit dem Sextanten nachprüfen.

Erster Offizier: Was sind das für Lichter?

Kapitän: Bloß Spiegelungen auf dem Fenster. Weiter steigen.

Navigator: Wo sind wir, zum Teufel?

(Tiefes Poltern)

Navigator: Was ist das? Was ist das?

Erster Offizier: Verlieren an Höhe. Kontrollen reagieren nicht.

Kapitän: Meine Güte!

Navigator: Wir sind über Land!

Erster Offizier: Ich sehe nichts! Das Licht!

(Quietschen von Metall, Windgeräusche)

Erster Offizier: Motor Nummer eins brennt!

Kapitän: Abschalten! Sofort!

Erster Offizier: Jawohl, Sir.

Navigator: Was geht da vor, zum Teufel?

Kapitän: Honolulu, hier ist Victor ...

Erster Offizier: Voraus ist irgendwas! Da ist was!

Navigator: Ich empfange nichts mehr. Nichts auf dem Radar ... nichts nirgendwo!

Kapitän: Honolulu, hier ist Victor Charlie Alpha. Mayday, mayday!

Erster Offizier: Der Himmel! Der Himmel öffnet sich!

(tosender Lärm, dann Stille)

ENDE DER AUFZEICHNUNG AUS DEM COCKPIT-STIMMREKORDER ZEIT: 19.08 UHR

Jack ließ die Blätter sinken. »Du meine Güte! Was ist da oben passiert?«

Houston rückte in seinem Sessel zurecht und streckte die Hand nach dem Fax aus. »Ein Hubschrauber ist unterwegs, um mich abzuholen. Ich möchte mir die Aufzeichnung selbst anhören. Aber um die Wahrheit zu sagen – es besteht nur eine Möglichkeit, das rauszufinden ... Die Antwort liegt da unten.«

Jack streckte eine zitternde Hand nach seinem Glas Scotch aus und leerte es in einem Zug. Das teure Getränk brannte den ganzen Weg bis in seinen Magen hinab.

»Jack ...?«

Er füllte sein Glas ein weiteres Mal, lehnte sich in seinen Sessel zurück und nippte jetzt vorsichtiger an dem Getränk, kostete es richtig. Dann sah er dem Admiral in die Augen. »Ich gehe runter«, sagte er schlicht.

Houston nickte und hob seinen Scotch. Jack stieß mit seinem alten Freund an. »Auf unsere Freunde«, sagte er.

9

PUZZLETEILE

29. Juli, 12.07 Uhr
Universität Ryukyu, Präfektur Okinawa, Japan

Karen rannte über den Mitarbeiterparkplatz. Sie war mit Miyuki zum Essen verabredet und hatte sich bereits verspätet. Das Büro und das Labor ihrer Freundin lagen auf der vierten Etage des alten Yagasaki-Gebäudes, das einstmals Büros der Verwaltung beherbergt hatte. Die Universität Ryukyu war ursprünglich auf dem Gelände des alten Shuri-Schlosses errichtet worden. 1972 hatten jedoch die Japaner die Verwaltung übernommen. Seit dieser Zeit hatte sich die Universität immer weiter über das umliegende Land und die örtlichen Gebäude ausgebreitet.

Karen hastete die Stufen zum Eingang hinauf, eilte hindurch und ließ vor dem Wachmann hinter seinem Schalter ihre Kennkarte aufblitzen.

Er nickte und winkte sie weiter, nachdem er ihren Namen auf seiner Liste überprüft hatte. Der Präsident der Ryukyu-Universität ging keine Risiken ein. Obgleich Okinawa nach den Zerstörungen allmählich zum Normalzustand zurückkehrte, kam es immer noch gelegentlich zu Plünderungen. Die zusätzlichen Sicherheitsmaßnahmen waren der Versuch der Universität, ihr Eigentum zu schützen.

Auf dem Weg zum Treppenhaus kam Karen an einer Reihe von Aufzügen vorüber, die mit einem gelben Band abgesperrt waren, an dem ein Schild mit der Aufschrift ›Defekt‹ hing. Sie überlegte, dass die Fabriken, die solche Banderolen herstellten, jetzt wohl ein Vermögen machten. Das gelbe Band war wie bunte Luftschlangen über die ganze Insel verstreut.

Sie warf einen Blick auf die Uhr und ging schneller. Seit ihrer Rückkehr von der abenteuerlichen Tour durch die Ruinen von Chatan war dies die erste Gelegenheit für die beiden Frauen, miteinander zu sprechen. Miyuki hatte an diesem Morgen angerufen und Karen bedrängt, zu ihr ins Labor zu kommen. Sie hatte Neues über den Kristallstern entdeckt, wollte jedoch am Telefon nicht mit der Sprache herausrücken.

Karen fragte sich, was ihre Freundin erfahren hatte. Während der vergangenen drei Tage hatte sie ihre eigenen Untersuchungen angestellt – sie hatte versucht, den Ursprung der rätselhaften Sprache zu ergründen. Dabei hatte sie allerdings nur geringe Fortschritte erzielt. Die Insel wurde ständig von Stromausfällen heimgesucht, was die Kommunikation erschwerte. Eine Zeit lang war sie sich sicher gewesen, dass die Hieroglyphen denjenigen auf einer Schriftrolle ähnelten, die in den Ruinen des Industals in Pakistan gefunden worden waren. Bei genauerer Betrachtung hatte sich jedoch herausgestellt, dass die Ähnlichkeit lediglich oberflächlich war. Diese Richtung der Untersuchung war andererseits kein völliger Schuss in den Ofen gewesen. Sie hatte sie auf einen anderen Pfad zu einer anderen, ähnlichen Sprache geschickt, die sogar noch aufregender war. Dennoch wollte sie weitere Untersuchungen anstellen, bevor sie ihre Theorie laut äußerte.

Oben auf dem Treppenabsatz wartete Miyuki in ihrem üblichen makellosen Laborkittel bereits auf Karen. »Der Wachmann unten hat mich angerufen, dass du unterwegs bist«, sagte ihre Freundin. »Dann komm!«

Unterwegs fragte Karen: »Was hast du rausgefunden?«

Miyuki schüttelte den Kopf. »Das siehst du dir besser selbst an.« Sie ging den Flur entlang, vorbei an den Büros der anderen Dozenten. »Was ist mit den Hieroglyphen?«

Karen zögerte. »Vielleicht habe ich eine Spur.«

Miyuki warf ihr einen überraschten Blick zu. »Wirklich? Ich habe Gabriel daran gesetzt, sie zu entziffern, aber der Erfolg hielt sich sehr in Grenzen.«

»Das kann er? Sie entziffern?«

»Einer seiner Basisalgorithmen ist ein Dekoderprogramm. Dekodieren ist eine nützliche Methode zum Aufbau von künstlicher Intelligenz, und wenn du ...«

Karen hob kapitulierend die Hand. »Okay, ich glaube dir. Hat Gabriel irgendwas in Erfahrung gebracht?«

»Nur eines ... und das ist mit ein Grund, weshalb ich dich angerufen habe. Aber wenn ihm weitere Beispiele dieser Sprache zur Verfügung stehen würden, hätte er bestimmt mehr Erfolg. Weitere Daten, die er in Beziehung zueinander setzen, unter verschiedenen Aspekten überprüfen und daraus die Grundlage einer Sprache aufbauen könnte.«

Karen biss sich auf die Lippe und beichtete dann ihr eigenes Geheimnis. »Damit könnte ich ihn vielleicht versorgen.«

Stirnrunzelnd sah Miyuki wieder zu ihr hinüber. »Wie das?«

»Ich wollte meine Idee bestätigen, bevor ich sie an die große Glocke hänge. Aber die Bibliothek war nutzlos, und ich bin wegen dieser stündlichen Stromausfälle immer wieder aus dem Internet rausgeflogen. Gestern habe ich den ganzen Tag über keine Verbindung nach draußen gekriegt.«

»Wonach hast du gesucht?«

»Nach Beispielen einer Schriftsprache, die man auf Rapa Nui gefunden hat.«

»Rapa Nui? Ist das nicht die Osterinsel, die mit den riesigen steinernen Köpfen?«

»Genau.«

»Aber diese Insel befindet sich auf der anderen Seite des Pazifiks!«

Karen nickte. »Deswegen brauche ich weitere Informationen. Das ist nicht mein Fachgebiet. Ich habe meine Studien auf Polynesien und Mikronesien konzentriert.«

Die beiden erreichten eine Tür. Miyuki öffnete sie mit einer Karte und hielt sie Karen auf. Sie betraten einen winzigen Vorraum. An der Wand hingen gestärkte weiße Schutzanzüge. Hinter den Glastüren befand sich Miyukis Labor, das völlig aus rostfreiem Stahl und Linoleum bestand. Unter den Neonröhren glitzerten die staubfreien und makellos sauberen Oberflächen.

Karen zog sich den Pullover aus, streifte sich ihre Reebok-Bermudas ab und nahm einen sauberen Anzug vom Haken. Er war steif, nachdem er frisch gereinigt und gebügelt worden war. Sie wand sich in den weißen Einteiler, setzte sich dann auf eine winzige Bank und schlüpfte in Papierschuhe.

Miyuki tat es ihr nach. Sie bestand darauf, dass ihr Labor steril blieb, denn sie wollte nicht, dass durch irgendwelche Verunreinigungen ein Durcheinander in den vielen großen Computern in der Mitte des Raums entstand, Gabriels Geburtsort. »Worin besteht diese Verbindung zu Rapa Nui?«

Karen steckte sich das kurze blonde Haar unter eine Wegwerfhaube aus Papier. »Damals, im Jahre 1864, hat ein französischer Missionar von der Entdeckung hunderter hölzerner Täfelchen, Stöcke und sogar Schädel berichtet, in die unbekannte Hieroglyphen eingeritzt worden waren. Die Eingeborenen nannten diese Sprache *Rongorongo*, konnten die Schrift jedoch nicht lesen. Einige behaupteten, sie stamme aus der Zeit vor dem Eintreffen der Einheimischen auf der Insel, etwa 400 nach Christus. Unglücklicherweise ist der größte Teil der Artefakte zerstört worden, bevor sie hätten geborgen werden können. Heutzutage existieren in Museen und Universitäten nur noch etwa fünfundzwanzig Beispiele.«

»Und du meinst, diese Sprache ist dieselbe wie diejenige, die wir entdeckt haben?«

»Weiß ich nicht genau. *Rongorongo* ist die einzige bekannte Schriftsprache unter allen Völkern Ozeaniens. Aber ihre Ursprünge bleiben ein Rätsel, und der Text ist unlesbar. Viele Epigrafen und Kryptologen haben den Versuch unternommen, die Sprache zu entziffern, jedoch vergebens.« Karen konnte ihre Aufregung nicht verbergen. »Wenn wir eine neue Ader dieser Sprache entdeckt haben, die erste seit Jahrhunderten, haben wir vielleicht die Chance, nicht nur das Geheimnis von *Rongorongo* zu lösen, sondern mehr über die verschollene Historie Polynesiens zu erfahren.«

Miyuki blieb stehen. »Worin besteht also der nächste Schritt?«

»Ich muss ins Internet und die anderen Beispiele für diese Sprache suchen. Meine Hypothese bestätigen.«

Allmählich ließ sich Miyuki von Karens Aufregung anstecken. »Und wenn du Recht hast, können wir Gabriels

Datenbank mit diesen anderen Beispielen füttern. Vielleicht helfen ihm die zusätzlichen Informationen, die Schrift zu entziffern.«

»Falls ja, wäre das die archäologische Entdeckung des Jahrhunderts.«

»Dann lass uns an die Arbeit gehen! Gabriel kann dir eine Verbindung nach draußen verschaffen, indem er sich in die Telefonleitungen des US-Militärs einhakt. Das sind die stabilsten.« Miyuki ging zu den Glastüren zu ihrem Labor hinüber.

»Das kann er?«

Sie nickte. »Natürlich. Wer ist denn der Hauptsponsor meiner Forschungsarbeit, was meinst du? Das US-Militär ist sehr interessiert an künstlicher Intelligenz und ihrer praktischen Anwendung. Ich bin in Sicherheitsstufe 3.« Erneut benutzte sie ihre Karte, um die innere Tür zu entriegeln. Es machte *wusch*, als sie sich öffnete. Der nächste Raum stand unter leichtem Überdruck, eine zusätzliche Vorkehrung, um ihr Labor gegen Verunreinigungen zu wappnen.

Karen folgte ihr in den sauberen Raum. »Du nimmst einiges auf dich, damit hier auch nicht das kleinste Staubkorn reinkommt«, murmelte sie mit einem höhnischen Grinsen.

Miyuki beachtete sie gar nicht, sondern ging zu einer Anzahl Monitore hinüber, die in einem Halbkreis angeordnet waren. Daneben standen zwei Stühle auf Rollen. Sie setzte sich auf einen davon und winkte Karen zu dem anderen. »Ich zeig dir, was Gabriel bislang entziffern konnte.« Sie tippte auf eine Tastur, während sie laut sagte: »Gabriel, könntest du bitte die Abbildungen der Hieroglyphen anzeigen?«

»Gewiss, Professor Nakano. Und guten Morgen, Karen

Grace.« Die künstliche Stimme ertönte aus Stereolautsprechern hinter den beiden Frauen.

»Guten Morgen, Gabriel«, erwiderte Karen, die sich nach wie vor linkisch vorkam. Sie warf einen Blick über die Schulter. Es war, als würde jemand hinter ihr stehen. »V-vielen Dank für deine Unterstützung.«

»*Gern geschehen, Dr. Grace. Sie haben mir eine interessante Aufgabe gestellt.*« Die Hieroglyphen der unbekannten Sprache liefen über die lange Reihe von Monitoren: Vögel, Fische, menschliche Gestalten, geometrische Figuren und seltsame Schnörkel.

»Was hat er erfahren?«, fragte Karen.

»Er war im Stande, einen kleinen Abschnitt am Anfang zu entziffern.«

»Du machst Witze!« Karen richtete sich auf.

Die Reihe von Schriftzeichen lief über den Bildschirm, bis ein rot hervorgehobener Abschnitt auftauchte. Der markierte Teil bestand aus sechs Symbolen:

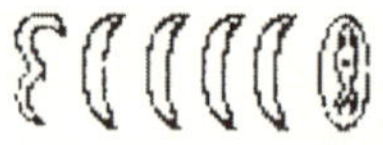

»Gabriel hält das für die Darstellung eines Mondkalenders. Ein Datum, sozusagen.«

»Hmm ... diese Symbole da in der Mitte sehen aus wie die Sichel eines zu- oder abnehmenden Monds.« Karen fuhr zurück. »Aber was hat das zu bedeuten, wenn es tatsächlich ein Datum ist? Handelt es sich dabei um den Zeitpunkt, als die Inschrift entstanden ist, oder um ein historisches Ereignis?«

»Vermutlich Letzteres«, meinte Miyuki. »Ein uraltes historisches Ereignis, das hier beschrieben wird.«

»Warum?«

Miyuki schwieg.

Karen warf ihrer Freundin einen Blick zu. »Was?«

Die Professorin seufzte. »Nachdem Gabriel mit Hilfe eines Astronomieprogramms die Zeichen mit der Sternenkonstellation an der Decke der inneren Kammer verglichen hat, kam er zu dem Schluss, dass wir es mit einem Kalender zu tun haben.«

Karen entsann sich der Sternenkarte aus Quarz im Kuppeldach des Raums. »Und?«

»Dann hat er einen Bezug zum Mondkalender hergestellt.« Miyuki sah sie an. »Und grob das Datum der Inschrift berechnet.«

»Erstaunlich ... Wann? Was für ein Datum?«

»Gabriel?«

Das Programm gab zur Antwort: *»Die Symbole stellen den vierten Monat eines Mondjahrs dar.«*

Karen bemerkte die vier Mondsicheln. »Vorfrühling.«

»Exakt ... und aus der relativen Position der dargestellten Konstellation kann ich annähernd das Jahr extrapolieren.«

»Innerhalb einer statistischen Abweichung von plus/minus fünfzig Jahren«, führte Miyuki weiter aus.

»Natürlich kann ich nicht präziser sein.«

»Das reicht völlig!« Karens Gedanken wirbelten umher. Wenn Gabriels Berechnungen stimmten, könnte das ein Hinweis darauf sein, wann die uralten Ruinen erbaut worden waren. »Welches Jahr? Vor wie langer Zeit?«

»Der astronomischen Karte zufolge – vor zwölftausend Jahren.«

Nordwestlich des Enewak-Atolls, Zentralpazifisches Becken

Jack trieb an Bord des Tauchboots *Nautilus* über das Trümmerfeld und beobachtete aus mehreren Metern Abstand, wie die Heckflosse der Boeing 747 an zwei zehn Zentimeter dicken Stahltauen wie ein fauler Zahn aus dem Schlick gezogen wurde. Schlammwolken wirbelten auf. Sechshundert Meter weiter oben holte die Motorwinsch an Bord der USS *Gibraltar* die Taue langsam, aber stetig ein und zog so ihren Fang an die Oberfläche.

»Bin unterwegs zum nächsten Fisch«, rief Jack in sein Kehlkopfmikrofon, betätigte die Fußpedale und schwenkte sein Tauchboot herum. Er schaute auf die Uhr der *Nautilus*. Seit fast drei Stunden war er jetzt schon am Werk, um diejenigen Teile des Flugzeugs aus den Trümmern zu ziehen, die das NTSB anhand der Videoaufnahmen seines ersten Tauchgangs ausgewählt hatte.

Inzwischen war die stückweise Bergung von Air Force One fast zur Routine geworden. Während der vergangenen drei Tage hatten sie fast vierzig Abschnitte des Flugzeugs nach oben geholt. Die geborgenen Wrackteile lagen jetzt wie ein makabres Puzzlespiel durchnummeriert im unteren Hangardeck der USS *Gibraltar*.

Obgleich die Arbeit rasch voranschritt, hatte man bisher erst vier Leichen gefunden: Zwei, die in der tückischen Strömung getrieben hatten, waren als Mitglieder der Presseabteilung identifiziert worden. Hinzu kamen Pilot und Copilot, die noch auf ihre Sitze geschnallt gewesen waren. Jack schob diese Erinnerung beiseite. Die zerbeulte Flugzeugnase war eines der ersten Teile gewesen, die sie geborgen hatten. Beim Anbringen der Taue hatte er einen kurzen Blick auf das Innere erhascht. Der

Druck in dieser Tiefe hatte die Leichen zu einem Brei zusammengequetscht. Sie hatten ausgesehen wie fleischfarbener Ton, geformt zu etwas, das annähernd einer menschlichen Gestalt entsprach. Die Identifizierung war nur anhand ihrer Uniformen und ihrer Plätze im Cockpit möglich gewesen.

Seitdem hatte Jack bei der Durchsuchung des Wracks immer wieder den Atem angehalten, aus Furcht vor dem, was er sonst noch so finden würde, hatte jedoch keine weiteren Leichen mehr zu Tage gefördert. Der Aufprall und die Strömung hatten die menschliche Fracht des Flugzeugs gründlich zerstreut.

»Zweite Winsch bereit!«, verkündete der Funker des NTSB.

»In Ordnung. Zweite Winsch bereit. Nehme nächstes Stück in Angriff.«

Jack schwang das Tauchboot herum und fuhr vorsichtig zur gegenüberliegenden Seite des Trümmerfelds. Vor ihm tauchte ein weiteres Tau auf, das einfach so im Wasser zu hängen schien, da sein Ende irgendwo dort oben in der Düsternis verschwand. Es war mit einer zweiten Winsch an Bord der *Gibraltar* verbunden. Jack fuhr die *Nautilus* zu dem daran angebrachten elektromagnetischen Haken.

Er packte ihn mit den Greifarmen und zog ihn zu einem der Triebwerksteile des Flugzeugs. Dann senkte er das Tauende herab und drückte es gegen den metallischen Rumpf.

»Okay!«, rief er hinauf. »Einschalten!«

Auf sein Signal hin fuhr das elektromagnetische Ende des Taus herum und heftete sich an die Verkleidung.

»Fisch hängt an der Angel. Hoch damit!«

Mit jaulendem Antrieb ließ Jack sein Tauchboot zurückweichen. Das schlaffe Tau spannte sich; dann glitt die Triebwerksverkleidung aus dem Schlamm heraus.

Jack fuhr herum. Der Friedhof war jetzt fast zur Hälfte geräumt. Nur noch kleinere Stücke und Abschnitte von Rumpf und Tragflächen waren zurückgeblieben. Er strich mit seinem Tauchboot über ein großes Stück des Fahrwerks, dessen Reifen unter dem gewaltigen Druck platt gedrückt worden waren. In einem oder zwei Tagen wäre hier unten nichts mehr zu sehen.

Während er das Tauchboot in einem langsamen Kreis herumfuhr, bemerkte er links in einigem Abstand eine Bewegung. Eine Schule fliegender Fische schoss an den Blasen vorbei, die sein Tauchboot ausstieß. Ihm war aufgefallen, dass nach und nach immer mehr Bewohner der Tiefen von dem Licht und Lärm der Bergungsoperation angezogen worden waren: lange, rosafarbene Aale, umherhuschende Krabben sowie ein zwei Meter langer Hai. Links schoss ein Kalmar aus einem Haufen zerdrückten Blechs und schnappte sich einen vorüberschwimmenden Fisch. Ein kurzes Zucken der Tentakel, dann war er verschwunden.

Dies waren seine einzigen Gefährten. Jack schwenkte die beiden Scheinwerfer seines Tauchboots herum und beobachtete die hohen Meereserhebungen mit den flachen Gipfeln, die sich gerade am Rand des erhellten Bereichs auftürmten – Riesen, die drohend das Wrack überragten. Etwas näher umschloss ein Wald aus verdrehten Lavasäulen das Gebiet. Die Unterwassermikrofone seines Tauchboots fingen das Pfeifen und schrille Klicken der Meereslebewesen ein, ein verlorenes Geräusch.

Während er da wartete, überfiel ihn der Anflug eines Gefühls von Isolation. Hier unten in diesen lichtlosen Tiefen war es, als hätte er eine andere Welt bereist.

Seufzend schwang Jack wieder herum. Er hatte eine Pflicht zu erfüllen und durfte sich nicht durch müßige Gedanken ablenken lassen. In zwanzig Minuten kämen die beiden Winschtaue wieder herab, und dann müsste er ihnen dabei helfen, weitere Wrackteile einzufangen. Bis dahin widmete er sich erneut seinen eigenen Untersuchungen.

Er schob sein Tauchboot langsam auf das Zentrum des Trümmerfelds zu. Aus dem Dämmer tauchte die Säule auf, die warm im Licht seiner Xenonscheinwerfer glühte. Durch den klaren Kristall zogen sich Adern von Azur und Rosa. Während der vergangenen Tage hatte er den Turm aus jedem möglichen Winkel aufgenommen und erneut alles auf DVD gespeichert. Inzwischen hatte George eine vollständige Kopie der seltsamen Inschrift auf der Oberfläche vor sich liegen.

Jack brachte sein Tauchboot nahe an die Säule heran. Seit dem ersten Tauchgang hatte es keine weiteren Funkstörungen oder Probleme mit dem Boot mehr gegeben. Die seltsamen Ausstrahlungen war nie wieder aufgetreten. Er war fast so weit, zuzugeben, dass sich das seltsame Gefühl auf etwas Profaneres zurückführen lassen würde, beispielsweise auf eine Störung in den Systemen der *Nautilus*.

Jetzt schwebte er vor der Säule und streckte einen Greifarm aus. Charlie hatte ihm eingehämmert, auf jeden Fall den Versuch zu unternehmen, eine Probe abzukratzen. Eine Titanzange berührte die Säule. Seine Unterwassermikrofone übertrugen ein leises Klirren, als Metall auf Kristall traf.

Bei diesem Geräusch spürte Jack, wie sich ihm sämtliche Haare sträubten, als wäre sein Körper zu einer lebendigen Stimmgabel geworden. Auf seiner Haut kribbelte es, vor seinen Augen waberte es, und die Welt geriet ins Rotieren. Er hatte das Gefühl, gleich das Bewusstsein zu verlieren. Plötzlich wusste er nicht mehr, wo oben und wo unten war. Es war, als wäre er gewichtslos und schwebte wieder im Raum. In seinen Ohren klingelte es, und aus der Ferne vernahm er Stimmen, die ihn riefen, wie durch einen langen Tunnel – verzerrt, in einer seltsamen Sprache.

Keuchend drückte er den Fuß fest auf das rechte Pedal und holte sein Tauchboot vom Kristall weg. Als der Kontakt abbrach, fuhr Jack in seinen eigenen Sitz zurück, in seinen eigenen Körper. Das Kribbeln verschwand.

»... hörst du mich? Jack!«, schrie ihm Lisa ins Ohr. »Antworte mir!«

Jack berührte sein Kehlkopfmikrofon. Er benötigte einen gewissen physischen Kontakt mit der Welt oben. »Ich bin hier, Lisa.«

»Was tust du da?«

»W... was willst du damit sagen?«

»Du warst eine Ewigkeit von der Bildfläche verschwunden! Die Navy wollte schon einen ihrer ROV-Roboter zu Wasser lassen, um nach dir zu suchen.«

Er ließ sich von der Säule wegtreiben, öffnete den Lichtkegel seiner Scheinwerfer und sah die Bergungstaue vor sich. *Wie hatte die Navy die beiden Wrackteile so rasch hochholen können?*

Er warf einen Blick auf seine Uhr. Es waren nur zwei Minuten vergangen, seit er die Schwanzflosse und das Rotorgehäuse an die Taue gehakt hatte. Wie war das möglich? Stirnrunzelnd dachte Jack an die Störung, die Lisa nach seinem ersten Tauchgang aufgefallen war.

»Lisa, wie spät ist es bei euch oben?«

»15.14 Uhr.«

Jack starrte den Computermonitor des Tauchboots an. Die Digitaluhr ging achtunddreißig Minuten nach.

»Jack?«

»M... mir geht's gut. Nur eine weitere Funkstörung.« Er glitt auf die Taue zu. Hatte er tatsächlich das Bewusstsein verloren?

Zögernd und voller Argwohn ertönte wieder Lisas Stimme. »Ganz bestimmt?«

»Ja, Lisa. Kein Grund zur Sorge. Ich mache mich an die nächsten Teile.«

»Das gefällt mir nicht. Du solltest sofort hochkommen.«

»Ich komme damit klar. Überall an Bord ist grünes Licht. Wie empfängst du mich?«

»Empfange dich jetzt gut«, antwortete Lisa offenbar widerstrebend.

Eine weitere Stimme ging dazwischen. Es war Admiral Houston. »Ihre Ärztin hat Recht, Mr Kirkland. Sie haben hier oben alle und jeden in Panik versetzt.«

»Bloß eine Störung, Sir.«

»Ist mir egal. Diese Mission ist für heute beendet.«

Jack packte seine Bedienungselemente fester und warf einen Blick zurück auf die Kristallsäule. Seine erste Panik hatte sich in einen tief sitzenden Ärger verwandelt. Er war entschlossen herauszufinden, was geschehen war. »Lassen Sie mich zumindest diese letzten Taue einhaken. Sie sind bereits unten.«

Eine lange Pause. »Na gut, Mr Kirkland. Aber seien Sie vorsichtig!«

Jack nickte, obwohl ihn niemand sehen konnte. »Jawohl, Sir.«

Er lenkte sein Tauchboot zum ersten Tau und sah auf seinem Computermonitor nach, wo die nächsten beiden

Teile lagen – ein aufgerissener Abschnitt des Rumpfs sowie ein Stück vom Fahrwerk. Er packte das Ende des Taus und zog es zu dem gebogenen Rumpfabschnitt hinüber, an dessen Innenseite nach wie vor ein Teil des WCs haftete. Rasch brachte er den Magnethaken an und funkte nach oben: »Tau eins fertig.«

Der Techniker bestätigte: »Ziehe!«

Jack schwenkte zum zweiten Winschtau herum. Dabei knisterte der Funk in seinem Ohr. Es war Robert auf der *Deep Fathom*. Jack war überrascht, etwas von seinem Meeresbiologen zu hören. »Jack, da unten bewegt sich was.«

»Was meinst du damit?«

»Etwas Großes hat gerade die Rinne zwischen zwei Erhebungen nordwestlich deiner Position überquert und ist unterwegs zu dir.«

Jack runzelte die Stirn. Damit sich etwas in diesen Tiefen auf dem Sonar zeigte, musste es riesig sein. »Wie groß?«

»Gut und gern dreißig Meter.«

»Meine Güte ... was ist das? Ein U-Boot?«

»Nein, glaube ich nicht. Seine Umrisse sind zu fließend, die Bewegungen zu schlangenhaft. Nichts Künstliches.«

»Also, mit anderen Worten, ein Meeresungeheuer.« Jack fiel die Seeschlange ein, die ihn im Frachtraum der *Kochi Maru* so erschreckt hatte. »Wieder ein Riemenfisch?«

»Nein, zu dick.«

»Klasse«, murmelte er. »Wie weit entfernt noch?«

»Ein Viertelkilometer. Aber es zieht das Tempo an. Verdammt, ist das schnell! Es muss von deinen Scheinwerfern angezogen werden.«

»Kann ich ihm entfliehen?«

»Nein. Dazu bräuchtest du einen größeren Vorsprung.«

»Irgendwelche Vorschläge?«

»Stell dich tot.«

»Sag das noch mal!«

»Lass dich auf den Meeresboden sinken und stell Scheinwerfer und Motor ab. Leben in der Tiefsee wird von Geräusch, Licht und sogar bioelektrischen Signaturen angezogen. Schalt einfach alles ab, und was auch immer da kommen mag, es wird dich nicht sehen.«

Bei dieser Vorstellung war Jack ganz und gar nicht wohl zu Mute. Als ehemaliger SEAL war er darauf trainiert zu handeln, selbst die Initiative zur Verteidigung zu ergreifen. Aber ohne Sturmgewehr und Granatwerfer sollte er wohl auf den Experten hören. Jack setzte die Kufen der *Nautilus* auf den schlammigen Grund.

Nach kurzer Pause drehte er den Batterieschalter ab. Die Xenonlampen erloschen. Das beständige Jaulen des Antriebs erstarb. Dunkelheit schloss sich über dem winzigen Tauchboot. Sogar die Lämpchen im Innern wurden schwächer und gingen schließlich aus.

Sein eigener Atem tönte laut in dem winzigen Raum. Er bemühte sich verzweifelt, etwas zu sehen. In der Ferne glaubte er, das Flackern von Lichtern zu erkennen. Spielten ihm seine Augen nur einen Streich? Handelte es sich um Biolumineszenz? Geisterlichter?

»Kein Funkverkehr«, flüsterte ihm Robert ins Ohr. »Es könnte dich vielleicht dadurch orten. Wir versuchen, es von hier oben aus mit dem Sonar zu vertreiben.«

»Wo ...«

»Ruhe! Es kommt gerade über den letzten Kamm. Ist das riesig! Da ist es!«

Jack hielt die Luft an, weil er Angst hatte, sogar sein Atemgeräusch könnte zu hören sein. Er reckte den Hals und durchsuchte die Finsternis ringsumher mit weit geöffneten Augen.

»Es umkreist das Gebiet. Verdammt, was ist das?«

Eine Schweißperle rollte ihm die Nase herab. In der Kabine des Tauchboots war es schwül geworden. Ohne laufende Kohlendioxidfilter bliebe ihm vielleicht für dreißig Minuten Luft, bevor sie schal werden würde. Er konnte sich nicht auf ewig tot stellen.

Plötzlich spürte er, wie sich über ihm etwas Großes bewegte. Er sah nichts, aber irgendein Urinstinkt in seinem Gehirn ließ die Alarmglocken schrillen. Sein Herz hämmerte. Erneut brach ihm der Schweiß auf der Stirn aus, und er bemühte sich verzweifelt, etwas in seiner Umgebung zu erkennen. Was war dort draußen?

»Es ist auf dir drauf«, flüsterte Robert.

Das Tauchboot rutschte ein paar Zentimeter über den Schlamm. Aber Jack wusste, dass nichts das winzige Fahrzeug berührt hatte. Die Zugbewegung war auf die Wellen zurückzuführen, die etwas Großes hervorrief, das ganz nahe an ihm vorüberglitt.

Die *Nautilus* kippte auf eine Landestütze und drehte sich leicht herum. Erneut die Wellen. Jack erstarrte. Drückte beide Handflächen gegen die Kunststoffkuppel. Wie groß war das Ding? Zwei weitere Herzschläge lang drehte sich das Tauchboot, dann wurde es erneut auf den Meeresboden geschleudert, wobei Metall auf Metall quietschte. Die linke Kufe war auf einem Wrackteil gelandet.

Jetzt ruhte das Tauchboot leicht geneigt und ein wenig schwankend auf dem unebenen Grund.

»Es bleibt bei dir in der Gegend, Jack. Unser Sonar schreckt es nicht ab.«

Über seine Nasenspitze hinaus vermochte Jack nichts zu erkennen. Er fühlte jedoch, dass ihn dort draußen etwas umkreiste, ihn beschlich, und atmete lautlos durch die zusammengebissenen Zähne.

Dann spürte er eine Bewegung: das Tauchboot kippte nach vorn. Er hörte etwas auf der Kunststoffkuppel scharren. Wie nasses Leder auf Glas. Das Tauchboot fiel auf die Seite, und Jack, der in seinen Gurten hing, streckte alle viere von sich. Bevor er eine bessere Position hätte einnehmen können, traf etwas das Boot, diesmal sehr hart.

Er wurde in die Sitzgurte geschleudert, wobei ihn die Riemen fast strangulierten. Das Tauchboot schlidderte heftig über den Meeresboden. Etwas riss sich vom Rahmen los. Deutlich hörbar.

Zum Glück kam das Boot aufrecht und auf seinen Kufen zum Stehen. Jack richtete sich auf. Das verdammte Ding da draußen spielte mit ihm. Wie eine Katze mit einer Maus.

Er legte die Hand auf die Schalter. Bevor ihn das, was dort draußen war, in Stücke riss, wollte er lieber die Flucht ergreifen. Mit den Daumen schaltete er die Batterien ein. Speere aus Licht durchstachen die Finsternis, trieben sie zurück. Etwas weniger weit entfernt erfüllte das Jaulen des batteriegespeisten Antriebs die Kabine.

»Jack, was tust du da?«

»Wo ist es?«

»Unmittelbar neben dir!«

Bevor er etwas sah, spürte er die Bewegung. Links von ihm. Ein gewaltiges schwarzes Auge. Groß wie der Deckel einer Mülltonne. Weit aufgerissen inmitten einer Mauer aus Fleisch. Jack unterdrückte ein Aufkeuchen. Das Auge blinzelte in der Helligkeit der Scheinwerfer.

Das Ungeheuer lag neben dem winzigen, geradezu zwergenhaft erscheinenden Tauchboot. Da fiel Jack noch eine weitere Bewegung auf. Er reckte den Hals. Hinter dem Heck des Boots erhob sich ein Gewirr aus Tentakeln, die sich drehten und wanden, als der Koloss seinen ersten Schock über das plötzliche grelle Licht seines Opfers überwunden hatte. Jack dachte an den Kalmar, der sich einen fliegenden Fisch geschnappt hatte, und konnte jetzt heftig mit dem winzigen Tier mitfühlen.

Er drückte beide Pedale bis zum Boden durch, und sein Tauchboot schoss davon.

»Nicht weglaufen!«, schrie ihm Robert ins Ohr.

»Wer läuft denn weg?«, zischte Jack angespannt zurück. Er drehte das Tauchboot herum, so dass die Nase auf das riesige Untier gerichtet war, legte die Hände auf die Bedienungselemente für die Titan-Greifarme, hob sie an und spannte die Kneifzangen. Sie konnten Stein zermahlen.

Die Kreatur wälzte sich herum, die Tentakel drehten und wanden sich und kamen auf Jack zu!

»Was ist das?«

»Die Videoübertragung ist ein wenig verschwommen, aber ich halte es für einen *Architeuthis*«, erwiderte Robert. »Einen riesigen Kraken aus der Familie der Cephalopoden. Bisher hat man nur wenige davon gefunden. Und diese wenigen lagen tot in den Netzen von Tiefseefischern. Einen so großen hat man allerdings noch nie gesehen.«

Das Untier scheute ein wenig vor der direkten Bestrahlung durch das Scheinwerferlicht des Tauchboots. Eines der Tentakel, das dicker war als ein Kanalrohr, tastete sich über den Meeresboden heran.

Mit voller Kraft wich Jack zurück – aber er war nicht schnell genug.

Die sich schlängelnde Gliedmaße holte weit zum Schlag aus und schoss auf ihn zu.

Das Tauchboot bockte. Seine Nase wurde nach oben geschleudert. Jack knallte mit der Stirn gegen die Kunststoffkuppel. Sterne tanzten vor seinen Augen. Er kämpfte mit den Pedalen, musste jedoch feststellen, dass das Tauchboot nicht reagierte.

Zunächst befürchtete er, seine Batterien wären erschöpft. Dann bemerkte er den tellergroßen Saugnapf auf der Kuppel, der ihn fest im Griff hielt. Gefangen. Das Tentakel wand sich um das Boot und zog es auf den gewaltigen Körper des Untiers zu. Unter der Belastung ächzten die Schweißnähte.

Im Licht seiner Scheinwerfer konnte er die Kreatur deutlich erkennen. Acht muskulöse Arme und zwei längere Tentakel wanden sich aus dem bleichen Körper hervor. Die Haut war fast durchscheinend, der abgeflachte Kopf flankiert von zwei Seitenflossen. Die beiden längeren Tentakel tasteten das Tauchboot ab, zogen Saugnäpfe voller Zähne über die Titanhülle.

Plötzlich ruckte das Fahrzeug. Die Scheinwerfer schwangen herum. Die schnabelförmige Schnauze des Ungeheuers öffnete und schloss sich – nur einen Meter entfernt. Die Unterwassermikrofone übertrugen das Knirschen des Schlunds.

Leise vor sich hin fluchend bewegte Jack die Greifarme. Mit den Kneifzangen schnappte er nach dem nächsten Tentakel. Titan bohrte sich in die Lederhaut. Schwarzes Blut quoll heraus.

Bevor Jack seinen Angriff hätte auskosten können, wurde die *Nautilus* davongeschleudert, wobei sie sich heftig überschlug. Er ließ die Kontrollen für die Greifarme los, drückte die Fußpedale und versuchte mit Hilfe des Antriebs, die Achterbahnfahrt zu bremsen, aber es war zwecklos. Die *Nautilus* schlug auf dem Meeresboden auf und zog eine lange Spur durch den Schlamm. Jacks Schulter fing den Grobteil des Aufpralls ab. Dann blieb das Boot auf der Seite liegen.

»Jack! Scheinwerfer abschalten!«

»Sich tot stellen hat schon eben nicht funktioniert«, erwiderte Jack und schob sich auf einen Arm hoch. Er suchte nach dem gigantischen Kraken, aber eine Schlammwolke hüllte das Fahrzeug ein.

»Hör auf mich! Wir wollen versuchen, die Kreatur wegzuziehen.«

»Wie denn?« Jack rutschte herum, während sich der Schlamm ringsumher wieder legte. Das Licht seiner Scheinwerfer durchdrang allmählich die Wolke. Kein ermutigender Anblick. Eine Masse aus Tentakeln schlängelte sich auf ihn zu. Statt dem Untier einen Schrecken eingejagt zu haben, hatte ihn sein Angriff bloß noch mehr in Rage gebracht.

Jack fuhr die Energie herunter – schaltete jedoch nicht ab. Das Scheinwerferlicht seines Boots wurde lediglich schwächer. Er wollte nicht wieder blind hier unten liegen. »Wie lautet dein Plan?«

»Ich habe gerade die Navy angewiesen, den Elektromagneten des zweiten Taus einzuschalten«, entgegnete Robert. »Das starke elektrische Feld könnte das Untier vielleicht weglocken ... aber nur, wenn du verschwindest.«

Jack biss sich auf die Lippe. Er verminderte die Energie noch weiter und schaltete den Antrieb ab. Die Scheinwerfer gaben jetzt nur noch einen schwachen Glanz von sich.

Er konnte die sich dahinwälzende Masse der Tentakel kaum noch erkennen. Das Untier kroch weiterhin langsam durch den Schlamm auf ihn zu. »Okay. Versucht's!«, befahl Jack.

»Das haben wir bereits getan. Wir haben den Magneten vor einer Minute eingeschaltet. Schnappt der *Architeuthis* nach unserem Köder?«

Der Krake wälzte sich weiter auf ihn zu.

»Nein«, sagte er angewidert. Es funktionierte nicht. Er würde kämpfen müssen, versuchen, das Ungeheuer abzuschrecken. Jack streckte die Hand aus und wollte schon wieder auf volle Leistung schalten. Da überkam ihn ein Gedanke. Ihm fiel Roberts erste Warnung ein – *nicht weglaufen!* »Robert, versucht mal, das Tau in Bewegung zu setzen! Zieht es wie eine Angelrute durchs Wasser!«

»Was? Oh ... kapiert. Bleib dran!«

Jack schaltete alle Systeme aus, abgesehen von den Scheinwerfern des Boots. Er suchte nach dem Tau, doch das Licht war zu schwach und reichte nicht so weit.

Komm schon, Robert ... komm schon ...

Der Krake schob sich noch näher heran, eine Mauer aus blasser Haut, Tentakeln und tellergroßen Saugnäpfen. Eines der riesigen Augen drehte sich zu ihm herum, scheinbar misstrauisch. Jack betete darum, dass das Ungeheuer lange genug argwöhnisch blieb, damit Roberts Trick funktionierte.

»Wo bist du, Robert?«, murmelte er.

Ein Tentakel schoss auf das halb vergrabene Tauchboot zu.

Jack griff nach den Bedienungselementen der Greifarme. Sein Daumen schob sich zum Einschaltknopf für die Batterie.

Dann erblühte links ein neues Licht, das grell die Tintenschwärze durchstach.

Sowohl Jack als auch der Krake erstarrte.

Langsam wandte sich das riesige Auge des Untiers zu der neuen Lichtquelle hinüber. Jack sah ebenfalls hin.

Auf der anderen Seite des Meeresbodens schoss ein Pfeil reiner Helligkeit in die Höhe. Es war die Kristallsäule, die in einem inneren Feuer erglühte.

In dem Glanz entdeckte Jack das Winschkabel, das nur wenig entfernt vom Turm dahintrieb. Der Elektromagnet schwang sogar noch näher heran.

Mit offenem Mund starrte Jack hinüber. *Was, zum Teufel …?*

Im Meeresboden unter dem Tauchboot setzte ein Zittern ein – zunächst nur leicht, dann heftiger. Kleinere Wrackteile vollführten einen Tanz auf dem bebenden Grund. Na Klasse, dachte Jack, erst ein Seeungeheuer, und dann das!

Er hielt sich fest. Die Schwingungen stiegen ihm durch die Knochen hinauf bis in die Zähne.

Das Winschkabel auf der anderen Seite des Trümmerfelds trieb von der Säule weg. Dabei verblasste die Helligkeit im Kristall und das Zittern erstarb. Während das Licht schwächer wurde, trieb der elektromagnetische Köder aus Jacks Sichtfeld heraus und verschwand im dunklen Wasser.

Er starrte seinen Gegner an.

Der riesige Krake verharrte in der Nähe des Boots. Eine gewaltige Masse aus Tentakeln. Anscheinend war er unschlüssig geworden. Das Beben und die seltsame Situation hatten ihm Angst eingejagt. Dann kroch er langsam hinter dem sich entfernenden Lockfeuer her – weg von der *Nautilus*.

»Es funktioniert!«, jubelte Robert von oben.

Jack schwieg weiterhin, da er befürchtete, das riesige Tier abzulenken. Er sah dem Kraken zu, wie er auf sein neues Opfer zuschwebte. Bald verschwand das Ungeheuer aus der Reichweite der abgedimmten Scheinwerfer. Jack wagte nicht, sie heller zu stellen, und musste sich damit zufrieden geben, von Robert auf dem neuesten Stand der Dinge gehalten zu werden.

»Wir ziehen das Kabel sowohl hoch als auch von dir weg. Bis jetzt folgt das Vieh ihm ...«

Jack gestattete sich einen langen Seufzer.

»Es ist weit genug weg. Vielleicht verschwindest du besser wie der Teufel von da unten.«

Das musste man ihm nicht zweimal sagen. Er drückte voll aufs Gas, warf seinen Ballast ab und schaltete den Antrieb ein. Schlamm wirbelte auf, als die *Nautilus* vom Meeresgrund abhob. Das winzige Tauchboot gewann rasend schnell an Höhe.

Da ertönte wieder Roberts Stimme. »Verdammt!«

»Was ist?«

»Wir haben ihn verloren.«

Panik schnürte Jack die Kehle zu. »Was willst du damit sagen?«

»Mach dir keine Sorgen! Er nimmt nicht deine Richtung.« Robert hörte sich enttäuscht an. »Er hat aufgegeben und ist in die tieferen Rinnen abgetaucht. Heimgekehrt. Verdammt, das Ding hätte ich mir wirklich gern mal aus der Nähe angeschaut.«

»Glaub mir ... das macht nicht annähernd so viel Spaß wie auf dem Video.«

»Oh ... o ja. Tut mir Leid, Jack.«

»Komme hoch. Bin in fünfzehn Minuten oben.«

»Wir erwarten dich.«

Er lehnte sich in seinen Sitz zurück und wischte sich mit einem Handtuch das Gesicht. Trotz des noch frischen Entsetzens musste er grinsen. Er hatte überlebt.

Dennoch war er nicht absolut und völlig erleichtert. Eine gewisse Sorge nagte an ihm. Er hatte das strahlende Leuchten vor Augen, als das Kabel nahe an der Kristallsäule vorübergestrichen war, und dachte an seine eigene Erfahrung zurück: das seltsame Gefühl, den Zeitverlust. Anscheinend gab es hier unten mehr Geheimnisse zu ergründen als bloß das um den Absturz von Air Force One.

Ryukyu-Universität, Präfektur Okinawa, Japan

»Zwölftausend Jahre? Unmöglich!«, rief Karen aus.

Miyuki schob sich von den Monitoren weg. »Könnte ein Irrtum sein. Die Datenbank für diese neue Sprache ist momentan ziemlich dünn. Wenn Gabriel mehr Informationen zur Verfügung hätte ... mehr Beispiele ...«

Karen nickte. »Die Berechnung muss falsch sein. Das Datum kann unmöglich ein tatsächliches Ereignis beschreiben, das vor zwölftausend Jahren stattgefunden hat. Es sei denn, es handelt sich um eine Legende ... einen Schöpfungsmythos.«

»Trotzdem: Wie hätten diese Leute einen Schnappschuss des Nachthimmels darstellen können, wie er vor zwölftausend Jahren aussah? Gabriel sagt, die Position der Konstellationen und Sterne sei bis auf einen Zehntel Millimeter genau wiedergegeben.«

»Nicht unmöglich«, argumentierte Karen. »Die astronomischen Kalender der Maya in Südamerika waren derart präzise, dass sie mit unseren heutigen durchaus mithalten konnten.«

»Aber so weit zurück extrapolieren?«

»Wenn die Maya das konnten, weshalb nicht dieses Volk? Vielleicht waren die Erbauer sogar ein verschollener Stamm der Maya. Wer weiß das schon?«

»Du hast Recht«, sagte Miyuki kopfschüttelnd und erhob sich. »Wer weiß das schon? Es gibt zu viele Variablen. Deswegen habe ich dir erst nichts gesagt, als Gabriel mir vor zwei Tagen von seiner Entdeckung berichtet hat.«

Karen runzelte die Stirn. »Du hast das schon vor zwei Tagen gewusst?«

Miyuki zuckte die Achseln. »Ich habe es nicht für wichtig gehalten. Ich wollte lediglich Gabriels Fähigkeiten im Dekodieren testen. Da du gerade dabei warst, die Sprache zu studieren, dachte ich mir, das können wir auch noch später besprechen.«

»Ja, warum hast du mich dann heute angerufen, wenn das nicht der Knaller gewesen ist?«

Miyuki seufzte. »Der Kristallstern. Hast du überhaupt zugehört?«

Karen erhob sich. Ja, ihre Freundin hatte sie dringend sprechen wollen. Und sie hatte in der Tat etwas erwähnt, das mit dem Kristallstern zu tun hatte. »Was hast du denn rausbekommen? Hast du einen Geologen auftreiben können, der dir bei der Überprüfung geholfen hat?«

»Nein. Die meisten Geologen sind immer noch draußen im Feld, untersuchen die Beben und studieren ihre Effekte. Eine solche Katastrophe ist für die Leute auf diesem Gebiet ein gefundenes Fressen. Sie werden erst zurückkehren, wenn die Uni wieder öffnet.«

»Was also dann?«

»Ich habe mir gedacht, ich führe ein paar grundlegende Experimente auf eigene Faust durch. Diese Anomalität beim spezifischen Gewicht hat mich neugierig gemacht.« Miyuki ging zur anderen Seite des Labors. »Ich habe mir eine elektronische Waage und ein paar Geräte ausgeliehen und ein paar einfache Messungen vorgenommen. Nichts Kompliziertes. Bestimmung der Masse, der Dichte ... so was in der Art.«

»Und?«

»Nichts hat funktioniert.« Miyuki trat zu einem Arbeitsbereich, auf dem Millimeterpapier, Metalllineale, Greifzirkel, Kompasse sowie eine Schachtel aus rostfreiem Stahl ordentlich aufgereiht lagen.

Karen rümpfte die Nase. »Nichts hat funktioniert?«

Miyuki nahm ein paar Blätter Millimeterpapier in die Hand, auf denen einige saubere Skizzen des fünfzackigen Sterns aus verschiedenen Blickwinkeln zu sehen waren. Daneben waren winzige metrische Maßangaben notiert. Eindeutig das Werk vieler, vieler Stunden. »Ich habe sein Volumen sowohl geometrisch als auch durch Verdrängung berechnet. Ich wollte genau sein. Wie ich herausgefunden habe, nimmt er exakt 542 Kubikzentimeter ein.«

»Was ist mit seinem Gewicht?«

Miyuki richtete sich ihre Papierhaube. »Das ist das Merkwürdige an der Sache.« Sie winkte zu dem Millimeterpapier und den Instrumenten hinüber. »Ich hätte gedacht, diese Berechnungen seien der schwierige Teil. Anschließend müsste ich lediglich das Artefakt wiegen, dann das Gewicht durch das berechnete Volumen teilen, und ich hätte die Dichte. Simpel.«

Karen nickte. »Wie viel wiegt er also?«

»Kommt drauf an.« Miyuki ging zu dem stählernen Kasten. »Ich habe mir diese elektronische Waage von der Geologie ausgeliehen. Sie kann ein Objekt bis auf den Bruchteil eines Milligramms genau auswiegen.«

»Und?«

»Sieh hin!« Miyuki schaltete sie ein. »Ich habe den Kristallstern in der Probenkammer gelassen.«

Die roten Ziffern auf der Digitalanzeige zeigten immer höhere und höhere Werte und blieben schließlich bei einer Zahl stehen, die Karen nur ungläubig anstarren konnte:

14,325 Kg.

»Erstaunlich. Kaum zu glauben. Der Stern ist so schwer?«

Miyuki wandte sich Karen zu. »Manchmal.«

»Was willst du damit sagen?«

Die Professorin öffnete das Türchen zu der elektronischen Waage. Karen beugte sich dichter heran. Der Kristallstern im Innern leuchtete hell und blitzte und funkelte im Raumlicht. Erneut war sie verblüfft von seiner Schönheit.

Sie wandte sich an Miyuki. »Versteh ich nicht.«

Miyuki zeigte auf die roten Ziffern der Waage. Die Zahl hatte sich verändert. Sie war kleiner geworden:

8,89 Kg.

Stirnrunzelnd richtete sich Karen auf. »Stimmt was nicht mit der Waage?«

»Habe ich auch erst vermutet.« Miyuki nahm die Taschenlampe vom Tisch. »Sieh mal!« Sie schaltete sie an und richtete den schmalen Strahl auf den Kristall.

Der Stern leuchtete noch heller. Karen musste vor dem Glanz die Augen zusammenkneifen. Aber ihr Blick blieb nicht lange auf dem Kristallartefakt hängen. Sie starrte die Digitalanzeige an. Erneut war die Zahl kleiner geworden:

2,99 Kg.

»Wie bitte ...?«

Miyuki legte die Hand vor den Strahl der Taschenlampe, und die Zahl stieg wieder an. »Jetzt weißt du, weswegen ich bei den Berechnungen so meine Probleme hatte. Das Gewicht ändert sich ständig. Je stärker das Licht, desto weniger wiegt er.«

»Unmöglich. Auf diesem Planeten existiert kein Kristall, der sich so verhält.«

Miyuki zuckte die Schultern. »Warum habe ich dich wohl angerufen?«

10

DONNER

31. Juli, 10.17 Uhr
USS Gibraltar, *Nordwestlich des Enewak-Atolls, Zentralpazifisches Becken*

David Spangler ging über das schwankende Flugdeck der *Gibraltar*. Über Nacht war von Süden ein Sturm aufgekommen und hatte das Schiff mit heftigem Regen überschüttet. Am Morgen war ihm zum größten Teil die Puste ausgegangen, aber am Himmel zogen nach wie vor dunkle Wolken dahin. Immer wieder peitschte ein starker Nieselregen über das Deck. Die rings um das Schiff angebrachten Sicherheitsnetze knallten und flatterten im Wind.

David hatte gegen die Kälte die Schultern zusammengezogen. Er war auf dem Weg zu der überdachten Rampe, die zum Hangardeck hinabführte. Energisch schritt er auf die beiden Männer zu, die im Tunneleingang Schutz gesucht hatten. Zwei Wachen. Es waren seine Leute, Mitglieder des siebenköpfigen Kommandotrupps. Wie er trugen sie graue Uniformen, schwarze Stiefel, schwarze Gürtel. Sogar ihr blonder Militärschnitt glich dem seinen. Er hatte sein Team vor fünf Jahren eigenhändig zusammengestellt. Er nickte den beiden zu, als er herankam. Ruckartig gingen sie in Hab-Acht-Stellung, salutieren allerdings nicht.

Obgleich ihre Uniformen keinerlei Rangabzeichen aufwiesen, kannte das gesamte NTSB-Team Davids Männer. In einem persönlichen Schreiben hatte CIA-Direktor Ruzickov der Untersuchungsmannschaft und dem Kommandostab des Schiffs unmissverständlich erklärt, dass sich Spanglers Leute um die Sicherheit des Wracks zu kümmern hatten, bis das Schiff die internationalen Gewässer verlassen hatte.

»Wo ist Weintraub?«, fragte er seinen stellvertretenden Lieutenant Ken Rolfe.

»In der Elektronikwerkstatt. Arbeitet am Flugschreiber.«

»Was Neues?«

»Sie haben immer noch kein Glück gehabt, Sir. Das Ding ist völlig im Arsch.«

David gestattete sich ein grimmiges Lächeln. Edwin Weintraub war der leitende Untersuchungsbeamte des NTSB – und ihm ein ständiger Dorn im Auge. Der Mann war gewissenhaft und von scharfem Verstand. Seine Anwesenheit würde irgendwelche Tricksereien nicht gerade einfacher machen, das wusste er genau.

»Etwas Verdächtiges bemerkt?«, fragte er leiser und trat näher.

»Nein, Sir.«

Er nickte zufrieden. Gregor Handel, der Elektronikexperte des Omega-Teams, hatte gute Arbeit geleistet. Als Sicherheitschef hatte David keine Probleme gehabt, seinem Mann Zugang zum Flugschreiber zu verschaffen, ohne dass es jemand vom NTSB mitbekommen hätte. Handel hatte versprochen, das Gerät ohne verräterische Anzeichen zu manipulieren. Bislang hatte der Lieutenant sein Versprechen einhalten können. Nach dem, was auf dem Stimmrekorder zu hören gewesen war, hatte David unbedingt verhindern wollen, dass die Informationen auf dem Flugschreiber ein gewöhnliches mechanisches Versagen eines der Primärsysteme von Air Force One nahe legen würden. Dann wäre es nämlich sehr schwierig geworden, den Chinesen die Schuld für den Absturz in die Schuhe zu schieben. Also hatte er angeordnet, die zweite Blackbox zu beschädigen.

»Weißt du, weswegen mich Weintraub heute Morgen angerufen hat?«, fragte David.

»Nein, Sir. Nur dass vor einer Stunde etwas das Wespennest da drin in helle Aufregung versetzt hat.«

»Vor einer Stunde?« David biss wütend die Zähne zusammen. Sein Befehl hatte gelautet, dass er *auf der Stelle* zu benachrichtigen sei, wenn etwas Neues entdeckt würde. Er stürmte an seinen Männern vorüber. Vom ersten Tag an hatte es Weintraub auf eine Kraftprobe zwischen seinem und Davids Team ankommen lassen. Anscheinend war eine Lektion fällig.

David ging den langen Tunnel hinab. Seine Schritte hallten auf der rutschfesten Oberfläche. Der gewaltige Hangar unter dem Flugdeck war ein höhlenartiger Raum von zwei Decks Höhe und erstreckte sich nahezu über ein Drittel Schiffslänge. Vor der Fahrt hierher war die Hälfte der Flugzeuge, die normalerweise darin verstaut waren, nach Guam geschickt worden, um genügend Platz für das geborgene Wrack zu schaffen.

Nachdem David den Tunnel verlassen hatte, blieb er stehen und blickte über den weiten Raum, der nach Meerwasser und Öl roch. Drüben lagen Teile und Abschnitte des Flugzeugs in genau markierten Quadraten auf dem Boden. Jedem Bereich war ein eigener Experte zugewiesen worden. Über ihm gab es kleine Büros, die seine Männer übernommen hatten – zur zusätzlichen

Überwachung der Überreste des Jets sowie des Personals unten.

David hielt inne und sah zu, wie ein langer, zerborstener Abschnitt des Rumpfs auf einer anderen Rampe vom Unterdeck nach oben befördert wurde.

Zufrieden, dass alles in Ordnung war, schritt er weiter durch den höhlenartigen Hangar. Hier hätte ein großer Zirkus eine Vorstellung geben können, dachte er. Und wenn man die Anzahl der Untersuchungsbeamten in Betracht zog, die um die Wrackteile herumschwirrten, hätte es auch gut und gern einer sein können. Clowns. Das waren sie, allesamt.

Ein elektrischer Gabelstapler schwenkte ein verdrehtes Stück Tragfläche herum, dass David zur Seite springen musste. Fast wäre er geköpft worden. Während der letzten drei Tage hatte das Untersuchungsteam schichtweise rund um die Uhr wie an einem riesigen Puzzle gearbeitet. Sobald der Gabelstapler an ihm vorüber war, schritt David tiefer in die Operationsbasis des NTSB hinein. Zu beiden Seiten türmten sich größere Teile des Wracks auf: die zerdrückte Nase des Flugzeugs, die Heckflosse, Abschnitte des Rumpfs. Stählerne Grabsteine für Mannschaft und Passagiere.

David entdeckte die Elektronikwerkstatt: ein Abschnitt des Decks, abgesperrt mit Reihen von Computern, gewundenen Stromleitungen und Arbeitstischen, auf denen Schaltelemente und spiralförmig aufgedrehte Kabel lagen, die alle aus Air Force One stammten. Beim Näherkommen erkannte er die rote und orangefarbene Box des Flugschreibers. Man hatte sie aufgestemmt und ihr die Eingeweide herausgerissen. Kleine farbige Wimpel sprenkelten die Innereien; doch keiner der vier Untersuchungsbeamten widmete der Box einen zweiten Blick.

Stattdessen umringten die drei Männer ihren stämmigen Leiter, Ed Weintraub, der an einem Computer saß und wild auf der Tastatur einhämmerte.

David trat zu ihm. »Was ist los?«

Weintraub winkte mit einer Hand hinter sich. »Ich glaube, ich habe herausgefunden, wie die Daten des Flugschreibers verfälscht worden sind.«

Davids rutschte das Herz in die Hose. Er warf der offenen Box einen Blick zu. War Gregors Manipulation entdeckt worden? »Was wollen Sie damit sagen?«

Weintraub erhob sich schwer. »Kommen Sie mit! Ich zeig's Ihnen.« Er zog sich die Hose hoch und steckte geistesabwesend sein Hemd hinein.

David konnte seinen Ekel nicht verbergen. Die Haut des Mannes glänzte ölig, das schwarze Haar stand in alle Richtungen ab, und die Augen schwammen hinter den dicken Brillengläsern. David konnte sich kaum eine ekelhaftere Gestalt vorstellen. Weintraub war der Prototyp des schmierigen Zivilisten.

Der Untersuchungsbeamte ging voran. »Wir sind auf eine äußerst interessante Sache gestoßen. Etwas, das möglicherweise die Beschädigung des Flugschreibers erklären könnte.« Er ging zu einem Quadranten hinüber, wo Teile des Rumpfs grob in Form des eigentlichen Flugzeugs ausgelegt worden waren.

David folgte ihm. »Sie haben mir immer noch nicht erklärt, wovon Sie eigentlich reden. Und es gefällt mir überhaupt nicht, der Letzte zu sein, der informiert wird. Ich habe Sie davon in Kenntnis gesetzt ...«

Weintraub sah David an. »Ich berichte, wenn ich etwas zu berichten habe, Mr Spangler«, unterbrach er ihn. »Zunächst musste ich eine plausiblere Erklärung finden.«

»Eine Erklärung wofür?«

»Dafür.« Weintraub trat zum Rumpf und schlug mit einem Schraubschlüssel gegen die Oberfläche. Dann zog er die Hand zurück, aber das Werkzeug blieb hängen.

David bekam große Augen.

Weintraub tippte auf das Flugzeug. »Es ist magnetisch.« Er winkte mit einem kurzen Arm über die gesamte Lagerhalle. »Alles ist magnetisch. Jedes Metallstückchen ist bis zu einem gewissen Grad magnetisiert geworden. Das ist vielleicht der Grund für die Beschädigung des Flugschreibers. Er muss einem starken Magnetfeld ausgesetzt gewesen sein.«

»Kann es nicht daran liegen, dass die Teile mit einem Elektromagneten hochgezogen worden sind? Obwohl Kirkland geschworen hat, dadurch würde nichts beschädigt.« David verschluckte sich fast an Jack Kirklands Namen. Während der vergangenen drei Tage waren beide Männer auf Abstand zueinander geblieben. Am Abend der Befragung nach dem Tauchgang hatte David dafür gesorgt, dass er und Jack an entgegengesetzten Enden des Raums Platz genommen hatten.

»Nein. Mr Kirkland hatte völlig Recht. Der Elektromagnet ist nicht Ursache hierfür. Tatsache ist, dass ich überhaupt keine Erklärung hierfür habe.«

»Was ist mit einer Waffe?« David amüsierte der Gedanke, dass die Chinesen *tatsächlich* Schuld am Absturz gehabt haben könnten.

»Noch zu früh, um da was zu sagen. Aber ich bezweifle es. Ich könnte mir vorstellen, dass der Effekt auf etwas zurückzuführen ist, das nach dem Absturz eingetreten ist. Ich habe die Linien der Polarität auf Abschnitten vermessen, die auseinander gerissen wurden. Sie haben nicht zueinander gepasst, wenn ich die Teile wieder zusammengesetzt habe.«

»Was heißt das?«

Weintraub stieß einen offenkundig verzweifelten Seufzer aus.

David ballte die Hände zu Fäusten; er musste sich mit aller Gewalt zurückhalten, um dem Mann seinen herablassenden Ausdruck nicht aus dem Gesicht zu prügeln.

»Es *heißt,* Commander Spangler, dass die Magnetisierung der Flugzeugteile erst *nach* dem Auseinanderbrechen erfolgt ist. Ich bezweifle, dass sie eine Rolle beim Absturz gespielt hat, aber sie muss irgendwie den Flugschreiber beeinflusst haben.« Er schob sich die Brille wieder hoch. »Was ich nicht verstehe, ist, weshalb der Cockpit-Stimmrekorder davon nicht betroffen wurde. Warum ist nur einer der beiden Flugschreiber beschädigt?«

David lenkte das Gespräch von dieser Frage weg, indem er stirnrunzelnd auf den Schraubenschlüssel sah. »Wenn die Magnetisierung nach dem Absturz erfolgt ist, warum gehen Sie der Sache überhaupt nach? Wir beide haben Order, diese Untersuchung so schnell wie möglich zum Abschluss zu bringen. Washington und der Welt Antworten zu liefern.«

»Ich kenne meine Pflichten, Commander Spangler. Wie ich gesagt habe, sind meine ursprünglichen Befunde Mutmaßungen. Ich kann erst dann die Möglichkeit ausschließen, dass irgendein elektromagnetischer Impuls oder eine äußere Kraft den Absturz von Air Force One herbeigeführt hat, wenn ich dieses Phänomen in allen Einzelheiten studiert habe.« Weintraub zog ein schmuddeliges Taschentuch aus einer Brusttasche. »Abgesehen davon habe ich die Berichte im CNN gesehen. Offenbar hat Washington so seine eigenen Vorstellungen. Poltert was von einem Angriff oder einer Sabotage seitens der Chinesen.«

David täuschte Desinteresse vor. Er wusste, dass Nicolas Ruzickov jedes Informationsbruchstück dazu benutzt hatte, Misstrauen gegen die Chinesen zu säen. Die Öffentlichkeit der Vereinigten Staaten war bereits mit Andeutungen versorgt worden. Bald könnte mit dem Säbel gerasselt werden. Er räusperte sich. »Es ist mir gleichgültig, was die Medien berichten. Mit geht es allein um die Wahrheit.«

Weintraub schnäuzte sich die Nase und musterte ihn mit zusammengekniffenen Augen. »Wirklich? Haben Sie je herausfinden können, wer die Transkription des Stimmrekorders weitergegeben hat? Anscheinend benutzen sie viele dieser so genannten Nachrichtensendungen als Grundlage für die Behauptung, Air Force One sei angegriffen worden.«

David spürte, wie ihm die Hitze ins Gesicht stieg, doch seine Stimme wurde härter. »Ich gebe einen Scheißdreck um Gerüchte oder Klatsch. Unsere Pflicht besteht darin, die Wahrheit nach D.C. zu bringen. Was die Politiker damit anstellen, ist deren Sache.«

Weintraub steckte sein Taschentuch ein und pflückte den Schraubenschlüssel vom Wrack. »Dann haben Sie sicher nichts dagegen, wenn ich dieses seltsame Phänomen untersuche.« Er schlug sich mit dem Werkzeug auf die Handfläche. »Um die Wahrheit herauszufinden.«

»Tun Sie Ihren Job, und ich erledige meinen.«

Einen Atemzug lang beäugte ihn Weintraub, dann drehte er sich um. »Dann kehre ich am besten an die Arbeit zurück.«

David sah dem Untersuchungsbeamten nach, wandte sich wieder dem großen Wrackteil zu und legte die Hand auf die glatte Oberfläche. Einen Moment lang überlegte er, was dem großen Flugzeug *wirklich* zugestoßen war, dann schob er diese Frage eilig beiseite. Es spielte ohnehin keine Rolle. Entscheidend war, wie Washington die Tatsachen hinbog. Auf die Wahrheit kam es nicht an.

Er machte sich davon und ließ seine Sorgen zurück. Seine Ausbildung in der alten Schule bewährte sich auch jetzt wieder. *Gehorchen, niemals Fragen stellen.* Er durchquerte den Hangar und ging die Rampe hinauf. Draußen war der Wind aufgefrischt. Der auf das Flugdeck peitschende Regen hörte sich an wie das Prasseln von Gewehrfeuer. David nickte seinen Männern zu und eilte über die Decksaufbauten des Schiffs. Er sollte besser Ruzickov von seinen Funden in Kenntnis setzen.

Vor Kälte zitternd trat er durch die Luke und zog die Tür hinter sich zu. Sobald er dem Wind entronnen war, schüttelte er sich den Regen von der Kleidung und richtete sich auf. Da sah er jemand Großen auf sich zukommen.

»Commander Spangler«, sagte Admiral Houston grüßend und blieb vor ihm stehen. Mark Houston, der eine Nylon-Fliegerjacke trug, füllte den gesamten Gang aus. David merkte, dass ihm angesichts der Aura von Überlegenheit, die der Mann um sich verbreitete, die Galle hochkam.

»Jawohl, Sir.«

»Haben Sie schon das Neueste gehört?«, fragte Houston. »Von der Magnetisierung der Flugzeugteile?«

David runzelte die Stirn, und seine schmalen Lippen wurden noch schmaler. Waren alle schon vor ihm informiert worden? Er schluckte seinen Ärger hinunter. »Ich habe davon gehört, Sir«, erwiderte er steif. »Ich habe es selbst überprüft.«

»Hat Edwin schon eine Erklärung dafür?«

»Nein, Sir. Er ist nach wie vor bei der Untersuchung.«

Houston nickte. »Er will unbedingt weitere Teile haben, aber es kommt wieder Sturm auf. Heute kein Tauchgang. Sieht so aus, als würden Jack und seine Mannschaft frei bekommen.«

David kniff die Augen zusammen. »Sir, da wir gerade von Kirkland sprechen – ich möchte Sie auf etwas aufmerksam machen.«

»Ja?«

»Das Tauchboot der Navy sowie die Taucher aus der Tieftaucheinheit sollen morgen eintreffen. Ich sehe dann keinerlei Notwendigkeit mehr dafür, dass ein Freiberufler wie Kirkland hier bleibt. Aus Gründen der Sicherheit ...«

Houston seufzte und sah David hart an. »Ich weiß von dem bösen Blut zwischen euch beiden. Aber bis das Boot der Navy in diesen Tiefen getestet worden ist, bleiben Jack und die *Deep Fathom* hier. Jack ist ein fähiger Tiefseetaucher, und ich habe keine Lust, auf seine Kenntnisse zu verzichten, bloß weil ihr beide euch in der Vergangenheit in die Haare geraten seid.«

»Jawohl, Sir«, sagte David durch die zusammengebissenen Zähne. Er kochte, weil der Admiral so offensichtlich auf Kirklands Seite stand.

Houston winkte ihn beiseite. »Eigentlich bin ich sogar auf dem Weg zur *Deep Fathom*.«

David sah dem Admiral nach. Er spürte den kalten Wind nicht, der durch die offene Tür hereinfegte. Dann schlug sie knallend zu, doch er blieb stehen, vor Ärger an allen Gliedmaßen zitternd, und starrte die geschlossene Tür an.

Ehe er sich wieder rühren konnte, hörte er hinter sich Stiefelschritte.

Er zwang sich, ruhiger zu werden, bevor er sich umdrehte. Zu seiner Erleichterung sah er einen weiteren seiner Männer vor sich. Den Elektronikexperten des Omega-Teams, Gregor Handel.

Der Mann blieb stehen. »Sir.«

»Was ist, Lieutenant?«, fauchte David den jungen Mann an.

»Sir, Director Ruzickov ist am Apparat. Er möchte Sie so bald wie möglich sprechen.«

Mit einem Kopfnicken schritt David an Handel vorüber. Das musste der Anruf sein, auf den er während der vergangenen drei Tage gewartet hatte.

Gregor folgte ihm mit einem Schritt Abstand. David ging rasch durch bis zu seiner eigenen Kabine, ließ Handel draußen stehen und schloss die Tür. Auf seinem Schreibtisch lag eine kleine Aktentasche, offen. Darin befand sich ein verschlüsseltes Satellitentelefon, auf dessen Konsole ein rotes Lämpchen blinkte. David hob den Hörer hoch. »Hier Spangler.«

Es folgte eine kurze Pause. Die Stimme, die dann ertönte, war von Rauschen und Knistern unterlegt. »Ruzickov. Sie haben grünes Licht für Stufe zwei.«

Davids Herz schlug schneller. »Verstehe, Sir.«

»Sie wissen, was Sie zu tun haben?«

»Jawohl, Sir. Keine Zeugen.«

»Es darf keine Fehler geben. Die Sicherheit unserer Grenzen hängt von Ihrem Handeln in den nächsten vierundzwanzig Stunden ab.«

Dieses Aufmunterungs-Geschwätz war an David völlig verschwendet. Er wusste, wie wichtig seine Mission war. Hier lag die Chance, die letzte größere kommunistische Macht endgültig unter dem Stiefelabsatz von Amerikas Streitkräften zu zermalmen. »Es wird nichts schief gehen.«

»Sehr gut, Commander Spangler. Die Welt wartet auf Ihren nächsten Anruf.« Die Verbindung brach ab.

David legte den Hörer wieder auf die Gabel. Endlich! Ihm war, als wäre ihm gerade eine schwere Last von den Schultern genommen worden. Das Warten, das Katzbuckeln, es war vorüber. Er fuhr zur Tür herum und öffnete sie. Handel stand nach wie vor draußen. »Trommeln Sie das Team zusammen!«, befahl David.

Der Mann nickte und fuhr schneidig herum.

David schloss die Tür, ging zu seiner Koje, beugte sich darüber und zog zwei große Kisten unter dem Bett hervor. Eine davon war voll mit C-4-Sprengstoff, Zündern und elektronischen Schaltuhren. Die andere barg seine neueste Beute. Sie war heute früh mit einem Sonderkurier eingetroffen. Er legte die Hand darauf.

Ferner Donner tönte von draußen herein. Der angekündigte Sturm traf sie mit voller Wucht. David lächelte. Bei Einbruch der Nacht würde seine wahre Mission beginnen.

10.46 Uhr
An Bord der Deep Fathom

George Klein hatte sich in der Schiffsbibliothek vergraben und war völlig versunken in seine Forschung. Das Wiegen und Schaukeln des Meeres nahm er überhaupt nicht wahr. Während der letzten vierundzwanzig Stunden hatte der Historiker alte Seekarten und Geschichten überflogen und nach einem Hinweis auf den Ursprung der merkwürdigen Inschrift auf der Kristallsäule gesucht.

Auf dem Teakschreibtisch hatte er eine große Karte des

Pazifiks ausgebreitet. Darin steckten winzige Nadeln mit roten Wimpeln, auf die er Daten gekritzelt hatte. Sie markierten Schiffe, Flugzeuge und Unterseeboote, die während eines Zeitraums von weit über einem Jahrhundert in der Region verschollen waren: *1957 verschwindet Air Force KB-50 in der Nähe von Wake Island; 1974 verschwindet ein sowjetisches Unterseeboot der »Golf-II-Klasse« südwestlich von Japan; 1983 geht die britische* Glomar Java Sea *vor der Insel Hainan verloren.* So viele waren es, hunderte und aberhunderte. Er hatte einen alten Bericht der japanischen Maritime Safety Agency entdeckt, der alle spurlos verschwundenen Schiffe auflistete.

1968: 521 Schiffe
1970: 435 Schiffe
1972: 471 Schiffe

George trat zurück und musterte die Nadeln. Da er seit Jahren diese Gewässer befahren und Schiffswracks gesucht hatte, war ihm natürlich der Name »Das Dreieck des Drachen« geläufig. Es erstreckte sich von Japan aus nach Norden bis zur Insel Yap im Süden und verlief weiter bis zum östlichen Ende Mikronesiens – ein Dreieck der Katastrophen und verschollenen Schiffe. In dieser Hinsicht ähnelte es dem Bermuda-Dreieck im Atlantischen Ozean. Aber er hatte bis zu diesem Zeitpunkt nie sonderlich viel über diese Geschichten nachgedacht, sondern das Verschwinden der Schiffe auf die üblichen Ursachen zurückgeführt: Piraterie, Unwetter, Seebeben.

Jetzt jedoch war er sich nicht mehr so sicher. Er nahm den alten Bericht eines japanischen Kommandanten, Shiro Kawamoto, zur Hand, der im zweiten Weltkrieg ein

Zero-Kampfflugzeug befehligt hatte. Der ältere Mann hatte eine merkwürdige Geschichte vom Verschwinden eines Kawanishi-Flugboots vor der Küste von Iwo Jima zu erzählen. Kawamoto zitierte die letzten Worte, die der unglückselige Pilot gefunkt hatte: »Da geschieht was im Himmel ... der Himmel öffnet sich!«

Er legte den Bericht auf den Stapel zurück. Jack hatte ihn vergangene Nacht mit den Einzelheiten der Transkription von Air Force One vertraut gemacht, nachdem feststand, dass deren Inhalt bereits zur Presse durchgesickert war. Die Aufzeichnung aus dem Cockpit hatte etwas in ihm klingeln lassen und ihn in diese Bibliothek getrieben. Eine Stunde hatte er benötigt, bis er sich zu Kawamotos Bericht durchgewühlt hatte. Die Übereinstimmung war verblüffend. Er hatte die restliche Nacht gebraucht, um das Modell vor sich aufzubauen.

George wandte sich wieder seiner Karte zu. Mit Rotstift und Lineal zeichnete er rasch, jedoch sorgfältig, das Dreieck des Drachen in der Karte ein. Anschließend trat er erneut zurück. Sämtliche winzigen Nadeln standen innerhalb seiner Begrenzungslinien, innerhalb des berüchtigten Dreiecks.

Der betagte Historiker setzte sich. Obwohl ihm die Bedeutung seiner Entdeckung noch nicht klar war, setzte sich ein Gefühl der Bedrohung in seiner Brust fest, gegen das er machtlos schien. Während der langen Nacht hatte er zahllose andere Erzählungen von Schiffen gelesen, die in diesen Meeren verschollen waren. Die Geschichten reichten weit in die Vergangenheit zurück, zahllose Jahrhunderte, bis in die Tage des alten königlichen Japans.

Trotzdem waren es nicht diese Geschichten, die ihn am meisten beunruhigten. Etwas anderes hielt ihn die ganze Nacht auf Trab. Inmitten der roten Wimpel, genau im

Zentrum des eingezeichneten Dreiecks, stand ein einziger blauer Wimpel.

Dieser markierte das Grab von Air Force One.

16.24 Uhr
Ryukyu-Universität, Präfektur Okinawa, Japan

Karen saß neben Miyuki vor einem winzigen Monitor und sah zu, wie sich einer der vielen Computer seinen Weg durch ein Internet-Labyrinth bahnte und eine Verbindung aufbaute. Schließlich tauchte das Logo der Universität von Toronto im aktivierten Fenster auf. »Du hast's geschafft!«, meinte sie.

»Gabriel hat's geschafft«, gab Miyuki zur Antwort.

»Mir egal, wer's geschafft hat, solange wir nur drin sind.«

Während des vergangenen Tages hatten sie versucht, eine Verbindung zur Welt nach draußen zu bekommen. Abstürze, Störungen beim Server und überlastete Stromkreise hatten trotz Gabriels Geschick ihre Bemühungen zunichte gemacht, Netzwerke auf der anderen Seite des Pazifiks zu erreichen. Schließlich hatte Gabriel jedoch Erfolg gehabt. Mithilfe dieser Internetverbindung konnten sie weiter an ihren Entdeckungen aus den Ruinen von Chatan forschen.

»Jetzt erreichen wir vielleicht was«, meinte Karen und griff nach der Maus. Nachdem sie die seltsamen Eigenschaften des kristallenen Artefakts kennen gelernt hatte, hatte sie Miyuki dringend gebeten, Stillschweigen zu bewahren, bis sie tiefer in die Geheimnisse der Sprache eindringen konnte. Ihre Freundin hatte nicht widersprochen. Beide Frauen waren zu verblüfft – und erschrocken

– über ihre Entdeckung gewesen. Sie hatten das Artefakt im Safe von Miyukis Büro eingeschlossen.

Karen öffnete eine Verbindung zur anthropologischen Fakultät der Universität Toronto, woraufhin eine rasche Suche unter dem Stichwort *Rongorongo* folgte. Es fanden sich sechs Websites. Sie ging zügig vor, denn sie hatte Angst, sogar diese dürftige Verbindung zu verlieren. Sie klickte auf eine Webadresse mit der Überschrift »Santiago Staff«. Aus ihren Forschungen wusste sie, dass dies eines der fünfundzwanzig bekannten authentischen Artefakte aus der Vergangenheit von Rapa Nui war.

Auf dem Bildschirm erschien die Fotografie eines langen Holzstücks, in dessen Oberfläche winzige Hieroglyphen eingraviert waren. Unter dem Bild gab es eine detaillierte Wiedergabe der Inschrift. Karen markierte sie. Mehrere Symbole ähnelten denen auf dem Stern, den sie in der Kammer gefunden hatten. »Wir müssen die hier mit denen vergleichen, die wir fotografiert haben.«

»Erledigt«, antwortete Gabriels körperlose Stimme.

Das Bild auf einem benachbarten Monitor teilte sich in zwei Hälften. Auf der linken Seite spulte sich eine Kopie der Hieroglyphen auf der Santiago-Tafel ab, auf dem rechten die Inschrift auf dem Stern in der Kammer. Zunächst schien nichts übereinzustimmen – sie waren ähnlich, jedoch nicht identisch –, dann blieben die Bilder auf beiden Hälften plötzlich stehen. Zwei Hieroglyphen waren rot markiert:

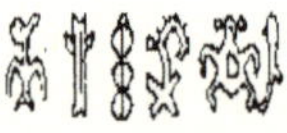

Miyuki blieb die Luft weg. »Die sehen fast gleich aus!«

Karen runzelte die Stirn. Noch war sie nicht überzeugt. »Könnte Zufall sein. Wie viele verschiedene Möglichkeiten gibt es, einen Seestern wiederzugeben?« Lauter sagte sie: »Gabriel, kannst du nach weiteren Übereinstimmungen suchen?«

»Schon erledigt.«

Jetzt schrumpften die beiden sternförmigen Hieroglyphen zusammen, der Bildschirm teilte sich, und auf jeder Hälfte erschienen dreißig weitere Schriftzeichen. Menschliche Gestalten, seltsame Kreaturen, geometrische Formen – aber alle identisch!

»Das ist wohl mehr als Zufall, würde ich meinen«, kommentiert Miyuki leise.

»Im Ernst?«, sagte Karen.

»Ich habe diese Daten den vorherigen hinzugefügt«, erläuterte Gabriel, *»und schätze, dass die Sprache etwa 120 Haupt-Hieroglyphen enthält, die, wenn man sie kombiniert, zwischen zwölfhundert und zweitausend Grund-Hieroglyphen ergeben. Mit Hilfe weiterer Daten könnte ich durchaus eine Übersetzung aufbauen.«*

Karens Augen wurden noch größer. »Das ist kaum zu fassen! Wenn Gabriel Recht hat, könnte die Sternenkammer möglicherweise der Rosetta-Stein für diese alte Sprache sein, der endgültige Schlüssel für ein jahrhundertealtes Rätsel.« Sie ging wieder an ihren Computer. »Gabriel, ich werde dir die weiteren *Rongorongo*-Beispiele einspielen.« Am Hauptbildschirm fütterte sie die anderen Artefakte der Osterinseln ein: die Mamari-Tafel, die Große und Kleine Washington-Tafel, die Tahua-Tafel, die Aruku-Kurenga-Tafel, die Santiago-Tafel und die Kleine St.-Petersburg-Tafel.

Anschließend richtete sich Karen auf und wandte sich

an Miyuki. »Toronto besitzt nur diese neun Artefakte. Kann Gabriel die Datenbanken der anderen Universitäten selbstständig durchsuchen? Wenn wir die Hieroglyphen der anderen sechzehn Artefakte hinzufügen können ...«

»... wären unsere Chancen größer, die Sprache zu entziffern.« Miyuki erhob ebenfalls die Stimme. »Gabriel, kannst du eine weltweite Suche durchführen?«

»Gewiss, Professor Nakano. Ich werde sogleich damit beginnen.«

Karen umklammerte Miyukis Handgelenk. »Hast du eine Ahnung, was das bedeuten kann?« Voller Aufregung beantwortete sie die eigene Frage: »Jahrhundertelang haben Gelehrte versucht, die *Rongorongo*-Inschrift zu übersetzen. Wie alt ist sie? Woher stammt sie? Wer hat sie den Insulanern gebracht? Die gesamte verschollene Geschichte dieses Teils der Welt könnte schließlich enthüllt werden.«

»Schraube deine Hoffnungen nicht zu hoch, Karen.«

»Tu ich nicht«, log sie. »Aber so oder so, die Entdeckung einer neuen Quelle der *Rongorongo*-Schrift auf der anderen Seite des Pazifiks – das allein sichert uns zahllose Veröffentlichungen. Es wird die Historiker zwingen, ihre Vermutungen über diese Gegend der Welt zu revidieren. Und was ist sonst noch in Chatan zu finden? Wir haben kaum die Oberfläche angekratzt. Wir sollten ...«

Da ertönte eine Alarmsirene an der Wand.

Bei dem plötzlichen Krach vollführte Karen einen Satz. Miyuki erhob sich.

»Was ist los?«, fragte Karen.

»Meine Alarmanlage im Büro! Jemand bricht dort ein!«

Karen sprang auf. »Der Kristallstern!«

Miyuki packte sie beim Ellbogen. »Die Wachen unten werden sich darum kümmern.«

Karen schüttelte die Hand ihrer Freundin ab und ging zur Tür. Ihre Gedanken wirbelten umher. Sie würde diesen Schlüssel zu einem Geheimnis, das älter als die Menschheit war, *nicht* verlieren. Sie zog den Reißverschluss an ihrem weißen Baumwollanzug herunter und holte die Pistole aus dem Schulterholster. Zum Glück hatte die Polizei von Chatan nach dem Vorfall an den Ruinen ihre Waffe nicht entdeckt. Seit diesem Abenteuer tat sie keinen Schritt mehr ohne sie.

Miyuki folgte ihr bis in den Vorraum des Labors. »Überlass das der Wache!«, wiederholte sie nachdrücklich.

»Die Aufzüge sind außer Betrieb. Bis die hier sind, könnten die Diebe längst über alle Berge sein. Und ich werde dieses Kunstwerk nicht verlieren! Es ist zu kostbar.« Im Vertrauen auf ihre Schießkünste öffnete Karen die Tür einen Spaltbreit und spähte den Flur entlang zu Miyukis Büro. Dessen Tür stand offen, und das Glasfenster war eingeschlagen worden. Karen strengte die Ohren aufs Äußerste an, aber die Sirene war viel zu laut.

Sie holte tief Luft und schlich geduckt hinaus. Trotz ihrer warnenden Worte folgte Miyuki. Karen warf ihrer Freundin einen Blick zu, doch die winkte sie weiter.

Karen entsicherte ihre Pistole und drückte sich weiter die Wand entlang. Im Büro huschte ein heller Schein umher. Eine Taschenlampe. Die Sirene hatte den Eindringling nicht abgeschreckt. Ihr Herzschlag dröhnte Karen in den Ohren. Heftig schluckend setzte sie ihren Weg fort.

An der Schwelle hielt sie inne. Sie hörte zwei Männer im Innern debattierten, erkannte die Sprache jedoch nicht. Plötzliche gab es ein lautes Krachen. Holz splitterte. Sie umklammerte fest den Griff ihrer Pistole, spannte sich einen Atemzug lang an und sprang dann in die Türöffnung.

»*Keine Bewegung!*«, schrie sie.

Schockiert sahen die beiden Männer im Innern sie an. Sie hatten dunkle Haut und stammten eindeutig von den Inseln des Südpazifiks. Einer hielt ein Stemmeisen in der Hand, mit dem er gerade Miyukis Schreibtisch aufgebrochen hatte. In der anderen hatte er eine Pistole, die er in ihre Richtung bewegte.

Karen feuerte – ein Warnschuss. Putz bröckelte von der Wand hinter dem Kopf des Mannes. Er erstarrte.

»Lass die Waffe fallen, sonst bist du tot!«, kreischte sie. Sie wusste nicht, ob der Mann Englisch verstand, aber der Warnschuss überwand jegliche Sprachbarrieren.

Der Dieb stutzte und warf dann mit einem säuerlichen Ausdruck auf dem dunklen Gesicht seine Waffe weg. Der andere ließ das Stemmeisen zu Boden fallen.

Karens Adrenalinspiegel war in die Höhe geschossen, ihre Sinne liefen auf Hochtouren. Aus dem Augenwinkel sah sie das wilde Durcheinander in Miyukis Büro. In der kurzen Zeitspanne hatten die Eindringlinge alles aus den Aktenschränken herausgerissen und den Inhalt der Schreibtischschubladen geleert. Erleichtert bemerkte sie, dass die Männer den hinter Miyukis Doktordiplom verborgenen Wandsafe nicht entdeckt hatten.

»Hände hoch!«, befahl sie und fuchtelte zur Bestärkung dieses Befehls mit ihrer Pistole.

Die Eindringlinge gehorchten. Karen hielt die Waffe gehoben. In den nächsten paar Augenblicken sollte die Wache eintreffen, Karen musste die Diebe also nur in Schach halten.

Als die beiden Männer mit erhobenen Händen dastanden, fiel Karens Blick auf die bloßen Arme. Selbst in dem schwachen Licht waren die Schlangentätowierungen deutlich zu erkennen. Ihr stockte der Atem. Das waren die Plünderer aus den Pyramiden!

Kurzzeitig zu verwirrt und entsetzt, wurde ihr ein paar Sekunden zu spät die verborgene Bedrohung bewusst. An den Pyramiden waren sie von *drei* Männern angegriffen worden. Hier waren nur zwei. Wo war der dritte?

Miyuki, die rechts von ihr im Schatten der Tür stand, keuchte auf. Karen warf einen Blick zu ihr hinüber. Ihre Freundin starrte an ihr vorbei den Flur entlang. Sie fuhr herum.

Der dritte Dieb trat gerade aus einem Treppenhaus in den Flur, ein Gewehr im Anschlag. Das war also derjenige, der Schmiere gestanden hatte.

Der Mann feuerte. Der Schuss hallte ohrenbetäubend laut.

Aber Karen und Miyuki standen schon nicht mehr dort, wo sie eben noch gewesen waren. Beide Frauen waren durch die Tür ins Büro gesprungen. Hinter ihnen zerbarst der hölzerne Rahmen.

Der eine der Männer hechtete zu der Pistole auf dem Boden. Karen feuerte. Die Hand des Mannes wurde zurückgerissen, und ein Blutschwall schoss hervor. Stöhnend wälzte er sich von der Waffe weg, die blutige Faust an die Brust gedrückt.

Karen rannte weiter in den Raum hinein, damit sie sowohl die beiden Männer als auch die Türöffnung im Auge behalten konnte.

Der letzte Mann hielt weiterhin die Hände gehoben und rührte sich nicht. Aber nicht Furcht ließ ihn wie erstarrt dastehen, so viel erkannte Karen in seinen Augen.

Seine Ruhe war beinahe enervierend. Dann trat er einen Schritt zurück und schlenderte an der Wand entlang. Er wollte sie offenbar nicht bedrohen. Er versetzte seinem verletzten Gefährten einen Tritt und brüllte etwas in seiner Sprache. Der blutende Mann kroch über den Boden auf die Tür zu.

Karens Pistole folgte ihnen. Sie schoss nicht. Nicht kaltblütig. Wenn sie gehen wollten, sollten sie es doch tun! Die Hochschulwache würde sie hoffentlich unterwegs schnappen. Aber der Grund für ihre Zurückhaltung lag nicht nur darin, dass die anderen unbewaffnet waren. Der erste Mann ließ sie nicht aus den Augen, und die Gelassenheit in seinem Blick sprach seiner Lage hohn.

Der Mann mit dem Gewehr tauchte auf der Schwelle auf. Bevor er den Lauf hätte auf sie richten können, stieß ihn der erste Mann beiseite. Er beäugte Karen und Miyuki und sagte rasch etwas auf Japanisch mit starkem Akzent. Dann verschwanden die drei, wobei die beiden Unverletzten ihrem verwundeten Gefährten halfen.

Karen ließ die Pistole nicht sinken, selbst als das Geräusch ihrer Schritte immer leiser wurde. »Was hat er gesagt?«, fragte sie Miyuki.

»E... er hat gesagt, dass wir nicht wissen, was wir da entdeckt haben. Der Stern hätte niemals ans Licht kommen dürfen.« Miyuki warf einen Blick zu dem verborgenen Safe hinüber, dann wieder auf Karen. »Er sei ein Fluch, der auf uns allen lastet.«

22.34 Uhr
USS Gibraltar, *Zentralpazifisches Becken*

David Spangler führte sein Team durch die Schatten über das nasse Deck. Bei Einbruch der Nacht war der Sturm schlimmer geworden. Donner dröhnte wie Geschützfeuer, während Blitze für flackernde Sekunden die Nacht zum Tag machten. Neben ihnen warfen sich schäumende Wellen gegen die Flanken des Schiffs und überspülten sogar das Deck.

Nach dem Abendessen hatten sich die Untersuchungsbeamten des NSTB in ihre Kojen zurückgezogen. Viele waren seekrank und wollten das Abflauen des Sturms abwarten, bevor sie sich wieder um das Wrack kümmerten. Zudem hatte David, da sich das Schiff dermaßen hin und her warf, das Hangardeck für das Personal zur Gefahrenzone erklärt, insbesondere deshalb, weil dort so viele lose Wrackteile lagen. Keines der grüngesichtigen Mitglieder des NSTB hatte etwas dagegen einzuwenden gehabt. Sie hatten schon genug damit zu tun, sich den Magen zu halten. Anschließend hatte David seinen Männern befohlen, die verlassenen Zugänge zum Hangar zu bewachen.

Jetzt war es tief schwarze Nacht geworden, und der Sturm tobte am ärgsten. Diesen Zeitpunkt hatte David gewählt, um ihr Vorhaben in die Tat umzusetzen. Einen Moment lang suchte er auf der Leeseite der Decksaufbauten Schutz und entdeckte dabei zwei Männer. Sie bewachten den Eingang zur Rampe, die zum Hangar hinabführte. Einer der beiden hob eine Taschenlampe und gab Zeichen, dass alles in Ordnung war. Dann schaltete er ab.

David, der einen großen Kasten an die Brust gedrückt hielt, huschte wieder in den strömenden Regen hinaus.

Ihm folgten drei weitere, mit ihren eigenen Ranzen beladene Männer, die sich ebenso geschickt und zielstrebig wie er über das schwankende Deck bewegten.

David glitt in den Tunneleingang und hockte sich neben die beiden Wächter. »Alles klar?«

»Jawohl, Sir«, berichtete sein Stellvertreter. »Der Letzte ist vor einer halben Stunde gegangen.«

David nickte zufrieden und wandte sich den anderen zu. »Ihr wisst, was ihr zu tun habt. Seid vorsichtig! Handel und Rolfe bleiben bei mir.«

Die beiden Männer lasen ihre Ausrüstungstaschen auf. David behielt den eigenen Kasten und führte sie in den Tunneleingang.

Je weiter sie hinabgingen, desto dunkler wurde es. Ganz unten war es schließlich stockfinster. David blieb stehen, streifte sich das Nachtsichtgerät über und schaltete seine UV-Lampe ein. Aus der Finsternis tauchten die Wrackteile auf, von einem dunklen Purpur und Weiß umrahmt. Er winkte den anderen, sie sollten ihm folgen.

Er eilte durch den mittleren Gang der improvisierten Lagerhalle. Niemand sprach ein Wort. David ließ seine UV-Lampe über die nummerierten Seitengänge gleiten und fand schließlich die 22. Er hielt inne und leuchtete umher. Alles schien völlig verlassen. Das Dröhnen des Donners und das Trommeln des Regens dämpften allerdings sogar das Geräusch ihrer eigenen Schritte, was Davids Nerven strapazierte. Bei der Arbeit wollte er unbedingt alle Sinne einsetzen können.

Eine weitere Minute lang ließ er den Strahl der UV-Lampe suchend umhergleiten, bis er sie schließlich senkte. Er stand neben einem der mächtigen Triebwerke des Jets. Abgesehen von kleinen Aufprallschäden war es noch völlig funktionsfähig. Da er jetzt wusste, wo er sich befand, setzte er seinen Weg fort. In einem Seitengang tauchte sein Ziel aus der Dunkelheit auf: Eine Kiste mit der Markierung 1-A auf der Seite. Sie enthielt die ersten aus der Tiefe geholten Wrackteile.

Er nickte seinen Männern zu.

Die beiden streiften sich Chirurgenhandschuhe über, um keine Fingerabdrücke zu hinterlassen. Sie gingen effizient, mit äußerst sparsamen Bewegungen vor. Rolfe zog ein kleines Stemmeisen aus seiner Tasche und löste die Nägel an der Kiste. Gregor Handel ließ sich auf die Knie nieder und machte die Elektronik der Bombe mit den vier C-4-Würfeln scharf. Das reichte aus, um Wrackteile in mehreren Metern Umkreis in die Luft zu jagen.

Auch David kniete nieder, setzte seinen Kasten ab und ließ die Verschlüsse aufschnappen.

»Bereit, Sir«, sagte Gregor neben ihm.

Er nickte und hob den Deckel. Jetzt hatte er den wahren Schatz der Mission vor sich. In dem ausgepolsterten Innern lag eine Jadeskulptur – die Büste eines chinesischen Kriegers.

Sogar durch das Nachtsichtgerät erkannte er die wunderbare Arbeit. Er lächelte stolz. Dieser Aspekt des Plans war allein seiner Brillanz zu verdanken. Er hatte die Herstellung nach dem ersten Tauchgang angeordnet. Es war eine exakte Kopie der Büste, die Jack Kirkland vom Meeresboden geborgen hatte. Das hübsche Ding war das Fragment des ursprünglichen Geschenks des chinesischen Ministerpräsidenten, die Jadereplik eines alten Kriegers zu Pferd. David hatte rasch seine ursprüngliche Strategie geändert, als er das Fragment zu Gesicht bekommen hatte. Jetzt fiel ihm ein, dass er Kirkland für diese günstige Wendung der Ereignisse eigentlich dankbar sein müsste.

Er schraubte das Ohr der Büste ab und legte damit einen verborgenen Hohlraum frei. Dann reichte er die Jadeskulptur an seinen Elektronikexperten weiter. Gregor ließ die Bombe geschickt hineingleiten und überprüfte sämtliche Drähte und den Sender.

Neben ihnen holte Rolfe das Original der Büste aus ihrer Verpackung in der Kiste und legte sie in ihren eigenen, mitgebrachten Kasten.

David warf einen Blick auf seine Uhr. Es war erst eine Minute verstrichen.

»Ich brauch anständige Beleuchtung«, zischte Gregor, über die falsche Büste gebeugt, und schob sein Nachtsichtgerät hoch. »Diese China-Elektronik ist der letzte Mist. Ich muss die Verbindungen nochmal überprüfen.«

David nickte Rolfe zu. Der Mann kniete nieder und beleuchtete mit einer kleinen Taschenlampe das Jadeteil. David schob das eigene Nachtsichtgerät beiseite.

Gregor neigte den Kopf, und seine Finger huschten über den Sprengsatz. Zeitschaltuhr und Zünder waren vergangene Woche einem chinesischen Schwarzmarkthändler gestohlen worden; perfekter konnte man eine falsche Spur kaum legen.

Gregor seufzte erleichtert und hielt David die Büste hin. »Alles klar.«

David nahm sie entgegen und schraubte das Jadeohr wieder an. »Dann los«, meinte er und stand auf.

Als er auf die Kiste zutrat, schallte ein Ruf über die dunkle Halle. »*Wer ist da draußen?*«

David und die anderen erstarrten. Rolfe schaltete seine Taschenlampe aus. Die Männer gingen wieder zu Nachtsicht über. Tiefer in der Halle erstrahlte ein neues Licht, das den gesamten Elektronikbereich erhellte.

»*Zeigt euch, oder ich rufe die Wache!*«

David überlegte eilig. Jetzt hatte er die Stimme erkannt. Sie gehörte Edwin Weintraub, dem leitenden Untersuchungsbeamten des NTSB. Er unterdrückte einen Fluch. Der Hangar hätte leer sein sollen. Er beugte sich zu Rolfe hinüber. »Bringen Sie ihn zum Schweigen. Möglichst wenig Schaden zufügen.«

Rolfe nickte, zog sich rasch zurück und verschwand in der Dunkelheit.

Auf der Stelle änderte David sein Konzept. Diese Fähigkeit machte ihn zu einem solch erfolgreichen Kommandanten. Im wirklichen Leben verliefen nur wenige Dinge wie geplant. Damit eine Mission erfolgreich sein konnte, musste der Plan variabel sein, sich vom einen auf den nächsten Augenblick ändern können. Wie jetzt ...

David stand auf und rief: »Beruhigen Sie sich, Weintraub! Ich bin's bloß.«

»Commander Spangler?« Der Hauch von Panik in der Stimme des Mannes erstarb.

»Ich prüfe nur nach, ob alles in Ordnung ist, ehe ich mich zur Ruhe begebe. Was tun Sie hier?«

»Ich habe dahinten auf meinem Lager ein Nickerchen gehalten. Mein Computer sammelt Daten. Ich wollte warten, bis er damit fertig ist.«

»Sie sollten in diesem Sturm nicht hier draußen sein.«

»Alles ist isoliert und gegen Feuchtigkeit geschützt. Es besteht keine Gefahr.«

Meinst du. Inzwischen sollte Rolfe fast auf Position sein. Er hob die Stimme, um Weintraubs Aufmerksamkeit weiter auf sich zu ziehen. »Schön! Wenn Sie alles in der Hand haben, verschwinde ich jetzt. Die Wache ist die ganze Nacht draußen, falls es irgendwelche Probleme gibt.«

»Danke sehr! Aber ich bin ... He, wer sind ...«

David hörte ein lautes Krachen und runzelte die Stirn. Das hätte Rolfe besser hinbekommen sollen. Schlechte Arbeit.

»Alles klar!«, rief Rolfe herüber.

»Ich schicke Handel los. Er soll dir helfen. Bringt diesen schmierigen Sack Scheiße rüber.«

Gregor richtete sich auf, einen fragenden Ausdruck auf dem Gesicht, hütete sich aber, einen Befehl in Frage zu stellen. David winkte ihm, und Gregor verschwand rasch.

Um die Wartezeit zu überbrücken, legte er die Büste auf Deck und sammelte die Werkzeuge ein. Dieser unselige Zwischenfall konnte sich noch als Vorteil herausstellen. Ursprünglich hatte er den Sprengsatz morgen während des Arbeitstags zünden wollen. Möglicherweise wären ein paar wenige Männer dabei draufgegangen, ein geringer Preis, der gezahlt werden müsste. Doch nun änderte er seine Pläne.

Über das Dröhnen des Sturms hinweg hörte er das Scharren von Stiefeln. Er drehte sich gerade in dem Moment um, als seine beiden Männer Gang 22 betraten, Weintraubs schlaffen Körper zwischen sich. Handgelenke und Fußknöchel waren mit Plastikstreifen gefesselt, der Mund mit Kreppband verklebt. Der große Mann stöhnte und wehrte sich schwach, war aber offenbar noch benommen von dem Überfall.

»Bringt ihn hierher.«

Die beiden legten ihren Gefangenen auf das Deck. »Tut mir Leid, Sir«, entschuldigte sich Rolfe. »Ich bin auf was Schmierigem ausgerutscht. Er hat mich gesehen, bevor ich ihn zum Schweigen bringen konnte.«

»Alles in allem beschissene Arbeit«, sagte David hart. »Weintraub sollte nicht mal hier sein.«

»Seine Liege war hinter einer Mauer aus Wrackteilen versteckt. Der Monitor seines Computers war abgeschaltet. Im Dunkeln ...«

»Ich will keine Entschuldigungen hören.« David konzentrierte sich auf den Gefangenen. Inzwischen hatte Weintraub das volle Bewusstsein wiedererlangt. David entdeckte die große Beule hinter dem linken Ohr. Ein Blutrinnsal markierte die Stelle, wo Rolfe ihn getroffen hatte. Weintraub starrte David mit Augen an, aus denen Hass und Wut leuchteten.

»Was tun wir mit ihm?«, fragte Gregor. »Ihn über Bord werfen und dem Sturm die Schuld geben?«

David musterte weiterhin sein Opfer, dessen Ärger allmählich in Furcht überging. »Nein. Ihn zu ertränken wird uns nichts einbringen.«

Ein Aufflackern von Hoffnung in den Augen des Mannes ... und von Argwohn.

David streckte die Hand aus und drückte Weintraub die Nasenflügel zusammen. »Haltet ihn fest!« Rolfe fixierte die Beine des Mannes; Gregor packte ihn an den Schultern.

Da sein Mund mit dem Kreppband verschlossen war, bekam er keine Luft mehr. Weintraub kämpfte gegen das Ersticken an, doch David drückte seine Nase weiterhin fest zu und sagte dabei zu den anderen: »Wir werden seine Leiche benutzen. Die Schwachstelle in unserem Plan war der Zeitpunkt der Explosion. Warum gerade morgen? Was hat sie hervorgerufen? Sie hätten Verdacht schöpfen können.«

Er nickte zu dem kämpfenden Mann herab, dessen Gesichtsfärbung jetzt ins Purpurrot übergegangen war. Die Augen traten ihm aus den Höhlen, er wusste, dass der Tod nahe war. David beachtete seine Panik gar nicht.

»Aber hier haben wir unseren Sündenbock. Der arme Kerl hat an der Kiste herumgewerkelt und zufällig die Explosion ausgelöst.«

»Also zünden wir heute Nacht?«, fragte Gregor.

»Kurz nach Mitternacht. Anschließend werden wir sicherstellen, dass die Untersuchungsbeamten die chinesischen Elektronikteile entdecken. Mehr Beweise benötigt Washington nicht. Sie werden zu der Auffassung gelangen, dass der Rest der Jadeskulptur ebenso als Falle ausgelegt worden war, dass die Chinesen also auch den Jadearsch des Pferds mit C-4 vollgestopft hatten.«

»Ich glaube, er ist tot, Sir«, unterbrach ihn Rolfe, der immer noch auf Weintraubs Knien saß.

David sah nach unten. Ja, Rolfe hatte Recht. Weintraub starrte mit leeren Augen zur Decke hinauf. David ließ die Nase des Toten los und wischte sich angeekelt den Handschuh an seinem Hosenbein ab. »Nehmt ihm die Fesseln ab!«

Seine Männer gehorchten, während er Weintraub das Klebeband von den purpurrot verfärbten Lippen riss. Dann stellte er dem Mann die Jadebüste auf die Brust und platzierte dessen Hände daneben. Als er zurückwich, hatte er noch eine Idee. Er fischte aus einer Tasche ein Elektroteil, made in China, legte es dem Toten in die Finger und schloss Weintraubs Hand darüber. Ein zusätzliches Indiz.

Dann richtete er sich auf und begutachtete sein Werk ein paar Sekunden lang. Schließlich nickte er knapp. »Gehen wir. Ich bin am Verhungern.«

Gregor sammelte die Kisten ein. »Was tun wir mit dem zusätzlichen C-4 und den Zündern?«, fragte er.

David lächelte. »Keine Sorge. Ich habe noch eine weitere Mission für euch. Morgen wird es hier ziemlich hektisch zugehen. Chaotisch genug, um eine weitere Operation zu decken.«

»Sir?«

»Ich kenne jemanden, der dieses zusätzliche C-4 zu schätzen wissen wird.« Er stellte sich im Geiste Jack Kirkland vor, der mit seinem selbstzufriedenen Grinsen einen Arm um die Schulter von Davids Schwester gelegt hatte. »Ein Abschiedsgeschenk an einen alten Freund.«

Mitternacht an Bord der Deep Fathom

Jack saß mit Admiral Houston zusammen an einem kleinen Tisch in der Messe. Draußen vor dem schmalen Fenster zuckten Blitze über den aufgewühlten Himmel. Wegen des schlechten Wetters hatte sich der Admiral dazu entschlossen, an Bord der *Fathom* zu bleiben, doch wurde Jack den Verdacht nicht los, dass der Grund für die Entscheidung nicht allein auf den Sturm zurückzuführen war.

Während das Schiff heftig in der schweren See schaukelte, kaute der Admiral am stumpfen Ende seiner dicken Zigarre. Er stieß eine lange Rauchfahne aus und nahm das Wetter draußen überhaupt nicht zur Kenntnis. Der alte Seebär sorgte dafür, dass Jacks Vorrat an kubanischen Zigarren rasch zusammenschmolz. »Du hättest uns wirklich früher davon berichten sollen«, meinte Houston.

Jack senkte den Kopf. Zuvor hatte er dem Admiral die geheimen Filmaufnahmen von der Kristallsäule und den merkwürdigen Hieroglyphen gezeigt. Nachdem er dem riesigen Kraken nur so knapp entkommen war, mochte er sein Geheimnis nicht länger für sich behalten. »Ich weiß, aber ich dachte nicht, dass meine Entdeckungen für die Untersuchung von Belang sein könnten.«

»Und außerdem hast du nach einer Möglichkeit gesucht, die Navy zu brüskieren.«

Jack schnitt eine Grimasse. Vor dem alten Mann konnte er einfach nichts verbergen.

»Deine Entdeckung erklärt vielleicht die Magnetisierung der Wrackteile«, fuhr der Admiral fort. »Wenn der Kristall eine Art Strahlung ausgesendet hat, könnte dies das Wrack irgendwie beeinflusst haben. Weintraub möchte bestimmt davon erfahren.«

Jack nickte. Dass die Metallteile des Flugzeugs magnetisiert worden waren, hatte ihn sehr überrascht.

»Hast du sonst noch was geheim gehalten?«, fragte Houston.

»Nein, nicht so richtig.«

Houstons Blick ging Jack durch und durch. »Nicht so richtig?«

»Nur ein paar Überlegungen ... nichts Konkretes.«

»Wie zum Beispiel?«

»Ist nicht wichtig.«

Der Admiral durchbohrte Jack förmlich mit seinen stahlblauen Augen. Selbst nach zwölf Jahren wurde er unter diesem Blick innerlich immer noch ganz klein. »Lass bitte mich entscheiden, was wichtig ist und was nicht.«

Jack fühlte sich in die Ecke gedrängt. »Ich weiß nicht so recht. Halten Sie es nicht für einen merkwürdigen Zufall, dass der größte Teil des Wracks genau an der Säule gelandet ist?«

»Merkwürdig? Zweifelsohne. Aber wer weiß denn schon, wie viele solcher Säulen es dort unten auf dem Meeresgrund gibt? Der Meeresgrund ist nur zu einem winzigen Bruchteil erforscht.«

»Vielleicht.« Jack war nicht überzeugt.

Über die beiden senkte sich Schweigen, das lediglich vom fernen Donnergrollen durchbrochen wurde. Schließlich streckte sich Houston und drückte seine Zigarre aus. »Na ja, wenn das alles ist ... Es wird spät. Ich sollte mich zur Ruhe begeben, bevor ich deine ganzen Vorräte an kubanischen Zigarren aufbrauche. Vielen Dank, dass du mir deine Kabine überlässt.«

Jack holte tief Luft. Den ganzen Nachmittag über hatte er über der Idee gebrütet, die er sich bisher nicht auszusprechen getraut hatte. »Mark ...«

Der Admiral warf ihm mit gehobenen Brauen einen Blick zu. Jack hatte ihn zum ersten Mal so formlos angesprochen. »Was ist?«

»Ich weiß, das klingt verrückt, aber was wäre, wenn ... wenn die Kristallsäule etwas mit dem Absturz von Air Force One zu tun hat?«

»Also komm, Jack, diese These ist doch etwas sehr gewagt.«

»Meinen Sie vielleicht, das weiß ich nicht? Aber ich bin der Einzige gewesen, der dort unten war.« Jack erinnerte sich an den Moment, als der Titangreifarm seines Tauchboots die Oberfläche des Kristalls berührt hatte. Das Gefühl des freien Falls, die Störungen.

»Was willst du damit sagen?«

Jack sprach sehr ernst, verzweifelt darum bemüht, ein solches Gefühl in Worte zu fassen. »Ich bin einmal in einem Unterseeboot mit Nuklearantrieb rausgefahren, und meine Koje lag nicht weit vom Reaktor entfernt. Obwohl die Energiequelle abgeschirmt war, habe ich dennoch irgendwo die gewaltige Energie hinter der Schutzwand gespürt. Es war, als würden meine Knochen etwas auffangen, das keine Maschine entdecken konnte. Es war wie da unten. Eine gewaltige, summende, leer laufende Energie.«

Houston starrte ihn schweigend an, dann sagte er langsam: »Ich vertraue deinem Urteilsvermögen, Jack. Ich zweifle nicht daran, dass du etwas gespürt hast. Wenn das Ding das Wrack magnetisieren konnte, dann ist es verdammt stark. Aber einen Jet, der in vierzig- oder fünfzigtausend Fuß Höhe fliegt, zum Absturz zu bringen ...« Die Stimme des Admirals erstarb.

»Ich weiß ... ich weiß, wie sich das anhört. Aber ich wollte Sie lediglich wissen lassen, was ich entdeckt, was ich dort unten gespürt habe. Ich bitte Sie lediglich darum, allem gegenüber offen zu sein.«

Houston nickte. »Ich weiß deine Aufrichtigkeit zu schätzen, Jack. Aber ich halte stets alle Optionen offen.« Der alte Mann schüttelte müde den Kopf. »Ich wünschte nur, Washington täte das Gleiche. Du weißt, dass du nicht der Einzige bist, der sich Gedanken um den Absturz macht. Die neue Administration scheint bereits zu einem Ergebnis gekommen zu sein.«

»Was sagen sie denn jetzt?«

»Sabotage. Seitens der Chinesen.«

Jack zog die Brauen zusammen. Während der vergangenen paar Tage war er zu beschäftigt gewesen, um die Nachrichten zu verfolgen. »Aber das ist lächerlich. Präsident Bishop war einer der zuverlässigsten Anwälte für eine langfristige Übereinkunft mit China. Warum hätten sie ihn ermorden sollen?«

Der Admiral schnitt ein finsteres Gesicht. »Ist alles Politik. Pose. Aber als Antwort haben die Chinesen bereits ihre Diplomaten aus den USA abgezogen und unsere aus ihrem Land geschmissen. Erst heute Morgen habe ich erfahren, dass die chinesische Marine zu einem Manöver ausgelaufen ist. Noch ein bisschen mehr Pose ihrerseits, aber Washington spielt nach wie vor ein gefährliches Spiel.«

Plötzlich kam sich Jack albern vor, dass er seine eigenen wilden Schlüsse laut geäußert hatte. Der Admiral hatte genug eigene Sorgen. »Dann brauchen wir vermutlich die wahre Antwort so bald wie möglich.«

»Zweifelsohne. Zumindest steht uns ab morgen das Tauchboot der Navy zur Verfügung. Wenn zwei Tauchboote runtergehen, sollten wir schneller vorankommen können.«

Jack nickte. Das Tauchboot war der neueste Prototyp, Teil der Deep Submergence Unit der Navy, ausgelegt für Tiefen bis fünfzehntausend Fuß und eine Geschwindigkeit von bis zu vierzig Knoten. »Ich habe von der *Perseus* gelesen. Ein echter Ferrari der Flotte.«

»Ein Ferrari mit Zähnen. Er ist gerade mit einer Anzahl Minitorpedos bestückt worden.«

Jack bekam große Augen.

»Die jüngste Modifikation an der *Perseus*. Nach wie vor streng geheim.«

»Ist es dann eine gute Idee, mir davon zu erzählen?«

Houston tat seine Sorge mit einem Wink ab. »Du hättest es sowieso morgen herausgefunden. Diese kleinen Unterseedinger sollten jegliches feindliches Meeresgetier abschrecken, das versucht, dich aufzufressen.«

Jack grinste. »Einmal wenigstens habe ich nichts dagegen, dass mir die Navy den Rücken deckt.«

Schritte auf der Treppe unterbrachen ihre Debatte. Beide Männer wandten sich um. George Klein kam vom Unterdeck in die Kombüse. »Ich dachte, ich hör hier oben Stimmen«, sagte der Historiker, »und hab gehofft, dass du noch wach bist, Jack.«

Jack überraschte das ungepflegte Aussehen des Professors: dunkle Augenringe, grauer Dreitagebart; er sah aus, als hätte er mehrere Tage lang nicht geschlafen. Wenn er jetzt so darüber nachdachte, hatte er George den ganz Tag über nicht zu Gesicht bekommen. »Was ist los, Professor?«

Der Historiker hob eine zusammengerollte Karte hoch. »Etwas, das ich dir zeigen will. Ich habe untersucht, welche Schiffe sonst noch in dieser Region verschwunden sind. Ich glaube, das solltest du dir ansehen.«

Jack wusste, dass George nicht der Typ für voreilige Schlüsse war. Der Historiker hielt sich bedeckt, bis er brauchbare Resultate hatte. Und dem Zustand des Mannes nach zu urteilen, hatte der Mann etwas von Bedeutung ausgegraben.

»Was hast du entdeckt?«

»Vielleicht die Ursache für den Absturz von Air Force One.«

Der Admiral richtete sich auf und sah Jack bedeutungsvoll an. »Anscheinend rückt heute jeder mit seiner eigenen Theorie heraus.«

George überhörte diese Worte und ging zum Tisch hinüber. Als der Historiker die Karte entrollte, erhaschte Jack einen Blick auf den Pazifischen Ozean sowie auf ein großes, rot eingezeichnetes Dreieck. Bevor er jedoch genauer hätte hinschauen können, erschütterte ein lauter Knall das Schiff.

Alle erstarrten.

Als das Geräusch verhallte, hörte Jack Elvis tiefer im Bauch des Schiffes bellen.

Der Professor zuckte zusammen und rückte seine Brille zurecht. »Das war aber nah dran. Dieser Donnerschlag muss ...«

Sowohl der Admiral als auch Jack waren aufgesprungen. »Das war kein Donner«, sagte Jack und ging zur Tür, die hinaus aufs Achterdeck führte.

Draußen peitschte der Regen über das Deck. Der Wind wollte ihm den Türknauf aus der Hand reißen. Das Schiff tauchte tief unter ihm hinab.

Die anderen beiden Männer folgten ihm aus der Kombüse.

Jack wandte sich um und durchsuchte das Meer. Etwa einen Viertelkilometer entfernt konnte er die Silhouette der USS *Gibraltar* ausmachen. Auf dem Schiff erstrahlten jetzt überall Lichter. Von seinem Deck wälzte sich ein kleiner Feuerball in den Himmel hinauf.

»Was war da los?«, fragte George und wischte sich die Brillengläser.

Niemand gab Antwort – aber als Jack dem Feuerball mit dem Blick folgte, spürte er, dass ihnen die echten Schwierigkeiten erst noch bevorstanden.

11

VERBANNT

1. August, 8.22 Uhr
Ryukyu-Universität, Präfektur Okinawa, Japan

Voller Tatendrang stieg Karen die Treppe von Miyukis Gebäude hinauf. Nach dem gestrigen Diebstahlversuch hatten sie und ihre Freundin den ganzen Tag bei der Hochschulwache verbracht. Obwohl sie ihre Waffe nur zur Selbstverteidigung eingesetzt hatte, hatten die Behörden die Pistole konfisziert. Wegen der rigorosen japanischen Waffengesetze hatte Karen Stunden gebraucht, bis sie sich aus der Polizeiwache im wahrsten Sinne des Wortes herausgeredet hatte. Anschließend hatte der Unipräsident die beiden Frauen voller Besorgnis über den Einbruch angerufen, sie zu beruhigen versucht und ihnen verschärfte Sicherheitsvorkehrungen zugesagt.

Da sie einen weiteren Diebstahlsversuch erwartete, hatte Karen als zusätzliche Vorsichtsmaßnahme das Kristallartefakt in ihrem Bankschließfach deponiert.

Selbst jetzt, als sie die Treppe des Gebäudes hinaufstieg, wurde sie von einem uniformierten Wachmann begleitet. Zumindest hat der Präsident sein Wort gehalten, dachte sie. Oben am Treppenabsatz ging sie zu Miyukis Labor voraus. Nachdem sie angeklopft und ihren Namen gesagt hatte, hörte sie die Zuhaltung im Schloss, dann öffnete sich die Tür einen Spaltbreit.

»Alles in Ordnung, Doktor?«, fragte der Wachmann auf Japanisch.

Miyuki nickte. Sie öffnete die Tür ganz und ließ Karen eintreten.

»Von jetzt an kommen wir allein zurecht«, sagte Karen in gebrochenem Japanisch. »Wir schließen die Türen ab und rufen unten an, wenn wir gehen wollen.«

Er nickte und wandte sich ab.

Karen schloss die Tür, und Miyuki verriegelte sie wieder. Seufzend ergriff Karen die Hand ihrer Freundin. »Wir sind in Sicherheit«, sagte sie. »Sie werden nicht zurückkommen. Nicht, wenn so viel zusätzliche Wachen hier herumrennen.«

»Aber ...«

Sie drückte Miyuki die Hand. In Erinnerung daran, wie ruhig der Anführer der Diebesbande gewesen war und wie er den Gewehrlauf seines Gefährten nach unten geschlagen hatte, sagte sie: »Ich glaube, sie hatten es nicht auf uns persönlich abgesehen. Sie wollten nur das Artefakt haben.«

»Und sie sind entschlossen, es in die Hände zu bekommen, wer oder was auch immer ihnen im Weg stehen mag«, fügte Miyuki verdrossen hinzu.

»Mach dir keine Sorgen! Da es jetzt in meinem Schließfach deponiert ist, müssen sie das Sicherheitssystem der Bank von Tokio überwinden, wenn sie es haben wollen.«

»Ich gehe trotzdem lieber kein Risiko ein.« Miyuki winkte sie zu den Schutzanzügen hinüber. »Komm schon. Gabriel hat etwas Interessantes entdeckt.«

»Wirklich? Geht's um die Sprache?«

»Ja, er hat inzwischen auch die anderen Schriftbeispiele von den Osterinseln zusammengetragen.«

Eilig streifte sich Karen ihren Anzug über, zog den Reißverschluss hoch und stand auf. »Meinst du, er hat genügend Informationen für eine Übersetzung?«

»Es ist noch zu früh, das zu sagen. Aber er arbeitet daran.«

Während Karen auf die Tür zuging und sich dabei das Haar unter die Papierhaube stopfte, fragte sie: »Aber du meinst, er kriegt's hin?«

Ihre Freundin zuckte die Schultern und schloss die Tür zum Hauptlabor auf. Beim Öffnen der luftdichten Verriegelung zischte es kurz. »Du solltest lieber eine andere Frage stellen.«

Miyuki, stets die stoische Japanerin, sagte selten einfach etwas dahin, wenn es um ihre Arbeit ging, daher ließ die Andeutung von etwas Unheilvollem in ihrer Bemerkung Karen aufhorchen. »Was ist los?«

»Das musst du dir ansehen.«

Offenbar hatte sie etwas von Bedeutung entdeckt. »Was denn? Was ist es?«

Miyuki ging zu der Reihe von Computern. »Gabriel, könntest du bitte Abbildung 2B auf Monitor eins aufrufen?«

»Natürlich. Guten Morgen, Dr. Grace.«

»Guten Morgen, Gabriel.« Allmählich gewöhnte sich Karen an ihren körperlosen Kollegen.

Die beiden Frauen ließen sich nieder. Die Daten scrollten so rasend schnell über den Monitor, dass sie beinahe verschwammen, aber Karen bemerkte, dass viele der flackernden Zeichen die unbekannten Hieroglyphen darstellten. Innerhalb weniger Sekunden standen fünf davon im Zentrum des Bildschirms.

Sie zeigte sich wenig beeindruckt. »Na gut. Was habe ich da vor mir? Kannst du diesen Abschnitt übersetzen, Gabriel?«

»Nein, Dr. Grace. Die momentane Datenmenge reicht nicht aus.«

Enttäuscht runzelte Karen die Stirn. »Hast du weitere Beispiele der *Rongorongo*-Schrift gefunden?«

»Ich habe sie alle gefunden, Dr. Grace.«

Karens Brauen gingen in die Höhe. »Alle fünfundzwanzig? So rasch?«

»Ja. Ich habe 413 Websites kontaktiert, um alle bekannten Beispiele dieser Sprache zu erhalten. Unglücklicherweise enthielten drei der Artefakte identische Schriftzeichen und eines lediglich eine einzelne Hieroglyphe. Für eine vollständige Entzifferung wären mehr unterschiedliche Daten nötig.«

Karen beäugte den Monitor. »Was ist das hier also? Von welchem Artefakt sind diese Hieroglyphen?«

»Von keinem.«

»Wie bitte?«

Miyuki ging dazwischen. »Erkläre das bitte, Gabriel. Erläutere deine Suchparameter!« Sie wandte sich an Karen und fügte eilig hinzu: »Er ist ganz von allein darauf gekommen.« Ihr Gesicht leuchtete vor Aufregung und Stolz.

»Im Anschluss an eine Suche unter dem Stichwort ›Rongorongo‹ *habe ich eine weltweite Suche unter jedem einzelnen Symbol durchgeführt. 120 Suchvorgänge, um genau zu sein. Auf einer archäologischen Website der Harvard University entdeckte ich eine ähnliche Nachricht. Drei meiner*

Suchparameter stimmten überein.« Auf dem Bildschirm leuchteten plötzlich drei der fünf Symbole rot auf.

»Was ist mit den anderen beiden?«, fragte Karen. Sie hatte noch immer keine Ahnung, worauf Gabriel hinauswollte.

»*Sie stimmen mit keiner bekannten* Rongorongo-Hieroglyphe *überein.*«

»Was sagst du da?«

Miyuki gab Antwort. »Das sind neue Zeichen. Hieroglyphen, die noch niemand zuvor gesehen hat.«

»D... das würde bedeuten, dass wir ein undokumentiertes Artefakt entdeckt haben.« Sie setzte sich gerade hin. »Ein neuer Fund!«

»Die Nachricht auf der Harvard-Website ist vor zwei Tagen gepostet worden.«

»Kann ich die Mail sehen?«

»Hier ist sie.« Miyuki zog ein Blatt heraus. »Ich habe sie ausdrucken lassen.«

»Unglaublich!«

»Ich weiß. Gabriel hat die Suchparameter eigenhändig erweitert. Das ist echtes unabhängiges Denken. Ein unglaublicher Fortschritt.«

»Miyuki, ich habe die neuen Zeichen gemeint.« Karen raschelte mit dem Papier. »Das ist der unglaubliche Teil.«

»Vielleicht auf deinem Gebiet.«

Karen wurde klar, dass sie die Errungenschaften ihrer Freundin herabgesetzt hatte. »Tut mir Leid, Miyuki. Sowohl du als auch Gabriel verdient meine Anerkennung. Und zwar von ganzem Herzen.«

Besänftigt zeigte Miyuki auf das Papier. »Lies einfach. Da ist noch mehr.«

Karen berührte ihre Freundin am Handgelenk. »Ich weiß es *wirklich* zu schätzen. Wirklich.«

»Oh, ich weiß. Ich sorge ja auch nur dafür, dass du es auch zugibst.«

Karen verdrehte die Augen und konzentrierte sich wieder auf die E-Mail.

Thema: Unbekannte Sprache

Wer kann etwas zum Ursprung der folgenden Hieroglyphen sagen? Diese wenigen Symbole waren in einen Kristall eingeritzt, und ich wüsste jede Hilfe bei der Klärung ihrer Herkunft zu schätzen. Ich gebe auch gern an jeden Daten weiter, der mich bei der Suche unterstützen möchte.

Vielen Dank im Voraus für jegliche Hilfe.

George Klein, Ph. D.
Deep Fathom

——— Headers ———
Return-Path: gklein@globalnet.net
Received: from globalnet.net ([1209.162.104.5]) by rly-ye04.mx (v71.10) with ESMTP;
Thurs, 27. July 13:47-46-0400
X-Mailer: Microsoft Outlook Express Macintosh Edition-4.5 (0410)
From: »George Klein« gklein@globalnet.net
To: Arclanguage@harvarduniversity.org

Karen ließ das Blatt sinken. Neben den Hieroglyphen sprang ihr vor allem der Hinweis auf einen zweiten Kristall ins Auge. Das war etwas mehr als bloß ein Zufall.

»Wissen wir, woher die kommt?«

Miyuki nickte. »Gabriel hat sie zurückverfolgt. Sie stammt von einem Bergungsschiff, der *Deep Fathom*. Die liegt im Augenblick mitten im Pazifik. Gabriel konnte die gegenwärtige Position herausfinden, indem er das GPS-System angezapft hat.«

»Und?«

»Nahe Wake Island. Aber das ist nicht das Seltsame daran. Gabriel hat einen Zeitungsartikel über das Schiff entdeckt. Die *Deep Fathom* hilft gerade bei der Bergung von Air Force One.«

»Wie merkwürdig ...« Karen runzelte die Stirn und versuchte, sich einen möglichen Zusammenhang zwischen den beiden Dingen vorzustellen. »Wir müssen Kontakt zu diesem George Klein aufnehmen.«

»Gabriel arbeitet bereits daran.«

9.00 Uhr
USS Gibraltar, *Zentralpazifisches Becken*

Jack saß angespannt in dem Ledersessel in dem langen, gut gefüllten Konferenzraum. Keiner der Anwesenden sprach ein Wort, alle warteten auf das Erscheinen von Admiral Houston. Nach der Explosion der vergangenen Nacht konferierte er mit dem vereinten Generalstab. Die ganze Nacht über hatten die Untersuchungsbeamten und das Militärpersonal den Ort des Anschlags durchsucht. Unter dem Schein von Natriumdampflampen hatten einhundert Männer sich durch die Trümmer gegraben und gewühlt und Beweismaterial zusammengetragen.

Die sterblichen Überreste des leitenden Untersuchungsbeamten Edwin Weintraub waren gefunden und zum Krankenrevier des Schiffs gebracht worden. Sein Leichnam war fast völlig verbrannt. Die erste Identifikation war anhand seines Eherings erfolgt. Es war eine lange und traurige Nacht gewesen. Aufgrund der strengen Sicherheitsvorkehrungen hatte man Jack erst an diesem Morgen den Zutritt zur *Gibraltar* gestattet.

Doch obgleich das Leitschiff so abgeschottet worden war, hatten sich Gerüchte bis hin zu den Begleitfahrzeugen ausgebreitet, auch zur *Deep Fathom*. Eine Bombe. Versteckt in der chinesischen Jadebüste. Scherben waren in alle Richtungen gesprengt worden, hatten den Zeltstoff durchbohrt, sogar die Knochen von Weintraubs Schädel und Gliedmaßen. Darüber hinaus hatte die Explosion einen Tank mit Reinigungsöl in der Nähe entzündet, und das hatte den leuchtenden Feuerball erzeugt, der durch den Schacht eines Frachtaufzugs hochgeschossen war.

Jack zitterte am ganzen Körper. Er hatte selbst mit der Jadebüste hantiert. Wenn die Geschichten stimmten – was wäre gewesen, falls sie explodiert wäre, als er sich auf dem Grund des Ozeans befunden hatte? Er schob diese müßige Überlegung beiseite.

Ringsumher herrschte weiterhin angespanntes Schweigen. Jedermann wirkte todmüde und wie vom Donner gerührt. Nicht einmal ein geflüsterter Wortwechsel fand statt.

Schließlich schwangen die Türen auf. Admiral Houston stolzierte herein, flankiert von seinen Adjutanten und gefolgt von David Spangler. Der Admiral blieb stehen, während die anderen drei Männer ihre Plätze einnahmen. Jack versuchte, Blickkontakt zu Houston herzustellen, doch der Admiral nahm ihn nicht zur Kenntnis. Sein Gesicht war aschfahl, und die Augen waren so hart wie Glaskugeln.

»Meine Herren«, begann Houston, »zunächst möchte ich Ihnen allen für ihre gewaltigen Anstrengungen während der vergangenen Woche meinen Dank aussprechen. Die Tragödie der letzten Nacht wird die Bedeutung Ihres Beitrags nicht schmälern.« Der Admiral senkte den Kopf. »Aber jetzt muss ich Ihnen die traurige Mitteilung machen, dass die aufgefundenen sterblichen Überreste eindeutig als diejenigen von Dr. Edwin Weintraub identifiziert worden sind.«

Unter dem Personal des NTSB erhob sich Gemurmel.

»Ich weiß, dass alle, die Dr. Weintraub je begegnet sind, ihm die höchste Wertschätzung entgegengebracht haben. Man wird ihn vermissen.« Die Stimme des Admirals wurde härter. »Aber sein Tod war nicht vergebens. Inmitten der Trümmer haben seine Mörder Beweise für ihre Hinterhältigkeit zurückgelassen. Experten – sowohl hier als auch in San Diego – haben den Ursprung der elektronischen Zeitschaltuhr sowie des Zünders bestätigt. In beiden Fällen handelte es sich um ein chinesisches Fabrikat.«

Ein paar der Männer vom NTSB erhoben ärgerlich ihre Stimmen. Das Personal von Navy und Marine zeigte weiter keine Regung, von einem Lieutenant abgesehen, der in Jacks Nähe saß und sofort: »Oh, mein Gott!« stöhnte.

Der Admiral hob eine Hand. »Wir glauben jetzt, dass Dr. Weintraub während seiner Untersuchungen versehentlich die versteckte Bombe ausgelöst hat. Wir vermuten, dass vielleicht ähnliche Apparate überall in der ursprünglich drei Meter hohen Skulptur verborgen waren. Und dass eine derartige Explosion im Frachtraum Air Force One zum Absturz gebracht hat.«

Schweigen senkte sich über die Menge.

»In der Heimat werden unsere Funde die Sensation der Abendnachrichten werden. Wir können sie nicht vor dem amerikanischen Volk verborgen halten. Aber sobald die Neuigkeit ihre Runde macht, werden die weltweiten Spannungen rasch eskalieren, insbesondere so bald nach der Tragödie im Pazifik. Ich habe gerade erfahren, dass die USS *Gibraltar* aus diesem Grund ins philippinische Meer beordert worden ist. Unterwegs werden wir sowohl das Personal des NTSB als auch die Wrackteile von Air Force One auf der Insel Guam absetzen.«

Erneut durchlief ein Gemurmel die Menge.

Der Admiral wartete, bis sich seine Zuhörerschaft wieder beruhigt hatte, bevor er fortfuhr: »Das Bergungs- und Forschungsschiff der Navy, die *Maggie Chouest*, wird zusammen mit der Navy Deep Submergence Unit die letzten Teile von Air Force One vom Meeresgrund bergen. Anschließend werden diese ebenfalls nach Guam verschifft. Befehlshaber dieser Mission wird der gegenwärtige Leiter der Sicherheitsabteilung sein, Commander Spangler.«

Schweigend, mit versteinerter Miene, blieb der Admiral stehen und ergriff dann wieder langsam das Wort. »Präsident Nafe hat versprochen, dass diese Terroristen nicht ungestraft davonkommen werden. Washington hat bereits verlangt, dass alle in die Sache verwickelten Personen von den Chinesen an internationale Behörden übergeben werden.« Houston ballte eine Hand zur Faust. »Und lassen Sie mich mein persönliches Versprechen hinzufügen. Die Gerechtigkeit wird siegen – ob die chinesische Regierung kooperiert oder nicht. Amerika wird Terrorismus gegen sein Volk mit sofortigem und schrecklichem Zorn beantworten.«

Jack hatte Admiral Houston noch nie so erzürnt erlebt. Die Sehnen an seinem Hals standen hervor, und den Lippen fehlte jegliche Färbung.

»Das ist alles. Für Detailfragen verweise ich Sie an meinen Protokollanten. Vielen Dank für Ihre Kooperationsbereitschaft.«

Da er nicht so genau wusste, ob seine Mannschaft hier noch weiterhin eine Rolle spielen würde, hob Jack eine Hand. »Sir, wenn ich eine Frage nach der Bergungsop...«

Der Admiral schnitt ihm wütend das Wort ab. »Mr Kirkland, jegliche Fragen in dieser Hinsicht sollten an Commander Spangler gerichtet werden.« Ohne ein weiteres Wort fuhr Houston herum und verschwand durch die Tür.

Jacks Blick zuckte zu David hinüber. Ein kleines, gehässiges Grinsen flackerte über Spanglers Gesicht, bevor er sich erhob. »Als Antwort auf Ihre Frage, Mr Kirkland: Wir danken Ihnen für Ihre Dienste. Da es sich bei dieser Sache jetzt um eine Angelegenheit der nationalen Sicherheit handelt, ist Ihre weitere Anwesenheit nicht mehr vonnöten.«

»Aber ...«

»Dies ist jetzt eine militärische Operation. Zivilpersonen haben nicht länger Zutritt. Um die Absturzstelle wird eine Sperrzone von zwei Kilometern eingerichtet. «

Jack funkelte David wütend an. Er wusste genau, dass er aus rein persönlichen Gründen in die Wüste geschickt wurde.

»Wenn Sie diese Region nicht um 18.00 Uhr verlassen

haben oder versuchen, sie wieder zu betreten, werden Sie und Ihre Mannschaft unter Arrest gestellt und Ihr Schiff wird beschlagnahmt.«

Diese Antwort rief ein Gemurmel unter der Zuhörerschaft hervor.

»Ich habe bereits dafür gesorgt, dass zwei Männer Sie von der *Gibraltar* geleiten.« David hob eine Hand. Zwei seiner Leute standen auf.

Jack spürte, wie ihm die Hitze ins Gesicht stieg. Vor lauter Enttäuschung biss er heftig die Zähne zusammen. Er wusste nicht, was er erwidern sollte. Zum Admiral konnte er nicht gehen. Houston war ganz offensichtlich überlastet und hatte weder Zeit noch Nerven für albernes Gezänk. Erneut sah er David finster an. Er hatte hier sein Leben aufs Spiel gesetzt und sollte jetzt nicht nur unzeremoniell, sondern auch noch an den Ohren nach draußen befördert werden. »Ich benötige keine Eskorte«, sagte er kalt.

David gab seinen Männern mit einem Zucken der Hand ein Zeichen. »Sorgt dafür, dass Mr Kirkland uns auf der Stelle verlässt.«

Jack ließ sich widerstandslos hinauskomplimentieren. Warum auch nicht? Wenn die Regierung seine Hilfe nicht benötigte, dann sollte es halt so sein.

Innerhalb weniger Minuten fand er sich an Bord einer Barkasse der Navy wieder. Der Steuermann, ein Matrose der Navy, gab Gas und lenkte zur *Deep Fathom* hinüber, wobei das Boot in der leicht kabbeligen See auf und nieder sprang. Nachdem sich die Gewitterfront verzogen hatte, war der Tag windig geblieben, jedoch klar.

Hinter Jack saßen Spanglers Männer. Bisher hatte er mit den grau uniformierten Leuten kein Wort gewechselt, und er hatte auch nicht die Absicht, daran etwas zu ändern.

Er lehnte sich in seinen Sitz zurück. Aus dem Umstand, dass dem Sicherheitsteam nur Weiße angehörten, ließ sich schließen, dass sich Spangler nicht geändert hatte. Seine Schwester hatte Jack einmal anvertraut, dass ihr Vater eingeschriebenes Mitglied des Ku-Klux-Klans gewesen war und David als Kind oft zu den Versammlungen mitgeschleppt hatte. Wenn er sich geweigert hatte, war er verprügelt worden. Jack beäugte die beiden Blondschöpfe seiner Eskorte. Anscheinend waren diese Lektionen der Kindheit auf fruchtbaren Boden gefallen.

Mit einem ›Bum‹ stieß das Boot gegen die Landungsplattform am Heck der *Fathom*. »Alles klar!«, rief der Steuermann.

Jack erhob sich und ging zur Steuerbordreling hinüber. Bevor er auf sein eigenes Schiff hätte klettern können, fasste ihn einer von Davids Männern am Ellbogen. »Mr Kirkland, Commander Spangler hat uns gebeten, Ihnen das hier zu geben, sobald Sie an Bord sind.«

Der blonde Mann hielt ihm eine kleine, rechteckige Schachtel hin, die etwa die Größe einer Schmuckschachtel hatte und mit einem kleinen Gummiband verschlossen war. Jack sah sie stirnrunzelnd an.

»Ein Abschiedsgeschenk«, sagte der Mann. »Mit Dank von Commander Spangler.«

Jack nahm das Geschenk entgegen, der Mann nickte und trat zurück. Jack sprang auf die Plattform seines Schiffs und packte mit einer Hand die Leiter. Als er sich umwandte, drehte das Boot der Navy mit einem kehligen Aufjaulen des Motors ab. Seine Heckwelle spülte über die Plattform und durchweichte Jacks Stiefel.

Auf dem Hauptdeck oben tauchte Robert auf und lehnte sich über die Heckreling. »Wie ist's gelaufen?«, rief er nach unten. »Etwas schlauer geworden?«

»Ja. Trommel alle zusammen!«

Robert hielt den Daumen in die Höhe und verschwand.

Jack betrachtete die kleine schwarze Schachtel. Er wusste genau, dass das kein Dankeschön für seine Dienste war. Wahrscheinlicher handelte es sich um eine von Davids kleinen Sticheleien, ein letzter Affront, den er ihm unbedingt noch mit auf den Weg geben wollte. Er verspürte den jähen Drang, sie ins Meer zu schleudern, aber die Neugier in ihm behielt die Oberhand. Er befingerte das Gummiband und schüttelte dann den Kopf. Er hatte bereits einen schlimmen Tag hinter sich – warum noch jetzt einen draufsetzen? Er würde das verdammte Ding später öffnen. Er schob die Schachtel in seine Jacketttasche und wandte sich wieder der Leiter zu.

Beim Hinaufsteigen warf er einen Blick über die Schulter zurück auf die *Gibraltar*. Mit aller Gewalt kämpfte er gegen ein aufwallendes Gefühl des Bedauerns an. Ihm war, als wäre er mal wieder hinausgeworfen worden, losgeschnitten von einer Vergangenheit, die sein ganzes Leben umfasste.

In überraschend melancholischer Stimmung zog er sich an Deck. Elvis sprang zu seiner Begrüßung heran. Jack kniete nieder und tätschelte den Hund, der zufrieden mit dem Schwanz schlug. Einiges änderte sich eben nie.

»Du würdest mich nie über Bord werfen, nicht wahr, mein alter Junge?«, sagte Jack und verlieh mit diesen Worten seiner Enttäuschung über die Navy Ausdruck.

19.15 Uhr
Oval Office, Weißes Haus, Washington D.C.

Lawrence Nafe, im Augenblick einmal ganz allein, rückte in seinem Sessel zurecht, während er die neuesten Entwicklungen überdachte. Die Umsetzung seines Plans, die Chinesen in die Sache hineinzuziehen, lief ab wie ein Uhrwerk. Nicolas Ruzickov hatte sich als loyaler Freund und geschickter Manipulator der Medien erwiesen. Zuvor hatte Nafe den Briefentwurf an den chinesischen Ministerpräsidenten überflogen, den sein Außenminister verfasst hatte. Ein ziemlich schroffes Schreiben. Nafe erkannte überall Ruzickovs Handschrift: *kein Kompromiss ... sofortige Vergeltungsmaßnahmen ... scharfe Sanktionen ...*

Das grenzte schon an eine Kriegserklärung. Nafe hatte ihn allzu gern unterrichtet. Es wurde allerhöchste Zeit, dass die chinesische Regierung die volle Vehemenz der amerikanischen Diplomatie zu spüren bekam ... einer Diplomatie, die von der mächtigsten Streitkraft der Welt gestützt wurde. Das kurze Schreiben signalisierte ein jähes Ende des Schmusekurses von Bishops Administration. Einen Schuss vor den Bug sozusagen.

Nafe lehnte sich in seinen Sessel zurück und ließ den Blick über das Oval Office gleiten. Dies hier war jetzt *seine* Administration, überlegte er und erfreute sich zugleich an seinem neuen Status. Dann wurde dieser kurze Augenblick des Alleinseins durch ein Klopfen an der Tür unterbrochen. »Herein!«, fauchte er.

Die Tür wurde von seinem persönlichen Adjutanten geöffnet, einem dünnen Jungen Anfang zwanzig, dessen Namen sich Nafe einfach nicht merken konnte. »Ja, was ist?«

Nervös vollführte der junge Mann eine halbe Verbeugung. »Sir, der Direktor der CIA und der Leiter der OES sind hier.«

Nafe richtete sich auf. Keiner der beiden hatte einen Termin. »Lass sie rein!«

Der Junge wich zurück und gestattete den beiden Männern den Eintritt.

Nicolas Ruzickov trat als Erster ein und winkte Jeb Fielding, den Leiter des Office of Emergeny Services, zu den gepolsterten Ledersesseln auf der anderen Seite des Raums hinüber. Der ältere Mann von etwas gelehrtenhaftem Erscheinungsbild, mit eingefallenen Schultern und abgezehrtem Äußeren, trug einen dicken Stapel Papier unter dem Arm.

»Mr President«, sagte Ruzickov. »Ich war der Meinung, Sie sollten sich das hier ansehen.« Der Direktor der CIA zeigte auf die Sofas und Sessel, die um einen antiken Couchtisch standen. Fielding hatte bereits dort Platz genommen. »Wenn Sie bitte zu uns kommen wollen.«

Ächzend stand der schwergewichtige Nafe auf und kam um seinen Schreibtisch herum. »Es ist spät, Nicolas. Kann das nicht warten? Ich muss gleich morgen früh meine Ansprache an die Nation halten, ich möchte nicht zu müde wirken. Das amerikanische Volk braucht ein energisches Gesicht, wenn ihm allmählich die Bedeutung der Nachricht von Air Force One aufgeht.«

Ruzickov neigte leicht den Kopf und behielt seine offizielle Haltung bei. »Ich verstehe, Mr President, und ich bitte um Vergebung. Aber diese Sache hat etwas mit der Ansprache morgen früh zu tun.«

Nafe ließ sich auf dem Sofa nieder. Ruzickov und Fielding saßen in ihren Sesseln, Letzterer mit seinem Papierstapel ... Karten, wie Nafe bemerkte. Eine ganz zwanglose Runde.

»Worum geht's eigentlich?«, fragte er und beugte sich vor, als Fielding eine Karte auf dem Couchtisch entfaltete.

Ruzickov gab Antwort. »Jüngste Neuigkeiten.«

»Wie bitte?«

»Wie Sie wissen, hat die OES die Reihe von Erdbeben vor acht Tagen untersucht. Wegen der Verwüstungen an der Westküste sind die Informationen nur langsam hereingetröpfelt.«

Nafe nickte ungeduldig. Er hatte vergangene Woche eine öffentliche Ansprache wegen der »nationalen Katastrophe« gehalten. Die ging ihn jetzt nichts mehr an. Er wusste, dass er in ein paar Tagen die Region besuchen, in verschiedenen Notunterkünften für die obdachlos Gewordenen Hände schütteln und an Gedenkveranstaltungen teilnehmen musste. Auf dem Plan stand sogar, vor der Küste Alaskas einen Lorbeerkranz ins Meer zu werfen, zum Gedenken an die mutmaßlich tausenden von Toten, die der Untergang der Aleuten gekostet hatte. Er war auf diesen Abstecher vorbereitet. Er hatte seine Anzüge ausgewählt und mit seinem Armani-Jackett über der Schulter vor dem Spiegel posiert, die Hemdsärmel bis zum Ellbogen aufgekrempelt. Das wirkte solide und erdverwachsen – ein Präsident, der bereit war, seinem Volk beizustehen.

Ruzickov lenkte Nafes Aufmerksamkeit auf die Karte, die jetzt offen auf dem Tisch lag. »Nachdem die Daten von den Forschungsstationen an der Westküste hereingekommen sind, hat Jebs Büro die Informationen und seismischen Werte gesammelt und versucht, eine Erklärung für die Naturkatastrophe zu finden.«

Nafe blickte auf. »Wissen wir, was sie ausgelöst hat?«

»Nein, nicht genau, aber vielleicht kann ab jetzt besser

Jeb die Sache erklären.« Ruzickov nickte Fielding zu, er solle übernehmen.

Der ältere Mann war offenbar nervös. Er fuhr sich mit einem Taschentuch über die Stirn und räusperte sich. »Vielen Dank, dass Sie sich die Zeit für uns nehmen, Mr President.«

»Ja, ja, schon gut ... was haben Sie erfahren?«

Fielding strich die Karte auf dem Tisch glatt. Sie zeigte den Pazifischen Ozean, eine topografische Karte des Meeresbodens, des kontinentalen Schelfs und des Küstenverlaufs. Der äußere Kreis, der größte, streifte die Westküste der Vereinigten Staaten und zog sich in einem Bogen um die japanischen Inseln. Die inneren Kreise wurden immer enger. Kleine rote Kreuze sprenkelten die Küsten und Inseln innerhalb dieser enger werdenden Kreise und markierten Katastrophengebiete. Fielding ließ den Finger darüber laufen. »Unser Büro war im Stande, die Vektoren der tektonischen Kräfte während der Serie von Erdbeben zu kartografieren.«

Nafe zog die Brauen zusammen. Er gab äußerst ungern Unwissenheit zu, aber Ruzickov erkannte seine Verwirrung und sagte zu Fielding: »Fangen Sie von vorn an.«

Fielding hob und senkte den Kopf. »Natürlich ... Tut mir Leid ...« Er leckte sich die Lippen. »Uns war von Anfang an bekannt, dass die Beben am Tag der Sonnenfinsternis alle am Rand der tektonischen Platte des Pazifiks auftraten.« Er zog den Finger grob über die Grenzen des äußeren Rings auf seiner Karte.

Nafes Ausdruck blieb unverändert.

»Vielleicht hole ich etwas weiter aus«, meinte Ruzickov und hieß Fielding zu schweigen. »Wie Ihnen gewiss bekannt ist, Mr President, ist die Oberfläche der Erde eigentlich eine harte Schale über einem geschmolzenen Kern, genauer, eine rissige Schale – wie ein hart gekochtes Ei, das man gegen einen Tisch geschlagen hat. Jedes Schalenteil, oder jede ›tektonische Platte‹, treibt über diesem flüssigen Kern und befindet sich in beständiger Bewegung, wobei sich die eine an der anderen reibt, manchmal darunter versinkt und Gräben bildet oder, anders herum, aufsteigt und Berge auftürmt. An diesen Reibungspunkten zwischen den Platten ist die seismische Aktivität am stärksten.«

»Das ist mir alles bekannt«, sagte Nafe gereizt, den Beleidigten spielend.

Ruzickov zeigte auf die Karte. »Unter dem Pazifischen Ozean liegt eine große Platte. Die Beben sowie die vulkanische Aktivität vor acht Tagen erfolgten entlang der Grenzen oder Bruchstellen dieser Platte.« Der Direktor der CIA zeigte auf einige der Inseln in der Mitte der Karte. »Darüber hinausgehende Katastrophen an den Küsten und Inseln waren das Ergebnis von Flutwellen, erzeugt von Beben unter dem Meer.«

Nafe richtete sich auf. Er war zu erschöpft, um noch weiterhin Interesse vorzutäuschen. »Schön. Verstehe ich. Weswegen also diese nächtliche Lektion in Naturwissenschaft?«

»Jeb, warum erklären Sie's nicht von hier an?«

Fielding nickte. »Während der letzten Woche haben wir versucht herauszufinden, was so viele Punkte entlang der Pazifischen Platte dazu veranlasst hatte, gleichzeitig aktiv zu werden, was also diese katastrophale Reaktion ausgelöst hat.«

»Und?«, fragte Nafe.

Fielding tippte auf jeden der konzentrischen Kreise, die auf der Karte eingezeichnet waren, wobei er am äußeren begann und nach und nach jeden der kleineren berührte. »Wir haben Daten aus hunderten von geologischen Stationen vermessen. Danach waren wir in der Lage, die Richtung der Intensität zu verfolgen und auf das wahre Epizentrum dieser ganzen Reihe von Beben zu schließen.«

»Sie wollen sagen, sämtliche Beben haben ihren Ursprung vielleicht in einem einzigen größeren Ereignis irgendwo anders?«

»Genau. Das wird Impaktereignis genannt. Schlägt eine ausreichend starke Kraft auf eine tektonische Platte ein, kann dies eine ringförmige Ausstrahlung von Wellen zur Folge haben, was wiederum dazu führt, dass am Rand der Platte vermehrte Aktivität auftritt.«

»Wie ein Stein, den man in einen stillen Teich wirft«, fügte Ruzickov hinzu. »Er erzeugt Wellen am Ufer.«

Nafes Brauen gingen in die Höhe. »Wissen wir, was dieser ›Stein‹ ist?«

»Nein«, erwiderte Fielding, »aber wir wissen, *wo* der Stein eingeschlagen hat.« Der Leiter der OES zog weiterhin die Fingerspitze über die Karte, bis er den innersten Kreis erreichte, einen winzigen roten Ring, und lauter darauf tippte. »Nämlich genau hier.«

Nafe beugte sich näher heran und studierte die Karte. An der bezeichneten Stelle gab es nichts als Meer. »Was ist daran so bedeutend?«

Wiederum gab Ruzickov Antwort. »Dort, in diesem Kreis, ist Air Force One abgestürzt.«

Nafe schnappte nach Luft. »Wollen Sie damit sagen, dass der Absturz von Air Force One Ursache für alles ist? Dass Bishops Jet der Stein war, von dem wir gesprochen haben?«

»Nein, ganz bestimmt nicht«, erwiderte Fielding. »Die

Beben haben Stunden vor dem Absturz eingesetzt. Eigentlich war es sogar so, dass die Beben in Guam die Evakuierung des Präsidenten erforderlich gemacht haben. Aber wie dem auch sei, ein Flugzeugabsturz könnte nicht den Bruchteil der Energie aufbringen, die nötig wäre, eine Schwingung über die gesamte pazifische Platte auszulösen. Nein, wir sprechen von einer Energie, die einer Trillion Megatonnen TNT entspricht.«

Nafe rutschte zurück. »Wollen Sie dann sagen, dass dort unten ein derartiges Ereignis stattgefunden hat?« Er nickte zu dem winzigen roten Kreis hin.

Fielding erwiderte langsam dieses Nicken.

In das Schweigen hinein sagte Ruzickov: »Jeb, mehr benötigten wir im Augenblick nicht. Wir sprechen morgen weiter.«

Fielding streckte die Hand nach der Karte aus.

»Lassen Sie die hier«, sagte Ruzickov.

Widerstrebend zog der andere Mann die Hand zurück, sammelte seine übrigen Papiere ein und erhob sich. »Vielen Dank, Mr President.«

Als Fielding davoneilen wollte, sagte Ruzickov: »Und, Jeb, wir würden es sehr zu schätzen wissen, wenn Sie die Angelegenheit vertraulich behandeln. Im Augenblick bleibt das alles ganz unter uns.«

»Natürlich, Sir«, erwiderte Fielding und verließ den Raum.

Nachdem er verschwunden war, fragte Nafe: »Was meinen Sie also, Nick?«

Ruzickov zeigte auf die Karte. »Diese Entdeckung halte ich für den wichtigsten Fund dieses Jahrhunderts. Etwas ist da draußen passiert. Etwas, das vielleicht mit dem Absturz von Air Force One zu tun hat.« Der Direktor der CIA sah Nafe direkt ins Gesicht. »Deswegen wollte ich, dass Sie vor der offiziellen Ansprache morgen früh davon erfahren. Bevor wir endgültig und unwiderruflich auf unseren gegenwärtigen Plan setzen, den Chinesen die Schuld für den Absturz in die Schuhe zu schieben.«

Nafe schüttelte den Kopf. »Ich rücke nicht von meiner Position ab. Nicht in diesem späten Stadium des Spiels.« Er sah die konzentrischen Kreise finster an. »All das ist bloß ... bloß Wissenschaft. Nicht Politik.«

»Bin ganz Ihrer Ansicht«, sagte Ruzickov, entschlossen nickend. »Sie haben das Sagen. Es ist letztlich Ihre Entscheidung. Sie sollten bloß vollständig informiert sein.«

Nafe verspürte Stolz, weil der Direktor der CIA ihn unterstützte. »Gut. Aber, Nick, sagen Sie, was ist mit den übrigen Informationen? Können wir die unter Verschluss halten?«

»Jeb ist mein Mann. Er wird erst reden, wenn ich es ihm sage.«

»Gut, dann wird die Ansprache morgen wie geplant laufen.« Erleichtert darüber, dass das alles seine Vorhaben nicht durcheinander bringen würde, ließ sich Nafe in die Sofalehne sinken. »Was meinen Sie jetzt übrigens damit, das sei die Entdeckung des Jahrhunderts?«

Einen Moment lang schwieg Ruzickov und studierte die Karte. »Ich werde über alles, was an der Absturzstelle geschieht, auf dem Laufenden gehalten. Haben Sie gewusst, dass alle Wrackteile magnetisiert worden sind?«

»Nein, aber was spielt das für eine Rolle?«

»Der leitende Untersuchungsbeamte, der verstorbene Edwin Weintraub, hat die Theorie aufgestellt, dass die Teile, kurz nachdem sie auf dem Grund des Ozeans angekommen sind, einem starken Magnetfeld ausgesetzt waren. Ich habe ebenfalls Berichte gelesen, wonach dem Tauchboot während seines Aufenthalts dort unten einige merkwürdige Dinge widerfahren sind ... das hatte mit der Entdeckung einer neuen Kristallformation zu tun.«

»Mir ist nach wie vor schleierhaft, was das zu bedeuten hat.«

Ruzickov sah auf. »Was sich dort unten auch befindet – es war stark genug, die gesamte pazifische Platte zu erschüttern. Wie Jeb gesagt hat, handelt es sich um eine Kraft, die einer Trillion Megatonnen TNT entspricht. Was, wenn wir diese Energie zügeln, für uns nutzbar machen könnten? Ihr Geheimnis entdecken? Eine überlegene neue Energiequelle. Können Sie sich vorstellen, welche Feuerkraft wir in Händen halten würden? Das könnte uns aus dem Würgegriff der Araber befreien, was unsere Ölversorgung betrifft ... Waffen und Schiffe mit einer Macht versorgen, neben der alle anderen Armeen geradezu winzig erscheinen würden. Darin liegen unendlich viele Möglichkeiten verborgen.«

»Klingt für mich ziemlich weit hergeholt. Wie kann man einen einmaligen Vorfall am Grund des Ozeans für sich nutzbar machen?«

»Das weiß ich noch nicht so genau. Aber was würde geschehen, wenn eine andere, ausländische Nation diese Energie in die Hände bekäme? Jeb ist nicht der einzige Wissenschaftler auf der Welt. In den kommenden Monaten wird jemand anderer vielleicht eine ähnliche Karte zeichnen und auf die Suche gehen. Das da draußen sind internationale Gewässer. Wir könnten sie nicht daran hindern.«

Nafe schluckte. »Was schlagen Sie vor?«

»Im Augenblick sind wir in der einzigartigen Lage, diese Stelle zu erforschen, ohne irgendwelchen Argwohn oder anderweitiges Interesse zu erregen. Wir bergen lediglich das Flugzeug unseres verschollenen Präsidenten. Die perfekte Tarnung. Wir haben bereits Männer und Schiffe vor Ort. Commander Spangler hat das Gebiet abgesperrt. Unter dieser Tarnung könnten wir ein Untersuchungsteam runterschicken.«

Nafe sah, wie Ruzickovs Augen heller leuchteten. »Also haben Sie die Sache bereits durchdacht?«

»Und ich habe einen vorläufigen Plan entwickelt«, erwiderte der CIA-Chef grimmig lächelnd. »Vor der Küste von Hawaii läuft seit einem Jahrzehnt ein Tiefseeforschungsprojekt, das gemeinsam von der National Science Foundation und einem Konsortium aus kanadischen Industriellen betrieben wird. Sie haben ein selbstversorgendes Tiefsee-Forschungslabor entwickelt und gebaut ... ausgestattet mit eigenen Tauchbooten und ROV-Robotern. Es könnte innerhalb von vier Tagen vor Ort und bemannt sein. Die beiden Missionen – die Bergung der letzten Teile von Air Force One und unser heimliches Forschungsvorhaben – sollten sich problemlos miteinander verknüpfen lassen. Niemand würde Verdacht schöpfen.«

»Was wäre dann der erste Schritt?«

»Ich benötige lediglich Ihr Einverständnis.«

Nafe nickte. »Wenn da unten was liegt, können wir nicht das Risiko eingehen, dass es in fremde Hände gerät. Sie können loslegen.«

Ruzickov sammelte die Karten ein und erhob sich. »Ich werde sogleich Kontakt zu Commander Spangler aufnehmen und mit der Operation beginnen.«

Nafe schob sich hoch. »Aber Nick, nachdem wir morgen die Dinge in Bewegung gesetzt haben, darf niemand von dieser Sache erfahren. Niemand.«

»Keine Sorge, Mr President. Commander Spangler wird alles fest unter Verschluss halten. In dieser Hinsicht hat er mich noch nie enttäuscht.«

Nafe wand sich um seinen Schreibtisch und setzte sich wieder in den Chefsessel. »Das sollte er auch besser nicht.«

20.12 Uhr
Deep Fathom, *Zentralpazifisches Becken*

Jack und die Mannschaft der *Deep Fathom* hatten sich um den Tisch im Meereslabor versammelt, einem der größten Räume auf dem kleinen Schiff und als Versammlungsort ganz praktisch – wenn auch nicht gerade gemütlich. Die einzigen Sitzgelegenheiten waren harte Metallhocker, und auf den Regalen standen hunderte von durchsichtigen Behältern mit Proben der Meeresfauna, konserviert in Sole oder Formaldehyd. Die Reihen toter Tiere schienen auf die versammelte Mannschaft herabzustarren.

»Ich kaufe denen diese Erklärung nach wie vor nicht ab«, meinte George hitzig. »Ich habe den ganzen Tag über die Nachrichten verfolgt, habe die so genannten Experten im CNN, CNBC und der BBC gehört, und ich glaube denen kein einziges Wort.«

Jack seufzte. Zuvor hatte er seiner Mannschaft von den bei der Besprechung erwähnten Funden und dem jüngsten Befehl berichtet: *das Gebiet räumen*. Sie hatten den ganzen Nachmittag benötigt, um ihre Ausrüstung zu verstauen, die *Nautilus* zu sichern und aufzubrechen. Gegen Abend hatten sie die Zone um die Absturzstelle längst verlassen und befanden sich auf hoher See.

»Der Absturz ist nicht mehr unsere Sorge«, meinte Jack erschöpft.

Das Treffen nahm nicht den von ihm erwarteten Verlauf. Er hatte diese abendliche Sitzung einberufen, um allen für ihre Hilfe zu danken und einen Plan auszutüfteln. Da das Schatzschiff *Kochi Maru* in einem Tiefseevulkan versunken war, benötigte die *Fathom* ein neues Ziel. Die beiden beim Tauchgang vor einer Woche heraufgeholten Goldbarren waren nach Wake Island und von dort aus weiter zu Kendall McMillans Bank in San Diego verschifft worden. Der kleine Schatz deckte kaum ihre Kosten für die jahrelange Suche nach der *Kochi Maru*. Das Honorar für die Hilfsarbeiten bei der Navy würde ihnen etwas Luft verschaffen, aber nicht viel. Sie benötigten nach wie vor einen neuen Kredit.

McMillan, der Wirtschaftsprüfer der Bank, saß am anderen Ende des Tischs und war von den gestrigen Stürmen immer noch ganz grün ums Kinn. Egal, was hier beschlossen wurde, die endgültige Entscheidung, ob sie nämlich ihr nächstes Abenteuer finanzieren würde oder nicht, würde die Bank treffen. McMillan saß mit einem Stift in der Hand da und kritzelte auf seinem Blatt Papier herum. Die Mannschaft, immer noch wütend über ihren groben Hinauswurf, musste erst wieder in die Gänge kommen.

Jack versuchte, die Debatte wieder auf den Punkt zu bringen. »Wir müssen diese Angelegenheit ad acta legen und uns überlegen, was wir jetzt unternehmen.«

George machte ein finsteres Gesicht. »Hör mal, Jack, vor der Explosion letzte Nacht wollte ich dir eigentlich was zeigen. Das möchte ich gern noch loswerden.«

Jack fiel ein, dass der Historiker in das mitternächtliche Gespräch mit Admiral Houston hineingeplatzt war.

»Na gut, aber das ist das letzte Mal, dass wir über diese Sache sprechen. Danach geht's wieder ums Geschäft.«

»Einverstanden.« George hob eine zusammengerollte Karte auf, die neben seinem Hocker gelegen hatte, und entrollte sie auf dem Tisch. Sie zeigte eine Gesamtansicht des Pazifischen Beckens. In einem großen, rot umrandeten Dreieck befanden sich winzige Kreuze.

Lisa stellte sich hin, um sich einen besseren Überblick zu verschaffen. »Was willst du uns da zeigen?«

George tippte auf die Karte. »Das Dreieck des Drachen.«

»Das was?«, fragte sie.

Er ließ einen Finger an den Grenzen des eingezeichneten Dreiecks entlanglaufen. »Es hat auch andere Namen. Die Japaner nennen es »Mamo Umi«, die Teufelssee. Hier verschwinden seit Jahrhunderten Wasser- und Luftfahrzeuge.« Er ließ sich nieder, tippte auf jedes einzelne der winzigen Kreuze und beschrieb dabei die Tragödie eines verschollenen Schiffs, U-Boots oder Flugzeugs.

Lisa pfiff durch die Zähne. »Wie im Bermudadreieck.«

»Genau«, meinte George und setzte seine Litanei fort, bis er zuletzt die Geschichte eines japanischen Piloten aus dem zweiten Weltkrieg erzählte und dessen letzte, schicksalshafte Worte vor dem Absturz zitierte. »›Der Himmel öffnet sich!‹ Das war seine letzte gefunkte Nachricht. Da fällt mir eine merkwürdige Übereinstimmung auf. Air Force One ist im Zentrum des Drachen-Dreiecks abgestürzt, und die letzten Worte seines Piloten waren dieselben wie die des verschwundenen japanischen Piloten vor einem halben Jahrhundert.«

»Erstaunlich«, pflichtete Lisa bei.

Robert starrte bloß auf das Dreieck, die jungenhaften Augen weit geöffnet.

Charlie beugte sich näher heran und ließ einen Finger an den Zahlen für Längen- und Breitengrad vorüberlaufen. Seine Stirn war tief gefurcht.

George sah zu Jack auf. »Wie erklärst du dir das?«

»Ich habe die Stelle gesehen, wo die Bombe explodiert ist«, meinte Jack. »*Das* war kein merkwürdiges Phänomen. Das war schlichter Mord.«

George schnaubte verächtlich. »Aber was ist mit deinen eigenen Funden da unten? Die Kristallsäule, die seltsamen Hieroglyphen, die merkwürdigen Ausstrahlungen? Und als Krönung des Ganzen ist der größte Teil des Wracks der Präsidentenmaschine zufällig genau hier heruntergekommen. Bei einer Explosion mitten in der Luft wären die Trümmer in einem wesentlich weiteren Umkreis verstreut gewesen.«

Jack saß schweigend da. Aus Georges Worten hörte er seine eigenen Argumente aus der Debatte mit dem Admiral von letzter Nacht heraus. Er war gleichfalls davon überzeugt gewesen, dass dort unten etwas Mächtiges lag. Etwas mit der Kraft, ein Flugzeug vom Himmel zu holen. Er studierte die Karte. Die Zahl der Zufälle stieg immer höher und erreichte allmählich Werte, die man nicht mehr einfach so abtun konnte. »Aber die Bombe in der Jadebüste, die elektronischen Schaltelemente ...?«

»Was, wenn das alles bloß arrangiert worden ist?«, fragte George. »Ein Schwindel. Washington hat die Chinesen schon *vor* der Explosion beschuldigt.«

Jack runzelte die Stirn.

Charlie ergriff mit seinem schweren jamaikanischen Akzent das Wort. »Ich weiß nicht, *Mann*. Meiner Ansicht nach ist da was dran an dem, was George sagt.«

»Was meinst du damit?«

»Ich habe auch schon vom Dreieck des Drachen gehört, bis jetzt jedoch nur keine Verbindungen gezogen.«

»Na Klasse, noch ein Bekehrter«, murmelte Kendall McMillan von der anderen Seite des Tischs.

Jack ignorierte den Wirtschaftsprüfer und wandte sich an den Schiffsgeologen. »Was weißt du über diese Region?«

Zur Antwort stieß Charlie Robert an. »Würdest du mir bitte den Globus aus der Bibliothek holen?«

»Aber sicher.« Robert machte sich davon.

Charlie nickte zur Karte hin. »Kennt einer von euch den Ausdruck ›Agone‹?«

Allgemeines Kopfschütteln.

»Das ist eine von vielen Theorien zur Erklärung der verschwundenen Schiffe und Flugzeuge hier. Agonen sind Regionen, an denen das Magnetfeld der Erde leicht defekt ist. Die Anzeigen eines Kompasses stimmen nicht völlig mit dem Rest der Welt überein. Die Agone der östlichen Hemisphäre verläuft durch die Mitte dieses Drachen-Dreiecks.« Charlie sah sich am Tisch um. »Weiß einer von euch, wo die Nulllinie der *westlichen* Hemisphäre verläuft?«

Erneutes allgemeines Kopfschütteln.

»Durch das Bermudadreieck«, gab Charlie zur Antwort und wartete, bis die Bedeutung dieser Antwort allen klar geworden war.

»Aber was verursacht diese magnetischen Störungen eigentlich?«, fragte Lisa. »Diese Agonie?«

»Agone«, korrigierte Charlie. »Das weiß niemand so genau. Einige geben zunehmender seismischer Aktivität in diesen Regionen die Schuld. Während eines Erdbebens werden starke Magnetströme generiert. Im Allgemeinen wissen wir jedoch nicht viel über Magnetismus, das Magnetfeld der Erde eingeschlossen. Seine Eigenschaften, Energien und seine Dynamik sind nach wie vor Gegenstand der Forschung. Die meisten Wissenschaftler nehmen es einfach als gegeben hin, dass das Magnetfeld der Erde vom Fluss des geschmolzenen Kerns des Planeten um das feste Zentrum erzeugt wird, das aus Nickel und Eisen besteht. Dennoch bleiben viele Unstimmigkeiten. Wie die Fluidität dieses Felds.«

»Fluidität?«, unterbrach George. »Was willst du damit sagen?«

Charlie wurde klar, dass er in seiner Aufregung zu schnell gewesen war. »Vom geologischen Standpunkt aus gesehen«, fuhr er etwas langsamer fort, »ist der Mensch erst einen Lidschlag lang auf dieser Erde. Während einer so kleinen Zeitspanne erscheint das Magnetfeld der Erde fixiert. Der Nordpol ist oben, und der Südpol ist unten. Aber sogar während dieser kurzen Zeitspanne hat der Ort der Pole geschwankt. Die wahre Position des magnetischen Nordens wackelt beständig ein wenig. Aber das ist bloß eine geringfügigere Fluktuation. Während der gesamten geologischen Geschichte haben diese Pole nicht nur ihre Position deutlich verändert, sondern sie haben sich mehrmals *umgekehrt.*«

»Umgekehrt?«, fragte Lisa.

Charlie nickte. »Der Norden wurde zum Süden und der Süden zum Norden. Für solche Ereignisse gibt es noch keine ausreichenden Erklärungen.«

Jack kratzte sich den Kopf. »Was hat das mit irgendwas zu tun?«

»Wenn ich das bloß wüsste! Wie gesagt, ich finde es verblüffend. Hast du nicht erwähnt, dass das Wrack von Air Force One magnetisiert worden ist? Addiert sich diese Tatsache nicht der Liste von Zufälligkeiten? Und was ist mit deinen eigenen Kompassproblemen da unten?«

Jack schüttelte den Kopf. Nachdem jetzt mehrere Tage verstrichen waren, war er sich nicht mehr so sicher, was er dort unten wirklich erlebt hatte.

»Und was ist mit diesen merkwürdigen Zeitsprüngen?«, fragte Lisa. »Ich habe mich verzweifelt bemüht herauszufinden, weshalb die Uhr der *Nautilus* immer eine völlig falsche Zeit angezeigt hat, wenn das Tauchboot in die Nähe des Kristalldings gekommen ist, konnte aber nie auch nur einen Fehler finden.«

George richtete sich auf. »Natürlich! Warum habe ich diese Verbindung nicht auch gezogen?« Er durchsuchte seinen Papierstapel. »Zeitsprünge! Hier ist der Bericht eines Piloten, Arthur Godfrey. Im Jahre 1962 flog er mit einer alten Propellermaschine nach Guam. Das Flugzeug hat die über vierhundert Kilometer in knapp einer Stunde zurückgelegt. Über zweihundert Kilometer mehr, als seine Maschine in einer Stunde hätte kommen dürfen.« George hob die Nase aus den Papieren. »Bei der Landung fand Mr Godfrey für seine frühe Ankunft keine Erklärung, auch nicht dafür, weshalb seine Uhren anders gingen als die des Flughafens.«

Lisa warf Jack einen Blick zu. »Kommt mir verflucht bekannt vor.«

»Ich habe noch weitere Beispiele«, sagte der Historiker aufgeregt. »Moderne Flugzeuge, die den Pazifik überqueren, jedoch unerklärlicherweise Stunden früher eintreffen als im Flugplan vorgesehen. Unten habe ich Einzelheiten.« George stand auf. »Ich geh sie holen.«

»Das ist lächerlich«, sagte Jack, aber es fiel ihm schwer, seinen Worten Nachdruck zu verleihen. Er musste an seine eigenen verloren gegangenen vierzig Minuten denken.

»So merkwürdig muss das gar nicht sein«, meinte Charlie, als der Historiker an ihm vorbeischlüpfte. »Man hat die Theorie aufgestellt, dass elektromagnetische Felder von genügender Stärke möglicherweise die Zeit beeinflussen können, so ähnlich wie die Schwerkraft in einem schwarzen Loch.«

Beim Hinausgehen wäre der Historiker fast mit Robert zusammengestoßen. Der Meeresbiologe trat beiseite, um dem alten Professor Platz zu machen, und kam dann mit einem fußballgroßen Globus in den Händen herein.

»Aha!«, sagte Charlie. »Jetzt will ich euch den wirklich bizarren Teil zeigen. Darüber habe ich mal was in einem wissenschaftlichen Aufsatz gelesen.«

Robert reichte dem Geologen den blauen Globus.

Charlie hielt ihn hoch und zeigte mit dem Finger auf den Pazifik. »Hier hat das Dreieck des Drachen seinen Mittelpunkt. Wenn man von diesem Punkt aus einen Pfeil durch das Zentrum der Welt treibt, so dass er auf der anderen Seite wieder herauskommt, wisst ihr, wo der dann landen würde?«

Niemand gab Antwort.

Charlie drehte den Globus und stach mit einem Finger darauf ein. »Im Zentrum des Bermuda-Dreiecks.«

Lisa schnappte hörbar nach Luft.

»Es ist fast so«, fuhr Charlie fort, »als würden diese beiden diametral gegenüberliegenden Dreiecke eine weitere Erdachse darstellen, Pole, die noch nie erforscht oder überhaupt als solche erkannt worden sind.«

Jack erhob sich, nahm Charlie den Globus ab und stellte ihn auf den Tisch. »Nun komm schon. Das ist alles zwar sehr interessant, aber die Miete bezahlt es uns nicht, Leute.«

»Da bin ich mit Mr Kirkland einer Meinung«, sagte McMillan sauertöpfisch. »Wenn ich geahnt hätte, dass das hier eine Folge von *Ungelöste Rätsel* werden würde, hätte ich schon längst im Bett sein können.«

Jack legte die Hand auf den Globus. »Ich fürchte, wir müssen dieses Gespräch auf etwas anderes als Theorien und uralte Mythen lenken. Legt eure Mutmaßungen erst mal beiseite. Jetzt geht's ums Geschäft, liebe Leute.«

Da betrat George erneut den Raum. Er sah ganz blass aus und hielt ein einzelnes Blatt Papier in der Hand. »Ich habe gerade diese E-Mail erhalten.« Er hielt das Blatt hoch. »Von einer Professorin für Anthropologie in Okinawa. Sie behauptet, weitere der seltsamen Hieroglyphen entdeckt zu haben ... eingraviert auf die Mauer einer Geheimkammer in gerade erst entdeckten Ruinen.«

Jack stöhnte. Er konnte dieses Gespräch wohl einfach nicht abwürgen.

»Aber das ist nicht das Erstaunlichste.« George sah sich im Raum um. »Sie hat auch einen *Kristall* entdeckt. Und ihn mitgenommen!«

Charlie richtete sich auf und ließ die Karte Karte sein. »Einen Kristall? Was berichtet sie davon?«

»Nicht viel. Sie gibt nur vage Hinweise, deutet jedoch an, dass er ein paar merkwürdige Eigenschaften hat. Sie weigert sich, weitere Informationen preiszugeben ... es sei denn, wir treffen uns mit ihr.«

Jack fand plötzlich aller Augen auf sich gerichtet. »Von euch will keiner das Thema fallen lassen, hm? Seltsame Kristalle, uralte Inschriften, magnetische Ströme ... hört euch doch bloß mal selbst zu!«

Vom Wirtschaftsprüfer der Bank abgesehen sah sich Jack einer Mauer der Entschlossenheit gegenüber. Er warf die Hände in die Luft und sank auf einen Hocker. »Na schön ... ob der Navy unsere Hilfe erwünscht ist oder nicht, ob wir Pleite gehen oder nicht, ihr wollt also alle weiter erforschen, was da unten liegt?«

»Klingt gut, finde ich«, erwiderte Charlie.

»Jau«, fügte Lisa hinzu.

»Wie könnten wir die Sache jetzt fallen lassen?«, fragte Robert.

»Ich stimme dem zu«, sagte George.

Nur Kendall McMillan schüttelte den Kopf. »Das wird der Bank aber gar nicht gefallen.«

Jack sah seine Mannschaft an und legte dann seufzend den Kopf in die Hände. »Na gut, George, wie schnell kannst du für mich einen Flug nach Okinawa buchen?«

12

BIS HIERHER UND NICHT WEITER

2. August, 3.12 Uhr
An Bord der Maggie Chouest, *Zentralpazifisches Becken*

Eingemummelt in eine Fliegerjacke stand David Spangler am Bug der *Maggie Chouest*, einem Bergungsschiff der Navy. Ein hässliches Schiff, grellrot gestrichen, bestückt mit Antennen, Auslegern und Satellitenschüsseln und bemannt mit dreißig Personen. Eine zweihundert Fuß lange reizlose Schlampe, dachte David. Es war der zeitweilige Stützpunkt der Navy Deep Submergence Unit sowie des neuesten Bergungsfahrzeugs, der *Perseus.* Zur Zeit lag das große Tauchboot noch im Trockendock am Bug und wartete auf seinen ersten Einsatz, der später an diesem Tag erfolgen sollte.

David nahm einem langen und tiefen Zug von seiner Zigarette. Bis zum Morgengrauen waren es noch einige Stunden hin, aber er würde in dieser Nacht kaum zum Schlafen kommen. Vor zwei Stunden hatte er den Hörer aufgelegt, nachdem er mit seinem Chef, Nicolas Ruzickov, ausführlich seinen neuen, abgeänderten Auftrag besprochen hatte.

Sein erstes Ziel, den Chinesen die Schuld am Absturz von Air Force One in die Schuhe zu schieben, war ein voller Erfolg gewesen. Sie hatten leichtes Spiel gehabt, da das Land noch dabei war, sich von dem Schock über die Katastrophe an der Westküste zu erholen. Da sich zudem eine heftige Paranoia breit gemacht hatte, war die Öffentlichkeit nur allzu bereit, jede mögliche Erklärung zu schlucken. Lawrence Nafe hatte David gedankt. Er würde in einigen Stunden eine Ansprache halten, mit der er die Chinesen unmissverständlich herausfordern und deutlich erklären würde: »Bis hierher und nicht weiter.«

Aber David hatte inzwischen eine neue Aufgabe erhalten: die Leitung eines geheimen Forschungsprojekts. Dabei ging es um eine unbekannte Energiequelle, die etwas mit den Beben vor neun Tagen zu tun haben sollte.

Er hatte nicht mal die Hälfte der Einzelheiten verstanden, die ihm Ruzickov mitgeteilt hatte, aber das war auch unwichtig. Er musste lediglich dafür sorgen, dass von den Geschehnissen an der Fundstelle nichts nach außen drang. Für die übrige Welt hatte die rege Geschäftigkeit dort wie eine Fortsetzung der Bergungsarbeiten auszusehen.

David schaute über das dunkle Meer hinweg. Ein Rauchkringel löste sich langsam von seinen Lippen. Die USS *Gibraltar* war vor einem halben Tag bei Sonnenuntergang in Richtung philippinisches Meer losgefahren. Neben der *Maggie Chouest* kreisten nur noch drei weitere Schiffe in diesem Gebiet – Zerstörer mit genügend Feuerkraft, dass sie auch weiterhin niemand belästigen würde.

Hinter ihm schloss sich knallend eine Luke.

»Sir.«

Er warf einen Blick über die Schulter. »Was ist, Mr Rolfe?«

»Sir, ich wollte Sie lediglich wissen lassen, dass die Forschungseinheit in Hawaii geschlossen worden ist. Sie bauen gerade das Tiefseelabor zur Verschiffung ab.«

»Probleme?«

»Nein, Sir. Man hat den Projektleiter informiert und eine vertrauliche Übereinkunft unterzeichnet. Das einzige Zugeständnis an ihn besteht darin, dass er hier die Oberaufsicht über die Forschungsarbeiten hat. Unsere wissenschaftliche Quelle in Los Alamos hat sich für den Mann verbürgt. Und der Direktor der CIA hat seine Zustimmung erteilt.«

Grimmig lächelnd nickte David. Anscheinend bekam Ruzickov ebenso wenig Schlaf wie er. »Wann sollen sie losfahren?«

»In weniger als zwei Tagen.«

Zwei Tage. Ruzickov war schnell. Gut. David musterte das Meer.

Für einen späteren Zeitpunkt an diesem Tag hatte er den ersten Tauchversuch mit dem Boot der Navy, der *Perseus*, geplant. Er kannte die Videobilder von Kirklands anderen Tauchgängen, doch er wollte die Absturzstelle mit eigenen Augen sehen. Sobald diese Mission erst einmal richtig angelaufen wäre, würde das Omega-Team oben nach dem Rechten sehen, während er unten im Meereslabor bliebe.

»Sir, das ... hm, andere Ziel ... Machen wir da weiter?«

David zog an seiner Zigarette. »Ja. Daran ändert sich nichts, im Gegenteil. Gerade jetzt müssen wir mit der Sache weitermachen. Kein Außenstehender darf wissen, was da unten liegt. So lauten die Befehle.«

»Jawohl, Sir.«

»Und wir sind der *Deep Fathom* nach wie vor auf der Spur?«

»Natürlich, Sir. Aber was meinen Sie, wann werden wir mit ...«

»Sie werden es rechtzeitig von mir erfahren. Wir dürfen nicht zu eilig handeln. Die sollen erst mal ein gutes Stück weit weg sein.« David schnipste seinen erlöschenden Zigarettenstummel ins Meer. Er war verärgert, weil ihm diese Störung den friedlichen Augenblick ruiniert hatte.

Nachdem er über ein Jahrzehnt lang gewartet hatte, sagte er sich, konnte er sich noch ein wenig länger gedulden. Drei Tage, entschied er. Mehr nicht.

13

GESCHÄFTSGEHEIMNISSE

4. August, 0.15 Uhr
Oval Office, Wahington D.C.

Kurz nach Mitternacht unterbrach ein Klopfen an der Tür Lawrence Nafes Besprechung mit drei Senatoren der Demokraten – starrköpfigen Widersachern seiner Gesetzesvorlage zur Katastrophenhilfe an der Westküste. Die Abstimmung würde am Morgen erfolgen, und Nafes gesamter Stab würde die Nacht damit verbringen, die nötige Mehrheit für die Annahme zusammenzubekommen. Die Tür zum Oval Office öffnete sich, und sein persönlicher Adjutant trat ein.

Nafe hatte den Namen des Jungen endlich behalten. »Was ist, Marcus?«

»Sir, Mr Wellington ist hier ...«

Sein Stabschef schob sich an dem Mann vorbei. »Entschuldigen Sie bitte diese Unterbrechung, Mr President, aber ich muss Ihnen etwas äußerst Dringendes mitteilen.«

Nafe bemerkte den harten Ausdruck auf dem Gesicht des Mannes. William Wellington, der einer wohlhabenden Familie aus Georgia entstammte, verströmte normalerweise einen sanften Charme. Da stimmte etwas nicht. Nafe erhob sich. »Vielen Dank, meine Herren. Das war dann wohl alles.«

Der Senator aus Arizona öffnete den Mund, als wollte er sich beschweren, doch Nafe brachte ihn mit einem Blick zum Schweigen. Wenn Jacobson die Unterstützung des Präsidenten bei der nächsten Wahl im kommenden Jahr in Arizona erhalten wollte, bliebe er besser bei der Stange. Nafe würde keine Abweichler in den eigenen Reihen dulden. Der Mann schloss den Mund. Die anderen murmelten einen Dank und verschwanden mit dem Adjutanten.

Nafe wandte sich seinem Stabschef zu. »Was ist los, Bill?«

Wellington klang formell, fast gezwungen. »Mr President, Sie werden im Konferenzraum gebraucht.«

»Was ist geschehen?«

»Die Chinesen, Sir. Ihre Luft- und Marinestreitkräfte haben einen Schlag gegen Taiwan geführt.«

Nafe wäre fast in seinen Sessel zurückgefallen. »Was? Wann? Es ist mitten in der Nacht, verdammt noch mal!«

»Im Fernen Osten ist es Mittag. Sie haben kurz vor zwölf Uhr taiwanischer Zeit zugeschlagen.«

Nafe war wie gelähmt. Eine solche Kühnheit hätte er den Chinesen nicht zugetraut. Nicolas Ruzickov hatte ihm versichert, dass der chinesische Ministerpräsident aufgrund von Washingtons Anschuldigungen den Kopf einziehen und den Weg zu erheblich größeren Konzessionen seitens der Volksrepublik ebnen würde. Für diese Fehleinschätzung wollte Nafe Begründungen. »Wo ist Nick Ruzickov?«

»Im Konferenzraum. Der nationale Sicherheitsrat und das Kabinett versammeln sich bereits dort.« William Wellington wich zur Tür zurück. »Sir, wir müssen los. Eine sofortige Reaktion wird vonnöten sein.«

Nickend machte sich Nafe zur Tür auf. Die Joint Chiefs

of Staff hatten hoffentlich einen Plan für derart unvorhergesehene Ereignisse in der Tasche. Mit dem Stabschef ihm zur Seite schritt er durch den Westflügel, gefolgt von den Männern des Geheimdienstes. Wütend stieß Nafe die Tür zum inneren Heiligtum des Weißen Hauses auf.

Bei seinem Eintreten ebbten die Aufregung und der Lärm im Konferenzraum ab.

Rings um den Tisch erhoben sich ein Dutzend uniformierter Männer und Frauen: Der Vorsitzende der Joint Chiefs of Staff, somit der Chef des Generalstabes der einzelnen Waffengattungen der US-Streitkräfte, der Marinesekretär, der Stabsschef der US-Army, der Kommandant des Marine Corps sowie andere leitende Militärs. Nafes eigene Kabinettsmitglieder standen zu beiden Seiten des Tischs.

Der Breitwandmonitor auf der anderen Seite zeigte eine komplizierte Karte des philippinischen Meeres. Die Verbände waren blau, rot und gelb markiert.

Mit finsterem Gesicht schritt Nafe zum Kopf des Tischs. Er würde dafür sorgen, dass die USA diese Zurschaustellung chinesischer Aggression entsprechend beantworteten. Die Zeit für Diplomatie war abgelaufen. Falls nötig, würde er die chinesische Marine von den Meeren wischen.

Er setzte sich. Diejenigen Mitglieder, denen eine Sitzgelegenheit zur Verfügung stand, taten es ihm nach, die anderen blieben stehen.

»Wo sind wir also?«, fragte Nafe.

Alle schwiegen. Auch wollte niemand seinem Blick begegnen.

»Ich will Antworten, außerdem einen Plan für eine entsprechend aggressive Antwort«, sagte Nafe wütend.

Nicolas Ruzickov erhob sich. »Mr President, dazu ist es zu spät.«

»Was wollen Sie damit sagen?«

»Die Kampfhandlungen sind bereits vorüber. Taiwan hat kapituliert.«

Nafe rang um Verständnis. »Wie das? Wollen Sie damit sagen, dass die Chinesen in der Zeit, die ich benötigt habe, um vom Oval Office hierher zu kommen, Taiwan eingenommen haben?«

Ruzickov senkte den Kopf. »Da ihre Insel nach den Beben nur noch ein Trümmerfeld war, konnten die Taiwanesen keinen Widerstand leisten. Bevor wir hätten reagieren können, hatte ihre Regierung zugestimmt, ihre Unabhängigkeit aufzugeben und die chinesische Oberhoheit anzuerkennen, als Gegenleistung für Hilfestellung und das Ende der Feindseligkeiten. Inzwischen sind bereits chinesische Streitkräfte gelandet. Taiwan ist wieder eine chinesische Provinz.«

Nafe hatte es völlig die Sprache verschlagen. Alles war so verdammt schnell gegangen.

Der Verteidigungsminister ergriff das Wort. »Das können wir nicht einfach so hinnehmen. Wir haben Streitkräfte auf der Insel stationiert ... in diesem Gebiet.«

Der Chef der Marineleitung erhob Einspruch. »Ohne eine Anfrage der taiwanesischen Regierung sind uns die Hände gebunden. Und die wird nicht kommen. Wir haben uns mit ihrer Botschaft in Verbindung gesetzt. Sie wollen nicht zwischen die Fronten geraten, da sie befürchten, dass das in ihrem gegenwärtigen Zustand zu einer völligen Vernichtung ihrer Insel führen würde. Uns hat gerade die Nachricht erreicht, dass ihre Regierung von uns verlangt, unsere Streitkräfte aus ihren Hoheitsgewässern zurückzuziehen.«

Nafe spürte, wie ihm die Hitze ins Gesicht stieg. Noch keine zwei Wochen im Amt, und schon verlor er Taiwan an die Chinesen. Er ballte die Fäuste. »Das nehme ich nicht so einfach hin. Solange ich im Amt bin, werde ich der Ausbreitung des Kommunismus nicht tatenlos zusehen.«

»Sir ...«, warnte Ruzickov.

Nafe schlug mit der Faust auf den Tisch. »Diese Hätschelei Chinas muss ein Ende haben. Hier. Jetzt.«

»Was schlagen Sie also vor, Sir?«

»Angesichts des hinterhältigen Mords an Präsident Bishop und dieser neuesten Aggression bleibt mir keine andere Wahl.« Nafe starrte die Führer der Streitkräfte der Vereinigten Staaten an, bis sie die Blicke senkten. »Ich werde dem Kongress eine Kriegserklärung abverlangen.«

14.40 Uhr
Naha, Präfektur Okinawa, Japan

Jack war so froh darüber, dass die Reifen des Jets endlich den Beton berührten und er aus dem Bauch des Untiers befreit wurde, dass er vergaß, wie sehr er Flugreisen eigentlich verabscheute – die abgestandene Luft, die überfüllten Sitzreihen, die weinenden Kinder. Allerdings war sein Missmut in Wahrheit weniger auf die üblichen Unbequemlichkeiten zurückzuführen als auf seine Erinnerung an den Absturz von Air Force One. Er war eben in der gleichen Flugzeugklasse geflogen, einer Boeing 747, und hatte einen großen Teil des Flugs damit verbracht, aus dem Fenster zu starren und jede Schweißnaht, jeden Bolzen und jede Klappe an den Tragflächen zu mustern.

Doch drei Tage, nachdem er den Entschluss gefasst

hatte, nach Okinawa zu reisen, war er schließlich auf der Insel eingetroffen. Die Reise hatte so lange gedauert, weil der nächstgelegene Flughafen auf dem Kwajalein-Atoll lag und die *Deep Fathom* bis dorthin einen ganzen Tag benötigt hatte. Dort war er gezwungen gewesen, Stand-By zu fliegen, was einen weiteren halben Tag gefressen hatte, bis endlich ein Platz frei wurde. Aber jetzt hatte er die Reise hinter sich.

Nachdem er endlich ausgestiegen war, ging Jack durch das Gewühl zur Abfertigung hinüber. Sein einziges Gepäckstück, einen Rucksack, trug er über der Schulter. Er trat zu dem japanischen Zollbeamten und knallte seinen Pass auf den Schalter. Der Beamte bedeutete ihm, den Rucksack zu öffnen.

Jack gehorchte. Der Mann studierte seinen Pass und sprach ihn auf Englisch an: »Willkommen auf Okinawa, Mr Kirkland. Wenn Sie bitte nach rechts treten wollen?«

Er drehte sich um und sah einen zweiten Beamten mit einem Metalldetektor vor sich.

Während der erste Mann die Sachen in Jacks Rucksack durchwühlte – Unterwäsche, Toilettenartikel –, erklärte er: »Zusätzliche Sicherheitsvorkehrungen. Wegen des chinesischen Angriffs.«

Er nickte. Über den Lautsprecher im Flugzeug hatte der Pilot von dem kurzen Gefecht sowie von Taiwans Übergabe berichtet. Es war wie immer: Die Starken schluckten die Schwachen.

Jack trat zu dem zweiten Beamten, der einen Metalldetektor über seine Beine und seinen Körper schwenkte. An seinem Handgelenk summte er. Jack zog den Ärmel zurück und zeigte seine Armbanduhr. Der Apparat meldete sich erneut, als er über Jacks Herzgegend fuhr. Der Beamte sah ihn fragend an.

Stirnrunzend tastete er sein Jackett ab, dessen Innentasche leicht beulte. Er öffnete es und griff hinein. Als er eine winzige, von einem Gummiband gesicherte Schachtel hervorzog, fiel ihm David Spanglers Abschiedsgeschenk wieder ein. In dem ganzen Durcheinander hatte er sie völlig vergessen.

»Sie müssen sie öffnen«, sagte der erste Beamte.

Jack nickte, kehrte zur Ablage am Zoll zurück und riss das Gummiband ab. *Eines muss man David ja lassen, er sorgt noch eine halbe Welt entfernt für Schwierigkeiten.* Er klappte die winzige Schmuckschachtel auf.

In dem samtbeschlagenenen Schächtelchen lag ein kleines Teil eines elektronischen Schaltelements, aus dem ein paar blaue Drähte hervorragten.

»Was ist das?«, fragte der Beamte und drehte es zwischen den Fingern.

Jack hatte keine Ahnung, aber er wusste, dass er jetzt dringend eine Erklärung benötigte. Er überlegte fieberhaft. »Das ... das ist für eine Reparatur. Eine teure und unbedingt notwendige Komponente. Ich bin Berater bei einer Computerfirma.«

»Und dann haben Sie es in einer Geschenkpackung verstaut?«, fragte der Mann und musterte das winzige Elektronikteil auf der Suche nach etwas Bedrohlichem.

»Das ist ein Scherz zwischen ...« Ihm wollte erst der Name der Computerwissenschaftlerin nicht einfallen, die der Anthropologin half. »... zwischen Professor Nakano und mir.«

Der Zollbeamte nickte. »Von der habe ich gehört. Die Computerexpertin der Universität. Kluge Frau. Nobelpreisträgerin.« Er legte das Teil zurück, ließ die Schachtel zuschnappen und reichte sie Jack. »Sie ist die Dozentin meines Neffen.«

Jack schob die Schachtel in seinen Rucksack.

Hinter ihm näherte sich eine portugiesische Familie lautstark der Abfertigung. Eine große Frau stritt sich mit ihrem Ehemann. Beide zogen riesige Koffer hinter sich her.

Der Beamte warf ihnen einen Blick zu und seufzte verzweifelt auf. »Sie können gehen.« Er winkte Jack davon.

Jack zog den Reißverschluss seiner Tasche zu und schritt durch die Sperre in den Hauptterminal. Auf dem Flughafen herrschte völliges Chaos. Massen von Leuten reisten ab. Der Angriff der Chinesen hatte offenbar alle nervös gemacht. Taiwan lag einfach zu nahe, nicht weit südlich der Ryukyu-Inselkette, von der Okinawa ein Teil war.

Er ließ den Blick über die Menge schweifen. Im Terminal war dermaßen viel los, dass ihm die Frau entging, die versuchte, ihn auf sich aufmerksam zu machen. Er bemerkte sie erst, als sie seinen Namen rief.

»Mr Kirkland!«

Er blieb stehen und sah nach links.

Die Frau kam eilig auf ihn zu. Sie hatte am Eingang zum Zoll gewartet. Als sie ihn erreichte, streckte sie die Hand aus. »Ich bin Karen Grace.«

Eine Sekunde lang sah Jack sie dümmlich blinzelnd an. »Die ... die Professorin?« Er hatte nicht erwartet, dass sie so jung wäre.

Sie lächelte. »Ich weiß – Sie haben uns gesagt, Sie würden anrufen, sobald Sie im Hotel angekommen wären, aber ... nun ja ...« Ihre Wangen röteten sich. »Miyuki ist in den Computer des Flughafens reingegangen und hat Ihre Reiseroute runtergeladen. Ich habe mir gedacht, Sie könnten in meiner Wohnung bleiben, anstatt ins Hotel zu gehen. Das wird alles vereinfachen.« Sie geriet ins

Stottern, weil ihr offenbar aufging, dass sie möglicherweise einen Schritt zu weit gegangen war. »Das heißt ... wenn Sie möchten.«

Jack rettete sie aus weiteren Verlegenheiten. »Danke sehr. Ich weiß das Angebot zu schätzen. Ich hasse Hotels.«

»Schön ... schön ... Wir besorgen uns ein Taxi.«

Sie drehte sich um und ging voran. Jack sah ihr dabei zu. Als die Frau auf ihn zugeeilt war, hatte er ganz kurz an Jennifer denken müssen. Nicht dass sich die beiden Frauen irgendwie ähnlich gewesen wären. Abgesehen von den blonden Haaren glich die Professorin Jennifer nicht im Geringsten. Karen war größer, hatte eine kürzere Frisur und grüne Augen. Auch hatte sie eine andere Körperhaltung und einen festen Schritt, sie wiegte sich beim Gehen nicht in den Hüften.

Dennoch strahlte die Professorin eine ähnliche Energie aus. Ja, sie glühte praktisch vor Energie. Und dieses Licht überdeckte die oberflächlichen Unterschiede.

»Sie sind also der Astronaut«, sagte Karen, als er sie einholte. »Ich erinnere mich an die Berichte in den Nachrichten. Der Held. Mein Gott, wie gern wäre ich mal eines Tages da oben!«

»Ich kann nicht behaupten, dass es mir besonders gefallen hätte.«

Karen blieb stehen. »Ach, du meine Güte, tut mir Leid. Der Unfall. Sie haben Freunde da oben verloren. Wo bin ich nur mit meinen Gedanken?«

»Ist Schnee von gestern«, murmelte er in dem Wunsch, diesem Gespräch ein Ende zu setzen.

Sie sah mit einem entschuldigenden Grinsen zu ihm auf. »Tut mir Leid.«

Als sie wieder losgingen, gab Jack dem Gespräch eine andere Wendung. »Sie sind also Amerikanerin?«

»Eigentlich Kanadierin. Eine Gastprofessorin. Ich habe in der Nähe der Uni ein Apartment ... von der Fakultät.«

»Klingt gut. Nachdem ich mich frisch gemacht habe, würde ich mich gern so bald wie möglich an die Arbeit begeben.«

»Natürlich.«

Sie verließen die Ankunftshalle. Karen schob sich durch die dicht gedrängte Menge zur Bordsteinkante und winkte nach einem Taxi. Eines scherte aus und blieb stehen. Sie öffnete die Wagentür. »Kommen Sie! Ich möchte noch zur Bank, bevor die schließen.«

Jack zwängte sich in den kleinen Wagen, während Karen rasch auf Japanisch etwas zum Fahrer sagte. Dann schlüpfte sie neben ihn. »Wenn Sie heute Nachmittag arbeiten wollen, muss ich zunächst noch etwas aus meinem Schließfach holen.«

»Was denn?«

»Den Kristall.«

»Sie haben ihn bei der Bank deponiert?«

Während das Taxi sich mit Ziel Innenstadt in den Verkehr auf der Schnellstraße einordnete, musterte sie ihn. Jack sah, dass sie in Gedanken etwas abwägte. Schließlich meinte sie: »Sie haben keine Tätowierungen, oder?«

»Warum?«

Sie starrte ihn lediglich an und wartete auf eine Antwort.

»Na gut, habe ich. Ich *war* bei den SEALs.«

»Könnte ich mir die mal ansehen?«

»Nein. Es sei denn, Sie wollen, dass ich dem Fahrer meinen blanken Hintern zeige.«

Erneut errötete sie.

Jack verkniff sich ein Grinsen. Allmählich fand er Gefallen an dieser Reaktion.

»Äh, nein, dass wird nicht nötig sein«, murmelte sie. »Was ist mit Schlangentätowierungen? Etwas in der Art?«

»Nein. Weswegen?«

Sie nagte an der Unterlippe und antwortete dann: »Wir hatten etwas Probleme mit einer Bande, die den Kristall stehlen wollte. Sie tragen diese Schlangentätowierungen auf dem Unterarm. Deshalb habe ich darauf bestanden, Sie persönlich abzuholen. Wir müssen vorsichtig sein.«

Jack schob die Ärmel seines Jacketts hoch und entblößte die Unterarme. »Keine Schlangen. Nirgendwo. Das schwöre ich.«

Sie grinste ihn an und lehnte sich zurück. »Ich glaube Ihnen.«

Nach kurzer Fahrt bogen sie von der Schnellstraße ab. Sie sahen Hinweisschilder zur Universität mit Aufschriften sowohl auf Japanisch als auch auf Englisch.

Karen beugte sich vor und sprach erneut mit dem Fahrer, der mit dem Kopf nickte. Sie zeigte auf die nächste Ecke, auf ein großes Schild der Bank von Tokio. Quietschend kam das Taxi zum Stehen. »Bin gleich wieder da.« Sie sprang hinaus und ließ ihn zurück.

Es war unerträglich schwül. Da der Wagen stand, kam nicht einmal ein Lufthauch durch das Fenster. Jacks Gedanken schweiften wieder zu der Professorin, deren Duft noch im Taxi hing. Sie roch entfernt nach Jasmin. Er musste lächeln. Vielleicht war dieser Abstecher gar keine so schlechte Idee gewesen.

Dann kam Karen zurück. »Hab ihn. Hier.« Sie reichte ihm eine kleine Ledertasche.

Er nahm sie – und hätte sie beinahe fallen gelassen. Auf ein solches Gewicht war er nicht vorbereitet gewesen.

»Schwer, nicht wahr?«

»Das ist der Kristall?«

»Schauen Sie selbst nach!«

Jack zog an den lockeren Lederriemen und zupfte die Tasche auf. Unten lag ein kristallener Stern, kleiner als seine ausgestreckte Hand. Selbst in dem dämmrigen Licht des Taxis glitzerte er prächtig. Jack bemerkte zugleich das besondere Aussehen: durchsichtig, azurblau geädert und durchsetzt mit rubinroten spiralförmigen Windungen. »Ganz genau derselbe.«

»Was?«

Er holte den Kristall heraus. »Ich könnte schwören, dass dies der gleiche Kristalltyp ist, den ich an der Absturzstelle entdeckt habe.«

»Der Kristallobelisk mit der Inschrift darauf?«

»Genau.« Jack hielt das Artefakt, dessen Facetten nur so blitzten, ins Sonnenlicht.

»Fällt Ihnen was Merkwürdiges auf?«

»Was meinen Sie?«

»Sie halten ihn mit einer Hand.«

»Ja, stimmt.«

Karen zog ein schwarzes Tuch hervor und warf es über den Kristall. Jacks Arm fiel herab. Es war, als würde das Tuch fünf Kilo wiegen. »Was soll das, zum Teufel?«

»Das Gewicht des Kristalls hängt davon ab, wie stark er dem Licht ausgesetzt ist. Je stärker die Einstrahlung, desto leichter ist er.«

Jack fegte das Tuch herab. Sofort wurde der Kristall leichter. »Meine Güte!«

Karen nahm ihm das Artefakt ab und steckte es wieder in ihre Tasche.

»Mein Geologe würde seine Seele für das da verkaufen.«

»Wir haben bereits alles für eine Untersuchung vorbereitet. Genauer gesagt, am nächsten Montag, wenn die Geologen der Uni wieder eintreffen. Ich schicke die Daten an Ihren Freund weiter.«

Jack wusste, dass Charlie damit kaum zufrieden wäre. Er wünschte, er hätte selbst eine Probe der Kristallsäule genommen.

»Jetzt sind Sie dran«, meinte Karen. »Sie haben gesagt, Sie würden eine Kopie der Inschrift auf dem Obelisken mitbringen.«

Er klopfte auf die eigene Tasche. »Hier ist sie.«

»Darf ich sie sehen?«

Achselzuckend beugte er sich vor, durchwühlte seinen Rucksack nach seinem Notizbuch, holte es heraus und reichte es ihr.

Karen öffnete es. Die erste Seite war mit den winzigen Hieroglyphen bedeckt. Ein kleines Aufkeuchen entfuhr ihr. *»Rongorongo.«*

»Wie bitte?«

Sie blätterte weiter. Es waren vierzig Seiten mit Hieroglyphen. Das Buch zitterte in ihrer Hand, als sie murmelte: »Eine Inschrift von dieser Länge ist noch nie zuvor entdeckt worden.«

»Was heißt: entdeckt worden?«

Sie klappte das Buch zu und erteilte ihm eine rasche Lektion über die Geschichte der Gravuren, die man auf den Osterinseln gefunden hatte. »Über die Jahrhunderte hinweg hat sie niemand übersetzen können«, schloss sie. »Das hier könnte endlich der Schlüssel sein.«

»Ich hoffe, es hilft was«, sagte Jack lahm, während seine Gedanken umherwirbelten. Wenn die Sprache von den Osterinseln stammte, warum war sie dann auf einer Kristallsäule sechshundert Meter unter dem Wasser eingraviert? Er bemühte sich verzweifelt, dieses neueste Informationsbruchstück irgendwie unterzubringen. Konnte das etwas mit dem Absturz von Air Force One zu tun haben?

Vor seinem Flug hierher hatte er Karen gegenüber nichts von seinen eigenen Gründen für das Treffen verlauten lassen – nämlich nach einem Zusammenhang zwischen dem seltsamen Kristall und dem Absturz von Air Force One zu fahnden. Es schien zu weit hergeholt, um es einer Fremden gegenüber zu erwähnen. »Sie meinen, Sie sind in der Lage, die Schriftzeichen auf der Säule zu übersetzen?«

Karen umklammerte das Notizbuch in ihrem Schoß und starrte aus dem Fenster, verloren in ihren eigenen Überlegungen. »Ich weiß es nicht.«

In wenigen Minuten hatten sie ihr Apartment erreicht: Eine Wohnung in der zweiten Etage mit zwei Schlafzimmern, sauber und wunderbar kühl. Karen entschuldigte sich für das triste beigefarbene und braune Mobiliar. »Es war möbliert.«

Doch Jack fielen die kleinen persönlichen Dinge auf: Die Sammlung steinerner Statuen und Fetische aus Mikronesien auf einem Kaminsims, in einer Ecke vier sorgfältig gepflegte Bonsai-Pflanzen. Und am Kühlschrank hafteten Dutzende von Bildern – Familie, Freunde, alte Ferienfotos –, befestigt mit gleichermaßen farbenfrohen kleinen Magneten.

Er folgte Karen zum Schlafbereich. Als seine Gastgeberin an dem verzierten Kühlschrank vorüberkam, fielen sämtliche Magneten plötzlich klappernd zu Boden, und die Bilder flatterten hinterher.

Überrascht sprang Karen beiseite.

Jack schaute vom Kühlschrank zu ihr. Sie stand da und hatte die Tasche an die Brust gepresst. »Das ist wohl der

Kristall. Er hat zuvor schon eigenartige magnetische Effekte demonstriert.«

Zum Beweis winkte er sie beiseite. Nachdem sie einige Schritte zurückgetreten war, hob er einen der Magnete vom Boden auf und hielt ihn an den Kühlschrank, wo er wieder haften blieb.

»Das ist so unheimlich«, meinte Karen. »Kein Wunder, dass die Plünderer den Kristall für verflucht gehalten haben.«

Jack runzelte die Stirn. »Verflucht?«

Ebenfalls mit gerunzelter Stirn nickte Karen zu dem einzelnen Magneten hinüber. »Anscheinend haben wir beide ein wenig für uns behalten. Richten Sie sich doch ein, und dann machen wir uns auf zum Labor. Wir haben viel zu besprechen.«

Jack antwortete mit einem bedächtigen Nicken.

Er duschte, rasierte sich und kleidete sich in lockere Khakihosen und ein leichtes kurzärmeliges Hemd. Dann packte er seinen Rucksack neu: Kamera, Notizbücher, Stifte, Handy. Als er Karens Apartment verließ, fühlte er sich fast wie ein neuer Mensch. Zur Universität war es nur ein kurzer Gang.

»Ich habe bereits Miyuki angerufen«, sagte Karen. »Sie wartet in ihrem Labor auf uns.«

Jack schob seinen Rucksack höher die Schulter hinauf. »Sie meinen Professor Nakano?«

Karen nickte. »Sie hat ein Programm zum Entziffern der Sprache.«

Unterwegs machte sich ein verlegenes Schweigen zwischen ihnen breit, das Jack gern durchbrechen wollte. »So berichten Sie mir doch, wo Sie den Kristall gefunden haben!«

Karen seufzte. »Das ist eine lange Geschichte.« Aber sie

gab Jack eine kurze Zusammenfassung: die aufgestiegenen Pyramiden, der Hinterhalt, die Flucht durch einen Unterwassertunnel.

Während sich die Geschichte vor ihm entfaltete, wuchs Jacks Respekt vor den beiden Frauen. »Und diese Plünderer waren dieselben, die in Professor Nakanos Büro eingebrochen sind?«

Karen nickte.

»Woher wussten sie überhaupt von dem Kristall in der Pyramide?«

»Ich bin nicht sicher, ob sie was von dem Kristall gewusst haben. Sie wussten lediglich, dass wir *irgendwas* gefunden haben. Etwas, das sie für verflucht hielten.«

Jack dachte an den Absturz von Air Force One und überlegte, ob diese Warnung nicht einen wahren Kern enthielt. »Ganz eindeutig seltsam«, murmelte er.

»Da sind wir.« Karen zeigte auf ein Gebäude unmittelbar vor ihnen und ging voraus. Im Innern ließ sie ihre Kennkarte aufblitzen, und ein Wachmann geleitete sie zu den Aufzügen.

»Die Aufzüge funktionieren wieder?«, fragte sie, als sich die Türen öffneten.

Der Wachmann nickte und trat mit ihnen in die enge Kabine.

Karen fing Jacks fragenden Blick auf ihre Eskorte auf. »Vorsichtsmaßnahmen. Wegen des Einbruchs von vergangener Woche.«

Der Lift fuhr rasch in die Höhe. Als die Türen sich öffneten, sah Jack eine kleine Japanerin vor sich, die ängstlich hin und her ging und sie offenbar erwartete.

Karen stellte sie einander vor. Miyuki verneigte sich leicht, streckte jedoch nicht die Hand aus. Jack nickte zum Gruß. Asiatische Gebräuche beinhalteten nur wenig körperlichen Kontakt. »Professor Nakano, vielen Dank für Ihre Hilfe.«

»Bitte nennen Sie mich Miyuki«, erwiderte sie zurückhaltend.

»Gehen wir!«, sagte Karen, während der Wachmann zum Aufzug zurückkehrte. »Ich möchte Jacks Daten so bald wie möglich eingeben.« Sie eilte voran und winkte Jack und Miyuki, ihr zu folgen.

Er beugte sich zu der Japanerin herab. »Ist sie immer so?«

Sie verdrehte die Augen. »Immer«, entgegnete sie mit einem übertriebenen Seufzer.

Sobald sie im Büro waren, öffnete Miyuki das Schloss. Karen war als Erste durch die Tür. »Miyuki unterhält einen sterilen Raum für ihre Computer«, erklärte sie, als Jack eintrat. Sie zeigte auf eine Reihe gestärkter Overalls an der Wand. »Sie müssen sich einen von denen da überstreifen.«

»Ich weiß nicht, ob ich einen habe, der ihm passt«, sagte Miyuki und durchsuchte die Overalls. »Der hier vielleicht.« Sie reichte ihm einen großen Anzug.

Jack nahm ihn und legte seinen Rucksack auf eine Bank an der Wand.

Karen zog bereits den Reißverschluss ihres eigenen Overalls zu. »Jack, darf ich Miyuki Ihr Notizbuch zeigen, während Sie sich umkleiden?«

Er nickte, schob ihr seinen Rucksack zu und machte sich dann daran, sich in den engen Anzug zu zwängen.

»Miyuki, sieh dir das mal an.« Sie riss das Notizbuch heraus, und dabei fiel etwas aus dem Rucksack und rollte über den Fußboden.

Miyuki bückte sich und hob es auf.

Während Jack sich bemühte, beide Schultern in den

Anzug zu bekommen, sah er, dass Miyuki David Spanglers Geschenk in der Hand hielt, und da kam ihm eine Idee. »Machen Sie auf!«, forderte er sie auf. »Die Meinung eines Experten könnte mir nützlich sein.«

Sie klappte den Deckel zurück und musterte mit zusammmengekniffenen Augen den Inhalt der Schachtel.

»Wofür halten Sie das?«, fragte Jack.

Sie beugte sich näher heran. »Ein billiger elektronischer Schalter.« Sie ließ die Schachtel zuschnappen. »Vollkommen wertlos.«

Jack runzelte die Stirn. Wozu hatte David ihm Müll überreicht? Es musste sich um eine versteckte Beleidigung handeln, aber in welcher Hinsicht?

Miyuki reichte Karen die Schachtel zurück. »Ein völlig veraltetes chinesisches Teil.«

Ihre Worte waren für Jack wie ein Schlag in die Magengrube. Plötzlich war ihm speiübel. »*Chinesisch?* Ganz bestimmt?«

Sie nickte.

Jack suchte verzweifelt nach einer anderen Erklärung. Sein erster Verdacht konnte unmöglich zutreffen. Aber ihm fiel Georges Frage von vor einigen Tagen wieder ein: *Was, wenn das alles bloß arrangiert worden ist? Ein Schwindel?* Er ließ im Geiste mehrere Szenarien abspulen, doch nur eines hörte sich echt an: Spangler hatte den Anschlag vorgetäuscht.

»Dieses Schwein!«, fauchte er. Selbst das kleine »Geschenk« war lediglich Davids Art und Weise, ihn mit der Nase auf diese Tatsache zu stoßen, natürlich im gleichzeitigen Wissen, dass er deswegen nichts unternehmen konnte. Washington hatte diese Erklärung für die Tragödie haben wollen, und David hatte sie ihnen geliefert. Niemand würde auf eine gegenteilige Behauptung hören.

Jack kam die Galle hoch. *Dieser elende, mörderische Schweinehund!* Und wie weit nach oben reichte dieser Verrat?, überlegte er. Hatte David nur da was gedreht, oder hatte er auch beim Absturz des Jets seine Finger im Spiel gehabt? Mit geballten Fäusten schwor sich Jack lautlos auf seinen inzwischen feststehenden Entschluss ein: Er würde die Wahrheit über den Absturz aufdecken – oder bei dem Versuch sterben.

»Stimmt was nicht?«, fragte Karen.

Er bemerkte, dass die beiden Frauen ihn mit offenem Mund ansahen. Die Beine wurden ihm schwach, als sein Ärger abklang, und er musste sich setzen. »Anscheinend habe ich auch eine lange Geschichte zu erzählen.«

»Worüber?« Karen ließ sich neben ihm nieder.

»Über den Absturz von Air Force One.«

18.30 Uhr
Zentralpazifisches Becken

In einer langsamen Spirale stieg David Spangler aus der Tiefe zur Meeresoberfläche auf. Während der vergangenen drei Tage hatte der neue Prototyp der Navy, die *Perseus*, weitaus besser funktioniert, als es dem Reißbrett nach zu erwarten gewesen wäre.

Er lag bäuchlings in der inneren Hülle des Boots, einer torpedoförmigen Kammer aus fünf Zentimeter dickem Lexan-Glas. Von der durchsichtigen Nase abgesehen, in die sein Kopf und seine Schultern ragten, war die übrige Kabine von der Außenhülle des Boots umgeben. Sie bestand aus einer Keramikmischung, die leichter und stärker als Titan und deren Zusammensetzung ultrageheim war. Diese Außenhülle barg die gesamte Schiffsmechanik und -elektronik sowie das Antriebssystem. Das doppelte Schalensystem hatte man aus Sicherheitsgründen gewählt. Im Notfall konnte die Außenhülle mit einem Handgriff abgesprengt werden, so dass die innere Lexankammer dank ihres eigenen Auftriebs zur Oberfläche steigen konnte.

»*Perseus*«, sagte eine Stimme in seinem Ohr, »wir haben Sie erfasst. Schalten Sie bitte auf Autopilot um! Dann leiten wir Sie zur Andockstation hoch.«

»Ich bringe sie selbst rein«, gab David dem Techniker oben zu verstehen. Das war sein sechster Tauchgang mit der *Perseus*, und er fühlte sich inzwischen genügend vertraut mit ihren Bedienungselementen, um die Sache manuell zu erledigen. Mit dem Daumen legte er einen Schalter um, woraufhin über ihm auf der Scheibe die Anzeigen eingeblendet wurden. Sein Kurs zum Andocken an das Bergungsschiff der Navy, die *Maggie Chouest*, war in Rot eingezeichnet. Er musste sein Boot einfach den ausgearbeiteten Annäherungskurs entlangführen. So ähnlich funktionierte das auch in einem Flugsimulator.

»Bin vom Andock-Computer erfasst«, funkte er, »und in drei Minuten oben.«

»Jawohl, Sir. Bis gleich.«

David brachte das Tauchboot langsam nach oben. Das Wasser ringsumher wurde allmählich heller. Er näherte sich der Oberfläche. Währenddessen konnte er sich des Gefühls nicht erwehren, tatsächlich zu fliegen. Da er auf dem Bauch lag, war es so, als wären er und das Schiff eins. Die Bedienungselemente des Tauchboots reagierten ebenso rasch wie seine Gedanken. Die Teleskopflügel zu beiden Seiten lenkten das Fahrzeug wie die Flossen eines natürlichen Meeresbewohners.

Doch war dies kein Meeresbwohner. Unter ihrem

Bauch waren zwei Greifarme aus Titan zusammengefaltet, die Granit zerquetschen konnten, und oben ragte wie die Rückenflosse eines Haies eine Reihe von Minitorpedos hervor, die zum leichteren Zielen auf einem drehbaren Gestell montiert waren. Trotz der geringen Größe war der Sprengkopf in deren Spitze so kräftig, dass er die Panzerung eines Unterseeboots durchschlagen konnte. Das Wartungsteam der *Perseus*, die Navy's Deep Submergence Unit, hatte den Dingern den Spitznamen ›U-Boot-Knacker‹ verpasst. Diese Waffen verschafften dem winzigen Bergungstauchboot in feindlichen Gewässern einen zusätzlichen Vorteil.

David ließ einen Finger über den Auslöser für die Torpedos gleiten. Früher am Tag hatte er vom Verlust Taiwans an die Chinesen erfahren, und diese Nachricht hatte ihn ziemlich in Unruhe versetzt. Wie hatten sie die Insel an die gottverdammten Kommunisten verlieren können? Das war für alle Amerikaner mehr als peinlich, ein kräftiger Schlag ins Gesicht. Wenn er an dem am Kampf hätte teilnehmen können ...

Der Techniker meldete sich. »Sir, einer Ihrer Männer ist hier. Er möchte Sie dringend sprechen.«

»Stellen Sie ihn durch!«

Nach einer kurzen Pause kam Rolfes Stimme über den Sprechfunk. »Tut mir Leid, Sie zu stören, Sir, aber Sie haben uns angewiesen, Ihnen Bescheid zu geben, wenn es ... ähm, irgendwelche Änderungen bei ihrem Sekundärziel geben sollte.«

David runzelte die Stirn. *Sekundärziel?* Er war derart auf den Zeitplan hier sowie auf das anschwellende Dröhnen der Kriegstrommeln konzentriert gewesen, dass er Jack Kirkland völlig vergessen hatte. »Ja, was ist damit?«

»Das Ziel hat die Zone verlassen.«

Er unterdrückte einen langen Fluch. Kirkland war von der Bildfläche verschwunden. Ihm war klar, dass sie weitere Einzelheiten und Erklärungen nicht über eine offene Leitung besprechen konnten. »Ich bin in zwei Minuten oben. Gehen Sie in meine Kabine und bringen Sie mich dann auf den neuesten Stand der Dinge.«

»Jawohl, Sir.«

Er verzog das Gesicht und schob seine Sorgen wegen Kirkland erst einmal beiseite. Im Moment musste er eine andere Arbeit zu Ende bringen. Er lenkte das Tauchboot auf einer Flügelspitze herum und brachte es wieder auf den richtigen Annäherungskurs. Er sah auf die Uhr. Fast sechs Stunden war er jetzt unterwegs gewesen. Nach dem Auftauchen würde die *Perseus* überprüft und für den dritten Tauchgang des Tags vorbereitet werden. Ein anderer Pilot der Navy würde das Fahrzeug zum Bauplatz auf dem Meeresboden bringen. Sieben Stunden später wäre David wieder an der Reihe.

Aber die beiden Piloten waren nicht die Einzigen mit einem strammen Arbeitsplan. Seit dem Eintreffen des Forschungsteams sowie der Lastschiffe aus Maui war die gesamte Mannschaft rund um die Uhr an der Arbeit gewesen. Mithilfe des Tauchboots der Forscher sowie der Roboter war das Gerüst für die Meeresbasis bereits am Grund verankert worden. An diesem Nachmittag würden die dreigeschossigen Wohnbereiche und Labors hinabgelassen und zusammengebaut werden. Wenn nichts dazwischenkäme, wäre die gesamte Basis innerhalb der nächsten achtundvierzig Stunden vollständig aufgebaut und bald darauf auch bemannt.

David war angewiesen worden, die Basis innerhalb von vier Tagen zu errichten, und er würde die Erwartungen nicht enttäuschen, selbst wenn er deswegen unablässig die Peitsche schwingen müsste. Als der Leiter des Forschungsteams, ein Geophysiker namens Ferdinand Cortez, früher am Tag Einwände gegen die harte Gangart erhoben hatte, hatte David ihn ermutigt, Washington anzurufen. Es war ihm eine große Genugtuung gewesen, dass Nicolas Ruzickov dem Mexikaner über das Satellitentelefon tüchtig den Kopf gewaschen hatte. Selbst einen Schritt entfernt hatte er gehört, wie Ruzickov den Wissenschaftler angeschrien hatte. Anschließend hatte niemand mehr seine Befehle oder seinen Fahrplan in Frage gestellt, auch wenn die Atmosphäre nach wie vor angespannt war.

Er allein war für das Gelingen dieser Operation verantwortlich, und eine Verzögerung durch irgendwen oder irgendetwas käme überhaupt nicht in Frage – weder durch den peinlichen Verlust Taiwans noch durch das rätselhafte Verschwinden Jack Kirklands. Er würde nicht versagen.

Über ihm tauchte die Andockstation aus der Dunkelheit auf. Geschickt richtete David das Tauchboot aus und ließ die Landekufen auf die Unterwasserplattform und zwischen die selbsttätig schließenden Klammern gleiten. Als er die Bedienungshebel losließ, zogen sich die Tragflächen des Tauchboots zurück, und zwei C-förmige Klammern schmiegten sich an die Keramikhülle des Fahrzeugs. »Alles befestigt«, rief er nach oben.

»Alles befestigt«, bestätigte der Techniker. »Ziehen Sie hoch.«

Über die Unterwassermikrofone hörte David das Jaulen der Hydraulik, als das eingefangene Tauchboot zur Oberfläche gezogen wurde. Das Meer wurde heller, bis es schließlich die Oberfläche durchbrach. Salzwasser strömte über die Bootsnase, kleine Wellen schlugen gegen die Seiten, aber das Fahrzeug rührte sich nicht. Und nach wenigen Sekunden stellten selbst die Wellen keine Bedrohung mehr dar. Die *Perseus* und ihr Pilot wurden aus den Ozean gehievt und mithilfe eines Krans auf das Achterdeck der *Maggie Chouest* geholt.

Sobald die Plattform an Deck war, machten sich die fünf Männer vom Wartungsteam über das Fahrzeug her. Die Befestigungsringe wurden aufgeschraubt, und die Glaskugel fiel herab. Wie ein Seehund schlüpfte David an Deck. Einer der Männer bot ihm die Hand. Nach sechs Stunden auf dem Bauch in dem engen Raum konnte er seinen Gliedmaßen nicht so recht trauen.

Nun, da er wieder auf den Beinen stand, öffnete David den Reißverschluss seines Taucheranzugs und streckte sich, um die Verspannungen aus den Muskeln zu lösen. Das Wartungsteam hinter ihm war bereits an der Arbeit: Es überprüfte Nähte, lüftete die Kohlendioxidreiniger und pumpte frischen Sauerstoff in die beiden Tanks an der Flanke. Sie erinnerten an die Mannschaft eines Rennstalls in Idianapolis: schnell, effizient und koordiniert.

Er wandte ihnen den Rücken zu und sah Cortez über das Deck auf sich zukommen. Stöhnend richtete er sich auf. Im Augenblick war ihm eigentlich nur nach einer heißen Dusche und seiner Koje zu Mute. Mit dem Geophysiker wollte er nichts zu schaffen haben. Er machte ein hartes, finsteres Gesicht, als der Mann vor ihm stehen blieb. »Was ist, Professor?«

Den dunklen Ringen unter den Augen nach zu schließen, hatte der Mann wenig geschlafen. Selbst seine Kleidung, Khakihose und ein Flanellhemd, war zerknittert und schäbig. »Eine Frage, Commander.«

»Die lautet?«

»Ich habe mich gefragt, ob sich Lieutenant Brentley

beim nächsten Tauchgang nicht einen Augenblick Zeit nehmen und etwas näher an die Kristallformation heranfahren könnte. Auf den Videoaufzeichnungen der vorherigen Fahrten haben wir einige Kratzer auf der Oberfläche entdeckt. Wir halten sie für eine Inschrift.«

David schüttelte den Kopf. »Das wird alles warten müssen. Erste Priorität hat die Errichtung und Besetzung dieser Basis. Anschließend können Sie und Ihre Wissenschaftler mit Ihren eigenen Forschungen beginnen.«

»Aber es würde nur wenige ...«

»So lauten meine Befehle, *Professor*.« David spuckte das letzte Wort aus, als wäre es eine Beleidigung. »Halten Sie sich vom Kristall fern, bis die Station errichtet ist. Diese Säule gibt eine starke magnetische Strahlung ab und ruft dadurch Fehlfunktionen und Kommunikationsprobleme hervor. Ich werde nicht riskieren, die *Perseus* ihrer Neugier zu opfern.«

»Jawohl, Commander ...«

Obwohl der Wissenschaftler nachgab, entdeckte David die Geringschätzung in den Augen des Mannes. Es war ihm gleichgültig. Der Mexikaner stand unter seinem Kommando und würde tun, was man ihm sagte.

Auf der anderen Seite des Decks, in der Nähe des Achterdeckschotts, stand einer seiner Untergebenen Wache. David stakste zu ihm hinüber. »Wo ist Lieutenant Rolfe?«

»In Ihrer Kabine, Sir.«

Er nickte, duckte sich durch das Schott und stieg die beiden Treppen zum Kommandodeck des Schiffs hinauf. Er hatte befohlen, dass die Kabinen auf dieser Ebene seinen Männern zur Verfügung gestellt würden. Die Tür zu seiner eigenen Kabine stand offen. Ein weiterer seiner Männer patrouillierte auf dem Gang. Er nickte ihm zu und betrat seine Kabine.

Rolfe erhob sich.

David schloss die Tür und streifte sich den Taucheranzug ab. »Also, was ist mit Kirkland los? Haben Sie sein Schiff verloren?«

»Nein, Sir.« Rolfe räusperte sich. »Wir halten den Standort der *Deep Fathom* ständig unter Beobachtung. Sie umkreist nach wie vor das Kwajalein-Atoll.«

»Was ist dann schief gegangen?«

»Früher am Morgen ist Lieutenant Jeffrey misstrauisch geworden, weshalb das Schiff so lange in diesem Gebiet kreuzt. Also hat er ein wenig nachgeforscht und Jack Kirklands Namen auf der Passagierliste eines Quantas-Flugs gefunden, der das Atoll verlassen hat.«

David trat seinen Taucheranzug beiseite und stand nackt da. »Verdammt! Wann ist er los?«

»Vor zwei Tagen. Der Flugroute nach zu schließen, ist er nach Okinawa gereist.«

David sah finster drein. Was tat der elende Bastard in Okinawa? Er stolzierte ins Bad seiner Kabine und drehte den Duschknopf. »Wissen wir genau, wohin er gegangen ist?«

»Nein, Sir. Er hatte im dortigen Sheraton ein Zimmer reserviert, hat sich allerdings nie da blicken lassen. Er hat jedoch ein Ticket für eine Besichtigungstour gebucht und sollte in zwei Tagen zurück sein.«

Davids Gesicht verfärbte sich dunkel. *Noch zwei Tage.* Er hatte diese kleine Nebensache viel früher zum Ende bringen wollen und sich schon darauf gefreut. Dennoch beeindruckte ihn die Findigkeit seines eigenen Teams. Kirkland würde ihm nicht entkommen. Und so beschäftigt, wie er hier war, konnte er gut und gern noch zwei Tage warten.

»Sehr gut, Mr Rolfe. Aber ich möchte so bald wie möglich davon in Kenntnis gesetzt werden, wenn Kirkland wieder auf seinem Schiff ist.«

»Jawohl, Sir.«

David probierte die Dusche. Das winzige Bad füllte sich mit Dampf.

»Sir, wir haben da noch ein Problem.« Der Lieutenant klang gequält.

»Und das wäre?«

»Ich weiß nicht, ob wir noch zwei Tage warten können. Handel zufolge kam das Übertragungssignal immer verzerrter an. Seiner Schätzung nach verlieren wir in ein oder zwei Tagen gänzlich den Kontakt.«

Wütend fuhr David herum. »Ich habe Handel angewiesen, dafür zu sorgen, dass die Bombe wenigstens zwei Wochen lang funktionstüchtig bleibt.«

»Das weiß er, Sir. Er hält einen der elektronischen Schaltkreise der Bombe für defekt. Er sagt, dass dieser chinesische Kram nicht sonderlich zuverlässig ist.«

Fast zitternd vor Enttäuschung stand David da. Er wollte sich die Niederlage nicht eingestehen und suchte nach weiteren Möglichkeiten und Winkelzügen. Kein Plan war so narrensicher wie auf dem Papier. Während er darüber nachdachte, formte sich in ihm eine neue Strategie. »Schön. Wenn Kirkland nicht rechtzeitig zurückkehrt, jagen wir sein Schiff trotzdem in die Luft.«

»Sir?«

»Die Zerstörung seines Schiffs und das Töten seiner Mannschaft ist nur unser erster Schritt auf dem Weg, Kirkland zur Strecke zu bringen.« Wie David so in seinem dampfenden Bad stand, erwärmte er sich immer mehr für seinen neuen Plan.

Jack Kirkland langsam zu foltern hätte auch seinen Reiz.

20.15 Uhr
Ryukyu-Universität, Präfektur Okinawa, Japan

»Hat noch jemand Hunger?«, fragte Karen und streckte den Nacken. Sie hatte so lange auf den Monitor gestarrt, dass ihr alles vor den Augen verschwamm. »Mir reicht es jetzt allmählich.«

Links neben ihr hockte der große Amerikaner zusammengekauert über seinem Terminal. Er hatte sie anscheinend gar nicht gehört. »Gabriel, gehen wir mal zu den Symbolen Vierzig A und B weiter.«

»Natürlich, Mr Kirkland.«

Auf der anderen Seite des Amerikaners war Miyuki weiterhin in ihre eigene Arbeit vertieft, die darin bestand, die letzten paar Seiten aus dem Notizbuch einzuscannen. Die Daten zu verarbeiten hatte sich als zeitraubende und mühselige Aufgabe erwiesen. Der Computer musste jede Hieroglyphe einzeln mit den bereits katalogisierten vergleichen.

Karen warf einen Blick auf Jacks Arbeitsplatz. Auf seinem Schirm standen zwei Figuren: eine aus seinem Notizbuch und eine aus ihrer eigenen Sammlung von Hieroglyphen.

Fig. 40 A

Fig. 40 B

Das Notizbuch des Amerikaners enthielt lediglich eine handgeschriebene Kopie der Inschrift auf der Säule, die der Historiker seines Schiffs angefertigt hatte. Das führte von Zeit zu Zeit zu mangelnder Eindeutigkeit. Wie jetzt.

Stellen die beiden Figuren dieselben Hieroglyphen dar?, überlegte Karen. Basieren die subtilen Abweichungen nur auf einer Ungenauigkeit des Transkribenten?

Während dieses Prozesses hatte Gabriel gelernt, über zweihundert Positionen von jeder korrespondierenden Hieroglyphe miteinander zu vergleichen. Stimmten die beiden Symbole zu mindestens neunzig Prozent überein, wurde entschieden, dass es sich um dieselben handelte. Eine Übereinstimmung von weniger als fünfzig Prozent deutete auf ein neues Symbol hin. Blieb also eine Grauzone zwischen fünfzig und neunzig Prozent. Bislang waren dreihundert Paare in diese Kategorie gefallen. In diesen Fällen mussten die drei Menschen die Sache überprüfen.

»Figuren Vierzig A und Vierzig B stimmen zu zweiundfünfzig Prozent überein«, erläuterte Gabriel. *»Klassifizieren wir A als gleich oder verschieden von B?«*

Jack beugte sich näher an den Bildschirm heran. »Das ist wie bei den Suchbildern in Zeitschriften. Wo sind kleine Unterschiede versteckt?«

Nachdem sie die letzte Seite eingescannt und sich zurückgelehnt hatte, warf Miyuki ein: »Auf der ersten Figur ist ein Auge eingezeichnet, auf der zweiten nicht.«

Jack nickte. »Und die erste Figur hält zwei Kugeln hoch, die andere nur eine.« Er warf Karen einen Blick zu.

Erneut überwältigte sie das unglaublich strahlende Blau seiner Augen. Das mussten Kontaktlinsen sein. Niemand hatte *so* blaue Augen. »Alles andere sieht gleich aus«, bemerkte sie und räusperte sich.

»Wie lautet also das Urteil, Leute?«, fragte Jack. »Gibt es genügend Unterschiede zwischen den beiden, dass es sich um verschiedene Symbole handelt?«

Karen rückte näher an den Monitor heran und streifte dabei Jacks Schultern mit den ihren. Er wich nicht zurück, und so sahen sie Kopf an Kopf konzentriert auf den Monitor. »Ich halte die Augen für eher nebensächlich«, konstatierte Karen. »Jedoch nicht die Anzahl der Gegenstände in der erhobenen Hand. Ich finde, diese Diskrepanz reicht aus, um sie als einzigartig zu erklären. In den vergangenen Tagen haben wir andere Symbole mit Dingen daran entdeckt, die etwas mit Zahlen zu tun hatten: die Anzahl der Beine an einem Seestern, die Anzahl der Fische im Schnabel eines Pelikans. Das hier scheint auch eines dieser Zahlenbilder zu sein. Obwohl es einem anderen ähnelt, sind beide grundlegend verschieden.«

Zufrieden mit ihrer Antwort nickte Jack. »Gabriel, bitte klassifiziere Figur Vierzig A und Figur Vierzig B als verschiedene Symbole.«

»Erledigt. Sollen wir mit Figuren 41A und 41B fortfahren?«

Karen stöhnte. »Ich weiß nicht, wie es euch beiden geht, aber ich bin am Verhungern und mir tun die Augen weh. Wie wär's mit ein paar Stunden Pause?«

»Ich könnte selbst ein kleines Abendessen brauchen«, sagte Jack. »Vom Flugzeugessen abgesehen habe ich in den letzten vierundzwanzig Stunden nichts zu mir genommen.«

Als er sich streckte, versuchte Karen, nicht darauf zu achten, wie breit seine Schultern oder wie straff seine Nackenmuskeln waren. »Ich kenne ein Restaurant nur ein paar Blocks entfernt. Da gibt es das beste Thai-Essen weit und breit.«

»Klingt gut. Je würziger, desto besser.«

»Verbrennt einem die Zunge. Garantiert.«

»Gerade so gefällt's mir.«

Miyuki erhob sich und scheuchte sie hinaus. »Ihr beide geht allein. Ich möchte etwas mit Gabriel ausprobieren.«

»Bestimmt?«, fragte Karen.

Miyuki nickte, aber ihr Blick ging an dem großen Mann hoch, als er aufstand. Sobald ihnen Jack vollständig den Rücken zugekehrt hatte, blinzelte sie Karen zu. »Ganz bestimmt«, sagte sie lächelnd.

Karen wurde rot. War es so offensichtlich, dass sie sich von Jack angezogen fühlte? Sie äußerte ihren Unmut mit einem finsteren Gesichtsausdruck, doch da wurde das Lächeln ihrer Freundin nur noch breiter.

»Abgesehen davon habe ich gerade scharf gegessen«, sagte Miyuki lauter. »Aber ich weiß, wie viele Monate es bei dir her ist.«

Die Doppeldeutigkeit war Karen nicht entgangen. Ihr Gesicht färbte sich noch dunkler, und sie funkelte ihre Freundin an. Da rief Jack vom Eingang her: »Sollen wir Ihnen etwas mitbringen, Miyuki?«

»Oh, schon gut. Ich bin nicht die Hungrige hier, aber Sie stopfen besser ziemlich bald was in Karen hinein.«

»Werd' ich tun!« Dann war er zur Tür hinaus.

Karen versetzte Miyuki spielerisch einen Klaps. »Du bist bösartig!«

»Und du bist hingerissen! Nur zu. Unternimm was. Ich habe mich bereits über ihn schlau gemacht. Kein Ring, nicht mal eine Freundin. Und meiner Ansicht nach mag er dich auch.«

»Tut er nicht. Er hat mich nicht mal eines zweiten Blicks gewürdigt.«

Miyuki verdrehte die Augen. »Das hast du nur nicht bemerkt. Ich kam mir schon vor, als würde ich zwei Teenager beobachten. Kaum hatte der eine dem anderen den Rücken zugekehrt, da wurde er sofort gecheckt.«

»Er hat mich *nicht* gecheckt.«

Achselzuckend wandte sich Miyuki wieder ihrem Computer zu.

Karen tippte sie auf die Schulter. »Hat er, wirklich?«

»Wie ein total verknallter Junge. Jetzt mach schon! Kraule dem Hündchen den Bauch und lass mich ein paar Stunden allein.«

»Wir gehen bloß essen.«

»Hm, ja.«

»Wir sind beide Profis, Kollegen in dieser Sache.«

»Hm, ja.«

»Er wird nur noch ein paar Tage hier sein.«

»Hm, ja.«

Karen gab's auf und stürmte davon. »Es ist bloß ein Essen!«, rief sie.

Beim Weggehen folgte ihr Miyukis Antwort: »Hm, ja.«

22.02 Uhr
Ryukyu-Universität, Präfektur Okinawa, Japan

Auf dem Rückweg vom Lucky Thai Restaurant stieß Jack ein so brüllendes Gelächter aus, dass die kleineren japanischen Fußgänger sich nach ihm umsahen. Verlegen beugte er sich näher zu Karen heran. »Sie machen Witze! Sie haben dem Präsidenten der britischen anthropologischen Gesellschaft ins Gesicht gesagt, er soll den Kopf aus dem Arsch nehmen?«

Karen zuckte die Achseln. »Er hat mich zur Weißglut gebracht. Er und seine lahmarschigen Ideen! Was versteht er denn schon vom Südpazifik? Mein Urgroßvater hat Jahrzehnte, bevor dieser Mann in die Windeln geschissen hat, die südpazifischen Inseln bereist. Mit welchem Recht hat dieses aufgeblasene Arschloch meinen Vorfahren einen Spinner genannt?«

»Oh, und ich gehe jede Wette ein, dass Ihre Antwort ihn eines Besseren belehrt hat. Er muss Ihre ganze Familie für leicht verdreht halten. Kein Wunder, dass Sie bis nach Japan fahren mussten, damit Sie eine Professorenstelle kriegen konnten.«

Karen funkelte ihn wütend an, doch Jack merkte, dass ihr Ärger nur gespielt war. »So ganz stimmt es nicht, dass man mich aus Kanada rausgeschmissen hat. Ich wollte hierher, um meinen eigenen Forschungen nachgehen zu können. Colonel Churchward, der Großvater meiner Mutter, hat vielleicht einige lächerliche Schlussfolgerungen über einen verschollenen Kontinent mitten im Pazifik gezogen; aber ich will hier draußen beweisen, dass ein großer Teil des historischen Dogmas über diese Region schlicht und ergreifend Humbug ist. Und angesichts dessen, was wir bisher hier entdeckt haben, komme ich allmählich zu der Auffassung, dass die Behauptungen meines Vorfahren nicht jeglicher Grundlage entbehren.«

»Ein verschollener Kontinent?«, höhnte er.

»Na, Jack, überlegen Sie doch mal! Vor der Küste von Chatan steigt eine uralte Stadt aus dem Meer. Und wenn Gabriels Übersetzung des Sternenkalenders aus der Kammer zutrifft, ist sie vor etwa zwölftausend Jahren erbaut worden. Zu dieser Zeit lag der Meeresspiegel etwa einhundert Meter tiefer als heute. Wer weiß, wie viele weitere Landmassen und Städte in diesen Gewässern verborgen sind? Und was ist mit Ihrer eigenen Säule? Wollen Sie sagen, dass dieses verschollene Volk zum Meeresboden hinabtauchen und Buchstaben in eine Kristallpyramide gravieren konnte?«

»Ich weiß nicht recht. Aber nach allem, was Sie mir heute gezeigt haben, sehe ich die Dinge allmählich etwas offener.«

Karen nickte, als wäre sie zufrieden. »Sie sollten sich wirklich die uralte Stadt und die Pyramiden ansehen. Das würde Sie sicher überzeugen.«

»Ehrlich gesagt, hätte ich nichts gegen einen Abstecher nach da draußen.«

»Wenn uns die Zeit bleibt, nehme ich Sie mit. Es ist bloß eine mehrstündige Bootsfahrt.«

»Das ... das würde mir gefallen. Abgemacht.«

Es folgte ein langes, peinliches Schweigen. Wortlos setzten sie ihren Weg über das Universitätsgelände fort. Der Duft nach Lavendel und Hibiskus färbte die Gartenwege, aber Jack roch lediglich Karens Jasminparfüm. Was war an dieser Frau so atemberaubend? Lisa auf der *Deep Fathom* hatte doppelt so viele körperliche Attribute aufzuweisen. Dennoch war an Karens Leidenschaftlichkeit und Kühnheit etwas Aufregendes.

Beim Essen hatte Jack entdeckt, dass Karen eine Frau war, die durchaus auf eigenen Füßen stehen konnte. Sie besaß einen messerscharfen Verstand, während ihre Augen beständig schelmisch glitzerten. Ihr Lächeln war gleichermaßen spöttisch und bezaubernd. Während des Desserts hatte er schließlich nicht mehr Jennifer in ihr gesehen, sondern nur noch Karen ... und war nicht enttäuscht davon gewesen.

Als sie das Computergebäude fast erreicht hatten, brach Karen das Schweigen. »Wir sind fast da«, sagte sie leise.

Lag da etwa eine Spur Bedauern in ihrer Stimme? Jack wusste, dass er es selbst im Herzen verspürte. Er wollte so gern länger als nur ein paar abgeknapste Stunden mit ihr verbringen und entdeckte, dass er unwillkürlich den Schritt verlangsamte.

Sie passte sich ihm an. Am unteren Treppenabsatz des Gebäudes blieb sie stehen und wandte sich ihm zu. »Vielen Dank für das Essen. Es hat mir gut gefallen.«

»Das ist das Mindeste, was ich für Sie tun konnte, wenn Sie mich schon bei sich nächtigen lassen.«

Sie standen zu nahe beieinander, doch keiner von beiden rührte sich.

»Wir sollten nachsehen, ob Miyuki etwas Neues herausgefunden hat«, sagte Karen und hob halb den Arm, um auf das Gebäude zu zeigen. Sie betrat die erste Stufe.

Ihr Gesicht war jetzt mit dem seinen auf gleicher Höhe. Ihre Blicke trafen sich und hielten einander einen Herzschlag länger als nötig fest. Jack beugte sich näher zu ihr hinüber. Es war dumm, unangemessen, kindisch ... aber er konnte sich nicht zurückhalten. Er war sich nicht sicher, ob sie seine Gefühle erwiderte, also ging er langsam vor. Wenn sie sich ihm entzog, hätte er seine Antwort.

Aber sie hielt seinem Blick stand. Nur ihre Lider senkten sich kaum wahrnehmbar.

Er wollte gerade die Arme um sie legen, da brüllte jemand etwas vom Eingang herab, und der Strahl einer Taschenlampe fiel zwischen sie.

Überrascht bekam Karen einen Hustenanfall und wich eine Stufe zurück.

Der Mann rief ihnen etwas auf Japanisch zu.

Karen wandte sich halb um und gab in der gleichen Sprache Antwort.

Als das Licht weggedreht wurde, erkannte Jack einen der Wachmänner aus dem Gebäude. »Was hat er gewollt?«, fragte er.

Karen wandte sich ihm zu. »Miyuki hat ihm Bescheid gegeben, er solle nach uns Ausschau halten. Sie hat Neuigkeiten.« Sie ging die Treppe voran. Aus ihrer Stimme klang jetzt eine Aufregung, die die Leidenschaftlichkeit von eben völlig überschattete. »Gehen wir!«

Jack folgte, sowohl enttäuscht als auch erleichtert. Es war lächerlich, etwas mit dieser Frau anzufangen, insbesondere, da er in zwei Tagen wieder abreisen würde. Nicht, dass er etwas gegen One-Night-Stands einzuwenden hatte. Obgleich sein Herz von einem Schutzpanzer umgeben war, hatte er Bedürfnisse wie jeder andere Mann auch und selten Probleme dabei, während eines Hafenaufenthalts eine willige Partnerin zu finden. Aber in diesem Fall wusste er genau, dass ihn ein kurzes Techtelmechtel mit Karen kaum zufrieden stellen würde. Im Gegenteil, es würde alles bloß noch schlimmer machen.

Er stieg die Treppe hinauf und trat durch den Eingang. Vielleicht war es für alle Beteiligten am besten, dachte er, wenn sie ihre Leidenschaften unten an der Treppe zurückließen.

Von der anderen Seite der Eingangshalle winkte ihn Karen zu den Aufzügen hinüber. Er beschleunigte seinen Schritt und erreichte sie in dem Augenblick, als sich die Türen öffneten. Da der Wachmann sie begleitete, sprach keiner von ihnen ein Wort. Jeder hatte sich in einen Kokon eingesponnen.

Als die Türen zischend auffuhren, eilten sie den Korridor hinab. Kurz bevor sie die Tür zum Labor erreichten, öffnete sie sich einen Spaltbreit. Miyuki winkte ihnen, sie sollten sich beeilen, und sagte: »Es hat funktioniert! Kommt! Ich habe alle Hieroglyphen katalogisiert!«

»Alle?«, fragte Karen.

Jack verstand ihre Überraschung. Es hatte sie Stunden

gekostet, von den über dreihundert uneindeutigen Fällen die Nummer vierzig zu erreichen. Wie hatte die Computerwissenschaftlerin in so kurzer Zeit so viel erreicht?

Miyuki gab keine Antwort. Stattdessen zeigte sie, als sie die beiden ins Labor und zu ihrer Computerstation geführt hatte, auf den Bildschirm. Zeichen blitzten vorüber. »Gabriel überprüft nochmals seine Daten auf Exaktheit«, sagte Miyuki. »Das wird eine Stunde benötigen. Dann wird er den Versuch unternehmen, die verschiedenen Inschriften zu entziffern.«

Karen stand bloß kopfschüttelnd da. »Wie? Wie hast du das hingekriegt?«

»Wie ich schon gesagt habe, ist Gabriel ein A.I.-Programm. Er lernt aus Erfahrung. Während ihr beide essen gewesen seid, ließ ich ihn die ersten vierzig Hieroglyphenpaare studieren und die Gründe mit einbeziehen, weshalb wir drei verschiedene Symbole als einzigartig oder nicht eingestuft haben. Dann sollte er diese Parameter auf die verbliebenen Symbole anwenden.« Grinsend fuhr Miyuki fort: »Er hat es geschafft! Er hat aus unserem Beispiel gelernt!«

»Aber er ist ein Computer«, meinte Karen. Jack fiel auf, dass sie diese Worte nur flüsternd äußerte, als hätte sie irgendwie Angst davor, Gabriels Gefühle zu verletzten. »Weshalb können wir darauf vertrauen, dass seine Entscheidungen korrekt waren?«

Ihre Worte taten Miyukis Ausgelassenheit keinerlei Abbruch. Im Gegenteil, sie wirkte eher noch aufgeregter. »Weil er im Anschluss an diese Übung sein rudimentäres Verständnis des Mondkalenders und Zeitsystems dieser Leute erweitern konnte.«

»Was willst du damit sagen?«, fragte Karen, noch immer skeptisch. »Was hat er erfahren?«

»In dem Text sind Bezüge zu einer bestimmten Stelle im Pazifik verborgen.«

»Welche Stelle? Das verstehe ich nicht.«

»Ich lasse es Gabriel erklären, weil ich, ehrlich gesagt, selbst so meine Schwierigkeiten dabei habe, es zu verstehen.« Miyuki warf einen Blick zur Seite und forderte ihren unsichtbaren Partner auf: »Gabriel, erkläre bitte deine Berechnungen!«

»Aber ja, Professor Nakano. Anhand der Himmelskarte sowie meines Verständnisses ihres Mondkalenders habe ich einen Hinweis auf eine bestimmte Örtlichkeit entdeckt, die dreieckförmig vom Mond, von der Sonne und dem Polarstern umgeben ist.«

Jack war verblüfft von dieser Enthüllung. »Und du hast das tun können, obgleich du die Sprache noch nicht übersetzen kannst?«

»Es handelt sich lediglich um Astronomie und Mathematik«, erklärte Miyuki. »Zahlen sowie die Bewegung der Sterne sind wirklich eine kosmische Sprache. Solche Informationen lassen sich am leichtesten übersetzen, da sie über die Kulturen hinweg eine Konstante darstellen. Das war auch so, als die Archäologen den ersten Versuch unternahmen, die Hieroglyphen des alten Ägypten zu entziffern. Auch da haben sie als Erstes die ägyptische Mathematik und die Zuordnungen am Himmel verstanden.« Miyuki zeigte auf die über den Bildschirm scrollenden Hieroglyphen. »Dasselbe ist hier der Fall.«

»Was hast du also herausgefunden?«, fragte Karen ungeduldig.

»In der Inschrift der Pyramide«, erwiderte Miyuki, »liegen zwei Hinweise verborgen. Jeder weist auf denselben Ort im Pazifik hin. Gabriel, hol mal die Karte auf den zweiten Monitor und markiere die Stelle für uns.«

Auf dem kleinen Schirm erschien eine Karte des Pazifiks. Jack hatte ein kurzes Déjà-vu. Das Ganze erinnerte ihn an eine ähnliche Debatte an Bord seines eigenen Schiffs, als George die Geheimnisse des Drachen-Dreiecks erklärt hatte. Er hatte den Verdacht, dass die rätselhafte Stelle der Inschrift sich als Standort der Kristallsäule erweisen würde – doch stattdessen blinkte ein roter Punkt weiter südlich auf der Karte, knapp oberhalb des Äquators.

»Gabriel, hole die Stelle näher heran. Dreihundertfache Vergrößerung.«

Der Südpazifik schwoll auf dem Bildschirm an. Inseln, eben noch so winzig, dass sie nicht zu erkennen gewesen waren, wurden größer und größer, bis man die Namen lesen konnte: Satawal, Chuuk, Pulusuk, Mortlock. Allesamt Inseln von Mikronesien. Der rote Punkt lag an der südöstlichen Spitze einer davon.

Es war Pohnpei, die Hauptstadt der Föderation von Mikronesien.

Karen richtete sich auf. »Gabriel, kannst du die Stelle noch genauer bestimmen?«

Obgleich Jack Karen erst weniger als einen Tag kannte, spürte er, dass sie auf etwas hinauswollte.

Die übrigen Inseln Mikronesiens verschwanden vom Bildschirm, und der Umriss Pohnpeis erfüllte den Monitor. Einzelne Orte und Städte wurden deutlicher. Der blinkende rote Punkt schwebte in der Nähe der südöstlichen Küste der Insel.

Jack beugte sich zum Monitor hinüber. Er konnte so gerade eben einen Namen neben dem roten Punkt erkennen. »Was steht da?«

Karen blieb stocksteif sitzen. Sie schaute kaum hin. »Da steht Nan Madol.«

Er warf ihr einen Blick zu. »Ein Ort?«

»Ruinen«, gab sie zur Antwort. »Eine der spektakulärsten Ruinenanlagen im gesamten Südpazifik. Sie umfasst etwa fünfzehn Quadratkilometer an der Küste, ein Ingenieurswunder aus Kanälen und Basaltgebäuden.« Sie wandte sich ihm zu. »Bis heute weiß niemand genau, wer sie errichtet hat.«

Er setzte sich zurück und nickte zum benachbarten Bildschirm hin, wo nach wie vor die Hieroglyphen abscrollten. »Vielleicht wissen wir's jetzt.«

»Ich muss mehr erfahren!«, sagte Karen und packte Miyuki am Ärmel.

Die Computerwissenschaftlerin runzelte die Stirn. »Tut mir Leid. Mehr habe ich nicht. Nachdem Gabriel sein eigenes Werk nochmals überprüft hat, dauert es mindestens noch einen weiteren Tag, bis er mit einer brauchbaren Entzifferung auch nur anfangen kann. Die Gesamtzahl individueller Hieroglyphen beträgt inklusive dieser Liste jetzt über fünfhundert, und die Zahl der zusammengesetzten Hieroglyphen bewegt sich in der Gegend von zehntausend. Das ist keine einfache Sprache.«

»Wie lange wird es deiner Ansicht nach dauern?«, fragte Karen atemlos.

»Versuch's mal morgen Nachmittag«, erwiderte Miyuki. »Dann könnte – und ich wiederhole: *könnte* – ich etwas haben.«

»Einen ganzen Tag«, stöhnte Karen. »Was werde ich nur einen ganzen Tag lang machen?«

Jack war klar, dass die Anthropologin etwas brauchte, auf das sie ihre Energie konzentrieren konnte. »Was ist mit Ihrem Versprechen?«

Verständnislos zog Karen die Brauen zusammen.

»Die alte Stadt vor der Küste von Chatan. Sie haben mir versprochen, mich hindurchzuführen.«

Sie strahlte, jedoch nicht aus dem Grund, den Jack sich erhofft hatte. »Sie haben Recht. Wenn auf die Ruinen von Nan Madol verwiesen wird, könnten vor Chatan auch noch andere Hinweise verborgen liegen. Die Sache dürfte eine neuerliche Untersuchung wohl wert sein.«

»Und diesmal hast du eine bessere Begleitung als mich«, fügte Miyuki hinzu. »Einen starken Mann, der dir Rückendeckung gibt.«

Karen sah Jack an, als würde sie ihn schließlich wieder wahrnehmen. »Oh.«

In ihren grünen Augen erkannte Jack ihr brennendes Verlangen, dieses neueste Geheimnis zu lüften. Er suchte nach mehr – und ging leer aus.

Er lächelte schwach. Das war's dann wohl mit der Romantik.

14

AUF DER FLUCHT

5. August, 9.15 Uhr
Bergungsort Air Force One, Zentralpazifisches Becken

David Spangler ließ sein Tauchboot langsam um den Stützrahmen der Tiefsee-Forschungsstation gleiten. Alle vier Stahlstreben waren fest mit drei Meter langen Metallbolzen im Meeresboden verankert. Die stämmigen Beine standen unerschütterlich da, als der erste Abschnitt der vier Tonnen schweren Forschungsstation darauf gesetzt wurde.

»Sieht gut aus von hier oben«, funkte ihm ein Techniker zu. »Und wie steht's unten?«

David setzte seine Überwachung fort. Das Labor sah wie ein Doughnut von zwanzig Metern Durchmesser aus, das auf einem aufgebockten Teller lag. Er tauchte darunter und reckte den Hals, um sich zu vergewissern, dass das Ding auch richtig saß. Dann drückte er den Knopf an seinem Sprechfunk. »Alles klar. Perfekte Landung. Ich hake die Winschen und Taue los.« Er schaltete den Antrieb an, schwang herum und nahm Kurs auf die vier dicken Taue, an denen man den Laborabschnitt herabgelassen hatte.

»Nicht nötig. Wir bekommen über die ROVs ein gutes Videobild, Commander. Das hat unser Team tausend Mal geübt. Haben Sie einfach ein Auge drauf.«

Zwei kastenähnliche Roboter krochen langsam heran, die hinter sich Schlamm aufwirbelten. Die beiden mit Namen Huey und Duey wurden per Funk von den Technikern über Wasser gesteuert und sollten den ersten Abschnitt am Stützrahmen festhaken.

Am folgenden Tag würde das Team die anderen beiden Abschnitte herablassen, übereinander zusammenhaken und dann das Wasser aus den überfluteten Labors herausdrücken. Laut Plan sollte die Anlage unter einen Druck von einer Atmosphäre gesetzt werden, was genau dem Oberflächendruck entsprach, so dass die Wissenschaftler in ihrem eigenen Tauchboot hinauf- und hinunterfahren konnten, ohne sich jedes Mal einem Dekompressionsvorgang unterziehen zu müssen.

Bislang verlief alles glatt. David musste dem mexikanischen Leiter des Forschungsteams doch etwas zugute halten: Hatte man ihm erst mal Feuer unter dem Hintern gemacht, führte Cortez seinerseits ein strenges Regiment. Daher verdiente der Wissenschaftler möglicherweise, dass man ihm einen Knochen zuwarf. Seit gestern hatte ihm Cortez unablässig zugesetzt, einmal einen genaueren Blick auf die Kristallsäule zu werfen. Vielleicht war es jetzt an der Zeit, ihm den kleinen Gefallen zu tun.

Nachdem er ein letztes Mal an der entstehenden Station vorbeigefahren war, entfernte sich David in einer immer weiteren Spirale. Etwa fünfzig Meter weiter lag der Friedhof von Air Force One. Nach wie vor waren viele Teile über dem Meeresboden verstreut. In der Ferne beschatteten riesige Meereserhebungen mit flachen Spitzen das Gebiet, das von dem Wald aus verdrehten Lavasäulen umgeben war. David konnte sich kaum einen unwirtlicheren Ort auf Erden vorstellen.

Er gab Gas und schwenkte sein Tauchboot zum Trümmerfeld herum, in dessen Zentrum der seltsame kristallene Obelisk aus dem Meeresboden in die Höhe ragte. Er hielt die *Perseus* auf Abstand, da er immer noch ziemlich nervös war und nicht zu nahe an die riesige Formation herankommen wollte. Immerhin hatte sie während Kirklands Tauchgängen sehr merkwürdige Eigenschaften gezeigt, und er wusste auch aus zehn Metern Entfernung ihre Größe durchaus zu würdigen. Die Spitze der Säule verschwand weit oben in der Tintenschwärze.

Jetzt ließ er den Strahl seiner Scheinwerfer über die ganze Länge gleiten. Die Facettenoberfläche schien das Licht völlig zu absorbieren und zehnfach verstärkt zurückzuwerfen. Zweifelsohne ein Wunder – und vielleicht, wenn sich sein Chef nicht irrte, auch die mächtigste Energiequelle der Welt.

Er achtete weiterhin auf den nötigen Abstand und holte die kristalline Oberfläche auf seinem Videomonitor näher heran. Winzige Kratzer lösten sich zu Reihe um Reihe von kleinen, silbrig glänzenden Figuren und geometrischen Formen auf. Er bekam große Augen. Das war eine Inschrift!

»Gottverdammt, Kirkland!«, murmelte er.

»Wie bitte, Sir?«

»Nichts. Station weiter sichern!« Er schaltete den Funk ab. Er musste nachdenken. In keinem seiner Berichte hatte Jack Kirkland eine Inschrift auf dem Kristall erwähnt, und David wusste genau, dass er nahe genug herangekommen war, um das hier zu sehen. Es konnte ihm unmöglich entgangen sein. Die silbrigen Symbole glühten praktisch auf der kristallinen Oberfläche. Warum also hatte er nichts davon erwähnt? Was hatte er vor? David packte den Gashebel fester. Was hielt Jack Kirkland sonst noch geheim? In ihm schrillten sämtliche Alarmglocken. Da stimmte was nicht!

Er schaltete seine eigene, private Verbindung zur Oberfläche ein. Er hatte diese Funktion auf dem Touchpad installiert, nachdem es Probleme dabei gegeben hatte, über einen offenen Kanal direkt mit seinem Team Kontakt aufzunehmen.

Sofort meldete sich sein Stellvertreter. »Was ist, Sir?«

»Rolfe, wir haben vielleicht ein Problem. Ich benötige Zugriff auf sämtlichen Funkverkehr von und zur *Deep Fathom,* und zwar seit ihrer Ankunft.«

»Sir, wir haben das Kommunikationssystem des Schiffs nicht angezapft.«

»Das weiß ich. Aber es ist ein gottverdammtes Schiff. Jedes Telefongespräch musste durch ein zurückverfolgbares Satellitensystem gelaufen sein. Wir wissen vielleicht nicht, *was* er gesprochen hat, aber ich möchte wissen, *mit wem* er in Verbindung gewesen ist.«

»Jawohl, Sir. Ich setze gleich Jeffreys darauf an.«

»Ich komme sofort hoch. Wenn ich wieder an Deck bin, möchte ich ein paar Antworten haben.«

»Jawohl, Commander.«

David schaltete auf einen anderen Kanal um, funkte die Techniker des Tauchboots an und wiederholte seine Absicht, früher als geplant aufzutauchen. »Brentley soll sich bereit machen«, schloss er barsch. »Der Lieutenant kann den Babysitter für die Roboter hier unten spielen.«

Ohne eine Bestätigung abzuwarten, schaltete er den Funk ab und blies den Ballast aus dem Tauchboot. Er schob beide Gashebel nach vorn, und die *Perseus* schoss mit jaulendem Antrieb zur Oberfläche.

Was hatte Kirkland vor?

9.42 Uhr
vor der Küste von Yonaguni

Die Sonne hing über dem östlichen Horizont. Jack stand am Steuerrad des schlanken, neunzehn Fuß langen Walfängers. »Verdammt«, murmelte er, als er den Motor abstellte und um die Ausläufer der Insel Yonaguni glitt.

Vor sich hatte er die kleine Stadt Chatan, deren bunt zusammengewürfeltes Gewirr aus billigen Hotels und Restaurants mit Meeresblick sich an der Küste entlangzog. Doch nicht die Stadt nahm Jacks Aufmerksamkeit gefangen, sondern die beiden terrassenförmigen Pyramiden, die hoch über die Wogen hinausragten.

»Erstaunlich, nicht wahr?«, meinte Karen.

Dahinter tauchten weitere Teile der uralten Stadt auf: Basaltsäulen, Häuser ohne Dächer, scharfkantige Obelisken, konturlose Statuen. Bis zum Horizont erstreckte sich die antike Stadt, bevor sie dort im morgendlichen Dunst verschwand.

»›Erstaunlich‹ ist kaum eine passende Beschreibung«, erwiderte Jack. »Sie haben mir zwar gesagt, was ich zu erwarten hätte, aber es dann mit eigenen Augen zu sehen ...« Vor Ehrfurcht erstarb seine Stimme. Schließlich ließ er sich wieder vor dem Steuerrad nieder und gab Gas. »Hierher zu kommen war das ganze Hickhack wert.«

»Das habe ich Ihnen doch gesagt.« Auf und nieder springend jagte das Schiff auf die Stadt zu. Karen war stehen geblieben, und der Wind fegte ihr das Haar zurück und färbte ihr die Wagen rosig.

Jack musterte seine Begleiterin aus dem Augenwinkel, wie sie da, von der Gischt umrahmt, am Bug stand. Im Hafen von Naha hatte er eine ärgerliche Stunde damit verbracht, dieses Schiff zu organisieren. Da die U.S.-amerikanischen Militärbasen wegen der Chinesen in höchste Alarmbereitschaft versetzt waren, drängte alles zu den Schiffen, und es herrschte völliges Chaos. Er hatte eine immense Summe als Leihgebühr hinblättern müssen. Zum Glück hatte man seine American Express-Karte akzeptiert. Als er Karen allerdings jetzt so beobachtete, wusste er, dass dieser Ausflug den Ärger ganz bestimmt wert gewesen war.

Sie näherten sich der ersten Pyramide. Jack schaltete den Motor in den Leerlauf und das Schiff glitt langsam dahin.

Karen ließ sich auf ihrem eigenen Sitz nieder. »Ist es eigentlich noch möglich zu glauben, dass *kein* prähistorisches Volk inmitten dieser Inseln gelebt hat, sobald man diese Stadt einmal gesehen hat?« Sie winkte mit dem Arm über die ausgedehnten Ruinen. »Das hier ist nicht das Werk früher Polynesier. Ein anderes Volk, ein älteres Volk hat sie ebenso wie die vielen anderen megalithischen Städte errichtet, deren Ruinen überall rund um den Pazifik zu finden sind: die Kanalstadt Nan Madol, die Latte-Stones von Marianas, die kolossale ›Burden of Tonga‹.«

»Was ist diesem alten Volk wohl zugestoßen, wenn es so geschickt war?«

Karen wurde nachdenklich, ihr Blick umwölkt. »Das weiß ich nicht. Eine große Katastrophe. Mein Urgroßvater kam anhand seiner Studien von Schrifttafeln der Maya zu der Auffassung, dass einstmals ein größerer Kontinent mitten im Pazifik existierte, den er Mu nannte ... nach dem hawaiianischen Namen für diesen verschollenen Kontinent.«

»Ihr Urgroßvater?«

»Colonel Churchward.« Sie lächelte zu ihm herüber.

»In den angesehenen wissenschaftlichen Kreisen hielt man ihn für ... na ja, exzentrisch.«

»Ah ja ...« Jack verdrehte die Augen.

Karen sah ihn finster, jedoch gutmütig an. »Unabhängig vom exzentrischen Gehabe meines Vorfahren existieren überall auf den Inseln des Pazifiks Mythen über den verschollenen Kontinent. Die Indianer von Zentral- und Südamerika haben dieses verschollene Volk die *viracocha* genannt. Auf den Malediven heißen sie die Redin, das ist ihr Wort für ›uraltes Volk‹. Sogar die Polynesier sprechen von ›Wakea‹, einem alten Lehrer, der hier angeblich in einem mächtigen Schiff mit gewaltigen Segeln und zahlreichen Ruderern gelandet ist. Auf der anderen Seite des Pazifiks gibt es zu viele Geschichten, um sie einfach so abzutun. Und jetzt haben wir einen weiteren Hinweis vor uns. Eine versunkene, wieder aufgetauchte Stadt.«

»Aber das ist bloß eine Stadt, kein ganzer Kontinent.«

Karen schüttelte den Kopf. »Vor zwölftausend Jahren lag der Meeresspiegel hier um etwa einhundert Meter tiefer. Viele Gebiete, die jetzt unter Wasser sind, wären damals trockenes Land gewesen.«

»Aber das erklärt immer noch nicht das Verschwinden eines ganzen Kontinents. Wir wüssten von seiner Existenz, selbst wenn er hundert Meter unter dem Meeresspiegel läge.«

»Das ist's ja gerade. Meiner Ansicht nach ist das Verschwinden des Kontinents nicht *allein* auf eine Änderung des Meeresspiegels zurückzuführen. Sehen Sie sich mal diese Stadt an! Ein Erdbeben hat diesen Abschnitt der Küste hochgeschoben, während in Alaska die gesamte Inselkette der Aleuten versunken ist. Es existieren hunderte solcher Geschichten. Inseln versinken oder steigen auf.«

»Also hat Ihrer Meinung nach eine große Katastrophe diesen Kontinent entzweibrechen und versinken lassen.«

»Genau. Wie wir wissen, hat etwa zur gleichen Zeit, vor zwölftausend Jahren, eine große Katastrophe stattgefunden, in einer Zeit größerer weltweiter klimatischer Veränderungen. Alles ist offenbar ganz plötzlich passiert. Man hat erfrorene Mastodone gefunden, die noch auf den Beinen gestanden und Gras im Bauch gehabt hatten, ebenso Blumen, die mitten in der Blüte erstarrt sind. Eine der Theorien lautet, dass infolge eines gewaltigen Vulkanausbruchs oder einer Reihe von Ausbrüchen genügend Rauch und Asche in die obere Atmosphäre geschleudert wurde, um dramatische Klimaveränderungen hervorzurufen. Wenn ein so extremes seismisches Ereignis tatsächlich stattgefunden hat, waren die Beben möglicherweise heftig genug, dass dieser heute verschollene Kontinent zerbrach und versank.«

Da musste Jack wieder an die Kristallsäule sechshundert Meter unter dem Meer denken. Konnte das früher einmal trockenes Land gewesen sein?, überlegte er. Teil von Karens verschollenem Kontinent? Er überdachte ihre Theorien. Sie schienen weit hergeholt. Und trotzdem ...

Errötend warf ihm Karen einen Blick zu. »Tut mir Leid, ich wollte Sie nicht so zuquatschen. Aber ich bin die ganze Woche über in meinen Büchern und historischen Texten vergraben gewesen, und da hilft es, einige Theorien laut zu äußern.«

»Na ja, Ihre Hausaufgaben haben Sie zweifelsohne erledigt.«

»Ich bin mit meiner Forschung bloß in die Fußstapfen meines Urgroßvaters getreten.« Sie schaute wieder nach vorn. »Vielleicht war er plemplem. Aber ich glaube, wenn wir die Sprache hier entziffern können, werden wir unsere Antwort erhalten – so oder so.«

Jack hörte die Enttäuschung aus ihren Worten heraus. Er wollte die Hand nach ihr ausstrecken, ihr Zuversicht spenden. Aber er hielt weiterhin das Steuerrad umklammert. Die beste Art und Weise, ihr beizustehen, bestand darin, ihr bei der Lösung dieses Rätsels zu helfen.

Während er zwischen die Pyramiden glitt, setzte er sich in Gedanken Karens Theorien zusammen: ein verschollener Kontinent, versunken während einer Katastrophe in grauer Vorzeit, ein uraltes seefahrendes Volk, das geheimnisvolle Kräfte besessen haben musste, sowie im Zentrum des Ganzen ein Kristall, wie man ihn nie zuvor gesehen hatte. Sosehr er auch versuchte, alles abzutun, so sehr spürte er, dass Karen auf der richtigen Fährte war. Dennoch blieb eine entscheidende Frage unbeantwortet: Wie erklärte das alles den Absturz von Air Force One?

Darauf hatte er selbst keine Antwort – aber er wusste, dass diese bezaubernde Frau des Rätsels Lösung näher war als alle anderen. Für den Augenblick würde er ihr einfach weiter folgen.

Ein Jaulen und Dröhnen ertönte über das Poltern ihrer Schiffsmaschine hinweg und lenkte ihre Aufmerksamkeit ab. Tief am Himmel raste ein Militärjet auf sie zu. Jack erkannte ihn an seiner Silhouette, als er vorüberschoss und nach Süden davonjagte – ein F-14-Tomcat von einer der Militärbasen Okinawas.

Stirnrunzelnd sah Karen dem Flugzeug hinterher. »Dieser Krieg wird 'ne verdammt hässliche Sache werden«, bemerkte sie.

11.45 Uhr
an Bord der Maggie Chouest, *Zentralpazifisches Becken*

David stürmte in seine Kabine, und zwei Männer sprangen auf: Ken Rolfe, sein Stellvertreter, und Hank Jeffreys, der Funkoffizier des Teams. Der Tisch in der Mitte der Kabine war mit verschiedenen Kommunikationsapparaten übersät: zwei Satellitentelefone, ein GPS-Monitor sowie zwei IBM-Laptops, von denen sowohl Modem- als auch Telefonkabel abgingen.

»Was habt ihr erfahren?«, wollte David wissen.

Rolfe schluckte sichtlich. »Sir, wir haben sämtlichen Telefonverkehr von der *Deep Fathom* zurückverfolgt.« Er suchte ein Blatt Papier unter dem Gerätehaufen auf dem Tisch hervor und las ab: »Anrufe gingen an die First Credit Bank von San Diego ... eine Privatwohnung in den Vorstädten von Philadelphia ... ein Apartmenthaus in Kingston, Jamaika ... ein Büro der Qantas Airline auf dem Kwajalein-Atoll und ...« Rolfe sah zu David auf. »... mehrere Gespräche wurden mit der Ryukyu-Universität auf Okinawa geführt.«

David streckte die Hand nach der Liste aus.

Rolfe reichte sie ihm. »Wir haben sie nach Daten und Uhrzeiten aufgelistet.«

»Sehr gut.« David überflog die Liste von oben bis unten. *Ryukyu*-Universität. Neben der Verbindung stand der Name einer Frau: Karen J. Grace, Ph. D. »Wissen wir, wer diese Frau ist?«

Rolfe nickte. »Wir haben die Homepage der Universität aufgerufen und biografische Daten von Dr. Grace heruntergeladen. Sie ist eine Lehrbeauftragte für Anthropologie und als Gastprofessorin von Vancouver herübergekommen.«

»Worin besteht ihre Verbindung zu Kirkland?«

Rolfe warf Jeffreys einen nervösen Blick zu. »Daran arbeiten wir noch, Sir. Uns ist aufgefallen, dass das erste Gespräch zwischen der *Deep Fathom* und der Universität an dem Tag stattfand, nachdem das Schiff von hier weggefahren ist.«

»Irgendeine Vorstellung, weshalb Kirkland diese Frau angerufen hat?«

»Eigentlich haben wir bei Ihrem Eintreffen gerade daran gearbeitet. Anscheinend hat nicht die *Deep Fathom* zuerst angerufen, sondern es ist andersherum gewesen. Sie hat ihn angerufen.«

Stirnrunzelnd ließ David das Blatt sinken. »Sie hat ihn angerufen?«

»Jawohl, Sir. Das ist uns auch verdächtig vorgekommen. Also hat Lieutenant Jeffreys die letzte halbe Stunde damit zugebracht, Zugriff auf alle E-Mails zu nehmen, die vom Schiff ausgegangen oder dort eingetroffen sind. Es hat etwas Zeit benötigt, ihren ISP davon zu überzeugen, uns den Zugang zu gestatten.« Rolfe drehte einen der Laptops herum, so dass David dessen Bildschirm vor sich hatte. »Wir haben die E-Mails heruntergeladen. Zwischen den beiden Parteien sind fünfmal Mails hin- und hergegangen.«

David stützte sich auf dem Tisch ab und beugte sich näher an den Computer heran.

»Alle Mails hatten etwas mit einer rätselhaften Sprache zu tun«, fuhr Rolfe fort.

David hieb mit der Faust auf den Tisch. »Ich hab's gewusst! Der Bastard *hat* die Inschrift entdeckt.«

Rolfe griff hinüber und klickte eine der E-Mails an. Auf dem Bildschirm öffnete sich die Seite. »Hier ist ein wenig von der Sprache. Anscheinend hat der Historiker an Bord der *Deep Fathom* das Internet auf der Suche nach deren Ursprung abgegrast.«

David starrte die fünf winzigen Zeichen an, die auf dem Bildschirm in die E-Mail eingebettet waren, und erkannte die Ähnlichkeit mit dem, was er unten gesehen hatte. »Und diese Professorin aus Okinawa hat auf die Anfrage reagiert?«

»Jawohl, Sir. Sie hat geantwortet und mitgeteilt, dass sie weitere Beispiele dieser Sprache besitzt und ein Treffen wünscht.«

»Also ist Kirkland rausgefahren. Das Schwein folgt dieser Spur.«

»Das ist nicht alles, Sir.«

David wandte sich vom Bildschirm ab. »Was sonst noch?«

»Ihre Antwort lesen Sie besser selbst.« Rolfe klickte eine zweite Mail an.

David beugte sich vor und las die Nachricht. Beim Überfliegen wurde ihm klar, dass die Frau mehr wusste, als sie enthüllen wollte. Aber an einer Sache blieb sein Blick hängen. Sie deutete die Entdeckung eines Kristalls mit ungewöhnlichen Eigenschaften an. Er richtete sich auf. »Verdammt! Sie muss etwas von unserem Kristall in Händen haben.«

»Das haben wir uns auch gedacht.«

»Wenn sie ein Stück davon hat, ist unsere Mission hier gefährdet. Niemand sollte von der Lagerstätte wissen. Wenn Kirkland die Sache herumposaunt und sie eine Probe des Kristalls haben ...« Seine Stimme erstarb. Das war schlimm. Er winkte seine Männer weg. »Raus mit euch! Ich muss mit Ruzickov sprechen.«

»Jawohl, Sir.« Eilig verließen beide Männer die Kabine.

Als David allein war, ging er zu seiner Koje und zog

sein persönliches, abhörsicheres Telefon hervor. In Washington war es spät am Abend, aber er wusste, dass diese Information zu wichtig war, um sie erst am nächsten Morgen weiterzugeben. Er öffnete einen Kanal und tippte die Nummer des Direktors der CIA ein. Er hatte den Verdacht, dass dieser wegen der wachsenden Spannungen zwischen den USA und China immer noch in seinem Büro saß, und er irrte sich nicht.

»Ruzickov.«

»Hier Commander Spangler, Sir.«

»Ich weiß, wer Sie sind«, fauchte ihn der Direktor an. Selbst über die abhörsichere Leitung hinweg hörte David die Erschöpfung aus der Stimme des Mannes heraus. »Was wollen Sie? Ich muss hier einen Krieg ausbrechen lassen.«

»Ich weiß, Sir. Ich habe die Nachrichten verfolgt.«

Nicolas Ruzickov seufzte. »Es ist schlimmer als in den Nachrichten. Den Chinesen ist die Absicht des Präsidenten, den Krieg zu erklären, bekannt. Da draußen herrscht das absolute Chaos. Die chinesische Marine hat bereits eine Blockade um Taiwan gelegt – von den Bataninseln nach Süden und ganz um die taiwanesische Küste herum.«

David packte den Telefonhörer fester. »Und unsere Streitkräfte?«

»Die USS *John C. Stennis* befindet sich bereits in dem Gebiet und wartet nur noch auf ein Wort von uns. Doch weil die Lage da draußen so angespannt ist, könnte der ganze Schlamassel in die Luft fliegen, bevor Washington offiziell reagiert. Wie Sie sich vorstellen können, stecke ich bis zum Hals in Problemen. Also ist Ihr Anruf besser wichtig genug, um mich zu stören.«

»Ich glaube schon, Sir. Die Sicherheit dieses Orts hier

ist möglicherweise nicht mehr gewährleistet.« David berichtete von dem Mail-Wechsel. »Wenn die andere Seite Wind von den Eigenschaften des Kristalls bekommt, könnten wir hier draußen unseren Vorsprung verlieren.«

Ruzickovs Stimme verlor ihren erschöpften Tonfall. »Sie haben richtig gehandelt, mir das sofort mitzuteilen.« David war beeindruckt von der Fähigkeit des Mannes, so schnell und glatt von einer Krise zur nächsten umzuschalten. Der Direktor der CIA stellte eilig einen Schlachtplan auf. »Anscheinend weiß diese Professorin mehr als wir. Ich möchte, dass Sie sie sich schnappen und davon überzeugen, sich unserem Team anzuschließen. Noch wichtiger ist jedoch, ihre Probe des Kristalls zu konfiszieren. Das hat schwarze Priorität.«

»Jawohl, Sir. Verstehe völlig.« Das Codewort *Schwarze Priorität* bedeutete, dass das Omega-Team bei der Ausübung seiner Mission töten durfte. Eine höhere Einstufung gab es nicht.

»Verstehen Sie wirklich, Commander? Wenn die Spannungen im Osten zu einem Krieg eskalieren, benötigen wir vielleicht eine Geheimwaffe, etwas Entsprechendes zur Atombombe im Zweiten Weltkrieg. Wir dürfen diese Entdeckung nicht in fremde Hände fallen lassen. Und da Okinawa nur einen Steinwurf von der Frontlinie entfernt liegt, möchte ich nicht, dass die Kristallprobe irgendwo da in der Nähe herumliegt.«

»Keine Sorge, Sir. Ich kümmere mich persönlich darum.«

»Tun Sie das!« Es hörte sich an, als wollte Ruzickov auflegen.

Daher fragte David eilig: »Was ist mit Jack Kirkland?«

Ruzickov seufzte. »Ich habe Ihnen gesagt, das ist eine Mission mit *schwarzer Priorität.* Kein Wort darüber, was wir tun, darf nach außen dringen. Bringen Sie ihn irgendwie zum Schweigen.«

David lächelte grimmig. »Ich arbeite bereits daran, Sir.«

»Enttäuschen Sie mich nicht, Commander.« Die Leitung war tot.

Langsam senkte er den Hörer und schloss den Kasten. Er saß kurz da und ließ die Handfläche darauf ruhen. *Schwarze Priorität.* Sein Blut geriet bei diesen Worten in Wallung. Einen Moment lang genoss er das Gefühl, dann erhob er sich.

Er ging zur Kabinentür, öffnete sie und brüllte seinem Mann draußen im Flur einen Befehl zu: »Holen Sie mir Lieutenant Handel! Sagen Sie ihm, er soll den Funkauslöser mitbringen!«

Der Mann nickte und eilte davon.

David schloss die Tür und lehnte sich mit dem Rücken dagegen. Er würde Kirkland eine ganze Wagenladung Scheiße über den Kopf kippen, dachte er. Und er wusste, wo er zuerst zuschlagen würde, damit es auch richtig schmerzte – bei Herz und Seele des Mannes.

Bei der *Deep Fathom.*

15.45 Uhr
an Bord der Deep Fathom, *östlich des Kwajalein-Atolls*

Charlie Mollier war mit der Zubereitung des Essens an der Reihe. Die Tür zum Achterdeck hinter ihm stand offen, doch blies keine Brise herein, die in der feuchten Hitze für etwas Abkühlung hätte sorgen können. Der Tag hatte schon feucht angefangen, und als die Sonne am Himmel emporgestiegen war, war es immer schlimmer geworden. In der Kombüse war es erstickend heiß, zumal auch noch die beiden Herdplatten eingeschaltet waren.

Charlie jedoch pfiff zu der Musik von Bob Marley, die aus dem Kassettendeck neben der Spüle erklang. Er trug nur eine weite Badehose, die ihm bis zu den Knien reichte, und schwankte leicht, während er seinen hausgemachten *Gungo Pea* mit Kokosnusssuppe zubereitete, ein Familienrezept. Der würzige Dampf stach ihn in die Nase, und er lächelte breit. »Es geht doch nichts über ein heißes Essen an einem heißen Tag.«

Er griff hinter sich und stellte den Mixer an, dessen lautes Mahlgeräusch die Reggae-Musik übertönte. »Und Margarita-Cocktails, natürlich. Viele Margaritas.«

Mit der Kelle in der Hand fuhr er im Takt zu der chaotischen Melodie der Küchengeräusche herum. Er und die anderen genossen die kurze Zeit, in der sie endlich mal Luft holen konnten. Jack war unterwegs, und so hatte sich die Spannung auf dem Schiff allmählich gelegt. Und Charlie war besonders guter Laune. Die feuchte Hitze, die tropischen Inseln am Horizont ... es war, als wäre er wieder daheim in der Karibik. Er beugte sich vor und sah nach, was seine Mahlzeit machte. Der fruchtige Geruch des in Streifen geschnittenen Hähnchens drang heraus, als er den Deckel einen Spaltbreit anhob.

»Perfekt«, sagte er zufrieden.

Da stieß ihn etwas von hinten an. Mit einem überraschten Aufschrei fuhr er hoch, drehte sich rasch um und entdeckte Elvis, der zu ihm aufschaute. Erneut stieß ihn der deutsche Schäferhund mit der Nase an, und ein kleines Wimmern stieg ihm aus der Kehle.

»Kommst du betteln, mein Alter? Du riechst Charlies Essen und überlegst, ob du heimlich was abstauben kannst, ja?« Er grinste den großen Hund an und holte einen Hähnchenflügel von der Ablage. »Erzähl aber Jack nichts davon, ja? Du weißt, dass er deine Bettelei überhaupt nicht leiden kann. Ich sollte dich nicht auch noch dazu ermuntern.«

Er hielt dem Hund den Leckerbissen hin. Elvis schnüffelte daran, wich dann jedoch einen Schritt zurück und sah zur offenen Kombüsentür hinaus.

Charlie runzelte die Stirn. »Was stimmt denn nicht, mein Alter? Magst du mein Essen nicht?«

Elvis wich zur Türschwelle zurück und bellte Charlie an.

»Was ist denn los mit dir?«

Lisa tauchte in der Tür auf. »Jetzt fängt er bei dir an«, sagte sie mit einem besorgten Blick. Sie trug einen Bikini und hatte auf dem Achterdeck ein Sonnenbad genommen. »Er hat mich aufgeweckt, als ich eingedöst bin, und wollte mich nicht in Ruhe lassen, bis ich ihn weggeschoben habe.«

Charlie schaltete den lautstarken Mixer ab. »Vermisst wohl Jack. Der Kapitän hat das Schiff bisher nie länger als einen Tag verlassen.«

»Vermutlich.«

Robert kletterte über die Leiter vom unteren Deck zur Kombüse hinauf. »Bist du bald fertig? Dein Essen riecht man bis runter zur Bilge.«

Charlie winkte ihn mit einem übertrieben finsteren Ausdruck zurück. »Deine Nase könnte einen Schinken jenseits des Horizonts riechen.« Es war ein stehender Witz. Der junge Meeresbiologe hatte einen äußerst bemerkenswerten Metabolismus. Er nahm Tag für Tag das Vierfache seines Körpergewichts zu sich und blieb dennoch so dürr wie eine Zaunlatte.

»Also ist es fertig?«, fragte Robert und beäugte hungrig den Herd.

»Fast.«

Robert warf Lisa, die neben Jacks Hund kniete, einen Blick zu. »Stimmt was nicht mit Elvis?«

Charlie zuckte die Achseln. »Wir glauben, er vermisst den Chef.«

»Er hat mir den ganzen Tag über zugesetzt und mich erst in Ruhe gelassen, als ich mich im Frachtraum versteckt habe.«

Lisa stand auf. »Er hat uns alle bedrängt ... und ich glaube nicht, dass es wegen Jack ist. Da muss mehr dran sein.«

Als hätte er sie verstanden, bellte Elvis auf und wedelte mit dem Schwanz. Er drückte sich durch die Kombüsentür, blieb dann stehen und sah sich nach ihnen um.

»Was ist denn los?«, fragte Lisa. Sie trat auf Elvis zu, und der Hund lief einige Schritte weiter weg und hielt dann erneut inne. »Er will was.«

Charlie verdrehte die Augen. »Vielleicht steckt Timmy unten in einem Schacht fest.«

Die drei folgten dem Hund. Als wäre ihm klar geworden, dass man seine Botschaft verstanden hatte, führte Elvis die Gruppe rasch die Treppe zur Brücke hinauf.

»Wohin geht er?«, fragte Robert.

Elvis kratzte an der Tür. Lisa öffnete sie ihm, und der Hund schoss auf die kleine Tür zum Funkraum zu.

Stirnrunzelnd warf Lisa den anderen einen Blick zu und öffnete dann.

»Muss hinter einer Ratte her sein«, meinte Charlie. »Als Welpe hat er sie immer gejagt. Besser als jede Katze.«

In dem kleinen Raum drückte Elvis die Nase gegen eine Schublade unten am Boden. Lisa zog sie auf. Charlie hockte sich neben sie. Die Lade quoll über von Faxpapier und alten Rezepten.

»Ich sehe nichts«, sagte Lisa.

»Vielleicht sollst du Jack ein Fax schicken«, witzelte Robert.

Elvis schob sich zwischen Charlie und Lisa, kratzte an der Schublade und jaulte tief aus der Kehle. Dabei wurde sein Kratzen immer heftiger.

»Na gut, mein Alter. Dann will ich dir helfen.« Charlie schob den Hund mit der Schulter beiseite, zog die Lade heraus und setzte sie auf dem Boden ab.

Doch Elvis ignorierte die Schublade und hielt die Nase auf den leeren Raum innerhalb des Schranks gerichtet. Charlie ging auf alle viere und spähte hinein, doch da war es zu dunkel. »Reicht mir mal 'ne Taschenlampe.«

Robert nahm eine von der Brücke und warf sie Lisa zu, die sie an Charlie weitergab.

Der drückte die Wange fest ans Deck und leuchtete in den dunklen Raum. »Wenn hier eine Ratte drin ist ...«, warnte er. Dann spiegelte sich der Lichtschein an etwas, das im toten Winkel unterhalb der Stahlschienen der Schublade lag. »Oh, Scheiße ...«

»Was ist da?«, fragte Lisa.

Charlie fluchte unterdrückt, beugte sich näher heran und ließ den Lichtstrahl über die Ansammlung von Elektronikteilen laufen, die über einem Nest aus winzigen grauen Würfeln ruhten. Rote LED-Lichter blinkten ihn an. »Ich glaube, ich habe Elvis' Ratte gefunden.«

19.50 Uhr
in den Ruinen vor der Küste von Yonaguni

In einem dachlosen Gebäude inmitten der Chatan-Ruinen legten sie eine Pause ein, und Karen trank einen Schluck aus ihrer Wasserflasche. »Geschichten eines verschollenen Kontinents im Gebiet des Pazifiks sind nicht bloß auf die Inseln beschränkt«, fuhr sie fort, während sie ihre Wasserflasche in ihren Rucksack zurückgleiten ließ. »Uralte Erzählungen aus der Zeit der Streitenden Reiche beschreiben eine riesige Landmasse im Pazifik namens Peng Jia. Dort hat es angeblich ein Volk gegeben, das fliegen konnte und ewig gelebt hat.«

»Ah ja«, antwortete ihr Begleiter.

Karen sah zu Jack hinüber, der sich aus einem der Fenster gelehnt hatte. Er tunkte sein Taschentuch in das kalte Meerwasser, setzte sich dann aufs Fensterbrett und legte sich das nasse Tuch übers Gesicht. Sie waren den ganzen Tag über in diesen Ruinen umhergeklettert, waren von einem Ort zum nächsten gegangen und hatten nur für ein kaltes Mahl aus Brot und Käse eine Pause eingelegt. Bislang hatte sich ihre Suche als fruchtlos erwiesen. Sie hatten ein paar von Muscheln verkrusteter Stücke Töpferware und zerbrochene Teile einer Statue gefunden, jedoch keine weiteren Inschriften oder Kristalle. Lediglich Fels und noch mehr Fels. Meer, Sand und Strömung hatten verheerende Auswirkungen gehabt und alles in dieser uralten Stadt bis auf die Basaltknochen ausradiert.

»Müde?«, fragte sie, weil ihr klar wurde, dass ihre endlosen Geschichten inzwischen möglicherweise auf taube Ohren stießen. Sie setzte sich neben ihn aufs Fensterbrett. »Tut mir Leid, dass ich Sie den ganzen Tag so umhergescheucht habe. Vielleicht sollten wir zurückkehren.« Sie schaute auf die Uhr. »Hoffentlich hat Miyuki inzwischen einige Fortschritte bei der Übersetzung gemacht.«

Jack zog das nasse Taschentuch vom Gesicht und lächelte. »Sie müssen sich nicht entschuldigen. Sie haben mir die Augen für eine Vergangenheit geöffnet, von deren Existenz ich bisher nichts wusste. Über ein Jahrzehnt lang bin ich auf der Suche nach Schätzen umhergereist, habe jedoch nie ein Zehntel dieser Geschichten gehört.«

»Danke fürs Zuhören.«

Jack stand auf. »Aber Sie haben Recht. Wir sollten zurück.«

Karen warf einen Blick aus dem Fenster. Es begann zu dämmern. Lange Schatten krochen über das Wasser. Sie nickte.

Jack half ihr beim Aufstehen. Sein Griff war fest. Sie gingen zum Eingang des Gebäudes hinüber, wo sie ihr Motorboot festgemacht hatten. Er löste die Leine, während Karen ihren Rucksack ins Heck warf.

Da erstarrte er plötzlich. »Haben Sie das gehört ...« Dann flog er förmlich zu ihr hinüber und stieß sie auf den harten Boden. »Unten bleiben!«

Sie hörte es ebenfalls. Ein schrilles Pfeifen, das immer lauter wurde. Sie hob den Kopf. »Was ist das?«

»Raketen«, zischte er und setzte sich breitbeinig auf sie.

»Was ...«

Dann ertönte ein ungeheuerliches Getöse. Jack wälzte sich von ihr herab und spähte aus dem Fenster. Karen stellte sich neben ihn. Im Süden sahen sie eine Rauchwolke und Felsbrocken hoch in den Himmel steigen. Während sie noch hinüberschauten, zerschmetterte eine weitere Explosion eine der Basaltstatuen im Westen. Eine steinerne Hand flog quer über die untergehende Sonne hinweg.

»Was ist da los?«, fragte Karen zusammenfahrend.

Über ihnen raste ein Militärjet nach Süden. Er trug die Farben der Vereinigten Staaten. Im nächsten Moment wurden zwei Raketen vom Bauch des Jets abgeschossen und jagten kreischend über den dunkler werdenden Himmel. Andere Jets rasten vorüber, einer davon flog niedrig über die Inseln hinweg und zog dabei eine Rauchspur hinter sich her.

Jack zog Karen wieder nach unten. »Irgendetwas sagt mir, dass die Blockade rund um Taiwan gerade explodiert ist.« Zusammen krochen sie zu einem Fenster. Der südliche Horizont erglühte, als würde eine neue Sonne aufgehen. »Wir verschwinden besser von hier.«

Einer weiteren Explosion ganz in der Nähe folgte rasch die nächste. Karens Ohren klingelten von dem ungeheuerlichen Getöse, als sie mühsam auf die Beine kam. Der dämmrige Himmel draußen war mit Rauch durchsetzt. Sie kehrten zur Tür zurück.

»Verdammt«, brummte Jack. Ihr Motorboot, das sie vor einem Moment gelöst hatten, war mehrere Meter abgetrieben. Er streifte sich den eigenen Rucksack von den Schultern und trat einen Stiefel vom Fuß. »Ich geh's holen.«

Karen hielt ihn am Ellbogen fest, als er auf einem Fuß herumtanzte. Ein weiteres verräterisches Pfeifen schmerzte ihnen in den Ohren, dieses Mal viel lauter. Jack sah sie mit großen Augen an. Zusammen sprangen sie von der Türöffnung zurück und wälzten sich hinter die schützenden Mauern.

Karen kreischte, als die Explosionswelle die Mauern zum Beben brachte und sie mit Staub überschüttete. Das

Getöse der Detonation schien endlos zu währen. Jack huschte an ihre Seite. Er bewegte die Lippen, doch sie verstand ihn nicht. Im Nachbarraum landete krachend ein riesiger Felsbrocken. Als die Echos verhallt waren, verstand sie endlich Jacks Worte.

»... okay. Das war verdammt knapp, aber wir sind in Sicherheit.«

Sie nickte. Alles verschwamm ihr vor den Augen.

Er half ihr hoch. Diesmal blieb sie in der Geborgenheit seiner Arme. Sie gingen wieder zur Tür.

Jack trat seinen anderen Stiefel herunter. »Ich schnappe mir einfach das Boot, und dann schaffen wir unsere Ärsche aus der Schusslinie.«

Karen stöhnte auf, als sie die Schwelle erreichten. »O nein!«

Sein Griff wurde fester.

Das viereckige Gebäude auf der anderen Kanalseite war bloß noch eine Ruine. Der Rauch war so dicht, dass man kaum etwas erkennen konnte. Die Gewalt der Explosionen hatte das Boot direkt zu ihrer Türschwelle zurückgeworfen. Sie konnten leicht wieder hineinklettern. Aber es füllte sich rasch mit Wasser. Riesige Felsbrocken hatten es durchschlagen, Löcher in die Hülle getrieben. Benzin sprühte aus dem aufgerissenen Außenbordtank.

»Was jetzt?«, fragte Karen.

Jack schüttelte den Kopf.

Weitere Explosionen ertönten – aber mehr im Süden. »Setz dich«, sagte Jack.

Sie sanken auf den Steinboden und lehnten sich an die Mauer. Jede Explosion rüttelte die Steine durch. Karen entdeckte, dass sie weniger an die Mauer gelehnt dasaß als vielmehr an Jacks Arm.

Eine halbe Stunde lang horchten sie. Hinter dem Fenster stieg die Nacht herab. Das inzwischen deutlich feinere Pfeifen von Raketenfeuer und das dumpfe Dröhnen gingen unermüdlich weiter.

Schließlich ergriff Jack das Wort. »Ich glaube, Sie sind mit uns fertig. Das sind bloß noch Vergeltungsschläge. Störfeuer, das abschrecken soll. Meiner Ansicht nach passiert uns jetzt nichts mehr. Die Nacht über halten wir uns hier versteckt. Morgen früh schwimme ich nach Chatan und hole Hilfe.«

Karen zitterte bei seinen Worten. »Die Chinesen ...«

»Sie werden uns nichts tun.« Er stand auf und ging zum Eingang. »Ich halte Wache.«

Karen erhob sich und trat zu ihm. Sie hielt sich ganz in seiner Nähe. Die Nacht wurde bereits kühl, und sie spürte die Hitze, die sein Körper abstrahlte. Sie lehnte sich noch dichter an ihn.

Der dunkle Himmel war rauchverhangen. Ein Jet raste nach Westen. Karens besorgter Blick folgte ihm. Eine Bewegung in größerer Nähe lenkte ihre Aufmerksamkeit auf sich. Auf dem Meer jenseits der Ruinen glitzerte kurz Sternenlicht auf Metall. »Was ist das?«, fragte sie mit zusammengekniffenen Augen.

»Was?«

Sie zeigte hin.

Auch Jack kniff die Augen zusammen und fischte dann das Fernglas aus ihrem Rucksack. Ein paar Sekunden lang sah er hindurch und machte schließlich ein finsteres Gesicht. »Na, großartig ...«

»Was ist denn das?«

»Ein Sehrohr. Ein chinesisches U-Boot. Jetzt weiß ich, weshalb sie die Ruinen bombardiert haben. Deckungsfeuer. Es hat sich währenddessen durch die Blockade geschlichen. Ich habe so was wie Spezialkräfte entdeckt, die gerade in ein Boot verladen werden.«

»Warum? Was tun sie da?«

»Vielleicht werden sie zur Überwachung und Sabotage hergeschickt.« Er ließ das Fernglas sinken. »Wie gut kannst du schwimmen?«

Kaltes Entsetzen rieselte ihr durch die Adern. »Ich war in der internen Schwimmmannschaft der Universität. Aber das ist zehn Jahre her.«

»Das dürfte reichen. Wir verschwinden von hier.«

In der Ferne erblühten aus lautlosen Einschlägen feurige Blumen.

»Wird schon schief gehen«, versprach er.

Durch das Donnern der Explosion vernahm Karen ein Geräusch aus viel größerer Nähe. Ein Scharren auf Fels. Sie fuhr herum und wurde vom Anblick eines dunklen Fremden in der Tür überrascht. »Jack!«

Er wirbelte herum, sprungbereit wie ein Löwe.

Der Mann hob ihm eine Pistole entgegen.

Selbst in der Dunkelheit erkannte Karen die Tätowierung auf dem Unterarm des Mannes wieder: eine zusammengerollte Schlange mit Rubinaugen.

5.55 Uhr

Washington, D.C.

Ein Klopfen an der Tür weckte Lawrence Nafe, und er schob sich auf einen Ellbogen hoch. »Was ist?«, fragte er verschlafen und warf einen Blick auf die Uhr auf dem Nachttisch. Es war nicht mal sechs.

Die Tür ging ein Stück weit auf. »Sir?«

Er erkannte die Stimme, und ihm schwante Böses.

»Nicolas?« Der Direktor der CIA hatte ihn noch nie in seinem Schlafzimmer aufgesucht. »Was ist schief gegangen?«

Nicolas Ruzickov trat ein und blieb auf der Schwelle stehen. »Tut mir Leid, Sie und die First Lady zu stören, aber ...«

Nafe rieb sich die Augen. »Melanie ist nach wie vor unten in Virginia, um irgendein verdammtes Denkmal zu enthüllen. Was wollen Sie?«

Ruzickov schloss die Tür hinter sich. »Die Chinesen haben Okinawa angegriffen.«

»Was?« Nafe setzte sich auf und schaltete eine Lampe an. In deren Schein sah er, dass der CIA-Chef denselben Anzug trug wie am Abend zuvor.

Ruzickov trat weiter ins Zimmer. »Uns haben gerade Nachrichten von Kampfhandlungen zwischen ihren und unseren Streitkräften entlang der Ryukyu-Inselkette erreicht.«

»Wer hat das Feuer eröffnet?«

»Alle unsere Berichte behaupten, die Chinesen ...«

»Und was sagen die Chinesen?«

»Dass wir den Versuch unternommen haben, ihre Blockade Taiwans zu durchbrechen, und sie sich bloß verteidigt haben.«

»Na wunderbar, einfach prächtig ... und was stimmt?«

»Sir?«

»Nur unter uns, und nur in diesen vier Wänden – wer hat zuerst auf den Knopf gedrückt?«

Ruzickov sah zu einem Sessel hinüber. Nafe winkte ihm, dort Platz zu nehmen, was er mit einem langen Seufzer tat. »Spielt das eine Rolle? Den Chinesen ist unsere Absicht bekannt, alle Hebel für eine formelle Kriegserklärung in Bewegung zu setzen. Wenn sie das Gebiet halten wollen, ist Okinawa die näher liegende und bedeutendere Bedrohung. Sie haben die Insel mit Raketen unter Beschuss genommen.«

»Und der Schaden?«

»Ein paar Treffer. In unbesiedelten Gebieten. Bislang erledigen unsere neuen Patriot-Raketen ihre Arbeit, die Insel zu schützen, zufrieden stellend.«

Nafe beäugte den CIA-Direktor. »Was werden wir unternehmen?«

»Die Joint Chiefs of Staff haben sich bereits im Konferenzraum versammelt und erwarten Ihre Befehle.«

Nafe erhob sich und schritt im Zimmer auf und ab. »Angesichts dieser neuen, gegen unsere Streitkräfte im Pazifik gerichteten Aggression ...« Er starrte Ruzickov bedeutsam an. »Natürlich unprovoziert ...«

»So werden alle Nachrichtensender darüber berichten.«

Er nickte. »Dann sollte es politisch keine große Opposition gegen eine formelle Kriegserklärung geben.«

»Nein, Sir.«

Nafe blieb vor dem Sims des kalten Kamins stehen. »Ich wende mich an die Joint Chiefs, möchte jedoch den Kongress voll hinter dieser Erklärung wissen. Ich möchte kein zweites Vietnam.«

Ruzickov erhob sich. »Ich werde sicherstellen, dass alles planmäßig abläuft.«

Nafe ballte eine Hand zur Faust. »Falls nötig, bringen wir diesen Krieg bis nach Peking. Wird Zeit, dass wir dem chinesischen Volk Gottesfurcht beibringen!«

»Auf etwas anderes reagieren sie gar nicht, Sir. Stärke. Wir dürfen keine Schwäche zeigen.«

Nafe sah finster drein. »Und wir werden auch keine Gnade zeigen.«

20.14 Uhr
in den Ruinen vor der Küste von Yonaguni

Zusammengekauert beäugte Jack das Ende des Pistolenlaufs, der auf seine Brust zeigte. In Windeseile kalkulierte er seine Chancen durch, ihren Angreifer zu entwaffnen. Er würde eine Kugel abbekommen – daran führte kein Weg vorbei –, aber er könnte sich dennoch auf den kleineren Mann werfen und ihm die Waffe aus der Hand schlagen. Doch was dann? Je nachdem, wo es ihn erwischte, wäre es fraglich, ob er den Mann lange genug unten halten konnte, bis Karen sich die Waffe geschnappt hatte. Und falls es noch weitere Männer gab?

»Er ist der Anführer der Gruppe, die uns zuvor schon angegriffen hat«, flüsterte Karen neben ihm. Sie hatte die Hände halb gehoben.

Er erinnerte sich an ihre Geschichte und beugte sich näher zu ihr. »Ich kann ihn ausschalten ... aber halte dich bereit!«

»Wie kann ich dabei helfen?«

Karens Entschlossenheit überraschte ihn. Diese Frau war kein Mauerblümchen. »Ein Ablenkungsmanöver ...«

Bevor sie jedoch irgendeinen Plan in die Tat umsetzen konnte, handelte der andere Mann. »Kommen Sie mit«, flüsterte er in gebrochenem Englisch. »Wir müssen weg von hier. Gefahr.« Er senkte seine Waffe und steckte sie sich in den Hosenbund.

Argwöhnisch richtete sich Jack auf und warf einen verwirrten Blick zu Karen hinüber, die ebenfalls verwirrt zu sein schien. »Vertrauen wir diesem Burschen?«, fragte er.

Sie zuckte die Achseln. »Immerhin hat er uns nicht erschossen.«

Der Mann verschwand durch den niedrigen Eingang

und ging ins Hinterzimmer des dachlosen Gebäudes. Jack schaute ihm nach. Aus der Ferne schallten weiterhin leise Explosionen über das Wasser. Glühende Feuer sprenkelten den südlichen Horizont.

Karen nickte zu dem entsetzlichen Bild hinüber. »Uns bleibt wohl kaum eine andere Wahl. Vielleicht sollten wir mitgehen.«

Jack trat zu ihr. »Ja, aber hast du je das Sprichwort gehört: ›Vom Regen in die Traufe‹?«

Sie winkte ihn zur Tür. »Dann gehst auf jeden Fall du zuerst.«

Er duckte sich durch den niedrigen Eingang und fand den Fremden bei einem anderen Fenster stehend vor. Er hielt ihnen den Rücken zugekehrt.

Draußen trieb ein kleines dunkles Boot durch das schwappende Wasser. Als Jack näher herantrat, erkannte er in ihm einen Sampan, eines der allgegenwärtigen Fischerboote der östlichen Meere. Es bestand aus Holz, war kurz und schmal, und sein Heck war halb von einem zerfetzten Segeltuch bedeckt, das über einen Bambusrahmen gespannt war. Zwei weitere Männer waren an Bord. Einer hielt die Befestigungsleine und schaute immer wieder nervös in Richtung Süden.

»Chinesen kommen«, sagte der Anführer und winkte Jack, das Fahrzeug zu besteigen. »Wir bringen euch nach Okinawa.«

Karen trat zu Jack und stieß ihn leicht an. »Wenn's Probleme gibt, können wir immer noch über Bord springen.«

Er nahm seinen Rucksack in eine Hand und stieg über den steinernen Kai. Der Mann mit der Befestigungsleine bot ihm hilfreich die Hand, doch Jack ignorierte sie. Stattdessen ließ er sich in das Schiff fallen und musterte die Männer. Sie waren dunkelhäutig, klein und stammten eindeutig von den Inseln des Südpazifiks, aber woher genau, konnte er nicht sagen. Ihm entging nicht, dass beide Männer bewaffnet waren.

Ächzend landete Karen neben ihm. Sie fasste ihn beim Ellbogen, als sich das Boot unter ihrem Gewicht bewegte. Er stützte sie, aber sie hielt ihn weiterhin fest. »Na gut, was jetzt?«

Hinter ihnen fand ein knapper Wortwechsel zwischen dem Anführer und seinen Männern statt, bevor er zu ihnen ins Boot stieg. Sobald er an Bord war, winkte er Karen und Jack, sie sollten ihm unter das Stoffdach folgen.

Mithilfe zweier langer Paddel schoben die beiden Männer das Boot ins freie Wasser und trieben sie zwischen den Gebäuden entlang. Jetzt verstand Jack, wie er in den Hinterhalt hatte geraten können. Der Sampan bewegte sich völlig lautlos, und sein dunkles Holz hob sich kaum von der Farbe des Meeres ab.

Während sie dahinglitten, suchte Jack das chinesische Unterseeboot. Es war verschwunden – ebenso wie das Landungsboot voller Bewaffneter. Sie konnten überall sein.

Fast zwanzig Minuten lang trieb der Sampan langsam zwischen den Ruinen einher, wurde geschickt durch die Dunkelheit gelenkt. Niemand sprach ein Wort. Fernes Donnern warnte vor dem Krieg im Süden. Schließlich erhoben sich zu beiden Seiten zwei große Bauten.

Die Chatanpyramiden.

Unter dem Zeltdach gestattete sich Jack einen Seufzer der Erleichterung. Sie hatten die Ruinen fast hinter sich gelassen.

Plötzlich durchschlugen Gewehrkugeln den Stoff der

Plane und gruben sich in die alten hölzernen Planken des Boots. Jack zog Karen auf den Boden und warf sich schützend über sie. Der Anführer rief Befehle.

Auf einmal brüllte ein Motor am Heck auf. Jack spürte, wie das Bugende in die Höhe stieg, als sich der Propeller ins Wasser grub. Der Sampan vollführte einen Satz nach vorn.

Unweit des Hecks gab es eine kleine Explosion. Eine Wassersäule schoss in die Luft. Granaten.

Beeilung, drängte er schweigend. Weiterhin durchlöcherten Gewehrkugeln das Boot.

Der Anführer, der am Ruder saß, beugte sich zu Jack herab und hielt ihm seine Pistole hin. Er zögerte, dann nahm er sie. Der Mann zeigte zum Bug.

Er kroch nach vorn.

»Jack?«, rief Karen warnend.

»Bleib unten. Ich bin gleich zurück.«

Vorsichtig schob er sich zu den anderen beiden Männern vor, die jeder mit einer Pistole in der Hand in die Hocke gegangen waren. Als er sie erreichte, gab er ihnen lautlos zu verstehen, dass sie auf sein Zeichen warten sollten.

Außerhalb des Zeltdachs wehte eine leichte Brise. Jack hörte, wie Gewehrkugeln über seinen Kopf hinwegpfiffen, die Steuerbordreling durchlöcherten und Holzteile wegrissen. Er wartete auf eine Feuerpause.

Als es so weit war, sprang er ruckartig auf und schoss blindlings in die Richtung, aus der die Salven kamen. Die anderen beiden schlossen sich ihm sofort an. Er feuerte, bis er bis fünf gezählt hatte, und duckte sich dann wieder. Erneut folgten die beiden anderen Männer seinem Beispiel.

Er hielt den Kopf unten. Die nächste Salve war weniger

heftig. Die meisten Schüsse pfiffen harmlos vorbei. Inzwischen hatte der Sampan genügend Geschwindigkeit aufgenommen, dass er auf und nieder springend davonjagte. Als sie außer Schussweite waren, erhoben sich die Männer zögernd.

Jack wälzte sich herum, sprang auf und glitt unter das Zeltdach. Karen saß aufrecht da, die Augen voller Sorge. »Alles in Ordnung?«, fragte er.

Sie nickte.

Der Anführer begegnete seinem Blick. Einen Moment lang starrten sie einander schweigend an, dann gab Jack die Pistole zurück. Der Mann nahm die Waffe entgegen, ließ sie wieder in ihr Holster gleiten und winkte sie zu einer abgenutzten Teakholzbank hinüber.

Karen setzte sich, doch Jack blieb stehen. Er wollte Antworten. »Wer seid ihr?«, fragte er.

»Ich bin Mwahu, Sohn des Waupau.«

»Warum hast du uns geholfen?«

Auf diese Frage hin verfinsterte sich das Gesicht des Mannes. »Die Ältesten sagen, wir müssen. Um uns zu bestrafen. Wir haben vor unserem großen Vorfahren versagt.«

»Wobei versagt?« Jack zeigte mit einem Daumen in Karens Richtung. »Dabei versagt, sie und ihre Freundin vergangene Woche umzubringen?«

»Jack ...«, mahnte ihn Karen zur Vorsicht.

Mwahu lehnte sich auf das Ruder und schaute weg. »Wir wollen niemandem wehtun. Nur schützen. Ist unsere Pflicht.«

»Das verstehe ich nicht«, sagte Karen leise. »Wen beschützen?«

Der Mann verharrte in Schweigen.

»Wen?«, wiederholte Jack.

Er hob den Blick zur Plane. »Die Welt beschützen. Die ältesten Lehren sagen, dass niemand die steinerne Stadt stören darf, oder ein Fluch wird auf uns kommen und uns alle vernichten.« Er warf einen Blick zurück auf die Feuer am Horizont. »Der Fluch kommt bereits.«

Jack beugte sich zu Karen hinüber. »Kannst du mit diesem Kauderwelsch was anfangen?«

Sie schüttelte den Kopf, hielt die Augen jedoch auf den Anführer gerichtet. »Mwahu, erzähl mir mehr von diesen Lehren. Von wem stammen sie?«

»Die Worte unseres großen Vorfahren, Horon-ko, wurden vor langer Zeit niedergeschrieben. Nur die Ältesten lesen sie.«

»Die Ältesten von welcher Insel? Wo ist deine Heimat?«

»Keine Insel ist meine Heimat.« Er ließ den Arm über das offene Meer gleiten. »Hier ist unsere Heimat.«

»Der Ozean?«

Stirnrunzelnd kehrte er Karen den Rücken zu. »Nein.«

»Mwahu ...«

»Ich spreche nicht mehr davon. Die Ältesten sagten mir, ich soll euch helfen. Ich helfe euch.«

»Warum haben sie das gesagt?«, unterbrach Jack.

Der Insulaner ließ die Finger über die Schlangentätowierung laufen. »Ältester Rau-ren sagt, man kann das Gift nicht in die Fänge der Schlange zurückgeben, sobald sie zugebissen hat.« Er senkte den Arm als Zeichen dafür, dass die Debatte beendet war. »Die Schlange töten, nicht gut. Nur Hilfe kann euch retten.«

»Mit anderen Worten«, flüsterte Karen Jack zu, »die Katze ist aus dem Sack. Der Fehler kann nicht wieder gutgemacht werden.«

»Welcher Fehler?«, fragte er.

»Es hat was damit zu tun, dass wir den Kristall aus der Pyramide geholt haben.«

Er runzelte die Stirn. »Alles läuft letztlich immer wieder auf den Kristall hinaus.«

»Wenn seine Ältesten einen uralten Text besitzen, der vor diesen Ruinen warnt, dann muss dieser aus der gleichen Zeit stammen wie sie.« Aufgeregt stand Karen auf. »Mwahu, kannst du was von den alten Schriften lesen?«

Er warf ihr einen Blick zu. »Etwas. Mein Vater war ein Ältester. Er lehrt mich vor seinem Tod.«

Karen wühlte in ihrem Rucksack nach Papier und Stift. Sie rückte näher an Mwahu heran, legte das Blatt aufs Deck und kritzelte grob einige wenige Symbole. Er beugte sich herüber, eine Hand nach wie vor auf dem langen hölzernen Ruder.

»Kannst du was davon lesen?«, fragte sie.

Während er auf die Zeichen starrte, atmete er heftiger, und seine Augen weiteten sich. Dann riss er das Blatt abrupt vom Deck herunter, zerknüllte es und warf es ins Meer. »Es ist verboten!«, sagte er durch die zusammengebissenen Zähne.

Karen wich angesichts seiner Heftigkeit zurück und setzte sich. »Es muss dieselbe Sprache sein«, sagte sie zu Jack. »Aber es ist offenbar tabu, sie zu Papier zu bringen.«

»Möglicherweise der Versuch, das Geheimnis um die Sprache zu wahren.«

Einen Moment lang wirkte sie nachdenklich. »Vielleicht hast du Recht, aber ich habe nie von einer solchen Sekte auf den Inseln gehört. Warum die Geheimniskrämerei? Wovor wurden seine Vorfahren gewarnt?«

Er schüttelte den Kopf. »Wer weiß?«

»Vielleicht liegt in den Inschriften eine Antwort. Wenn

wir Mwahu dazu bringen können, uns zu helfen, könnte das unsere Arbeit beschleunigen.«

»Das heißt, wenn du den Worten dieses Mannes trauen darfst.«

Karen seufzte. »Er macht den Eindruck, als würde er es ernst meinen. Und er glaubt eindeutig an das, was er sagt.«

»Bloß weil er daran glaubt, muss es noch lange nicht wahr sein.«

»Vermutlich. Dennoch können wir von hier aus anfangen.« Sie lehnte sich zurück und sah mit glasigen Augen über das Meer hinaus.

Seufzend lehnte er sich ebenfalls zurück, schenkte der Aussicht jedoch keinerlei Beachtung, sondern behielt stattdessen die drei Männer an Bord gut im Auge. Sie mochten ja behaupten, ihnen helfen zu wollen, doch wenn er an die Begegnung zwischen Karen, Miyuki und ihnen dachte, wusste er, dass sie gefährlich sein konnten.

Die restliche Fahrt verlief schweigsam. Bald waren voraus die Lichter des Hafens von Naha zu erkennen. Selbst aus einem Kilometer Entfernung war es offensichtlich, dass auf der Insel Aufruhr herrschte. Die US-Basis auf der Südseite des Hafens war hell erleuchtet wie der Times Square. Flugzeuge in allen Größen umkreisten die Insel, während es auf dem Wasser vor Militärschiffen nur so wimmelte.

Jack und Karen gingen zum Bug. Sie zeigte mit dem Finger auf eines der Regierungsgebäude, das jetzt eine zernarbte, rauchende Ruine war.

»Volltreffer«, bemerkte Jack.

Vor Schreck bekam Karen große Augen. »Miyuki ...«

Er nahm ihre Hand. »Ihr geht's bestimmt gut. Die Universität steht im Landesinnern, abseits der wahrscheinlichsten Ziele. Übrigens sind neununddreißig US-Militärbasen zu ihrem Schutz da.«

Karen wirkte nicht sonderlich überzeugt.

Auf dem Weg zur Insel wurde ihr eigenes Schiff zweimal angehalten und durchsucht, ehe man ihnen die Weiterfahrt gestattete. Jack war froh, dass den drei Männern bei der ersten Durchsuchung die Waffen abgenommen wurden. Er hatte Karen gedrängt, die Insulaner zu verlassen und an Bord des Militärkutters zu gehen, doch sie hatte sich geweigert. »Mwahu hält vielleicht den einzigen Schlüssel zu dieser Sprache in Händen«, hatte sie gemurmelt. »Ich darf ihn nicht verlieren.«

Also waren sie auf dem Sampan geblieben, der jetzt in den Bootshafen glitt. Sie vertäuten ihr Schiff und stiegen zu den Kaianlagen hinauf. Ein japanischer Offizier prüfte ihre Papiere. Jack war überrascht, als die Insulaner zerrissene und wettergegerbte Pässe hervorzogen.

Der Offizier reichte ihnen ihre Papiere zurück und sagte auf Englisch: »Sie haben sich keine gute Zeit für eine Besichtigung ausgesucht. Wir haben einen Strom von Flüchtlingen aus dem Süden zu versorgen und versuchen gerade, so viele wie möglich nach Norden zu bringen. Ansonsten werden alle Zivilisten über den internationalen Flughafen evakuiert.«

»Sie evakuieren die gesamte Insel?«, fragte Jack.

»Oder verfrachten die Leute in Bunker. So viele, wie wir können. Wir gehen nicht davon aus, dass die Kampfhandlungen unsere Küsten erreichen, aber wir wollen auch kein Risiko eingehen. Schließlich könnte es jederzeit einen weiteren Raketenangriff geben. Ich schlage vor, Sie sammeln ihre persönliche Habe ein und begeben sich zum Flughafen.«

Karen nickte. »Die Ryukyu-Universität ...?«

»Ist bereits geräumt.« Der Mann winkte sie den Kai hinab, als weitere improvisierte Fahrzeuge eintrafen. »Viel Glück!«

Jack führte Karen und Mwahu in die Stadt. Mwahus Männer blieben beim Sampan. »Was ist, wenn Miyuki bereits weg ist?«, fragte Karen, die neben Jack ging.

»Sie wird dort sein. Ich kann mir nicht vorstellen, dass sie ihr Labor verlässt, es sei denn, man schleift sie kreischend und um sich tretend da raus.«

Bei diesen Worten lächelte sie. Ohne nachzudenken, legte Jack einen Arm um sie. Sie lehnte sich hinein und drückte sich fest an seine Seite.

Es fielen keine weiteren Worte mehr. Mit Mwahu im Schlepptau gingen sie durch die vom Erdbeben verwüstete Stadt zu einer Haltestelle, an der nach wie vor ein Bus zur Universität abfuhr. Es war eine kurze Fahrt nach Ryukyu und ein schweigsamer Marsch zur Computerfakultät.

An der Treppe angekommen, zeigte Karen zum fünften Stockwerk hinauf. Dort brannten keine Lichter. Dann entdeckten sie, dass die Tür zum Gebäude verschlossen und die Eingangshalle dunkel war. »Hallo!«, rief sie und klopfte.

Ein Wachmann kam um eine Ecke. Der Strahl seiner Taschenlampe glitt über die drei und blieb schließlich an Karen hängen.

»Professor Grace«, sagte er sichtlich erleichtert. Er kam die Treppe herunter, wobei er im Vorübergehen Mwahu einen misstrauischen Blick zuwarf. Sein Schlüsselbund klirrte, als er zur Tür ging. »Professor Nakano wollte erst gehen, wenn Sie zurückgekehrt sind.«

»Ist sie in ihrem Labor?«

»Nein, in meinem Büro. Wir haben alle oberen Stockwerke verschlossen.«

Er öffnete die Tür, ging ihnen in die Eingangshalle voraus und führte sie mit Hilfe seiner Taschenlampe durch das dunkle Innere. Unter einem Türspalt weiter vorn drang Licht hervor. Der Wachmann klopfte an und stieß die Tür auf.

Miyuki saß an einem Schreibtisch, vor sich den geöffneten dicken Koffer mit einem Laptop darin. Bei ihrem Anblick schoss sie hoch. »Gott sei Dank, ihr seid heil und gesund.«

»Uns geht's gut«, sagte Karen und nahm sie in die Arme. »Was ist mit dir?«

»Bisschen durchgerüttelt. Heftiges Feuerwerk.«

Karen bemerkte den Laptop. »Was tust du da?«, fragte sie.

»Ich konnte nicht das Risiko eingehen, unsere ganze Arbeit zu verlieren. Also habe ich Gabriel unsere sämtlichen Forschungsergebnisse anderswo stationieren lassen und alles für den Fall der Fälle auf diesem Computer abgespeichert. Ich habe auch dieses tragbare Dings hier aufgemöbelt, damit es mit Gabriel kompatibel ist.« Miyuki berührte eine Taste.

Aus den winzigen Lautsprechern kam eine vertraute, körperlose Stimme. *»Guten Abend, Professor Nakano. Ich werde unsere Verbindungen und Schnittstellen ständig überprüfen, ob alles in Ordnung ist.«*

»Vielen Dank, Gabriel.«

Hinter Jack betrat der Insulaner den Raum und warf einen misstrauischen Blick auf den Computer. Miyuki bemerkte ihn und zuckte zurück.

Karen legte ihr eine Hand auf die Schulter. »Schon in Ordnung«, sagte sie. »Ich erklär's dir später.«

Den tätowierten Fremden im Auge behaltend, schloss Miyuki den Computerkoffer. Sie zog die Kabel heraus und rollte sie auf. »Wir müssen los.«

»Ich habe von der Evakuierung gehört. Hast du den Kristall?«

Miyuki sah sie stirnrunzelnd an und neigte dann den Kopf zu Mwahu hinüber.

»Es ist *wirklich* alles in Ordnung«, sagte Karen. »Er wird uns jetzt helfen.«

Miyuki wirkte nicht gerade überzeugt. Jack trat neben sie. »Und falls das eine Hilfe sein sollte – er ist allein und unbewaffnet.«

Sie musterte Jack einen Atemzug lang und schien dann in sich zusammenzusinken. »Der Stern ist in meinem Gepäck.« Sie nickte zu einem Koffer auf Rollen, der hinter dem Schreibtisch stand. »Ich bin auch zu eurem Apartment und habe alles in Sichtweite eingesammelt, was ihr vielleicht brauchen könntet ... auch Jacks Sachen.« Sie zeigte auf einen zweiten Koffer.

»Das hätten wir doch selbst tun können«, meinte Karen.

»Nicht, wenn ihr einen Flug von dieser Insel weg kriegen wollt. Mein Vetter steuert einen kleinen Privatjet, so eine Art Charterservice. Er ist einverstanden, uns hier rauszufliegen, aber wir müssen in ...« Sie warf einen Blick auf ihre Uhr. »... dreißig Minuten los.«

Jack runzelte die Stirn. Das ging ihm alles zu schnell. »Wohin? Nach Tokio?«

Miyuki biss sich auf die Lippe. »Nein. Ich hielt es für das Beste, wenn wir der gesamten Gegend den Rücken kehren.«

»Wohin dann?«, fragte Karen.

»Ich habe ihn gebeten, uns zur Insel Pohnpei zu bringen.« Miyuki sah von einem zum anderen. »Wenn wir schon irgendwohin müssen, warum dann nicht dem Hinweis in der Transkription folgen und zu den Ruinen von Nan Madol fliegen?«

Karen lachte. »Fantastisch! Ich habe gewusst, dass eine echte Abenteuerin in dir steckt.«

»Kein schlechter Plan«, sagte Jack. »Wir können nach weiteren Hinweisen suchen, ohne uns mitten in einem Kriegsgebiet aufzuhalten. Aber ich muss zunächst mit meinem Schiff Kontakt aufnehmen, sie über die veränderten Pläne informieren.«

»Oh, du meine Güte! In dem ganzen verrückten Durcheinander habe ich das völlig vergessen! Kurz bevor ich Karens Wohnung verlassen habe, kam ein Anruf von Ihrem Schiff. Ein Charles Molder.«

»Charlie Mollier?«

»Genau. Er schien Sie unbedingt sprechen zu wollen.«

»Wann hat er angerufen?«

»Vor etwa einer halben Stunde.«

»Gibt's hier irgendwo eine funktionstüchtige Leitung?«

Miyuki nickte. »Die Leitung, die ich für den Computer benutzt habe, sollte noch in Ordnung sein.« Sie schloss ein kleines Telefon an und reichte ihm den Hörer.

Er beugte sich über den Schreibtisch und tippte die Satellitennummer der *Deep Fathom* ein. Ein kurzes, heftiges Knistern und Rauschen verwandelte sich rasch in Charlies Stimme.

»Jack? Bist du das?«

»Ja. Was ist denn? Hier draußen ist die Hölle los, und ich verschwinde nach Pohnpei.«

»In Mikronesien?«

»Ja, aber das ist eine zu lange Geschichte. Ihr seid nach wie vor in der Nähe vom Kwajalein?«

»Ja, aber ...«

»Das ist nicht so weit von Pohnpei. Können wir uns dort treffen?«

»Ja, aber ...«

»Gut. Ich halte dich auf dem Lauf ...«

»Gottverdammt, Jack!«, unterbrach Charlie. »Hör mir doch mal zu!«

»Was ist denn?« Jack ging auf, dass er Charlie gar nicht nach dem Grund für seinen Anruf gefragt hatte.

»Wir haben eine Bombe an Bord.«

Jack benötigte einige Augenblicke, bis er das verdaut hatte. »Eine Bombe?«

»Eine gottverdammte Bombe. So eine, die richtig explodieren kann!«

»Wie ...? Wer ...?«

»Sie wurde in die Funkstation gelegt.«

»Schmeiß sie weg!«

»O ja, *Mann*, warum habe ich daran nicht gedacht? Ich verstehe vielleicht nicht viel von Sprengkörpern, aber dieses Baby hat einen elektronischen Zünder. Da lasse ich lieber die Finger von.«

Als sein Schock abebbte, kam Jack der Verdacht, dass David Spangler hinter der Bombe steckte. Ihm fiel das kleine Geschenk ein, die chinesischen Elektronikteile. »Spangler«, zischte er.

»Was?«

»Einer von Spanglers Männern muss sie dort angebracht haben.« Im Stillen fragte er sich, ob diese Sabotagehandlung persönliche Rache war oder David Verdacht geschöpft hatte, dass er hinter etwas her war. »Hör mal, Charlie, ich weiß nicht, was du noch immer auf der *Fa-*

thom machst, aber bring alle da runter und alarmiere die Behörden!«

»Bin bereits dabei. Wir haben das Rettungsboot klargemacht. Sind schon alle drauf, abgesehen von Robert und mir. Du hast uns fast verpasst.«

»Schafft eure Ärsche da raus! Warum hast du überhaupt noch angerufen?«

»Wir hatten gehofft, du könntest uns übers Telefon sagen, wie man sie entschärft.«

»Bist du verrückt?«

»Teufel, wir reden hier von der *Fathom*, Jack!«

Jack packte den Hörer fester. »Hör mal ...«

»Eine Sekun...«

Jack hörte Charlie etwas rufen, dann ertönte im Hintergrund schwach eine weitere Stimme. Es war Robert. *»Das Lämpchen ... es blinkt schneller!«*

O Gott! »Charlie!«, schrie Jack ins Telefon. »Verschwinde! Auf der Stelle!«

Plötzlich kam aus dem Hörer lediglich noch heftiges Knistern und Rauschen, das ihm die Haare zu Berge stehen ließ – dann war die Leitung tot. »Charlie!« Wieder und wieder schaltete er den Receiver an und aus. Ein Wählton kam. Wild tippte er den Code für die *Deep Fathom* ein. »Verdammt noch mal!«

Karen stand hinter ihm. »Jack? Stimmt was nicht?«

Er gab keine Antwort. Er horchte, wie sich die Verbindung über den Satelliten aufbaute, aber die Antwort war wieder nur lautes, leeres Rauschen. Dann wieder nichts. Er ließ den Hörer sinken. Er war wie gelähmt, er fürchtete das Schlimmste und betete darum, dass lediglich die Verbindung zusammengebrochen war. Aber im Herzen wusste er, dass er sich irrte. Er hatte die Panik in Roberts Stimme gehört.

»Jack?« Karen legte ihm eine Hand auf die Schulter.

Langsam legte er den Hörer auf die Gabel. »Ich ... ich glaube, jemand hat gerade mein Schiff in die Luft gejagt.«

22.55 Uhr
an Bord der Maggie Chouest, *Zentralpazifisches Becken*

»Erledigt«, sagte Gregor Handel. »Ich bekomme nichts mehr von der *Deep Fathom* herein. Nicht mal einen Notruf. Sie ist abgesoffen, Sir.«

»Perfekt.« David streifte sein Headset ab. Zuvor hatte Rolfe erfolgreich den Globalstar-Code der *Deep Fathom* geknackt, weswegen sie die übertragenen Anrufe mitverfolgen konnten. Über Kopfhörer hatte David das letzte Telefongespräch zwischen Jack und seinem Schiff mitgehört. Er legte das Headset auf den Tisch. »Besser hätte es doch gar nicht laufen können«, sagte er. »Jack weiß, dass ich dahinter stecke. Er hat gehört, wie sein verfluchtes Schiff in die Luft gegangen ist. Und er weiß, dass seine Mannschaft immer noch an Bord war.«

Von seiner Station aus sagte Rolfe: »Ich habe die Hafenbehörde von Kwajalein an der Strippe. Soll ich einen Helikopter zur Bestätigung hinschicken?«

»Warte noch etwa eine Stunde. Schließlich wollen wir keine Überlebenden haben.«

Handel schnaubte geringschätzig. »Mit der Menge an C-4, fast ein halbes Kilo, gibt es im Umkreis von hundert Metern keine Überlebenden mehr.«

Davids Grinsen wurde breiter. »Gut gemacht, Männer!« Er holte unter dem Tisch eine Flasche Dom Pérignon hervor. »Auf die perfekte Ausführung dieser Mission!«

»Exekution trifft es wohl eher«, meinte Rolfe mit einem höhnischen Grinsen der Befriedigung.

David stand auf und drehte den Korken aus der Flasche, der mit einem kleinen Knall quer durch die Kabine schoss. Als der Champagner überschäumte, hob David die Flasche hoch. »Und das ist nur der erste Schritt auf dem Weg, Kirkland zur Strecke zu bringen.«

15

POHNPEI

6. August, 6.15 Uhr
Pohnpei, Föderation von Mikronesien

Karen saß in der geräumigen Kabine des privaten Learjets, während dieser über die Landepiste des Flughafens von Pohnpei rollte. Draußen ging ein feiner Nieselregen nieder, der den Ausblick auf die dschungelbedeckten Bergspitzen der Insel im Südpazifik verwehrte. Als das Flugzeug sich drehte, kam das markanteste Merkmal der Insel in Sicht: Sokehs Rock, ein hoch aufragender Vulkankegel, der den Hafen von Kolonia überblickte und den Spitznamen »Diamantnadel von Mikronesien« trug.

»Wunderschön«, sagte Miyuki neben ihr und beugte sich näher ans Fenster. Ihre offenbar total erschöpfte Freundin hatte den größten Teil des Flugs geschlafen und war erst erwacht, als die Maschine zur Landung angesetzt hatte.

Karen hingegen war außerstande gewesen zu schlafen, ebenso Jack. Sie schaute zur anderen Seite der Kabine hinüber. Er saß nach wie vor steif in seinem Sitz und nahm von der vorübergleitenden Szenerie kaum Notiz. Mwahu neben ihm war in sich zusammengesunken und schnarchte.

Nachdem sie das Flugzeug bestiegen hatten, hatte Jack

einige Stunden lang verzweifelt versucht, etwas über das Schicksal seines Schiffes herauszufinden. Als er endlich jemanden bei den Behörden erreicht hatte, der ihm hatte zuhören wollen, hatte man ihm mitgeteilt, dass bereits ein Suchhelikopter losgeschickt worden war. Also waren sie gezwungen gewesen zu warten. Jack war in seiner Kabine auf und ab geschritten und hatte die Hände immer wieder zu Fäusten geballt. Als die Nachricht dann endlich eingetroffen war, war es keine gute gewesen.

Da sie wie ein Ölteppich gebrannt hatten, waren die Trümmer des Schiffs leicht auszumachen gewesen.

Daraufhin war Jack wortlos zur Bar der Kabine gegangen, hatte sich mehrere Finger hoch Whiskey in ein Glas gegossen, ihn hinuntergestürzt und das noch zweimal wiederholt, bis ihn Karen überreden konnte, zu seinem Platz zurückzukehren. Und dort war er sitzen geblieben und hatte bloß vor sich hin gestarrt, ohne zu blinzeln. Zunächst hatte sie versucht, ihn in ein Gespräch zu verwickeln, aber seine einzige Reaktion klang kalt und brutal: »Ich werde dieses Schwein umbringen!« Also hatte sie sich wieder auf ihren Platz begeben und zugeschaut, wie die Welt unter ihr vorübergestrichen war.

Es war eine monotone Reise gewesen, bis sie ihr Ziel erreicht hatten. Vor der Landung hatte der Jet die Insel umkreist. Pohnpei hatte grob geschätzt einen Durchmesser von siebzehn Kilometern und war von einem schützenden Korallenriff umgeben, wodurch eine Insel mit Lagunen und Mangrovensümpfen entstand. Das bergige Innere bestand gänzlich aus Regenwäldern, Flüssen, Wasserfällen und steilen Felsen.

Während sie die kreisrunde Insel von oben gemustert hatte, hatte Karen gehofft, das andere, wohl bekannte Merkmal Pohnpeis zu Gesicht zu bekommen – die auf der Seeseite gelegenen Ruinen von Nan Madol –, aber der Dunst auf der südöstlichen Seite war zu dicht gewesen.

Miyuki setzte sich wieder zurück, als der Jet auf den Terminal zurollte, und nickte zu Jack hinüber. »Wird er die Sache verkraften?«

»Es wird einige Zeit dauern, glaube ich.« Karen wusste, dass in Jack jede Menge Schuldgefühle schwärten. Das verrieten seine Gesichtszüge und die leeren Augen.

Als das Flugzeug ausrollte und stehen blieb, löste Miyuki ihren Sicherheitsgurt. »Halten wir ihn ein bisschen auf Trab! Versuchen wir, ihn von den Ereignissen abzulenken!«

Karen nickte, obwohl sie daran zweifelte, dass es viel helfen würde. Jacks düstere Stimmung würde sich nicht einfach dadurch aufhellen, dass man ihn ein bisschen ablenkte.

Mwahu auf der anderen Seite der Kabine streckte sich. »Wir da?«

»Ja«, erwiderte Karen und befreite sich aus ihrem Sitz. Jack hatte sich immer noch nicht gerührt.

Die Tür öffnete sich, und helles Sonnenlicht strömte herein. Während Mwahu und Miyuki sich zum Ausgang begaben, ging Karen auf die andere Seite der Kabine hinüber, setzte sich und berührte Jack am Arm. »Alles in Ordnung?«

Einige wenige Augenblicke lang schwieg er, dann erwiderte er mit stumpfer Stimme: »Es war alles meine Schuld ... wieder mal. Zuerst die *Atlantis*, jetzt die *Fathom*.«

»Es war nicht deine Schuld.«

Er schien sie nicht zu hören. »Ich hätte sie nie allein lassen dürfen. Wenn ich da gewesen wäre, hätte ich die Bombe entschärfen können.«

»Und wärst vielleicht mit ihnen draufgegangen. Dann hätte dieser Spangler endgültig gewonnen. Wenn das, was du sagst, stimmt – dass er die Bombe in den Wrackteilen an Bord der *Gibraltar* gelegt hat –, dann bist du der Einzige, der die Wahrheit kennt. Alle Hoffnung, ihn bloßzustellen, wäre vergebens, wenn du umgekommen wärst.«

»Was zählt die Wahrheit? Diesen Preis ist sie nicht wert.« Schließlich sah ihr Jack direkt ins Gesicht.

Karen war bestürzt über den Schmerz in diesen blauen Augen. Sie verspürte den Drang, Jack an die Brust zu ziehen, ihn zu umarmen, ihn festzuhalten, bis sein Schmerz nachließ, aber sie wusste, dass sie ihm keinen echten Trost spenden konnte. Er würde seinen eigenen Weg finden müssen, um mit der Tragödie fertig zu werden. »Wenn du Gerechtigkeit für deine Freunde haben willst«, sagte sie leise, aber bestimmt, »wirst du sie dir erkämpfen müssen. Spangler zu töten, damit erreichst du gar nichts.«

Wut blitzte unter seinem Schmerz auf. »Wie dann?«

Sie stellte seinem Ärger den eigenen entgegen. »Indem du diesen gottverdammten Schweinehund bloßstellst, Jack. So wirst du gewinnen!« Sie berührte ihn am Knie. »Und ich helfe dir dabei. Du bist bei dieser Sache nicht allein, Jack. Das wirst du begreifen müssen.«

Er schloss die Augen, seufzte und öffnete sie nach ein paar Momenten wieder. Der Schmerz war noch immer da, aber er schien nicht mehr alles andere zu verzehren. Sie erkannte einen Funken des Jack wieder, den sie am Flughaften von Okinawa getroffen hatte. »Vielleicht hast du Recht«, sagte er. »Es steht zu viel auf dem Spiel. David muss fertig gemacht werden, aber das geht nur, wenn ich die Wahrheit über Air Force One herausfinde. Ich werde ihn nicht gewinnen lassen.«

»Dafür sorgen wir gemeinsam.«

Fast widerstrebend nickte er.

Karen spürte, dass ein kritischer Augenblick zwischen ihnen vorübergegangen war ... dass der Ex-SEAL selten jemandem gestattete, seinen Kummer oder sein Schuldgefühl zu teilen.

Er drehte sich im Sitz um, nahm ihre Hand von seinem Knie und hob sie an die Lippen. Die kurze Berührung auf ihrer Haut schickte ihr einen elektrischen Schauer durch den Körper. »Vielen Dank«, flüsterte er.

Getroffen von der plötzlichen Intimität, vermochte sich Karen nicht zu rühren.

Er ließ ihre Hand sinken. In seinen Augen erkannte sie eine kurze Verwirrung, als hätte ihn die impulsive Handlung mehr überrascht als sie.

Miyuki winkte vom Eingang her und rief: »Wir müssen los!«

Einen schweigsamen Augenblick lang sahen die beiden einander an.

»Gehen wir«, sagte Karen schließlich. »Wir haben viel vor.«

8.23 Uhr
Maggie Chouest, *Zentralpazifisches Becken*

David stand in der Nähe des Hecks. Hinter ihm wurden die letzten Ausrüstungsgegenstände seines Teams vom Bergungsschiff in den Helikopter verladen. Der Flug nach Pohnpei würde sieben Stunden dauern. Mit Ruzickovs Unterstützung war die US-amerikanische Botschaft auf der Insel in Alarmbereitschaft versetzt worden und erwartete seine Ankunft.

»Commander Spangler.«

David fuhr herum. Er war so in die eigenen Pläne versunken gewesen, dass er nicht mitbekommen hatte, wie der dickbäuchige mexikanische Leiter der Forschungsgruppe an ihn herangetreten war. »Was ist, Cortez?«

»Sie haben darum gebeten, dass man Ihnen Bescheid gibt, wenn wir so weit sind, das Wasser aus der Neptune-Basis herauszudrücken.«

David räusperte sich. »Natürlich. Sind Sie bereit?«

»Ja, Sir. Wenn Sie zu uns ins Kommandozentrum kommen wollen, können Sie den Vorgang selbst beobachten.«

Er winkte dem Mann, er solle vorausgehen. Cortez ging zu den Deckaufbauten und stieg dann zur Hauptkontrollstation auf der zweiten Ebene hinauf. Die ehemalige Offiziersmesse war jetzt ein einziges Durcheinander aus Computern, Monitoren und anderer Ausrüstung. Vier weitere Wissenschaftler drängten sich in dem kleinen Raum, aber sie machten David Platz und blickten, ihn nervös an.

Cortez winkte David zu einer Konsole mit Monitoren und tippte auf zwei der Bildschirme. »Hier haben wir ein Bild von den beiden ROV-Robotern. Wie Sie sehen, ist Neptune für Stadium zwei bereit.«

David musterte die zusammengebaute Basis. Sie sah aus wie drei aufeinander gestapelte Doughnuts, die auf einem vierbeinigen Stützrahmen saßen. Stromkabel und andere Leinen wanden sich von der obersten Schale zur Oberfläche hinauf. Er beobachtete, wie einer der Roboter einen weiteren ›Laternenpfahl‹ aufstellte. Jeder war sechs Meter lang, und obenauf saßen wasserdichte Halogenscheinwerfer. Alles in allem standen zwölf Pfähle um die Basis. Der dunkle Meeresboden war zu einem hell erleuchteten Parkplatz geworden.

Cortez ließ sich an der Konsole nieder. »Behalten Sie die drei mittleren Monitore im Auge; darauf werde ich die Bilder der Innenkameras legen. Eine für jede Ebene des Komplexes.«

Verschwommene Bilder erschienen auf den Monitoren, wässrige Ansichten dämmriger Räumlichkeiten. Man konnte nur wenig Einzelheiten erkennen. Das einzige Licht drang durch winzige Bullaugen in den geschwungenen Wänden.

»Worauf sehe ich da?«, fragte David.

Cortez tippte auf den ersten Monitor. »Die unterste Ebene dient einzig und allein zum Andocken der Tauchboote. Die mittlere beherbergt die Labors, die obere die Wohnbereiche.« Er warf David über die Schulter einen Blick zu. »Wir haben uns für diese Anordnung entschieden, weil in einem Notfall die oberste Ebene manuell abgetrennt werden und selbstständig zur Oberfläche aufsteigen kann. Im gesamten Komplex sind eine Vielzahl redundanter Sicherheitsvorkehrungen eingebaut.«

David seufzte. Er gab sich keine Mühe, seinen Ärger zu verbergen. »Schön. Sind Sie nun so weit, dass Sie das Wasser rausdrücken können, oder nicht?«

»Natürlich. Wir haben alles dreifach überprüft.«

»Dann bringen wir's hinter uns. Ich soll innerhalb der nächsten Stunde losfliegen.« David bekam das erleichterte Lächeln der beiden Techniker neben sich mit. Offenbar würde man seinem Team keine Träne nachweinen.

»Wir haben nur auf Sie gewartet.« Cortez machte sich eifrig an einem der Computer zu schaffen. In ein Mikrofon sagte er: »*Perseus*, hier ist oben. Bereit zum Hinauspressen. Ich wiederhole, bereit zum Hinauspressen.«

Das torpedoförmige Tauchboot auf einem der Monitore kippte scharf ab und entfernte sich von der Meeresbasis. Lieutenant Brentleys Stimme kam kratzig aus ein paar Lautsprechern. »Verstanden. Presse Wasser hinaus.«

»Los geht's«, sagte Cortez. Er drückte eine Reihe von Knöpfen auf seiner Tastatur. »Ebene 1 ... *hinauspressen*. Ebene 2 ... *hinauspressen*. Ebene 3 ... *hinauspressen*.«

Auf den Bildschirm verschwand die Tiefseestation hinter einer Wolke von Blasen.

»Sehen Sie mal!« Cortez zeigte auf die mittleren Monitore.

Der Wasserstand fiel unter die Ebene der Kameralinsen, und plötzlich war alles klar zu erkennen. Innerhalb weniger Minuten war das Wasser verschwunden und hatte die Räume nass, jedoch bewohnbar, zurückgelassen. Die Innenbeleuchtung ging flackernd an und erstrahlte dann hell.

»Fahre Druck auf eine Atmosphäre herunter«, sagte Cortez. »Überprüfe Festigkeit der Außenhaut.« Er lächelte zu David auf. »Grünes Licht allerorten, Commander. Neptune ist bereit für Gesellschaft.«

David schlug dem Mexikaner auf die Schulter. So ungern er es zugab, der Mann verstand was von seinem Job. »Gute Arbeit, Cortez.«

»Von jetzt an können wir übernehmen, Commander.« Der wissenschaftliche Leiter erhob sich von seiner Konsole. »Wie ich weiß, sind Sie für einige Tage wegbeordert worden, aber Sie müssen sich keine Sorgen machen. Mein Team wird Sie nicht enttäuschen.«

»Das ist auch besser so«, murmelte David, als er sich zum Gehen wandte, konnte aber seiner Bemerkung nicht so den richtigen Nachdruck verleihen. Cortez führte ein strenges Regiment.

David verließ das Kommandozentrum und stieg zum Deck hinab. Sobald er die klimatisierten Aufbauten verlassen hatte und in die Hitze getreten war, empfing ihn sein stellvertretender Kommandant.

Rolfe trug eine schwarze Fliegerjacke. »Wir haben alles eingeladen und sind bereit, Sir«, sagte er. »Jeffreys hat gerade Nachricht von unseren Kontakten auf Pohnpei erhalten. Jack Kirkland und die Frau sind vor einer Stunde gelandet. Während wir hier sprechen, stehen sie unter Beobachtung.«

»Schön.« Alles lief gut. Zunächst die Basis, jetzt das. Es war, als würde Kirkland alles versuchen, ihm den Job zu erleichtern, dachte David. Die Wissenschaftlerin und ihren Kristall aus dem sich stetig erweiternden Kriegsgebiet um Okinawa herauszuholen wäre sehr kompliziert geworden. Aber draußen in den Gewässern von Mikronesien, auf einer Insel, die mit den amerikanischen Interessen sympathisierte, sollte das kein Problem darstellen. Es passte alles perfekt zusammen.

»Sir, Jeffreys berichtet auch, dass die Frau sich umgehört hat und ein Boot chartern will, das sie zu irgendwelchen Ruinen auf der Südostseite der Insel bringen soll.«

David nickte. Über Nacht hatte er die topografischen Karten von Pohnpei studiert. Er kannte die Insel mittlerweile in- und auswendig. »Wann wollen sie dahin fahren?«

»Am späten Nachmittag.«

Er überlegte einen Moment und nickte. Es sollte genügend Zeit sein. »Holen Sie mir Jeffreys! Ich möchte ein Schiff haben.« Er zog den Reißverschluss seiner Jacke zu. »Wir werden für Mr Kirkland und seine Freunde einen kleinen Willkommensgruß vorbereiten.«

16.34 Uhr
Pohnpei, Stadtgebiet Madolenihmw

Hinter Jacks Stirn pochte noch immer ein heftiger Schmerz. Und die holperige Fahrt über die Dschungelpiste in einem alten, verrosteten Cherokee-Jeep war da nicht gerade hilfreich. Karen saß am Steuer und suchte mit zusammengekniffenen Augen hinter der verschmierten Frontscheibe nach Orientierungspunkten.

»Weißt du auch ganz bestimmt, was du tust?«, fragte Miyuki von der Rückbank aus. Ein besonders tiefes Schlagloch ließ die kleine Frau bis zum Dach hüpfen. Sie beschimpfte Karen in ihrer Muttersprache.

»Ist schon richtiger Weg«, bemerkte Mwahu, der ebenfalls hinten saß. »Brücke zur Insel Temwen nicht weit.«

»Also bist du schon in Nan Madol gewesen?«, fragte Karen im Versuch, weitere Informationen aus dem Mann herauszukitzeln.

»Heiliger Ort. Ich besichtige mit Vater drei Mal.«

Karen warf Jack einen Blick zu, wie um die zufällige Übereinstimmung zu unterstreichen.

Jack rieb sich die Schläfen, um die Kopfschmerzen wegzumassieren. Nach der Landung hatte er endlich etwas Schlaf gefunden, aber der Schmerz, den er in den letzten vierundzwanzig Stunden erlitten hatte, ließ sich durch ein kurzes Nickerchen nicht lindern.

Unterdessen hatte Karen einen Wagen gemietet und sich um ein Boot gekümmert, mit dem sie die Ruinen von Nan Mandol erkunden wollten. Da die beste Zeit für ein solches Unternehmen die Flut war, waren sie am späten Nachmittag los, wenn Boote die metertiefen Kanäle durchfahren konnten. Ansonsten hätte es, bei Ebbe, bedeutet, die Ruinen in knietiefem Wasser und Schlamm zu durchwaten.

Jack räusperte sich und versuchte, sich irgendwie von dem Pochen im Schädel abzulenken. »Karen, du hast mir nie die ganze Geschichte von Nan Madol erzählt. Was ist so besonders an diesem Ort?«

»Viele Erzählungen und Mythen ranken sich um diese Insel«, erwiderte sie, »aber die Geschichte vom Ursprung Nan Madols ist die bezauberndste. Den Mythen zufolge sind zwei Halbgötter, Olhosihpa und Olhosohpa, in einem großen Schiff aus einem verschollenen Land dorthin gekommen. Mithilfe magischer Kräfte haben sie die gigantischen Basaltbrocken über die Insel transportiert und den Einheimischen beim Bau der Kanalstadt geholfen. Einige behaupten, die Steinbrocken seien durch die Luft geschwebt.«

Jack schüttelte den Kopf. »Ja, bestimmt.«

Karen zuckte die Schultern. »Natürlich – wer kennt schon die genaue Wahrheit? Aber Rätsel bleiben. Einige dieser Steine wiegen bis zu fünfzig Tonnen. Der gesamte Komplex von Nan Madol ist aus 250 Millionen Tonnen kristallisiertem Basalt zusammengesetzt. Wie ist das alles dahingekommen?«

Jack hob die Schultern. »Auf großen Flößen. Bambus ist ein großartiges Baumaterial, und davon gibt's jede Menge auf der Insel.« Er nickte zum Regenwald draußen hinüber.

Jetzt schüttelte Karen den Kopf. »1995 haben Forscher versucht, einen eine Tonne schweren Basaltbrocken auf jedem nur erdenklichen Floß zu transportieren. Vergebens. Sie konnten äußerstenfalls einen Stein von ein paar hundert Kilo von der Stelle bekommen. Wie haben also diese einfachen Einheimischen Felsbrocken bewegt, die *fünfzig Tonnen* wogen? Und sobald sie mal hier waren, wie haben sie die angehoben und in zehn Metern Höhe aufgesetzt?«

Jack zog die Brauen zusammen. So ungern er es zugeben wollte – diese Frage *war* faszinierend. Wie hatten sie das bewerkstelligen können?

»Ich habe keine Ahnung, wie die wahre Antwort lautet«, fuhr Karen fort, »aber ich finde den Mythos von den Halbgöttern interessant. Noch eine Geschichte eines Volks mit magischen Fähigkeiten, das von einem verschollenen Kontinent stammt.«

Jack setzte sich wieder in seinen Sitz zurück. »Wie alt sind diese Ruinen also?«

»Hmm ... darüber ist man gleichfalls äußerst unterschiedlicher Ansicht. Neunhundert Jahre lautet die gegenwärtige Schätzung, basierend auf Karbondatierung von Feuerstellen, die das Smith'sche Institut in den sechziger Jahren durchgeführt hat. Aber andere halten sie für wesentlich älter.«

»Warum?«

»Die Karbondatierung der Feuerstellen beweist lediglich, dass die Ruinen zu dieser Zeit bewohnt waren, nicht, dass sie damals errichtet wurden. Anfang der siebziger Jahre hat ein Archäologe aus Honolulu mit Hilfe neuer Techniken ein Datum errechnet, das über zweitausend Jahre zurückreicht.« Karen zuckte die Achseln. »Was lässt sich also mit Sicherheit behaupten?«

Miyuki rutschte vom Rücksitz nach vorn und zeigte zwischen ihnen hinaus. »Seht mal!«

Karen bremste den Cherokee ab, als grelles Sonnenlicht vor ihnen auftauchte. Das Ende der Regenwaldstraße.

»Endlich«, murmelte Jack.

Sie verließen den Wald und sahen aus der Höhe der Dschungelstraße eine weite, flache Bucht vor sich, deren Wasser im Sonnenschein des Spätnachmittags funkelte. Mitten darin lag eine Insel mit steilen Berghängen, umgeben von Sümpfen und einem Korallenriff, das dem blauen Wasser einen rosa- und jadefarbenen Schimmer verlieh.

Karen zeigte hinüber. »Nan Madol liegt auf der anderen Seite von Temwen. Dem offenen Meer zugewandt.«

Sie lenkte den Jeep den steilen Abhang zu einer langen, zweispurigen stählernen Brücke hinab, die die Strecke zwischen Küste und Insel überspannte. Sie tauchten in die Schatten ein, als die Sonne, die allmählich am westlichen Horizont versank, hinter den hohen Berggipfeln von Pohnpei verschwand. Dann rollten sie über die Brücke und fuhren über Korallenatolle und tief blaues Wasser.

Karen spielte die Reiseführerin. »Die Häfen hier sind überladen mit versunkenen Teilen anderer Ruinen: Säulen, Mauern, steinerne Straßen, sogar ein kleines Schloss. Während des zweiten Weltkriegs haben japanische Taucher über die Entdeckung von Kästchen aus reinem Platin da unten berichtet.«

»Platin? Hier?«

»Jawohl. Die Taucher haben ein paar mit hochgebracht. Während der japanischen Besatzung ist Platin einer der Hauptexportartikel der Insel geworden.«

Jack beäugte das Wasser. »Merkwürdig.«

»Tatsächlich ist vor ganz kurzer Zeit ein großer Megalith in der Tiefsee vor der Ostküste von Nahkapw entdeckt worden.« Sie zeigte auf einen Fleck der Insel, der so gerade eben am südlichen Horizont zu erkennen war.

»Eine versunkene, steinerne Stadt mit Namen Kahnihnw Namkhet. Jahrzehntelang haben die Einheimischen Geschichten darüber erzählt, aber erst in den letzten fünf Jahren haben Taucher sie wieder entdeckt.«

Mit einem knochendurchrüttelnden Satz sprang der Jeep von der Brücke und befuhr jetzt die Straße, die entlang der Küste der kleinen Insel verlief. Karen beschleunigte. Bald wanden sie sich aus den Schatten ins Sonnenlicht der südlichen Küste hinein.

Unter ihnen tauchten die Ruinen von Nan Madol auf.

Verblüfft über diesen Anblick ließ Jack seine Karte sinken. Von der Küste breiteten sich hunderte von Menschenhand erschaffene Inseln in den flachen Gewässern aus. Die Gebäude und Festungsanlagen bestanden allesamt aus Basaltsäulen und -platten und waren ähnlich wie amerikanische Blockhäuser konstruiert. Den gesamten Ort umgab eine gigantische Brandungsmauer, ebenfalls aus Basalt.

»Erstaunlich«, sagte er. »Jetzt sehe ich, weshalb der Ort das ›Venedig des Pazifiks‹ genannt wird.« Die uralte Stadt erstreckte sich über fünfzehn Quadratkilometer und war kreuz und quer von Kanälen durchzogen. Überall wuchsen dichte Bestände von Magrovenbäumen und Farnen. Die Steine funkelten und glitzerten, denn das Sonnenlicht wurde von den Quarzkristallen im Basalt reflektiert.

»Die Anlage wird mit dem Bau der chinesischen Mauer verglichen«, sagte Karen. »Sie haben die ganze Stadt auf dem Korallenriff errichtet und tiefere Kanälchen und Kanäle aus dem Riff selbst herausgeschnitten. Ein ausgedehntes Tunnelsystem verbindet darüber hinaus die verschiedenen Inseln. Ein Glück, dass die Erdbeben am Tag der Sonnenfinsternis hier draußen nicht so schlimm waren. Der Verlust dieses historischen Orts wäre eine furchtbare Tragödie gewesen.«

Verblüfft von der gewaltigen Ausdehnung der Stadt ließ Jack seinen Blick schweifen. »Wie groß die ist!«

Karen nickte und lenkte ihr Fahrzeug die letzten paar Kehren zum Stadtrand hinüber. »Das ist ein weiteres Rätsel. Weswegen *ist* sie so groß? Der Unterhalt einer solchen Stadt würde eine Bevölkerungszahl erfordern, die zehn Mal so groß ist wie die Zahl der gegenwärtig auf der Insel lebenden Menschen, darüber hinaus ein Landgebiet, das dreißig Mal so groß ist.«

»Ein weiterer Hinweis auf deinen verschollenen Kontinent?«

»Vielleicht.« Sie fuhr auf einen Parkplatz vor dem Eingang zu den Ruinen, parkte unter dem Schatten eines großen Mangrovenbaums und stellte den Motor ab. Dann wandte sie sich Mwahu auf dem Rücksitz zu. »Du hast vorhin gesagt, dieser Ort sei deinem Volk heilig gewesen. Bevor wir weitergehen, möchte ich gern den Grund dafür erfahren.«

Eine lange Zeit sah Mwahu schweigend aus dem offenen Fenster, dann sprach er so langsam, als würde es ihn schmerzen. »Es ist die letzte Heimat unseres uralten Lehrers Horon-ko. Er ist zum Sterben hergekommen.«

»Wann war das? Vor wie langer Zeit?«

Mwahu wandte sich Karen und Jack zu. »Vor langer, langer Zeit.«

»Aber warum ist er *hierher gekommen*?«, fragte Karen.

»Weil seine eigene Heimat verschwunden war.«

»Seine eigene Heimat?«

Mwahu schien nur widerwillig Antwort geben zu wollen. Er senkte die Stimme zu einem Flüstern. »Er kam aus Katua Peidi.«

Bei dieser Antwort stieß Karen einen Laut der Überraschung aus.

»Was?«, fragte Jack sie verwirrt.

»Den Mythen zufolge«, erklärte sie, »hieß die ursprüngliche Heimat der zauberkundigen Brüder, die bei der Errichtung von Nan Madol geholfen haben, Katua Peidi.«

Jack runzelte die Stirn. »Er glaubt, sein Lehrer war einer dieser Katuaner?«

»Anscheinend ja.« Sie wandte sich wieder dem Rücksitz zu. »Was hat Horon-ko deine Vorfahren gelehrt?«

»Er lehrt viele Dinge. Hauptsächlich lehrt er uns, die alten Orte zu bewachen. Er sagt uns, wo sie liegen. Vater sagt es dem Sohn weiter. Verboten, darüber zu sprechen. Er sagt, niemand darf Herz der alten Orte öffnen.« Er sah Karen streng an.

Sie ignorierte seinen anklagenden Blick und saß nachdenklich da. »Eine Geheimsekte, die die zahllosen megalithischen Ruinen im Pazifik zu hüten hat ... vom letzten Überlebenden eines verschollenen Kontinents.« Erneut drehte sie sich zu Mwahu um. »Du sagst, Horon-ko sei hier gestorben.«

Er nickte.

»Ist er hier begraben?«

Wieder nickte er und wandte sich den wasserumspülten Ruinen von Nan Makol zu. »Ich werde euch hinbringen. Aber wir müssen vor der Nacht weggehen.«

»Warum?«, fragte Jack.

Anstelle von Mwahu gab Karen Antwort. »Ein Aberglaube. Wenn jemand über Nacht in den Ruinen bleibt, wird er sterben, heißt es.«

»Na, großartig«, murmelte Miyuki vom Rücksitz aus und beäugte die sinkende Sonne.

»Ist bloß ein Mythos«, meinte Karen.

Aller Augen richteten sich auf Mwahu. Der Mann schüttelte langsam den Kopf.

16.45 Uhr
Basis Neptune, Zentralpazifisches Becken

Ferdinand Cortez fuhr als Passagier an Bord der *Argus* mit, dem Zwei-Mann-Tauchboot des Forschungsteams. Der Pilot, der vor ihm in seiner eigenen Kunststoffkuppel saß, hielt den Daumen hoch, als er das Fahrzeug unter die Meeresbasis und in eine der Andockstationen lenkte. Die Luke schloss sich unter ihnen, und das Meerwasser wurde herausgepumpt.

Ferdinand sah zu, wie der Wasserspiegel an seiner Kuppel sich senkte. Die gesamte Andockprozedur erforderte weniger als fünf Minuten. Er lächelte angesichts seines Erfolgs. Nach dem Tod seiner Frau hatte er seine sämtlichen Energien auf das Neptune-Projekt gerichtet. Es war ein Ziel gewesen, das sowohl er als auch seine Frau stets vor Augen gehabt hatten.

Eine funktionierende Tiefsee-Forschungsstation.

»Wir haben's geschafft, Maria«, flüsterte er der Station zu. »Endlich haben wir's geschafft.«

Nachdem der Zentralcomputer den Luftdruck der Andockstation angepasst hatte, flammte ein grünes Licht an der Wand auf und zeigte an, dass man die *Argus* nun unbehelligt verlassen konnte. Mithilfe eines Akkuschraubers löste Ferdinand die Befestigungsmuttern der Kuppel. Sie hob sich, und es ertönte ein ganz leises Zischen, als der Druckausgleich erfolgte. Ferdinand lächelte. Perfekt.

Er schob die Kuppel zurück und entstieg dem Tauchboot, wobei er seine Tasche mitnahm. Der Pilot blieb vorn sitzen. Er musste noch vier weitere Mitglieder des Forschungsteams zur Tiefseestation hinunterbringen.

Nachdem er das Tauchboot verlassen hatte, atmete Ferdinand tief ein. Die Luft schmeckte schal, aber dagegen konnte man nichts unternehmen. Keine Klimaanlage der Welt könnte sie frischer machen.

Er winkte dem Piloten ein Dankeschön zu, ging zur Tür und löste die drei Riegel. Auf der anderen Seite fand er John Conrad vor, der ein breites, selbstzufriedenes Grinsen auf dem Gesicht hatte.

»Wir sind angekommen«, sagte sein Freund und Kollege. »Wir sind auf dem gottverdammten Grund des Ozeans.«

Lächelnd schlug ihm Ferdinand auf die Schulter. »Wie wär's dann mit einer Besichtigung?«, fragte er – nicht, dass er eine nötig gehabt hätte. Die Basis Neptune war auf der Grundlage seiner eigenen Pläne entworfen worden. Er kannte jeden Zentimeter, jeden Stromkreis, jeden Schalter.

John nahm ihm die Tasche ab und legte sie sich über die Schulter. »Komm schon. Alle warten.« Er ging zu der Leiter voraus, die zur zweiten Ebene der Station führte. Beim Aufstieg erfassten ihn elektronische Sensoren und öffneten die Luke über ihm. Alles war automatisiert. Sobald beide Männer Ebene 2 erreicht hatten, schloss sich die Luke wieder selbsttätig. Eine weitere Sicherheitsvorkehrung. Jede Ebene war von der anderen abgeschottet, es sei denn, ein Besatzungsmitglied war auf der Leiter. Die Luken konnten bei einem Zusammenbruch der Energie oder einem Systemfehler manuell geschlossen werden.

Ferdinand trat von der Leiter und überblickte sein Reich. Ebene 2 umfasste eine Reihe Laboratorien: Meeresbiologie, Geologie, Klimatologie, Physiologie, sogar Archäologie. Die winzige Krankenabteilung lag ebenfalls in einem Abschnitt dieses Bereichs. Die Ebene über ihnen, Ebene 3, beherbergte die Wohnquartiere, eine Kombüse, einen winzigen Raum zur Erholung sowie ein gemeinsames Bad für Männer und Frauen.

Ferdinand konnte das Lächeln auf seinem Gesicht nicht unterdrücken. Die Neptune war endlich aufgebaut und funktionstüchtig. Während er an den Labors vorüberkam, riefen ihm andere Wissenschaftler Glückwünsche zu. Er nahm sie entgegen und ging zu seinem eigenen Bereich weiter: dem Geophysik-Labor.

Jack begleitete ihn. »Kannst die Arbeit nicht lassen, stimmt's?«

»Wie denn? Insbesondere, da dieser verpisste Spangler endlich weg ist. Seit unserer Ankunft hat er meine Arbeit behindert, wo es nur ging. Dies ist vielleicht meine einzige Chance, ohne dieses Arschloch zu arbeiten, und die werde ich mir nicht entgehen lassen.«

Ferdinand ließ sich auf einem angeschraubten Hocker vor einer glatten metallenen Konsole nieder, drückte einen Knopf, und wie an einem Rollpult öffneten sich die luftdicht versiegelten Verschlüsse seiner Station und enthüllten eine Reihe von Computern, Monitoren und Arbeitsgeräten. »Ist die *Perseus* drüben bei der Kristallsäule?«, fragte er.

»Ja. Lieutenant Brentley wartet schon seit einer Stunde, und er wird ein bisschen ungeduldig. Wir mussten ihn mit allen Kräften daran hindern, selbst eine Probe zu nehmen.«

»Gut, gut ... Ich sollte die Probennahme überwachen.

Wir können nicht das Risiko eingehen, die Säule zu beschädigen.«

»Brentleys Sprechfunk läuft über Kanal 4. Videoübertragung auf Kanal 3.«

Ferdinand rief die entsprechenden Kanäle auf seinem mittleren Monitor auf. »*Perseus*, Neptune hier. Verstehen Sie mich?«

»Jawohl, Neptune«, gab Lieutenant Brentley zur Antwort. »Verstehe Sie laut und deutlich. Kühle nur gerade meinen Antrieb ab.«

Ferdinand richtete den Monitor zum Empfang der Videobilder vom Tauchboot der Deep Submergence Unit ein. Er war überrascht, wie deutlich das Bild war. Das Tauchboot lag zehn Meter von der Kristallsäule entfernt, deren Facettenoberfläche den Bildschirm füllte. Die silbernen Gravuren auf der glatten Oberfläche waren genau zu erkennen. »Haben Sie die gesamte Säule aufgenommen?«

»Ja, aufgenommen und abgespeichert. Warte nur darauf, die Probe zu nehmen.«

Ferdinand hörte den Ärger aus der Stimme des Mannes heraus. »Ich weiß Ihre Geduld zu schätzen, Lieutenant. Wir können weitermachen. Versuchen Sie, eine Probe zu nehmen, ohne die Inschrift zu zerkratzen.«

»Jawohl, Sir. Ich habe die Säule genau unter die Lupe genommen. Ziemlich weit oben gibt es keine Inschriften. Soll ich dort eine Probe nehmen?«

»Ja. Sehr gut.«

Auf dem Bildschirm sah Ferdinand, wie die *Perseus* den vierzig Meter langen Kristall umkreiste und zu dessen Spitze hinauffuhr. Dort angekommen, fokussierte sich das Bild auf die Facettenoberfläche des Obelisken. »Ich versuche, einen Schnipsel von der Spitze zu entnehmen.« Die Stimme des Piloten war von heftigem Knistern und Rauschen unterlegt, als sich das Fahrzeug vorsichtig an die Säule heranschob.

»Seien Sie vorsichtig!«

Auch auf dem Videobild zeigte sich jetzt weißes Rauschen. Das Tauchboot trieb immer langsamer heran. Es war fast, als würde die Übertragung in Zeitlupe erfolgen. Dann hatte es sein Ziel erreicht, und ein Titangreifarm streckte sich vorsichtig aus.

»Achtung!«, warnte Ferdinand. »Wir wissen nicht, wie zerbrechlich das Ding ist.«

Ein paar Wortfetzen kamen zur Antwort, durchsetzt von Knistern und Knacken. »... seltsam ... zittern ... höre nichts ...«

John berührte Ferndinand an der Schulter. »Die Emissionen des Kristalls müssen den Sprechfunk des Tauchboots überlagern. Denken Sie an die Berichte aus dem Tauchboot des Bergungsschiffs.«

Ferdinand nickte und dachte voller Sorge, dass er vielleicht Spanglers Rückkehr hätte abwarten sollen. Wenn das Tauchboot der Navy beschädigt würde ...

Quälend langsam streckte sich die Titanklaue nach der Säule aus und wollte die oberste Spitze des Kristalls abkneifen.

»Die erste Tiefsee-Beschneidung«, murmelte John.

Ferdinand ignorierte den Versuch seines Freundes, einen Scherz zu machen, und hielt den Atem an.

Die Zange schloss sich um die Spitze. Plötzlich drang Brentleys Stimme über die Lautsprecher, wiederum kristallklar. »Ich glaube, ich habe ...«

Das Videobild erstarrte. Die beiden Männer sahen einander verwirrt an. Stirnrunzend tippte Ferdinand gegen den Bildschirm. Einen kurzen Augenblick lang verschwand das Tauchboot und kehrte dann wieder zurück.

Plötzlich lief das Videobild weiter. »... es!«, beendete Brentley. Auf dem Schirm wich das Tauchboot von der Säule zurück, und sein hochgehaltener Titanarm hielt einen Brocken des Kristalls im Griff.

»Er hat's geschafft!«, sagte Ferdinand.

»Zum Teufel mit den Funkausfällen!«, platzte John glücklich heraus.

Die Mannschaft brach in Hochrufe aus – die jedoch abrupt endeten, als die Basis heftig durchgerüttelt wurde.

Ein wachsames Schweigen legte sich über die Station. Ferdinand hielt den Atem an.

Das Rütteln verwandelte sich in ein wildes Zittern. Türen klapperten, Container fielen aus Regalen.

»Ein Seebeben!«, schrie John.

Aus den verschiedenen wissenschaftlichen Stationen stiegen Schreie auf. Die Videoverbindung zur *Perseus* brach ab, als die Scheibe des Monitors spinnennetzartig zerbrach.

John stolperte zu einem der Bullaugen hinüber. »Wenn eine der Schweißnähte bricht ...«

Ferdinand war die Gefahr bewusst. In einer Tiefe von sechshundert Metern läge der Druck draußen bei nahezu hundert Kilo pro Quadratzentimeter. Jeder Riss würde zu einer sofortigen Implosion führen.

Notfallsirenen heulten; rote Warnlichter flammten auf.

In einem festen Kommandoton rief Ferdinand: »Zurückziehen auf Ebene 3! Evakuierung vorbereiten!«

Einer der Meeresbiologen rannte auf sie zu und wäre fast mit John zusammengestoßen. »Die Luken zwischen den Ebenen haben sich geschlossen. Ich kann sie nicht manuell umgehen.«

Ferdinand fluchte. Im Falle einer Überflutung schlossen die Sicherheitssystem automatisch jede Ebene und schotteten sie ab – aber das hätte sich manuell überbrücken lassen müssen. Er erhob sich auf dem bockenden Boden, und da erlosch das Licht. Nun schimmerte seine Umgebung rötlich im Schein der Notbeleuchtung.

»Oh, mein Gott!«, sagte John, der das Gesicht nach wie vor an das Bullauge gedrückt hatte.

Ferdinand stolperte zu einem benachbarten Bullauge hinüber. »Was ist los?« Er brauchte einen Moment, bis er verstand, was er da sah. Der Wald aus Lavasäulen in der Nähe zitterte und bebte, als würde ein mächtiger Wind hindurchfegen. In der Ferne zeigte ein heller feuriger Schein, dass sich Magmaspalten geöffnet hatten. Doch nicht das war Grund für Johns Ausbruch gewesen.

In Richtung auf die Säule teilte sich der Meeresboden, und es zeigte sich ein zackenförmiger Riss. Noch während Ferdinand hinsah, verbreiterte er sich und raste in wilden Zickzacksprüngen auf die Neptune zu.

»Nein ...«

Für eine Evakuierung war es zu spät.

Andere Wissenschaftler stellten sich an andere Bullaugen. Ein lastendes Schweigen legte sich über sie. Von irgendwoher ertönte ein geflüstertes Gebet.

Ferdinand konnte nichts mehr dagegen unternehmen, dass sich der Traum seines Lebens seinem Ende zu nähern schien. Sein Schicksal lag in den Händen Gottes. Er schloss die Augen und drückte die Stirn an das kalte Glas. Wie viele hatte er hier unten getötet? Vor lauter Furcht und Schuldgefühlen bemerkte er zunächst gar nicht, dass das Poltern allmählich nachließ. Das Zittern des Bodens beruhigte sich.

Er hob den Kopf.

John erwiderte seinen Blick, und auf seinem Gesicht lag ein erschrockenes Lächeln. »Ist ... ist es vorbei?«

Ferdinand sah zum Bullauge hinaus. Der zickzackförmige Spalt war bis auf einen Meter an Neptunes stählerne Beine herangekommen.

»Das war zu eng«, meinte John.

Ferdinand nickte.

Aus dem Sprechfunk ertönte lautes Rauschen. »Neptune, *Perseus* hier. Seid ihr da drin alle in Ordnung?«

Voller Erleichterung, dass Brentley das Seebeben unbeschadet überstanden hatte, stolperte Ferdinand zum Empfänger hinüber. »Alles klar, *Perseus*. Nur ein bisschen durchgerüttelt.«

»Freut mich zu hören! Ich schicke die Nachricht nach oben durch.«

»Vielen Dank, *Perseus*.«

Er sackte auf seinem Sitz zusammen und wandte sich zu John um. »Hoffen wir, dass das nicht noch mal passiert.«

Der andere Mann nickte. »O ja. So viel saubere Unterwäsche habe ich nicht dabei.«

Ferdinand lächelte schwach und versuchte, sein Herz durch Willenskraft dazu zu bringen, nicht mehr so heftig zu pochen. Das war wirklich zu nah gewesen, verdammt!

18.22 Uhr
Nan Madol, im Südosten von Pohnpei

»*Kaselehlie!*« Der kleine dunkelhäutige Schiffer mit dem bloßen Oberkörper begrüßte Karen breit lächelnd in der einheimischen Pohnpei-Sprache. Er trug lockere kurze Hosen, die ihm bis auf die knubbeligen Knie hinabhingen. Die Ruinen von Nan Madol, eine Reihe von Menschenhand erbauter Inseln, breiteten sich hinter ihm bis ins offene Meer aus. »*Ia iromw?*«

»Uns geht's gut«, gab Karen zur Antwort und neigte leicht den Kopf. »*Menlau*. Vielen Dank. Ich habe heute früh angerufen und wollte eines deiner Ruderboote für den Tag mieten.«

Der Mann nickte eifrig. »Die Wissenschaftler. Ja. Ich habe etwas besseres als ein Ruderboot.« Er wandte sich um und führte sie über einen kurzen Kai aus schwarzem Basalt zu zwei langen Kanus. »Viel besser. Kleiner. Sind in den Kanälen besser. Schneller.« Er wedelte mit der Hand.

Karen beäugte zweifelnd die abgenutzten Fiberglaskanus. Sie wirkten kaum ausreichend seetüchtig, nicht einmal für die flachen Kanäle. »Die sind vermutlich in Ordnung.«

Das Lächeln des Schiffers wurde noch breiter. »Ich habe Karte. Zwei amerikanische Dollar.«

Karen schüttelte den Kopf. »Ich habe selbst eine. Vielen Dank.«

»Ich bin Führer. Sieben amerikanische Dollar die Stunde. Ich zeige euch alle Sehenswürdigkeiten. Erzähle euch Geschichten.«

»Ich glaube, wir kommen schon allein zurecht. Abgesehen davon haben wir unseren eigenen Führer.« Sie nickte zu Mwahu hinüber.

Leicht geknickt winkte sie der Schiffer zu den Kanus weiter.

»*Menlau*«, sagte sie und ging den anderen voraus den Kai hinab.

Jack hielt sich neben ihr und murmelte: »Ein echter Kapitalist, dieser Bursche.«

An den beiden Kanus trat Miyuki zu ihnen und musterte die tief am Horizont stehende Sonne. »Setzen wir uns in Bewegung! Viel Tageslicht bleibt uns nicht mehr.«

Karen seufzte. Sie wusste, dass ihre Freundin sich nach wie vor Sorgen wegen Mwahus Warnung von vorhin machte. »Miyuki, du bist doch angeblich Computerwissenschaftlerin. Seit wann glaubst du an Geister?«

»Wenn ich mir diesen Ort so ansehe, komme ich ins Grübeln.« Zwei Fledermäuse sausten über ihre Köpfe. Der Ruf der Vögel aus der Ferne hörte sich einsam und verloren an. »Hier krieg ich ja eine Gänsehaut.«

Karen stieß eines der Boote an. »In einer Hinsicht hast du Recht. Wir sollten uns wirklich auf die Socken machen. Warum nimmst du nicht zusammen mit Mwahu das Boot hier? Jack und ich nehmen das andere.«

Miyuki nickte und bestieg das Kanu, das Mwahu für sie festhielt. Dann kletterte der Insulaner geschickt hinterher.

»Kannst du uns auch ganz bestimmt zum Grab deines uralten Lehrers bringen?«, fragte Karen Mwahu.

Er nickte.

Zufrieden wandte sie sich dem anderen Kanu zu. Jack saß bereits im Heck. Sie trat vorsichtig in den Bug und hob ein Paddel auf. »Alles abfahrbereit?«

Es ertönte allgemeine Zustimmung.

»Dann los!«

Karen tauchte ihr Paddel ins Wasser, und das Kanu glitt

geschmeidig von der Anlegestelle weg. Miyuki und Mwahu fuhren voran und paddelten unter dem Basalt-Eingangstor hindurch. Dahinter öffnete sich die Ruinenstadt in voller Breite und Größe. Hohe Paläste, niedrige Grabstätten, prächtige Hallen, winzige Schlösser, einfache Häuser. Alles eingefasst von Kanälen. Magrovenbäume und dicke Ranken hingen überall herab und erzeugten ein Labyrinth aus Wasser, Stein und alles überwuchernder Vegetation.

Karen paddelte schweigend, während Jack das Kanu mit beträchtlichem Geschick um eine schmale Kurve lenkte. Sie durchfuhren die so genannte Zentralstadt von Nan Madol. Hier waren die Kanäle weniger als einen Meter breit, und die Basaltinseln standen dicht an dicht. Jack folgte weiterhin Mwahus Zickzackkurs.

»Du machst das gut«, meinte Karen, als Jack das Kanu gewandt unter einer Brücke aus Ranken und lilienweißen Blumen hindurchlenkte. »SEAL-Ausbildung?«

Er lachte. »Nein. Dieses Geschick habe ich mir über die Jahre hinweg auf Floßtouren über die Flüsse und Bäche in Tennessee erworben. Ist wie Radfahren. Man vergisst es nie.«

Karen schaute nach vorn, um ihr Lächeln zu verbergen. Es tat gut, Jack wieder lachen zu hören. Sie setzte sich zurecht, während sie langsam auf das Herz der Ruinen zupaddelten und dabei von Kanälen, die dunkel waren und in tiefen Schatten lagen, zu solchen im hellen Sonnenschein wechselten. Einige Pfade waren so von überhängenden Ranken und Mangrovenzweigen überwuchert, dass sie alles um eine Machete gegeben hätte. Doch die aufeinander geschichteten Basaltbrocken wollten nicht weichen. Geschliffene Kristalle funkelten im Sonnenlicht des späten Nachmittags. Mauern türmten sich über zehn Meter hoch, nur gelegentlich durchbrochen von einem Fenster oder Eingang.

Schließlich wurden die Kanäle breiter. Rechts tauchte eine besonders große Basaltinsel mit einem prächtigen Gebäude auf, dessen gemauerte Befestigungsanlagen fünfzehn Meter in die Höhe ragten, eine ungeheuerliche Konstruktion aus Stämmen und gigantischen Felsbrocken.

»Nan Dowas«, sagte Karen und zeigte darauf. »Das zentrale Schloss der Stadt.« Sie glitten an der von Ranken verschlungenen Küstenlinie der breiten Insel entlang und sahen Eingänge, die in den Bau führten und von denen einige noch intakt waren, andere hingegen bereits eingestürzt.

»Riesig«, meinte Jack.

Sie fuhren unter einem weiteren Tor hindurch, das von einem großen Basaltbrocken bewacht wurde. Karen nickte hin und erklärte: »Das ist einer der Eingänge zu dem unterirdischen Tunnelnetzwerk. Die Gänge sind niemals komplett erforscht worden und gelten als Meisterwerke der Ingenieurskunst. Weiter westlich liegt eine Insel mit Namen Darong, darauf gibt es einen von Menschenhand gemachten See, von dessen Grund ein Meerestunnel hinaus zu den Riffen führt. Dadurch können Fische in den künstlichen See vordringen und dessen Bestand aufrechterhalten.«

»Beeindruckend.« Jack senkte sein Paddel ins Wasser und drehte das Kanu vom Schloss weg, da Mwahu sie zu einem nicht so dicht bebauten Teil der Stadt führte. Sie trieben über Korallenriffe, die reich an Seeanemonen und farbenprächtigen Fischen waren.

Von hier aus kam die imponierende Brandungsmauer aus Basaltsäulen und -platten in Sicht. Sie war immer wieder mit größeren Monolithen gesprenkelt, schweigsame steinerne Wächter, die hinaus aufs Meer starrten. In regelmäßigen Abständen öffneten sich schmale Spalten: Tore zum Ozean dahinter.

Nachdem sie wenige Minuten an den Mauern entlanggeglitten waren, betraten sie wieder das Labyrinth der Inseln. Bald entdeckte Karen, dass sie einen schmalen Kanal hinabfuhren. Dessen Wände waren mit winzigen rosafarbenen und blauen Blüten geschmückt, deren Duft dem Geißblatt nicht unähnlich war. Sie atmete tief ein.

Ein Klatschen ließ sie herumfahren. »Bienen«, warnte Jack.

Karen lächelte. »Lass sie in Ruhe, und sie werden dich in Ruhe lassen.« Sie spürte, wie ihr etwas den Arm hinaufkrabbelte und machte einen Satz – und dann wurde ihr klar, dass Jack sie mit einem langen trockenen Grashalm gekitzelt hatte. »Sehr komisch«, schimpfte sie ihn aus.

Ganz die Unschuld in Person, warf er den Halm weg.

Karen schaute nach vorn, das Paddel quer über den Knien. Zumindest schien Jack allmählich aus seiner Niedergeschlagenheit hervorzukommen.

Etwas ernster sagte er von hinten: »Hast du eine Ahnung, wohin uns der Bursche führt?«

Sie fischte ihre Karte heraus, breitete sie auf dem Schoß aus, betrachtete die Inseln ringsumher und beugte sich dann darüber. »Hmmm ...«

»Und?«

»Ich kann raten, wohin er uns führt. Hier in der Nähe liegt ein heiliger Ort.« Sie blickte auf, als sie einen großen Vorsprung umrundeten.

Vor ihnen tauchte eine große, künstliche Insel auf, die sogar noch größer als Nan Dowas war. Statt eines einzigen Schlosses standen jedoch ausgedehnte Gebäudekomplexe mit zerfallenden Mauern darauf.

Mwahu richtete sein Kanu auf diese Küste aus.

»Pahn Kadira«, sagte Karen. »Die ›Verbotene Stadt‹ von Nan Madol.«

Mwahu glitt in den Schatten der Insel und landete an einer tief liegenden Stelle. Er winkte sie hinüber.

»Warum verboten?«, fragte Jack.

»Das kann niemand sagen. Es ist ein Name, der von einer Generation zur nächsten weitergereicht worden ist.«

Jack lenkte sie zum Ufer neben das andere Kanu. »Anscheinend werden wir das jetzt herausfinden.«

Er hielt das Boot fest. Karen stieg aus und ging zu Miyuki und Mwahu hinüber, während er die Kanus am Stamm eines einsamen Mangrovenbaums vertäute.

»Hier entlang«, sagte Mwahu leise. Sein Blick flackerte über die tiefen Schatten, als er sie einen schmalen Pfad entlang durch dichten Farn zu einem Bogengang führte.

Hinter dem Tor öffnete sich ein weiter gepflasterter Platz. Gräser und Blumen sprossen zwischen den Spalten. Links standen die umgestürzten Überreste einer uralten Befestigungsanlage, rechts niedrige Gebäude mit schmalen Eingängen und kleinen Fenstern. Voraus gab es einen engen Kanal, einen künstlichen Bach, der den Platz in zwei Hälften teilte und von einer breiten Brücke überspannt wurde.

»Ganz schön heiß hier«, sagte Miyuki. Sie wischte sich mit einem Taschentuch übers Gesicht und holte dann einen kleinen Schirm heraus. Pohnpei war für seine regelmäßigen Güsse bekannt, aber heute war der Himmel wolkenlos geblieben. Sie öffnete den Schirm und suchte in seinem Schatten Schutz vor der Sonne.

Gemeinsam überquerten sie den langen Platz.

Karen hätte gern die umliegenden Gebäude erforscht, aber Mwahu schritt zielstrebig voran, ohne nach rechts oder links zu schauen. Er führte sie über die Brücke zu einem hohen Gebäude auf der anderen Seite, das den Platz mehr als dreißig Meter überragte. Dem mittleren Hauptturm entsprossen zwei lange Flügel.

Karen trat neben Mwahu. »Ist dies das Grab von Horon-ko?«

Er gab keine Antwort, sondern vollführte bloß eine vage Geste, die besagte, dass sie schweigen sollten. Dann erreichte er den Eingang zum mittleren Turm, hielt inne, senkte den Kopf und bewegte schweigend die Lippen.

Karen und die Übrigen warteten.

Nachdem er sein Gebet beendet hatte, holte Mwahu tief Luft und führte sie ins Innere, Karen ihm unmittelbar auf den Fersen.

Die Vorhalle war dunkel und erfrischend kühl. Karen war überrascht davon, wie sauber die Luft roch. Nichts Modriges lag darin, lediglich ein Hauch von Salz und Feuchtigkeit. Der kurze Gang führte in eine höhlenartige Kammer. Das Geräusch ihrer Schritte wurde von oben zurückgeworfen. Sie durchsuchte ihren Rucksack und holte eine kleine Taschenlampe hervor. Der dünne Strahl durchstach die Dunkelheit und glitt über die konturlosen Mauern und die Decke.

Basalt und noch mehr Basalt. Keine Kristalle, keinerlei Anzeichen von irgendwelchen Inschriften.

Mwahu sah Karen finster an und führte sie dann weiter.

Jack stieß einen Pfiff aus. »Das Gebäude ist ganz schön massiv. Du hast es zwar beschrieben, aber die Konstruktion mit eigenen Augen zu sehen ... An der Errichtung dieses einen Gebäudes müssen abertausende von Menschen gearbeitet haben, selbst mit Unterstützung zweier zauberkundiger Brüder.«

Karen nickte. Sie verspürte zu viel Ehrfurcht, um zu sprechen.

Sie verließen die riesige Halle und betraten einen weiteren niedrigen Gang. Der Druck der Steine schien sich wie ein Gewicht auf Karens Kopf zu legen. Sie neigte nicht zur Klaustrophobie, aber über diesem Ort lag eine gewisse Schwere, die sich nicht so einfach abtun ließ. Der Gang vollführte eine scharfe Kurve, und dann erstrahlte vor ihnen heller Sonnenschein.

Mwahu führte sie in einen rückwärtig gelegenen Innenhof. Karen trat wieder in das Licht – und die Hitze. Miyuki schüttelte erneut ihren Schirm auf.

Die einstmals hohen Mauern um den Innenhof waren eingestürzt. Rissige Basaltklötze lagen inmitten von größeren und kleineren Brocken, was den Eindruck von Erhabenheit, den der Hof erweckte, keineswegs schmälerte. Obgleich sie sich nicht mehr im Innern des Hauptturms befand, spürte Karen nach wie vor das Gewicht von Jahrhunderten darauf liegen.

In dieses Gefühl passte sich der Altar in der Mitte des Hofs nahtlos ein: ein gewaltiger, prismaförmig behauener Basaltblock von vier Metern Länge und einem Meter Höhe. Sie schätzte sein Gewicht auf mehrere Tonnen. Er glitzerte und funkelte in den letzten Strahlen der nachmittäglichen Sonne, und sie alle wurden wie magisch zu ihm hingezogen. Keiner konnte die Hand von der Oberfläche lassen.

Mwahu fiel auf die Knie.

Dort, wo er kniete, war eine Vertiefung entstanden. Wie viele Generationen von Menschen hatten die Pilgerfahrt hierher angetreten?, überlegte Karen und trat zu ihm. »Ist dies der Grabstein deines alten Lehrers?«, fragte sie.

Er nickte mit gesenktem Kopf.

Jack umrundete den prächtigen Block. »Ich erkenne keinerlei Inschrift. Keine Hinweise.«

Mwahu erhob sich und deutete an, dass Karen dem Stein Respekt erweisen und niederknien solle. Sie nickte, da sie ihn nicht beleidigen wollte, ließ den Rucksack fallen und kniete nieder. Mwahu zeigte auf den Stein.

Sie sah vor sich hin, da sie nicht genau wusste, ob sie sich verneigen, ein Gebet sprechen oder sonstwie ihre Ehrerbietung zeigen sollte. Als sie jedoch die Stelle, auf die Mwahu zeigte, näher in Augenschein nahm, erhielt sie ihre Antwort. »Heilige Scheiße!«

»Was ist?«, fragte Jack. Miyuki stellte sich an ihre andere Seite.

»Seht selbst.« Karen erhob sich, wandte sich wieder dem Stein zu und fuhr mit der Handfläche darüber. Es war keine optische Täuschung. »Kein Wunder, dass ihr es nicht gesehen habt. Man erkennt es nur kniend.«

»Erkennt was?«

Sie zupfte Jack am Arm, damit er sich bückte und über die Oberfläche des Steins blickte, und zog eine Spur mit dem Finger. »Da.«

Jack fiel die Kinnlade herunter. »Ein Stern!«

»So flach eingeritzt, oder einfach von der Zeit so abgetragen, dass er nur aus einem ganz bestimmten Winkel zu erkennen ist.«

Er richtete sich auf. »Aber was hat er zu bedeuten?«

Miyuki warf gleichfalls einen Blick darauf und erwiderte dann unter ihrem Schirm hervor: »Ist wie in der Pyramide. Wir brauchen den Kristall.«

Karen nickte und öffnete ihren Rucksack.

Jack wirkte nach wie vor verwirrt. »Wovon redet ihr eigentlich?«

Karen hatte ihm nämlich noch nicht berichtet, wozu sie den Kristallstern benutzt hatten. Jetzt zog sie eine schwarze Stofftasche hervor und schüttelte ihn heraus. Mwahu hinter ihr keuchte ehrfürchtig auf. Sie trat zu dem Stein. Die anderen scharten sich um sie, als sie das Artefakt vorsichtig auf die flache Gravur setzte. Es passte genau. Sie hielt den Atem an, da sie nicht wusste, was sie zu erwarten hatten. Doch es geschah nichts.

Enttäuscht trat Karen zurück. »Der Kristallstern muss wie ein Schlüssel funktionieren. Aber wie?«

Miyuki beugte sich über den Stein und erwiderte: »Denk doch mal daran zurück, wie das in der Pyramide war – Dunkelheit war letztlich der Schlüssel.«

Karen nickte langsam. Der Stern war erst zum Schlüssel geworden und hatte sie aus der Chatan-Pyramide hinausgelassen, als ihn absolute Dunkelheit umgeben hatte.

»Was tun wir also?«, fragte Jack. »Bis zum Einbruch der Nacht warten?«

Miyuki schien dieser Vorschlag nicht im Geringsten zu gefallen.

»Ich weiß nicht ...« Karen musterte den Stein. Etwas stimmte einfach nicht. Dann ging es ihr auf. Ihr fielen die Symmetrie und das ausgewogene Verhältnis der beiden Chatanpyramiden wieder ein. Das Yin und Yang. »Natürlich!«

»Wie bitte?« Jack trat neben sie.

»Wir brauchen keine Dunkelheit!« Sie winkte Miyuki vom Stein weg. Der Schirm ihrer Freundin hatte einen Schatten über den Kristall geworfen. Jetzt wurde er in gleißendem Sonnenlicht gebadet und leuchtete strahlend hell. »Sondern *Licht*!«

Ein lautes Knacken ertönte. Die anderen traten einige Schritte zurück, doch Karen blieb stur auf der Stelle stehen.

Schließlich zeigte sich ein verborgener Schlitz in dem festen Block. Es sah so aus, als würde ein zehn Zentimeter hoher Deckel darauf liegen.

Karen trat heran.

»Vorsicht!«, warnte Jack.

Sie berührte den Deckel und drückte. Die Basaltplatte ließ sich so leicht verschieben, als bestünde sie aus Styropor. »Die ist leicht wie eine Feder.«

Jack, dessen Blick auf den Kristallstern gerichtet war, trat neben sie und beschattete ihn mit der Hand. »Versuch's jetzt mal.«

Sie tat es. Der Deckel rührte sich nicht.

Jack zog die Hand zurück und setzte den Kristall erneut dem Sonnenlicht aus. Mit einem Finger schob er die Steinplatte zur Seite. »Der Stern hat seine Eigenschaft, das Gewicht verändern zu können, irgendwie auf den Basalt übertragen.«

Karen war verblüfft. »Erstaunlich. So müssen die alten Magier in der Vergangenheit die Steine bewegt haben.«

»Mir kommt das verdammt magisch vor, das kann ich dir flüstern.«

Miyuki zeigte ins Innere des Blocks.

Karen beugte sich darüber, als Jack den steinernen Deckel weiter zurückschob.

In den Altar war eine Nische geschnitten, umrahmt von einem glänzenden Metall. Karen berührte es. »Platin.«

Jack nickte. »Wie in deiner Geschichte. Die Platinsarkophage, die die japanischen Taucher während des zweiten Weltkriegs unter Wasser entdeckt haben.«

Karen nickte. »Aber dieser Sarkophag ist nicht leer.«

Im Flüsterton sagte Mwahu neben ihr: »Horon-ko.«

Sie musterte die Überreste. An den Knochen klebten noch ein paar Fetzen staubigen Tuchs, doch was ihren Blick am meisten auf sich lenkte, war ein in Platin gebundenes Buch, das die knochigen Hände des Sarginhabers umklammerten.

Vorsichtig griff sie hinein.

»Nein!«, rief Mwahu.

Karen konnte der Versuchung nicht widerstehen, ergriff das Buch und hob es hoch.

Was zur Folge hatte, dass die Fingerknochen zu Staub zerfielen. Und ein Dominoeffekt einsetzte. Der Brustkorb brach zusammen, die Oberschenkel und das Becken lösten sich auf, der Schädel folgte. Bald war die Gestalt nicht mehr zu erkennen.

»Asche zu Asche«, murmelte Jack.

Verblüfft über ihre gedankenlose Tat der Entweihung hielt Karen das Platinbuch in Händen.

Mwahu hinter ihr brach in Tränen aus. »Dem Untergang geweiht«, stöhnte er.

Wie aufs Stichwort traf die erste Kugel den Basaltaltar, und eine Gischt aus Felssplittern prasselte Karen ins Gesicht.

18.45 Uhr
USS Gibraltar, *philippinisches Meer*

Admiral Mark Houston stieg die fünf Ebenen zur Brücke der USS *Gibraltar* hinauf. Sie machten volle Fahrt, kamen von Guam, wo sie vor zwei Tagen das zivile NTSB-Team zusammen mit den in Kisten verpackten Wrackteilen von Air Force One ausgeladen hatten. Dort hatte die *Gibraltar* auch wieder ihre übliche Zahl von Flugmaschinen an Bord genommen – zweiundvierzig Helikopter, sowohl Sea Knights als auch Cobras, sowie fünf Harrier-II-Jagdbomber –, dazu die übliche Anzahl an LCAC-Amphibienfahrzeugen. Damit würden die Abteilungen der Marines sicher auf Okinawa landen und die dortigen Streitkräfte bei der Verteidigung der Insel unterstützen können.

Von Stunde zu Stunde verschlimmerten sich die Berichte aus der Region. Offensichtlich waren die See- und Streitkräfte der Chinesen gnadenlos in ihrer Entschlossenheit, Taiwan nicht aufzugeben.

Als er eine durch ein Zahlenschloss gesicherte Luke durchschritt, schüttelte Houston den Kopf. *Was für ein Blödsinn! Sollen die Chinesen doch die verdammte Insel behalten!* Er hatte die Spionageberichte von der zwischen den Regierungsoberhäuptern in Taipei und Peking geschlossenen Vereinbarung gelesen. So sehr unterschied sie sich gar nicht vom Abkommen über die Übernahme der Oberhoheit von Hongkong und Macau. Alles würde weiterlaufen wie bisher. Wie in Hongkong hatten die Chinesen kein Interesse daran, die ökonomischen Grundlagen Taiwans zu schwächen.

Dennoch verstand er die Position der Regierung. Präsident Bishop war ermordet worden. Ob die höchsten Kreise Pekings nun von der Verschwörung gewusst hatten oder nicht, das Verbrechen durfte nicht ungesühnt bleiben.

Nachdem er von dem eskalierenden Konflikt erfahren hatte, hatte Houston angeboten, an Bord zu bleiben und zur belagerten Front mitzufahren. Dort draußen waren kühlere Köpfe vonnöten. Er sollte die Lage einschätzen und seine Empfehlungen an die Joint Chiefs of Staff schicken.

Er erklomm die letzte Leiter, wobei seine Knie protestierten, und betrat die Brücke der *Gibraltar*. Navigation, Kartentisch und Funkstation waren bemannt, und die Leute dort waren eifrig an der Arbeit.

»Admiral auf der Brücke!«, rief ein Leutnant zur See.

Aller Augen wandten sich in seine Richtung. Er winkte ihnen, weiterzuarbeiten. Ein erschöpfter Captain Brenning trat langsam aus seiner Tageskabine auf die Brücke. Er sah aus, als hätte er in den letzten drei Tagen kaum eine Stunde geschlafen. »Sir, was kann ich für Sie tun?«

»Entschuldigen Sie bitte, dass ich Sie störe. Bin bloß raufgekommen, um die Beine etwas zu strecken. Wie läuft's?«

»Gut, Sir. Wir sind sechsunddreißig Stunden entfernt und bereit.«

»Sehr gut.«

Der Kommandant nickte heckwärts. »Sir, der Kommandant der Marines ist drüben und überwacht die Ausschiffung. Ich kann ihm Bescheid geben lassen, dass Sie hier sind.«

»Nicht nötig.« Houston starrte durch die grün getönten Scheiben der Brücke. Tropfen schlugen gegen das Glas. Den ganzen Tag über war ein dünner Regen gefallen und ein nebeliger Dunst verwehrte den Blick auf den Horizont. Da er seit heute früh in seiner Kabine gehockt und mit Washington konferiert hatte, war er eigentlich heraufgekommen, um die Sonne zu sehen. Er hatte geglaubt, ein Aufstieg zur Brücke würde ihm gut tun, ihn etwas aufheitern. Doch stattdessen spürte er, wie die Last auf seiner Brust noch schwerer wurde. Wie viele Männer würden in den kommenden Tagen sterben?

Ein Lieutenant an der Funkstation zog sich die Kopfhörer ab und wandte sich an seinen Captain. »Sir, ich habe einen verschlüsselten Anruf aus dem Pentagon. Sie fragen nach Admiral Houston.«

Captain Brenning nickte zu seiner Tageskabine hinüber. »Admiral, wenn Sie wollen, können Sie den Anruf in meiner Kabine entgegennehmen.«

Houston schüttelte den Kopf. »Da ist nicht mehr mein Platz, Captain. Ich nehme ihn hier draußen an.« Er ging hinüber und hob ein Sprechfunkgerät hoch. »Admiral Houston hier.«

Beim Zuhören kroch ihm die Kälte der Decksaufbauten in die Knochen. Er konnte nicht glauben, was er da hörte, aber es blieb ihm nichts anderes übrig. »Ja. Verstehe.« Er reichte dem Lieutenant den Hörer zurück.

Die anderen mussten sein Entsetzen bemerkt haben. Auf der Brücke wurde es totenstill.

»Sir?« Captain Brenning trat zu ihm.

Houston blinzelte mehrmals benommen. »Vielleicht nehme ich das Angebot, mir Ihre Kabine auszuborgen, doch noch an.« Er drehte sich um und ging auf die Kabine zu, wobei er Brenning ein Zeichen gab, ihm zu folgen.

Nachdem sie eingetreten waren, schloss er die Tür und wandte sich dem Kommandanten zu. »John, ich habe gerade neue Befehle und ein neues Ziel erhalten.«

»Wohin sollen wir fahren?«

»Nach Taiwan.«

Der Captain wurde bleich.

»Es ist eine Nachricht vom Capitol gekommen«, schloss Houston. »Wir haben China offiziell den Krieg erklärt.«

16

KATZ-UND-MAUS-SPIEL

6. August, 19.34 Uhr
Ruinen von Nan Madol, im Südosten von Pohnpei

»Runter!«, schrie Jack und zog Karen auf die Knie. Überall im Innenhof schlugen Kugeln ein. Die vier suchten Schutz hinter dem Basaltsarkophag, und Jack schätzte eilig die Lage ein. *Gewehrfeuer. Von zwei Stellen.* Er versuchte, die Heckenschützen auf den Mauern auszumachen, doch das Sperrfeuer war zu heftig.

Er musterte die anderen. Blut tropfte Karen von der Wange. »Alles in Ordnung mit dir?«, fragte er.

Mit schreckgeweiteten Augen nickte sie und berührte dann ihre Wange. »Steinsplitter.« Sie erholte sich allerdings rasch und verstaute das Platinbuch aus dem Sarg in ihrem Rucksack.

Argwöhnisch beäugte Jack Mwahu. »Hast du was damit zu tun?«

Der Insulaner schüttelte heftig den Kopf.

Jack lehnte sich an den Stein und stellte schnell ein paar Überlegungen an. Keiner von ihnen war erschossen worden. Warum? Sie hatten ein prächtiges Ziel geboten und hätten den Überraschungsangriff eigentlich gar nicht überleben sollen. Das Gewehrfeuer drüben auf der anderen Seite des Steins hörte auf. »Sie halten uns hier fest«, sagte er laut. »Sie wollen was von uns, sonsten hätten sie uns längst erschossen.«

»Was denn?«, fragte Miyuki wütend.

»Den Kristall«, erwiderte Karen. »Anscheinend wollen alle den Kristall.«

Jack nickte. Er kroch zum Rand des Sarkophags. Der Kristallstern lag nach wie vor auf dessen Deckel. »Mist, ich komme nicht ganz dran. Ich brauche eine Ablenkung, falls das gleich nicht klappt.« Er warf einen Blick zurück über die Schulter. »Miyuki ...«

Die Professorin nickte, als Jack ihr seinen Plan erläuterte, und glitt dann zum anderen Ende des Basaltblocks.

»Auf drei«, flüsterte Jack. »Eins ... zwei ... *drei*!«

Miyuki hob ihren Schirm in die Luft, öffnete ihn und wedelte damit herum.

Gewehrkugeln rissen die Bespannung in Fetzen. Die Japanerin schnappte nach Luft, krümmte sich zusammen, hielt jedoch eisern fest.

Jack horchte. Beide Gewehre feuerten. Gut. Er schoss hinter seinem Ende hervor, schnappte sich den Kristallstern und ging wieder in Deckung. Er kauerte sich nieder und drückte sich das Artefakt fest an die Brust.

»Du blutest«, sagte Karen.

Jack sah auf seine Hand. Eine Blutspur zog sich über den Kristall. Er hatte die Kugel nicht gespürt, die ihn gestreift hatte. Die Heckenschützen waren verdammt schnell. Er sollte sie besser nicht unterschätzen. »Schon in Ordnung. Ist bloß ein Kratzer.«

Karen kroch zu ihm, verband ihm die Hand mit ihrem Taschentuch und zog den Knoten fest zu.

»Aua!«, meinte er.

»Oh, hör auf zu jammern, du Baby.«

Trotz ihrer verzweifelten Lage musste Jack grinsen.

Das Gewehrfeuer hörte wieder auf, da die Ziele sich versteckt hielten.

»Was jetzt?«, fragte Miyuki.

»Sie halten uns hier fest. Was bedeutet, dass andere unterwegs sind.«

Mwahu kam heran. »Ich kenne einen Geheimgang. Er führt aus der Verbotenen Stadt hinaus. Aber wir müssen dahin zurück.« Er zeigte auf die dunkle Halle im mittleren Turm.

Jack sah hinüber. Er biss sich auf die Lippe und überlegte. Es waren nur zehn Meter – aber es hätten ebenso gut hundert sein können. Sie wären den Heckenschützen zu lange ausgesetzt. »Zu riskant.«

Karen schnappte sich ihren Rucksack und zog den Reißverschluss einer Seitentasche auf. »Ich habe eine Idee.« Sie holte eine Packung Kaugummi hervor.

»Toll«, meinte Jack. »Gerade eben erst habe ich mir ernsthafte Sorgen um meine Mundhygiene gemacht.«

Sie grinste ihn höhnisch an. »Leg den Kristall hin.« Als Jack ihr gehorchte, drehte sie den Stern um, holte ein Stück Kaugummi aus der Verpackung, warf es sich in den Mund, kaute ein paar Sekunden lang und klebte die Masse dann auf die Rückseite des Kristalls.

»Was tust du ...«

Sie nickte zum Deckel hinüber, und Jack verstand. »Ich helf dir.« Er schnappte sich ein paar Kaugummis und kaute heftig daran.

Miyuki starrte sie an, als wären sie völlig übergeschnappt.

Jack schmierte ein Stück klebriges Kaugummi auf die Unterseite des Kristalls und hielt ihn dann hoch.

Karen musterte den Stern. »Das sollte genügen.«

»Muss ich den Stern genau an dieselbe Stelle zurücksetzen?«, fragte er.

»Weiß ich nicht. Achte nur darauf, dass er dem Sonnenlicht ausgesetzt ist.«

Jack nahm den Kristallstern, hielt die klebrige Seite nach oben, holte tief Luft und knallte den Kristall auf die nächstgelegene Kante des Steindeckels. Er drückte ihn fest und drehte ihn, damit das Kaugummi auch haftete. Da ertönte erneut Gewehrfeuer, und Kugeln prallten Funken schlagend vom Stein ab. Er riss die Hand zurück, musterte sie und hielt sie dann Karen entgegen. »Sieh mal, Mutti, keine Löcher.«

»Sehr komisch. Probier mal den Deckel!«

Aus der geschützten Position hinter dem Sarg streckte Jack die Hand nach der Unterseite der Kante aus, die ein wenig überstand, und drückte dagegen. Fels kratzte auf Fels, und der Deckel hob sich um zwei Zentimeter. »Leicht wie eine Feder.«

»Dann machen wir mal, dass wir Land gewinnen.«

Jack ließ den Deckel zu ihrer Seite des Sarkophags gleiten, stand auf, kippte ihn und hielt ihn wie ein steinernes Schild zwischen sich und die Heckenschützen. Kugeln prallten vom Stein ab.

»Uff!« Jack spürte die Einschläge bis zu den Schultern hinauf, aber der Schild hielt stand. Er wich zurück und zog ihn mit, so dass sich die anderen dahinter versteckt halten konnten. »Na gut, Zeit zu verduften.«

Langsam ging er rückwärts. Nur seine Finger waren zu sehen. Er betete darum, dass die Gewehrschützen nicht gut genug wären, ihm einen wegzuschießen.

»Halte den Kristall ins Licht!«, drängte ihn Karen. »Wir sind fast da.«

Nach wie vor prallten Kugeln so heftig gegen den steinernen Deckel, dass er Jack allmählich aus den Händen glitt.

»Fast ...«, sagte Karen.

Jack trat in den Schatten. Noch ein Schritt, und plötzlich war der Stein wieder so schwer wie zuvor. Da er darauf überhaupt nicht vorbereitet war, konnte er ihn nicht mehr halten. »Zurück!«, schrie er, als der Deckel auf ihn zukippte.

Jemand packte ihn von hinten beim Gürtel und riss ihn zurück. Er stolperte und fiel hart auf seine Kehrseite. Krachend stürzte der Deckel zu Boden und verfehlte seine Zehen nur um Haaresbreite. Mühsam ging Jack in die Hocke. Karen war auf die Knie gefallen. Sie stand wieder auf, wobei sie sich die Hände abstaubte.

»Danke«, sagte er.

»Schnapp dir den Kristall.« Sie winkte zu dem zersprungenen Deckel hinüber.

Jack packte den Stern, zog ihn vom Basalt und reichte ihn an Karen weiter, die ihn in ihren Rucksack schob. Das Gewehrfeuer bestrich weiterhin den Eingang zur Halle, doch die Gruppe war so weit den Gang hinunter, dass sie sich nicht mehr unmittelbar in der Schusslinie befand. »In Bewegung bleiben! Wir haben nur eine kurze Atempause!«

»Hier entlang«, zischte Mwahu, der schon weiter den Tunnel entlanggelaufen war. »Beeilung! Da kommt jemand.«

Jack und Karen rannten zu den anderen beiden hinüber, die bereits den Rand der höhlenartigen mittleren Kammer erreicht hatten. Auf der anderen Seite des Raums entdeckte Jack einen Lichtstrahl, der von der gegenüberliegenden Halle hereinfiel. Der Weg zum Ausgang war versperrt.

»Hier«, flüsterte Mwahu.

In dem tiefen Dämmerlicht schob sich die Gruppe dicht an der linken Mauer entlang. Jack griff nach hinten und nahm Miyuki bei der Hand. Die Finger der Professorin zitterten, und er drückte sie beruhigend. Gemeinsam folgten sie Mwahu zu einer Ecke der großen Kammer. Inzwischen ertönten gedämpfte Stimmen aus der gegenüberliegenden Halle. Sie verstanden keine Worte, doch dem ärgerlichen Tonfall nach zu schließen, hatten die Heckenschützen über Funk Mitteilung gemacht, dass ihnen die Gefangenen entwischt waren. Das näher kommende Licht wurde rasch heller.

Beeil dich, drängte Jack Mwahu schweigend.

Der Strahl einer Taschenlampe tauchte auf der anderen Seite der Kammer auf, und jemand trat ein.

Jack schob Miyuki hinter sich.

Ein Zischen ließ ihn herumfahren. In den tiefen Schatten erkannte er so gerade eben, dass Mwahu neben einem schmalen Spalt in der Mauer kauerte, der kaum höher als Jacks Knie war und längst nicht so breit wie seine Schultern. Karen kroch bereits hinein. Den Rucksack schob sie vor sich her. Voller Furcht starrte Mwahu die Männer an, die die Kammer betraten.

Jack zweifelte inzwischen kaum mehr daran, dass man sie erwischen würde.

Er schob Miyuki auf die Öffnung zu, und ohne jedes Zögern verschwand die kleine Professorin im Schlund des Tunnels. Jack deutete an, dass Mwahu als Nächster gehen solle. Er war der Einzige, der wusste, wohin der Tunnel führte.

Der Insulaner verschwand im Loch.

Hinter Jack erstrahlte ein neues Licht, und er fuhr in der Hocke herum. Es kam aus dem Gang, der zum Innenhof führte. Schattige Gestalten drangen ein. *Die Heckenschützen.* Die beiden Parteien gaben einander mit ihren Lampen Zeichen. Einer der Lichtstrahlen fiel zu ihm hinüber.

Er ließ sich ganz flach zu Boden fallen. Der Strahl strich über die Stelle, wo er gerade gestanden hatte, hielt zum Glück jedoch nicht inne.

Auf Händen und Knien glitt er in den Spalt hinein. Es war verdammt eng. Er zog die Schultern zusammen und schob sich mit angehaltenem Atem weiter. Dann ließ er sich auf die Ellbogen nieder und arbeitete sich mit Hilfe der Finger tiefer in den Schacht hinein. Er war sich sicher, dass jeden Augenblick das Licht ringsumher aufflammen würde. Schließlich hatte er jedoch auch die Füße in den Tunnel gezogen. Er hielt inne, unterdrückte einen Seufzer der Erleichterung, schaute nach vorn – und sah nichts. Im Gang war es pechschwarz. Das einzige Anzeichen für die Anwesenheit der anderen war ein gelegentliches Scharren.

Jack schob sich weiter durch den Schacht und horchte nach Geräuschen, während er den Drehungen und Windungen des Tunnels folgte. Er kratzte sich die Haut an den Schultern auf und riss sich auf der rauen Oberfläche die Fingernägel ein. In der Dunkelheit, blind, erschien alles noch viel schlimmer. Wie lang mochte dieser Tunnel bloß sein?

Schließlich konnte er schwach die Gestalt Mwahus ausmachen, der ein paar Meter vor ihm kroch, und er hörte widerhallendes Geflüster.

»Ich sehe das Ende des Gangs«, sagte Miyuki aus der Ferne.

Jack betete darum, dass sie vorsichtig blieben. Er wurde schneller, kratzte sich Ellbogen und Knie auf. Bald erblickte auch er es: ein Rechteck aus strahlendem Sonnenlicht. »Vorsicht!«, flüsterte er nach vorn.

Er sah die Professorin aus dem Gang rutschen – und verschwinden. Die anderen folgten. Er kroch ihnen nach, erreichte den Tunnelausgang und spähte hinaus. Unter ihm standen die anderen hüfttief in einem meterbreiten Kanal. Ihm fiel der schmale, künstlich angelegte Bach wieder ein, der den Platz teilte, und da wusste er, wo sie waren. Er steckte den Kopf hinaus und musterte seine Umgebung. Die Steinbrücke lag zwanzig Meter entfernt. Er horchte nach Stimmen und vernahm nichts.

Jack wand sich aus dem Schacht und ließ sich in den Bach fallen. Nach der Anstrengung war das Salzwasser wunderbar kühl, doch brannte es zugleich in seinen Schnitten und Schürfwunden.

Karen nickte zum Tunnel hinüber. »Abwassersystem«, sagte sie leise.

Er nickte. Es gab doch wirklich nichts Schöneres, als durch ein Abwasserrohr zu kriechen! Er sah Mwahu an, im Blick eine schweigende Frage an den Insulaner, wohin es als Nächstes gehen sollte.

Bevor ihm Mwahu jedoch hätte Anweisungen erteilen können, tönte eine laute Stimme über den offenen Platz hinter ihm. »Kirkland! Wenn du willst, dass die anderen überleben, dann zeige dich!«

Jack erstarrte. Er kannte diese schrille Stimme. *Spangler.* Er ballte die Fäuste.

Karen berührte ihn an der Schulter und schüttelte den Kopf. Sie zeigte auf Mwahu, der sich halb schwimmend den künstlichen Bach entlang von ihnen entfernte.

Miyuki folgte, Karen gleich dahinter. Jack löste die Fäuste. Noch war die Zeit nicht reif für eine Konfrontation mit David. Noch nicht. Gegenwärtig kämen andere dabei zu Schaden. Also ließ er sich ins Wasser sinken und folgte ihnen schweigend.

Da hörte er das Stampfen von Stiefeln auf Stein ... jemand kam auf sie zu. Er zeigte mit einem Daumen nach oben und zischte seine Mitstreiter an, damit sie stillhielten.

Mwahu duckte sich unter die Brücke, wandte sich zu ihnen um und winkte, sie sollten zu ihm kommen. Gleich darauf waren Jack und die beiden Frauen an seiner Seite. Die Brücke war so niedrig, dass lediglich ihre Köpfe aus dem Wasser ragten.

Schwere Stiefelschritte. Jemand rannte jetzt fast. Zwei Männer.

Da die Sonne so niedrig stand, warf sie tiefe Schatten über den Kanal. Unter der Brücke war es sogar noch dunkler. Dennoch, wenn sie auf die Idee kämen, mit einer Taschenlampe zu leuchten ...

Die beiden Männer blieben auf der Brücke stehen. Ihre Schatten fielen auf die Mauer am anderen Ende des Kanals.

»Irgendeine Spur?«, fragte Spangler hart.

»Nein, Sir. Wir durchkämmen nach wie vor das Gebäude. Sie können uns nicht entwischen. Schließlich steht die Insel unter Überwachung. Also kommen sie nicht runter.«

»Gut.«

»Sir, da meldet sich gerade Rolfe über Funk.« Eine Pause folgte, dann ertönte wieder die Stimme des Mannes, diesmal viel aufgeregter. »Er hat einen Tunnel entdeckt!«

»Verdammt! War der vorher eigentlich nicht da? Kommen Sie! Rolfe soll sich mit den Granaten bereithalten.«

»Jawohl, Sir.« Die Stiefelschritte verhallten. Die beiden

Männer waren von der Brücke herunter und gingen wieder auf das große Gebäude zu.

Jack wartete nicht länger. Er bedeutete Mwahu mit dem Daumen, weiterzumachen.

Einer nach dem anderen schwammen die Mitglieder der Gruppe auf die fernen Befestigungsanlagen zu. Niemand wagte zu atmen. Alle hielten sich in den tiefsten Schatten des Kanals. Als sie sich der Mauer näherten, entdeckte Jack, wo der Bach endete. Er sah nicht, wie sie weiterkommen sollten.

Mwahu wartete, bis sie alle eingetroffen waren. Sobald Jack nahe genug herangekommen war, vollführte der Insulaner mit den Händen eine Schwimmbewegung. Dann, um die Sache zu verdeutlichen, tauchte er unter und verschwand.

Karen flüsterte Jack zu: »Der Bach muss eine Verbindung zu den Kanälen haben, ansonsten wäre er schon ausgetrocknet.« Aber sie beäugte voller Sorge die Mauer aus übereinander geschichteten Basaltsteinen.

»Du schaffst das schon«, meinte er.

Sie nickte, setzte ihren Rucksack ab und nahm ihn locker in die Hände. »Ich gehe als Nächste.« Sie holte tief Luft, tauchte in das stehende Wasser, trat einmal mit dem Fuß und verschwand in dem Unterwassertunnel.

Miyuki wirkte vor Angst wie gelähmt. Jack glitt neben sie. »Wir gehen zusammen.«

Sie nickte und schluckte heftig. »Ich bin nicht gerade die stärkste Schwimmerin.« Aber sie streckte die Hand aus, und in ihren Augen lag Entschlossenheit.

»Bei drei«, sagte er und nahm ihre Hand.

»Bei drei«, wiederholte sie.

Jack zählte, und beide tauchten unter. Er entdeckte, dass die Passage leicht zu bewältigen war. Der Gang war ziemlich breit. Er stieß sich mit dem Fuß von der Mauer ab und lenkte Miyuki durch den Tunnel, der nicht länger als zwei Meter war. Licht sickerte von oben herein.

Er durchbrach die Oberfläche und fand sich in einem der umgebenden Kanäle wieder. Miyuki kam neben ihm hoch und wischte sich das nasse Haar zurück. Jetzt war die Gruppe hinter herabhängenden Ranken verborgen.

Jack hörte ein undeutliches, anschwellendes Jaulen. »Scheiße.«

»Was ist das?«, fragte Karen.

»Wie lang könnt ihr den Atem anhalten?«

Sie zuckte die Achseln. »So lange wir müssen.«

Das Jaulen hatte sich jetzt zu einem schrillen Kreischen gesteigert, dessen Quelle gleich um die Ecke liegen musste.

»Was ist ...«, setzte Karen an.

»Fasst euch an den Händen«, sagte Jack. »Bleibt unten, bis ich euch ein Zeichen gebe.«

Sie gehorchten, und ihre Köpfe verschwanden. Jack hielt den Atem an und duckte sich so tief, bis nur noch seine Augen über Wasser waren. Er spähte zwischen den Ranken hindurch und sah einen schlanken schwarzen Jetski röhrend um die Ecke kommen. Er fuhr im Zickzack auf sie zu, schwang hin und her und stieß immer wieder leicht gegen die Mauern zu beiden Seiten. Jack drückte sich gegen die Steine.

Halb stehend ließ der Fahrer seinen Jetski den Kanal entlanggleiten. Er musterte die ummauerte Insel, bremste und trödelte an Jacks verborgenen Augen vorüber. Der Mann in dem schwarzen Taucheranzug hatte die Maske auf die Stirn hochgeschoben und trug eine verspiegelte Sonnenbrille.

Fahr weiter, du Arschloch. Jack wusste, dass die anderen nicht ewig den Atem anhalten konnten. In den Gläsern der Sonnenbrille spiegelte sich sein unter den Blättern verborgenes Gesicht wieder. Seine bleiche Haut leuchtete hell in den Schatten. Er hätte sich das Gesicht mit Schlamm beschmieren sollen, dachte er. Aber dazu war es jetzt zu spät.

Nur Zentimeter entfernt fuhr der Jetski langsam dahin. Sein Fiberglasrahmen kratzte ihm fast über die Wange. Allerdings bemerkte ihn der Mann zum Glück nicht. Als er davonfuhr, erkannte Jack die Waffe, die der Mann auf den Rücken geschnallt hatte. Ein Heckler & Koch-MP5A3-Sturmgewehr. *Die* Waffe der SEALs.

Er behielt den Schützen im Auge, bis dieser um eine Ecke verschwunden war, dann zog er die anderen hoch. Keuchend schnappten sie nach Luft.

Er strengte die Ohren an. Ein weiteres Jaulen tönte von der anderen Seite der Ruinen herüber. Ein zweiter Jetski! Vermutlich umkreisten zwei Wachen die Insel. Ihm blieben vielleicht drei Minuten, um sich einen Plan auszudenken.

»Wir müssen hier raus«, sagte er. »Sofort.«

Mwahu zeigte auf eine Insel etwa fünfzig Meter weiter den Wasserweg hinab. »Weitere Tunnels. Führen zur Küste.« Aber er wirkte nicht ganz so sicher.

»Bestimmt?«

Mwahu starrte Jack an, bis dieser den Blick senkte, und zuckte dann die Achseln.

Jack seufzte. »Da kann man ja unmöglich widersprechen.« Der Gruppe blieb also keine andere Wahl, als das Risiko einzugehen. »Beeilt euch, Leute. Wir bekommen wieder Gesellschaft.«

Das Jaulen des zweiten Jetskis wurde lauter.

Mwahu ging voran. Hier war das Wasser tiefer, so dass sie gezwungen waren zu schwimmen. Jack stöhnte innerlich, weil sie dabei so viel Lärm machen würden. Wenn der zweite Wächter jetzt um die Ecke käme, würde er sie leicht entdecken.

Jack, der die Nachhut bildete, warf immer wieder einen Blick über die Schulter. Das Jaulen wurde zu einem Röhren, das von den Mauern widerhallte. »Macht schneller!«, drängte er die anderen.

Das Platschen wurde lauter, doch viel schneller kamen sie immer noch nicht voran. Sie würden es nicht schaffen, dachte er. Da entdeckte er voraus einen schmalen Seitenkanal, der vom Hauptkanal abzweigte. »Da rein!«

Mwahu führte sie in die enge Gasse.

Jack schwamm ihnen nach. Es war eng hier, kahle Mauern schlossen sie zu beiden Seiten ein – und dazu endete der Kanal nur wenige Meter weiter. Sackgasse. Jack fuhr herum. »Wir müssen wieder den Atem anhalten.«

Zur Antwort erhielt er resigniertes Nicken.

Er versuchte abzuschätzen, wie weit ihre nachlassenden Kräfte noch reichen würden, denn er wusste genau, dass sie immer mehr auskühlten. Das anschwellende Getöse des Jetskis zog seine Aufmerksamkeit auf sich. »Er kommt!« Er konnte nicht einmal einen kurzen Blick nach draußen riskieren. Unmöglich. Er nahm Karens Hand, horchte und hob den anderen Arm. Wartete auf den passenden Moment.

Der Lärm schmerzte in den Ohren. Angespannt hielt er den Atem an. Dann senkte er den Arm, und die anderen holten tief Luft und tauchten unter. Erneut blieb er auf Blickhöhe mit der Oberfläche.

Dröhnend erreichte der Jetski die Mündung des Seitenkanals, aber der Fahrer, ein Klon des anderen, beobachtete weiterhin die größere Insel auf der anderen Seite des Kanals. Er hielt die Hand ans Ohr gelegt, horchte und erstattete über Funk Bericht. Seine Worte wurden allerdings vom Motorgeräusch des Jetskis übertönt.

Jack wollte ihn mit dem Willen dazu bringen, einfach weiterzufahren.

Als hätte er die schweigende Aufforderung vernommen, fuhr der Mann herum. Jack gelang es nur so eben, rechtzeitig unterzutauchen. Er sah durch das Wasser das verschwommene Abbild des Mannes. Der hielt inne und ließ den Jetski treiben.

Jack spürte, wie Karen an seiner Hand zerrte. Ihr und den anderen ging allmählich die Luft aus. Er drückte ihr die Hand, ließ dann los und glitt von ihr weg. Karen wollte ihn am Hemdzipfel packen, aber er schlug ihre Hand beiseite.

Oben wendete der Jetski in ihre Richtung. Jack sah den Mann nach seinem Gewehr greifen. Langsam die Luft ausstoßend sank Jack tiefer, glitt aus dem Seitenkanal und huschte unter die Steuerbordkante des Skis. Er ließ die anderen nicht gern im Stich, aber er brauchte für sein Vorhaben die kurze Ablenkung, wenn sie hochkamen.

Er hockte sich auf den Grund des Kanals, setzte seine Füße in Position und sah mit zusammengekniffenen Augen hinauf. *Los, kommt!*, drängte er die anderen. Dann hörte er einen aus der Gruppe verzweifelt um sich treten, als ihm die Luft ausging und er gezwungen war, aufzutauchen.

Jack verlor keine Zeit. Er drückte sich mit aller Kraft ab und schoss aus dem Wasser.

Der Fahrer, der das Gesicht nach wie vor dem Kanal

zugewandt hatte, hielt seine Waffe in die falsche Richtung. Er bemerkte die Attacke einen Augenblick zu spät.

Jack warf ihn vom Sitz des Jetskis. Der Mann packte die Lenkstange und fuhr herum, aber da hatte ihn Jacks Ellbogen auch schon ins Gesicht getroffen, ihm die Nase gebrochen und das Nasenbein ins Gehirn getrieben. Er war auf der Stelle tot.

Jack hielt nicht inne, denn seine alten Instinkte waren wieder erwacht. Er nahm dem Wächter das Gewehr und das Sprechfunkgerät ab und schob den Mann dann in den Kanal.

Als er sich auf den Sitz des Jetskis schwang, entdeckte er Karen, die entsetzt zu ihm aufschaute.

»Töten oder getötet werden«, murmelte er und gab Gas. »Komm schon!«

Karen streckte eine Hand aus, und Jack zog sie hinter sich auf den Sitz. Für die anderen beiden war allerdings kein Platz mehr.

»Haltet euch am Rahmen des Jetskis fest«, wies er sie an. »Ich ziehe euch beide mit.«

Miyuki schwamm auf die eine, Mwahu auf die andere Seite, und beide suchten mit den Fingern nach einem Halt.

»Fertig?«

»J... ja«, erwiderte Miyuki zitternd.

Jack setzte seinen Jetski langsam in Bewegung. Über den Lärm des eigenen Wasserfahrzeugs hinweg hörte er das anschwellende Röhren des anderen Jetskis. Er beschleunigte, sah sich jedoch gezwungen, etwas Gas wegzunehmen, nachdem Miyuki protestierend aufgequietscht hatte. Die Professorin würgte ein Mund voll Meerwasser aus.

»Tut mir Leid«, sagte er, drehte sich herum und hielt

nach dem anderen Wächter Ausschau, die Lenkstange fest im Griff. »So können wir ihnen nicht entkommen.«

Karen nickte in Richtung Kanal. »Was ist mit Mwahus Tunnel?«

Dafür bliebe ihnen wohl gerade genügend Zeit, überlegte Jack und gab langsam etwas mehr Gas. »Atem anhalten!«

Er ließ den Jetski zu der Insel gleiten, auf die Mwahu zuvor gezeigt hatte. Sobald er sie erreicht hatte, schwenkte er mit dem Ski in einen weiteren Seitenkanal und parkte ihn so, dass er nicht zu sehen war.

»Ist das hier?«, fragte Karen Mwahu.

Halb ertrunken, wies der Insulaner zur Rückseite des einzigen flachen Gebäudes auf der Insel.

Jack legte sich das Gewehr über die Schulter, sprang hinaus und half den anderen auf das vom Unkraut überwucherte Land. Rasch führte er sie um das Gebäude herum, wo er stolpernd stehen blieb. »Verdammt!« Der Eingang war durch einen großen Basaltbrocken versperrt. Jack sackte in sich zusammen und wandte sich um. »Ist das hier dein Eingang zu den Tunnels?«

Mwahu ging hin und legte eine Hand auf den Felsbrocken. Er wirkte den Tränen nahe, und das war ausreichend Antwort.

Karen trat zu dem Insulaner. »Wir können ihn bewegen«, sagte sie und wand sich aus ihrem nassen Rucksack. »Er besteht aus Basalt. Wir haben den Kristall.«

Jack besah sich den Felsen. Er lag tief in den Schatten, und die Sonne stand bereits dicht über dem Horizont. »Wir benötigen Sonnenlicht.«

Karen reichte ihm den Kristall. »Haben wir gleich!« Sie holte eine Puderdose aus Kunststoff hervor, öffnete den Deckel und brach den Spiegel heraus. Dann kehrte sie zur

Ecke zurück, zielte mit dem Spiegel auf die Sonne und warf einen Strahl auf den Felsen, so dass ein heller Kreis aus Licht über dessen Oberfläche tanzte.

Jack lächelte. »Einen Versuch ist's wert.«

Er ging zum Felsen und schlug den Kristall, an dem immer noch das Kaugummi klebte, dagegen. Allerdings blieb er an der unebenen Oberfläche nicht haften. Der Felsbrocken, der wesentlich massiver war als der Deckel des Sarkophags, war immer noch sehr schwer. Jack grub seine Absätze in den Boden und drückte mit aller Kraft gegen den Basaltblock. Mwahu kam herbei und schob ebenfalls. Langsam rührte sich der Brocken.

»Ich höre den anderen Jetski nicht«, meinte Miyuki.

Jack hielt inne. Sie hatte Recht. Schweigen lag über den Ruinen. »Er muss die Leiche entdeckt haben. Vielleicht erstattet er gerade Bericht.« Er bückte sich wieder. »Kommt schon, die Zeit wird knapp.«

Karen kippte ihren Spiegel. Der Stern leuchtete hell auf. Ächzend wälzten Jack und Mwahu den Felsen einen knappen halben Meter weiter. Der Spalt, der sich geöffnet hatte, war genügend breit, dass eine kleine Person hindurchkriechen konnte.

»Das wird's tun müssen«, meinte Karen. »Wir quetschen uns durch.« Sie reichte Jack ihren Rucksack, ging auf alle viere und schlüpfte hinein. Gleich darauf rief sie zurück: »Mwahu hat Recht gehabt. Hier ist ein Tunnel. Er führt steil nach unten von hier weg.«

Jack winkte Miyuki und Mwahu, sie sollten folgen. Die beiden quetschten sich rasch in das steinerne Gebäude, während er zur anderen Seite des Felsbrockens zurückwich, der jetzt über die Kante des Gebäudes ragte und ins Sonnenlicht getaucht war.

»Jetzt du«, rief Karen zu ihm heraus. »Jack?«

Er setzte sich Karens Rucksack auf und legte den Stern auf den Felsen.

»Jack?«

Der Kristall funkelte hell. Jack kauerte sich nieder, schob mit aller Kraft und wälzte den großen Stein in die Schatten zurück. Dann richtete er sich auf und ging darum herum. Ohne Sonnenlicht war es unmöglich, den Felsbrocken auch nur einen Zentimeter weiterzubewegen.

»Was tust du da?«, fragte Karen von der anderen Seite, das Gesicht gegen den verbliebenen Spalt gedrückt, der kaum mehr als eine Hand breit war.

»Wir können den Eingang nicht offen lassen«, erwiderte er. »Sie werden den Jetski und die Öffnung sofort finden. Dann würden sie uns durch die Tunnels jagen.«

»Aber ...«

Wieder tönte ein Röhren über das Wasser. Zunächst war es ein Jetski, dann noch einer und dann noch einer.

»Sie kommen«, sagte Jack und stand auf. »Ich werde versuchen, sie in die Irre zu führen.« Er wich zurück und steckte den Kristall in den Rucksack. »Aber wenn sie mich erwischen, habe ich, was sie wollen – den Kristall. So oder so sollten sie euch unbehelligt lassen.«

»Jack ...« Karen schob eine Hand durch die Ritze.

Er kniete sich nieder und nahm sie. »Versuche, jemanden von den Behörden zu erreichen.«

Karen nickte. Sie hatte feuchte Augen. »Werd ich tun.«

Jack drehte ihre Hand herum und drückte sanft seine Lippen auf die Innenfläche. »Bis bald.«

Sie schloss die Hand, spürte seinem Kuss nach. »Das will ich doch schwer hoffen.«

Er stand wieder auf. Mehr gab es nicht zu sagen. Er schob Karens Rucksack höher die Schulter hinauf und eilte zu dem einzelnen Wasserfahrzeug. Das Kreischen der anderen Jetskis schallte durch die Ruinen.

Er ließ sich auf dem Sitz nieder, stülpte sich das Funkgerät über und hängte sich das Sturmgewehr über die Schulter. Jetzt war er bereit. Er zog den Jetski hoch, fügte dessen Stimme dem Chor der anderen hinzu, gab Gas und schoss davon.

Jenseits von Nan Madol sank die Sonne hinter den Horizont. Als die Dunkelheit einfiel, musste Jack an Mwahus frühere Warnung denken.

Ein alter Aberglaube:

Des Nachts lauert der Tod in den Ruinen.

20.45 Uhr

David Spangler stand auf dem Steindach des Mittelturms, einem der höchsten Punkte in Nan Madol. Von hier aus hatte er einen vollständigen Überblick über die ganze megalithische Stadt. Mithilfe seines Nachtsichtgeräts beobachtete er den Beginn der Jagd. Er sah Jacks Jetski plötzlich aus dem Versteck hinter einer der Inseln hervorschießen.

»Er ist in Quadrant vier«, funkte David seinen Männern zu. »Umkreist das Gebiet und haltet ihn auf Trab.« Auf seinen Befehl hin schwangen die anderen drei Jetskis herum und fuhren in Kreisen auf das genannte Gebiet zu. Über den Sprechfunk hörte er das Geplauder seiner Männer, während das Team die Schlinge zuzog.

David gestattete sich ein gemeines Lächeln. Die Dunkelheit war die Verbündete des Omega-Teams. Während Jack blind herumstolperte, konnten seine eigenen Männer, ausgerüstet mit Nachtsichtbrillen und UV-Lampen, geschickt und zielstrebig vorgehen. Er sah, wie die Falle zuschnappte. Die Sache hier würde er in dieser Nacht zum Abschluss bringen.

Er berührte sein Mikrofon. »Jeffreys, sehen Sie sich mal auf der Insel um, wo Jack gelandet ist. Vergewissern Sie sich, dass er niemanden zurückgelassen hat.« David wusste genau, dass es Jack durchaus ähnlich sah, den Helden zu spielen und sein Team an der Nase herumzuführen, während die echte Beute ganz woanders versteckt war.

Er hörte, wie unten ein Jetski Gas gab. Das war der letzte des Omega-Teams, den er für Notfälle und zur Unterstützung in Reserve gehalten hatte. Jetzt jagte er röhrend auf die winzige Insel zu.

Aufseufzend wandte David seine Aufmerksamkeit wieder der Jagd zu. Bei ihrer Ankunft hatte er seinen Männern befohlen, Kirkland gefangen zu nehmen und die anderen am Leben zu lassen. Aber der Mann erwies sich nach und nach als ein Gegner, der weitaus ernster zu nehmen war, als er gedacht hätte. Deswegen hatte er seine Befehle geändert und seine Leute angewiesen, ihn sofort zu töten.

Dennoch war alles ziemlich frustrierend. Sein Team war an der Nase herumgeführt worden, obwohl er viele Stunden mit der Planung dieser Mission verbracht hatte. Er hatte ein einheimisches Polizeiboot sowie die sechs Jetskis beschlagnahmt. »Drogenhändler« lautete die offizielle Erklärung. Er hatte das Boot draußen vor dem Riff stationiert und dort die Ankunft Jacks und der anderen abgewartet. Gleich nach ihrem Eintreffen hatte er sie in den Ruinen herumpaddeln und schließlich ihre Kanus festmachen sehen. Von diesem Moment an war es einfach gewesen, mit den Jetskiern durch die Tore in die Ruinen zu fahren und sich lautlos auf die Insel zu schleichen. Dann hatte er befohlen, das Gebiet abzusperren, während er und sein Team Jacks Gruppe gejagt hatten.

Selbst jetzt war sich David noch nicht völlig im Klaren darüber, wie Jack und die anderen seiner Falle entkommen waren. Rolfe und Handel hatten etwas davon gefaselt, dass Jack eine Art Steinschild benutzt hatte, um in ein Versteck zu fliehen. Dann sollte er in irgendeinem geheimen Tunnel verschwunden sein und dort auf der Flucht einen von Davids Männern getötet haben. Alles in allem eine faule Ausrede, und sobald die Sache hier erledigt war, würde er eine vollständige Erklärung für die katastrophale Fehlleistung verlangen.

Von seinem Aussichtspunkt aus beobachtete David, wie Jacks Jetski in einem besonders unübersichtlichen Abschnitt der Ruinen umzingelt wurde. Seine Männer hatten sämtliche Ausgänge aus diesem Gebiet abgeriegelt. Jack saß in der Falle. Ein zweites Mal würde er nicht entkommen.

»Holt ihn euch!«, befahl David. »Erschießt ihn!« Entzückt sah er seine Männer heranrücken. Wenn er schon nicht persönlich dort unten sein konnte, so war das hier das Nächstbeste – Zuschauer bei der Jagd auf Jack zu sein. Wie ein Hund wurde er gehetzt und schließlich abgeknallt.

»Ich sehe ihn!«, rief einer der Männer über Funk. Das Röhren des Jetskis im Hintergrund machte es schwierig, ihn zu verstehen.

Lautes Gewehrfeuer tönte über die Ruinen. Links flog ein Schwarm Vögel aus ihren Nestern auf, erschreckt durch den Knall. Aber Davids Nachtsichtgerät blieb auf den glühenden Fleck gerichtet – auf Jack und dessen Jetski.

Der Fleck flammte hell auf, was ihn wie das Blitzlicht einer Kamera in die Augen stach. Fluchend schob David die Nachtsichtbrille herab, blinzelte die Helligkeit davon und schaute über die Ruinen hinweg.

Im Sprechfunk knisterte es, und Rolfes Stimme flüsterte ihm ins Ohr: »Wir haben ihn, Sir. Wir haben den alten Arsch aus dem Wasser gepustet. Das Ziel ist eliminiert.«

21.05 Uhr

Unten in den Tunnels hörte Karen die Gewehrschüsse. Sie duckte sich und vernahm dann noch etwas Bedrohlicheres: eine gedämpfte Explosion, die wie ein Donner durch das Tunnelsystem rollte und von allen Seiten gleichzeitig zu kommen schien. Geräusche nahmen in diesen Gängen seltsame Wege. Sogar ihre eigenen Schritte hallten wie eine ganze Armee. Es machte sie ganz kribbelig ... als wären sie nicht allein.

Und jetzt der Gewehrschuss und die Explosion.

Karen drückte sich eine Faust an die Kehle und betete darum, dass Jack nichts zugestoßen war.

Vor ihr ging Mwahu gebückt durch den niedrigen Gang, ihre kleine Taschenlampe in der Hand. Das war ihre einzige Lichtquelle.

»Weiter«, sagte Miyuki mit zittriger Stimme. »Wir können Jack nicht helfen.«

Mwahu nickte. Karen folgte ihnen.

Die Tunnels waren direkt aus den Korallen herausgeschnitten worden. Wände und Decken waren daher rau und sie mussten aufpassen, dass sie sie nicht streiften. Nur der Boden war glatt, abgenutzt von jahrhundertelangem Gebrauch und der gelegentlichen Überflutung.

Tatsächlich standen in mehreren der Gänge nach wie vor Wasserlachen, eisig kalt und ölig von Algen.

»Nicht mehr weit«, versprach Mwahu.

Karen hoffte es. Statt sich in Sicherheit zu fühlen, kam sie sich eher hilflos vor und wie in einer Falle. Als würde sie mit jedem weiteren Schritt Jack immer mehr diesem mörderischen Abschaum dort draußen überlassen. Wenn nur wenigstens ihre Pistole nicht in Japan konfisziert worden wäre ...

Mwahu ging um eine Ecke und winkte ihr und Miyuki zu. »Kommt her, seht!«

Hastig traten sie zu dem Insulaner. Unmittelbar hinter der Biegung lag eine Öffnung. Obgleich die Sonne untergegangen war, war der frühe Abend immer noch bei weitem heller als die dunklen Tunnels. Gemeinsam eilten sie zum Ausgang.

Karen erkannte die Gefahr einen Moment zu spät. »Wartet!«

Aber Miyuki und Mwahu waren bereits draußen.

Karen stolperte ihnen nach. Sie zeigte auf Mwahus Taschenlampe. »Ausschalten!«

Mwahu sah die Lampe an, als wäre sie eine Giftschlange, und ließ sie fallen.

Karen tauchte ins Wasser, holte sie hoch und schaltete sie ab. Dann richtete sie sich auf und musterte ihre Umgebung. Sie waren aus einem niedrigen Basaltbau gekommen, unweit der Küste von Temwen. Tatsächlich lag der steinerne Kai, an dem sie ihre Kanus gemietet hatten, keine fünfzig Meter entfernt.

Sie sah auf die ausgeknipste Taschenlampe. Hatte man sie entdeckt? Hatte sie gerade Jacks Versuch zunichte gemacht, die anderen wegzulocken?

Die Antwort auf diese Fragen ließ nicht lange auf sich

warten. Sie hörte das anschwellende Jaulen eines Jetskis. Jemand kam, um nachzusehen. Sie ließ den Blick zwischen sich und den Toren zur Küste hin und her schweifen. Die Killer würden wissen, wohin ihre Gruppe wollte – wohin sonst hätten sie gehen können?

Sie schloss die Augen und traf eine Entscheidung. Dann schaltete sie das Licht an.

»Was tust du da?«, fragte Miyuki.

»Sie wissen, dass wir zum Ausgang wollen. Aber wenn ich mit der Taschenlampe dahin laufe ...« Karen zeigte in die entgegengesetzte Richtung »... werden sie mir folgen müssen.«

»Karen ...?«

Sie umklammerte den Arm ihrer Freundin. »Geh. Ich habe dich in die Sache reingezogen. Ich bring dich auch wieder raus.«

»Mir egal.«

»Na ja, mir aber nicht.« Sie sah Miyuki an, bis diese den Blick senken musste. Der Lärm des Jetskis wurde lauter. »Geh!«

Mit hochgehaltener Taschenlampe trat Karen zurück und sprang in den Kanal. So nah an der Küste war das Wasser niedriger, lediglich brusttief. Halb schwimmend, halb gehend entfernte sie sich vom Tor. Hinter sich hörte sie ein Platschen, als Miyuki und Mwahu in den Kanal sprangen und zum Ausgang schwammen.

Jetzt war Karen allein in dem schlammigen Wasser und versuchte, möglichst viel Distanz zwischen sich und die anderen zu bringen. Bald hatte sie den Ausgang aus dem Blick verloren. Nur schattige Mauern umgaben sie.

Aber sie war nicht völlig isoliert.

Sie hörte das Röhren des Jetskis, der auf sie zuraste.

21.27 Uhr

David saß hinter Jeffreys auf dem Jetski. Er presste die Zähne unter einem lautlosen Fluch zusammen. Kirkland hatte versucht, ihn zum Narren zu halten.

Kurz nach der Explosion hatte Lieutenant Jeffreys Bericht erstattet. David hatte fast vergessen, dass er den Mann als Kundschafter ausgeschickt hatte, um Kirklands ursprüngliches Versteck zu suchen. Der Lieutenant hatte mitgeteilt, dass von niemandem auch nur eine Spur zu sehen sei.

Diese Nachricht hatte David in Verwirrung gestürzt. Wo hatte Kirkland die anderen versteckt? Seine vorrangige Absicht war schließlich gewesen, die kanadische Anthropologin zu entführen und ihr die Kristallprobe abzunehmen. Da ihm ihre Abwesenheit verdächtig vorkam, hatte er Jeffreys befohlen, zu ihm zu kommen. Gemeinsam würden sie die umgebenden Inseln nach ihm abzusuchen. Die anderen mussten schließlich irgendwo stecken.

Es war letztlich pures Glück, dass er zufällig einen Hinweis auf den Aufenthaltsort der anderen erhalten hatte. Als er seine Nachtsichtbrille für die Suche angelegt hatte, hatte er fern der Küste ein Licht aufblitzen sehen, etwa einen halben Kilometer weit weg. Ihm war klar gewesen, was das zu bedeuten hatte – immerhin hatte er von den unterirdischen Gängen hier gelesen.

Während ihn Jack abgelenkt hatte, war den anderen beinahe die Flucht aus der Falle gelungen. Aber Kirklands Versuch war fehlgeschlagen, dachte David befriedigt. Seine Aufopferung hatte nichts bewirkt.

Während er und Jeffreys jetzt auf dem Jetski durch die Ruinen rasten, holte David sein Gewehr von der Schulter.

Das Ziel war in Reichweite. Einen kurzen Moment erlosch das Licht, war aber jetzt wieder zu erkennen.

»Es bewegt sich vom Ausgang weg«, schrie ihm Jeffreys zu.

»Das sehe ich. Folgen Sie ihm weiter. Sie wollen wohl einen anderen Tunnel erreichen. Wir müssen sie erwischen, bevor sie verschwinden.«

Jeffreys nickte und schwang den Jetski herum. Sie rasten das Labyrinth aus Inseln hin und her. David hielt die Taille des Lieutenants fest umschlungen, das Gewehr im Anschlag. Wenn es um enge Kurven ging, brachen sich die Wellen an den Kanalmauern, und die Gischt besprühte David von oben bis unten. Er ignorierte die Dusche und drängte Jeffreys, das Tempo noch zu forcieren.

»Unmittelbar voraus!«, rief Jeffreys, kippte wild den Jetski und jagte um die nächste Ecke.

»Überfahr sie, falls nötig!«, schrie David.

Jeffreys raste einen Kanal entlang und sauste um eine weitere Kurve. Der Jetski bohrte sich in die Wellen, die er selbst zuvor erzeugt hatte und die weiter geradeaus liefen. Die Lichtquelle lag direkt vor ihnen.

Da nahm Jeffreys das Gas weg, und David stand auf. »Scheißdreck!«

Die winzige Taschenlampe war in die Astgabel eines Mangrovenbaums geklemmt. Er schaute sich suchend um. Hier war niemand. Man hatte ihn ausgetrickst ... *schon wieder.*

Das Funkgerät summte ihm im Ohr. Rolfe war dran. »Sir, wir haben keine Spur von Kirklands Leichnam gefunden.«

Argwohn und Misstrauen schlugen hohe Wellen in David, insbesondere nach dieser jüngsten List. »Wer hat ihn erschossen?«

»Sir?«

»Wer zum Teufel hat über Funk geschrien, dass er Kirkland gesehen und ihn *erschossen* hat!«

David horchte auf die Grabesstille. Niemand gab Antwort.

»Hat überhaupt einer von euch sein verdammtes Gewehr abgefeuert?«

Erneut Stille.

Da dämmerte es David, dass seinem ermordeten Teamkameraden nicht bloß das Gewehr gefehlt hatte, sondern auch das Funkgerät. *Scheiße.* Jack hatte seinen eigenen Tod vorgetäuscht, nachdem er den Funk abgehört und sich als einer seiner Männer ausgegeben hatte. »Scheiße!« Er berührte sein Mikrofon und schrie wütend: *»Sucht dieses Schwein!«*

»Was ist?«, fragte Jeffreys und stellte den Motor ab.

»Kirkland! Er ist entkommen!«

Als David auf seinem Sitz zusammenbrach, hörte er ganz in der Nähe etwas leise aufs Wasser klatschen. Er erstarrte und brachte Jeffreys mit einer Handbewegung zum Schweigen.

Hier war noch jemand.

22.22 Uhr

Bis auf die Boxershorts entkleidet tauchte Jack auf der anderen Seite der Ruinen langsam an die Oberfläche. Er schob sein Gewehr leise unter ein schweres Farnkraut, das am Ufer wuchs, und horchte auf Geräusche, die mögliche Verfolger verursachten. Das fiel ihm allerdings nicht leicht, denn nach der Explosion seines Jetskis klingelte es immer noch in seinen Ohren. Er war zu nah dran gewesen – hatte jedoch kaum eine andere Wahl gehabt. Er hatte sich davon überzeugen müssen, dass sein einziger Schuss den Treibstofftank auch richtig getroffen hatte.

Aber die Gewalt der Explosion hatte ihn überrascht. Er war zurückgeschleudert worden, und es hatte ihm die Augenbrauen abgesengt und das Funkgerät vom Kopf gerissen. Völlig benommen hatte er sich gezwungen gesehen, sofort unterzutauchen und unter den Jetskiern des ausschwärmenden Teams hindurchzuschwimmen. Er war geschwommen, bis ihm die Lungen gebrannt hatten, dann war er aufgetaucht. Wie er gehofft hatte, hatten die anderen ihre Nachtsichtbrillen abgestreift, da die Flammen dafür viel zu hell gewesen waren.

Diese Finte hatte ihm die Zeit verschafft, tiefer in die Ruinen zu entkommen. So heimlich wie möglich war er davongeeilt, ohne eine Vorstellung davon zu haben, wie lange seine List die anderen täuschen würde. Er suchte nach einem Weg aus den Ruinen hinaus. Sein Plan war, die Magrovensümpfe an der Küste von Temwen zu erreichen. Aber er hatte wertvolle Zeit vergeudet und sich jetzt auch noch in der Dunkelheit verirrt.

Da hörte er, wie einen Viertelkilometer entfernt die Jetskier hochgezogen wurden und aufjaulten, woraus er schloss, dass seine Verfolger seinen Trick durchschaut hatten. Ein paar Augenblicke horchte er weiter. Sie schwärmten aus. Suchten systematisch. Die Jagd hatte wieder begonnen.

Bislang hatte er sich so häufig wie möglich im Wasser versteckt, damit seine Körperwärme nicht die Tatsache verriet, dass er noch lebte. Nun war klar, dass er sich solche Finessen sparen konnte. Er musste einen Weg hier heraus finden – und zwar bald. Die Mangrovensümpfe waren seine einzige Hoffnung. Inmitten des Schlamms und der dichten Wurzeln wären die Jetskier nutzlos.

Aber da musste er erst einmal hingelangen.

Jack hievte seinen erschöpften Körper auf die Insel und legte sich auf den Bauch, ehe er sich mühsam wieder erhob. Von hier aus führte ein steiler Abhang in die Höhe. Schwierig, jedoch nicht unmöglich zu bewältigen. Er musste höheres Gelände erreichen, um sich zu orientieren, auch wenn das bedeutete, sich ein paar Sekunden lang offen zu zeigen.

Er holte sein Gewehr und setzte sich den Rucksack auf.

Ein Stöhnen unterdrückend schob er sich mühsam den Abhang hoch, wobei er entdeckte, dass dieser steiler war, als er gedacht hatte. Er kroch durch Gebüsch, das an ihm haften blieb, und über Basaltterrassen. Seine Finger verloren immer wieder ihren Halt, und seine Knie, bereits aufgeschürft, wurden böse zerkratzt. Seine bleischweren und geschwächten Gliedmaßen zitterten vor Erschöpfung, aber schließlich und endlich zog er sich auf den Gipfel.

Er blieb auf allen vieren, als er sich umschaute und seine Position abschätzte. In der Dunkelheit hatte er nicht geglaubt, dass die Freiheit so nahe wäre, aber im Licht der Sterne sah er die kleine Wellen, die in gerade mal dreißig Metern Entfernung gegen die künstlichen Wellenbrecher schlugen.

Dahinter lag das offene Meer.

Draußen in den tieferen Gewässern entdeckte Jack einen kleinen, weiß gestrichenen Kutter mit einem blauen Licht an einem hohen Mast. Ein Fahrzeug der Küstenpolizei, dessen Positionslampen hell erstrahlten. Eine kleine Gestalt stand am Bug, und ein winziges Glitzern zeigte an, dass der Mann sich mit einem Fernglas umschaute und wahrscheinlich mit einem Nachtsichtgerät ausgerüstet war. Das war kein freundlich gesinntes Schiff. Möglicherweise Spanglers Transportmittel.

Jetzt, da er auf dem Gipfel war, fiel Jack das Wasserbassin hier oben auf. Es war grob viereckig und sah wie ein kleiner See aus, und aus irgendeinem Grund fühlte er sich zu ihm hingezogen. Tatsächlich war das dunkle Gewässer gesäumt von einem Strand und fein zerdrückten Korallen, und Jack sank mit Händen und Knien in dem weichen Sand ein.

Da schlug eine Granate auf der anderen Seite der Insel ein, explodierte und schleuderte Schlamm und zerschredderten Farn hoch in die Luft. Jack warf sich der Länge nach zu Boden. In seinen Ohren klingelte es von dem gewaltigen Getöse. Als die Explosionswelle abebbte, hörte er das verräterische Geräusch von Jetskiern, die Kurs auf die Stelle nahmen, an der er sich befand. Dann sah er, dass die winzige Gestalt auf dem Polizeischiff wild zu ihm hinüberzeigte.

Eine weitere Granate segelte durch die Luft, prallte gegen den steinernen Gipfel der Insel, rollte über die Kante und explodierte unten im Kanal. Wie bei einem Geysir schoss das Wasser hoch hinauf. Jemand hatte die Insel mit einem Granatwerfer unter Beschuss genommen.

Jack rutschte auf dem Bauch zum Rand des Gipfels. Er musste die Kanäle erreichen. Zweimal hatte er Glück gehabt, doch allmählich wurde es sehr eng. Er spähte hinab und entdeckte zwei Jetskier, die in seine Richtung rasten, sowie einen weiteren, der dahinter kreiste. Es fehlte nicht mehr viel, dann war er umzingelt. Da prallten Geschosse gegen die Steine und verfehlten seinen Kopf um kaum einen halben Meter. Er trat einen hastigen Rückzug an, hatte zuvor jedoch seinen Gegner ausgemacht.

Der Heckenschütze kauerte auf einem niedrigen Gebäude etwa drei Inseln entfernt.

Als Jack sich zur Seite wälzte, pfiff eine weitere Granate durch die Luft und explodierte im Sand und Wasser des kleinen Sees. Schrapnells sausten umher.

Verdammt!

Jack nahm seine Waffe herunter und blieb flach ausgestreckt auf dem Stein liegen, um den Heckenschützen kein Ziel zu bieten. Er legte die Waffe an und kroch, ein Auge ans Zielfernrohr gelegt, wieder vor. Als das niedrige Gebäude auf der anderen Seite in der Linse auftauchte, erstarrte er und hoffte, dass das Meerwasser das Gewehr nicht beschädigt hatte. Er wartete, stieß langsam den Atem aus und hielt die Waffe ruhig. Dann entdeckte er eine winzige Bewegung und feuerte eine Salve ab, anschließend wälzte er sich weg. Jetzt lag er auf dem Rücken und hielt das Gewehr fest an die Brust gedrückt. Er wusste nicht, ob er sein Ziel erwischt hatte, aber der Heckenschütze wäre jetzt bestimmt etwas vorsichtiger. Und er selbst wusste wenigstens, dass seine Waffe noch funktionierte.

Auf der anderen Seite des Kanals schlug etwas mit einem lauten Klatscher aufs Wasser. Von einem der Jetskier rief eine Stimme: »Handel hat's erwischt! Holt euch das Arschloch!«

Jack wälzte sich wieder auf den Bauch und kroch zur anderen Seite der Insel. Er würde das Risiko eingehen und springen müssen. Die Kanäle waren hier keine zwei Meter tief, aber der Feind rückte zu rasch heran. Ihm blieb keine andere Wahl.

Er erreichte die Kante, bereitete sich zum Sprung vor und entdeckte dann unmittelbar unter sich einen Jetski. In dem ganzen Durcheinander hatte er ihn nicht herankommen hören.

Er duckte sich, als Gewehrfeuer die Kante durchsiebte. In seinem rechten Ohr flammte ein Schmerz auf, aber er ignorierte ihn, wälzte sich tiefer hinab und erreichte den sandigen Abhang des Sees. Er horchte. Die anderen Jetskier rückten näher. Blut rann ihm den Hals herab. Er legte sein Gewehr an in dem Bewusstsein, dass ihm wohl sein letztes Stündlein geschlagen hatte. Er rutschte weiter zurück. Füße und Fußknöchel baumelten jetzt im Wasser des Sees. Er konnte nirgendwo mehr hin. Sein einziger Trost blieb, dass Karen und den anderen die Flucht geglückt war.

Während er auf den Angriff wartete, knabberten winzige Fische an seinen Zehen. Das Blut aus den Schürfwunden hatte sie angezogen. Er trat sie beiseite.

Dann fiel ihm die Geschichte ein, die Karen ihm vom Bau der Insel Darong erzählt hatte. Ein Tunnel verband den See mit dem Meer draußen vor dem Riff, hatte sie gesagt, so dass die Fische hereinkommen konnten. Er schaute sich um; das Brackwasser lag lediglich dreißig Meter entfernt. Ein sehr schwieriger Tauchgang, jedoch nicht unmöglich zu bewältigen.

Er hörte das Scharren auf Stein.

Er musste nicht lange überlegen, welches der beiden möglichen Risiken weniger groß war.

Er ließ das Gewehr fallen, zog sich den Rucksack von der Schulter und glitt in den See, dessen Grund steil nach unten abfiel. Wenige Atemzüge lang trat er Wasser und sog so viel Luft wie möglich in die Lungen. Normalerweise konnte er den Atem bis zu fünf Minuten anhalten, aber das hier würde ein langer, finsterer Tauchgang werden.

Nach einem letzten, tiefen Atemholen tauchte er hinab. Die frische Verletzung an seinem Ohr brannte in dem Salzwasser, aber der Schmerz sorgte wenigstens dafür, dass er sich konzentriere.

Seine Hände berührten den schlammigen Grund. Umherpaddelnd musterte er die Begrenzungsmauern des künstlichen Sees und suchte verzweifelt nach der Tunnelöffnung. Zuerst schwamm er an dem Abschnitt entlang, der dem Brackwasser zugewandt war, weil er dies für den wahrscheinlichsten Ort hielt. Es stellte sich rasch als richtig heraus: Sein Arm verschwand im Schlund eines steinernen Tunnels.

Er merkte sich die Stelle, stieg wieder zur Oberfläche auf und holte eilig tief Luft. Während er sich so vorbereitete, horchte er. Es klang, als würden die Jetskier davonfahren. Aber um den See herum hörte sich alles sehr seltsam an. Er konnte sich nicht sicher sein, insbesondere, da es so viele waren. Dann vernahm er aus größerer Nähe eine geflüsterte Debatte sowie das Klappern lockerer Steine und verstand das Wort ›Bombe‹. Das reichte ihm.

Mit einem sauberen Scherentritt tauchte er hinab und erreichte den Eingang des Tunnels. Ohne innezuhalten, schwamm er in das von Korallen überkrustete Loch und zog und trieb sich mit Hilfe von Händen und Zehen den Schacht hinab. Erkennen konnte er nichts. Da er blindlings dahinraste, zerkratzten und zerschnitten ihm die scharfen Korallen Beine und Arme. Aber er spürte den Schmerz nicht mehr. Er schob ihn beiseite und konzentrierte sich bloß auf eines – aufs Weiterkommen.

Während er sich so dahinwand, breitete sich in seinen Lungen ein neuer Schmerz aus.

Auch diesen Schmerz ignorierte er.

Als er wieder einmal die Hand ausstreckte, berührte er Stein. Panik erfasste ihn. Verzweifelt streckte er beide

Handflächen aus und tastete umher. Eine Steinmauer versperrte ihm den Weg. Er kämpfte, stieß keuchend ein wenig Luft aus, bevor er sich wieder dazu zwang, die Ruhe zu bewahren. Panik war der schlimmste Feind des Tauchers.

Er tastete die Mauern zu beiden Seiten ab und erkannte, dass der Weg sich nach rechts öffnete. Es war einfach eine Biegung im Tunnel! Er zog sich an der Kante um die Ecke.

Trotz der Erleichterung war er auch besorgt. Wie lang und kurvenreich war dieser Tunnel? Die Insel Darong lag lediglich dreißig Meter vom Rand des Riffs entfernt, aber wenn sich der Gang drehte und wand, wie lang müsste er dann wirklich schwimmen?

Allmählich wurde ihm die Luft knapp. Die langen, anstrengenden Stunden zuvor forderten ihren Tribut. Seine Gliedmaßen verlangten nach mehr Sauerstoff. Kleine Lichtfunken tanzten vor seinen Augen. Die Geisterlichter des Sauerstoffmangels.

Jack wurde schneller; er wollte sich nicht von der Panik überwältigen lassen. Der Gang vollführte zwei weitere Kurven.

In seinen Lungen setzte ein Zucken ein. Er wusste, dass schließlich die Reflexe übernehmen würden und er aufkeuchen müsste. Doch blind und ohne jegliche Vorstellung davon, wie weit er noch zu tauchen hätte, blieb ihm keine andere Wahl, als seine animalischen Instinkte irgendwie zu überlisten.

In Jacks Kopf pochte es. Vielfarbige Lichter wirbelten vor seinen Augen.

Im Wissen, dass er nahe daran war zu ertrinken, stieß er langsam ein wenig Luft aus den Lungen. Damit gab er seinem Körper das Gefühl, dass er atmen wollte. Seine

Lungen entspannten sich. Der Trick verschaffte ihm etwas Zeit.

Er schob sich weiter vorwärts und blies in regelmäßigen Abständen ein bisschen mehr Luft aus.

Schließlich jedoch wollte ihm der Trick nicht mehr gelingen. Seine Lungen waren nahezu leer. Sein Körper verlangte nach mehr Sauerstoff.

Jack bemühte sich verzweifelt, etwas zu erkennen, suchte nach einem Hinweis, wie weit er noch zu schwimmen hätte. Aber ihn umgab lediglich Finsternis. Kein Anzeichen für das Ende des Tunnels.

Er war verloren.

Er wühlte mit den Armen, doch lag keine Kraft mehr in seinen Schwimmzügen. Seine Finger gruben an dem Fels.

Dann tauchte weit voraus ein Lichtschein auf. War er real? Oder halluzinierte er bloß, dem Tode nahe?

Wie dem auch sein mochte, er zwang seine bleischweren Gliedmaßen, sich zu bewegen.

Hinter sich hörte er eine gedämpfte Explosion, die seine sämtlichen Knochen vibrieren ließ. Er warf einen Blick über die Schulter, und genau in diesem Moment traf ihn die Schockwelle. Eine Woge riss ihn grob mit sich, taumelnd stieß er gegen die Mauern. Wasser drang ihm in die Nase. Mit dem letzten Lufthauch schluckte er es hinunter. Blindlings griff er um sich. Er benötigte eine Sekunde, bis ihm klar wurde, dass ihn keine Mauern mehr umgaben.

Er war aus dem Tunnel heraus!

Jack kroch zur Oberfläche. Luft. Alles, was er brauchte, war ein Atemzug.

Er starrte nach oben und erblickte Sternenschein ... und einen Mond!

Um sich tretend, sich windend kämpfte er sich nach oben. Seine Finger durchbrachen die Oberfläche in ebenjenem Moment, als seine Lungen aufgaben, zuckten und Salzwasser durch Nase und Mund einsogen. Er verschluckte sich und hustete. Während er versuchte, das Wasser wieder auszustoßen, kam er sich vor wie unter Folter.

Dann packte ihn jemand an den Haaren und zog seinen Kopf aus dem Wasser. An die Luft, ins Licht. Jack schaute auf. Der Mond war zum Meer herabgestiegen. Ein heller Kreis. Er drehte sich herum ... oder wurde herumgeschleudert.

»Nehmt doch das Licht aus seinem Gesicht!«

Stimmen umgaben ihn. Vertraute Stimmen. Die Stimmen der Toten.

Er sah ein dunkles Gesicht, das sich über ihn beugte. Es war ein alter Freund, der ihn holen kam. Wie betäubt streckte Jack ihm die Hand entgegen, und da übermannte ihn erneut die Dunkelheit. Im Kopf flüsterte er den Namen seines Freundes: *Charlie* ...

23.05 Uhr

»Kommt er wieder auf die Beine?«, fragte Lisa.

Charlie zog Jacks schlaffen Körper in das Schlauchboot. »Du bist doch die Ärztin, sag du's mir.« Er wälzte Jack auf den Rücken, streifte den durchweichten Rucksack ab und pumpte jede Menge Salzwasser aus der Brust seines Freundes. Jack hustete und erbrach noch mehr Wasser.

»Wenigstens atmet er.« Lisa beugte sich über ihn. »Aber wir müssen ihn zurück auf die *Deep Fathom* bringen. Er braucht Sauerstoff.«

Der Motor heulte auf, als Robert am Heck Gas gab und das Schlauchboot zum wartenden Schiff zurücklenkte. Die *Fathom* lag nicht weit draußen in der Bucht. Zwei weitere Polizeikutter patrouillierten am Rand der Ruinen.

Zuvor hatte Charlie den halben Abend mit dem Versuch verbracht, die örtlichen Behörden davon zu überzeugen, dass sie ihm bei seiner Suche nach Jack und den anderen helfen sollten. Anfangs hatte man nicht auf ihn hören wollen, sondern darauf beharrt, er solle bis zum Morgen warten. Dann hatte eine verzweifelte Miyuki Nakano angerufen und von einem Angriff auf ihre Gesellschaft in Nan Madol berichtet.

Anscheinend war Spanglers Kommandotrupp rechtzeitig gewarnt worden, denn als sie gerade in die Bucht eingelaufen waren, hatte eine mächtige Explosion eine von Nan Madols winzigen Inseln in Stücke gerissen. Charlie hatte bereits im Schlauchboot der *Fathom* gesessen und war sofort zu dieser Stelle hinübergefahren, denn ihm war klar gewesen, dass es einen Grund für die Detonation gegeben haben musste

Knapp vor dem Riff hatte Robert einen Schwall Blasen im Wasser entdeckt und Kurs darauf genommen. Genau in diesem Moment war eine bleiche Hand aus dem Wasser geschossen und gleich darauf wieder untergetaucht.

Die Götter des Meeres mussten über ihren Kapitän gewacht haben, dachte er hinterher, denn wie leicht hätte er die Hand verfehlen können!

Aufstöhnend versuchte Jack verzweifelt, sich aufzurichten. Seine Augenlider flatterten, aber er kam nicht so recht zu sich. Charlie beugte sich zu ihm herab und flüsterte ihm ins Ohr: »Ruh dich aus, *Mann.* Du bist bei uns. In Sicherheit.«

Seine Worte schienen zu wirken. Jacks Gliedmaßen entspannten sich.

»Er sieht schon wieder besser aus, nicht mehr so bleich«, meinte Lisa, aber sie selbst war leichenblass vor Furcht und Sorge.

Wenn sie auch nur eine Minute später eingetroffen wären ...

Robert hatte das Funkgerät ans Ohr gedrückt und meinte vom Heck her: »Die Polizei sagt, sie würden die Ruinen bis Sonnenaufgang durchsuchen.« Er ließ das Gerät sinken. »Aber wie es aussieht, hat der Trupp bereits das Weite gesucht.«

»Diese verdammten Schweine«, fluchte Charlie. »Wenn ich die je in die Hände bekomme ...«

23.34 Uhr

David stürmte die schmalen Stufen des beschlagnahmten Polizeikutters hinunter. Sein Team war nur verdammt knapp entkommen. Die Funknachricht vom Eintreffen der Polizei hatte ihn zur gleichen Zeit erreicht, als sein Stoßtrupp Jack gefunden hatte.

Dermaßen unter Zeitdruck, hatte David befohlen, rund um die Insel Sprengstoff auszulegen, daraufhin sollten sich alle auf das Schiff zurückziehen. Für ein Team auf einer »schwarzen Mission« war Entdeckung oder Gefangennahme schlimmer als der Tod. Also gingen sie effizient vor, ohne eine Spur zu hinterlassen. Sie sammelten ihre Toten ein und verschwanden eilig in dem Labyrinth aus Atollen und Inseln. Alles in allem benötigte die Evakuierung keine fünf Minuten.

Aber auch so war es knapp genug gewesen. Gerade, als

sie sich davonmachten, hatte David von seinem Schiff aus, das ohne Beleuchtung fuhr, den ersten Polizeikutter mit heulenden Sirenen in die Bucht einfahren sehen. Die Explosion hatte die ankommenden Schiffe von ihrer Flucht abgelenkt.

Dennoch war er während seiner gesamten Karriere einer Gefangennahme nie so nahe gewesen.

Mit finsterem Gesicht erreichte David die untere Ebene des Schiffs und ging zu einer kleinen Stahltür. Er tippte den elektronischen Code ein und betrat die dahinter liegende kleine Zelle. Obgleich er auf dieser Mission zwei gute Männer verloren hatte, war das Unternehmen kein völliger Schlag ins Wasser gewesen. Immerhin hatten sie die kanadische Anthropologin erwischt und sie mit gespreizten Armen und Beinen hier ans Bett gefesselt. Die Frau kämpfte gegen ihre Fesseln an, als er eintrat. Sie war geknebelt und bekam große Augen bei seinem Anblick.

»Gib auf. Du kannst nicht fliehen.« Er zog sein Tauchermesser aus der Scheide am Oberschenkel und trat zu ihr hinüber.

Anstatt zu weinen oder weiter zu kämpfen, funkelte sie ihn bloß an.

Er setzte sich auf den Bettrand und schnitt den Knebel los. Sie spuckte das Stück Tuch davon. »Du Schwein!«

David befingerte die Schneide seines Messers. »Wir werden ein wenig miteinander plaudern, Professor Grace. Hoffen wir doch, dass ich Ihnen die Zunge nicht mit dieser Klinge lösen muss.« Er entdeckte eine Blutspur, die ihr vom Haaransatz den Hals hinablief, streckte die Hand aus und drückte den Daumen auf die Beule dort.

Sie zuckte zusammen.

Es war die Stelle, wo er sie mit dem Schaft seines Gewehrs niedergeschlagen hatte, nachdem er ihr Versteck entdeckt hatte. Ihre List mit der Taschenlampe hätte beinahe funktioniert. Er grub den Daumen in die weiche Stelle und entlockte ihr dadurch einen schrillen Aufschrei. »Sind Sie jetzt durch mit ihren kleinen Tricks?«

Sie spuckte ihn an und traf ihn an der Wange.

Er ließ den Speichel hinabtröpfeln, machte keinerlei Anstalten, ihn wegzuwischen. »In dieser Hinsicht sind wir doch auf einer Wellenlänge, nicht?« Er griff ihr zwischen die Beine. Sie war immer noch nass vom Durchschwimmen des Kanals. Er drückte fest zu.

Sie keuchte, bekam große Augen und versuchte, sich wegzuwinden. »Flossen weg, du verdammtes Schwein!«

Er hielt sie weiter fest. »Nun ja, meine Bosse wollen, dass du am Leben bleibst, um dir ein bisschen die Würmer aus der Nase zu ziehen. Das heißt aber nicht, dass wir nicht Methoden hätten, dir Schmerz zuzufügen, wie sie dir selbst im Traum nie eingefallen wären. Also, fangen wir noch mal an. Wo ist der Kristall, den du in deiner E-Mail an Kirkland erwähnt hast?«

»Ich weiß nicht, wovon Sie reden.«

»Falsche Antwort«, sagte er mit grimmigem Lächeln.

Ein Klopfen an der Tür ließ ihn herumfahren. Er sah Rolfe auf der Türschwelle stehen, noch immer in seinem Taucheranzug, den Reißverschluss halb herabgezogen. Der Mann beäugte ihre Gefangene, dann kehrte sein Blick zu David zurück.

»Sir, Jeffreys hat fortwährend den Polizeifunk abgehört. Da ist eine ... hm, überraschende Neuigkeit durchgekommen.« Rolfe nickte zu der Gefangenen hin. »Vielleicht draußen ...«

»Jack ist am Leben, stimmt's?«, sagte die Frau von ihrem Bett aus.

David versetzte ihr mit dem Handrücken einen Schlag. »Benimm dich, du Hure!«

Rolfe trat nervös von einem Fuß auf den anderen. »Sie hat Recht, Sir. Sie haben Kirkland aus dem Meer gefischt. Er ist verwundet, aber er lebt.«

David spürte Hitze in sich aufwallen. »Verdammt! Kann dieser Mann nicht tot bleiben?«

»Das ist nicht alles.«

»Was?«

»Er ... er ist an Bord der *Deep Fathom.*«

David war zu verblüfft, um etwas sagen zu können.

Rolfe erklärte es. »Ich weiß nicht wie, aber sein Schiff ist hier.«

David schloss die Augen, und eine Woge der Wut durchspülte ihn. Kirkland hatte ihn an allen Ecken und Enden ausgetrickst. Er fuhr zu der gefesselten Frau herum. Der Mann hatte das eigene Leben aufs Spiel gesetzt, damit sie entkommen konnte. Warum? Er musterte sie und spürte, dass hier ein Ansatzpunkt lag, eine Möglichkeit, die er zu seinem Vorteil ausnutzen konnte.

Er stand auf und zeigte auf die Gefangene. »Schleift das Weibsstück an Deck.«

23.56 Uhr

Langsam kehrte Jack in die Wirklichkeit zurück. Er benötigte mehrere Atemzüge, bis er begriff, wo er war. Die Teakholzpaneele, die Truhe mit den Schubladen, der Kapitänstisch und die Kiste. Es war seine eigene Kabine an Bord der *Deep Fathom.* Völlig absurd.

»Aha, seht mal, wer da wach ist«, sagte eine Stimme.

Er drehte den Kopf und bemerkte dabei zum ersten

Mal die Sauerstoffmaske über seinem Gesicht. Schläuche führten zu einem tragbaren Tank. Er hob eine Hand und wollte sie abstreifen.

»Dran lassen!«

Er konzentrierte sich auf die Person an seinem Bett. »Lisa?« Hinter ihr erkannte er Charlie Mollier, der ihr über die Schulter sah. Als die Stimme seines Herrchens ertönte, hob Elvis den Kopf vom Boden und legte ihn aufs Bett.

»Wen hast du denn erwartet?« Lisa glättete sein Kissen. »Fühlst du genügend stark, um dich aufzusetzen?«

Ihm schwirrte der Kopf. Er versuchte, sich seine Lage ins Gedächtnis zurückzurufen. Er erinnerte sich an die Jagd durch die Ruinen von Nan Madol, den mühsamen Kampf durch den Unterwassertunnel, doch ... »Ihr seid alle tot.« Er hustete schwer, als er sich hochschob, und stöhnte dann laut.

»Vorsicht.« Lisa half ihm und stopfte ihm ein paar Kissen in den Rücken.

»Aua.« Jeder Zentimeter seines Körpers schmerzte. Eine intravenöse Infusion, deren Schlauch zu einem Beutel mit Kochsalzlösung führte, steckte in seinen Armen, die zudem mit Salben beschmiert und einbandagiert waren.

»*Wir* sollen tot sein?«, fragte Charlie breit grinsend. »*Mann,* du bist derjenige, der Schwein gehabt hat.«

Jack musste erneut husten. Es fühle sich an, als hätte ihm jemand die Lungen geschmirgelt. »Aber die Bombe ...?«

Charlie setzte sich auf die Bettkante. »Oh, das tut uns wirklich Leid, aber wir mussten alle im Glauben lassen, wir seien gesunken. Die Bombe ist unten in meinem Labor, gut unter Verschluss.«

Jack schüttelte den Kopf, bedauerte es jedoch sogleich und verzog das Gesicht vor Schmerz zu einer Grimasse. »Was ist passiert, zum Teufel?«, brüllte er gereizt.

Charlie erstattete Bericht. Die Mannschaft hatte die Bombe gefunden, und Robert hatte den Auslöser als Funkempfänger erkannt. Mit Lisas Geschick auf dem Gebiet der Elektronik war es eine einfache Sache gewesen, den Empfänger auszubauen. Aber sie hatten gewusst, dass derjenige, der sie angebracht hatte, erst zufrieden sein würde, wenn das Schiff in die Luft geflogen war. Also hatten sie Jack angerufen und ihn vor der Bombe gewarnt. Dabei hatten sie genau gewusst, dass sie damit den Apparat zünden würden, falls jemand ihr Gespräch mithörte. »Was dann auch geschah«, erklärte Charlie. »Als wir mitbekamen, wie der abgeschraubte Empfänger zu blinken anfing, wussten wir, dass das Signal zum Zünden der Bombe geschickt wurde, also haben wir unseren eigenen Tod vorgetäuscht: Öl und Treibstoff über Bord geworfen, ein paar Deckstühle und sonstigen Kram hinterher, und dann haben wir das ganze Zeug angezündet.«

Unterdessen hatte Jack ganz große Augen bekommen.

»Von da an sind wir mit Höchstgeschwindigkeit nach Pohnpei gerast. Natürlich mussten wir das lautlos tun. Keine irgendwie geartete Funkverbindung. Ansonsten wäre unsere List aufgeflogen.«

»Aber ... aber ...« Jack spürte, wie sein alter Ärger wiederkehrte und ihm frische Kräfte verlieh. Er schob seine Sauerstoffmaske beiseite und funkelte die beiden an. »Habt ihr auch nur eine Ahnung davon, wie viel Sorgen ich mir gemacht habe?«

Charlie sah ihn an, ganz die Unschuld. »Ach, nee ... du hast also wirklich geglaubt, wir seien in die Luft geflogen?«

Jack sah Charlies verletzten Gesichtsausdruck und brach dann in schallendes Gelächter aus, musste sich allerdings dabei vor Schmerz die Seiten halten. »Natürlich nicht.« Er schaute zu ihnen auf; und seine Augen füllten sich mit Tränen. »Ihr wisst ja gar nicht, was es für mich bedeutet, euch alle hier zu sehen ...«

Lisa drückte ihn schnell an sich. »Ruh dich einfach aus. Du hast einen harten Tag hinter dir.«

Plötzlich fiel es Jack wieder ein. »Aber was ist mit Spangler? Und den anderen?«

Charlie sah Lisa an, dann wieder Jack. »Spangler ist längst über alle Berge. Aber ich bin in Kontakt mit Professor Nakano gewesen. Sie hatte gehofft, du wüsstest, was mit Dr. Grace geschehen ist. Sie konnten sie nicht finden.«

Jack spürte einen dicken Kloß in der Kehle. »Was will sie damit sagen? Ich habe Karen bei ihr zurückgelassen.«

Charlie schüttelte den Kopf. »Die Polizei befragt nach wie vor Professor Nakano auf einem ihrer Schiffe. Sie hat darum gebeten, anschließend zu uns herüberkommen zu dürfen, und ich habe zugestimmt.«

Jack nickte, aber seine Gedanken waren in Aufruhr. *Wo war Karen? Was war geschehen?*

Schritte ertönten. Jemand rannte den Korridor entlang. Dann platzte Robert in die Kabine und sah die anderen an. »Gott sei Dank, dass du wach bist, Jack.«

»Was ist los?«

»Ein Funkspruch.« Er war völlig außer Atem. »Von David Spangler. Er möchte mit dir reden.«

Jack schwang die Beine aus dem Bett, schob Elvis zur Seite und winkte Lisa zum Infusionsständer. »Abmachen.«

Die Ärztin zögerte.

»Abmachen! Mir geht's wieder gut. Ich habe das Schlimmste überstanden.«

Lisa löste das Klebeband, zog den Katheter heraus und legte ein kleines Pflaster über die Stelle. Dabei warf sie Charlie einen besorgten Blick zu.

Jack erhob sich und stand auf wackeligen Beinen da. Charlie wollte ihn stützen, doch er winkte ihn weg. »Kommt schon! Sehen wir mal, was dieses Schwein jetzt schon wieder will.«

Gemeinsam stiegen sie zum Ruderhaus hinauf. Jack schnappte sich das Mikrofon des VHF-Senders. »Kirkland hier.«

Spanglers Stimme kam knisternd aus dem Lautsprecher. »Jack, schön zu hören, dass du wieder auf den Beinen bist. Den Gerüchten zufolge bist du ganz schon durchgerüttelt worden.«

»Und du mich auch. Was willst du von mir?«

»Anscheinend hast du etwas, das ich will, und ich habe etwas, das du willst.«

»Wovon redest du eigentlich?«

Eine neue Stimme ertönte. »Jack?«

Er umklammerte das Mikrofon fester. »Karen! Alles in Ordnung mit dir?«

Spangler gab Antwort. »Sie erfreut sich unserer Gesellschaft. Aber jetzt reden wir mal Klartext. Diese Frau nutzt mir nicht das Geringste. Ich möchte lediglich dieses Stück Kristall.«

Jack schaltete den Sender ab und sah Lisa an. »Mein Rucksack?«

»Ist unten in deiner Kabine.«

Er schaltete wieder ein. »Was schlägst du vor?«

»Einen fairen Handel. Den Kristall für die Frau. Dann

trennen wir uns als Freunde und vergessen die ganze Sache.«

Genau, dachte Jack. Er traute David in etwa so weit, wie er ihn hätte werfen können. Aber ihm blieb kaum eine andere Wahl. »Wann?«

»Nur damit keiner von uns irgendwelche Fisematenten macht – sagen wir doch, morgen früh bei Sonnenaufgang. Auf hoher See. Im Licht des Tags.«

»Schön. Aber ich wähle den Ort der Übergabe.« Ein Plan formte sich zögernd in ihm.

»Einverstanden ... aber wenn ich ein einziges Polizeifahrzeug sehe, zerkleinern wir die Frau zu Häppchen und verfüttern sie an die Fische.«

»Verstanden. Dann treffen wir uns also bei Sonnenaufgang vor der Ostküste der Insel Nahkapw.« Jack buchstabierte den Namen. »Weißt du, wo das ist?«

»Ich werd's schon finden. Bis dann.« Der Funkverkehr brach ab.

Jack hängte das Mikrofon wieder ein.

»Du weißt, dass das eine Falle ist«, meinte Charlie.

Jack sank in den Kapitänssitz. »O ja, daran besteht kein Zweifel.«

17

KURSWECHSEL

7. August, 5.30 Uhr
Vor der Ostküste von Nahkapw, Mikronesien

Eine halbe Stunde vor Sonnenaufgang schwamm Jack durch das dunkle Wasser. Er sah auf die Leuchtanzeige seiner Taucheruhr. Bislang verlief alles noch nach Fahrplan. Vor zehn Minuten hatte er das Achterdeck der *Deep Fathom* verlassen. Er war mit einem hautengen Taucheranzug, Schwimmflossen, Pressluftflaschen und Tarierweste ausgestattet und hatte Qual und Schmerzen schon längst überwunden. Rasch und stetig, mit langsamen, jedoch tief greifenden Schlägen der Schwimmflossen schwamm er über den Meeresgrund. Geschmeidig wich er einer weiteren Steinsäule aus, die drohend aus der Dunkelheit ragte. Dank Roberts Nachttaucherausrüstung – einer kleinen UV-Taschenlampe an jedem Handgelenk sowie einer Nachtsichtmaske – konnte er problemlos sehen.

Er warf einen Blick auf seinen Kompass, während er mit gleich bleibender Geschwindigkeit auf die Stelle zuschwamm, an der Spanglers Polizeikutter trieb. Eine Stunde vor der Dämmerung waren die Schiffe beider Männer an der Ostküste der Insel Nahkapw eingetroffen. Sie hielten achtsam eine halbe Seemeile Abstand voneinander und warteten darauf, dass es hell wurde.

Doch Jack war bereits im Wasser, noch bevor sein Schiff zum Stehen gekommen war. Die Umsetzung seines Plans erforderte Schnelligkeit, Heimlichkeit und den Schutz der Dunkelheit. Kurz zuvor waren ihm der Bauplan des pohnpeianischen Polizeikutters und der Code des Zahlenschlosses für das Gefängnis dieses speziellen Schiffs zugefaxt worden. Wenn Karen irgendwo festgehalten wurde, dann dort. Zumindest hoffte er das.

Eine weitere Steinsäule tauchte auf, dann noch eine. Jack wurde langsamer. Voraus erschienen Mauern und zerfallene Gebäude, allesamt dick überkrustet von Korallen und bedeckt mit wabernden Strängen von Seetang. Er hob die Lampen an seinen Handgelenken. In der Ferne erstreckten sich weitere Gebäude und Fassaden.

Das hier war die versunkene steinerne Stadt Kahnihnw Namkhet.

Gestern, auf dem Weg nach Nan Madol, hatte ihm Karen von diesem Ort erzählt, und aufgrund ihrer Beschreibung hatte er ihn auch gewählt. Die Polizeikutter waren mit Sonar ausgestattet, und er benötigte so viel Deckung wie möglich, um unbemerkt an Spanglers Schiff herankommen zu können.

Er hielt sich dicht über dem Meeresgrund, eng an den Säulen, Mauern und Gebäuden, denn er wollte ein möglichst kleines sonares Signal erzeugen. Als er sich seinem Ziel bis auf einen Achtelkilometer genähert hatte, bewegte er sich in einem Kreis auf das Schiff zu und versuchte, möglichst hinter den Steinmauern zu bleiben.

Oben strichen die Suchscheinwerfer des Kutters über das Wasser. Durch sein Nachtsichtgerät erstrahlte der Ort hier hell wie ein Weihnachtsbaum.

Jetzt bewegte er sich noch vorsichtiger voran, hielt immer wieder inne und wartete in Nischen und hinter Steinhaufen ab.

Schließlich fand er sich unmittelbar unter dem Kiel des Schiffs wieder, der zehn Meter über ihm trieb. Er schaute auf die Uhr. Er war ein paar Minuten hinter seinem Zeitplan zurück. Bald würde die Sonne aufgehen.

Jack leerte seinen Ballasttank und ließ sich dreizehn Meter unter dem Kutter auf dem Meeresboden nieder. Verborgen im Schatten dicker Festungsmauern streifte er die Sauerstofftanks ab, trat die Schwimmflossen weg und ließ seinen Ballast fallen. Währenddessen biss er auf das Mundstück und nahm ein paar tiefe Atemzüge für das Auftauchen. Vornübergebeugt streifte er den zweiten, kleineren Reservetank von der Hüfte. Dieser, so groß wie eine Thermosflasche, war für Karen gedacht. Er legte ihn neben die eigene Ausrüstung. Alles war in Ordnung.

Er richtete sich auf, klopfte sich auf den Gürtel und vergewisserte sich nochmals, dass die beiden wasserdichten Plastiktüten immer noch an Ort und Stelle waren. Zufrieden schaltete er seine UV-Lampen ab. Dunkelheit hüllte ihn ein.

Er war bereit. Jack spuckte das Mundstück aus, trat mit den Beinen, schoss zur Oberfläche hinauf und nahm Kurs auf das Heck. Dabei stieß er langsam die Luft aus und kompensierte so den veränderten Druck. Er stieg schneller hoch, als gesund war, aber er konnte nicht das Risiko eingehen, zu lange ohne Deckung zu bleiben.

Innerhalb weniger Sekunden berührte er mit der Handfläche die glatte Unterseite der Schiffshülle. Die träge sich drehende Schraube im Auge behaltend, arbeitete er sich zum Heck vor, in dessen Schatten er die Oberfläche durchbrach. Gleich darauf schob er die Maske zurück. Er hatte sich Gesicht und Hände mit Maschinenöl beschmiert, damit sie nicht so hell leuchteten.

Er entdeckte einen von Spanglers Männern, der an der Reling lehnte, eine Zigarette zwischen den Lippen. Jack horchte, ansonsten war es völlig still. Um auf Nummer sicher zu gehen, glitt er zur Steuerbordseite, zog aus dem Gürtel einen Spiegel, der an einem Teleskopstab angebracht war, schob ihn zur Reling hoch und suchte damit das Achterdeck ab. Es gab nur den einen Wächter. Gut, dachte er. Da der Bug des Kutters auf die *Fathom* gerichtet war, hatten sie das Heck nur schwach gesichert. Er verdrehte den Stab, musterte den vorderen Abschnitt des Schiffs und entdeckte eine Bewegung. Zwei Männer. Vielleicht mehr.

Rasch holte er den Spiegel ein, dann ließ er sich zur Leiter am Heck zurücktreiben und prüfte sie mit einer Hand. Sie war fest installiert und mit zwei Schrauben gesichert, sollte also nicht klappern.

Er nahm einen der durchsichtigen Plastikbeutel vom Gürtel und legte die Hand um den Griff der Pistole darin. Dann hob er diese übers Wasser, durchstach mit dem Finger den dünnen Kunststoff und legte ihn um den Abzug. Den Sicherheitsbügel hatte er bereits gelöst. Nun wartete er auf eine günstige Gelegenheit.

Währenddessen glitt sein Blick auf seine Uhr. Der östliche Horizont erstrahlte bereits im Glanz der nahenden Dämmerung. *Komm schon, du verdammter ...*

Der Wächter über ihm schnippte die Zigarette ins Meer. Das glühende Ende sauste in einem Bogen über Jacks Kopf hinweg und traf zischend aufs Wasser. Gähnend drehte sich der Mann um und lehnte sich mit dem Rücken an die Reling. Dann fischte er in einer Tasche nach einer weiteren Packung Winstons. Er klopfte dagegen, um eine Zigarette herauszubekommen.

Einhändig zog sich Jack die Leiter hinauf, setzte die Füße so, dass er nicht stürzen konnte – zielte dann und schoss. Das dumpfe Geräusch, das der Schalldämpfer verursachte, übertönte er mit einem unverdächtigen Husten. Blut spritzte auf das weiße Deck. Jack schnappte sich den Körper des Mannes, als dieser zu Boden fallen wollte, benutzte dessen Gewicht als Hebel, kletterte über die Reling und legte den schlaffen Leichnam aufs Deck.

Geduckt rannte er zum außen liegenden Reservetank des Kutters, holte den zweiten Plastikbeutel hervor und drückte einen roten Knopf. Heftig schluckend sah er auf die Uhr und legte daraufhin das Paket neben den Stahlbehälter.

Er fuhr herum und schoss zu der Tür hinüber, die zur Treppe zum unteren Deck führte, und spähte mit vorgehaltener Waffe um die Ecke. Niemand da. Er öffnete sie weit und lief die schwach erleuchteten Stufen hinunter. Am Ende des Gangs lag eine Stahltür mit einem einzelnen, winzigen Fenster darin.

Vorsichtig betrat Jack den Gang. Kisten und Segeltuchrollen waren hier verstaut und boten Versteckmöglichkeiten. Behutsam setzte er seinen Weg fort, den Lauf der Waffe nach vorn gerichtet, und ließ den Blick suchend über Ecken und nicht einsehbare Nischen schweifen. Auch hier war niemand. Er erreichte die Tür auf der anderen Seite, warf einen Blick durch das winzige Fenster und unterdrückte einen Seufzer der Erleichterung. Karen war an das schmale Bett im Innern gefesselt.

Schnell tippte Jack den Code an dem elektronischen Schloss ein und vernahm das verräterische Klicken, mit dem es sich öffnete. Er packte die Klinke, riss die Tür auf und wälzte sich, auf einen möglichen Hinterhalt vorbereitet, hinein. Gleich darauf wirbelte er herum, die Waffe im Anschlag. Keine Wächter.

Karen bekam große Augen und riss an ihren Fesseln. »Jack!« Als er auf sie zutrat, ging ihm auf, dass in erster Linie nicht Überraschung in ihrer Stimme lag – sondern Furcht.

Hinter sich, von der Türe her, hörte er ein Rascheln und wandte sich um. Draußen im Gang stand David, der eine Waffe auf Jacks Brust richtete. Das zerknüllte Segeltuch, unter dem er sich versteckt hatte, lag ihm jetzt wie ein Umhang um die Schultern.

»Waffe fallen lassen, Kirkland!«

Jack zögerte, dann senkte er seine Waffe und legte sie auf den Boden.

Mit einem Zucken der Schultern warf David das Segeltuch ab. »Tritt sie hier rüber!«

Die Hände erhoben, mit finsterem Gesicht, folgte Jack diesem Befehl.

»Du bist so vorhersehbar, Jack. Stets der Held.« David betrat den Raum. »Mit dem richtigen Köder konnte ich dich herlocken, das habe ich genau gewusst. Aber ich muss sagen, du hast nichts von deinem Können verloren. Du bist an meinen Männern vorüber, ohne dass sie dich bemerkt hätten.« Er hob die Pistole auf. »Zum Glück vertraue ich niemandem außer mir selbst.«

»Du hast nie Teamgeist besessen, Spangler. Deswegen hat man mir den Vorzug gegeben.« Als sich das Gesicht seines Gegners vor Ärger rötete, fuhr Jack etwas langsamer fort: »Das war dir doch eigentlich der Dorn im Auge, nicht wahr? Es geht gar nicht um deine Schwester. Es ist nicht Jennifers Tod. Du hast es bloß nicht ertragen, dass ein Normalsterblicher wie ich einen reinrassigen Arier wie dich geschlagen hat, oder?«

Wütend trat David einen Schritt auf ihn zu und richtete die Waffe auf seinen Kopf. »Nimm Jennifers Namen nie wieder in den Mund!«

Jack riskierte einen Blick auf seine Uhr. *Fünfzehn Sekunden.* Er musste David weiter in Rage versetzen, damit er hier blieb. »Hör doch auf, Spangler! Deine Schwester und ich haben lange Gespräche über dich geführt. Ich weiß alles von dir und deinem Vater.«

Davids Gesicht war jetzt fast purpurrot. »Was hat sie dir gesagt ...«, sprudelte es aus ihm heraus. »Was hat sie dir ... ist doch egal, es waren sowieso alles Lügen. Er hat mich nie angerührt.«

Jack runzelte die Stirn. Vor langer Zeit hatte Jennifer erwähnt, dass David von seinem Vater körperlich misshandelt worden war. Doch war es noch weiter gegangen? Jack senkte verschwörerisch die Stimme. »Da habe ich aber was ganz anderes gehört.«

David trat noch näher. »Halt dein dreckiges Maul!«

Fünf Sekunden ...

Jack spreizte die Beine und ballte die Hände zu Fäusten.

Vor Wut spritzte Speichel von Davids Lippen. »Er hat mich nie angerührt!«

Eine ...

Die Explosion dröhnte durch das Schiff, das Deck bockte, und Jack schwang die Faust. Sie streifte Davids Kinn und warf ihn zur Seite.

Aus der Pistole löste sich ein Schuss. Die Kugel bohrte sich hinter Jack in die Wand. Er wirbelte herum und trat David die Waffe aus der Hand.

David sprang ihn an. Instinktiv wich Jack zur Seite,

und als er zurückfuhr, erkannte er seinen Fehler. Seine Reflexe hatten ihm einen Streich gespielt. David mochte ein Arschloch sein, aber er war ein geübter Killer. Wie es von vornherein seine Absicht gewesen war, landete er direkt neben Jacks abgelegter Pistole und wälzte sich zu ihr herum.

Vom Bett aus kreischte Karen: »Lauf, Jack!«

Er erstarrte. »Er wird dich umbringen ...«

»Nein! Seine Bosse wollen mich lebend! Verschwinde!«

Jack hielt inne. David streckte die Hand nach der Waffe aus.

»Lauf!«, kreischte Karen.

Fluchend rannte er hinaus und knallte die Tür hinter sich zu. Rauch erfüllte den Korridor. Flammen tanzten oben an der Treppe. Jack warf sich in eine benachbarte Kabine. Die Sprenglandung, bestückt mit ein wenig von dem C-4 aus Davids eigener Bombe, war als Ablenkungsmanöver gedacht gewesen, damit er und Karen entkommen könnten.

Jack durchschritt die Kabine und zerrte die zusammengefaltete Notleiter herab. Er zog sich die Tauchermaske über, bestieg die Leiter und drehte die Schraube der Luke zum Achterdeck auf.

Eine Alarmsirene ertönte.

Jack warf die kleine Tür zurück und stieg hinaus. Er wälzte sich über das Deck und sprang auf die Beine. Männer liefen mit Eimern und Schläuchen umher. Einer, dem der Mund vor Überraschung offen stand, blieb stehen und versperrte ihm den Fluchtweg.

Dann ließ der Mann seinen Eimer fallen und griff nach einer Pistole. Jack rannte ihn über den Haufen und schlug ihm den Ellbogen in den Adamsapfel. Würgend fiel der Wächter zurück. Nachdem er sich so den Fluchtweg freigeräumt hatte, schwang sich Jack über die Steuerbordreling.

Er hielt die Maske fest, als er aufs Wasser traf, und trieb sich dann mit kräftigen Beinschlägen nach unten. Er schaltete seine UV-Lampen an den Handgelenken ein, und in diesem Augenblick schlug neben ihm eine Kugel ins Wasser. Er ignorierte die Bedrohung und machte sich vielmehr auf die Suche nach der Stelle, an der er seine Ausrüstung verstaut hatte.

Er hatte sie bald gefunden. Verborgen im Schatten der zerbröckelnden Mauer, nahm Jack einen kurzen Atemzug aus dem Mundstück des Reservetanks und warf ihn dann weg. Karen würde ihn nicht benötigen. Er sah auf.

Der Kutter stand nach wie vor über ihm, würde jedoch nicht lange dort bleiben. Die Explosion des Treibstofftanks war Zeichen für Charlie, die Polizei zu rufen. Dem ursprünglichen Plan zufolge hätten sich er und Karen hier unten versteckt halten sollen, bis die Polizei die Leute da oben verjagt hatte.

Als er die Füße in die Schwimmflossen steckte, bemerkte Jack aus dem Augenwinkel eine Bewegung. Er fuhr herum und sah nach oben.

Kleine metallische Dinger, nicht größer als Coladosen, sanken rings umher ins Wasser. Ein Dutzend, vielleicht mehr. Eines traf eine große Säule in etwa fünfzehn Metern Entfernung. Die Explosion warf Jack in den Sand und presste ihm die Luft aus den Lungen. In seinen Ohren spürte er einen stechenden Schmerz. Felssplitter trafen ihn. Einen Moment lang wälzte er sich blind über den Meeresboden.

Als seine Sehfähigkeit zurückkehrte, entdeckte er ein

Dutzend weiterer Sprengladungen, die ringsumher herabsanken. Noch eine Falle. In spätestens fünf Sekunden würde die Gegend hier nur noch ein Trümmerhaufen sein.

Er schnappte sich seine Tarierweste mit der angebrachten Pressluftflasche und zog sie sich falsch herum über die Arme, so dass die Flasche jetzt nicht auf seinem Rücken lag, sondern auf seiner Brust. Mit einem Hüftschwung knallte er sie gegen eine Steinmauer in der Nähe, und da brach das Ventil ab. Explosionsartig schoss komprimierte Luft heraus.

Die Flasche jagte wie eine Rakete davon.

Jack ritt vor der Kaskade aus Unterwassergranaten davon. Er bemühte sich verzweifelt, die Kontrolle über die Flasche zu behalten, prallte jedoch mit dem Rücken gegen eine der versunkenen Ruinen. Er verspürte einen stechenden Schmerz, als eine Rippe brach, biss sich auf die Lippen und drehte die Arme fester in die Weste. Mithilfe von Schwimmflossen und Beinen steuerte er sich durch das Labyrinth aus Säulen und Mauern, schoss dahin wie ein Ball in einem Unterwasser-Flipper.

Währenddessen explodierten die Granaten hinter ihm. Jede einzelne Explosion war wie der Tritt eines Maultiers. Ein großer Basaltbrocken flog an ihm vorbei und hüpfte über den Sand.

Innerhalb weniger Sekunden, während die Luft aus der Flasche entwich, wurde Jacks rasende Fahrt langsamer. Schwimmend und tretend bemühte er sich, weitere Distanz zwischen sich und die Granaten zu bringen. Schließlich wurde das Brennen in seinen Lungen zu überwältigend. Er warf die geleerte Flasche weg und schwamm zur Oberfläche.

Das Wasser oben war nicht mehr von einem mitternächtlichen Blau, sondern von einem tiefen Aquamarin. Die Sonne ging auf.

Er paddelte auf das schwache Licht zu und sog die Luft ein. Seine gebrochene Rippe beklagte sich bei jedem Atemzug, aber die Erleichterung über die frische Luft überwog den Schmerz. Er fuhr herum.

Der Morgen war dunstig und versprach Regen. In siebzig Metern Entfernung brodelte das Meer um den Polizeikutter noch immer heftig. Es sah aus, als würde das Schiff auf einer Pfanne mit kochendem Wasser treiben. Während er hinüberschaute, schleuderte eine letzte Explosion einen Geysir aus weißer Gischt hoch in die Luft.

In der Ferne jaulten die Sirenen von Polizeifahrzeugen. Etwas näher brüllte der Dieselmotor von Spanglers Kutter auf. Sein Bug hob sich aus dem Wasser, als er die Flucht ergriff. Die Wellen schäumten, und das Boot schoss davon.

Hilflos und verletzt sah Jack zu. Während er Wasser trat, überschwemmte ihn das Gefühl, eine Niederlage erlitten zu haben.

Er hatte überlebt, doch er hatte Karen verloren. Und ganz gleich, was sie gesagt hatte, ihr Leben hing am seidenen Faden. Sobald sie ihnen nicht mehr von Nutzen war, würden sie sie umlegen.

Nahe der Küste jagte der Kutter davon und verschwand schließlich hinter der Landspitze von Nahkapw.

Während er ihm hinterherschaute, ohne jede Hoffnung setzte ein leichter Regen ein, der das Wasser ringsumher sprenkelte. Nun wälzte sich Jack auf den Bauch und nahm den langen Rückweg zur *Deep Fathom* in Angriff.

8.46 Uhr
vor der Küste des Pingelap-Atolls

Drei Stunden nach Jacks Flucht stand David im Ruderhaus des schlanken Kutters. Regen prasselte heftig gegen die Windschutzscheibe. Der Sturm wurde schlimmer, aber das machte David nichts aus. Regen und Dunst hatten ihnen genügend Deckung geboten, um wieder einmal entkommen zu können. Verborgen im schweren Morgennebel waren sie über fünfzig Kilometer gefahren und hatten so viel Distanz wie möglich zwischen sich und die Insel Pohnpei gelegt.

Drüben im Norden sah er das kleine Atoll Pingelap. Seine Männer waren eifrig damit beschäftigt, ihre Ausrüstung in das Beiboot des Kutters zu verladen. Sobald sie damit fertig waren und ihre Gefangene geholt hatten, würden sie das Schiff verlassen und zum nahe gelegenen leeren Strand übersetzen. Ein Evakuierungshubschrauber war bereits unterwegs, der sie aufnehmen sollte.

Über eine gesicherte Funkverbindung sprach David mit Nicolas Ruzickov, der ihn immer noch ziemlich herunterputzte. Nicht nur, dass die Mission fast ein völliger Fehlschlag gewesen war – die schlampige Durchführung hatte zudem noch dafür gesorgt, dass die US-Regierung damit in Verbindung gebracht worden war. Die amerikanische Botschaft auf Pohnpei spann bereits jede Menge Garn um die Ereignisse – sie pries die örtlichen Behörden in den höchsten Tönen und versicherte immer wieder, dass die Übeltäter strengstens bestraft würden. Der Botschafter hatte aufs Heftigste dementiert, dass er Davids Männer kannte und wusste, was sie auf Nan Madol taten. Kritische Regierungsmitarbeiter von Pohnpei erhielten bereits kräftige finanzielle Zuwendungen. David wusste genau, dass man jedes Problem oder jede peinliche Affäre mit genügend Kleingeld aus der Welt schaffen konnte. Morgen früh gäbe es keinerlei Beweise mehr für eine US-amerikanische Beteiligung an der Sache.

»Ich habe schon genug Probleme mit dem Krieg«, beendete Ruzickov seine Tirade. »Ich will nicht auch noch ihren Dreck wegräumen müssen, Commander.«

»Jawohl, Sir, aber Jack Kirkland ...«

»In Ihrem Bericht steht, dass Sie ihn ausgeschaltet haben.«

»Davon gehen wir aus.« David dachte an das Wasser, das rings um das Schiff hochgekocht war und es hin und her geschaukelt hatte. Das konnte Jack unmöglich überlebt haben, dachte er, kniff jedoch die Augen zusammen. Hundertprozentig sicher sein konnte er nicht. Dieses Schwein hatte mehr Leben als eine verdammte Katze. »Aber seine Mannschaft, Sir. Wir glauben, dass sie nach wie vor im Besitz des Kristalls ist.«

»Das spielt keine Rolle mehr. Es ist den Forschern gelungen, selbst eine Probe zu nehmen. Während wir hier miteinander sprechen, experimentieren sie bereits damit, und die ersten Ergebnisse sind beeindruckend. Noch wichtiger ist jedoch, dass Cortez der Ansicht ist, die Übersetzung der Inschrift auf dem Obelisken könnte seine Untersuchungen beschleunigen. Also vergessen Sie das Kristallfragment! Oberste Priorität hat jetzt, die Anthropologin zur Basis Neptune zu befördern.«

David ballte die Hand zur Faust. »Jawohl, Sir.«

»Wenn Sie das erledigt haben, werden sie dem Team der Navy dabei helfen, die Kristallsäule herauszuholen und in die Staaten zu bringen. Erst dann dürfen Sie diese losen Enden verknüpfen.« Die Verärgerung war dem ehemaligen Marine deutlich anzuhören.

Die Hitze stieg David ins Gesicht. Nie zuvor hatte ihn der Direktor der CIA dermaßen gerüffelt. Drei Tote, ein Schwerverletzter. Die Mission würde ein dunkler Punkt in seinem Lebenslauf sein.

»Haben Sie mich verstanden, Commander Spangler?«

Zu sehr erfüllt von Wut und Scham, hatte David das Zuhören schon längst eingestellt. »Jawohl, Sir. Wir bringen die Professorin sofort zur Meeresbasis.«

Es folgte ein langer Seufzer. »Commander, während wir hier miteinander sprechen, wird es draußen im Fernen Osten immer schlimmer. Um Taiwan tobt eine größere Seeschlacht. Okinawa ist wiederholt Ziel von Raketenangriffen geworden. Und in Washington spricht man bereits von einem nuklearen Vergeltungsschlag.« Ruzickov hielt inne, damit David die Bedeutung seiner Worte auch richtig erfasste. »Sie verstehen also, wie wichtig Ihre Bemühungen sind. Wenn eine Möglichkeit besteht, die in diesem Kristall verborgenen Kräfte irgendwie zu nutzen, müssen wir das so bald wie möglich herausfinden. Alle Mittel müssen zur Verwirklichung dieses Ziels eingesetzt werden. Privatfehden und Rachegelüste haben hier keinen Platz.«

David schloss die Augen. »Verstehe. Ich werde Sie nicht noch einmal enttäuschen.«

»Beweisen Sie es, Commander! Bringen Sie diese Frau zur Basis Neptune.«

»Wir sind bereits unterwegs.«

»Sehr schön.« Die Verbindung brach ab.

Einen Augenblick lang hielt David den Hörer fest in der Hand. *Arschloch*, sagte er schweigend. Dann knallte er ihn auf die Gabel.

Aus der Ferne tönte ein *Wumm-Wumm* über das Wasser. Ihr Evakuierungshelikopter war früh dran. David zog seine Jacke enger um sich, trat hinaus in den stürmischen Regen und ging zu Rolfe hinüber.

Der Lieutenant drehte sich um.

»Holen Sie die Frau her!«, befahl ihm David.

»Ich glaube, sie ist immer noch bewusstlos.«

»Dann tragen Sie sie. Wir verschwinden jetzt.« David sah seinem Stellvertreter nach und stemmte die Fäuste in die Hüften. Vielleicht war er zu grob mit der Frau umgesprungen, dachte er bei der Erinnerung daran, wie er seine Enttäuschung nach dem Verlust Kirklands an ihr abreagiert hatte. Aber er würde niemandem mehr einen Fehler durchgehen lassen – weder sich selbst noch seinen Männern, noch ihr.

Rolfe tauchte wieder auf. Er stieg über die Schwelle, die Gefangene über eine Schulter gelegt.

Der Regen schien die Frau ein wenig zu beleben. Sie regte sich und hob das Gesicht. Das linke Auge war zerschrammt, und Blut tröpfelte ihr aus der Nase und der aufgerissenen Lippe. Sie hustete schwer.

Zufrieden, dass sie überleben würde, wandte sich David ab.

Nein, ich bin nicht zu grob gewesen.

15.22 Uhr
USS Gibraltar, *Straße von Luzon*

Dicht an dicht trieben die Schiffe in dem Streifen Wasser zwischen Taiwan und den Philippinen. Viele feuerten aus allen Rohren. Admiral Houston stand auf der Kommandobrücke und überwachte das Gefecht durch die grün getönten Scheiben. Rauch verschlang den Himmel und verwandelte den hellen Tag in ein dämmriges Zwielicht.

An diesem Morgen war die *Gibraltar* zur Gefechtseinheit um die USS *John C. Stennis* gestoßen, die aus dem gewaltigen Flugzeugträger der Nimitz-Klasse, dessen Luftgeschwader sowie einer Schwadron Zerstörer bestand.

Beim Eintreffen der *Gibraltar* flog die chinesische Luftwaffe gerade einen Angriff. Brüllend rasten Jets über den Himmel und bestrichen die Schiffe unten mit Raketenfeuer. Sea-Sparrow-Luftverteidigungslenkwaffen erwiderten das Feuer. Eine Hand voll Jets explodierten und torkelten in den Ozean hinab, wobei sie feurige Streifen hinter sich herzogen – aber die richtige Schlacht hatte gerade erst angefangen. Die chinesische Marine jenseits des Horizonts hatte sich rasch in die Kampfhandlungen eingeschaltet und das Gebiet aus allen Rohren mit Raketen beschossen.

Den ganzen Tag über hatte der Seekrieg getobt.

Drüben im Süden brannte ein Zerstörer, die USS *Jefferson City*. Ein Evakuierungsteam war unterwegs. ASW-Helikopter von der *Gibraltar* waren bereits wie ein Hornissenschwarm aufgestiegen, um bei der Verteidigung ihres Seegebiets Beistand zu leisten.

Neben Houston rief Captain Brenning seiner Mannschaft auf der Brücke Befehle zu.

Der Admiral blickte über den Rauch und das Chaos hinweg. Beide Seiten rissen einander in Stücke. Und wozu?

Eine Alarmsirene ertönte. Das Phalanx-Close-In-Waffensystem am vorderen Ende der Brückenbauten schwang seine 20-mm-Gatlingkanonen herum und begann zu feuern, fünfzig Schuss die Sekunde. An der Steuerbordseite, etwa zweitausend Meter entfernt, zerbarst eine hereinkommende, tief über dem Wasser liegende Rakete in tausend Stücke.

Befehle wurden gebrüllt.

Raketenbruchstücke regneten auf die *Gibraltar* herab und durchlöcherten die Kevlarpanzerung des Schiffs, ohne jedoch gravierende Schäden anzurichten.

»Sir!« Einer der Lieutenants zeigte mit dem Finger auf zwei der ASW-Helikopter, die, von den Lenkwaffentrümmern getroffen, taumelnd ins Meer stürzten. Gleichzeitig rasselten die Phalanx-CIWS-Verteidigungsgeschütze in der Nähe des fächerförmigen Schnabels am Heck, als weitere Lenkwaffen auf das geplagte Schiff niederregneten. Das SLQ-32 feuerte Mörsergranaten ab, die eine Wolke aus Stanniolstreifen in die Luft schleuderten.

Überall auf der *Gibraltar* schlugen dröhnend Bruchstücke ein.

»Admiral«, sagte Captain Brenning, »wir müssen uns zurückziehen. Das Gebiet ist zu heiß für die Helikopter.«

Houston nickte widerwillig. »Geben Sie den Befehl zur Räumung des Flugdecks.« Während sein Befehl weitergegeben wurde, wandte sich Houston der *Jefferson* zu und wurde stummer Zeuge des Todes vieler Seeleute. Die Brände loderten heftiger. Winzige Rettungsboote flohen vor dem sinkenden Riesen.

Dann erfolgte eine gewaltige Explosion in der Nähe des Hecks, und eine Feuerwalze rollte über das Schiff hinweg. Rettungsboote, die zu nahe waren, wurden durch die Luft geschleudert. Der Bug des großen Schiffs hob sich unheilverkündend und das Heck versank. Innerhalb von Sekunden glitt die *Jefferson* tiefer und tiefer ins Wasser. Houston wollte den Blick nicht abwenden.

»Sir!«, schrie ein Lieutenant von der Funkstation. »Ich hab hier zahlreiche Vampire, die von Norden auf uns zukommen. Dreißig Lenkwaffen.«

Zur Antwort brüllte Captain Brenning Befehle.

Houston beobachtete weiterhin den Untergang der *Jefferson*. Er wusste um die begrenzten Verteidigungssysteme der *Gibraltar* und sprach ein schweigendes Gebet für seine Mannschaft, als die erste Explosion den fächerförmigen Heckabschnitt seines Schiffs zerriss.

18.32 Uhr
unterwegs zur Basis Neptune

Karen saß benommen in dem Sea-Stallion-Helikopter und sah den Ozean unten vorübergleiten. Ihr Gesicht schmerzte, und sie wurde den Blutgeschmack nicht los. Nach den Prügeln vom Morgen fühlte sie sich schwach, zudem war ihr übel. Sie hatte sich bereits zweimal übergeben.

Ihr gegenüber saß Spangler zusammengesunken auf seinem Sitz. Die Augen hatte er geschlossen, und er schnarchte leise. Drei seiner Männer hatten sich auf die anderen Sitze geschnallt. Einer davon, Spanglers Stellvertreter, starrte sie an. Sie funkelte wütend zurück. Er schaute weg, doch zuvor hatte sie die Scham auf seinem Gesicht aufflackern sehen.

Sie wandte sich wieder dem Meer zu. Überlegte, heckte Pläne aus. Sie mochten sie körperlich verletzen, aber sie würde den Kampf nicht aufgeben. Solange sie lebte, würde sie nach einer Möglichkeit suchen, Spangler und sein Team hinters Licht zu führen.

Sie lehnte sich an das kühle Fenster. Trotz des entsetzlichen Tages quälte sie unablässig ein Gedanke – *Jack*. Gefesselt an das Bett der Zelle, hatte sie gedämpfte Explosionen gehört, hatte gespürt, wie das Schiff hin und her geschaukelt war.

Sie schloss die Augen und sah den Schmerz in seinem Blick wieder vor sich, als er durch die Tür verschwunden war und sie zurückgelassen hatte. War er am Leben? Sie gab sich ein stummes Versprechen: Sie würde davonkommen, und sei es nur, um diese Frage zu beantworten.

19.08 Uhr
Deep Fathom, *vor der Nordküste der Insel Pohnpei*

Jack stand am Kopf des Tischs in Roberts Meereslabor. Seine Mannschaft hatte an den Längsseiten Platz genommen, auch die beiden Neuankömmlinge auf der *Fathom*, Miyuki und Mwahu, die vor ein paar Stunden an Bord gekommen waren.

Die Polizei hatte sie alle verhört, aber es war klar, dass sie nicht die Schuldigen waren, also hatte man sie laufen lassen. Der Polizeichef war offenbar mehr daran interessiert gewesen, dass sie aus dieser Gegend verschwanden, als dem nächtlichen Überfall und der Entführung wirklich auf den Grund zu gehen. Jack hatte den Verdacht, dass eine unsichtbare Macht darauf drang, dass die ganze Affäre unter den Teppich gekehrt wurde.

Piraten hatte die lahme Antwort am Ende gelautet. Der Polizeichef hatte versprochen, die Suche nach der vermissten Anthropologin fortzusetzen, aber Jack wusste, dass sie einen Dreck tun würden. Sobald sie verschwunden wären, würde die Sache in Vergessenheit geraten.

»Was tun wir jetzt also?«, fragte Charlie.

Jack hob Karens Rucksack auf, wobei sich sein verbundener Brustkasten so heftig beklagte, dass er zusammenzuckte, und ließ den Inhalt auf die Tischplatte fallen. Der

Kristallstern fiel klappernd heraus, ebenso das platingebundene Buch aus dem Sarkophag.

»Wir brauchen Antworten«, stellte er grimmig fest und schob das Buch zu Miyuki hinüber. »Zunächst einmal eine Übersetzung hiervon.«

Miyuki öffnete es. Jack wusste, was darin zu finden war. Er hatte es zuvor selbst schon untersucht. Die Seiten bestanden aus dünnen Platinblättchen mit einer primitiven Inschrift aus den Hieroglyphen darauf. »Gabriel und ich machen uns sofort an die Arbeit.«

Als Miyuki das Buch zuklappte, beugte sich Mwahu herüber und berührte das einzelne, in die Einbanddecke geritzte Symbol, ein Dreieck innerhalb eines Kreises. »*Khamwau*«, sagte er. »Ich kenne dieses Zeichen. Mein Vater hat es mich gelehrt. Es bedeutet ›Gefahr‹.«

»Was du nicht sagst!«, meinte Kendall McMillan sarkastisch. Aller Augen wandten sich dem Wirtschaftsprüfer zu. Jack hatte dem nervösen Mann angeboten, ihn auf Pohnpei zurückzulassen, aber er hatte sich geweigert und gesagt: »In Anbetracht dessen, wie hier alles unter den Teppich gekehrt wird, habe ich so meine Zweifel, dass ich die Insel lebend verlassen könnte.« Also war er auf der *Fathom* geblieben.

Jack konzentrierte sich wieder auf das Buch und fragte: »Mwahu, könntest du vielleicht Miyuki bei der Übersetzung helfen? Schließlich kennst du die Sprache ein wenig.«

Daraufhin reichte er den Kristallstern an Charlie weiter. »Du musst seine Eigenschaften untersuchen und sehen, wozu er fähig ist.«

Mit gierigem Lächeln betrachtete der Geologe das Artefakt.

»George ...« Jack wandte sich an den grauhaarigen

Historiker. »Ich möchte, dass du dich weiterhin mit den verschollenen Schiffen in diesem Dreieck des Drachen beschäftigst. Sieh mal, ob du noch ein paar Zusammenhänge entdeckst!«

Er nickte. »Ich arbeite bereits an ein paar Theorien.«

Stirnrunzelnd ergriff erneut Kendall McMillan das Wort. »So, und wie soll uns das alles aus der Klemme helfen? Warum verhalten wir uns nicht einfach ganz klein und unauffällig? Sehen zu, dass wir weiter wegkommen?«

»Weil wir immerzu davongelaufen sind. Und sie haben uns immerzu gejagt. Es gibt nur einen einzigen Ausweg, und der besteht darin, den wahren Grund für den Absturz von Air Force One zu entdecken.« Jack stützte sich auf seine Fäuste. »Das ist der Kern der ganzen Sache. Ich weiß es einfach!«

Vom anderen Ende des Tischs sagte Lisa: »Aber Kendall hat Recht. Was tun wir in der Zwischenzeit? Wo sollen wir hin?«

»Dorthin, wo wir angefangen haben. Zurück zur Absturzstelle.«

Lisa runzelte die Stirn. »Aber weshalb? Sie ist militärisch abgeschirmt. Wir haben keine Chance, da ranzukommen.«

Jacks Stimme wurde angespannt. »Wenn David irgendwohin will, dann dorthin. Deswegen.«

18

FINSTERE GESCHÄFTE

8. August, 1.15 Uhr
Konferenzraum, Weißes Haus

Bei der nächtlichen Besprechung ließ sich Lawrence Nafe von jedem Einzelnen der Joint Chiefs of Staff Bericht erstatten. Es sah ganz und gar nicht gut aus. Die chinesische Marine und Luftwaffe hielten die US-amerikanischen Streitkräfte in Schach.

Der Marinesekretär am Fußende des Tischs erläuterte: »Zwar sind die Erdbeben vorüber, aber die Militärbasen an der gesamten Westküste liegen nach wie vor in Schutt und Asche und haben alle Hände voll damit zu tun, in den Normalzustand zurückzukehren. Dadurch wird die Unterstützung eines längeren Konflikts auf der anderen Seite des Pazifiks stark behindert. Ein zweiter Flugzeugträger, die USS *Abraham Lincoln*, ist mit seinem Kampfgeschwader vom Indischen Ozean aus unterwegs. Aber er ist immer noch drei Tage entfernt.«

»Was wollen Sie damit also sagen?«, fragte Nafe erschöpft und gereizt.

Hank Riley, Kommandant des Marine Corps, gab Antwort. »Uns ist bei dieser Schlacht sozusagen eine unserer beiden Hände gebunden, Sir. Unsere Versorgungslinien über den Pazifischen Ozean sind bestenfalls dünn. Nach den Flutwellen steht Honolulu immer noch einen Meter unter Wasser. Die Luftbasen dort ...«

»Das habe ich bereits vom Stabschef der Air Force gehört«, unterbrach Nafe säuerlich. »Ich brauche Antworten, Alternativen ...«

General Hickman, Vorsitzender der Joint Chiefs, erhob sich. »Uns bleibt noch eine Möglichkeit, die wir in Betracht ziehen können.«

»Und die wäre?«

»Wie zuvor bereits erwähnt, kämpfen wir diese Schlacht mit einer gebundenen Hand. Das können wir ändern.«

Nafe richtete sich gerader auf. Deswegen war er hergekommen – um Ideen zu hören, statt mit Problemen belästigt zu werden. »Was schlagen Sie vor?«

»Ein begrenzter nuklearer Vergeltungsschlag.«

Ein Schweigen legte sich über den Konferenzraum. Nafe umklammerte seine Knie. Eine solche Option hatte er bereits früher am Tag mit Nicolas Ruzickov durchgesprochen. Er versuchte, die Aufregung aus seiner Stimme herauszuhalten, als er fragte: »Haben Sie schon einen Plan?«

Der General nickte. »Wir durchbrechen entschlossen die Blockade. Eine ultimative Antwort. Nur militärische Ziele.«

Nafe kniff die Augen zusammen. »Weiter.«

»Von zwei U-Booten der Ohio-Klasse aus, die vor der philippinischen Küste liegen, beschießen wir drei entscheidende Zonen mit Trident-Two-Lenkwaffen.« Der General zeigte auf die Karte. Die Ziele waren darauf hervorgehoben. »Das wird der Blockade das Genick brechen. Die Chinesen werden zum Rückzug gezwungen sein. Wichtiger jedoch, sie erhalten die Botschaft, wie ernst uns der Schutz unserer Interessen in der Region ist.«

Nafe warf Nicolas Ruzickov einen kurzen Blick zu. Ein ähnliches Szenario hatte der Leiter der CIA vorgeschlagen. Eines war klar: Der Mann hatte an so vielen Fäden gezogen, dass sogar die Joint Chiefs of Staff davon beeinflusst worden waren. Nafe nahm einen Ausdruck ernster Nachdenklichkeit an, spielte die Rolle des besorgten Patriziers. »Ein nuklearer Vergeltungsschlag.« Er schüttelte den Kopf. »Traurig, traurig, dass uns die Chinesen so weit getrieben haben.«

»Jawohl, Sir«, pflichtete der General bei und senkte den Kopf.

Mit einem Seufzer sackte Nafe in sich zusammen. Geschlagen. »Doch sehe ich tragischerweise keine andere Möglichkeit. Machen Sie weiter. Machen Sie einfach weiter!« Nach einer angemessen langen Pause stand er mühsam auf. »Und möge Gott uns allen gnädig sein.« Er drehte sich um und schritt zum Ausgang, flankiert von seinen Geheimdienstleuten.

Sobald sie draußen waren, dauerte es nicht lange, bis ihn Nicolas Ruzickov im Flur eingeholt und sich seinem Schritt angepasst hatte.

Einen kurzen Augenblick lang ließ Nafe ein knappes Grinsen auf seinem Gesicht aufleuchten. »Gut gemacht, Nick. Wirklich gut gemacht.«

11.15 Uhr
Deep Fathom, *Zentralpazifisches Becken*

Lisa entdeckte Jack an der Bugreling, wie er zum Horizont hinübersah. Der Himmel war von einem Schiefergrau, bedeckt mit dünnen, dahinjagenden Wolken sowie einem beständigen Dunstschleier, den sogar die Mittagssonne nicht hatte auflösen können. Jack trug seine üblichen roten Shorts und ein offenes, loses Hemd.

Elvis saß neben ihm und hatte sich gegen sein Bein gelehnt. Lisa musste über diese Geste der Treue und Zuneigung lächeln. Mit einer Hand kraulte Jack leicht das Fell hinter dem Ohr des Hundes.

Von dem Verlangen getrieben, sich etwas von der Seele zu reden, ging Lisa auf sie zu. »Jack ...«

Er zuckte zusammen, drehte sich zu ihr um und befingerte den Verband um seinen Brustkasten. »Was ist?«

Sie stellte sich neben ihn und legte die Hände auf die Reling. Da der einzigartige Augenblick des Alleinseins vorüber war, sprang Elvis zu einem sonnigen Fleckchen an Deck hinüber, wo er sich hinlegte und alle viere von sich streckte.

Lisa schaute einen Augenblick lang schweigend aufs Meer hinaus und fragte dann: »Jack, warum tun wir das?«

»Was willst du damit sagen?«

Sie wandte sich ihm zu, eine Hüfte an die Reling gestützt. »Wir haben den Kristall. Miyuki sagt, sie ist einer Übersetzung sehr nahe. Warum halten wir uns nicht einfach bedeckt, bis wir einige Antworten haben, und schicken dann die ganze Geschichte an die *New York Times*?«

Jack packte die Reling mit beiden Händen. »Wenn wir das täten, wäre Jennifer tot, bevor die erste Zeitung am Kiosk zu kriegen wäre.«

Schweigend starrte ihn Lisa an und suchte in seinem Gesicht nach einem Hinweis, ob ihm sein Versprecher aufgefallen war. Er sah lediglich weiter aufs Meer hinaus. »Jennifer?«

»Wie bitte?«

»Du hast gerade gesagt, *Jennifer* wäre so gut wie tot.«

Schließlich drehte sich Jack zu ihr um. Sein Gesicht war eine Maske des Schmerzes und der Verwirrung. »Du weißt, was ich gemeint habe«, murmelte er und vollführte eine wegwerfende Bewegung mit der Hand, als hätte das alles nichts zu bedeuten gehabt.

Lisa ergriff seine Hand. »Sie ist nicht Jennifer.«

»Das weiß ich!«, fauchte Jack.

Sie hinderte ihn daran, sich abzuwenden. »Sprich mit mir, Jack.«

Er seufzte, doch blieben seine Schultern angespannt. »Karen befindet sich wegen mir in dieser Gefahr. Ich ... ich bin davongelaufen und habe sie bei diesem Wahnsinnigen zurückgelassen.«

»Und du hast erklärt, weshalb du das getan hast. Karen hatte Recht gehabt. Wärst du geblieben, hättest du euch beide umgebracht. Wenn sie so stark ist, wie du sagst, wird sie überleben.«

»Nur solange sie diesem Schweinehund nützlich ist.« Er wandte sich ab. »Ich muss etwas zu ihrer Rettung unternehmen. Ich kann nicht bloß weiter davonrennen.«

Lisa berührte ihn leicht an der Schulter. »Jack, du bist weggelaufen, seit ich dich kenne. Vor Jennifer, vor dem Shuttle-Unfall, vor deiner Vergangenheit. Was hindert dich jetzt daran? Was bedeutet dir diese Frau?«

»Ich ... ich weiß es nicht.« Jack sackte in sich zusammen. Mit hängendem Kopf lehnte er sich über die Reling und musterte die Wogen. Schließlich sah er Lisa wieder an. »Aber ich möchte es um alles in der Welt herausfinden.«

Sie ließ einen Arm um seine Taille gleiten. »Mehr wollte ich nicht hören.« Sie legte den Kopf an seine Schulter und schluckte das Gefühl von Traurigkeit und Schmerz hinunter. Jack hatte sich schließlich einer Frau gegenüber geöffnet, wenn auch nur einen Spaltbreit ... und es war nicht sie.

Er legte ihr einen Arm um die Schultern und zog sie an sich, als würde er ihren Kummer spüren. »Tut mir Leid.«

»Mir nicht, Jack. Aber, du meine Güte, du hast dir eine verteufelte Zeit ausgesucht, dich zu verlieben!«

Er erwiderte ihr Lächeln und küsste sie auf die Stirn. Sie hielten einander im Arm, bis Mwahu aus einer offenen Tür zu ihnen herüberrief: »Miyuki sagt, ihr sollt kommen!«

Jack entschlüpfte ihr. »Sie hat die Sprache entziffert?«

Mwahu nickte heftig. »Kommt!«

Lisa folgte Jack, der hinter dem dunkelhäutigen Insulaner herging. Unter Deck hatte Miyuki auf Roberts langem Labortisch eine Computer-Station aufgestellt. Der Arbeitsplatz war übersät mit Ausdrucken, hingekritzelten Notizen und Kaffeebechern.

Miyuki sah mit besorgtem Ausdruck von einem Stapel Papiere auf.

»Du hast Erfolg gehabt?«, fragte Jack.

Sie nickte und glättete ihre Blätter. »Gabriel hat Erfolg gehabt. Aber Mwahus Hilfe war entscheidend. Er konnte Dutzende von Symbolen in einen Kontext setzen, daher war Gabriel im Stande, das gesamte Vokabular zusammenzusammeln. Er hat alles übersetzt – das Buch aus der Krypta, die Inschrift auf der Säule, sogar die Schrift in den Pyramiden von Chatan.«

»Großartig! Was hast du erfahren?«

Sie runzelte die Stirn. »Die Inschriften auf dem Obelisken stellen wohl zumeist Gebete dar, in denen die Götter um eine gute Ernte, Fruchtbarkeit und so was in der Art angefleht werden.« Sie zog ein Blatt hervor und las ab: »›Möge die Sonne auf leere Felder scheinen und sie fruchtbar machen ... mögen die Bäuche unserer Frauen schwer von Kindern werden, ebenso zahlreich wie die Fische im Meer.‹«

»Nutzt nicht gerade viel«, bemerkte Jack.

»Aber die anderen Inschriften sind interessanter. Beide beschreiben dasselbe – eine uralte Katastrophe.«

Jack nahm das Buch vom Tisch. »Karen hat etwas in der Art angedeutet. Ein verschollener Kontinent, der während einer gewaltigen Katastrophe versunken ist.«

»Sie hat Recht gehabt.«

Er hob das Platinbuch hoch. »Was sagt das hier?«

Miyuki blickte grimmig drein. »Ist anscheinend das Tagebuch von Horon-ko.«

»Unser ältester Lehrer«, warf Mwahu ein.

Sie nickte. »Es erzählt, wie sein Volk, ein Stamm von Seefahrern, einstmals, vor etwa zehn- oder zwölftausend Jahren, im ganzen Pazifik auf Fischfang gegangen ist. Obgleich sie ein Nomadenstamm waren, nannten sie einen großen Kontinent inmitten des Pazifiks ihre Heimat. Sie lebten in kleinen Dörfern an der Küste und seewärts gelegenen Städten. Dann kehrte eines Tages ein Jäger von einer Reise ins Innere des Kontinents mit einem, wie es heißt, ›Teil der Sonnenmagie‹ zurück. Ein magischer Stein, der funkelte und glitzerte. Horon-ko spricht lang und breit davon, wie das Geschenk seinem Volk die Fähigkeit verlieh, Steine zum Fliegen zu bringen.«

»Der Kristall!«, sagte Jack.

»Genau. Sie haben weitere Kristalle ausgegraben ... alle am gleichen Ort tief im Innern ihres Kontinents. Sie haben daraus Werkzeuge und Fetische der Anbetung geschnitzt.«

»Was sagt das Buch über die Eigenschaften des Kristalls?«

»Vielleicht sollte Charlie das mal hören«, warf Lisa ein.

Jack nickte. »Holt alle her! Das sollten alle hören.«

In weniger als fünf Minuten waren sie erneut in Roberts Labor versammelt. Sobald sie sich niedergelassen hatten, winkte Lisa Miyuki zu: »Mach weiter!«

Nickend wiederholte sie in aller Schnelle die Geschichte und setzte dann erneut an: »Diese Kristalle haben Horon-kos Volk verändert. Es war im Stande, in vielen Ländern große Städte und Tempel zu errichten. Während es sich ausbreitete, hat es komplizierte Bergwerke erbaut, um weitere Kristalle zu suchen. Dann, eines Tages, haben sie eine reiche Kristallader im Herzen einer Hügelkuppe aufgetan. Im Verlauf von fünfzehn Jahren trugen sie den ganzen Hügel ab und legten die Kristallsäule frei.«

»Die Säule!«, rief Jack aus.

»Sieht so aus. Das Volk hat die Säule für ein Gottesgeschenk gehalten und angebetet. Sie wurde zu einer großen Pilgerstätte. Tatsächlich war Horon-ko einer der Priester dort.«

»Und diese große Katastrophe?«

»Das ist der merkwürdige Teil«, entgegnete Miyuki und wandte sich ihrem Computersystem zu. »Gabriel, könntest du bitte die Übersetzung verlesen, angefangen vom Abschnitt zwanzig?«

»Gewiss, Professor Nakano«, erwiderte der Computer aus den winzigen Lautsprechern. »›*Dann kam eine Zeit schlimmer Vorzeichen. Seltsame Lichter waren im Norden zu sehen. Bänder aus Licht, wie Wogen auf dem Meer, ritten im nächtlichen Himmel. Der Boden erbebte. Das Volk ging zu der Gottessäule, um Hilfe zu erbitten. Opfer wurden dargebracht. Aber an jenem letzten Tag kam der Mond und fraß die Sonne auf. Die Göttin der Nacht schritt über das Land*‹.«

»Eine Sonnenfinsternis«, murmelte Charlie.

»›*Die Gottessäule*‹«, fuhr Gabriel fort, »›*war zornig über die Mondgöttin und entflammte hell. Der Boden erzitterte. Berge stürzten ein, Meere erhoben sich. Der Grund öffnete sich, Flammen schlugen hervor und verschlangen Dörfer. Aber die Götter ließen uns nicht im Stich. Ein Lichtgott trat aus der Säule und befahl uns, große Schiffe zu bauen und all unsere Habe und unser Volk zu sammeln. Der Gott sprach von einer entsetzlichen Zeit der Dunkelheit, wenn die Meere sich erheben und unser Land verschlingen würden. In unseren großen Schiffen müssten wir über die Meere fahren. Also sammelten wir unsere Nachkommenschaft und unsere Tiere. Wir erbauten ein großes Schiff.*‹«

»Wie Noahs Arche und die Sintflut«, flüsterte Lisa.

Gabriel setzte seine Rezitation fort. »›*Der Gott hatte die Wahrheit gesprochen. Eine große Dunkelheit legte sich über die Himmel. Viele Monde lang war die Sonne verschwunden. Feurige Gruben entflammten, Tore zur Unterwelt. Tödlicher Rauch erfüllte die Luft. Sie wurde heiß. Die Meere erhoben sich und nahmen unser Land. In großen Schiffen reisten wir zum Land des Großen Eises, weit, weit im Süden. Und sobald wir dort eingetroffen waren ...*‹«

Miyuki unterbrach ihn. »Vielen Dank, Gabriel. Das reicht.« Sie erhob sich. »Das restliche Buch berichtet, wie die Überlebenden die Historie ihrer Zivilisation lebendig gehalten haben. Sie sind um die ganze Welt gereist, haben andere Rassen gefunden, denen sie ihre Geschichten und ihre Lehren weitergeben konnten, bis sie schließlich so dünn gesät waren, dass ihre Zivilisation aufhörte zu existieren. Nur Horon-ko und eine Hand voll andere sind zum Grab ihrer Heimat zurückgekehrt, um dort zu sterben. Er hat jene, die geblieben sind, angewiesen, sie sollten sich vor den alten Stätten hüten und sie nicht mehr betreten, damit die Götter des Zorns nicht mehr erwachen würden.« Miyuki seufzte. »Damit endet die Geschichte.«

Jack sah sich im Raum um. »Was meint ihr also?«

Niemand sagte ein Wort.

Er beäugte George. »Hilft dir das bei deinen Forschungen über das Dreieck des Drachen?«

»Bin mir nicht sicher.« Der alte Historiker hatte während der Debatte geschwiegen und eine Pfeife geraucht. Jetzt räusperte er sich. »Früher am Tag habe ich eine interessante Statistik entdeckt, die mit den verschollenen Schiffen in dieser Region zu tun hat. Aber ich weiß nicht so genau, was sie zu bedeuten hat.«

»Was hast du rausgefunden?«

»Ich zeig's euch.« Er wühlte in seinen Taschen, suchte erst in der einen, dann in einer anderen. Schließlich holte er einen zusammengefalteten Ausdruck heraus. »Ich habe die Anzahl der jährlich verschwundenen Schiffe während der letzten hundert Jahre aufgezeichnet.« Er entfaltete das Blatt.

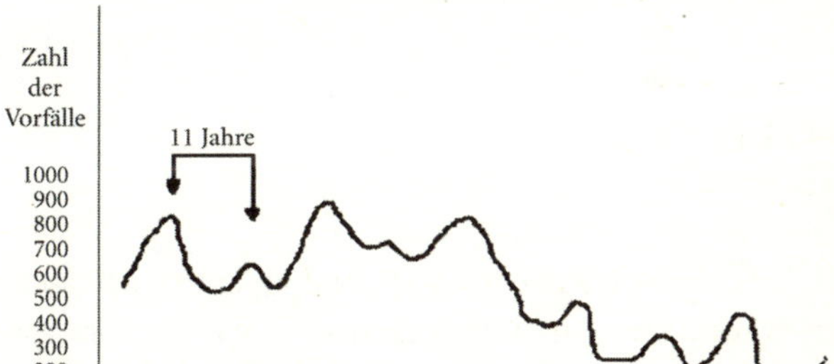

»Wie ihr sehen könnt, existiert ein Muster.« Er tippte mit dem Finger auf das Blatt. »Die Zahl der Vorfälle steigt und fällt sehr regelmäßig. Sie erreicht einen gewissen Höhepunkt und sinkt dann wieder. Die Höhe der Spitzen variiert, aber nicht die Abstände. Alle elf Jahre nehmen die Vorfälle deutlich zu.«

Über das Blatt gebeugt stieß Charlie ein überraschtes Gemurmel aus.

Köpfe drehten sich zu dem Geologen hin.

»Ist das von Bedeutung?«, fragte Lisa.

»Bin mir nicht sicher. Dazu muss ich ein paar Sachen nachschlagen.« Charlie wandte sich an George. »Kann ich mir das hier ausleihen?«

George zuckte die Achseln. »Ist alles in meinem Computer.«

»Was überlegst du?«, drängte Jack.

Charlie schüttelte den Kopf, in Gedanken verloren. »Noch nicht.« Er entschuldigte sich, ging zu seinem eigenen Labor hinüber und schloss fest die Tür hinter sich.

Alle starrten ihm nach, bis Lisa meinte: »Na gut, Jack, jetzt bist du an der Reihe. Was ist mit Karen? Was hast du denn nun für einen Rettungsplan?«

11.45 Uhr
Basis Neptune

Das Tauchboot glitt zu der Tiefsee-Forschungsstation hinab. Karen, die im hinteren Passagierabteil des Zweimann-Fahrzeugs saß, blickte voller Ehrfurcht hinüber. Nachdem sie zwanzig Minuten lang durch eine immer tiefer werdende Finsternis gesunken waren, war die Basis, gebadet im Licht der Scheinwerfer, wie eine aufgehende

Sonne aus der Dunkelheit aufgetaucht, und ihre Bullaugen verströmten ein warmes, gelbes Licht. Sie vergaß fast ihre Lage, während sie mit offenem Mund den wunderbaren Anblick in sich aufnahm.

Das Tauchboot schwenkte zur Andockstelle an der Unterseite der Station herum. Während das Fahrzeug in die Kurve ging, fielen Karen die umhertrudelnden, kistenähnlichen Roboter auf, die damit beschäftigt waren, Seile und Ausrüstungsgegenstände einzuholen. In ihrer Mitte bewegten sich andere Gestalten: Männer in gepanzerten und behelmten Tiefsee-Taucheranzügen. Sie wirkten wie Raumfahrer, die auf der Oberfläche eines fremden Planeten am Werk waren – und in Anbetracht der feindlichen Umgebung und der seltsamen Landschaft aus umgestürzten und verdrehten Lavasäulen war es tatsächlich eine andere Welt.

Ein Laternenfisch näherte sich dem Tauchboot, von der Bewegung angezogen. Karen erwiderte den starren Blick durch zehn Zentimeter Glas – zwei Fremde aus verschiedenen Ländern, die einander beäugten. Dann verschwand er mit einem Zucken des Schwanzes wieder in der Düsternis.

Aus dem vorderen Abteil vernahm sie die gedämpfte Stimme des Piloten, der die Andockprozedur durchführte und die Daten von der Station bestätigte und nochmals überprüfte.

Inzwischen musste jemand sein Okay gegeben haben, denn das Tauchboot und seine beiden Passagiere stiegen durch eine Luke von der Größe eines Garagentors in die Andockstation auf. Dann schloss sie sich luftdicht, und das Wasser wurde hinausgepumpt. Bald darauf half jemand Karen aus dem engen Abteil des Tauchboots.

Sie streckte sich, um die Verspannung im Rücken zu

lösen. Der Pilot, Lieutenant Rolfe, befahl ihr, die Arme auszustrecken, und schloss dann ihre Handschellen auf.

Es war das erste Mal seit ihrer Gefangennahme, dass ihre Fesseln gelöst wurden. Während sie sich die Handgelenke rieb und dabei umherschaute, begriff sie, weswegen man ihr diese neue Freiheit zugestand. Wohin sollte sie fliehen? Kein Gefängnis auf der ganzen Welt hätte eine höhere Sicherheit geboten. Eine Flucht war unvorstellbar.

In der Rückwand der Andockstation öffnete sich eine Tür. Ein Mann, Anfang sechzig, grauhaarig und stämmig, stürmte zu ihnen herein und eilte zum Lieutenant hinüber. »Was soll das alles? Es bestand kein Grund, sie herzubringen. Die Professorin hätte uns ebenso gut von oben unterstützen können. Die Risiken für sie ...«

»Das waren meine Befehle, Dr. Cortez«, sagte Rolfe barsch. »Von jetzt an sind Sie für die Gefangene verantwortlich.«

Cortez wollte dem Lieutenant den Weg versperren, besann sich dann jedoch eines anderen. »Und was ist mit diesen neuen Befehlen? Das kann Ihr Kommandant nicht ernst meinen.«

»Sie haben die Berichte gelesen.« Der Lieutenant kletterte in den Sitz des Piloten zurück. »Ich kehre mit Commander Spangler zurück. Setzen Sie sich mit ihm auseinander, wenn Ihnen was nicht passt.«

Cortez widmete seine Aufmerksamkeit nun Karen, und seine Stirn furchte sich, als ihm der Zustand ihres Gesichts gewahr wurde. »Was ist denn mit ihr passiert, zum Teufel?« Er streckte zaghaft eine Hand nach ihrem verschwollenen Auge aus, aber sie scheute zurück. Cortez fuhr zu dem Lieutenant herum. »Antworten Sie mir, verdammt!«

Der Lieutenant mied den Blickkontakt. »Besprechen Sie das mit Commander Spangler«, wiederholte er vom Abteil des Piloten aus.

Das Gesicht des Forschers bekam einen finsteren Ausdruck. »Kommen Sie«, sagte er knapp zu Karen. »Dr. O'Bannon soll mal einen Blick auf Sie werfen.«

»Mir geht's gut«, sagte sie, während sie ihm zum Ausgang folgte. Zuvor hatte man ihr ein paar Aspirin gegeben sowie eine Spritze mit Antibiotika verabreicht. Sie war verletzt, jedoch nicht handlungsunfähig.

Sobald sie die Luke hinter sich gelassen hatten, führte Cortez sie zu den Leitern. Während er ihr zum Oberdeck vorausging, verschaffte er ihr einen knappen Überblick über die Einrichtung. Karen hörte genau zu, denn ihre Umgebung machte mächtig Eindruck auf sie. Sie befand sich siebenhundert Meter unter Wasser. Kaum zu glauben.

Sie stieg die Leiter zur zweiten Etage hinauf, wo Männer und Frauen in Minilabors eifrig an der Arbeit waren. Als sie weiterging, drehten sich Köpfe in ihre Richtung, und geflüsterte Worte wurden gewechselt. Ihr war bewusst, welchen Anblick sie bot.

»... und die Ebene hier drüber ist der Wohnbereich. Eng, jedoch mit allen Annehmlichkeiten, die Sie von daheim gewöhnt sind.« Er versuchte sich in einem schwachen Lächeln.

Karen nickte. Sie kam sich ziemlich fehl am Platz vor, wie sie alle so anstarrten.

Cortez seufzte. »Tut mir Leid, Professor Grace«, sagte er. »Ein Treffen unter Kollegen sollte wohl etwas anders verlaufen, und ...«

»Kollegen?« Sie sah ihn stirnrunzelnd an. »Ich bin eine *Gefangene*, Professor Cortez.«

Ihre Worte verletzten ihn. »Das liegt nicht an uns, das versichere ich Ihnen. Commander Spangler hat die absolute Kontrolle über diese Einrichtung, und sein Wort ist hier Gesetz. Da die Nation sich im Kriegszustand befindet, haben wir wenig zu sagen. Unserer Forschung hier unten hat man das Etikett einer Sache der nationalen Sicherheit aufgeklebt. Wenn es um den Schutz der Grenzen unserer Nation geht, muss die Freiheit des Einzelnen manchmal zurückstehen.«

»Das ist nicht meine Nation. Ich bin Kanadierin.«

Cortez runzelte die Stirn. Anscheinend sah er da keinen Unterschied. »Die beste Art und Weise, weiteren ... ähm ...« Er sah ihr zerschrammtes Gesicht an. »... Machtmissbrauch zu verhindern, besteht in der Zusammenarbeit. Kooperieren Sie! Wenn das vorbei ist, wird die Regierung bestimmt einen Platz für Sie finden.«

Scheißdreck, dachte Karen. Sie wusste genau, wo ihr Platz sein würde: zwei Meter unter der Erde, als Spionin erschossen. Aber sie sah keine Notwendigkeit, die Seifenblase dieses Mannes zum Platzen zu bringen. »Was haben Sie also hier unten erfahren?«, fragte sie, das Thema wechselnd.

Er strahlte. »Ziemlich viel. Wir haben eine kleine Probe des Kristalls nehmen können. Bereits nach einer flüchtigen Untersuchung hat sie die überraschendsten Eigenschaften gezeigt.«

Karen nickte, verschwieg allerdings ihr eigenes Wissen.

»Doch nach den neuesten Anweisungen aus Washington ist es erst einmal aus mit weiteren Forschungen.«

»Neue Anweisungen?«

»Da der Krieg so nahe bevorsteht, sind wir hier in den Augen Washingtons zu verwundbar. Gestern kam die Anweisung, die Kristallsäule herauszuholen und zur weiteren Untersuchung in die Vereinigten Staaten zu verschiffen. Aber sogar dieser Befehl ist abgeändert worden.«

»Was wollen Sie damit sagen?«

»Erste Untersuchungen der Sedimente und des Meeresbodens zeigen, dass der Turm lediglich die Spitze einer größeren Probe ist. Einer sehr viel größeren. Im Augenblick sind wir nicht einmal im Stande, die wahre Tiefe und Ausdehnung des Vorkommens zu bestimmen. Bislang hat sich das verdammte Ding den Standard-Untersuchungsmethoden gegenüber als immun erwiesen. Wir wissen lediglich, dass es massiv ist. Sobald Washington von unserer neuesten Entdeckung Kenntnis erhalten hatte, haben wir neue, geänderte Befehle erhalten.« Besorgt kniff er die Augen zusammen. »Statt nur die Säule zu bergen, hat man uns angewiesen, wenn möglich das ganze Lager herauszuholen.«

»Wie wollen Sie das anstellen?«

Er winkte sie zu einem der Bullaugen hinüber. Sie spähte hinaus.

In der Ferne, jenseits der Lampen, konnte sie so gerade eben ein hohes Türmchen ausmachen. Jacks Säule! Dort drüben arbeiteten weitere der Männer in den gepanzerten Anzügen. »Wer sind diese Leute da?«

»Die Spreng-Experten der Navy. Sie wollen ein Loch in den Kern der Lagerstätte sprengen und sie dann von dort aus abbauen.«

Entsetzt starrte Karen hinüber. »Wann fangen sie damit an?«

»Morgen.«

Sie wandte sich um. »Aber der Obelisk ... die Inschrift ...«

Er wirkte ebenfalls betroffen. »Ich weiß. Ich habe versucht, sie zur Vorsicht zu mahnen. Die ganze Region hier ist geologisch instabil. Wir haben täglich kleinere Beben, und vor zwei Tagen hat es sogar ein sehr heftiges gegeben. Aber ich bin überall auf taube Ohren gestoßen. Deswegen bin ich – wenn ich von den Umständen Ihres Herkommens absehe – so froh, dass Sie bei uns sind. Wenn wir wüssten, was auf dem Obelisken geschrieben steht, könnte das die Hand der Regierung womöglich länger zurückhalten und uns ein wenig Zeit für unsere eigenen Forschungsarbeiten verschaffen.«

Karen scheute davor zurück, ihren Kidnappern auch noch zu helfen, aber der Gedanke, dass das uralte Artefakt zerstört werden würde, beunruhigte sie weitaus stärker. Sie trat von dem Bullauge weg. »Was ist, wenn ich Ihnen bei der Inschrift den richtigen Weg weisen kann?«

Er hob interessiert die Brauen.

Sie senkte die Stimme. »Aber wir müssen einander vertrauen.«

Er nickte langsam.

»Ich benötige einen Computer«, sagte Karen, »und ich muss auf den gegenwärtigen Stand der Forschung über diese Sprache gebracht werden.«

Er winkte ihr zu folgen, und sprach mit gesenkter Stimme weiter. »Ric ist der Archäologe unseres Teams. Er ist noch oben, aber ich kann ihn veranlassen, die Daten zu einem unbesetzten Arbeitsplatz zu schicken.«

»Schön. Gehen wir ans Werk.«

Während Cortez sie zu einem unbesetzten Platz führte, stellte Karen Berechnungen an und schmiedete Pläne. So ungern sie den Mann auch hinterging – ihr blieb keine andere Wahl. »Wenn Sie mir eine offene Internetverbindung verschaffen können«, sagte sie, »kann ich Ihnen zeigen, was ich erfahren habe.«

18.45 Uhr
Deep Fathom, *Zentralpazifisches Becken*

Jack klopfte an Charlies Tür. Außer George Klein hatte den ganzen Tag über niemand etwas von dem Geologen gehört, und anschließend hatte sich der Historiker in der kleinen Bibliothek des Schiffs eingeschlossen. Die beiden arbeiteten an etwas, doch Jack verlor allmählich die Geduld.

»Wer da?«, rief Charlie heiser.

»Jack. Nun mach schon auf.«

Etwas raschelte, dann öffnete sich die Tür einen Spaltbreit. »Was ist?«

Ohne Aufforderung schob sich Jack in den Raum. Was er dort vorfand, überraschte ihn. In Charlies normalerweise sauber aufgeräumtem Labor herrschte völliges Chaos. Auf dem Arbeitstisch an der einen Wand lagen Ausrüstungsgegenstände und Apparate. Mittendrin war der Kristall in einen Schraubstock geklemmt. Charlies Computer zeigte rätselhafte Grafiken und Tabellen. Jack musste über Stapel von Zeitschriften und wissenschaftlichen Magazinen steigen. Bestimmte Artikel waren herausgerissen worden und hingen an der nackten Wand.

Es war, als hätte ein Hurrikan zugeschlagen. Und Charlie sah nicht wesentlich besser aus. Seine Augen waren rot gerändert, die Lippen aufgesprungen. Seine Kleidung – bauschige Shorts und ein Hemd – war mit Tinte, Öl und Schmiere beschmutzt. Im Raum war es heiß und feucht, und Schweißflecken zeigten sich in seinen Achselhöhlen und zogen sich den Rücken hinab.

Jack bemerkte, dass der einzige Ventilator des Raums ausgestöpselt worden war, offenbar zugunsten einer der zahlreichen Gerätschaften. Er riss ein Kabel heraus, schob den Stecker des Ventilators in die Dose und ließ ihn mit voller Kraft laufen.

»Meine Güte, Charlie, was tust du denn hier?«

Der Geologe fuhr sich mit einer Hand durch die Haare. »Ich forsche. Was dachtest du denn?« Er trat ein paar der zerrissenen Magazine beiseite, zog einen Stuhl hervor und setzte sich auf die Kante.

»Hast du eigentlich geschlafen, seit ich dir das Ding gegeben habe?«

»Wie denn? Es ist erstaunlich. So was wie diese Substanz ist noch nie entdeckt worden. Da bin ich mir hundertprozent sicher. Ich habe jede Untersuchungsmethode angewendet, die mir hier an Bord zur Verfügung steht: Massenspektrometer, Protonen-Magnetometer, Röntgenstreuung. Aber der Kristall spricht auf nichts an. Zum gegenwärtigen Zeitpunkt könnte ich dir nicht mal sein Atomgewicht, seine Valenz, sein spezifisches Gewicht sagen – nichts! Ich krieg das verteufelte Ding nicht mal zum Schmelzen!« Er tippte auf seinen Mini-Heizofen. »Und dieses Ding heizt bis zu einer Temperatur von siebenhundert Grad hoch!«

»Also weißt du nicht, was es ist?« Jack lehnte sich an den Labortisch.

»Ich ... ich habe so meine Theorien.« Charlie biss sich auf die Lippe. »Aber dir muss klar sein, dass meine Forschung noch nicht abgeschlossen ist. Vieles ist nach wie vor spekulativ.«

Jack nickte. »Ich vertraue deinem Gefühl.«

Charlie ließ den Blick prüfend über das Labor schweifen. »Wo soll ich anfangen ...?«

»Wie wär's mit dem Anfang?«

»Na ja, zunächst war da der Urknall ...«

Jack hielt eine Hand hoch. »So weit zurück bitte nicht.«

»Die Geschichte *führt* aber so weit zurück.«

Jack hob die Brauen.

»Ich gehe besser Schritt für Schritt vor. Deine Beschreibung der Wirkung, den der Kristall auf Basalt hatte, hat mich zum Nachdenken gebracht. Ich habe versucht, die gleiche Wirkung auch bei anderen Gesteinsarten zu erzeugen. Granit, Obsidian, Sandstein. Vergebens. Nur Basalt.«

»Warum Basalt?«

»Genau das habe ich mich auch gefragt. Basalt ist eigentlich hart gewordenes Magma. Es ist nicht bloß überreich an orthorhombischen Kristallen, sondern auch an Eisen. So reich, dass es tatsächlich magnetische Eigenschaften aufweisen kann.«

»Wirklich?«

»Du erinnerst dich doch bestimmt an die seltsame Magnetisierung der Metallteile von Air Force One. Genau dasselbe passiert mit Basalt, wenn es in engen Kontakt mit dem angeregten Kristall kommt. Unter Energieeinfluss ist der Kristall in der Lage, eine merkwürdige magnetische Strahlung auszusenden.«

»Wie kommt es also, dass diese Magnetisierung die Masse des Gesteins verändert?«

»Die Masse ändert sich nicht. Nur sein *Gewicht*.«

»Da komme ich nicht mehr mit.«

Charlie runzelte die Stirn. »Du bist doch im Raum gewesen.«

»Ja, und?«

»Im Raum bist du gewichtslos, stimmt's?«

»Ja.«

»Aber du besitzt nach wie vor *Masse*, oder? Es ist die

Schwerkraft, die der Masse ihr Gewicht verleiht. Je mehr Schwerkraft, desto mehr wiegt etwas.«

»Gut, das kapiere ich.«

»Na ja, das Gegenteil trifft auch zu. Je weniger Schwerkraft, desto weniger wiegt etwas.«

Allmählich begriff Jack. »Also verändert der Kristall nicht die Masse eines Dings, sondern die Wirkung, die die Schwerkraft darauf ausübt.«

»Genau. So dass der magnetische Basalt weniger wiegt.«

»Aber wie?«

Charlie rollte Jack ein Basaltstück zu. Er fing es auf. »Weißt du überhaupt, was Schwerkraft ist?«

»Natürlich, das ist ... na ja, das ist ... na gut, du Klugscheißer, was ist Schwerkraft?«

»Der allgemeinen Relativitätstheorie Einsteins zufolge handelt es sich bei Schwerkraft lediglich um eine Welle.«

»Wie bei einer Radiostation?«

»So ähnlich. Die Frequenz der irdischen Schwerkraft ist auf 10^{12} Hertz bestimmt worden, irgendwo zwischen Kurzwelle und Infrarot. Wenn man einen Körper dazu bringen kann, bei dieser Frequenz zu schwingen, verliert er sein Gewicht.«

»Und der Kristall bringt das fertig?«

»Ja. Er strahlt Energie ab. Er magnetisiert das Eisen innerhalb des Basalts, was die Kristallstruktur zum Schwingen bringt. Wenn er mit einer Frequenz schwingt, die der Schwerkraft entspricht, verliert der Stein sein Gewicht.«

»Und das hast du alles über Nacht herausbekommen?«

»Eigentlich habe ich das in der ersten Stunde des Experimentierens mit dem Kristall herausgefunden. Das war der einfache Teil. Aber die Energie zu verstehen, die der Kristall abstrahlt – *das* war der schwierige Teil.« Charlie grinste ihn erschöpft an.

»Du hast sie verstanden?«

»Ich habe meine Theorie.«

»Oh, rück schon raus damit! Sag's mir!«

»Es ist dunkle Energie.«

Jack seufzte, in Erwartung einer weiteren Lektion. »Und was ist dunkle Energie?«

»Das ist eine Kraft, die ein Kosmologe namens Michael Turner in einem Artikel in den *Physical Review Letters* beschrieben hat.« Charlie nickte zu einem der Blätter hinüber, die an die Wand geheftet waren. »Nach dem Urknall hat sich das Universum in alle Richtungen ausgebreitet. Und das tut es nach wie vor. Aber nach den neuesten Untersuchungen der Bewegung ferner Galaxien sowie der Helligkeit von Supernovas ist es inzwischen allgemein anerkannte Tatsache, dass die Expansionsgeschwindigkeit zunimmt.«

»Das verstehe ich nicht.«

»Das Universum dehnt sich immer rascher aus. Zur Erklärung dieses Phänomens muss eine neue Kraft postuliert werden – ›dunkle Energie‹. Eine seltsame Kraft, die das Universum durch *rückstoßende Schwerkraft* weiter expandieren lässt.«

»Und du meinst, diese Energie, die der Kristall abstrahlt, ist vielleicht dunkle Energie?«

»Ist eine Theorie. Ich arbeite noch an einem Beweis. Aber es ist eine Theorie, die möglicherweise auch die *Substanz* des Kristalls erklären könnte. Dunkle Energie ist an ein weiteres theoretisches Stück Physik gebunden – an dunkle *Materie*.«

Jack verdrehte die Augen.

Charlie kicherte. »Was siehst du, wenn du zum nächtlichen Sternenhimmel aufschaust?«

»Sterne?«

»Genau, *Mann!* Das nennen die Astronomen *leuchtende* Materie. Material, das wir sehen können. Material, das den Himmel erhellt. Aber von dem beobachtbaren Material gibt es nicht genügend, um die Bewegung der Galaxien oder die gegenwärtige Expansionsrate des Universums erklären zu können. Den Berechnungen der Physiker zufolge muss es für jedes Gramm leuchtender Materie neun Gramm geben, die wir nicht sehen können. Unsichtbare Materie.«

»Dunkle Materie.«

»Genau.« Charlie nickte, und sein Blick flackerte zu dem Kristall hinüber. »Wie wir wissen, ist vieles von der fehlenden Materie einfach bloß ganz normaler Stoff: schwarze Löcher, dunkle Planeten, braune Zwerge und anderes, das unsere Teleskope einfach nicht entdecken konnten. Aber da neunzig Prozent der Materie des Universums nach wie vor fehlt, haben die meisten Physiker den Verdacht, dass die wahre Quelle der dunklen Materie etwas völlig Unerwartetes sein wird.«

»Wie unser Kristall, der dunkle Energie abstrahlt?«

»Warum nicht? Der Kristall funktioniert wie ein perfekter Superleiter. Er absorbiert Energie so vollständig, dass er mit den meisten Untersuchungsmethoden zur Überprüfung seiner Anwesenheit gar nicht zu entdecken wäre.«

»Also haben die Astronomen die ganze Zeit über in die falsche Richtung geschaut. Statt im nächtlichen Himmel hätten sie unter den eigenen Füßen nachsehen sollen.«

Der Geologe zuckte die Schultern.

Schließlich verstand Jack, worauf Charlie hinauswollte. Wenn er Recht hatte, lagen die Antworten auf die fundamentalen Fragen über den Ursprung des Universums in diesem Raum – ganz zu schweigen von der Quelle einer erstaunlichen Kraft, wie sie noch nie zuvor gesehen worden war. Jack stellte sich den gewaltigen Kristall auf dem Meeresboden vor. Was könnte die Welt mit einer derartigen Energiequelle anfangen?

Hinter ihm tauchte George, mit Papieren raschelnd, in der offenen Tür auf. »Charlie, du solltest ... oh, Jack, du bist hier?« Auch George wirkte zerzaust und nicht ganz auf dem Damm.

»Hast du rausfinden können, worum ich dich gebeten habe?«, fragte Charlie.

George nickte, und in seinen Augen schien Angst aufzublitzen.

Jack wandte sich an Charlie. »Was geht hier vor?«

Der nickte zu George hinüber. »Seine Kurve. Die Tatsache, dass alle elf Jahre die Anzahl der Schiffe, die in der Region verloren gingen, einen Höhepunkt erreicht hat. Da bin ich ins Grübeln gekommen. Die Kurve kam mir bekannt vor, insbesondere die Daten. Ich habe sie nochmals überprüft. Seine Kurve folgt fast genau dem Zyklus, in dem Sonnenflecken auftreten. Alle *elf* Jahre erfährt die Sonne eine Periode verstärkter magnetischer Stürme. Sonnenflecken und Flares erreichen den Gipfel ihrer Aktivität. Diese Gipfel fallen genau mit den Jahren zusammen, in denen die meisten Schiffe in dieser Region verschwunden sind.«

»Und du hast diesen solaren Zyklus im Kopf gehabt?«

»Nicht ganz. Ich habe bereits in dieser Richtung geforscht. Denk an den Tag mit den pazifikweiten Erdbeben, da ist eine Sonnenfinsternis mit einem Magnetsturm zusammengefallen. Ich habe mich gefragt, ob es da vielleicht einen Zusammenhang geben könnte.«

»Du glaubst, die Sonnenstürme haben die Beben ausgelöst – und die Säule hat etwas damit zu tun?«

»Denk doch mal an das Platinbuch! Schon damals hat der Schreiber vor dem großen Beben seltsame Lichter in den nördlichen Himmeln gesehen. Die Aurora borealis, Nordlichter. Während des Höhepunkts eines Sonnensturms leuchten sie heller und sind wesentlich ausgedehnter. Die Alten haben den Gipfel der Sonnenaktivität vor der Katastrophe erlebt.«

Jack schüttelte den Kopf. »Das ist mir zu hoch.«

»Dann will ich es für dich zusammenfassen. Du erinnerst dich an unser Gespräch über das Dreieck des Drachen vor ein paar Tagen?«

Jack nickte.

»Und du erinnerst dich, wie ich dir gesagt habe, dass es sich dem berüchtigten Bermudadreieck genau gegenüber befindet? Dass die beiden so etwas wie eine Achse durch den Planeten bilden, die Störungen im Magnetfeld der Erde hervorruft? Nun, jetzt glaube ich, dafür eine Erklärung parat zu haben. Ich würde jede Wette darauf eingehen, dass es an beiden Stellen gewaltige Vorkommen dieser Kristalle gibt, die aus ›dunkler Materie‹ bestehen – eines unter dem Dreieck des Drachen und ein anderes unter dem Bermuda-Dreieck. Die beiden Pole verhalten sich wie die positiven und negativen Enden einer Batterie und erzeugen dabei ein gewaltiges Magnetfeld. Ich glaube, dass dieses Feld das Magma der Erde fließen lässt.«

Jack versuchte, das geistig zu erfassen. »Die Batterie der Erde? Meinst du das ernst?«

»Allmählich schon. Und falls ich Recht habe, haben diese Alten einen schrecklichen Fehler begangen, als sie einen Teil dieser Batterie freigelegt und dem direkten Sonnenlicht ausgesetzt haben. Dadurch ist sie dem mächtigen Flare gegenüber verwundbar geworden. Sie haben einen Blitzableiter hergestellt, wenn du so willst. Der Kristall hat die Sonnenstrahlung aufgenommen, sie in dunkle Energie verwandelt und den Magmakern der Erde hochgepeitscht. Dadurch hat er die tektonische Explosion hervorgerufen, die den Kontinent vernichtet hat.«

»Und du willst sagen, dass etwas in der Art *hier* vor zwei Wochen passiert ist?«

»Eine Unterwasser-Version davon, ja. Vergiss nicht, dass die Säule in der Vergangenheit auf trockenem Boden gestanden hat. Heutzutage wird sie von sechshundert Metern Wasser abgeschirmt. Die Tiefe sorgt dafür, dass der größte Teil der Energie des Sonnensturms absorbiert wird. Es musste schon ein sehr bedeutender Flare sein, um die jüngsten Beben auszulösen.«

George hob den Kopf und wollte etwas sagen, doch Jack ging dazwischen, weil er befürchtete, den Faden zu verlieren. »Wie passt das alles mit dem Präsidentenflugzeug zusammen?«

»Wenn es die Stelle überflogen hat, als der Kristall die dunkle Energie abstrahlte, hätte das die Systeme des Jets beschädigen können. Mir sind bei meinen Experimenten mit dem Kristall selbst merkwürdige Ströme aufgefallen: Magnetfeldspitzen, elektromagnetische Wogen, sogar winzige Abweichungen in der Zeit, deinen kurzen Zeitsprüngen im Tauchboot nicht unähnlich. Ich wette, die Energieausbrüche in diesem Gebiet haben seit Jahrhunderten für ein gewaltiges Durcheinander bei Luft- und Wasserfahrzeugen gesorgt.«

»Wenn es stimmt, was du sagst ...«

Charlie zuckte die Achseln. »Ich behaupte nicht, Experte auf dem Gebiet der dunklen Energie zu sein ... zumindest noch nicht. Aber kannst du dir das Ausmaß der Zerstörung vorstellen, die vor Jahrtausenden hier stattgefunden hat? Erdbeben, die Kontinente entzweigerissen haben. Gewaltige Vulkanausbrüche. Aschewolken, die die Welt umkreist haben. Flutwellen.«

Jack entsann sich der Worte in dem alten Text: *die Zeit der Dunkelheit*. Die dämpfende Ascheschicht hätte einen Treibhauseffekt hervorgerufen, die Eiskappen zum Schmelzen gebracht und die verwüsteten Länder überflutet.

»Wir sind mit einem blauen Auge davongekommen«, meinte Charlie. »Kannst du dir das Leben während jener Zeit vorstellen?«

»Das müssen wir vielleicht«, sagte George streng und mit ernstem Gesicht.

Jack und Charlie wandten sich ihm zu.

George hielt ein Blatt Papier hoch. »Ich habe Kontakt zum Marshall Space Flight Center aufgenommen und bestätigt bekommen, was du wissen wolltest, Charlie. Am 21. Juli, vier Tage vor dem Beben, hat der Satellit Yohkoh einen gewaltigen koronalen Massenauswurf auf der Oberfläche der Sonne bestätigt.«

»Einen was?«, fragte Jack.

»Koronalen Massenauswurf«, erläuterte Charlie. »Eine Art Super-Flare. Da können Milliarden Tonnen ionisierte Gase von der Sonnenoberfläche davongeschleudert werden. Vier Tage später trifft der Flare auf die Erde und ruft einen geomagnetischen Sturm hervor. Zur Unterstützung meiner Theorie habe ich vorausgesetzt, dass ein derart heftiges Ereignis nötig ist, damit die Säule unter dem Wasser so stark reagiert.«

George seufzte. »Sie haben auch bestätigt, dass den Berechnungen zufolge das Epizentrum der pazifischen Beben ziemlich genau dort lag, wo die Säule steht. An der Stelle, wo Air Force One abgestürzt ist.«

Charlie wurde munterer. »Ich habe Recht gehabt. Nicht schlecht für ein paar Tage Arbeit.«

Jack wandte sich an George. Der Historiker hielt ein zweites Blatt in der Hand, auf das er nervöse Blicke warf. »Du hast noch mehr Neuigkeiten, stimmt's?«

George schluckte. »Nachdem ich Kontakt zum Raumfahrtzentrum aufgenommen habe, haben sie mir die letzten Bilder des japanischen Satelliten rübergeschickt. Vor gerade mal drei Tagen hat es einen weiteren koronalen Massenauswurf gegeben. Den größten, der je aufgezeichnet worden ist.« George starrte sie an. »Hundertmal größer als der letzte.«

»Oh, Scheiße!«, sagte Charlie, und sein Grinsen erstarb. »Was sagt denn die NASA, wann er eintreffen soll?«

»Morgen Nachmittag.«

»Verdammt ...«

»Was ist denn?«, fragte Jack. »Was wird dann geschehen?«

Charlie sah zu ihm hinüber. »Diesmal reden wir nicht über Beben und Flutwellen. Wir reden vom Ende der Welt.«

19.02 Uhr

Miyuki saß am Arbeitstisch im Labor für Meeresbiologie. Im Hintergrund, in der geologischen Abteilung, hörte sie Jack und zwei Männer seiner Mannschaft leise und aufgeregt miteinander sprechen. Dazu spürte sie den Blick tausender Augen aus den durchsichtigen Kunststoffbehältern auf den Regalen und Schränkchen ringsumher auf sich liegen. Es fiel ihr schwer, sich dabei zu konzentrieren.

Kopfschüttelnd setzte sie ihre eigenen Forschungen fort. Zuvor hatte sie Gabriel alle *rongorongo*-Beispiele von den Osterinseln weltweit durchsuchen lassen, um nachzusehen, ob es irgendwo einen weiteren Bezug auf die Säule oder die antike Katastrophe gab. Sie hatte wenig Glück gehabt. Einige wenige spärliche Andeutungen, jedoch nichts von Bedeutung. Jetzt las sie gerade erneut die Passagen in dem Platin-Tagebuch durch.

Neben ihr klingelte der Laptop in der Aktentasche, und Gabriels Stimme tönte durch die winzigen Lautsprecher. Er sollte ein linguistisches Äquivalent der Sprache ausarbeiten, indem er die von Mwahu zur Verfügung gestellten Phoneme benutzte. Sie schaute auf.

»*Tut mir Leid, Sie zu stören, Professor Nakano.*«

»Was ist, Gabriel?«

»*Ich habe hier einen Anruf von Dr. Grace. Möchten Sie ihn entgegennehmen?*«

Miyuki wäre fast vom Stuhl gefallen. »Karen ...?« Sie rutschte zum Computer hinüber. »Gabriel, stell den Anruf durch!«

Die winzige Videokamera über dem Monitor schaltete sich ein. Auf dem Bildschirm entstand eine Kaskade von Pixeln, die langsam ein verschwommenes Bild ihrer Freundin formten. Miyuki beugte sich nahe ans Mikrofon. »Karen! Wo bist du?«

Das Bild flackerte. »Ich habe nicht viel Zeit. Ich habe Gabriel mittels deiner codierten Adresse übers Internet kontaktieren können, und er war in der Lage, diese verschlüsselte Videoverbindung aufzubauen, aber ich kann nicht sicher sein, dass sich nicht jemand einklinkt.«

»Wo bist du?«

»In einer Tiefseeforschungsstation nahe Jacks Obelisken. Ist er da?«

Miyuki nickte und lehnte sich zurück. »Jack! Komm her, schnell!«

Der Kapitän der *Fathom* steckte den Kopf aus dem Geologielabor, einen besorgten Ausdruck auf dem Gesicht. »Was ist los?«

Miyuki stand auf und zeigte auf den Bildschirm. »Karen!«

Er bekam große Augen, fiel sozusagen aus der Tür des Geolabors und stolperte um den Tisch herum. »Was meinst du ...« Dann kam er in Sichtweite des Computermonitors. Er eilte hin und beugte sich so nah heran wie möglich. »Karen, bist du das?«

19.05 Uhr
Basis Neptune

Karen sah, wie sich Jacks Gesicht in dem kleinen Viereck in der rechten unteren Ecke ihres Computermonitors formte. Er war am Leben! Tränen stiegen ihr in die Augen.

»Karen, wo bist du?«

Sie hustete, um die Kehle freizubekommen, und fasste dann kurz die letzten vierundzwanzig Stunden zusammen: ihre Gefangennahme, den Flug mit dem Helikopter, die Einkerkerung im Tiefseelabor. Anschließend fuhr sie fort: »Ich habe den Forschern einen Knochen hingeworfen und ihnen von der Verbindung zu *rongorongo* berichtet. Ohne die anderen Beispiele, die wir entdeckt haben, ist das eine nutzlose Spur, aber das wissen sie nicht. Weil ich Kooperationsbereitschaft vorgetäuscht habe, haben sie die Leine ein bisschen gelockert.« Sie warf einen Blick über die Schulter, als ein Gelächter den geschwungenen Gang entlangschallte. »Die anderen sind oben beim Essen oder bei der Arbeit. Ich weiß nicht, wie lange ich diese Verbindung offen halten kann, ohne Verdacht zu erregen.«

»Ich werde dich da irgendwie rausholen«, sagte Jack. »Hab Vertrauen zu mir!«

Karen beugte sich näher an den Bildschirm heran. »Ich wollte euch vor allem wissen lassen, dass sie die Absicht haben, irgendwann morgen Nachmittag den Obelisken freizusprengen. Sie haben Bohrungen in dem Gebiet durchgeführt und sind anscheinend zu der Auffassung gekommen, dass darunter eine größere Lagerstätte zu finden ist. Die sprichwörtliche Spitze des Eisbergs.«

Auf dem Monitor warf Jack einen Blick zur Seite. »Du hast Recht gehabt, Charlie!«

»Natürlich«, erwiderte jemand außerhalb des Bildschirms.

Karen runzelte die Stirn. »Was willst du damit sagen? Was weißt du?«

Jack gab ihr eine kurze Übersicht über das, was sie aus dem Platinbuch erfahren hatten, und über Charlies Theorien. Karen saß wie versteinert da, als sich die Geschichte vor ihr entfaltete: antike Katastrophen, dunkle Materie, Sonnenstürme. Und mit offenem Mund lauschte sie Jacks Geschichte von der nahenden Gefahr.

»Oh, mein Gott!«, sagte sie. »Wann soll dieser Sturm zuschlagen?«

»Morgen, kurz nach Mittag.«

Ein neues Gesicht tauchte auf dem Bildschirm auf. Jack stellte es vor. »Das ist Charlie Mollier, der Geologe des Schiffs.«

»Was tun wir also?«, fragte Karen. Schweißtropften liefen ihr den Rücken hinab. Sie hatte das sichere Gefühl, jeden Augenblick ertappt zu werden.

»Erzähl mir, was dieser Sprengtrupp vorhat!«, sagte Charlie.

Karen erklärte den Plan der Navy, ein Loch in die Hauptader des Kristallkerns zu sprengen.

Jack ergriff das Wort. »Vielleicht wäre das gar nicht so schlecht. Zumindest würde die Säule nicht mehr so exponiert dastehen.«

»Nein«, sagte Charlie. »Wenn sie Erfolg haben, wird es die Sache nur schlimmer machen. Sie werden das Herz der Lagerstätte freilegen und damit das Gebiet, das dem Sonnensturm ausgesetzt ist, vergrößern, nicht verkleinern. Die einzige Möglichkeit, sich gegen diese Katastrophe zu schützen, besteht darin, die Säule zu vergraben oder sie sauber abzuschneiden, sie von der Hauptlagerstätte zu trennen.«

»Mit anderen Worten: den Blitzableiter flachlegen«, meinte Jack.

Karen schaute auf die Uhr. Wenn der Geologe Recht hatte, blieben ihnen bloß noch siebzehn Stunden. »Was wäre, wenn wir mit dem Sprengstoff gezielt die Säule aufs Korn nehmen?«

»Nach wie vor gefährlich«, murmelte Charlie. »Selbst wenn einem das gelingen würde, könnte die kinetische Energie der Explosion von der Hauptlagerstätte absorbiert werden.« Er schüttelte den Kopf. »Es ist riskant. Eine Explosion, die so stark ist, dass sie eine Säule dieser gewaltigen Größe sprengt, könnte genau jene Katastrophe auslösen, die wir vermeiden wollen.«

Eine Weile herrschte Stille, während die jeweiligen Parteien über die Hoffnungslosigkeit der Lage grübelten.

»Wir benötigen weitere Hilfe«, murmelte Charlie.

Karen griff diese Idee auf. »Ich könnte versuchen, den leitenden Wissenschaftler hier um Unterstützung zu bitten. Dr. Cortez. Er hat die Navy davor gewarnt, den Kristall zu sprengen, und ich halte ihn auch nicht gerade für einen Fan von Spangler.«

»Ich weiß nicht«, meinte Jack. »Mir ist jeder verdächtig, der an der Seite dieses Schweins arbeitet.«

»Aber er ist Geophysiker«, beharrte Karen. »Auf seinem Gebiet bekannt und berühmt.«

»Und ich könnte wirklich die Hilfe eines Experten brauchen«, stimmte Charlie zu.

Stirnrunzelnd sah Jack direkt in die Kamera. »Aber können wir ihm vertrauen, Karen?«

Einen Augenblick lang saß sie schweigend da, dann seufzte sie. »Ich glaube schon. Aber ich brauch eure Daten. Ich muss ihn irgendwie überzeugen.«

Jack wandte sich an Charlie. »Kannst du deine Resultate rüberschicken?«

Er nickte und verschwand.

Miyuki ergriff das Wort. »Ich fasse sämtliche Übersetzungen zusammen und bereite Gabriel vor, dass er alles überträgt.«

»Großartig«, entgegnete Jack. Er wandte sich wieder der Kamera zu, und Karen hatte das Gefühl, als würde er ihr direkt ins Herz schauen. »Wie geht es *dir*?«, fragte er leise.

»Unter Berücksichtigung der Tatsache, dass man mich einen Dreiviertelkilometer unter dem Meer eingesperrt hat und die Welt morgen untergehen wird, nicht allzu schlecht.«

»Sind sie grob mit dir umgesprungen?«

Ihr fiel ihr blaues Auge ein, und sie betastete die wunden Ränder. »Nein, ich bin gegen einen Türknauf gefallen ... ein paar Mal hintereinander.«

»Tut mir Leid, Karen. Ich hätte dich nicht mit in die Sache hineinziehen sollen.«

Sie setzte sich aufrechter hin. »Gib nicht dir die Schuld dafür, Jack. Ich bin lieber da, wo ich jetzt bin, als dass ich in der Universität säße und von nichts wüsste. Wenn es eine Möglichkeit gibt, die Ereignisse aufzuhalten, stehe ich lieber hier an der Front.«

»Ich habe sämtliche Daten beisammen«, sagte Miyuki. »Aber um sie zu rüberzuschicken, benötige ich diese Videoleitung.«

Jack nickte. »Du hast das gehört?«

»J... ja.« Karen musste sich aufs Äußerste zusammenreißen, dass ihre Stimme nicht brach. Es gefiel ihr überhaupt nicht, den Kontakt zu ihren Freunden zu verlieren.

»Anschließend wird Gabriel diesen Kanal überwachen«, sagte Miyuki. »Benutze seinen Code, wenn du mit uns sprechen willst.«

Jack beugte sich näher heran. Sein Gesicht erfüllte jetzt den kleinen Bildschirm. »Sei vorsichtig, Karen. David ist ein Arsch, aber dumm ist er nicht.«

»Ich weiß.«

Einen weiteren Atemzug lang sahen sie einander an. Jack küsste seine Finger und drückte sie auf den Monitor. »Ich hol dich da raus.«

Bevor sie Antwort geben konnte, brach die Telefonverbindung ab und das Videoviereck verschwand. Ersetzt wurde es durch einen farbigen Balken, der sich langsam füllte, während der Datenstrom übertragen wurde. Karen lenkte die Informationen an den DVD-Brenner weiter. Jetzt war sie allein und wartete darauf, dass die Datei übertragen wurde.

Da sagte eine Stimme neben ihr: »Was tun Sie da?«

Karen drehte sich um. David kam vom unteren Deck heraufgestiegen. Eigentlich hätte er draußen in der *Perseus* sein und den Sprengtrupp überwachen sollen. Er musste früher zurückgekehrt sein.

Barfuß und im Taucheranzug trat er von der Leiter und kam zu ihr herüber. »Ich habe Cortez angewiesen, dass die ganze Zeit über jemand bei Ihnen sein sollte. Was tun Sie hier, ohne Bewachung?«

Sie ließ ihr Gesicht zu einer ausdruckslosen Maske erstarren. Aus dem Augenwinkel sah sie, wie sich der farbige Balken langsam füllte. »Ich habe Cortez gegeben, was Sie haben wollten. Den Schlüssel zu der uralten Inschrift. Sie untersuchen sie und wollten meine Hilfe nicht.«

Er trat zu ihr.

Karen drehte sich herum und versperrte mit ihrem Ellbogen den Blick auf den Balken.

Er sah kurz auf den Schirm, dann wieder zu ihr, und kniff die Augen zusammen. »Wenn man Sie nicht braucht, sollten Sie in ihrem Quartier eingesperrt sein.« Er packte sie an der Schulter. »Kommen Sie mit!«

Er riss sie hoch. Sie riskierte lieber keinen Blick mehr auf den Bildschirm, damit er nicht darauf aufmerksam wurde. »Warum sollten sie mich einschließen?«, fragte sie kühn, trat vor ihn und versperrte ihm so die Sicht. »Wohin sollte ich gehen?«

David sah finster drein. »Weil meine Befehle so gelautet haben. Niemand missachtet sie. Nicht einmal Cortez.«

»Zum Teufel mit ...«

Er schlug ihr mit dem Handrücken übers Gesicht, so dass sie zur Seite geschleudert wurde. Völlig überrascht schnappte Karen nach Luft und wäre fast in die Knie gegangen. Sie hielt sich am Schreibtischsessel fest, damit sie nicht umfiel.

»Niemand stellt meine Befehle in Frage«, sagte er in dumpfen Ton. Er rieb sich den Handrücken, und sein Blick flackerte zum Computermonitor hinüber.

Karen zuckte zusammen. Oh, mein Gott ... Sie wandte sich dem Bildschirm zu.

Gnädigerweise war er leer. Die Übertragung war beendet.

Erleichtert richtete sie sich auf.

David blickte die kurvige Reihe von Labors entlang, eindeutig misstrauisch, und suchte nach einem Hinweis auf einen hinterhältigen Plan. Sie sah, wie seine Nasenlöcher sich blähten und er in der Luft schnüffelte wie ein Bluthund, bevor er wieder zu ihr herumfuhr.

Unwillkürlich scheute Karen zurück.

Er beugte sich nahe an sie heran. »Ich rieche Kirkland an dir, du Hure! Ich weiß nicht, was du im Schilde führst, aber ich werd's rauskriegen.«

Es lief ihr eiskalt den Rücken herunter.

Er fasste sie beim Ellbogen, wobei seine Finger sich hart in ihr Fleisch gruben. »Dann suchen wir jetzt mal die anderen. Es ist an der Zeit für eine oder zwei Lektionen über das militärische Protokoll.«

Als er sie wegzog, warf sie einen Blick auf den leeren Arbeitsplatz. Verborgen auf der kleinen silbernen Scheibe da drüben waren die Antworten auf alles – auf uralte Rätsel, den Ursprung des Universums, sogar auf das Schicksal der Welt. Sie musste eine Möglichkeit finden, sie jemandem in die Hände zu spielen, der helfen konnte. *Aber wie?*

20.12 Uhr
Deep Fathom

Jack saß auf einem Hocker im Geologielabor, während Charlie an seinem Computer arbeitete und seine Daten überprüfte. Beide suchten nach Antworten. Jack bemühte sich nach Kräften, nachzudenken, aber Karens zerkratztes und zerschrammtes Gesicht tauchte immer wieder in Gedanken vor ihm auf und lenkte ihn ab. Er schloss die Augen. »Wie wär's, wenn wir versuchen würden, einen Kurzschluss bei dem verdammten Ding zu auszulösen?«

»Wie bitte?«, fragte Charlie.

»Du hast gesagt, die Lagerstätte funktioniert wie eine elektromagnetische Batterie. Was ist, wenn wir ... ich weiß nicht ... das Ding *überladen* oder so was?«

Charlie wandte sich, müde die Stirn runzelnd, von seinem Computer ab. »Das würde die Sache nur beschleunigen ...« Das Stirnrunzeln des Geologen vertiefte sich. Jack konnte ihm praktisch vom Gesicht ablesen, wie sich in seinem Kopf Berechnungen abspulten.

»Meinst du, es könnte doch funktionieren?«

Sein Blick konzentrierte sich wieder auf Jack. »Nein, ganz im Gegenteil. Aber du hast mich auf eine Idee gebracht.« Er stand auf, ging zum Arbeitstisch hinüber und suchte in den Elektronikteilen herum. Wenige Augenblicke später hatte er eine überschüssige Batterie an ein Messgerät angeschlossen.

»Was tust du da?«, fragte Jack.

»Ich führe ein kleines Experiment durch.« Er verband die Drähte der Batterie mit den Stahlklemmen, die den Kristallstern festhielten. Dann setzte er eine von Roberts Nachtsichtmasken auf. »Schaltest du bitte das Licht aus?«

Jack rutschte von seinem Hocker und drückte auf den Schalter. In der dunklen Kabine hörte er Charlie umhertappen. Dann vernahm er ein winziges Fauchen von Elektrizität. Zwischen den beiden Polen der Batterie sprang schmerzhaft grell ein blauer Bogen über. Das kristallene Artefakt erstrahlte wie ein echter Stern.

Das Licht zeigte alle Regenbogenfarben. Jack fiel ein ähnlicher Anblick ein – als der Elektromagnet, mit dem die Teile von Air Force One hochgeholt worden waren, zu nah an die Säule geraten war. Da hatte sie genauso gestrahlt.

Nun wurde der Stern immer heller. Jack schirmte sich mit einer Hand die Augen ab. Charlie hatte sich über die Apparatur gebeugt, und sein Blick flackerte zwischen dem Kristall und dem Messgerät hin und her. Mit einer Hand drehte er an einem Knopf. Das Summen der Batterie wurde lauter.

»Charlie ...«

»Psst!« Er drehte den Knopf noch weiter.

Der Stern hob sich vom Tisch und schwebte ein paar Zentimeter über der Platte. Sein Licht war fast zu intensiv. Die Luft knisterte elektrisch, die kleinen Härchen auf Jacks Armen begannen zu tanzen, und die Füllungen in seinen Zähnen schmerzten. Es war wie neulich im Tauchboot.

Sein Blick wurde zu einer Wanduhr über dem Tisch gelenkt. Der große Zeiger lief in die falsche Richtung.

»Erstaunlich«, brummelte Charlie, nach wie vor über den schwebenden Stern gebeugt.

Dann ertönte ein lautes Krachen, und Dunkelheit legte sich wieder über den Raum. Jack hörte, wie der Kristallstern klappernd auf die Tischplatte zurückfiel.

»Licht an!«, befahl Charlie.

Jack rieb sich das kitzelnde Gefühl von den Armen und drückte dann den Lichtschalter. »Was hast du denn da gemacht?«

Mithilfe einer Tiegelzange hob Charlie den Stern hoch. Die Stahlklammern glühten rot. »Hmm ... interessant ...«

»Was denn?«

Der Geologe kippte den Stern, damit es Jack selbst sehen konnte. Der Kristall war in zwei Hälften zerbrochen.

»Was hat das zu bedeuten?«, fragte er.

Charlie schaute auf. »Das weiß ich noch nicht so genau.«

20.56 Uhr
Basis Neptune

Karen versuchte mit aller Macht, die Tränen zurückzuhalten. Sie saß auf einer schmalen Koje in einer Kabine, die kaum größer war als ein halbes Bad. Was sollte sie bloß tun? David hatte die gesamte Besatzung der Station im Speisesaal versammelt und volle fünfzehn Minuten damit verbracht, sie zusammenzuscheißen. Einer der Wissenschaftler hatte den Fehler begangen, eine simple Frage zu stellen. Wegen dieser Unverschämtheit hatte ihm Spangler mit einem jähen Hieb die Nase eingeschlagen. Daraufhin hatte sich ein tödliches Schweigen über den Raum gelegt. Damit war eindeutig klar gewesen, wer hier der Herr im Hause war. Nach dieser Demonstration war er, mit Karen im Schlepptau, hinausgestürmt.

Bald darauf hatte sie sich in dieser Kabine wieder gefunden. Eingesperrt. Alles schien völlig aussichtslos. Als gäbe es keine Hoffnung mehr. Während der vergangenen beiden Tage hatte sie kaum Schlaf gefunden. Die Knochen taten ihr weh, und sie war erschöpft und ausgelaugt.

Sie legte die Hände vors Gesicht. Ohne Hilfe ginge gar nichts mehr.

Als ihr dann doch aus ihrem Innersten ein Schluchzen aufstieg, ertönte ein leises Klopfen an der Tür. »Dr. Grace?«

Argwöhnisch richtete sie sich auf. »Wer ist da?«

»Dr. Cortez. Darf ich hereinkommen?«

Karen erstickte fast an dem Gefühl der Erleichterung. »Natürlich.«

Sie stand auf, als sie hörte, wie sich der Schlüssel im Schloss drehte. Der ältere Wissenschaftler schlüpfte herein und drückte die Tür hinter sich zu. »Tut mir Leid, Sie so spät zu stören.«

»Nein, ist schon okay. Ich kann etwas Gesellschaft brauchen.« Sie ließ ihre Erleichterung durchklingen.

»Er ist schon ein verdammtes Schwein, nicht wahr? Ich hätte Sie nie da unten allein lassen sollen. Ich habe nicht nachgedacht. Ich war zu aufgeregt über ihre Entdeckung der Verbindung zur Rapa-Nui-Inschrift.«

Karen setzte sich und winkte ihn zu dem einzigen Hocker hinüber. »Es war nicht Ihre Schuld.«

»Nun ja, wenn die Sache hier vorbei ist, werde ich eine formelle Beschwerde einlegen.«

Sie nickte und ließ ihm die Illusionen, dass er damit irgendetwas erreichen könnte. Die höchsten Kreise der Nation hielten die Hand schützend über Spangler, daher konnte er ungestraft tun und lassen, was er wollte.

»Ich bin hergekommen«, fuhr Cortez fort, »um Sie zu fragen, ob Sie uns weiterhelfen können. Wir haben immer noch ziemliche Schwierigkeiten bei der Entzifferung dieser Hieroglyphen.«

Karen schluckte. Wenn es überhaupt Hoffnung geben sollte, dann wäre es jetzt an der Zeit, jemanden ins Vertrauen zu ziehen. Keine Spielchen mehr zu treiben. »Dr. Cortez, ich bin nicht völlig aufrichtig gewesen.«

»Was soll das heißen?«

»Ich bin im Besitz der *vollständigen* Übersetzung. Nicht nur der Inschrift auf der Säule, sondern von weiteren Texten, die gleichzeitig mit denen auf dem Obelisken entstanden sind.«

Vor Verblüffung hatte es Cortez die Sprache verschlagen. Schließlich setzte er an: »Ich ... wie konnte ... aber wann ...?«

»Ich bin im Besitz von Informationen, die ich an jemanden weiterleiten muss, der etwas zu sagen hat«, meinte Karen. »Jemanden, der nicht unter Spanglers Befehl steht.«

»Informationen worüber?«

»Über das Ende der Welt.«

Cortez runzelte die Stirn, und der Zweifel war ihm vom Gesicht abzulesen.

Karen stand auf. »Ich weiß, wie sich das anhören muss. Aber wenn Sie mich zum Arbeitsbereich auf Ebene 2 bringen, besorge ich Ihnen den Beweis.«

Noch immer zögerte er.

Sie sah ihn an, bis er den Blick senkte. »Wem wollen Sie nach der Demonstration heute Abend eigentlich mehr trauen – Spangler oder mir?«

Einen Augenblick lang ließ Cortez den Kopf sinken, dann sprang er vom Hocker. »Das ist doch gar keine Frage! Kommen Sie, der Commander ist in seiner Kabine, aber sein Stellvertreter streift durch die Gänge. Bleiben

Sie bei mir. Solange Sie mit mir zusammen sind, sollte alles in Ordnung sein.« Er öffnete die Tür.

Karen folgte ihm. Obgleich man ihr nicht verboten hatte, unter Überwachung frei herumzulaufen, fühlte es sich dennoch wie der Ausbruch aus einem Gefängnis an. Beide stahlen sich schweigend durch die Wohnbereiche, lugten mit angehaltenem Atem um Ecken. Keiner da.

Sie erreichten die Leiter, die zur Laborebene führte, und Cortez ging voraus. Unten angekommen, zeigte er an, dass sie ohne weiteres folgen konnte. Während sie hinunterstieg, schloss sich zischend die Luke zwischen den Ebenen. Schweigend arbeiteten sie sich an den Labors entlang zu der winzigen Station, die ihr zugewiesen worden war.

»Was jetzt?«, fragte Cortez und sah sich in dem verlassenen Raum um.

Karen zeigte auf einen Stuhl, auf dem er sich niederlassen sollte, während sie selbst stehen blieb. »Ich habe die Daten auf einer DVD.« Sie griff an ihm vorbei zur Tastatur und rief die Informationen auf.

Daten scrollten über den Bildschirm. Sie half dem Forscher dabei, sich durch die Informationen zu wühlen, wies auf den Text des Platinbuchs hin und erklärte, wo sie es gefunden hatten. Nebenbei berichtete sie ihm in aller Kürze von den eigenen und Jacks Heldentaten.

Nach einer Weile bedeutete ihr Cortez, innezuhalten. Er beugte sich näher heran, und seine Finger flogen über die Tastatur und riefen Daten nach Daten auf. Vieles war für Karen zu technisch, aber Cortez saugte alles förmlich in sich auf. »Dieser Charles Mollier ist ein unglaublicher Wissenschaftler! Was er in so kurzer Zeit über den Kristall herausgefunden hat – einfach erstaunlich! Aber es erhärtet einen Großteil meiner eigenen Resultate.« Er las sich weiter durch die vorübergleitenden Texte und Diagramme.

Währenddessen beobachtete Karen seinen Gesichtsausdruck, der sich langsam von Erstaunen zu Entsetzen wandelte. Sobald er alles gelesen hatte, lehnte er sich zurück und nahm die Brille ab. »Ich habe gewusst, dass wir viel vorsichtiger hätten vorgehen sollen. Es ist Wahnsinn, mit einer so gewaltigen Energiequelle herumzuspielen.«

Sie hockte sich neben ihn. »Werden Sie dabei helfen, diese Informationen an jemanden weiterzuleiten, der auch zuhören wird? Uns bleiben nur fünfzehn Stunden, bis der Sonnensturm zuschlägt.«

»Ja, natürlich. Ich habe Freunde in Los Alamos und im Lawrence Berkeley National Laboratory. Es gibt Wege, die normalen amtlichen Kanäle zu umschiffen.«

In Karen keimte wieder Hoffnung auf.

Cortez rieb sich die Augen. »Gibt es noch weitere Daten?«

»Weiß ich nicht genau. Mehr haben sie mir nicht geschickt. Aber ich kann's rausfinden.«

»Wie?«

Sie tippte Gabriels Code ein. Fast sofort ertönte eine Stimme über die Lautsprecher.

»Wie kann ich Ihnen helfen, Dr. Grace?«

»Wer ist das?«, fragte Cortez.

»Niemand ... wirklich.« Karen konzentrierte sich wieder auf den Computer. »Gabriel, ich muss mit der *Deep Fathom* Kontakt aufnehmen.«

»Natürlich. Sofort.«

Surrend stellte er die Verbindung zu dem fernen Schiff her, und ein kleines Videofenster baute sich in der Ecke des Bildschirms auf. Es flackerte, und dann erschien Miyukis Gesicht. »Karen?«

»Ich habe Dr. Cortez bei mir. Er will helfen.«

Wenige Augenblicke lang verschwand Miyuki aus dem Blickfeld der Kamera, dann tauchten Jack und Charlie auf. Rasch wurden die Männer einander vorgestellt.

»Hat einer von Ihnen beiden irgendwelche Empfehlungen?«, fragte Cortez. »Ich kann die Informationen an die richtigen Leute weiterleiten, aber was dann? Anhand der Daten kann ich lediglich vermuten, dass wir eine Möglichkeit finden müssen zu verhindern, dass der Sonnensturm die Hauptlagerstätte erreicht. Da bleiben nur wenige Optionen.«

Jack nickte. »Wir haben die Sache bereits besprochen. Die einfachste Methode besteht darin, die Säule abzuschirmen. Sie vergraben, in einer Bleikammer versiegeln, so was in der Art. Aber ich weiß nicht, ob das innerhalb der kurzen Zeit noch machbar ist. Wenn nicht, dann gehen wir halt das Risiko ein und zünden eine Sprengladung so, dass sie genau auf die Basis der Säule gerichtet ist und sie dort absprengt.«

Cortez runzelte die Stirn. »Aber die kinetische Energie des Explosionsstoßes ...«

»Wissen wir. Aber wie gesagt, das ist die *zweitbeste* Wahl. Immerhin besser, als die Hände in den Schoß zu legen. Denn dann bleibt nur noch eine einzige Möglichkeit.«

»Und die wäre?«

»Wir verabschieden uns von dieser Welt.«

Cortez zeigte einen grimmigen Ausdruck.

In das Schweigen hinein sagte Charlie: »Ich arbeite weiter mit dem Kristall und schau mal, ob ich noch etwas herauskriegen kann.« Sehr optimistisch hörte sich das nicht an.

»Damit bleibt nur noch ein Hindernis«, fuhr Jack fort. »Spangler. Ich kann nicht das Risiko eingehen, Karen länger als unbedingt nötig dort drüben zu lassen. Sobald David Wind davon bekommt, dass Sie ihn hintergehen, ist ihr Leben keinen Pfifferling mehr wert. Wir müssen dafür sorgen, dass sie draußen ist, bevor Spangler merkt, was wir tun.«

Cortez runzelte die Stirn. »Schwierig. Morgen früh evakuieren sie die Station. Eine Sicherheitsvorkehrung, bevor sie die Sprengsätze zünden. Ich habe mir bereits den Fahrplan angeschaut. Karen und ich sollen als Letzte gehen, zusammen mit Spangler.«

Karen trat vor die Kamera. »Und nach dem Vorfall von heute bezweifle ich, dass mich Spangler morgen aus den Augen lassen wird.«

»Offenbar werden wir dann erneut auf Ihre Hilfe angewiesen sein, Professor Cortez. Mein Schiff ist eine halbe Tagesreise von Ihnen entfernt. Sobald wir nah genug herangekommen sind, werde ich in meinem eigenen Tauchboot runtergehen. Von da an werden wir zusammenarbeiten müssen, um Karen dem Mann heimlich vor der Nase wegzuschnappen.«

»Ich werde tun, was ich kann. Ich zeige Dr. Grace, was ich von der Neptune weiß, und wir werden schon mal eine Art Drehbuch entwickeln.«

Jack nickte. »Ich nehme Kontakt auf, sobald ich unterwegs bin.«

Irgendwo hinter Karen schlug eine Luke zu. Sowohl sie als auch Cortez vollführten einen Satz. »Da kommt jemand«, zischte Karen und sah auf den Bildschirm. »Wir müssen abschalten.«

Jack erwiderte ihren Blick. »Bis morgen dann.«

Karen berührte den Bildschirm, als die Verbindung abbrach.

Cortez holte die DVD heraus und steckte sie in die Tasche. »Ich werde mich mit den Leuten in Verbindung setzen, sobald ich Sie in Ihren Raum zurückverfrachtet habe. Morgen ist ein völlig neuer Tag. Wir werden das durchstehen – Sie und die Welt.«

Karen grinste. Irgendwo in sich entdeckte sie einen Funken Hoffnung. Sie erinnerte sich an Jacks letzte Bemerkung: *Bis morgen dann.* Sie wollte ihn beim Wort nehmen.

22.55 Uhr

»Sie haben Recht gehabt, Sir«, sagte Rolfe und streifte sich das Headset ab.

David, der zusammengekauert in seiner Kabine saß, riss sich das eigene Headset herunter und schleuderte es quer durch den Raum. Die beiden Männer hatten mit Jeffreys Hilfe das geheime Gespräch mit Kirklands Schiff mitgehört. »Das Schwein ist immer noch am Leben! Beim nächsten Mal schiebe ich Kirkland eine Granate in den Arsch. Damit er auch wirklich tot bleibt.«

»Jawohl, Sir. Wie lauten Ihre Befehle?«

David lehnte sich in seinen Sitz zurück und verschränkte die Finger über dem Bauch. Er hatte nur den letzten Teil des Gesprächs mitbekommen. Jeffreys, der Kommunikationsexperte des Teams, war mit einem Ohr immer am Draht geblieben und hatte gewusst, wann die Verbindung aufgenommen wurde, aber das verdammte Ding war äußerst raffiniert verschlüsselt gewesen. Als Jeffreys den Code endlich geknackt hatte, war das Gespräch gerade dem Ende entgegengegangen. Dennoch hatte David genug gehört. Die Gruppe wollte Sabotage begehen und die Frau befreien.

»Sir?«

Er räusperte sich, während er im Kopf einen Plan entwarf. »Wir halten still. Lassen sie im Glauben, sie hätten gewonnen.«

»Wann schlagen wir dann zu?«

»Sobald wir wissen, dass Kirkland hierher unterwegs ist. Nicht mehr auf seinem Schiff. Auf sich allein gestellt.« Er richtete sich auf. »Dann bringen wir die Sache zum Abschluss. Sie kapern sein Schiff, zerstören alle Kommunikationseinrichtungen und überlassen Jack mir. Solange ich die Frau hier habe, wird er ganz sicher kommen.«

Rolfe nickte. »Sehr gut, Sir. Aber was ist mit Cortez?«

David grinste und löste seine Hände. »Anscheinend haben wir heute Nacht noch ein bisschen Hausputz zu erledigen.«

23.14 Uhr

Knurrend stieg Cortez die Leiter zur Andockstation hinab.

Das unterste Geschoss war in drei Abschnitte gegliedert: den großen Andockbereich, den Pumpenraum mit seinen vier starken Hydraulikdruckpumpen und den kleinen Kontrollraum mit angeschlossenen Vorratsräumen, genannt die »Garagen«. Im Augenblick waren die gepanzerten Taucheranzüge der Tiefseetaucheinheit hier verstaut.

Cortez schritt zum Schaltpult hinüber. Alles ging automatisch vonstatten. Man drückte einen Knopf, und die ganze Andockprozedur lief wie am Schnürchen ab. Die Kammer würde unter einen Druck gesetzt, der ebenso hoch war wie der Wasserdruck draußen. Dann öffneten sich die Tore, und das Tauchboot konnte ein- oder ausfahren; daraufhin schlossen sich die Tore wieder.

Zumindest sollte das theoretisch so sein.

Nachdem er Karen in ihre Kabine gebracht hatte, hatte ihm einer seiner Techniker Bescheid gegeben, dass es ein Problem im Andockmechanismus gäbe. Er hatte in Erwägung gezogen, die Sache den Technikern zu überlassen, aber niemand kannte die Systeme der Station Neptune so gut wie er. Und da er bereits seinen Freund in Los Alamos angerufen hatte, war er bis zum Platzen gefüllt mit nervöser Energie.

Cortez kauerte sich neben das Schaltpult, holte einen Werkzeugkasten hervor und hatte die Abdeckung rasch geöffnet. Das Problem war leicht zu erkennen. Bei einer der Pumpen war die Sicherung durchgebrannt. Keine große Sache. Auch mit nur drei Pumpen war die Andockstation funktionsfähig, aber alles würde langsamer gehen.

Fluchend über die Scherereien vergewisserte sich Cortez, dass er die richtigen Sicherungen im Werkzeugkasten hatte, und betrat die leere Station. Die beiden Tauchboote – die *Perseus* und die *Argus* – befanden sich zurzeit oben. Zur Vorbereitung auf die Evakuierung der Meeresbasis morgen wurden beide Boote im Trockendock inspiziert. So leer wirkte die Station wie eine große Lagerhalle, an deren Wänden dicke Wasserrohre entlangliefen.

Mit dem Werkzeugkasten in der Hand ging er zur anderen Seite hinüber. Es war nur eine einfache Reparatur.

Da spürte er, dass er nicht allein war. Es war ein Urinstinkt, der mit einem Kribbeln am ganzen Körper vor einer drohenden Gefahr warnte. Er wurde langsamer, drehte sich um und sah eine Bewegung draußen vor den Toren, einen zuckenden Schatten.

Das Herz pochte ihm heftig in der Brust. »Wer ist da?«

Er musterte das Tor sowie das winzige Beobachtungsfenster über der Kontrollstation. Niemand gab Antwort. Niemand regte sich. Vielleicht hatte er sich die Sache bloß eingebildet.

Langsam wandte er sich wieder um und setzte seinen Weg zu der verschraubten Platte auf der anderen Seite des Raums fort. Seine ohnehin überreizten Nerven schickten einen Warnruf nach dem anderen aus. Seine Ohren fingen jedes noch so kleine Geräusch auf. Aber er hörte lediglich die eigenen Schritte.

Als er sich der gegenüberliegenden Wand näherte, schallte ein lautes Klappern durch die Station. Entsetzt keuchte er auf und fuhr herum. Das Herz schlug ihm bis zum Hals. Die Luke zur Station war zugefallen. Er sah, wie sich die Bolzen zuzogen.

»He!«, brüllte er. »Ich bin hier drin!«

Er ließ den Werkzeugkasten fallen, schob sich die Brille die Nase hinauf und eilte hin. Was, wenn er die ganze Nacht über hier eingeschlossen wäre? Die anderen rechneten mit ihm!

Auf halber Strecke ertönte von oben ein schrilles Zischen. Entsetzt schaute er auf. Er kannte jeden Zentimeter der prächtigen Station, jedes einzelne Geräusch. »Oh, mein Gott ... nein!«

Die Andockprozedur war in Gang gesetzt worden. Der Druck baute sich im Raum auf.

Jetzt rannte er zur Tür. Er musste jemandem Bescheid geben, dass er hier drin war. Dann erhaschte er aus dem Augenwinkel eine Bewegung. Ein Kopf tauchte in den Beobachtungsfenstern auf. Cortez kannte dieses Gesicht mit dem verzerrten, herablassenden, höhnischen Grinsen.

Spangler.

Das war kein Unfall. Stolpernd kam Cortez zum Stehen. Der Druck auf seinen Ohren wurde bereits heftiger. Wenn niemand abschaltete, würde der Druck sich weiter verstärken, bis er so hoch wie draußen im tiefen Wasser war – über zwei Zentner pro Quadratzentimeter.

Cortez wirbelte herum. Spangler musste derjenige gewesen sein, der die Sicherung der Pumpe beschädigt hatte – eine Falle, um ihn hierher zu locken. Seine einzige Hoffnung bestand darin, die Antriebsaggregate der übrigen Pumpen außer Funktion zu setzen. Wenn er bloß die anderen drei Sicherungen entfernen könnte ...

Er kehrte zur gegenüberliegenden Wand und zum Werkzeugkasten zurück, den er dort stehen gelassen hatte. Währenddessen stieg der Druck im Raum stetig an. Allmählich wurde ihm das Atmen schwer. Sein Sichtfeld schränkte sich ein. Keuchend kämpfte er sich weiter.

In seinem Kopf explodierte ein Schmerz, als seine Trommelfelle platzten. Er schrie auf, warf die Hände in die Höhe und schlug dabei seine Brille von der Nase. Blut lief ihm den Hals hinab.

Und der Druck erhöhte sich nach wie vor.

Er stolperte, und allmählich wurde ihm schwarz vor Augen; Lichter tanzten am Rand seines eingeschränkten Sichtfelds. Um jeden Atemzug kämpfend ging er in die

Knie. Der immense Druck warf ihn erst auf die eine, dann auf beide Hände. Außerstande zu atmen wälzte er sich auf die Seite. Und kippte um. Jetzt lag er auf dem Rücken. Blind. Seine Augen waren tief in ihre knochigen Höhlen gedrückt worden.

Mit den Fingern tastete er über den Boden. Bettelte um Gnade.

Das mächtige Gewicht auf seiner Brust schwoll stetig an. Eine feurige Flut strömte schmerzhaft durch seinen Körper, als die Rippen eine nach der anderen brachen und die Lungen, die sich nicht mehr ausdehnen konnten, entzweirissen. Und immer noch erhöhte sich der Druck.

Nun gab er den Kampf auf, ergab sich seinem Schicksal. Seine Frau Maria hatte ihr Leben für das Projekt Neptune gegeben. Irgendwie schien es passend, dass auch er sein Leben dafür hingeben musste.

Maria ... mein Liebling ... ich liebe dich.

Dann, wie ein letztes Ausatmen, entfloh ihm das Bewusstsein, und Dunkelheit erfasste ihn.

23.20 Uhr

Durch das Beobachtungsfenster starrte David den zerquetschten Leichnam des ehemaligen Projektleiters an. Er sah den Schädel des Mannes unter dem Druck implodieren und die Gehirnmasse herausspritzen. Als Taucher war ihm stets bewusst gewesen, dass sich alle einer solchen Gefahr gegenübersahen, die die Tiefen herausforderten. Aber unmittelbar dabei Zeuge zu sein ...

Er wandte sich ab und schluckte eine leichte Übelkeit hinunter. Entsetzlich.

Rolfe stand am Schaltpult. »Sir?«

»Betätigen Sie die Spülung!«

Sein stellvertretender Kommandant gehorchte und flutete die Station.

19

GALEEREN

9. August, 5.02 Uhr
USS Hickman, *Ostchinesisches Meer*

Admiral Houston stand auf dem Achterdeck des Zerstörers USS *Hickman*. Noch war die Dämmerung nicht angebrochen, doch wüteten im Süden Brände, die den ganzen Horizont erhellten.

Nie zuvor hatte er den Ozean brennen sehen.

Die atomaren Schläge waren gründlich und entscheidend gewesen. Sie hatten Raketen- und Flak-Stellungen entlang der Blockadefront vernichtet. Batan, Senkaku Shoto, Lu wan: Dem größten Teil der Welt waren diese Orte bisher unbekannt, doch würde man diese winzigen, weit draußen im Meer liegenden Inseln bald in einem Atemzug mit Nagasaki und Hiroshima nennen.

Amerikanische Streitkräfte rückten bereits vor, um die restliche Blockade aufzubrechen.

Nicht jedoch die *Hickman*. Sie schleppte sich mit den Verwundeten zum sicheren Okinawa zurück. Zu ihnen zählte auch Houston, der den rechten Arm in der Schlinge trug. Er hatte die Versenkung der *Gibraltar* überlebt, war dem Schiff entkommen, kurz bevor der Hagel aus Lenkwaffen es in Stücke gerissen hatte. Im Gegensatz zu vielen, vielen anderen. Die Zahl der Toten und Vermissten ging in die Tausende, und darunter war auch der Kommandant des Schiffs sowie ein großer Teil seines Stabs.

Wie er da so stand, sprach er lautlos ihre Namen ... diejenigen, die er kannte. So viele kannte er nicht.

»Sir, Sie sollten nicht hier draußen sein«, sagte ein Lieutenant leise neben ihm. Der junge Offizier spanischer Abstammung war ihm als Adjutant zugewiesen worden. »Wir alle sollten uns unter Deck aufhalten.«

»Keine Sorge. Wir sind inzwischen weit genug entfernt.«

»Der Kapitän ...«

»Lieutenant!«, warnte er streng.

»Jawohl, Sir.« Schweigend trat der junge Mann zurück.

Houston spürte eine kühle morgendliche Brise durch seine lockere Fliegerjacke streichen. Da er den Arm in der Schlinge trug, konnte er den Reißverschluss nicht vollständig zuziehen. Ihn schauderte. Innerhalb der nächsten Stunde würden sie Naha auf Okinawa erreichen, gerade bei Sonnenaufgang. Von dort aus sollte er per Schiff zurück in die Staaten reisen.

Langsam sank das feurige Werk der Vernichtung hinter den Horizont zurück und verblasste zu einem schwachen Glanz. Dumpfes Dröhnen schallte hin und wieder über das Wasser.

Schließlich drehte sich Houston um. »Jetzt bin ich bereit, nach unten zu gehen«, sagte er müde.

Der Lieutenant nickte und bot ihm einen Arm als Stütze, und genau in diesem Augenblick ertönte eine Sirene. Beide Männer erstarrten. Radarwarnung. Hereinkommende Lenkwaffen.

Dann hörte es Houston. Ein Pfeifen, Brüllen.

Der Lieutenant packte den Admiral beim gesunden Arm und wollte ihn zur nächstgelegenen Luke ziehen.

Houston schüttelte ihn ab. »Sie fliegt woandershin.«

Wie zum Beweis sauste die feurige Spur in einem hohen Bogen durch den nächtlichen Himmel über das Schiff hinweg nach Norden.

»Eine M-11«, bemerkte Houston und ging zur Steuerbordreling hinüber, den Lieutenant im Schlepptau.

Noch während sie der Rakete mit dem Blick folgten, kam eine weitere Lenkwaffe dazu ... dann noch eine. Die neuen Raketen stiegen im Westen auf, in China. Obgleich sie aus unterschiedlichen Richtungen kamen, konnte sich Houston ihr Ziel denken. Okinawa lag unmittelbar voraus. »Oh, mein Gott ...«

»Was ist?«

Im Nordosten gab es ein weiteres Feuerwerk. Ein Dutzend dünner Flammen schoss in die Nacht hinauf. Abfangraketen. Der Schwarm aus Patriot-II-Lenkwaffen pfiff himmelwärts wie die Feuerwerksraketen zu Silvester.

Eine der chinesischen Lenkwaffen wurde getroffen. Ihr feuriger Flug ging in einen taumelnden Sturz über. Dann erlosch sie und war nicht mehr zu sehen. Aber die anderen beiden setzten ihren Weg fort und verschwanden jenseits des dunklen Horizonts.

»Was ist da los?«, fragte der Lieutenant.

Houston starrte einfach nur hin.

Zunächst ging alles völlig lautlos vonstatten. Lediglich ein Lichtblitz, als wäre die Sonne hinter dem Horizont explodiert.

Der Lieutenant wich zurück.

Ein tiefes Grollen tönte über das Wasser, wie Donner unter dem Meer. Ein gleißend helles Licht am Horizont brach in sich zusammen und bildete zwei glühende Wolken am Rand der Welt. Langsam, allzu langsam wälzten sie sich dem Himmel entgegen, hochgeschoben auf feurigen Stelzen. Leuchtende Farben glühten in den Herzen dieser Schmelzöfen: ein feuriges Orange, Magenta, ein dunkles Rosa.

Houston schloss die Augen.

Die Explosionswelle, obgleich sie aus so weiter Entfernung kam, traf die *Hickman* wie ein Hammer und brannte Houston vom Deck, noch bevor er auch nur ein letztes Gebet hätte stammeln können.

6.04 Uhr
Nautilus

Jack hatte sich einen isolierenden Taucheranzug übergestreift und bestieg jetzt die *Nautilus*, die in den kleinen Wellen am Heck seines Schiffs auf und nieder wippte. Er wand und drehte sich in den Pilotensitz und machte sich an einen letzten Systemcheck.

Er wusste, dass er nicht unbedingt erforderlich gewesen wäre, zudem stand er mächtig unter Zeitdruck, aber er benutzte den Routinevorgang, um seine Nerven zu beruhigen. Es würde nichts schief gehen. Es durfte nichts schief gehen.

Die ganze Nacht über, während die *Deep Fathom* weiterhin zur Absturzstelle von Air Force One gedampft war, hatte seine Mannschaft das Tauchboot für die lange Fahrt vorbereitet: Sie hatten die Hauptbatterien nachgeladen, die Sauerstofftanks gefüllt, die Kohlendioxidfilter ausgetauscht, die Antriebssysteme geschmiert. So frisch gewachst und poliert hätte die *Nautilus* als neu durchgehen können.

Aber das war auch bitter nötig, denn heute würde

Jack die *Nautilus* auf ihre bislang längste Fahrt mitnehmen.

Vor einer Stunde war die *Fathom* auf der Leeseite einer kleinen Insel, die kaum größer als ein Baseballfeld war, vor Anker gegangen, etwa zwanzig nautische Meilen von der Absturzstelle entfernt. Jacks Plan war, das Tauchboot still und heimlich so nah wie möglich heranzubringen und dann mit Dr. Cortez und Karen einen Plan zu entwerfen, wie man sie aus der Meeresbasis befreien konnte. Das erforderte einen makellosen Zeitplan.

Jack zeigte Robert an, dass alles in Ordnung war, und dieser ließ die Kunststoffkuppel herab und zog die Befestigungsmuttern mit einem Akkuschrauber fest. Das war normalerweise Charlies Aufgabe, doch der hatte sich die ganze Nacht über in seinem Labor vergraben und mit dem Kristall gearbeitet.

Robert tätschelte die Seite des Tauchboots, das übliche Zeichen dafür, dass alles bereit war. Jack nickte dem Meeresbiologen zu, und der legte eine Handfläche auf die Kuppel, ein schweigendes »Viel Glück!«, und sprang dann vom Boot.

Jack warf einen Blick zurück. Seine ganze Mannschaft hatte sich an der Heckreling aufgestellt. Sogar Elvis stand neben Lisa. Der Schwanz des alten Hundes ging langsam hin und her.

Jack salutierte ihnen, drückte daraufhin einen Knopf und saugte Wasser als Ballast in die leeren Tanks zu beiden Seiten. Langsam sank das Tauchboot nach unten. Als die Wasserlinie über die Kuppel stieg, überkam ihn kurz ein ungutes Gefühl. Er tat es als die übliche Nervosität vor jedem Tauchgang ab, wusste jedoch im Herzen, dass es diesmal um mehr ging.

In sechs Stunden würde die Mutter aller Sonnenstürme die Erde treffen – und wenn er und die anderen es nicht schafften, war es ziemlich egal, ob er Karen gerettet hatte oder nicht.

Er ließ das Tauchboot unter dem eigenen Gewicht absinken. Mit Antrieb wäre es schneller gegangen, aber er hatte keine Reserven in den Batterien. Als er die Fünfzig-Meter-Marke erreichte, nahm das Wasser eine mitternachtsblaue Färbung an. Einmal dort angelangt, tippte er kurz den Antrieb an, damit die *Nautilus* sanft nach unten gleiten, von der Insel wegkommen und ins offene Meer hinausfahren konnte.

Langsam sank das Tauchboot hinab ins Dämmerlicht ... *einhundert Meter* ... dann völlig in die Nacht ... einhundertfünfzig.

Jack schaltete die Xenonscheinwerfer des Schiffs nicht ein, um die Batterien zu schonen, und lenkte allein mit Hilfe des Computers durch das schwarze Wasser. Die Region war mittels Sonar kartografiert worden, als die *Fathom* zum ersten Mal hier gewesen war, und die Informationen waren in die Steuerung des Tauchboots eingespeist worden. Sobald er sich dem Grund näherte, würde er auf aktives Sonar umschalten. Er hatte Funkstille zwischen sich und dem Schiff angeordnet, damit seine Annäherung so heimlich wie möglich erfolgen konnte.

Zweihundert Meter ... kleine helle Nadelspitzen tauchten auf. Biolumineszierendes Plankton sowie anderes winziges vielzelliges Leben.

Jack erfreute sich an der Vorstellung. Selbst hier fand das Leben eine Möglichkeit zu überleben. Bei diesem Anblick verspürte er einen Schimmer der Hoffnung.

Vierhundert Meter. Schließlich schaltete er das Sonar ein. Eine blinde Annäherung an sein Ziel wäre entschieden zu gefährlich. Er behielt sowohl den analogen Tiefenmesser als auch die Sonaranzeige im Blick. Mit sanften Berührungen der Fußpedale vollführte er winzige Kurskorrekturen.

Die Zahlen stiegen an. *Fünfhundert Meter.* Schließlich drückte er den Schalter, und Zwillingsspeere aus Licht durchdrangen die Düsternis vor ihm und erleuchteten die Landschaft unten.

Jack drückte ein Pedal nieder, kippte das Tauchboot auf die Seite und musterte das Terrain unter sich. Es war ebenso perfekt, wie er gehofft hatte, ein Labyrinth aus tiefen Schluchten, das bis ganz zur Absturzstelle hinüberreichte. Er beabsichtigte, sie während seiner Annährung als Deckung zu benutzen, wie er es getan hatte, als er sich durch die Ruinen an Davids Kutter herangeschlichen hatte. Diesmal hoffte er jedoch auf ein wesentlich besseres Ergebnis. Beim letzten Mal war er mit leeren Händen zurückgekehrt.

Als der Tiefenmesser die Sechshundert-Meter-Marke erreichte, lenkte Jack das Tauchboot in eine breite Schlucht zwischen zwei Kämmen. Er bremste und ließ so viel Ballast ab, dass er im Wasser schwebte.

Jetzt war er bereit. Er schaltete den Antrieb ein und begann die lange, gewundene Fahrt.

Die Wände zu beiden Seiten waren mit Muscheln, Seeanemonen und Tiefseekorallen bedeckt. Hummer und Krabben krabbelten über die Felsbrocken und winkten mit ihren klackenden Klauen dem Fremdling in ihrer Mitte zu. Andere Lebewesen flohen vor dem Licht seiner Scheinwerfer: Schulen von Fischen mit silbernen Bäuchen schossen davon und verschwanden blitzartig. Blutrote Oktopusse flohen panikerfüllt und hinterließen Wolken dunkler Tinte. Geflügelte schwarze Rochen gruben sich tiefer in den Schlamm.

Jack glitt weiter die Schlucht entlang. Im Augenblick empfand er lediglich Ehrfurcht vor einem Meer, das sogar hier so lebendig war. Eine weitere Stunde lang navigierte er, so gut er konnte, mit Hilfe von Sonar und Kompass in einem Zickzackkurs durch dieses Labyrinth.

Er umrundete einen Berg und tauchte in eine lange, schmale, für sein Vorhaben geradezu perfekt geeignete Schlucht. Gut, es gab einige Abzweigungen, doch im Großen und Ganzen führte sie schnurstracks auf sein Ziel zu.

Er blickte auf die Uhr. *Noch vier Stunden bis Mittag.* Das wurde allmählich knapp. Er gab Gas und schoss in die Schlucht hinein. Diese plötzliche Beschleunigung rettete ihm das Leben, denn auf einmal explodierte die Felswand rechts.

Der Explosionsstoß traf das Tauchboot von hinten, was zur Folge hatte, dass das Heck in die Höhe sauste, die *Nautilus* sich überschlug und heftig gegen die Felswand auf der anderen Seite prallte.

Jack keuchte auf. Er hatte sich den Kopf an der Kuppel angeschlagen. Scharrend glitt die *Nautilus* an der Wand entlang. Mit einem Übelkeit erregenden Knirschen riss sich etwas von der Unterseite des Tauchboots los. Einer der Xenonscheinwerfer zerplatzte mit hörbarem Knall und Wolken aus dickem Glas stoben davon.

Jack unternahm alles Mögliche, um nicht aus seinem Sitz geschleudert zu werden, und betete darum, dass die innere Titanhülle und der kugelfeste Kunststoff der Beanspruchung gewachsen waren. Schon ein einziger Riss in der Schweißnaht würde bedeuten, dass das Tauchboot in Sekundenbruchteilen implodieren und er im Handumdrehen zerquetscht würde.

Mithilfe der Fußpedale richtete er das Boot wieder auf. Er schwebte inmitten einer Wolke aus Schlamm und

Sand, und seine Sicht war gleich null. Über die Außenmikrofone hörte er das hohle Knallen von Felsen, die hinter ihm herabpolterten. Er blickte über die Schulter und konnte so gerade eben eine eingestürzte Felswand erkennen.

Er reckte den Hals. Über den Bergspitzen klärte sich die Schlammwolke allmählich, von schnelleren Strömungen davongetragen.

Dort oben entdeckte er auch seinen Angreifer.

Ein anderes Tauchboot umkreiste ihn wie ein Haifisch. Es war zigarrenförmig, hatte Stummelflügel und strich wie auf der Jagd umher. Er kannte dieses Fahrzeug.

Es war die *Perseus* – das neueste Tauchboot der Navy, ein ebenso schlankes wie tödliches Gefährt. Der Admiral hatte ihm in der Nacht des Anschlags die technischen Einzelheiten erklärt. Sie war der *Nautilus* in jeder Hinsicht überlegen: sie war flinker, konnte tiefer hinabtauchen und ließ sich besser manövrieren. Am schlimmsten von allem war jedoch: Sie hatte scharfe Zähne.

Jack entdeckte die Rückenflosse dieses Weißen Titanhais.

Eine Anzahl Minitorpedos.

Eilig schaltete er den verbliebenen Scheinwerfer seines Tauchboots ab, worauf sogleich die Dunkelheit auf ihn einstürzte. Im Schlamm über ihm kreiste unermüdlich ein schwacher, suchender Lichtstrahl.

Das hungrige Raubtier jagte seine Beute, und die saß in der Falle.

8.02 Uhr
Deep Fathom

Charlie ging in seinem engen Labor auf und ab und murmelte in sich hinein: »Das könnte funktionieren ...« Er hatte die Berechnungen immer und immer wieder durchlaufen lassen und noch häufiger den Kristall überprüft.

Dennoch war er nicht restlos überzeugt. Die Theorie war das eine. Bevor er seinen Plan jedoch in die Praxis umsetzen wollte, hätte er gern Rücksprache mit Dr. Cortez gehalten. Aber die Zeit lief ihnen davon, und Charlie konnte von sich aus den Geophysiker nicht erreichen. Sie waren darauf angewiesen, dass die Meeresbasis sich bei ihnen meldete.

Er beugte sich über den Computer hinweg zurück, tippte auf einen Knopf, und auf dem Monitor erschien ein dreidimensionales Abbild der Erdkugel. In einem komplizierten Ballett umkreisten einhundert kleine x-förmige Kreuze langsam den Planeten. Von links schoben sich winzige Linien wie eine Wellenfront zum Mittelpunkt des Bildschirms vor, zur Erde. Das war die Frontlinie des Sonnensturms. Charlie sah in die obere rechte Ecke auf die kleine Uhr, die die Zeit bis zur Kollision des Flares mit den oberen Schichten der Atmosphäre anzeigte.

Vier Stunden.

Der Tanz der X-Kreuze um den Globus basierte auf den Echtzeitdaten des Marshall Space Flight Center, das die nahende Wellenfront überwachte und extrapolierte, wie sie wohl die Satelliten im Orbit beeinflussen würde.

Charlie legte einen Finger auf eines der kleinen Kreuzchen.

Ein Klopfen an der Tür störte ihn. Es war Lisa, die ihm mitteilte: »Charlie, da ist ein Anruf von Karen.«

Erleichtert richtete er sich auf. »Gott sei Dank! Das wird aber auch verdammt Zeit, *Mann*!« Er holte die Diskette mit den neuesten Daten aus dem Zip-Laufwerk des Computers und schoss zur Tür hinaus.

Er fand Lisa und Miyuki vor dem Laptop der Professorin vor und spürte sofort die Spannung im Raum. Keine der beiden Frauen wirkte sonderlich glücklich.

»Stimmt was nicht?«, fragte er Lisa und kam um den Tisch.

Karen auf dem Bildschirm hatte seine Frage mitbekommen und gab Antwort: »Ich habe angerufen, weil ich nachhören wollte, ob sich Dr. Cortez bei euch gemeldet hat.«

Charlie beugte sich vor die Kamera. »Was willst du damit sagen? Warum fragst du ihn nicht selbst?«

»Weil man mir heute früh gesagt hat, er sei in der Nacht nach oben gegangen. Seither habe ich kein Wort mehr von ihm gehört. Ich hatte gehofft, er hätte mit euch Kontakt aufgenommen.«

»Nein. Nichts.« Charlie überdachte diese Information. »Hm, das gefällt mir überhaupt nicht. Nun ja, da Dr. Cortez sich ohne Gruß entfernt hat, gehen wir die Sache am besten noch mal auf eigene Faust durch. Nur für den Fall der Fälle. Jack ist bereits mit dem Tauchboot unterwegs. Ich verbinde dich mit der *Nautilus*, damit ihr beide euch absprechen könnt, wie du von dort den Abflug machen kannst.«

Karens Bild flackerte. »Wäre vielleicht besser. Die letzten Wissenschaftler sollen in einer Stunde die Station verlassen, dann bin ich mit Davids Stellvertreter hier allein. Wenn mich jemand retten will, dann am besten bald.

Aber was ist mit der Säule? Was tun wir, falls wir nichts von Dr. Cortez hören?«

»Beten, das tun wir. Beten, dass er viel zu beschäftigt damit ist, Vorbereitungen zur Rettung der Welt zu treffen, als dass er uns auf den neuesten Stand der Dinge bringen könnte.« Aber sogar Charlie war klar, dass dieses Gebet wohl kaum erhört werden würde. »Hör mal, Karen. Ich hab da was ausgetüftelt, das könnten wir versuchen. Bleiben wir von jetzt an eng in Kontakt, ja?«

»Ich werd's versuchen, aber das wird schwierig werden. Lieutenant Rolfe ist unten und hilft beim nächsten Tauchboot. Ich habe für diesen Anruf so getan, als müsste ich dringend zur Toilette.« Sie sah auf ihre Uhr. »Und mir läuft die Zeit davon. Ich sollte wieder runter.«

»Dann stell ich dich besser mal zu Jack durch.« Charlie wandte sich an Miyuki.

Die Professorin drückte auf einen Knopf und fragte laut: »Gabriel, kannst du diese Verbindung zur *Nautilus* verlegen?«

Eine Pause. *»Ich fürchte, das geht nicht. Anscheinend gibt es da Interferenzen.«*

Voller Sorge zog Karen die Brauen zusammen, dann flackerte ihr Abbild und wich weißem Rauschen.

»Gabriel, hol sie zurück!«, befahl Charlie.

»Ich fürchte, das geht nicht. Anscheinend gibt es da Interferenzen.«

Bevor Charlie um eine weitere Erklärung bitten konnte, hörte er jemanden die Treppe hinunterlaufen.

Roberts Stimme ertönte über die winzigen Lautsprecher des Funkgeräts. »Wir haben ...«

»Gesellschaft«, beendet Kendall McMillan, als er in den Raum stürmte. »Zwei Schiffe, Militär, kommen von beiden Seiten der Insel auf uns zu.«

Alle gingen zur Treppe, außer Miyuki, die bei ihrem Computer blieb. Ihre Finger flogen über die Tasten. »Ich lasse Karen nicht im Stich!«, rief sie Charlie zu. »Ich versuche weiter, sie zu erreichen und sie darüber zu informieren, was geschehen ist.«

Charlie nickte. »Tu, was du kannst! Aber wenn sie unser Schiff entern, versteck diesen Computer! Vielleicht ist er alles, was zwischen uns und dem Ende der Welt steht.«

Er stieg auf das Achterdeck der *Fathom* und sah ein langes Schiff um die Südküste ihrer kleinen Insel herumjagen.

Eine Schiffssirene ertönte, gefolgt von einer Nachricht. *»Bereiten Sie sich zur Übernahme vor! Jeder Widerstand wird gewaltsam gebrochen!«*

McMillan starrte hinüber. »Was tun wir jetzt?«

»Uns bleibt keine andere Wahl«, meinte Charlie. »Diesmal nicht. Wir ergeben uns.«

8.14 Uhr
Basis Neptune

Erneut versuchte Karen, Gabriels Adresse einzutippen. Nach wie vor keine Antwort. Sie schaute auf die Uhr und erhob sich. Länger konnte sie nicht hier bleiben, ohne Verdacht zu erregen. Ein letztes Mal sah sie stirnrunzelnd den Computer an. Nach dem abrupten Ende ihres Gesprächs mit der *Deep Fathom* war sie der Panik nahe.

Sie ging zur Leiter von Ebene 2 hinüber und stieg hinab. In Gedanken noch immer bei der Störung, streckte sie ein Bein nach der nächsten Sprosse aus, und da packte sie jemand am Fußknöchel und riss daran.

Mit einem Aufschrei fiel sie von der Leiter.

Rolfe fing sie auf und umklammerte ihren Oberarm. »Weshalb haben Sie so lange gebraucht?«

Karen schluckte und wich seinem anklagenden Blick aus. Sie legte ein Zittern in ihre Stimme – nur teilweise vorgetäuscht. »Ich habe ... ich habe ...«

»Sie haben was?«

Sie funkelte ihn an. »Ich habe meine Tage, wenn Sie's unbedingt wissen müssen!«

Rolfes Gesicht färbte sich noch röter. Offenbar wollten diese rauen, SEAL-trainierten Mörder gar nicht so genau wissen, wie das bei den Frauen war. »Na gut, dann, aber bleiben Sie bei mir. Wir schicken gerade das letzte Shuttle nach oben.«

Dies Worte gefielen Karen gar nicht. *Das letzte Shuttle* ... Was war mit ihr?

Rolfe führte sie zum Schaltpult der Andockstation. Nach einem Blick durch das Fenster sagte er in ein Mikrofon: »Alles klar, *Argus*?«

Karen spähte durch die Scheibe. Der Pilot und die letzten Wissenschaftler, die sich beide in das hintere Passagierabteil gequetscht hatten, saßen abfahrbereit im Tauchboot.

»Systeme zeigen grünes Licht. Bereit zum Ausstieg!«, funkte der Pilot.

»Erhöhe Druck.« Rolfe drückte einen großen blauen Knopf und schaltete das Andocksystem ein.

Unmittelbar nach dem Druckausgleich öffneten sich die Röhren nach draußen, und das hereinströmende Wasser verschluckte bald das Boot. Karen sah sich alles genau an. Wenn Dr. Cortez nicht noch auftauchte, musste sie womöglich allein damit zurechtkommen.

Den ganzen Morgen über war sie Rolfe auf Schritt und Tritt gefolgt und hatte durch stilles Beobachten gelernt, wie die Basis funktionierte. Alles war sehr benutzerfreundlich angelegt, größtenteils wegen dieser kompakten Kontrollstation. Vier nebeneinander stehende Monitore zeigten das Gebiet rings um die Station. Unter zwei zusätzlichen Monitoren für die ROV-Roboter gab es zwei Joysticks. Alles Übrige hatte mit der Andockstation selbst zu tun.

Das Wasser stieg über die winzigen Beobachtungsbullaugen. Während die Station sich füllte, erregte ein schwaches Glitzern ihre Aufmerksamkeit. Etwas Kleines trieb in der Andockstation. Zunächst hielt sie es für ein Werkzeug, das jemand liegen gelassen hatte, und achtete wieder auf das Tauchboot. Auf der anderen Seite drüben überprüfte dessen Pilot gerade den Antrieb und hob vom Deck ab.

Doch dann machte das Glitzern erneut auf sich aufmerksam. Wieder trieb dieses Ding an dem winzigen Fenster vorüber.

Karen beugte sich näher heran und erkannte, um was es sich handelte.

Eine Brille. Die Gläser waren zerbrochen, der Rahmen verbogen.

Mit einer schnellen Handbewegung erstickte sie ihr entsetztes Aufstöhnen.

8.15 Uhr
Nautilus

In einer Schlammwolke verborgen bewegte Jack sein Tauchboot zentimeterweise an der Basis eines Felsens entlang. Er hielt sich unter einem Vorsprung, damit sein Sonarschatten möglichst klein blieb, behandelte die Pedale wie rohe Eier und gab sich alle Mühe, nicht schneller zu werden als die Strömung, um ja keine Spur in der Wolke zu hinterlassen und so seine Position zu verraten. Der Lichtkegel des Suchscheinwerfers der *Perseus* schwenkte in einem Zickzackmuster über ihn hinweg. Sein Verfolger wartete darauf, dass sich der Schlamm setzte.

Jack war klar, dass er vorher das Weite suchen müsste.

Dennoch zwang er sich dazu, das Schneckentempo beizubehalten. Er fuhr das Tauchboot blind, ohne Scheinwerfer. Allein das Sonar leitete ihn. Langsam schob er sich voran. Sein Ziel: eine Abzweigung weiter vorne. Er hatte keine Ahnung, wohin sie führte oder ob sie gar eine Sackgasse war, aber er musste die Hauptschlucht verlassen haben, bevor die Wolke sich zerstreute.

Da ertönte eine dröhnende Stimme über den Ohrhörer. »Ich weiß, dass du da unten bist, Kirkland. Du kannst dich nicht auf ewig verstecken.«

Spangler ... na toll ... aber nicht gerade eine Überraschung.

Jack verhielt sich weiterhin ruhig, stellte sich tot.

»Ich halte deine Frau in der Meeresbasis gefangen und habe dein Schiff beschlagnahmt. Zeige dich, und ich lasse die anderen am Leben.«

Er widerstand dem Drang zu lachen. *Aber sicher!*

Das Schweigen dehnte sich schier endlos. Erneut ertönte Davids Stimme, jetzt wesentlich wütender. »Soll ich Professor Grace während deiner Abwesenheit ein paar Lektionen erteilen? Möchtest du das? Möchtest du vielleicht ihr Geschrei hören, wenn Lieutenant Rolfe sie vergewaltigt?«

Jack ballte wütend die Hände, schwieg jedoch weiter. Sich zu zeigen würde Karen mehr Schmerzen zufügen, als es nutzen würde. Am besten hielte er sich weiter bedeckt.

Endlich öffnete sich rechts eine Seitenschlucht. Jack lenkte die *Nautilus* in den schmalen Einschnitt und gab Gas. Sonarechos füllten nach und nach den Bildschirm des Navigationscomputers. Er seufzte erleichtert. Es war keine Sackgasse. Die Schlucht wand sich in die Ferne und verzweigte und teilte sich.

Voller Sorge raste er den tiefen Spalt entlang. Wände sausten blitzschnell vorüber. Er benötigte Zeit und Distanz, um den Schweinehund abzuschütteln.

»Wohin willst du, Jack?« Hinter ihm flammten Scheinwerfer auf.

Jack sprang auf und verdrehte den Hals. *Verdammt ...*

Voller Mordabsichten jagte die *Perseus* hinter ihm die Schlucht entlang.

Er sah hin, und da dämmerte ihm die Erkenntnis, dass er einen Fehler begangen hatte. Das Tauchboot zog eine Staubfahne hinter sich her, hochgewirbelt vom Meeresboden, als er darüber hinweggefahren war. Eine deutliche Spur. Ein blöder Fehler.

Da gab er das Versteckspiel auf, schaltete seinen verbliebenen Scheinwerfer ein und drückte die Pedale bis zum Boden durch. Die *Nautilus* schoss hoch und wand sich korkenzieherartig aus der Schlucht hinaus.

Während er dahinwirbelte, sauste ein Minitorpedo an der Kuppel des Tauchboots vorüber, das sein Fahrzeug nur äußerst knapp verfehlte und links auf einen Berg traf. Das Donnergrollen der Explosion tönte über seine Außenmikrofone.

Jack kippte sein Boot steil nach unten ab. Auf der Schockwelle reitend fiel er in eine benachbarte Schlucht, und als er sein Tauchboot wieder geradeaus fahren ließ, kratzte die Unterseite über den Boden und wirbelte eine Schlammwolke auf.

Was ihn vor einem Augenblick verraten hatte, konnte ihn jetzt retten. Er schaltete seinen Scheinwerfer ab und bewegte sich ohne Antrieb weiter, verschwand in der immer größer werdenden Wolke aus Sand und Schlick.

Er hörte David über den Funk fluchen. In seinem Bemühen, ihn zu verfolgen, hatte er vergessen, dass sein Sprechfunk nach wie vor eingeschaltet war. Jack machte ihn nicht darauf aufmerksam, sondern hörte weiter mit.

»Gott verdammt, Kirkland! Ich werde dich sterben sehen, bevor der Tag endet.«

Jack grinste. *Viel Spaß dabei, du Arschloch!* Er raste den Schacht entlang und glitt um einen Auswuchs herum. Das Sonar klingelte warnend. Die Schlucht endete in einer flachen Klippe nur etwa zwanzig Meter entfernt.

»Oh, Scheiße ...« Er schaltete den Rückwärtsgang ein, woraufhin der Antrieb schrill und protestierend aufjaulte, und lenkte die Nase des Tauchboots steil in die Höhe. Aber das reichte nicht aus. Er hatte zu viel Schwung, und so prallte die Unterseite der *Nautilus* hart gegen die Wand.

Jack wurde nach vorn gerissen, und die Gurte gruben sich ihm tief in die Schultern. Gewaltsam setzte er sich wieder auf, betätigte den Antrieb und stieg knapp vor der Wand empor.

Ein neues Warnsignal ertönte von seinem Computer. Die Batterien gingen allmählich zur Neige.

»Großartig ... einfach toll ...«

Nachdem Jack die Wand überwunden hatte, kippte er das Boot wieder waagerecht und raste über den Gipfel des Bergs hinweg. Er betete, dass ihm genügend Energie geblieben war. Da spürte er links eine Bewegung, wandte sich um und wurde von einem Lichtstrahl geblendet.

Die *Perseus* flog aus einer nahe gelegenen Schlucht heraus und kam direkt auf ihn zu.

Damit er nicht breitseits gerammt wurde, wälzte Jack das Tauchboot herum und fing den Aufprall mit seinem Fahrgestell ab. Die *Nautilus* ruckte heftig, als sie am Heck getroffen wurde und davonwirbelte. Jack kämpfte darum, sich wieder aufzurichten, jedoch vergebens. Das Boot schlug gegen einen Berg, und seine Nase bohrte sich in den dicken Schlamm.

In seinen Ohren klingelte es, als er schwitzend den Antrieb betätigte, um sich wieder herauszuziehen.

Das überbeanspruchte Metall ächzte, dann löste sich die *Nautilus* ruckartig.

Als er sein Tauchboot herumschwang, sah er aus dem Augenwinkel die *Perseus* in einem engen Bogen hereinkommen. Ihre Torpedoabschussanlage zielte in seine Richtung.

Jetzt aber nichts wie weg!

Er drückte die Pedale bis zum Boden durch. Der Antrieb jaulte. Das Tauchboot ruckelte und bebte, wollte sich jedoch nicht von der Stelle rühren. Sein Vorderantrieb war mit Sand verstopft. »Mach schon, mach schon ...«

Er schaltete den Rückwärtsgang ein und blies so die verstopften Propeller frei.

Die *Perseus* jagte heran. Diesmal wollte sie ihr Ziel nicht verfehlen. »Bereit zu sterben, Kirkland?«

Jack gab Vollgas. Da ihm keine Zeit zur Flucht mehr blieb, jagte er direkt auf seinen Gegner zu. Das war ein riskantes Spiel, aber er vertraute auf Davids Feigheit. Eine Explosion in unmittelbarer Nähe würde sein eigenes Tauchboot gefährden.

Er drückte die Pedale bis zum Boden durch und schoss weiter auf die *Perseus* zu. Statt zurückzuweichen, blieb diese jedoch auf Kurs.

Jack schaltete seinen Halogenscheinwerfer ein. Ein Lichtstrahl stach durch die Dunkelheit bis zum anderen Tauchboot hinüber und blendete dessen Piloten.

Im letzten Augenblick kippte Spangler sein Boot zur Seite.

Jack raste unter dem feindlichen Tauchboot hindurch. Dabei erhaschte er einen kurzen Blick auf David, der in seinem zigarrenförmigen Glasabteil auf dem Bauch lag. Dann drehte die *Perseus* plötzlich ab.

Er sah ihr nach und entdeckte, dass ihre Torpedos nach wie vor auf ihn gerichtet waren. Ein feuriger Finger erschien.

»Mist!«

Er richtete sich in seinem Sitz auf. Die nächste Schlucht war zu weit entfernt. Sein Sonar fing das Signal des heranjagenden Geschosses ein. Er ertappte sich dabei, dass er sich weit vorbeugte, als könne er so seine Geschwindigkeit erhöhen. »Schneller ...«

Ein Gelächter ertönte über seinen Sprechfunk. »Adios, du Arschloch!«

Zur Schlucht würde er es nicht mehr schaffen, so viel stand fest. Also suchte er nach anderen Möglichkeiten und entdeckte einen großen Felsbrocken auf der Spitze des Berges. Er drückte das linke Pedal durch und raste in einem steilen Winkel darauf zu.

»Selbstmord, Jack? Zumindest ein ehrbarer Tod.«

Jacks Blick flackerte zwischen dem heranjagenden Torpedo und der bevorstehenden Kollision hin und her. Er biss sich auf die Lippe und rechnete. Im letzten Augenblick blies er den Ballast aus den Tanks und gab Vollgas. Die Nase seines Tauchboots schlug in den schlammigen Grund vor dem Felsbrocken – und *prallte zurück*.

Dank des erhöhten Auftriebs vollführte das winzige

Fahrzeug einen Salto über den Felsbrocken hinweg wie ein Turner, der einen siegverdächtigen Bocksprung hinlegte.

Was dem Torpedo allerdings nicht gelang.

Der riesige Felsbrocken zerbarst unter der *Nautilus*. Der Explosionsstoß drückte das Heck des Tauchboots hoch, und kleine Steinchen prasselten auf die Unterseite ein. Jauchzend ritt Jack auf der Schockwelle dahin, während er neuen Ballast ansaugte und von der Welle über den Rand geschoben wurde.

Wie ein Bleigewicht sank er direkt in die nächste Schlucht hinab.

Knapp vor dem Grund richtete er sein Boot wieder aus und jagte dicht über dem Meeresboden dahin. In ihm mischten sich Erleichterung und Aufregung, jedoch war beides nur von kurzer Dauer. Bald wurde es in dem dunklen Wasser über ihm heller, während David mit seinem schnelleren Tauchboot aufholte.

Jack musterte seine Sonaranzeige. Vor ihm tauchte ein seltsamer Schatten auf. Da er nicht wusste, was da auf ihn zukam, ließ er den Scheinwerfer brennen.

Er brauchte ein Versteck – und zwar bald!

Nachdem er eine leichte Biegung in der Schlucht hinter sich gelassen hatte, entdeckte er die Anomalität. Ein Felsbogen überspannte den Abgrund, eine hohe, schmale Brücke aus Stein.

Er glitt darunter her. Sie war zu klein, um ihn zu verbergen, aber bei ihrem Anblick kam ihm eine Idee. Er bremste ab und ließ sich auf den schlammigen Grund sinken.

Es war an der Zeit, auf gleiche Augenhöhe zu gehen.

Konferenzraum, Weißes Haus

Lawrence Nafe stand vor der strategischen Karte, die vom Computer auf die Rückwand des Konferenzraums im Weißen Haus projiziert wurde. Hinter ihm hatten sich die Joint Chiefs of Staff, das Kabinett sowie der Geheimdienst versammelt.

Auf der Karte glühte die winzige Insel Okinawa rot auf.

Vernichtet. Hunderttausende in einem einzigen grellen Blitz getötet.

Sein Verteidigungsminister sagte: »Wir müssen ein Ziel auswählen, Mr President. Der Vergeltungsschlag muss in Kürze erfolgen und hart sein.«

Nafe trat von der Karte weg und drehte sich um. »Peking.«

Die um den Tisch versammelten Männer starrten ihn an.

»Brennt es bis auf die Grundmauern nieder!«

8.55 Uhr
Perseus

David, der auf dem Bauch in der schlanken Pilotenkanzel seines Tauchboots lag, jagte um eine Kurve. Der Schweiß rann ihm schon in Mund und Nase. Er gab sich nicht die Mühe, ihn wegzuwischen. Er wagte nicht, die Kontrollhebel loszulassen. Auf der Polyacryl-Kuppel leuchteten Sonaranzeigen auf.

Er lenkte um die Kurve, entdeckte seine Beute und lächelte. Also hatte der Schweinehund die Explosion nicht unversehrt überstanden.

Jacks abgedunkeltes Tauchboot schleppte sich sichtbar

beschädigt unter einem Steinbogen dahin. David sah dem verzweifelten Mann dabei zu, wie er mit aller Kraft versuchte, sein Fahrzeug von der Stelle zu bewegen, und dabei Sand und Schlamm aufwirbelte. Jedoch vergebens. Das Boot lahmte weiterhin.

Wie ein Nestflüchter mit einem verletzten Flügel.

»Probleme?«, funkte er hinüber.

»Fick dich doch ins Knie!«

David grinste. Er ließ die *Perseus* nach unten sinken und richtete die Scheinwerfer so aus, dass sie die Kuppel des anderen Tauchboots erleuchteten.

Er sah, wie Jack sich abmühte.

Aufgeregt hob David sein Tauchboot an und segelte über seinen Feind hinweg. Während er unter dem Bogen entlangglitt, stellte er die Scheinwerfer der *Perseus* so ein, dass sie auf den Feind gerichtet blieben, der da unten in der Falle saß. Der Anblick dieses Mannes, wie er verzweifelt um sein Leben kämpfte, verschaffte ihm einen wunderbaren Nervenkitzel. Als David dicht über das beschädigte Tauchboot hinwegstrich, sahen die beiden Gegner einander ins Gesicht.

Jack schaute zu ihm auf, während David grinsend hinabsah.

Allerdings entdeckte er nicht die winzigste Spur von Furcht in Jacks Blick, nur Befriedigung. Jack machte eine herablassende Handbewegung – dann schoss die *Nautilus* senkrecht in die Höhe.

David wurde kalt erwischt und konnte nicht mehr ausweichen. Die beiden Fahrzeuge stießen zusammen. David schlug mit dem Kinn gegen die Wand und biss sich in die Zungenspitze. Er sah Sterne, sein Mund füllte sich mit Blut.

Einen Augenblick später bohrte sich Jacks Kuppel in

das Vorderteil von Davids Fahrzeug. Beide Männer lagen auf Armeslänge voreinander entfernt und konnten sich dennoch nicht berühren.

Jack grinste zu ihm auf. »Jetzt ist gleiche Augenhöhe angesagt, du Schwein.«

David warf einen Blick auf seine Sonaranzeige. Plötzlich verstand er die Falle – jedoch einen Sekundenbruchteil zu spät.

Der obere Teil der *Perseus* traf den Steinbogen, und David stieß einen Schwall Flüche aus. Mit lautem Quietschen trafen die Titan-Torpedos auf den unnachgiebigen Fels. Einer zündete, schoss die Schlucht entlang und explodierte an einem fernen Felsen. Die restliche Abschussvorrichtung brach ab und sauste, sich überschlagend, davon.

Als seine Falle zugeschnappt war, ließ Jack sein Tauchboot wieder sinken. »Wie du schon gesagt hast ... Adios!« Die *Nautilus* wollte davonjagen, hinüber zu der schützenden Schlammwolke, die die Explosion des verirrten Torpedos aufgewirbelt hatte.

Blut spuckend legte David einen Schalter um. »Nein, das wohl kaum, du Arschloch!«

9.04 Uhr
Nautilus

Jack gefror das Grinsen auf dem Gesicht, als die *Nautilus*, die gerade beschleunigen wollte, ins Schlingern geriet und so abrupt abbremste, dass er heftig in seine Gurte geschleudert wurde.

Er drehte sich um und entdeckte, dass sich ein Greifarm der *Perseus* am Rahmen seines Tauchboots verhakt und die Zangen fest geschlossen hatte. David ließ ihn nicht entkommen. Der Titanarm zerrte und ließ das Metall kreischen.

Auf Jacks Computermonitor flammten rote Warnleuchten auf. Da er von hinten festgehalten wurde, waren die Greifarme seines Tauchboots für einen Gegenschlag völlig nutzlos. Er saß in der Falle.

Das metallische Kreischen wollte nicht aufhören, die Zangen von Davids Greifarmen rissen immer heftiger an Jacks Tauchboot, drückten immer fester zu. Der Computermonitor flackerte. Die Kohlendioxidreiniger schwiegen. David hatte die Hauptversorgungsleitung abgequetscht. Das sah gar nicht gut aus.

Jacks Gedanken rasten. Er nahm Ballast auf und tauchte zum Grund hinab, zerrte das Tauchboot der Navy hinter sich her. Das Fahrzeug begann zu kreiseln. Er schaltete seinen Halogenscheinwerfer ein und richtete ihn auf den Wirrwarr, den der Torpedoabschussrahmen auf dem Meeresboden bildete. In dem Maß, wie die Stromleitungen der *Nautilus* immer stärker zusammengedrückt wurden, wurde auch das Licht immer schwächer. Er achtete nicht darauf, sondern konzentrierte sich stattdessen auf sein Ziel.

Als er nahe genug heran war, streckte er den rechten Greifarm seines eigenen Boots aus und ergriff einen der herabgefallenden Torpedos.

Inzwischen hatte David die Gefahr erkannt und rüttelte und schüttelte die *Nautilus* verzweifelt, so dass Jack auf und nieder geschleudert wurde. Der Torpedo fiel ihm aus dem einen Greifarm, aber er schnappte ihn geschickt mit dem anderen, und bevor er ihn erneut verlieren konnte, zog er den Arm ein, ließ ihn dann nach vorn schnellen und schleuderte den Torpedo gegen die Basis des Steinbogens.

Die Explosion zerstörte seine Stütze. Der Steinbogen fiel auseinander und stürzte auf sie herab.

Wie Jack gehofft hatte, wollte David nicht die eigene Haut riskieren. Er ließ die *Nautilus* los und schoss davon. Doch Jack vertauschte jetzt die Rollen: Er wirbelte herum und packte den rückwärtigen Rahmen der *Perseus*, erwischte den Haifisch sozusagen beim Schwanz.

»Du willst schon wieder weg?«, fragte er.

Der Hauptabschnitt des Bogens fiel auf sie zu.

»Lass mich los! Du wirst uns beide umbringen!«

»Uns beide? Glaube ich nicht.«

Kleinere Brocken landeten neben ihnen und schlugen Krater in den Schlick. Jack behielt sowohl sein Sonar als auch die herabstürzenden Felsbrocken im Auge. Mit dem anderen Greifarm riss er am Hauptantrieb der *Perseus* und beschädigte die Propeller. Daraufhin ließ die Zange los und wich mit Vollgas zurück.

Davids Tauchboot war ins Schlingern geraten. Der CIA-Mann wollte unter den herabstürzenden Felsbrocken davonkriechen, aber es war zwecklos. Steine bohrten sich tief in den Schlamm.

Da schossen rings um die *Perseus* etliche Luftbläschen hervor. Zunächst glaubte Jack, das Tauchboot sei implodiert, doch als die Blasen sich auflösten, schoss eine kleine Acrylkammer aus dem äußeren Titanrahmen davon. Spangler hatte den Notfallmechanismus seines Tauchboots ausgelöst. Das gläserne »Rettungsboot« entfernte sich rasend schnell von seiner schwereren äußeren Hülle, die unmittelbar darauf von Tonnen von Geröll platt geschlagen wurde.

Das Schwein entkam!

Mit finsterem Gesicht stieg Jack über die sich ausbreitende Schlammwolke hinaus.

Dank des starken Auftriebs gewann das Rettungsboot mit seinem Passagier rasch an Höhe. Eine winzige rote Notlampe blinzelte Jack spöttisch an. Er mit seinem schwereren Tauchboot musste jede Hoffnung begraben, das andere einzuholen.

Er folgte dem Rettungsboot mit seinem Halogenscheinwerfer. Es jagte über die Wände der Schlucht hinaus ins offene Meer.

Die Zähne fest aufeinander gepresst, griff Jack nach seinen Schalthebeln. Er wusste nicht so recht, was er tun sollte – da sah er aus dem Augenwinkel etwas heranhuschen.

Eine riesige Kreatur streckte sich aus einer Felshöhle und griff nach der flüchtenden Glasblase. Die Explosionen und die damit verbundene Bedrohung seines Territoriums mussten sie angezogen haben.

Jack berührte sein Kehlkopfmikrofon. »David, ich glaube, du bist als Mahlzeit vorgesehen.«

9.17 Uhr

Stirnrunzelnd hörte David Jacks Funkspruch. Wovon redete er da? Was sollte ihm schon zustoßen? Jacks Tauchboot konnte ihn nie im Leben erreichen. Obgleich sein Rettungsboot keine Waffen und keine Steuerung mehr besaß, war es doch schnell. Der schlanke Torpedo aus Acryl war leicht und hatte einen extrem großen Auftrieb.

David tippte einen Code auf seinen Computer ein, wollte die Verbindung zur Meeresbasis herstellen. Er würde anordnen, dass die Anthropologin getötet werden würde, langsam natürlich. Rolfe war ein geschickter ›Befrager‹, der bereits viele starrsinnige Zungen gelöst hatte.

David würde dafür sorgen, dass Karens flehende Schreie an Jack weitergeleitet wurden, bevor sie starb.

Während er noch die letzten Tasten drückte, zerrte etwas heftig am Rettungsboot, und er wurde auf die Seite geschleudert. Er sah sich suchend im Wasser um, konnte jedoch im schwachen Glanz der blinkenden Notfallleuchte am Heck überhaupt nichts erkennen. Er schob sich auf einen Ellbogen hoch. Dann wurde das Boot plötzlich schnurstracks nach unten gezogen. David prallte hart gegen die Acrylwand.

»Was zum Teu...« Die Worte erstarben ihm im Mund, als er an seinen Füßen vorbeisah. Im Licht des roten Leuchtsignals entdeckte er einen tellergroßen Saugnapf an der Hülle, ein langes Tentakel hatte sich um sein Boot geschlungen und zog ihn zurück in die Tiefe, ließ ihn zappeln wie einen Fisch an der Angel.

Ein gigantischer Krake!

David hatte den Bericht von Jacks Kampf mit ebendiesem Ungeheuer gelesen. Jetzt drückte er die Handflächen an das Glas. Panik überfiel ihn. Er hatte keine Waffen. Er durchsuchte das Meer und entdeckte in dem roten, flackernden Licht weitere um sich schlagende Tentakel und Arme, die auf ihr Opfer herabstießen.

Das Boot wurde grob herumgeworfen. David wälzte sich zur Seite und entdeckte ein riesiges schwarzes Auge, das ihn anstarrte.

Unwillkürlich schnappte er nach Luft.

Das Auge verschwand, und das Boot wurde im Griff des Ungeheuers umhergewirbelt. David wappnete sich. Seine Umgebung bestand bloß noch aus Tentakeln und noch mehr Tentakeln.

Da spürte er plötzlich über sich eine Gefahr. Ruckartig fuhr er herum – und schrie entsetzt auf.

In Armeslänge Entfernung öffnete sich ein gewaltiges Maul, umrahmt von einem rasiermesserscharfen Schnabel, der groß genug war, das schlanke Boot in zwei Hälften zu zerbeißen. Immer noch laut kreischend wurde er mit dem Kopf voran in das hungrige Maul der Kreatur gezogen. Sie nagte an dem gläsernen Ende und senkte den schraubstockartigen Schnabel in die Oberfläche.

David wich zurück, quetschte sich in die hintere Hälfte des Rettungsboots. Dabei streifte er mit dem Ellbogen den Sprechfunk.

Sein Blick flackerte zu dem handtellergroßen Bildschirm hinüber. Der Funk war noch in Betrieb! Er konnte einen Notruf senden! Vielleicht würde das kugelsichere Glas der Kreatur lange genug widerstehen. Oder der Krake würde sein störrisches Opfer leid werden und einfach loslassen.

Er klammerte sich an dieses winzige bisschen Hoffnung, drängte seine Panik gewaltsam zurück und redete sich ein, dass er sich weiter konzentrieren musste, sich nicht unterkriegen lassen durfte.

Vorsichtig schob er sich an den Sprechfunk heran. Als er Verbindung nach oben aufnehmen wollte, tönte ein entsetzliches Geräusch durch das Boot.

... Krack ...

Er starrte zur Decke. Winzige Risse huschten über das Glas. *Oh, Gott ... nein ...* Ihm fiel ein, wie Dr. Cortez gestorben war: zusammengequetscht, mit implodierendem Schädel.

Das Ungeheuer nagte weiter. Die fadengleichen Risse zogen sich wie ein Spinnennetz um ihn. Unter dem gewaltigen Druck draußen würde die Implosion nicht lange auf sich warten lassen.

Davids Hände krampften sich zusammen, als seine

Hoffnungen dahinschwanden. Ihn trieb jetzt bloß noch ein Verlangen: *Rache.*

Sein Chef Nicolas Ruzickov, schon immer reichlich paranoid, hatte eine Sicherheitsvorkehrung für den Fall getroffen, dass die Säule jemals in Gefahr geriet. Der CIA-Chef hatte nicht gewollt, dass die hier vorhandene Macht in ausländische Hände fiele. »Besser, niemand bekommt sie, als sie an jemand anderen verlieren«, hatte Ruzickov erklärt.

David rief ein spezielles Fenster auf dem Bildschirm auf und tippte einen bestimmten Code ein. Sein Finger schwebte über der Eingabetaste.

Er sah auf. Das Maul des Untiers nagte weiterhin an dem Glas. Weitere Risse.

Ungeheuer oder Druck ... welcher Tod war schlimmer?

Er drückte die letzte Taste.

SICHERHEITSVORKEHRUNG AKTIVIERT blinkte den Bruchteil einer Sekunde auf.

Dann brach das Rettungsboot in sich zusammen, und im Bruchteil einer Sekunde hatte der Druck jedes Leben aus David herausgepresst.

9.20 Uhr
Basis Neptune

Karen lief die Zeit davon: In etwas über zwei Stunden würde der Sonnensturm zuschlagen. Daher musste sie unbedingt Kontakt zur *Fathom* aufnehmen und ihr mitteilen, dass Dr. Cortez ermordet worden war. Aber ihr Leibwächter wollte sie nicht aus den Augen lassen.

Während sie so dasaß, die Hände im Schoß verschränkt, beugte sich Lieutenant Rolfe zum Funkgerät hinüber. Es war ein Funkspruch hereingekommen. Obwohl er flüsterte, verstand sie doch zwei Worte: ›Evakuierung‹ und ›Sicherheitsvorkehrung‹.

Sie bemühte sich, mehr von dem Gespräch mitzubekommen.

Schließlich hängte der Lieutenant den Hörer ein und wandte sich an sie. »Sie schicken die *Argus* runter. Wir verlassen sofort die Station.«

Karen fiel auf, dass der Mann jeglichen Blickkontakt mied. Er log – er selbst würde vielleicht gehen, aber bestimmt nicht sie.

Sie tat ergeben, stand auf und streckte sich. »Es ist so weit.«

Der Lieutenant erhob sich ebenfalls. Karen sah, wie seine linke Hand zu dem Messer hinabwanderte, das er um den Oberschenkel gelegt hatte. Keine Kugeln. Nicht bei dem Druck draußen.

Sie wandte sich um, eilte auf die Leiter zu, die hinunter zur Andockstation führte. Sie kletterte als Erste auf die Leiter, wobei sie ihren Gegner im Auge behielt.

Mit einem Nicken bedeutete er ihr hinabzuklettern. Seine Hand verließ den Griff des Messers.

Karen durchdachte rasch ihre Möglichkeiten. Gleich nach ihrem Eintreffen hier hatte man ihr erklärt, wie die Sicherheitssysteme funktionierten. Alles ging automatisch. Damit ihr Plan zum Tragen kam, musste das Timing perfekt sein. Langsam stieg sie die Leiter hinunter, immer eine Sprosse nach der anderen. Rolfe folgte ihr, wie stets, dicht auf den Fersen.

Gut.

Auf halber Strecke sprang Karen von der Leiter und landete geräuschvoll auf dem Boden.

Lieutenant Rolfe blickte stirnrunzelnd auf sie herab. »Vorsicht, verdammt!«

Sie warf sich gegen die Wand und zerschlug mit dem Ellbogen die Sicherheitsscheibe vor dem Notschalter. Sie zerschnitt sich die Fingerspitzen, als sie durch das Glas nach dem Hebel griff, der die Ebenen im Falle einer Überflutung voneinander abschottete.

In den Augen des Lieutenants, der halb in der Luke zwischen den Ebenen stand, dämmerte die Erkenntnis, sofort stieß er sich von der Sprosse ab und fiel ihr entgegen.

Karen riss den roten Hebel herum.

Sirenen jaulten.

Zischend schloss sich die Luke.

Karen wälzte sich zur Seite, als der Lieutenant nach ihrem Kopf trat. Aber mitten im Schwung fand sein Angriff ein jähes Ende.

Sie drehte sich um und sah ihn in der Luke hängen, gurgelnd, sein Hals in die Schiebetür geklemmt. Immerhin schloss sie sich mit einem Druck, der sechshundert Meter Wasserdruck aushalten sollte.

Knochen knackten. Blut bespritzte das Deck.

Sie wandte sich ab, als sein kopfloser Leichnam zuckend zu Boden fiel.

Dann rannte sie ein paar Schritte weit weg, beugte sich vor und übergab sich. Ihr Magen schlug Kapriolen, obwohl sie wusste, dass ihr keine andere Wahl geblieben war. *Töten oder getötet werden*, hatte ihr Jack einmal gesagt.

Trotzdem ...

Von der Funkstation drüben ertönte ein Summen. Eine Stimme sagte: »Neptune, hier spricht die Überwachung. Wie wir sehen, hat sich eine Notfallluke geschlossen. Alles in Ordnung bei Ihnen?«

Mit klopfendem Herzen richtete sich Karen auf. Die *Argus* musste unterwegs sein. Sie konnte nicht das Risiko eingehen, erneut gefangen genommen zu werden. Während sie zu den Kontrollen hinübereilte, überlegte sie verzweifelt, wie der Sprechfunk bedient wurde. Sie bewegte Schalter und Wählscheiben. Schließlich drückte sie den richtigen Knopf und beugte sich zum Mikrofon hinüber. »Überwachung, hier ist Neptune. Versucht nicht, die Station zu evakuieren. Wiederhole: Versucht *nicht*, die Station zu evakuieren. Die Station ist beschädigt. Implosion steht unmittelbar bevor. Verstanden?«

Die Stimme meldete sich wieder, bestürzt. »Verstanden. Implosion steht unmittelbar bevor.« Eine lange Pause. »Unsere Gebete sind mit euch, Neptune.«

»Danke, Überwachung. Over und Ende.«

Karen biss sich auf die Lippe. Da sie nun endlich frei war, konnte sie sich drängenderen Sorgen widmen.

Wo zum Teufel steckte Jack?

9.35 Uhr
Nautilus

Jack schleppte sich die letzte Schlucht entlang. Voraus entdeckte er Lichter. Die Absturzstelle! Und so nahe! Er pumpte mit den Fußpedalen und versuchte, noch ein bisschen Energie aus den erschöpften Batterien herauszuquetschen. Der Antrieb jaulte schwach auf.

Wenigstens hatte ihn die verzweifelte Jagd durch das Meeresgebirge bis auf einen Viertelkilometer an die Basis herangebracht. Nachdem er zugesehen hatte, wie Davids Rettungsboot implodiert war, hatte Jack in nur acht Minuten die Absturzstelle erreicht. Allerdings blinkten auf seinem Monitor dicht an dicht rote und gelbe Warnleuchten. Am schlimmsten jedoch war, dass die Batterieanzeige auf null stand.

Wegen der geringen Energievorräte hatte er sich gezwungen gesehen, alle nicht unmittelbar lebensnotwendigen Systeme abzuschalten: Scheinwerfer, Kohlendioxidreiniger, sogar die Heizung. Allerdings zitterte er schon nach dieser kurzen Fahrt heftig, und seine Lippen waren in der eisigen Kälte bläulich angelaufen.

Jetzt sah er die Lichter der Basis vor sich, die die letzte Schlucht erhellten, und schaltete sein Sonar ab. Dadurch holte er eine weitere halbe Minute Energie für seinen Antrieb heraus. Er schob die *Nautilus* voran. Die verbogenen und verbeulten Landekufen des Tauchboots glitten zwei Zentimeter über dem sandigen Grund dahin.

Endlich hatte er die Schlucht hinter sich gelassen.

Nach einer so langen Zeit in der Dunkelheit wirkten die Lampen sehr grell. Er kniff die Augen zusammen. Die Säule lag etwa zwanzig Meter weiter rechts, die Meeresbasis unmittelbar vor ihm. Ihre drei Doughnut-förmigen Abschnitte waren hell erleuchtet. Warum hatten sie die Basis so weit weg errichtet? Das würde er nie schaffen.

Wie um seine Worte zu bestätigen, verstummte das Jaulen des Antriebs und hinterließ eine unheilvolle Stille. Jack hämmerte auf die Fußpedale ein. »Kommt schon! Nicht, wenn wir so verdammt nah dran sind!« Doch er holte nur noch ein schwaches Heulen heraus.

Er setzte sich zurück und überlegte. Dabei rieb er sich die Hände, deren Fingerspitzen bereits taub von der Kälte waren. »Was nun?«

9.48 Uhr
Basis Neptune

Karen wischte das Blut von ihren Händen an der Hose ab. Sie war wieder auf Ebene 2 zurückgestiegen, nachdem sie die Not-Blockierung abgeschaltet hatte. Während der letzten fünf Minuten hatte sie vergebens versucht, Gabriel zu erreichen.

So abgeschnitten fühlte sie sich blind und taub. Was sollte sie unternehmen?

Sie stand auf und versuchte, durch Hin- und Hergehen ihre Nervosität abzuschütteln. Sie zog in Betracht, oben anzurufen und alles einzugestehen. Das Schicksal der Welt hing davon ab, dass jemand handelte ... irgendjemand. Aber sie wusste genau, dass ihre Chance, jemand Zuständigen zu überzeugen, mehr als dürftig war. Die DVD mit den Daten von der *Fathom* war zusammen mit dem Leichnam von Dr. Cortez verschwunden. Und wer würde einer Frau Glauben schenken, die gerade ein hoch dekoriertes Mitglied des amerikanischen Militärs enthauptet hatte?

Karen kratzte sich den Kopf, während ihr Herz heftig schlug. Es musste einen Ausweg geben.

Wie sie so auf und nieder schritt, erschütterte ein kleines Beben den Boden. Sie blieb stehen. Die Vibrationen liefen ihr die Beine hinauf, und sie hielt den Atem an. Ein Tiefseebeben war genau das, was sie jetzt unbedingt brauchte. Sie ging zu einem der Bullaugen. Als sie hinausspähte, erstarb das Geklapper. Ein verblassender Lichtschein lenkte ihren Blick auf sich. Er kam von dem Obelisken.

Mit zusammengekniffenen Augen musterte Karen die Säule. Merkwürdig.

Plötzlich strahlte die Säule wieder hell auf, und wieder zitterte der Boden. Sie stützte sich mit den Händen an der Wand ab. In dem kurzen Moment, als das Licht aufflammte, sah sie da draußen etwas Metallisches glitzern.

Da war was!

Das Beben hörte auf, und das Licht verblasste.

Sie strengte die Augen an – konnte jedoch nichts weiter erkennen.

»Was war das?«, murmelte sie in sich hinein.

Während sie so dastand, die Arme eng um sich gelegt, überlegte Karen, wie sie es herausfinden könnte.

10.18 Uhr
Nautilus

Mit klappernden Zähnen und geschwächt von der verbrauchten Luft bemühte sich Jack, mit Hilfe der Greifarme einen weiteren Felsbrocken aus dem Schlamm zu graben. Von den ersten vier Steinen hatten zwei die Säule getroffen. Nicht schlecht.

Als das Tauchboot zuvor leblos auf dem Meeresgrund gelegen hatte, war ihm Charlies Lektion über die Empfindlichkeit der Säule gegenüber Energie eingefallen, sogar gegenüber *kinetischer* Energie – sollte heißen, wenn etwas darauf einschlug. Er hatte gerade noch genügend Strom in den Batterien, um mit einem der Greifarme Steine auf die Säule zu schleudern. Der Boden bebte, die Säule flammte auf. Doch war überhaupt jemand da, der sein Notsignal sehen konnte? War die Basis bereits evakuiert worden? Wie sollte er das herausfinden?

Er bemühte sich verzweifelt, einen weiteren Stein auszugraben. Alles verschwamm ihm vor den Augen. Die

Kälte und das Kohlendioxid forderten bereits ihren Tribut. Während er noch darum kämpfte, nicht das Bewusstsein zu verlieren, erstarrte der Greifarm mitten in der Aufwärtsbewegung. Jack zerrte an den Hebeln. Kein Strom mehr.

Er machte einen letzten Versuch mit dem Funkgerät. Das allerletzte bisschen Energie reichte für einen letzten Funkspruch. »Hört mich irgendwer? Charlie ... irgendwer ...«

Stöhnend brach er in seinem kalten Sitz zusammen. Keine Antwort. Er bebte und zitterte am ganzen Körper. Wartete. Das Wasser der Tiefsee hatte alle Wärme aus dem Tauchboot gesogen. Erneut wurde ihm schwarz vor Augen. Immer wieder verlor er kurz das Bewusstsein. Er kämpfte dagegen an, doch der Ozean war stärker.

Während sein Bewusstsein ein letztes Mal kurz aufflackerte, entdeckte er das große Ungeheuer, das sich zu ihm herabbeugte ... dann verschlang ihn die Dunkelheit.

10.21 Uhr
Basis Neptune

Karen saß vor dem Schaltpult auf Ebene 1 und lenkte mit Hilfe des Joysticks den ROV-Roboter mit Namen Huey. Er sollte mit seinen Armen Jacks Tauchboot anheben. Auf dem Monitor vor sich beobachtete sie aus der Entfernung, wie die Griffe ausfuhren, sich in die Titanröhre des Tauchboots verhakten und sich daran festklammerten.

Zufrieden steuerte sie Huey zurück zur Basis. Einen Moment lang schien das Tauchboot Widerstand leisten zu wollen, dann folgte es langsam. Karen wischte sich Schweiß aus den Augen. »Du schaffst es, Huey!«

Der Roboter, etwa so groß wie ein VW-Käfer, setzte den Rückzug fort und zog das Tauchboot mit sich. Karen schwenkte das rückwärtige Kameraauge herum, um sich zu vergewissern, dass keine Hindernisse im Weg lagen. Gleichzeitig achtete sie darauf, Jack und sein Tauchboot nicht zu verlieren.

Durch die Acrylkuppel sah sie, wie Jack während der Abschleppaktion hin und her geworfen wurde. Sein Kopf rollte lose auf den Schultern herum, und die Arme hingen schlaff herab. Bewusstlos? Tot? Das konnte sie unmöglich wissen, aber sie wollte auf keinen Fall aufgeben.

Sie arbeitete zügig, dabei schoss ihr Blick kurz vom Bildschirm zu der Uhr an der Wand hinüber. Allmählich wurden ihre Handflächen, die den Joystick umklammerten, schweißnass. Weniger als zwei Stunden noch. Wie konnten sie da noch Hoffnung auf Erfolg haben? Auf dem Bildschirm sah sie Huey rückwärts schleichen und das tote Tauchboot über den Schlamm mit sich ziehen. So oder so, sie würde Jack nicht dort draußen zurücklassen.

Sie kämpfte mit dem Joystick. Zum Glück war der Pfad zwischen der Säule und der Station bereits von den Arbeitern gesäubert worden. Sogar die verstreuten Teilchen des Jets hatte man aus dem Schlick gesaugt. Karen arbeitete so rasch, wie es die Sicherheit erlaubte, und betete um mehr Zeit.

Da ertönte eine vertraute Stimme aus den Lautsprechern des Kontrollpults. *»Dr. Grace, wenn Sie uns hören können, antworten Sie bitte!«*

Erleichtert schrie Karen auf. Sie hielt den Joystick mit einer Hand fest, während sie mit der anderen das Funksystem einschaltete. »Gabriel!«

»Guten Morgen, Dr. Grace, bitte warten Sie auf eine Verbindung zur Deep Fathom!«

Auf dem Monitor sah sie, dass Huey endlich die Station erreichte. Karen bremste den Roboter ab und zog Jacks Tauchboot sorgfältig unter die Basis. Sie kippte die Kamera und sorgte dafür, dass das Tauchboot richtig unter den Toren der Andockstation lag.

»Karen!«

»Miyuki! Oh, Gott sei Dank!«

Bevor ihre Freundin etwas entgegnen konnte, ertönte eine neue Stimme. Es war der Geologe des Schiffs, sein jamaikanischer Akzent verriet ihn. »Professor Grace, die Zeit ist der wesentliche Faktor. Haben Sie etwas von Dr. Cortez gehört? Was geht da vor?«

Karen erstattete ihm kurz Bericht, während sie die Andockprozedur in Gang setzte. Zuerst den Druck. Anschließend verglichen die beiden ihre Notizen. Sie erfuhr, dass die Versorgungsschiffe oben allesamt unter Volldampf von der Absturzstelle davongefahren waren und die *Fathom* im Stich gelassen hatten. Gleich darauf war die Funkverbindung wieder da gewesen.

»Warum hauen sie ab?«, fragte sie.

»Gabriel hat einen verschlüsselten Funkspruch aufgefangen und konnte ihn entschlüsseln. Offensichtlich ist Befehl erteilt worden, das Gebiet dem Erdboden gleichzumachen. Eine Sicherheitsvorkehrung. Sie wollen wohl nicht das Risiko eingehen, die Energiequelle, die hier unten liegt, an eine ausländische Macht zu verlieren. Wir sind Zielscheibe für eine Missile.«

»Wann?«

»Gabriel versucht immer noch, das herauszubekommen.«

Mit einem Mal fühlte sich Karen ganz kraftlos. Aus wie vielen Richtungen konnte der Tod auf sie zielen?

»Was ist mit Jack?«, fragte Charlie.

Sie konzentrierte sich wieder auf die Monitore. »Ich versuche, ihn an Bord zu kriegen, aber ich weiß nicht so recht, wie. Der Roboter kann sein Tauchboot nicht in die Station hinaufhieven. Das muss Jack selbst tun, aber ich glaube, sein Boot hat keine Energie mehr.«

»Ich lasse dich von Gabriel mit dem Tauchboot verbinden. Sieh mal, ob du ihn aufwecken kannst.«

»Ich versuch's.«

Während sie wartete, beugte sich Karen vor und spähte durch das Beobachtungsfenster. Die Station war geflutet, und die Tore öffneten sich.

»*Dr. Grace, Sie sind jetzt mit dem Tiefseefunk der* Nautilus *verbunden.*«

Karen sagte ins Mikrofon: »Jack, wenn du mich hören kannst, wach bitte auf!« Sie hielt ein Auge auf den Monitor gerichtet und fokussierte Hueys Kamera auf die Glaskuppel. Mit den Roboterarmen rüttelte sie das Tauchboot. »Wach auf, verdammt noch mal!«

10.42 Uhr
Nautilus

Durch die Finsternis schwamm Jack einem Geflüster hinterher. Einer vertrauten Stimme. Er folgte ihr hinauf in ein strahlendes Licht. Die Stimme eines Engels ...

»*Verdammt noch mal, Jack! Beweg deinen faulen Arsch aus dem Bett!*«

Ruckartig fuhr er in seinem Sitz hoch. Erschöpft und geblendet warf er den Kopf zurück. Überall um ihn her strahlten Lampen. Er konnte nichts sehen.

»Jack, ich bin's, Karen!«

»Karen ...?« Er wusste nicht so genau, ob er wirklich

laut sprach oder ob das alles nur in seinem Kopf stattfand. Die Welt war von Licht überflutet.

»Jack, du musst dein Tauchboot fünf Meter höher bringen. Du musst in die Station über dir gelangen!«

Jack reckte den Hals. Nachdem sich seine Augen an die Helligkeit gewöhnt hatten, entdeckte er über sich eine große offene Luke. Langsam erinnerte er sich. »Kann nicht«, murmelte er. »Keine Energie.«

»Es muss irgendwie gehen. Du bist so nah dran.«

Jack starrte nach oben. Da fiel ihm Spanglers Tod ein. Vielleicht ging es irgendwie.

Karen sagte verzweifelt: »Jack, ich versuch mal, ob die Arme des ROV-Roboters stark genug sind, dich hineinzuschieben.«

»Nein ...« Seine Zunge fühlte sich dick und behäbig an. Er suchte zwischen den Beinen. Seine Finger fanden den Hebel, mit dem sich der äußere Rahmen absprengen ließ. Er riss daran. Entweder hatte er sich verkeilt, oder Jack war zu schwach.

»Jack ...«

Er holte tief Luft und packte erneut mit tauben Fingern zu. Dann spreizte er die Beine und riss den Hebel mit beiden Armen und dem Oberkörper hoch. Er hörte den gedämpften Knall der Absprengvorrichtung. Die äußere Hülle flog davon, so dass sich die innere Kammer des Piloten löste.

Dank des Auftriebs stieg die Kammer aus der Hülle hoch wie ein Insekt, das seinen alten Panzer abgeworfen hatte. Der Druck schleuderte sie durch die offene Luke.

Doch davon bekam Jack nichts mehr mit. Er war wieder ohnmächtig geworden.

10.43 Uhr
Basis Neptune

Auf dem Bildschirm sah Karen, wie das Tauchboot scheinbar in zwei Hälften zerbrach. Sie keuchte entsetzt auf, bis ihr klar wurde, dass die innere Kammer nach oben schoss – direkt in die geöffnete Luke hinein. Sie drückte einen Knopf und schaltete damit den Druckausgleich ein.

Sie trat zum Beobachtungsfenster. Jacks Rettungsboot taumelte die Decke entlang. Darunter schlossen sich die Tore der Station. Das Donnern der Pumpen ertönte.

Mit angehaltenem Atem sah Karen zu. Jack hing schlaff in seinen Gurten.

Die fünf Minuten, die es dauerte, das Wasser abzulassen und den Druck auszugleichen, kamen ihr schier endlos vor. Sie nahm kurz Kontakt zur *Fathom* auf und brachte sie auf den neuesten Stand der Dinge. Sie erfuhr, dass Charlie einen Plan ausgeheckt hatte, an dem er jetzt mit Gabriel arbeitete.

Karen, die um Jack fürchtete, hörte kaum hin.

Schließlich leuchteten die grünen Lampen über dem Tor zur Station auf. Sie wirbelte das Schloss herum und zog die Luke auf. Die Schutzhülle für den Piloten, die halb aus Acryl und halb aus Titan bestand, lag auf der Seite. Karen war bereits über Funk von Robert angewiesen worden, wie sie zu öffnen war. Sie schnappte sich eine Sauerstoffflasche aus der Halterung neben der Tür und duckte sich durch die Luke.

Sie rannte zu der Schutzhülle hinüber, packte den Vierkantschlüssel und drehte ihn, als wollte sie einen Autoreifen wechseln. Dabei sah sie ins Innere. Jacks Gesicht war blau angelaufen. Sie drehte schneller. Schließlich lösten sich die Schrauben, und mit einem Zischen entwich die Luft aus dem Innern. Karen roch den fauligen Gestank – abgestanden, tot.

Sie hielt die abgelöste Kuppel in einer Hand und trat sie los. Dann beugte sie sich herunter, befreite Jack aus seinen Gurten und zog den erschlafften Körper heraus. Seine Haut war kalt und feucht. Er war ganz bestimmt tot.

Karen legte ihn auf den Boden der Station und suchte am Hals nach einem Puls. Schwach und dünn. Die Atmung flach. Sie ging in die Knie, zog die kleine Sauerstoffflasche zu sich her und löste die winzige Maske. Dann drehte sie das Ventil auf und legte sie Jack über Mund und Nase.

Sie beugte sich ganz nahe an sein Ohr und flüsterte: »Atme, Jack!«

Irgendwo tief im Innern musste er sie gehört haben. Sein Brustkasten hob und senkte sich stärker. Sie drehte sich um und zog den Reißverschluss seines Taucheranzugs bis zum Nabel auf.

Währenddessen hob sich eine Hand und packte sie schwach am Gelenk.

Sie sah in Jacks Gesicht und entdeckte, dass er sie anstarrte.

Heiser fragte er durch die Maske: »Karen ...?«

Ihr kamen die Tränen, und sie legte ihm sanft die Arme um den Hals. Einen Augenblick lang wollte sich keiner von beiden rühren.

Schließlich versuchte Jack sich aufzusetzen. Karen half ihm dabei. Er schob die Sauerstoffmaske und den Minitank beiseite. Allmählich bekam er wieder etwas Farbe. »Erzähl mir, was passiert ist!«, bat er sie mit klappernden Zähnen.

Sie tat es.

Schwer hustend wälzte sich Jack auf die Knie. »Was hat Charlie vor?«

»Dazu wollte er sich nicht so genau äußern.«

»Sieht ihm ähnlich.« Mit ihrer Hilfe erhob er sich und rieb sich die Arme. »Wie viel Zeit bleibt uns noch?«

»Eine Stunde.«

20

IM LETZTEN AUGENBLICK

9. August, 11.05 Uhr,
Basis Neptune, Zentralpazifisches Becken

Eingehüllt in warme Badetücher saß Jack vor dem Computer. Endlich konnte er seine Zehen wieder spüren. Charlies Bild erschien flackernd auf dem Monitor. »Erzähl mir zunächst was über den Missile-Angriff! Was hat es damit auf sich?«

»Ein Sicherheitsmechanismus ist per Funk von unten ausgelöst worden. Ich hatte gehofft, du wüsstest vielleicht mehr darüber.«

Jack warf Karen einen Blick zu.

»Der kam nicht von hier«, meinte sie. »Zu dem Zeitpunkt war ich mit Rolfe zusammen.«

»Dann muss ihn Spangler ausgelöst haben«, sagte Jack finster. »Ein letzter Versuch, mich noch vom Grab aus umzubringen.«

»Der muss dich aber wirklich *abgrundtief* gehasst haben«, warf Charlie ein. »Eine Interkontinentalrakete mit atomarem Sprengkopf und unseren Namen drauf.«

Jacks Augen weiteten sich, er vergaß die Kälte in seinen Gliedern.

»Wie viel Zeit haben wir noch?«

»Gabriels Schätzungen zufolge noch fünfundsiebzig

Minuten. Eine Minute, nachdem der Sonnensturm zugeschlagen haben wird.«

Jack schüttelte seinen Kopf. »Also werden wir, selbst wenn wir diese Säule abschirmen und die Welt retten können, immer noch in einer Kernexplosion sterben.«

Charlie zuckte die Schultern. »Sehr wahrscheinlich.«

Jack saß unbewegt da, durchdachte stur ihre noch vorhandenen Möglichkeiten und seufzte dann. »Was soll's, zum Teufel. Helden sind nicht zum ewigen Leben bestimmt. Bringen wir die Sache hinter uns. Was hast du denn für einen neuen Plan ausgetüftelt, Charlie?«

»Das ist 'ne riskante Sache, Jack.«

»In Anbetracht der gegenwärtigen Umstände ist mir jedes Risiko recht, verdammt!«

»Aber ich wollte meine Berechnungen wirklich erst noch von Dr. Cortez durchgehen lassen.«

»Solange du kein Quijabrett dabeihast, stehen die Chancen dafür sehr dürftig. Also spuck schon aus! Was ist das für ein Plan?«

Charlie klang grimmig. »Du hast mich auf die Idee gebracht, Jack. Wir überladen die Säule mit Energie.«

»Versuchen, sie kurzuschließen?«

»Nicht ganz. Wenn wir den Kristall mit *genau kalkulierter* Energie überladen, ihn genau in der richtigen Frequenz zum Pulsieren bringen, sollte er ohne kinetischen Rückschlag zerspringen. Wie ein Trinkgefäß aus Kristall, das bei der richtigen Frequenz zerspringt.«

»Und du kennst die richtige Frequenz?«

Charlie nickte. »Ich glaube schon. Aber die schwierige Sache war, eine Möglichkeit zu finden, die richtige Frequenz *bereitzustellen*. Die Energie muss präzise über drei Minuten geliefert werden.«

»Und du hast eine Möglichkeit gefunden, wie das gehen kann?«

»Ich glaube schon.« Charlie seufzte. »Daran haben Gabriel und ich gearbeitet, seit du abgezogen bist – und es wird dir nicht gefallen, Jack. Um diese Art von Energie aufrechterhalten zu können, benötigen wir eine Teilchenkanone.«

»Wie sollen wir denn so ein Ding in die Finger kriegen?«

Charlie starrte ihn nur an, als müsste er die Antwort wissen.

Dann traf es Jack wie ein Schlag. Ruckartig sprang er auf. »Warte mal ... du meinst doch nicht etwa Spartacus?«

»Gabriel hat seine technischen Daten erhalten. Es sollte funktionieren.«

»Was ist dieser Spartacus?«, warf Karen dazwischen.

Jack sank zurück. »Ein Satellit der Navy. Derjenige, den ich in die Erdumlaufbahn bringen sollte, als das *Atlantis*-Shuttle beschädigt wurde. Er ist mit einer experimentellen Teilchenkanone ausgerüstet, die vom Weltall aus Flugzeuge, Lenkwaffen, Schiffe, sogar U-Boote ausschalten sollte.« Jack wandte sich wieder Charlie zu. »Aber er funktioniert nicht. Ist beschädigt.«

Charlie schüttelte den Kopf. »Nur seine Lenksysteme – was ihn natürlich für die Regierung nutzlos macht. Damit er funktioniert, müssen sie jemanden da oben hinsetzen, der per Hand mit dem Ding zielt.« Er hielt inne. »Aber zum Glück haben *wir* so jemanden, der das kann.«

Jack verstand nicht, was er meinte, aber Karen dämmerte es. »Gabriel!«

»Genau. Ich habe ihn vor einiger Zeit darauf angesetzt, Zugriff auf den Zentralprozessor des Satelliten zu nehmen. Dass er und Miyuki erfolgreich an den alten Firewalls vorbeigeschlüpft sind, haben sie der gegenwärtigen globalen Krise sowie der Tatsache zu verdanken, dass Spartacus als tot eingestuft worden ist. Der Prozessor des Satelliten ist nach wie vor funktionstüchtig.«

»Du machst Witze ... nach all den Jahren?«, fragte Karen skeptisch.

»Er läuft mit Solarenergie. Eine unendliche Energiequelle.«

Während die anderen redeten, saß Jack wie betäubt da. Blitzartig war seine Erinnerung zu dem Augenblick zurückgekehrt, als der Satellit mit weit gespreizten Sonnensegeln aus dem Frachtraum des Shuttle gehoben worden war. Er versuchte, die Gedanken vor dem zu verschließen, was anschließend geschehen war, doch vergebens. Die Explosion, die Schreie, der endlose Sturz durch den Raum ...

Er zitterte – nicht wegen der Kälte, sondern aus abergläubischer Furcht. Spartacus war verflucht, umgeben vom Tod. Aus diesem verdammten Ding konnte nichts Gutes erwachsen. »Es wird nicht funktionieren«, brummelte er.

»Bleibt uns eine andere Wahl?«, fragte Karen. Sie legte ihm eine Hand auf die Schulter und sagte dann zu Charlie: »Wann können wir es ausprobieren?«

»Na ja, das ist die Crux. Wir haben nur eine einzige Chance. Der Satellit wird erst in achtundvierzig Minuten in Reichweite kommen.«

Jack schaute auf die Uhr. »Das sind drei Minuten, bevor der Sonnensturm zuschlägt.«

»Mehr als drei Minuten brauche ich nicht. Entweder es funktioniert, oder es funktioniert nicht.«

Jack schüttelte den Kopf. »Das ist der helle Wahnsinn.«

»Was müssen wir tun?«, fragte Karen.

»Auf die Säule zielen. Gabriel wird ein GPS benötigen. Etwas, auf das er die Kanone richten kann. Ihr müsst das Magellan-GPS der *Nautilus* drüben bei der Säule installieren. Es wird die *Fathom* mit Daten füttern, und die schicke ich meinerseits an Gabriel weiter.«

Jack schüttelte den Kopf. »Dann haben wir ein Problem. Die *Nautilus* befindet sich nach wie vor außerhalb der Meeresbasis. Ich musste einen Notausstieg durchführen, um in die Andockstation zu kommen. Wir können die Magellan-Einheit da draußen unmöglich erreichen.«

Karen ergriff das Wort. »Was ist mit den ROV-Robotern?«

»Die sind zu grob. Sie könnten die Magellan-Einheit nicht herausholen, ohne sie zu beschädigen. Jemand muss das per Hand tun.«

Keiner sagte ein Wort. Alle saßen verdrossen da.

Dann hellte sich Karens Gesicht auf. »Ich habe vielleicht eine Idee.«

11.44 Uhr

Jack stand in der Andockstation und sah zu, wie der Wasserspiegel allmählich über die vordere Sichtscheibe seines Helms stieg. Er bewegte die Arme, um sich an den gepanzerten Tiefsee-Taucheranzug der Navy zu gewöhnen. Der wulstige Helm hatte vier Sichtfenster – vorn, rechts, links und oben – und war so groß, dass er direkt in die Schultern überging. Insgesamt gesehen hatte der Anzug in etwa die Form eines Geschosses, aus dem Arme und Beine mit Gelenken ragten. Kleine Scheinwerfer waren auf dem Helm und an den Handgelenken angebracht. Sie sahen aus wie die Raketenwerfer in alten SF-Serien.

Während Jack langsam in der Station umherging, die sich allmählich füllte, entdeckte er, dass er sich ziemlich intuitiv bewegte – das Gefühl war ähnlich wie in den Raumanzügen, die man für Weltraumspaziergänge benutzte.

»Wie läuft's?«, kam Karens Stimme über den Helmfunk. Durch das Meerwasser sah er sie hinter einem der Beobachtungsfenster der Station winken. Nach einem Gespräch mit Charlie hatte sie Jack hinunter auf die Andockebene geführt und ihm die »Garagen« gezeigt, wo die riesigen Anzüge aufbewahrt wurden. Das hatte er ihr lassen müssen – es war eine clevere Lösung.

Er winkte zurück. »Gut.«

»Charlie hört mit. Auch er überwacht dich.«

»Charlie?«, rief Jack.

»Bin hier, *Mann.*«

»Wie kommt Gabriel voran?«

»Der kleine Scheißkerl hat gerade die Satellitensysteme überprüft. Sie laden sich auf und erwarten unser Signal. Hol dir einfach diese GPS-Einheit und dann ab durch die Mitte! Uns läuft die Zeit davon.«

Jacks Blick flackerte zum helminternen Computermonitor hinauf. *Sechzehn Minuten.* »Kapiert.«

Karen meldete sich wieder. »Achtung! Die Docktore öffnen sich.«

Jack beugte sich ein wenig vor und spähte hinunter. Nicht weit entfernt glitten die riesigen Tore auf. Dahinter lag der Ozean.

Er trat auf die Öffnung zu. »Dann mach ich mich mal besser auf den Weg.« Auf der anderen Seite entdeckte er Karens Gesicht hinter der Scheibe. Sie hielt eine Faust an die Kehle gedrückt. War besorgt und verängstigt. Er spürte, dass sie mehr um seine Sicherheit als um das Schicksal der Welt fürchtete.

Mit einem letzten Winken trat er aus der Station und sank in Richtung Meeresgrund. Er justierte seine Gewichte und richtete sich aus. Die Überreste der *Nautilus* lagen zwei Meter entfernt. Dann spielte er ein wenig mit dem Antrieb herum, bis er sich dem Tauchboot gegenübersah, und trat darauf zu.

Er ging in die Knie und durchsuchte das Fahrzeug. Die Magellan-Einheit befand sich knapp vor dem Backbordantrieb. Er wühlte etwas herum, bis er sie fand, streckte den Arm aus und schraubte die Abdeckplatte mit dem Zangengriff auf. Sie war leicht nach innen verbogen – kein Wunder nach der mörderischen Fahrt, die das Boot hinter sich gebracht hatte –, daher musste er ein wenig Gewalt anwenden, um sie zu lösen.

Die Platte fiel ab.

Ungelenk ging Jack in dem dicken Anzug noch weiter in die Knie und leuchtete mit der winzigen Lampe hinein, die an seinem Handgelenk hing. *Oh, Scheiße* ... Der schuhkartongroße Apparat war platt gedrückt, seine Innereien waren dem offenen Wasser ausgesetzt. Er stöhnte laut.

»Alles in Ordnung, Jack?«, fragte Karen.

Er richtete sich auf. »Die Magellan ist Schrott. Durchgeschmort.« Er verspürte bloß noch Hoffnungslosigkeit. »Dieses gottverdammte Arschloch Spangler!«

Charlies Stimme tönte durch die winzigen Lautsprecher. »Aber Jack, ich fange ein GPS-Signal auf.«

»Unmöglich. Nicht von der *Nautilus*.«

»Tritt beiseite«, meinte Charlie. »Ein bisschen von der Meeresbasis weg!«

Mithilfe seines Antriebs glitt Jack zwischen zweien der Stahlstützen hinaus in den offenen Ozean.

»Du bist das!«, sagte Charlie. »Dieser Navy-Anzug muss mit einem automatischen GPS ausgestattet sein. Eine Sicherheitsvorkehrung für den Fall, dass ein Taucher strandet!«

Jacks Hoffnung war neu entfacht. »Dann muss ich zur Säule hinüber.«

»Dir bleiben acht Minuten.« Charlie hielt inne. »Aber Jack, wenn das GPS Teil des Anzugs ist, musst du da bleiben.«

Jack verstand, was Charlie damit sagen wollte. Das würde seinen Tod bedeuten.

Karen kam die gleiche Erkenntis. »Es muss eine andere Möglichkeit geben. Was ist mit diesem zweiten Plan? Das allerletzte Mittel. Die Sprengladungen neu justieren und bloß die Säule in die Luft jagen.«

Charlie argumentierte dagegen. »Der Rückschlag durch die kinetische Energie ...«

Jack betätigte seine Kontrollknöpfe und zog den Antrieb hoch. »Leute, so oder so ist bereits ein Atomsprengkopf mit unseren Namen drauf in der Luft. Das hier ist die einzige Option.« Er schwang herum und sauste über den Meeresboden. Die Säule war fünfzig Meter entfernt. »Haltet euch bereit!«

11.58 Uhr

Lisa stand mit Robert und George an der Bugreling. Die Sonne schien strahlend hell am Himmel. Keine Wolke war zu sehen. Sie waren an Deck gekommen, um auf das Ergebnis zu warten. Da die anderen vier unten waren, war das Labor zu voll, zu beengt gewesen. Lisa brauchte das Gefühl der Meeresbrise auf der Wange ... und wenn es auch nur dieses eine letzte Mal wäre.

George und Robert hatten sie begleitet. George rauchte seine Pfeife, Robert hörte Walkman. Lisa hörte schwach Bruce Springsteens Stimme, die sang: »Born to Run ...«

Sie seufzte. Wenn sie nur davonlaufen könnten ...

Aber das konnten sie nicht. Die *Fathom* musste in der Nähe bleiben, um den Energiefluss zwischen der Station unten und dem Satelliten oben zu lenken. Für keinen von ihnen gäbe es ein Entkommen. Selbst wenn ihr Plan Erfolg hatte, war dieses Gebiet bald ausgelöscht, vernichtet durch einen Atomschlag.

George holte seine Pfeife zwischen den Lippen hervor und zeigte schweigend mit dem Stiel zum Horizont hinüber.

Lisa schaute hin. Ein kleiner Kondensstreifen stieg im Nordosten auf, stieg immer höher in den Himmel. Das Missile.

Den Blick in den Himmel gerichtet, steckte sich George die Pfeife wieder in den Mund.

Niemand sprach ein Wort.

11.59 Uhr

Eingeschlossen in seinen gepanzerten Anzug, stand Jack mit dem Rücken zu der Kristallsäule da. Ringsumher war nichts als der dunkle Meeresboden. Vor einem Moment hatte er Karen befohlen, die Stromversorgung zu den Laternenpfählen abzustellen, wodurch das Meer wieder in die Dunkelheit zurückgefallen war. Er hatte auch die eigenen Scheinwerfer am Anzug abgeschaltet, denn er wollte nicht riskieren, die Säule vorzeitig zu erregen und Interferenzen mit seinem GPS-Signal auszulösen.

»Empfängst du mich?«, fragte er.

Charlie von der *Fathom* gab Antwort. »Laut und deutlich. Übertrage Daten an Gabriel.«

Jack schaute sich um. Das einzige Licht stammte von dem gelben Glanz hinter den Bullaugen der Meeresbasis Neptune. Obgleich er sie nicht sehen konnte, spürte Jack, dass Karen seinen Blick erwiderte. Er hätte sie gern besser kennen gelernt. Das war das Einzige, was er bedauerte.

Er wartete. Sonst gab es für ihn nichts zu tun. Er war jetzt lediglich ein lebendiges und atmendes Ziel für ein Waffensystem im All.

Er warf einen Blick durch die obere Öffnung seines Helms, als ob er den Satelliten erkennen könnte – Spartacus. Irgendwie hatte er gewusst, dass sich ihre Pfade eines Tages wieder kreuzen würden. Ein Schicksal, das erfüllt werden musste. Einmal war er dem Tod entronnen, als einziger Überlebender. Jetzt stand er im Fadenkreuz ebendieses Satelliten. Ein zweites Mal ginge der Tod nicht an ihm vorüber.

Er schloss die Augen.

Wie ein Gespenst flüsterte ihm Karen ins Ohr: »Wir sind bei dir, Jack. Wir alle.«

Schweigend nahm er ihre Anwesenheit zur Kenntnis. Sein ganzes Leben lang war er von Gespenstern umgeben gewesen. Von Erinnerungen an die Toten. Jetzt, in diesem letzten Moment, ließ er alles los, weil ihm endlich die Erkenntnis gekommen war, wie viel Macht er den Schatten seiner Vergangenheit überlassen hatte.

Nun gut, jetzt nicht mehr. In diesem Augenblick wollte er nur seine Freunde aus Fleisch und Blut an seiner Seite haben. Er öffnete die Augen und sagte über den Sprechfunk: »Viel Glück, ihr alle. Bringen wir es hinter uns!«

Als Nächstes ertönte Charlies Stimme. »Dann los!«

12.01 Uhr
Niedriger Orbit, 480 nautische Meilen über dem Pazifik

Das Sonnenlicht spiegelte sich auf den Flügeln des hell strahlenden Satelliten. Die eingestanzten Markierungen an seiner Seite sahen so frisch aus wie an dem Tag, als sie angebracht worden waren, und leicht zu erkennen – eine winzige Flagge, Identifikationsnummern sowie breite rote Buchstaben, die seinen Namen bildeten: Spartacus.

Langsam rotierend jagte der Satellit über den weiten Pazifischen Ozean dahin. Ein innerer Kreisel drehte sich wie ein Kinderspielzeug. Gestutzte Schwingen richteten sich auf, um mehr Energie aufzufangen, und speisten ihrerseits den Powerlaser.

Es war ein Ballett aus Energie und Kraft.

Auf seiner Unterseite öffnete sich eine Luke, und teleskopartig schob sich ein Stab heraus.

Rings um den erwachenden Satelliten wurde die obere Atmosphäre von ionisierten Teilchen bombardiert, die in der Ionosphäre winzige Strahlungsausbrüche hervorriefen, wie Regentropfen auf einem Teich. Wellen breiteten sich aus. Das Funksystem des Satelliten knisterte.

Etwas, das im Innern lauschte, kompensierte, löschte die Interferenzen aus.

Jedoch waren diese Regentropfen lediglich die ersten Vorboten der kommenden Flut. Weiter oben, jenseits des Mondes, raste der wahre Sturm auf die Erde zu, ein wütender Orkan aus wilder Energie und Teilchen, der mit über zwei Millionen Kilometern pro Stunde durch das Vakuum des Raums jagte.

Blind gegenüber dieser Bedrohung, beendete der Satellit seine Kaskade. Der Laser speiste den Generator für den Teilchenstrahl mit Microbursts. Die Energie stieg exponentiell bis auf Größenordnungen an, die nur ein umherwirbelndes Paar von Elektromagneten in Schach halten konnte. Der abgeschirmte Zentralprozessor registrierte den Anstieg, führte eine letzte Einstellung durch und hakte sich in ein Signal von weit unten ein.

Energie schoss kreischend zwischen wirbelnden Magneten hin und her und suchte nach einem Ausweg.

Schließlich entstand eine Öffnung – pulsierende Energie raste in einem schmalen Strahl aus Neutronen hinaus durch die Atmosphäre, schlug auf dem Meer unten auf und durchdrang das Wasser so leicht wie schon zuvor die Luft. Gespeist aus dem Raum jagte der Strahl in die mitternächtlich dunklen Tiefen des Ozeans, wohin sogar das Licht der Sonne nicht zu dringen vermochte.

12.02 Uhr
Basis Neptune

Karen hatte das Gesicht gegen die kalte Scheibe gepresst. Jenseits des schwachen Lichts aus den Bullaugen suchte sie nach einem Anzeichen von Jack, jedoch vergebens.

Eine sternenlose Mitternacht.

Dann, in einem blendenden Blitz, flammte die Kristallsäule grell auf.

Geblendet schnappte Karen nach Luft, schloss die Augen und legte sich einen Arm über das Gesicht. Aber die

Säule strahlte nach wie vor. Ihr Abbild war ihr in die Retina eingebrannt. Stolpernd wich sie zurück, und Tränen strömten ihr das Gesicht herab. Mehrere Sekunden vergingen, bis sie die Augen wieder öffnen konnte. Durch jedes einzelne Bullauge drang eine solche Helligkeit, dass es aussah, als wäre tatsächlich die Sonne über dem Meeresgrund aufgegangen.

»Mein Gott!«

Sich die Augen beschattend tastete sie sich zu einem der Bullaugen vor und versuchte, etwas da draußen zu erkennen. Nichts. Kein Jack, kein Meeresgrund dahinter. Die Welt bestand einfach nur aus Licht. »Jack ...«

12.02 Uhr
Deep Fathom

Lisa stand weiterhin zusammen mit George und Robert an der Bugreling.

Der alte Historiker stieß einen langen Rauchstrom aus. Anscheinend blieb er ungerührt von der Lenkwaffe, die durch den Himmel auf sie zuraste. Inzwischen war ihr feuriges Schwanzende deutlich zu erkennen.

Lisa ergriff Georges Hand. Er drückte ihr die Finger. »Keine Sorge«, flüsterte er plötzlich väterlich, den Blick nach oben gerichtet.

Während sie gemeinsam hinüberschauten, schien die Rakete auf einmal an Ort und Stelle zu erstarren, im Himmel zu hängen, als wäre eine Ampel auf Rot umgesprungen. Mit offenem Mund sah Lisa hin. Das war doch gewiss eine optische Täuschung ...?

Eine Sekunde verstrich ... dann eine weitere, und noch eine.

Nach wie vor wollte die Rakete sich nicht bewegen.

Robert lenkte ihre Aufmerksamkeit von dem merkwürdigen Himmel ab. Er hatte sich über die stählerne Reling gebeugt und schaute in die Tiefe. Da wandte er sich auf einmal ihnen zu, nahm die Ohrhörer heraus und fragte: »Leute ... wo ist der Ozean geblieben?«

»Was meinst du damit?« Lisa und George traten zu dem jungen Meeresbiologen. Sie starrte über die Reling und keuchte auf.

Unter dem Kiel lag kein Wasser mehr. Das Schiff trieb mitten in der Luft und wiegte sich sanft auf unsichtbaren Wogen.

Lisa beugte sich vor. Weit unten erstrahlte ein helles Licht. Sie schaute wieder hoch, drehte sich um die eigene Achse. In einem Umkreis von einhundert Metern war das Meer verschwunden. Jenseits dieses Kreises war der Ozean so normal wie an jedem anderen Tag. Es war, als würde die *Deep Fathom* über einem tiefen Schacht im Meer treiben.

Nur dass am Grund dieses Schachts eine Sonne strahlte.

»Seht euch den Himmel an!«, rief George.

Lisa riss den Blick von den Wundern unter ihr los und sah etwas noch Erstaunlicheres über sich. Die kleine Rakete, die eben noch reglos im Himmel gehangen hatte, glitt langsam auf der eigenen Spur zurück, als wollte sie nicht mehr weiter.

»Was ist denn hier los?«, fragte sie.

12.02 Uhr

Jack hatte die Arme vor die Sichtfenster seines Helms geschlagen und schmiegte sich gegen das Licht, den Mund zu einem lautlosen Schrei geöffnet. Die Energie, die nur Zentimeter hinter seinem Rücken wogte, ließ seine gepanzerte Hülle vibrieren und strömte über seine Haut, dass sich die feinen Härchen aufrichteten. Er spürte sie bis auf die Knochen. *Mein Gott* ...!

Bevor er jedoch in der gleißenden Helligkeit völlig den Verstand verloren hätte, verspürte er eine Änderung im Timbre der Energie. Das Licht wurde weicher.

Er senkte den Arm.

Statt zu blenden war die Strahlung von der Säule in dem dunklen Wasser zu einer silbrigen Flut geworden. Die Berge, die Forschungsstation, die Lavasäulen, alles ragte wie ein silbern eingerahmtes Relief hervor und wurde in dem merkwürdigen Licht selbst zum Spiegel.

Eine Stimme in der Luft flüsterte hoffnungslos, voller Furcht: »Jack ...«

Während er so vor sich hinstarrte und wusste, dass der Tod nur Augenblicke entfernt lag, entdeckte er aus dem Augenwinkel eine Bewegung. Er wandte sich um und suchte durch die Helmfenster nach deren Ursache.

Dann sah er sie!

Gespiegelt in den silbrigen Oberflächen der nahe gelegenen Meeresfelsen knieten Männer und Frauen mit erhobenen Armen auf dem Boden. Dahinter sammelten sich weitere Scharen von Gestalten in Roben und Mänteln. Einige trugen kunstvollen Kopfschmuck aus Federn und Edelsteinen, andere hatten Platten mit Früchten dabei oder führten Schafe und Schweine an Lederriemen mit sich.

»Mein Gott«, flüsterte er.

Er sah sich suchend um und entdeckte auf allen Spiegelflächen Ähnliches: verzerrte Gestalten, die über die geschwungene Hülle der Meeresbasis hinwegtraten, gebrochene Abbilder auf der eingestürzten Mauer aus Lavasäulen. Auf einem Felsbrocken in der Nähe erkannte er sogar die Spiegelung eines großen, knienden Mannes, der das Gesicht auf den Boden gedrückt hatte.

Es war, als wären die silbrigen Fassaden magische Spiegel in eine andere Welt geworden.

»Jack, gib Antwort, wenn du da draußen bist!« Das war Karen.

Seine Furcht schwand, und seine Stimme war voller Verwunderung. »Siehst du sie auch?«

Die kniende Gestalt hob das Gesicht. Der Mann war bärtig, mit stechendem Blick und kräftigen Gliedmaßen. Er stand auf und trat von dem gespiegelten Felsbrocken weg.

Nach Luft schnappend wich Jack zurück und stieß gegen die Säule hinter sich. Von allen Seiten verließen die Menschen die spiegelnden Oberflächen und kamen in einer Prozession auf ihn zu. Er vernahm jetzt ferne Stimmen, widerhallenden Gesang, Gebete.

Die Gestalt auf dem Felsstein hob die Arme hoch in die Luft, einen Ausruf der Freude auf den Lippen.

Jack spürte, wie auch sein Blick nach oben gezogen wurde. Da war kein Ozean mehr, sondern nur noch Himmel. Eine strahlende Sonne hing dort, vor die sich die Scheibe des Mondes schob. Als er wieder zu Boden schaute, entdeckte er in der Ferne dunstverhangene Berge und dichte Wälder. Dennoch spürte er seltsamerweise nach wie vor gleichzeitig den Ozean, den Meeresgrund, die Felsen ...

Plötzlich verstand er. Das waren die Alten, das Volk des

verschollenen Kontinents. Er erhaschte einen Blick auf ihre Welt.

Kaum hörbar flüsterte ihm Karen über den anschwellenden Gesang hinweg ins Ohr: »Ich ... ich sehe rings um dich her Menschen, Jack.«

Aha, er bildete sie sich also nicht nur ein! Er trat vor, um das Wunder besser in Augenschein nehmen zu können. Der bärtige Mann hatte einen völlig verzückten Ausdruck auf dem Gesicht. Er hielt den Blick direkt auf Jack gerichtet.

»Ich glaube, sie können mich auch sehen«, sagte er erstaunt.

»Wer ist das?«

Er blieb stehen und hob einen Arm. Überall auf der geisterhaften Lichtung verfielen Männer und Frauen in Posen der Anbetung und Unterwerfung. »Das sind deine Alten. Diejenigen, die du über all die Jahre hinweg gesucht hast. Aufgrund einer seltsamen Verzerrung werfen wir einen Blick zurück in ihre Welt. Und sie ihrerseits sehen uns auch.«

Der kniende Mann, eine Art Anführer oder Schamane, rief mit lauter Stimme einige Worte. Obgleich sie unverständlich waren, flehte er eindeutig um etwas.

Da hatte Jack eine Idee. »Karen, bist du immer noch mit der *Fathom* verbunden?«

»Ja.«

»Kannst du die Worte dieses Mannes zu Gabriel durchreichen? Kann er sie übersetzen?«

»Ich werd's versuchen.«

Es folgte eine lange Pause. Jack sah sich voller Erstaunen um.

Schließlich sprach ihm eine vertraute, winzige, durch die Entfernung kratzige Stimme ins Ohr.

»Ich werde versuchen zu übersetzen ... aber ich habe erst damit angefangen, der alten Sprache Laute zuzuordnen.«

»Gib dein Bestes, Gabriel.«

Charlie ergriff das Wort. »Ihr werdet euch beeilen müssen. Wir erreichen in zweiunddreißig Sekunden die höchste Pulsfrequenz.«

Der Mann zu Jacks Füßen redete weiter. Über seinen Worten lag Gabriels Übersetzung. »Unsere Not ist groß, o Geist der Säule, o Gott der Sonne! Welche Botschaft bringst du uns, da das Land bebt und Feuer aus den Spalten steigt?«

Zum ersten Mal bemerkte Jack, dass der Boden unter ihm zitterte. In diesem Augenblick ging ihm nicht nur auf, *wo* er war, sondern auch, *in welcher Zeit*!

Er stand an der Schwelle der Vernichtung dieses Kontinents.

Jetzt begriff Jack auch die eigene Rolle. Ihm fiel die Geschichte aus dem Platin-Tagebuch wieder ein: *Der Gott des Lichts trat aus seiner Säule ...*

Ausgestattet mit seinem gepanzerten Anzug, gebadet in Helligkeit, war *er* dieser Gott!

Im Wissen, welche Pflicht er zu erfüllen hatte, trat er vor und hob beide Arme. »Flieht!«, schrie er, und Gabriel übersetzte. Seine Worte schallten hinaus zu der Versammlung. »Eine Zeit der Dunkelheit steht euch bevor! Eine Zeit der Mühsal! Die Wasser des Meeres werden eure Heimat für sich beanspruchen und sie ertränken. Ihr müsst vorbereitet sein!«

Jack erkannte den schockierten Ausdruck auf dem Gesicht des anderen. Der Mann hatte ihn verstanden.

Charlie schrie durch die Lautsprecher: »Mach dich für den letzten Impuls bereit!«

Das Bild des verschollenen Kontinents begann zu flackern.

Eilig trat Jack vor. »Baut große Schiffe!«, befahl er. »Sammelt eure Herden und füllt die Bäuche der Schiffe mit Nahrung von den Feldern! Rette dein Volk!«

Der Schamane senkte den Kopf. »Dein bescheidener Diener Horon-ko hört und wird gehorchen.«

Aus dem Funkgerät kam ein schockiertes Aufkeuchen. »*Horon-ko*«, sagte Karen. »Der Schreiber des Tagebuchs ... die Knochen in dem Sarg.«

Jack nickte und schaute auf den Mann hinab. Ihre gemeinsame Geschichte hatte einen vollen Kreis durchlaufen. Schon sanken die Bilder wieder in die spiegelnden Oberflächen zurück.

»Da kommt er!«, rief Charlie.

Angespannt wappnete sich Jack gegen die nahende Explosion.

Aber sie erfolgte nicht – stattdessen verschwand die Helligkeit einfach wie bei einer Kerze, die jemand ausgedrückt hatte.

Jack richtete sich auf. Nach dem strahlenden Licht war das mitternachtsdunkle Meer besonders finster. Der Glanz aus den Bullaugen der Basis wirkte blass und schwach.

Karen kreischte mit furchterfüllter Stimme: »Jack!«

»Ich bin noch hier.«

Sie seufzte erleichtert auf, und dann unterbrach Charlie: »Was ist mit der Säule?«

Jack wirbelte herum und schaltete die Scheinwerfer an seinem Anzug an. Das Licht leuchtete weit in die Dunkelheit hinaus.

Nichts.

Die Kristallsäule war verschwunden. Übrig geblieben

waren lediglich über den Meeresgrund verstreute Teile und Teilchen, die im Strahl seiner Lampen wie Sterne funkelten. Er trat hinein in die leuchtenden Konstellationen.

»Jack?«, flüsterte Charlie.

»Wir haben's geschafft. Die Säule ist zerstört.«

Charlie jauchzte vor Freude.

Jack runzelte die Stirn. Charlies Glückseligkeit ließ sich schwer teilen. Die Welt war gerettet, aber was war mit ihnen? »Der Atomangriff?«, fragte er. »Spanglers Rache. Wann ist es so weit?«

»Darüber würde ich mir keine Sorgen machen, *Mann.*«

Deep Fathom

Charlie saß im Ruderhaus und hielt den Sprechfunk an die Lippen gepresst. »Jack, du hast die Sonnenfinsternis beim letzten Mal verpasst. Vielleicht möchtest du wieder hochkommen, damit sie dir nicht ein zweites Mal durch die Lappen geht?«

»Wovon redest du eigentlich, zum Teufel?«

Charlie grinste über Jacks Verblüffung. Er konnte der Versuchung nicht widerstehen, seinen Kapitän ein wenig an der Nase herumzuführen. Zu sehr war sein Herz von Staunen und Freude erfüllt. Er stand auf und starrte aus dem breiten Fenster. Die anderen waren an Deck versammelt und zeigten zum Himmel hinauf.

Dort oben schien eine schwarze Sonne und tauchte den Ozean in einen platinfarbenen Schimmer.

Charlie schaute auf seine Armbanduhr. Kurz nach zwölf. Er sah wieder zur Sonne hinauf. Sie stand tief am Himmel, zu tief.

Verwundert den Kopf schüttelnd warf Charlie einen Blick auf das Satelliten-Navigationssystem. Dessen Uhr und Datumsanzeige wurden beständig über ein Dutzend geostationäre Satelliten auf den neuesten Stand gebracht. Er starrte die Digitalanzeige an. Zuvor hatte er sich die anomalen Ergebnisse auch von der örtlichen Wettervorhersage bestätigen lassen:

Dienstag, 24. Juli
13.45 Uhr

»Verdammt noch mal, Charlie, wovon redest du eigentlich?«

Mit einem glücklichen Seufzer ließ Charlie Jack vom Haken. »Wir sind über eine kleine Anomalie gestolpert, Jack. Wie ich zuvor schon gesagt habe, bin ich kein Experte auf dem Gebiet dieser neuen Wissenschaft von der ›dunklen Energie‹.«

»Ja, und? Was ist passiert?«

»Na ja, als wir die Säule bombardiert haben, hat sich die dunkle Energie so verhalten, wie ich gehofft hatte – sie hat direkt nach außen gestrahlt und nicht nach unten. Aber sie hatte einen unerwarteten Nebeneffekt.«

»Und welchen?«

»Statt das Magma aufzurühren, hat die dunkle Energie einen gewaltigen globalen Zeitfluss angeregt und die irdische Batterie auf den Moment *zurückgestellt*, als die dunkle Materie das *letzte Mal* angeregt worden ist. Zurück zum Sonnensturm vor zwei Wochen. Zurück zum Tag der Sonnenfinsternis.«

Aus Jacks Stimme klang deutlich der Unglaube. »Was, zum Teufel, sagst du da? Dass wir in der Zeit zurückgereist sind?«

»Nicht wir, sondern die Welt. Abgesehen von unserer örtlichen Nische hier ist der Rest des Planeten sechzehn Tage zurückgeglitten.«

Basis Neptune

In der Andockstation der Meeresbasis half Karen Jack aus seinem unförmigen Anzug. Sie hatte das Gespräch des Geologen mit Jack mitverfolgt.

Ein globaler Zeitfluss.

Es war zu verrückt, um es im Augenblick zu verstehen. Sie verstand nur, dass sie überlebt hatten. Die Säule war verschwunden. Die Welt war gerettet. Die Mysterien der Einstein'schen Anomalien – dunkle Materie und dunkle Energie – mussten warten.

Stöhnend kletterte Jack aus dem gepanzerten Anzug.

Karin hielt ihn am Arm fest und half ihm. Das hier, das verstand sie: *Fleisch und Blut.* Jack hatte überlebt und war wie versprochen zu ihr zurückgekehrt.

Nachdem er stolpernd dem Anzug entstiegen war, richtete er sich mit einem breiten Lächeln auf. »Wir haben's geschafft.«

Karen öffnete den Mund, um ihn zu beglückwünschen – dann trafen sich ihre Blicke. Ihr wurde klar, dass Worte zu schwach waren, um ihre wahren Gefühle auszudrücken. Stattdessen warf sie ihm die Arme um den Hals, schob ihn gegen den schweren Anzug und hielt ihn dort fest.

Bevor es beiden so recht zu Bewusstsein kam, suchten ihre Lippen einander.

Karen küsste ihn heftig, als wollte sie sich davon überzeugen, dass er kein Geist war. Er zog sie näher zu sich.

Seine Lippen glitten von ihrem Mund zu ihrer Kehle hinab. Die Hitze seiner Berührung war elektrisierend, eine eigene Art dunkler Energie. Keuchend stieß sie seinen Namen hervor, ließ die Finger durch sein Haar laufen, verdrehte und zauste es, wollte ihn nicht loslassen.

Ihre aufflammende Leidenschaft war keine Liebe, nicht einmal Lust. Es war etwas mehr. Zwei Menschen, die sich beweisen mussten, dass sie lebten. In der Wärme von Lippen, in der Berührung von Haut feierten sie das Leben in allen seinen körperlichen Bedürfnissen, Gefühlen und Wundern.

Er drückte sich an sie, drängend und hungrig. Sie zog ihn mit zitternden Armen noch fester zu sich.

Schließlich stieß er sich ab. »Wir ... wir ... jetzt nicht, und nicht so. Nicht genügend Zeit.« Er sackte zusammen und winkte vage mit einer Hand nach oben. »Wir müssen einen Weg hinauf finden.«

Karen packte ihn am Handgelenk. »Folge mir.« Brüsk führte sie ihn zur Leiter. Beim Aufstieg spürte sie immer noch die Hitze seiner Berührung auf ihrer Haut, eine sanfte Wärme, die sich in ihren Gliedmaßen ausbreitete. Nachdem sie die oberste Ebene erreicht hatten, half sie ihm von der Leiter.

»Bei meinem ersten Eintreffen hier hat man mich über die Sicherheitsvorkehrungen informiert«, erklärte sie. »Es gibt ein eingebautes Notsystem zur Evakuierung.« Sie eilte zu einem Paneel mit großen Warnaufschriften und zog eine Tür auf. Ein großer, roter, T-förmiger Griff zeigte sich. »Hilf mir damit!«

Jack trat neben sie, wobei seine Schultern die ihren streiften. »Was ist das?«

»Die obere Ebene funktioniert wie ein Rettungsboot, so etwas wie das Evakuierungssystem des Tauchboots.

Dieser Handgriff trennt sie von den beiden anderen Ebenen ab. Dann lässt der positive Auftrieb die Ebene zur Oberfläche treiben. Fertig?«

Jack nickte. Gemeinsam zogen sie den Griff. Eine gedämpfte Explosion ertönte, und der Boden unter ihnen bebte. Die Lämpchen an den Wänden erloschen, als die Ebene sich vom Hauptgenerator trennte.

Karen suchte im Dunkeln Jacks Hand. Augenblicke später schaltete sich flackernd eine rote Notbeleuchtung ein.

Der Boden schwankte, kippte dann. Karen taumelte in Jacks Arme.

Er hielt sie fest. »Wir sind frei. Wir treiben hinauf.«

Nach einem Moment wandte er sich ihr zu, und seine Augen leuchteten hell in dem schwachen Licht. »Wie lange brauchen wir bis oben?«

Karen erkannte den Hunger in seiner Stimme, denn sie verspürte ihn ebenfalls. »Dreißig oder vierzig Minuten«, erwiderte sie heiser. Sie glitt aus seiner Umarmung und griff nach ihrer Bluse. Dann öffnete sie die obersten Knöpfe und ging zu den Schlafquartieren, wobei sie ihn nicht aus den Augen ließ. »Anscheinend habe ich dich nie richtig herumgeführt, oder?«

Er folgte ihr, Schritt für Schritt. Seine Hand griff nach dem Reißverschluss seines Taucheranzugs und zog ihn herunter. »Nein. Und ich finde, das ist längst überfällig.«

Deep Fathom

Sieben Stunden später saßen Jack und die anderen um einen improvisierten Esstisch draußen an Deck. Jack hatte die Champagnerflasche geöffnet und die letzten Porterhouse-Steaks aus der Tiefkühltruhe geholt. Es sollte ein Festschmaus sein, mit dem sie ihr Überleben sowie das Geheimnis feierten, das die hier versammelten neun Menschen miteinander teilten.

Nur sie wussten, was in Wirklichkeit geschehen war.

Zuvor hatten sie sich aufgeteilt, um herauszufinden, wie es der übrigen Welt ergangen war. Charlie entdeckte, dass der Welt dieses Mal die pazifikweite Zerstörung erspart geblieben war, denn die Säule existierte schließlich nicht mehr. »Nicht mal ein leises Zittern.«

George hatte inzwischen überprüft, ob eine zweite *Deep Fathom* die Meere befuhr, das Gegenstück aus der alten Zeitlinie. Das war nicht der Fall. »Es ist, als wären wir aus unserem ehemaligen Aufenthaltsort herausgeholt und hier wieder abgesetzt worden.« Über die hawaiianischen Nachrichtenkanäle erfuhr der Historiker auch, dass die Meeresbasis Neptune aus ihrem Dock in den Gewässern von Wailea verschwunden war. Mit einem Lächeln las er den Bericht laut vor: »›Der Leiter des Experiments, Dr. Ferdinand Cortez‹, hat den Behörden gegenüber sein Entsetzen und seine Verblüffung über den Diebstahl ausgedrückt.«

Karen war besonders erleichtert. »Er hat überlebt?«

»Vermutlich hat die Strömung seinen Leichnam über die Zone um die Säule hinausgetragen«, gab Charlie zur Antwort. »Beim Eintritt der Zeitverzerrung ist er einfach in der alten Zeitlinie wieder aufgetaucht. In einer, in der er nie hierher gekommen und nie gestorben ist.«

»Und er hat auch keinerlei Erinnerungen an die Ereignisse?«

Charlie zuckte die Schultern. »Das möchte ich bezweifeln. Vielleicht irgendwo tief im Innern. Etwas Unausgesprochenes. Mehr ein seltsames Gefühl.«

»Aber was ist mit Lieutenant Rolfe? Sein Leichnam liegt nach wie vor dort unten.«

»Genau. Er ist in der Zone verblieben. Also ist er nach wie vor tot. Ich wette, wenn du nachforschst, wo er geblieben ist, wird er in der wirklichen Welt nicht mehr zu finden sein. Er ist ebenso wie die *Fathom* und die Meeresbasis aus der Zeitlinie herausgeholt worden.«

Interessehalber hatte Jack in dieser Richtung weitergeforscht. Er hatte Admiral Houston angerufen – und siehe da: Er war nach wie vor in San Diego. Der Admiral war völlig aufgeregt gewesen, nach so vielen Jahren wieder von ihm zu hören. »Gottverdammt, erst gestern habe ich an dich gedacht, Jack. Während der Sonnenfinsternis.«

Nach dem Austausch einiger Höflichkeitsfloskeln und dem Versprechen, sich wieder zu treffen, erklärte Jack eilig, dass er wissen wollte, wo sich ein Freund von ihm gerade aufhielt – Lieutenant Ken Rolfe. Nach einigen Stunden hatte der Admiral argwöhnisch zurückgerufen. »Jack, weißt du etwas, das du mir verschweigst? Vor einer Stunde ist eine Nachricht aus der Türkei eingetroffen. Darin heißt es, dass dein Freund während einer Spezialmission an der irakischen Grenze verschollen ist – zusammen mit einem weiteren deiner alten Freunde.«

»Einem alten Freund?«

»David Spangler.«

Jack hatte seine Überraschung verbergen und sich irgendwie herausreden müssen, um auflegen zu können. Anschließend hatte er mehrere Augenblick lang schweigend dagesessen. Also war David tot geblieben. Möglicherweise lag er immer noch im Bauch des gigantischen Kraken. Das große Untier musste seinen Bau in der Nähe der Säule haben. Jack hatte sich den Luxus eines kurzen Bedauerns gestattet, weil er am Leben und frei war.

Schließlich war David in seiner Kindheit so verbogen worden, der totgeschwiegene Missbrauch durch seinen Vater hatte ihn so kaltherzig gemacht. Wer hatte also in Wahrheit Schuld? Jack wusste, dass nicht er eine Antwort darauf finden musste.

Später am Nachmittag hatte Lisa das besondere Abendessen zur Feier ihres Überlebens vorgeschlagen. Alle hatten den Vorschlag von ganzem Herzen begrüßt.

Jetzt, da die Sonne im westlichen Ozean versank, ließ sich Jack am Tisch nieder. Kendall McMillan, der ihm gegenübersaß, fing seinen Blick auf. Der Wirtschaftsprüfer trug Shorts und einen lockeren Pullover, eine äußerst lässige Kleidung für den Mann.

»Captain«, sagte Kendall. »Ich hätte eine Anfrage.«

»Und zwar?«

Er räusperte sich und sagte fest: »Ich würde gern offiziell Mitglied Ihrer Besatzung werden.«

Diese Neuigkeit überraschte Jack. Kendall hatte stets eine gewisse formelle Distanz zu den anderen gewahrt. Er runzelte die Stirn. »Ich weiß nicht, ob wir eine Vollzeitstelle für einen Wirtschaftsprüfer haben.«

Kendall sah auf seinen Teller hinab und murmelte: »Ihr werdet einen brauchen, wenn ihr Millionäre seid.«

»Wovon reden Sie da?«

Er schaute sich am Tisch um und sagte dann laut: »Ich rede von der *Kochi Maru*. Wenn Mr Mollier Recht hat mit seiner Vermutung, dass es diesmal keine Erdbeben gegeben hat, besteht eine gute Chance, dass sich der Vulkanausbruch, der das Schiff mit dem Schatz verschlungen hat, nicht ereignet hat. Möglicherweise liegt es immer noch da unten.«

Jack zog die Brauen hoch und bekam große Augen. Ihm fiel der Frachtraum des Schiffs ein: voller Goldbarren. *Mindestens hundert Tonnen.* Er stand auf und streckte die Hand über den Tisch aus. »Willkommen bei der Besatzung der *Deep Fathom*, Mr McMillan. Für diesen Hinweis haben Sie sich gerade ein Zehntel des Fischzugs verdient.«

Kendall grinste wie ein Schuljunge.

Jack hob ein Glas Champagner. »Wir teilen. Alle bekommen das Gleiche. Auch unsere neuen Besatzungsmitglieder: Karen, Miyuki und Mwahu.«

Kendall sah sich am Tisch um. »Aber Sie haben gesagt: ein Zehntel. Wir sind doch aber nur *neun*?«

Jack klopfte auf die Tischplatte. Der alte deutsche Schäferhund, der ihm zu Füßen lag, sprang auf und legte die Pfoten auf den Tisch. Jack zauste die dicke Mähne des Hunds. »Hat jemand was dagegen, wenn Elvis seinen fairen Anteil bekommt? Schließlich hat er euch alle davor bewahrt, ins Jenseits gepustet zu werden.«

Kendall war der Erste, der auf den Beinen war und sein Glas hob. »Auf Elvis!«

Die anderen folgten sogleich. Der alte Hund bellte laut.

Lächelnd setzte sich Jack wieder.

Als das Abendessen langsam in das Dessert überging, wanderten alle in kleinen Gruppen davon, um den Tag und ihre Zukunft zu besprechen – allesamt froh und glücklich, überhaupt eine zu haben. Jack entdeckte Karen an der Steuerbordreling. Sie sah zur untergehenden Sonne hinüber.

Er stand auf, leicht beschwipst vom Champagner, ging zur Reling, legte Karen den Arm um die Schultern und zog sie näher zu sich. Dabei sah er, dass sie die Scherben des zerbrochenen Kristallsterns in der Hand hielt.

Melancholisch sagte sie: »Mit den Enthüllungen dieser

letzten Tage ist meine Suche vorüber. Mein Urgroßvater hat Recht gehabt. Es *hat* einen verschollenen Kontinent gegeben. Jetzt weiß ich, dass die Alten tatsächlich existierten.« Traurig schaute sie zu ihm auf. »Aber wenn wir das Geheimnis der dunklen Materie für uns behalten wollen, dann darf nie jemand die Wahrheit erfahren. Sieh mal, wie nahe wir allein mit der Kraft eines Atoms unserer Vernichtung gekommen sind! Kannst du dir vorstellen, was wir mit der Kraft eines ganzen *Planeten* täten?«

Sie beugte sich über die Reling und ließ die leuchtenden Kristallscherben in das dunkle Meer fallen. »Wie die Alten sind wir nicht bereit für eine solche Macht.«

Jack nahm ihre Hände und barg sie in den eigenen. »Mach dir deswegen keine Sorgen! Es sind noch andere Geheimnisse zu entdecken.« Er beugte sich herab, sah ihr tief in die Augen und sagte mit leiser Stimme, wobei seine Lippen sanft die ihren streiften: »Hauptsache, man weiß, wo man suchen muss.«

EPILOG

Dienstag, 24. Juli
San Francisco, Kalifornien

Stunden nach der Sonnenfinsternis verließ Doreen McCloud ihr Bürogebäude. Sie blickte die Market Street hinunter. Die Sonne war lediglich noch ein heller Schimmer am westlichen Horizont. Als sie zum Himmel aufschaute, verspürte sie eine Woge unerklärlicher Freude. Sie verstand diese plötzliche Regung nicht, denn sie hatte heute einen wichtigen Kunden verloren, und die Senior-Partner hatten für den kommenden frühen Morgen eine Besprechung anberaumt, um den Verlust zu diskutieren. Normalerweise hätte der Gedanke daran ihr Angst eingejagt. Heute Abend war sie jedoch einfach nur froh über die kühle Brise in San Francisco.

Als sie zur U-Bahn-Station ging, fielen ihr andere Menschen auf, die mit lächelnden Gesichtern oder gar lachend zum Himmel aufsahen.

Oben an der Treppe blieb Doreen stehen und warf einen Blick auf die untergehende Sonne.

Was für ein merkwürdig wunderbarer Tag!

Aleuten, Alaska

Jimmy Pomautuk stieg den Pfad hinab, sein Malamute Nanook ihm zur Seite, die drei lärmenden Engländer ihm voraus. Sie redeten ununterbrochen, grinsten ständig und rissen Witze. Obwohl sich die Gruppe den ganzen Weg hier herauf beklagt hatte, hatte die Sonnenfinsternis offenbar einen bleibenden Eindruck bei ihnen hinterlassen. Der Anblick hatte tatsächlich sogar seine eigene zynische Seele berührt: *die dunkle Sonne, der silbrige Ozean, die strahlenden Nordlichter.*

Er wünschte, er hätte ihn mit seinem Sohn teilen können – eine Generation gab ein besonderes Erbe an die nächste weiter.

Jimmy warf einen Blick zurück auf die Sonne, die hinter Glacial Point unterging. Aus irgendeinem Grund fühlte er sich heute seinem Großvater, seinen Vorfahren und sogar den alten Göttern seines Volks besonders nahe.

Seufzend tätschelte er Nanook.

»Das war ein guter Tag, mein Junge.«

Hagatna, Guam

Im Gartenatrium der Residenz des Gouverneurs stand Jeffrey Hessmire neben dem Außenminister. Gemeinsam sahen sie zu, wie Präsident Bishop den Innenhof durchschritt. Die mit der Sonnenfinsternis verbundenen Festlichkeiten neigten sich ihrem Ende entgegen. Die Menschen kehrten zu ihren normalen Tätigkeiten zurück.

Präsident Bishop trat vor den Ministerpräsidenten der Volksrepublik, verbeugte sich leicht, womit er seinen Respekt zeigte, und streckte die Hand aus.

Nach einer kurzen Pause ergriff der Ministerpräsident die Hand des Präsidenten. Von der Seite flammten Blitzlichter auf, als die Presse den bedeutsamen Augenblick dokumentierte.

»Ich weiß, zwischen unseren beiden Ländern gibt es immer noch viel zu bereinigen«, sagte der amerikanische Präsident, »aber gemeinsam werden wir einen Weg zum Frieden finden.«

Der Ministerpräsident senkte den Kopf und zeigte damit sein Einverständnis.

Außenminister Elliot, der neben Jeffrey stand, schnaubte. »Das wird Lawrence Nafe schlicht den Todesstoß versetzen – sowohl ihm als auch seinen Kriegstreibern. Nach dem heutigen Tag wird die politische Unterstützung des Vizepräsidenten schneller austrocknen als eine Pfütze in der Sahara. Und obwohl Nafe vielleicht noch einige Zeit braucht, bis es ihm klar wird – seine Karriere hat hier und heute ihr Ende gefunden.« Elliot schlug Jeffrey auf die Schulter. »Ich muss sagen, dass es alles in allem ein verdammt großartiger Tag gewesen ist.«

Jeffrey beobachtete weiterhin die Zeremonie. Das Lächeln wollte nicht aus seinem Gesicht weichen.

Daran bestand kein Zweifel ... es war ein denkwürdiger Tag.

»Matthew Reilly ist der neue König des Action-Thrillers.«
Freie Presse

Im Lager der New York State Library wird die grässlich zugerichtete Leiche eines Nachtwächters entdeckt. Die Verwüstungen lassen auf einen Angreifer mit übermenschlichen Kräften schließen ... Dr. Stephen Swain, Unfallchirurg am St. Luke's Hospital, findet sich plötzlich auf mysteriöse Weise in den Lesesaal der Bibliothek transportiert – und mitten in einen Kampf auf Leben und Tod. Doch anders als er sind seine Gegner gerüstet – und sie sind nicht von dieser Welt ...

Matthew Reilly
Showdown

Roman
Deutsche Erstausgabe

ULLSTEIN TASCHENBUCH

UB42